Solent
Portsmouth
Osborne
Ryde
Quarr
Smallbrook
Newport
Isle of Wight

Charlotte Lyne

Kains Erben

Weitere Titel der Autorin:

Glencoe (auch als Audio erschienen)

Titel in der Regel auch als E-Book erhältlich

Charlotte Lyne

Kains Erben

Historischer Roman

LÜBBE EHRENWIRTH

MIX
Papier aus verantwortungsvollen Quellen
FSC® C006701

Dieser Titel ist auch als E-Book erschienen

In diesem Roman enthaltene Übersetzungen der Benediktsregel und des Sonnengesangs des heiligen Franz von Assisi stammen von der Autorin.

Originalausgabe

Ein Projekt der AVA international GmbH Autoren- und Verlagsagentur
www.ava-international.de

Lektorat: Dr. Stefanie Heinen
Vorsatzgestaltung: Dr. Helmut Pesch, Köln
Innenillustrationen: Ulrike Aepfelbach, Katzwinkel
Umschlaggestaltung: Johannes Wiebel, punktdesign
Umschlagmotiv: © Zhukow Oleg/Shutterstock; Arkady Mazor/Shutterstock
Satz: Dörlemann Satz, Lemförde
Gesetzt aus der Adobe Caslon
Druck und Einband: CPI – Ebner & Spiegel, Ulm

Printed in Germany
ISBN 978-3-431-03867-5

5 4 3 2 1

Sie finden uns im Internet unter: www.luebbe.de
Bitte beachten Sie auch: www.lesejury.de

Für Chricke,
bevor die Bücher aussterben

Ich zôch mir einen valken mêre danne ein jâr.
Dô ich in gezamete, als ich in wolte hân,
und ich im sîn gevidere mit golde wol bewant,
er huop sich ûf vil hôhe und vlouc in anderiu lant.

Sît sach ich den valken schône vliegen:
er vuorte an sînem vuoze sîdîne riemen,
und was im sîn gevidere alrôt guldîn.
Got sende si zesamene, die geliep wellen gerne sîn.

Der von Kürenberg, Falkenlied

Prolog

Carisbrooke Castle, Isle of Wight,
am Palmsonntag des Jahres 1273

»Currite, dum lumen vitae habetis, ne tenebrae mortis vos comprehendant.«

»Lauft, solange ihr das Licht des Lebens habt, damit die Schatten des Todes euch nicht überwältigen.«

Benediktsregel, Prolog, 13

Es war still im Brunnenhof. Derart erhabene Stille gab es hier nur an hohen Feiertagen, und genau diese Stille brauchte Amicia heute. Sie hatte den Tag mit Umsicht gewählt.

Palmsonntag. Tag des Triumphes und zugleich ein Tag voll bitterem Ernst. Am Morgen waren sie mit langen Eibenzweigen zur Kapelle St. Nicholas in Castro gezogen, allen voran die Priester in Prunkgewändern, die Messdiener und die Jungen, die den Palmesel führten. Sie hatten Hymnen gesungen, die in den Morgen hallten, bis die Nebel sich klärten und verhaltenem Sonnenlicht Raum gaben. *Heil dir, Festtag! Jesus, der Herr, zog in seiner Stadt Jerusalem ein.* Sobald aber die Messe vorüber war, senkte sich Schweigen auf die Gemeinde, denn mit dem Palmsonntag begann die Leidenszeit des Herrn. Auf lärmende Freude folgte finsterer Schmerz. Jedes Spiel war verboten, doch Amicia und ihre Freunde trieben kein Spiel. Was sie taten, war des Palmsonntags würdig.

Amicia würde an diesem Tag ihre Verlobung feiern.

So umsichtig wie den Tag hatte sie den Ort gewählt: Der Brunnenhof lag innerhalb des Donjon, des Wohnturms der Burg, von verstärkten Mauern umgeben und geschützt hinter einer bewachten Vorhalle. Der Burgherr hatte ihn einst dort angelegt, damit die Bewohner an Wasser kamen, falls die Burg belagert wurde. Für gewöhnlich aber schöpften die Mägde ihr Wasser am Hauptbrunnen bei den Stallungen, und an hohen Feiertagen wie diesem ging überhaupt niemand schöpfen. So hatten Amicia und ihre Freunde den Brunnenhof für sich.

Niemand würde sie erwischen. Hinter der Mauer zur Rechten lag das private Gemach der Burgherrin, doch diese benutzte es nur, um allein zu sein oder – gelegentlich – um mit Amicia am Fenster zu sitzen und ihr den Reichtum der Insel zu zeigen. Heute war Isabel nicht allein und hatte auch keine Zeit für Amicia. Nach der Messe war Adam gekommen, und Isabel war mit ihm fortgeritten, einerlei ob es sich am Feiertag schickte oder nicht. Amicia und ihre Freunde hatten unbemerkt durch ihr Zimmer in den Brunnenhof entschlüpfen können.

Jetzt standen sie hier, in zwei Paare geteilt, rechts Amicia und Abel und links Aveline und Vyves. Wann immer sie an ihre Freunde dachte, erfüllte es Amicia mit Stolz: Waren sie nicht die besten Gefährten, die ein Mädchen von acht Jahren, das nichts Besonderes, sondern nur ein Findling war, sich wünschen konnte? Ihr Bruder Abel. Ihre Freundin Aveline. Ihr Liebster Vyves.

Gemeinsam waren sie etwas Besonderes. Sie waren die Kinder von Carisbrooke. Die letzten vier.

Noch im Herbst waren sie zu fünft gewesen. Dann war Thomas, Avelines Bruder, über Nacht gestorben. Isabel, seine Mutter, war nicht auf der Burg gewesen, doch die ärmste Aveline hatte alles miterlebt.

Mitleid überfiel Amicia. Sie könnte es nie ertragen, ihren Bruder zu verlieren. Sie und Abel waren Zwillinge. Als Säuglinge in einem Korb beim Torhaus gefunden, von der Burgherrin Isabel aufgezogen; sie waren ohne Wissen um ihre Herkunft und doch nicht wurzellos, weil sie einander hatten. Amicia brauchte keinen Spiegel, wenn sie wissen wollte, wie sie aussah, denn sie sah aus wie Abel: Haar wie das Gefieder eines Amselweibchens, schräge, schmale Augen, ein grünes Blitzen zwischen schweren Lidern, breite Wangenknochen und ein forsches Kinn.

Jäh schmiegte Amicia sich in Abels Arm, obwohl der Bruder eine Handbreit kleiner war als sie. Zum Ausgleich war er der Klügste von allen. Er würde Priester werden, wenn er alt genug war, und schon heute sollte er die Rolle des Priesters übernehmen. Zuvor schloss er als Amicias nächster Verwandter für sie die Verlobung. Hätte sie einen Vater gehabt, so hätte der den

Brautvertrag unterzeichnen müssen, doch wo der Vater fehlte, war ein Bruder der beste Ersatz.

Vyves hingegen, Amicias Bräutigam, hatte einen Vater. Er war der Sohn von Herrn Elijah, Isabels Finanzier, der unter ihrem Schutz innerhalb der Burgmauern lebte. Ihn aber hatten sie nicht bitten können, den Vertrag für seinen Sohn zu unterzeichnen.

»Es geht nicht«, hatte Abel zu Vyves gesagt. »Weißt du nicht selbst, dass es auf diese Weise nie möglich wäre?«

Auch die Ketubah, die Vyves hatte abfassen wollen, um nach jüdischem Brauch die Rechte der Braut festzulegen, hatte Abel ihm verwehrt. »Wenn du Amicia heiraten willst, musst du dich von alldem trennen, Vyves.«

»Aber das kann ich nicht!«, hatte Vyves ausgerufen. »Ich kann doch kein anderer werden, als ich bin.«

Bekümmert hatte Abel den Kopf gewiegt. »Das wirst du müssen. Du kannst nur Amicia wählen oder dein Volk.«

Starr vor Angst hatte Amicia dabeigestanden, überzeugt, sie werde es nicht überleben, wenn Vyves sich gegen sie entschied. Und er musste sich doch gegen sie entscheiden. Schließlich konnte kein Mann seinem Volk und der Ordnung, in die er geboren war, den Rücken kehren. Ratlos hatten sie einander angesehen, Amicia voll Zorn auf sich selbst, weil ihr die Tränen kamen.

Vyves rettete ihr das Leben, indem er schlicht aufstand und erklärte: »Wenn es sein muss, wähle ich Amicia.«

Ich vergesse es dir nie, schwor ihm Amicia stumm. Solange ich lebe, ich vergesse es dir nie.

Wind wehte ihr den Schleier übers Gesicht. Sie hatte ihn aus Isabels Truhe genommen. Woher hatte wohl Vyves seinen blauen Surcot? Obwohl Vyves schon zehn Jahre alt und so gut wie ein Mann war, war er ihm zu groß, aber schön sah er trotzdem darin aus. Seine schwarzen Locken glänzten wie gelackt. *Vyves, Vyves, Vyves!* Ihr Freund, ihr Herzensgeliebter.

In seinen Augen blitzte ein Lächeln, und just in diesem Augenblick drang fahles Sonnenlicht durch die Wolken, und der Wind, der bis in den geschützten Hof drang, legte sich. Amicia spürte ihr Herz schlagen. Sie hatte ein Heim, sie hatte eine Familie, und sie würde ihr Leben mit dem besten Mann der Welt teilen. Konnte ein Mädchen auf Erden glücklicher sein?

Neben Vyves stand Aveline und blickte hilfesuchend hinüber zu Abel. Wie üblich wusste sie nicht, was zu tun war. Kein Mensch hätte erraten, dass dieses verlorene Wesen die Älteste von ihnen war. »Aveline wird immer ein Kind bleiben«, hatte Amicia Adam de Stratton sagen hören, und sowenig sie Adam mochte, darin musste sie ihm recht geben. Aber selbst wenn Aveline ein Kind blieb, so war sie nach Thomas' Tod dennoch die Erbin der Burg. Deshalb kam es ihr zu, für Vyves den Vertrag zu unterzeichnen, auch wenn er ihr dabei die Hand führen musste.

Amicia warf einen Blick über die Brunnenmauer. Wie oft hatte sie mit Abel hier gestanden, um Steine in die schwarze Tiefe zu werfen. Hundertfünfzig Fuß tief war der Brunnen, sie hatten gezählt, bis der Stein mit einem Platschen ins Wasser tauchte: sieben, acht, neun, zehn. Sie würde es nie wieder tun. Die Zeit für solche Albernheiten war vorbei. Sie war kein Kind mehr, sondern eine Braut.

Abel nickte Aveline zu, dann trat er vor und senkte den Blick auf den Vertrag. »Ich, Abel von Carisbrooke, grüße Euch, Aveline de Fortibus. Ich geleite meine Schwester Amicia, die Amsel von Carisbrooke.« Amsel von Carisbrooke – den Namen hatte Vyves ihr gegeben, weil sie amselbraunes Haar hatte und das Lied, mit dem in der Brunft ein Vogel dem anderen Antwort gab, täuschend nachahmen konnte.

Aveline warf sich in die magere Brust. »Ich, Aveline de Fortibus, geleite meinen Untertan, Vyves Chantor.«

»Vyves ben Elijah«, flüsterte Vyves, aber er lächelte und nahm es Aveline nicht übel, dass sie sich den schwierigen Namen nicht merken konnte.

Amicia sah ihn an. Sie und Abel besaßen überhaupt keinen Familiennamen, weshalb man sie bei dem Ort rief, an dem sie geboren worden waren, doch letztlich zählte nur, was heute verbindlich besiegelt wurde: Vyves und sie gehörten zueinander.

Vyves und Amicia. Amicia und Vyves. Um den Brunnen herum trat er auf sie zu und übergab ihr mit verschwörerischem Lächeln sein Brautgeschenk. Der Stein lag glatt in ihrer Hand – golden wie ihre Zukunft, klar wie ihre Bindung aneinander und in ihm eingeschlossen das Zeichen für Hoffnung und Geduld.

»Euer heutiges Versprechen ist bindend«, beendete Abel seine Ansprache. »Wenn einer von euch einen anderen nimmt, begeht er die Sünde der Bigamie. Ehe ich aber das Versprechen siegele, muss ich um Gottes Segen und Beistand beten.« Er reichte Aveline den Vertrag, trat vor den Brunnen und kletterte auf die Mauer, als sei diese eine Stufe zu einem Altar.

Im nächsten Atemzug zerbarst die Stille. Metall klirrte, Holz splitterte, und mit dumpfem Krachen stürzte etwas zu Boden. Ein Schrei gellte in den Hof. Hufgeklapper und schwere Schritte folgten. Dann übertönte Avelines Schrei den Rest.

Amicias Gedächtnis fand keine Zeit, um Bilder zu speichern, nur zerstückelte Fetzen und Laute. Die Torflügel der Vorhalle brachen donnernd auf. Einen Wachmann, der zu fliehen versuchte, traf ein Schwerthieb in der Leibesmitte. Mit einem schwappenden Laut ergoss sich Blut auf den Stein, ehe der Tote zusammensackte. Zwei Reiter sprengten in den Hof, der vordere mit offenem Helm. Amicia sah ein junges, sommersprossiges Gesicht, dann schoss das Pferd an ihr vorbei, und eine Schar gerüsteter Männer stürmte hinterdrein. Im Nu war das schmale Viereck gefüllt. Vor verbeulten Brustpanzern hoben sich Lanzen, im blassen Licht glänzten Schwertklingen. Zwei Bewaffnete packten Aveline, die brüllte wie am Spieß. Der eine hielt sie bei den Schultern, der andere bei den Fußgelenken. Amicias Ehevertrag entglitt ihrer Hand und flatterte im Wind davon.

Was wollt ihr von uns?, versuchte Amicia zu schreien, wir sind doch nur Kinder, die am Palmsonntag ein harmloses Spiel spielen! Ihre Kehle aber war trocken wie Stroh, und eine Lähmung ergriff von ihren Gliedern Besitz. Es war Vyves, der zwischen Aveline und ihre Peiniger sprang, mit einem Todesmut, der unerträglich war. Einer der Männer packte sein Schwert bei der Klinge und schlug ihm den Knauf des Schaftes auf den Kopf. Vyves stürzte, blieb liegen, und der Mann hieb nach, als dresche er Korn. Über das Pflaster rann ein dünner Strom Blut. Von Neuem ergriffen die Männer Aveline, die jetzt nur noch wimmerte.

Zwei weitere Männer hatten ebenfalls die Schwerter gezogen, Anderthalbhänder, mit denen sie auf Abel zueilten. Der kniete noch immer auf der Brunnenmauer, hielt den Nacken gebeugt und bat Gott um Segen für Amicias Ehe. Steckte er so tief in seiner Austernschale mit Gott, dass er von alldem um sich herum nichts bemerkte? Erneut wollte Amicia schreien und konnte es nicht. *Nicht Abel! Nicht ihn!* Er war ein kleiner Junge, der den ganzen Tag Bücher studierte und niemandem etwas zuleide tat. Ihr Zwilling war er, die andere Hälfte, ohne die sie nicht vollständig war. Oft gab er sich lebensklug, doch in Wahrheit war er ein Kind und würde noch Jahre brauchen, um zu lernen, dass die Welt voll Übel war. Sie durften Abel nichts tun!

Das Schreien und Rasseln schwoll in Amicias Ohren zum Orkan. Einen Wimpernschlag lang, als der Reiter mit dem offenen Visier sein Pferd zur Seite lenkte, sah sie ein Gesicht. Neben dem Pferd stand ein Mann ohne Helm. Nein, kein Mann, sondern ein Junge, älter als Vyves, aber jünger, als der arme Thomas geworden war. Das Gesicht war von kalter, ebenmäßiger Schönheit, seine Augen brannten sich Amicia ein. Ungerührt stand der Junge dort, derweil ringsum Männer Amicias Leben in Stücke schlugen. Einer von ihnen stand vor dem betenden Abel auf der Brunnenmauer. Mit beiden Händen packte er den Schwertgriff und schwang die Waffe über seinen Kopf, doch ein anderer gebot ihm lässig Einhalt. Klirrend schob er das Schwert in die Scheide und stieß mit behandschuhten Händen Abel in den Rücken. Abel schrie nicht einmal. Er fiel vom Brunnenrand wie ein Apfel vom Baum.

Wie oft hatten sie in diesem Hof gestanden, endlose, sonnige Tage lang, hatten Steine in den Brunnen geworfen und gezählt, wie oft ihre Herzen schlugen, ehe die Steine ins Wasser platschten! Amicia konnte nicht anders, sie musste zählen: *sieben – acht – neun – zehn.* Das Geräusch tat ihren Ohren weh, und ihre Finger umklammerten ihr Brautgeschenk. Ihr Schrei gefror ihr in der Kehle.

Das Letzte, was sie erkannte, war das verzerrte Gesicht des fremden Jungen unter einem Himmel, der sich schwarz zuzog. Dann wurde sie von fremden Händen gepackt. Der Schlag gegen die Schläfe tat nicht einmal weh, sondern nahm ihr nur den Atem. Noch einen Schmerzensschrei hörte sie, markerschütternd und so lang gezogen, als würde er nie mehr enden. Funken sprühten vor ihr auf, winzige Drachen, die Feuer spien, und gleich darauf spürte sie Sackleinen, das ihr die Wangen aufschürfte. Als ein zweiter Schlag ihre Stirn traf, ließ sie sich endlich fallen und sah nichts mehr als gnädige Schwärze.

Erster Teil

Torhaus von England

Isle of Wight, Quarr Abbey,
im späten Sommer des Jahres 1283

»Sciatque abbas culpae pastoris incumbere, quidquid in ovibus paterfamilias utilitatis minus potuerit invenire.«

»Auch wisse der Abt: Die Schuld trifft den Hirten, wenn der Hausvater bei seinen Schafen mangelnden Ertrag feststellt.«

Benediktsregel, 2.7

I

Seit dem Ende des Winters war Magdalene mit ihrem Herrn Matthew unterwegs. So nannte sie ihn: ihren Herrn Matthew, und er nannte sie Mag, weil er ihren Namen zu pompös für sie fand. Wer ihr den Namen gegeben habe, hatte er gefragt und vermutet, sie hätte ihn von Gilles, dem Frauenwirt, weil sich Mädchen mit klangvollen Namen teurer verkauften. Magdalene aber hatte ihren Namen schon, solange sie denken konnte, auch wenn es mit dem Denken bei ihr nicht weit her war, und woher sie ihn hatte, das wusste sie nicht.

»Nun schön«, hatte ihr Herr Matthew gesagt, und dasselbe sagte er auch an dem Morgen, an dem er abreisen wollte und sie mit blau geschlagenem Auge bei seinem Pferd gefunden hatte. Sie müsse mit ihm gehen, sagte sie, Gilles habe sie aus dem Haus geprügelt, um des Herrn Matthew willen, denn dass eine von seinen Hübschlerinnen so viel Gefallen an einem Kunden finde, das dulde er nicht. In Wahrheit hatte sie sich selbst aufs Auge gedroschen, so kräftig sie konnte. »Nun schön«, sagte ihr Herr Matthew und seufzte. »Was bleibt mir anderes übrig?« Seither waren sie zusammen unterwegs.

Zuerst war sie neben ihm zu Fuß gegangen wie sein Diener Hugh, der eigentlich zu alt und zu versoffen war, um der Diener eines so grandiosen Herrn zu sein. Über die Schmerzen hatte sie tapfer kein Wort verloren, doch ihr Herr Matthew hielt irgendwann einfach das Pferd an, sprang ab und befahl ihr: »Zeig mir deine Füße.« Widerstrebend hatte Magdalene ihm die eiternden Blasen auf ihren Sohlen gezeigt, und im nächsten Marktflecken kaufte er ihr ein Maultier, das er fortan bei seinem Pferd führte. Ohne einen Grund dafür zu nennen, schnitt er ihr das Haar wie einem Jungen, gab ihr Kleider von Hugh und rief sie Mag. Magdalene war damit zufrieden. Er hätte sie Idiotin rufen und eine Narrenkappe tragen lassen können, sie wäre noch immer zufrieden gewesen.

Ihr Herr Matthew war beauftragt, Schulden einzutreiben. Kein schöner Auftrag für einen so schönen Ritter, fand Magdalene, aber das Geld, das er eintrieb, gehörte dem König, und der brauchte es für einen heiligen Krieg. So waren sie vom Norden, wo der Wind schneidend tobte, Meile um Meile nach Süden gezogen, auf London zu, wo der König auf das Geld wartete. Im Moment zogen sie über die Insel. Es würde Magdalene von Herzen wehtun, die Insel zu verlassen, denn sie hatte, solange sie denken konnte, nie einen so goldenen, sonnigen Ort gekannt und nirgendwo so wenig gefroren. In der Nacht, ehe sie einschlief, hörte sie das Meer rauschen, als flüstere es ein Nachtgebet, und bei Tag bekam sie im Überfluss zu essen. Mit ihrem Herrn Matthew aber wäre sie überall hingegangen, selbst in die Hölle oder in den ewigen Winter.

Sosehr Magdalene aufblühte, seit sie auf der Insel waren, so sehr verfiel Herr Matthew dem Ingrimm und der schwarzen Galle. Auf seiner schönen Stirn stand eine steile Falte, er aß kaum, schlief noch weniger und sang auch nicht. Magdalene, die das Gras wachsen hörte, vernahm, wie ihr Herr Matthew in den Nächten schlaflos umherging. Als sie ihn danach fragte, gab er unwirsch Antwort: »Was geht das dich an? Kümmere dich um das, was im verdammten Kochtopf schmort, und stiehl mir nicht die Zeit.«

Eines Morgens, als der versoffene Hugh ihm die Waffen nicht schnell genug anreichte, versetzte er ihm eine Ohrfeige.

Magdalene erschrak bis ins Mark. Dass Herren ihr Gesinde schlugen, war der Lauf der Welt, doch bei Sir Matthew hatte sie es nie erlebt. Er mochte wild und ungebärdig sein, und gefährlich war er ohne Zweifel, denn sonst hätten nicht all die säumigen Zahler ihm das Geld für den König ausgehändigt, aber er hatte nie einem von ihnen Schmerz zugefügt. Er hatte die Blasen an ihren Sohlen verarztet und Hugh Arznei gekauft, als der sich den Magen verdorben hatte. Er teilte sein Fleisch mit ihnen und ließ sie in seiner Nähe und unter wollenen Decken schlafen. Mit dem alten Hugh sprach er wie ein Mann zum anderen, obgleich jener ihm nicht antworten konnte. Hugh konnte auch jetzt, als er die Ohrfeige einstecken musste, nicht schreien. Hugh war stumm. Er hatte keine Zunge.

Sir Matthew starrte erst seine Hand an, dann die gerötete Wange des Dieners. Er fuhr herum und entdeckte hinter sich Magdalene, der Tränen aus den Augen strömten. »Hör auf zu heulen!«, fuhr er sie an. »Oder willst du dir auch eine fangen?«

Ja, mein Herr, dachte Magdalene. Wenn es dir hilft, deinen Frieden zu finden, will ich auch das. Vor allem will ich, dass dich die Scham nicht so quält – schon gar nicht für etwas, das jeder andere Herr schon längst getan hätte.

Kurz schien es, als hole Sir Matthew tatsächlich aus, dann ließ er die Hand schwer in den Schoß fallen. »Geht hinauf in die Kammer«, sagte er. »Lasst euch zum Abend vom Braten geben. Ich komme erst spät zurück.«

Hugh und Magdalene tauschten einen Blick. Der Diener wollte seinem Herrn zu Hilfe eilen, aber Matthew winkte ab, beendete die Arbeit mit den Waffen und ging, um sein Pferd zu holen. Das Pferd war ein heller Fuchs; die leuchtende Farbe seines Fells ähnelte der von Sir Matthews Haar. Über hundert Pfund sei es wert, tuschelten die Leute, und wie sein Reiter war es ein Wesen, von dessen Schönheit man den Blick nicht abwenden konnte.

Es trug einen seltsamen Namen, den Magdalene tagelang hatte üben müssen: Althaimenes. »Es ist verrückt, einem Pferd einen so langen Namen zu geben!«, war es ihr entfahren. Statt ihr böse zu sein, hatte Sir Matthew gelacht, was er kaum je tat, und behauptet, sein Pferd sei auch verrückt und dafür liebe er es. Magdalene wäre auch jetzt gern mit ihm gegangen, aber sie wusste: Wenn ihm überhaupt jemand helfen konnte, dann war es das Pferd. Von keinem Menschen sagte Sir Matthew je, dass er ihn liebte.

In allen Teilen des Landes, die Magdalene auf der Reise gesehen hatte, wüteten Mangel und Hunger, aber auf der Insel herrschte Fülle. Das Korn stand hoch, die Kronen der Bäume hingen schwer von Früchten, und das Gasthaus, in dem sie logierten, war eines Ritters würdig. Der Spießbraten, den der Wirt anbot, duftete hinaus in den Spätsommerabend. Er wurde mit gebackenen Äpfeln und Zwetschgen serviert, und wie so oft kippte Hugh sich dazu krugweise starkes Ale in den Schlund.

Magdalene stand der Sinn nicht nach Essen, denn ihre Gedanken kreisten um Sir Matthew. Als der Diener mit schwerem Kopf in Schlaf fiel, streifte sie die Männerkleider ab und zog sich ihr Kleid mit den Ziermünzen an, von dem Sir Matthew nicht wusste, dass sie es aufbewahrte. Mit dem gestutzten Haar ließ sich nicht viel anfangen, aber sie striegelte es mit dem Hornkamm, bis es unter ihren Fingern knisterte. Dann verbarg sie sich unter ihrer Decke und wartete auf ihren Herrn.

So lautlos wie er ins Zimmer kam, so lärmend schleuderte er Helm und Kettenhemd fort. Statt sich erschöpft aufs Bett zu werfen, setzte er sich auf den Rand und starrte in die Finsternis.

Magdalene steckte die Kerze an und legte ihm zart die Hand auf den Mund. »Erschreckt nicht, Mylord.« In den Jahren, in denen sie vom Verkauf ihrer Liebe gelebt hatte, hatte sie gelernt, so mit Männern umzugehen. Herr Matthew hatte ihr verboten, sich wie eine Hure zu betragen, doch das zählte jetzt nicht. Sie wollte ihn trösten, und sie kannte keinen besseren Weg.

Sie kämmte sein Haar mit den Fingern aus, bis es im zuckenden Licht der Flamme wieder schimmerte. Sie liebte die Farbe, das zugleich ins Rötliche und ins Goldene spielende Braun. Angesichts des hellen Haars verblüffte die Schwärze seiner Augen. Magdalene wollte sie unentwegt ansehen und lernte doch nie, sie zu lesen und Sir Matthews Geheimnis zu ergründen. Magdalene wusste nur eines: dass sie ihn lieben würde, ganz gleich, was er vor ihr und vor aller Welt verbarg.

Ihre Hand fuhr seinen Hals hinunter und strich ihm den verschwitzten Hemdstoff von der Schulter.

»Lass das bleiben, Mag«, sagte er, doch seine Stimme war voll müder Nachsicht.

Magdalene gehorchte ihm nicht. Seine Schulter und der halbe Rücken waren von den Narben eines Schwertkämpfers gezeichnet. Magdalene liebkoste jede einzelne, dann küsste sie sein Handgelenk, das immer wund war, weil er es sich gnadenlos mit den Fingernägeln zerkratzte. Warum er das tat, wusste Magdalene nicht, aber es zerriss ihr das Herz.

Er fing ihre Hand und hielt sie fest. Im rußigen Schein des Talglichtes sah er sie an. »Schluss jetzt. Wie oft habe ich dir gesagt, ich habe dich nicht mitgenommen, damit du mir allerorts verfügbar bist?«

»Warum habt Ihr mich dann mitgenommen?«

Matt lachte er auf. »Weil du mir keine Wahl gelassen hast. Wenn wir zurück nach Yorkshire kommen, bringe ich dich auf meines Vaters Burg. Gewiss findet sich dort eine Stellung als Magd.«

Magdalene wurde elend bei dem Gedanken. Sie wollte auf keine Burg gebracht werden. »Werdet dann auch Ihr bei Eurem Vater leben?«, fragte sie mit wenig Hoffnung.

»Ich? Gott bewahre. Zum sesshaften Leben tauge ich nicht.«

»Dann nehmt mich mit«, flehte sie ihn an.

Wieder lachte er. »Was soll ich mit dir denn anfangen?«

»Was immer Ihr wollt.«

»Du kannst nicht eben viel. Was du kochst, ist ungenießbar, und was du flickst, platzt am nächsten Tag wieder auf.«

»Ich kann Euch die Welt vergessen machen.« Sie befreite ihre Hand und begann wieder, ihn zu streicheln, löste die Bänder an seinem Halsausschnitt und versuchte, die gespannten Muskeln seiner Brust zu lockern.

Er schob ihre Hand beiseite. »Glaubst du, dass ich das tun sollte? Die Welt vergessen?«

Sie nickte heftig. »Ja, das sollt Ihr, weil Euer Herz noch schwerer ist als Eure Rüstung, und weil mir bange wird, dass Euch die Last erdrückt.«

Sein Gesicht mit den schwarzen Augen wurde ernst. »Du nimmst mir übel, was heute Morgen geschehen ist, nicht wahr?«

»Nie im Leben!«, rief Magdalene. »Jeder andere Herr würde Hugh viel öfter schlagen.«

»Da hast du recht«, erwiderte er streng. »Und jeder andere Herr würde dir ein paar Rutenstreiche geben, weil du ihn von der Nachtruhe abhältst.«

»Nein, Mylord«, sagte Magdalene und fing mit flinken Fingern an, sich den Brustlatz aufzuknoten. »Jeder andere würde mich in die Arme nehmen und lieben, auch wenn er hundert Schöne haben kann und ich nur ein zerrupfter Hund bin. Aber er würde sich eben bescheiden, wenn keine zur Stelle ist, die mehr hermacht.« Sie beugte sich vor und küsste ihn auf den Mund.

»Du bist ein unbelehrbares Ding«, sagte er. Seine Augen funkelten. Dann ließ er zu, dass sie ihn umarmte, sich mit ihm niederlegte und ihm die Bruche von den Hüften streifte. Er war müde, und Magdalene wusste, dass sie nicht gut genug für ihn war. Doch kein Mann hatte sie je so gut geliebt wie er: wild und ungebärdig, zu schnell und dennoch mit einer gedankenverlorenen Zärtlichkeit, die alles in ihr berührte. Von seiner Schönheit bekam sie nicht genug, so gab sie ihm noch Küsse auf jeden Zoll seiner Haut, als er längst eingeschlafen war.

Am Morgen erwachte Magdalene von der Sonne, die in die Fensterluke schien. Am Boden schnarchte der betrunkene Hugh, doch sie selbst fand sich selig zusammengerollt auf dem Bauch von Sir Matthew, der wach war und auf sie hinuntersah. »Oh, Mylord!«, rief sie erschrocken und bekämpfte zugleich die unbändige Lust, an dem Haar auf seiner Brust zu zupfen.

»Ach Mag«, sagte er, »du Siebenschläferin mit deinen kleinen Äuglein – was habe ich mir mit dir nur aufgehalst?« Seine Stimme klang belustigt, doch Magdalene vernahm in ihr schon wieder Sorge und Verdruss.

Ehe sie ihn küssen konnte, schob er sie weg. »Jetzt mach, dass du aus den Federn kommst. Weck den schnarchenden Faulpelz, und dann schnürt das Gepäck.«

»Gehen wir denn heute auf See, Mylord?« Der Gedanke, die Insel zu verlassen, schmerzte, doch um seinetwillen musste es sein.

Er wand seinen sehnigen Leib unter ihr hervor, setzte sich auf und streckte die langen Beine aus dem Bett. »Nein«, erwiderte er, »wir ziehen nur ein Stück landeinwärts und bleiben ein paar Nächte in einem Kloster.«

Magdalene lehnte sich gegen seinen Rücken. »Mylord, sollten wir nicht besser heute als morgen gehen? Die Insel quält Euch doch so.«

Erstaunt blickte er über seine Schulter. »Ja, sie quält mich. Aber was hilft's? Es gibt Geschäfte, die erledigt werden müssen.«

»Und warum quält sie Euch? Für mich ist sie das schönste Stück Land, das ich kenne. Ich habe nirgendwo besser zu essen bekommen und zufriedenere Menschen getroffen.«

»Genau so ist es!« Wie ein Insekt schüttelte er Magdalene von sich ab. »Und was meinst du, wem all dieser Reichtum, die fruchtbaren Felder, die Fischgründe, die Ebenen voller fetter Schafe gehören sollten? Dem König von England, oder nicht? Diese verfluchte Insel ist ein Teil von England, sie liegt sogar so günstig vor Englands Küste, als hätte Gott uns ein Torhaus geben wollen, mit dem wir Angriffe von der Meerseite abfangen können.«

»Gehört sie dem König denn nicht?«, fragte Magdalene und bedauerte sogleich, dass sie weder vom König noch von anderem etwas verstand.

»Nein«, knurrte er. »Zumindest nicht auf dem Papier. Sie gehört einem verfluchten Weib namens Isabel de Fortibus. Sie sitzt auf ihrer Burg und lässt das Volk ringsum prassen, derweil der König jeden Schilling für seinen Kreuzzug braucht.«

Magdalene wollte eine Frage stellen, doch in diesem Augenblick drang Lärm in ihre Stube. Scharfes Gebell mischte sich mit Geschrei, eine Tür schlug, und Schritte hallten auf dem Weg. Im Nu war Sir Matthew in seine Kleider gesprungen und stürmte aus der Kammer. Magdalene brauchte ein wenig länger, um ihre Männerkluft wieder anzulegen und ihm zu folgen.

Es war, wie sie vermutet hatte: Der Hund des Wirts, eine abscheuliche Bestie von einem Mastiff, hatte sich von der Kette gerissen und die Frau eines Reisenden angegriffen. Der Wirt, die Wirtin und ihr Knecht hatten offenbar gepackt, was sie an Waffen erwischen konnten, und drangen mit Heugabel und Spaten auf den Höllenhund ein. Immerhin gelang es ihnen, das Tier von der schreienden Frau wegzutreiben. Dass sie es damit am Maul verletzten, machte es jedoch nur noch rasender.

Die Leute, die das Geschrei herbeigelockt hatte, wichen bis an die Mauer des Hauses zurück und versuchten, sich den Hund mit ihren Waffen vom Leib zu halten. Während der auf die Wirtin und den Knecht zupreschte, gelang es dem Wirt, zur Seite zu entwischen und eine Sichel zu packen, die an der Hauswand lehnte. Von hinten näherte er sich und hob die Sichel vor der Brust, ohne Zweifel in der Absicht, die Bestie zu töten.

»Halt!«, brüllte da Sir Matthew von der Tür her.

Der Mann erstarrte im Schritt.

Atemlos sah Magdalene zu, wie ihr Herr unbewaffnet, nur in Hemd und Hosen, auf das Untier zuging. Leise sprach er auf es ein, eine Flut von zärtlichen Worten, von denen sie keines verstand. Schon wandte ihm der Hund, der ausgesehen hatte, als wollte er der Wirtin an die Gurgel springen, den massigen Kopf zu. Sir Matthew ging dessen ungeachtet weiter, kniete vor dem Tier nieder, hob die Hand und klopfte ihm behutsam den eisengrauen Hals. Auf seine Knie troff blutiger Schaum von den Lefzen des Tieres.

»Armer Kerl«, sagte Herr Matthew und kraulte es hinter den Ohren. »Armer, wackerer Kerl.«

Der Wirt wagte beherzt einen Sprung und holte mit der Sichel aus. Ein starker, schneller Hieb auf den bulligen Nacken, und Sir Matthew wäre in Sicherheit. Der aber rief noch einmal, wenn auch sacht, um das Tier nicht zu erschrecken: »Nein. Bringt den Hund nicht um, ich zahle Euch gutes Geld für ihn.« Mit der rechten Hand liebkoste er weiter das Tier, mit der linken nestelte er an dem Beutel, den er an einer Lederschnur um den Hals trug. »Was soll er kosten? Sind drei Pfund genug?«

Magdalene stockte der Atem. Kein Mensch bezahlte drei Pfund für einen Hund, schon gar nicht für eine Bestie, die erschlagen gehörte. »Aber nein, Mylord«, stotterte denn auch der Wirt, ließ jedoch die Sichel sinken. »Das ist zu viel, und ich kann Euch auch den Hund nicht verkaufen – er ist toll, er fällt nicht zum ersten Mal einen Menschen an. Ihm ist nicht zu trauen.«

»Ich traue ihm«, sagte Sir Matthew und warf dem Wirt die Münze zu. »Behaltet den Rest. Wie heißt er?«

»Wie er heißt? Er hat keinen Namen.«

»Armer Namenloser«, murmelte Sir Matthew und umfasste den Kopf des Mastiffs. »Ich wäre auch nicht gut zu haben, wenn ich meinen Leuten nicht einmal einen Namen wert wäre.«

Er stand auf, fasste den Hund am Halsband und führte ihn mit sich fort. Wenig später brachen sie auf – Sir Matthew zu Pferd, der Hund, dessen Wunden er im Stall mit Althaimenes' teurer Salbe versorgt hatte und den er Nameless rief, lief an seiner Seite. Magdalene folgte auf dem Maultier und Hugh in gebührendem Abstand zu der grauen Bestie.

Anfangs konnte Magdalene an kaum etwas anderes denken als an ihre Angst, der Hund könne Sir Matthew angreifen, doch mit der Zeit nahm die Schönheit des Weges ihre Gedanken für sich ein. Sie durchquerten eine dichte Waldung, und da der Pfad handschmal und von knorrigen Wurzeln geädert war, tat Magdalene es ihrem Herrn gleich, sprang ab und führte ihren Maulesel am Zügel. Weich und federnd lag ein Teppich aus Nadeln unter ihren Füßen. Wenn sie den Kopf in den Nacken legte, konnte sie Flecken von Blau durch die Wipfel himmelhoher Tannen erahnen, und immer wieder schüttete die Sonne ihr Gold zwischen die Zweige, dass es schwer wie Honig daran heruntertropfte.

Das Laub zwischen den Nadelgewächsen färbte sich hier und da schon kupferrot, die Luft war wie schmeichelnde Seide und erfüllt vom Duft nach Harz. Magdalene freute sich am Anblick von Sir Matthews Schultern und spürte im ganzen Leib, wie sehr sie ihr Leben liebte. Das wohlige Gefühl blieb, als sie den Wald verließen. Sie saßen wieder auf und ritten zwischen Feldern hindurch, deren Ähren im Wind wogten, und über Koppeln, auf denen Schafe und gedrungene, zottige Pferde grasten.

Magdalene ließ ihren Blick über das weite Land schweifen.

Die Gebäude tauchten auf, als seien sie aus der Stille gewachsen, für die Ewigkeit erbaut in graugelbem Stein. Die zahllosen Häuser, die Magdalene auf der Reise durch das Land gesehen hatte, standen alle miteinander in Verbindung wie die Menschen, die sie gebaut hatten: die Katen der Bauern, die ihr Korn zur selben Mühle trugen, und die Behausungen der Dörfler, die aus demselben Brunnen Wasser schöpften, die Kapellen, gebettet in Nester aus Wohnstätten, und die Burg, die über alles wachte. Dieser Komplex von Gebäuden jedoch stand für sich allein und genügte sich selbst. Lediglich zur Rechten duckten sich ein paar Hütten in den Schutz der schweigenden Mauern. Über dem steinernen Ring ragte das Dach einer Kirche ohne Turm auf.

»Wir sind da«, sagte Herr Matthew, ohne sich nach Hugh und Magdalene umzudrehen. »Ihr wartet hier.«

So war es immer, wenn sie ein neues Quartier bezogen: Er ging allein voraus, um mit den Wirtsleuten über den Preis zu verhandeln, und holte dann Hugh und Magdalene nach. Heute aber war etwas anders. Mit dem Hund an seiner Seite ritt er auf die steinerne Front zu, als füge er sich in ein dunkles Schicksal. Der Gebäudekomplex war ein Kloster, hatte er gesagt. Weshalb um alles in der Welt waren sie hierhergekommen?

»Ich sorge mich um den Herrn«, sagte Magdalene zu Hugh, als sie nach Mittag noch immer warteten. »Ich denke, ich gehe dort hinüber und sehe nach, wo er ist. Du achte mir auf das Maultier.«

Heftig schüttelte Hugh den Kopf und versuchte, Magdalene aufzuhalten. Sie aber befreite sich und lief los, ohne auf seine kaum menschlichen Laute zu achten. Sie rannte auf das Torhaus zu, in dem ihr Herr verschwunden war, zuerst durch hohes Gras, dann über einen Kiesweg, der unter ihren Sohlen knirschte. Je näher sie dem Tor kam, desto sicherer war sie, dass die eisenbeschlagene Tür, die hoch genug war, einen Reiter einzulassen, verschlossen sein würde. Ein Mensch, den sie um Einlass hätte bitten können, war weit und breit nicht zu entdecken.

Furcht erfasste Magdalene. Sie war nicht fähig, klar zu denken. Mit beiden Händen packte sie den riesigen Messingklopfer und ließ ihn donnernd gegen die Tür krachen. Als sich auch beim dritten Mal nichts rührte, ergriff sie die Klinke und rüttelte daran. Die Tür war viel schwerer als erwartet und bewegte sich kein Stück. Regte sich hinter dem Holz überhaupt Leben, oder hatte eine schweigende Totensiedlung ihren Herrn verschluckt? Magdalene rüttelte weiter, bis die Erschöpfung sie zum Innehalten zwang. Sie hörte Rufe, fuhr zusammen und blickte zu ihrer Rechten.

Hatte sie der Stimme nach auf eine Frau geschlossen, so entdeckte sie jetzt einen Burschen, der ihr aus Richtung der Hütten entgegenlief.

»Heda! Was tust du? Du kannst doch dort nicht hinein!« Außer Atem blieb er stehen, beugte sich vor und stützte die Hände auf die Knie, um Luft zu schöpfen.

Er war ein hübscher Bursche. Für die Schönheit von Menschen hatte Magdalene einen Blick. Er war sehr schlank und zwar größer als sie, doch gewiss einen vollen Kopf kleiner als Sir Matthew. Er trug das grobe Hemd und die Beinkleider der Bauern am Leib, dazu kurze Stiefel und eine lederne Kappe. »Was fällt dir ein?«, fragte er und richtete sich auf. »Was immer dein Anliegen ist – dort gibt es keinen Eintritt für dich.«

»Warum denn nicht?«

Der fremde Junge lachte auf. »Nun, warum wohl nicht? Was meinst du wohl? Was treibt dich überhaupt her, ich habe dich hier noch nie gesehen. Hast du Hunger? Dann komm mit, ich gebe dir ein Säckchen Korn.« Er wies in die Richtung, aus der er gekommen war, und zog sich die Kappe vom Kopf.

Magdalene stockte der Atem. Die Züge seines Gesichts mochten kantig und hager sein, doch es bestand kein Zweifel: Vor ihr stand kein Bursche, sondern ein Geschöpf wie sie selbst: ein Mädchen in Jungenkleidern, mit lieblos abgesäbeltem Haar.

Dabei hätte das Haar recht schön sein können. Es war dicht wie ein Pferdeschweif und braun wie Amselgefieder. Die Augen allerdings waren seltsam: grünlich und hell und dennoch ohne Glanz.

»Tust du das immer?«, fragte die Fremde barsch.

»Tue ich was?«

»Einen Menschen, der dir seine Hilfe anbietet, zum Dank wie eine Missgeburt anglotzen.«

Schuldbewusst schlug Magdalene sich auf den Mund. Sir Matthew hatte sie deswegen auch schon getadelt: Sie starrte Menschen ins Gesicht, wie gebildete Leute in Bücher starrten, um darin zu lesen. »Tut mir leid«, sagte sie. »Hab Dank, dass du mir Korn geben willst. Es muss euch wohl ergehen, wenn ihr das Korn so einfach verschenken könnt, aber mir ergeht es auch wohl. Mein Herr Matthew ist ein adelig geborener Ritter, und er sorgt für mich, wie ich es mir besser nicht wünschen könnte.«

»Wie freundlich von ihm. Darf ich erfahren, was du dann hier suchst?«

»Meinen Herrn«, platzte Magdalene heraus. »Er ist dort hineingegangen und nicht wiedergekommen. Er kommt sonst immer wieder, wenn er es uns sagt.«

»Uns?«

Magdalene wies auf Hugh, der vor dem Kiesweg mit dem Maultier wartete. »Seinem Diener und mir.«

Die Fremde nickte. »Anfangs habe ich auch dich für einen Diener gehalten.«

»Und ich dich …«

Einen Herzschlag lang flog ein offenes Lachen zwischen ihnen, dann verschloss sich das Gesicht der Fremden erneut. »Du musst jetzt gehen«, sagte sie. »Warte mit deinem Gefährten, bis euer Herr zurückkommt.«

»Ich gehe ihn lieber suchen.«

»Das tust du nicht.« Die Fremde hob die Hand wie zum Zeichen, dass sie Magdalene notfalls mit Gewalt zurückhalten würde. »Wie töricht bist du? Weißt du nicht, dass keine Frau dieses Tor durchqueren darf?«

Töricht wohl, dachte Magdalene, aber eine von meiner Art geht durch so manches Tor, das für eine wie dich verboten bleibt.

Sie setzte einen Schritt und fühlte sich grob am Arm gepackt.

»Bei der heiligen Muttergottes, hat dir niemand gesagt, wer hinter dieser Pforte lebt? Die weißen Mönche. Die der Welt entsagenden Brüder von Quarr Abbey.«

Ehe Magdalene dazu kam, noch eine Frage zu stellen, wurde das Tor zurückgezogen, dass die Angeln ächzten. Sie wollte zur Seite hüpfen, um einen Blick ins Innere zu werfen, doch als Sir Matthew erschien, war alles andere vergessen. Er führte Althaimenes am Zügel, und der Hund lief an seiner Seite.

Wie so oft war Magdalene verblüfft, dass ein Mann so breite Schultern und eine Rüstung aus vierundzwanzig Teilen haben und dennoch so verwundbar wirken konnte. Sie musste den Wunsch niederzwingen, zu ihm zu eilen und ihre knochigen Arme um ihn zu schließen. Er wirkte geistesabwesend, versunken.

Die Fremde schien er nicht wahrzunehmen. Aber der Hund sah sie. Mit einem Satz preschte er auf sie zu, stieß einen grollenden Laut aus und bleckte die Zähne. Das Mädchen schrie und wollte weglaufen, doch der Hund war schneller. Wuchtig sprang er ihr an die Brust und warf sie nieder. Magdalene sah das Gebiss über der Gurgel des Mädchens und kniff die Augen zu.

»Zurück!«, rief Herr Matthew. »Nameless! Zurück!«

Ungläubig vernahm Magdalene das Tappen der Pfoten. Dennoch ließ sie mehrere Herzschläge verstreichen, ehe sie es wagte, die Augen zu öffnen. Sir Matthew kniete am Boden und liebkoste den Hals des Hundes, während Althaimenes an seiner Seite wartete.

Das fremde Mädchen rappelte sich auf. »Was fällt Euch ein?«, herrschte es ihn an. »Wenn Ihr verrückt genug seid, solch eine Bestie zu halten, legt sie gefälligst an die Kette!«

Gleichgültig hob Sir Matthew den Kopf. »Der Hund greift niemanden an«, sagte er. »Es sei denn, derjenige zappelt und fuchtelt herum wie ein Idiot.«

Magdalene hörte die Fremde vor Empörung schnaufen. »Ich habe weder gezappelt noch gefuchtelt. Zudem frage ich mich, wer hier das Hausrecht hat – ich oder Ihr?«

»Abt Randulph von Quarr Abbey«, erwiderte Sir Matthew. »Ich bin sein Gast, und seine Gastfreundschaft schließt meine Gefährten ein.« Dass er damit Althaimenes und den Hund ebenso meinte wie Hugh und Magdalene, machte er mit einem Nicken in Richtung des Tieres deutlich.

»Ihr seid«, fuhr das Mädchen auf, stockte und musste überlegen, mit welchen Worten Sir Matthew sich beschimpfen ließe. »Ihr seid die fleischgewordene Unverschämtheit!« In ihren glanzlosen Augen glomm Zorn.

»So so. Trifft das nicht eher auf dich zu? Bei mir zu Hause spricht keine Bauernmagd so verdreckt mit einem Herrn.«

Mit erhobener Hand sprang sie auf ihn zu, als wollte sie sich wahrhaftig erdreisten, ihn zu schlagen. Ein Schrei entfuhr Magdalene, der Hund knurrte, und auch Hugh eilte endlich herbei. Das Mädchen hielt inne. Hochmütig reckte es den Kopf. »Eure Regeln gelten für mich nicht«, erwiderte es ruhig. »Ich stehe außerhalb Eurer Ordnung und darf tun, was ich will, weil es mich im Grunde gar nicht gibt.«

Sir Matthew, der noch immer den Hund liebkoste, hielt ebenfalls inne und sah zu dem seltsamen Wesen auf. Dann erhob er sich. Die Blicke der funkelnden schwarzen und der leblosen grünen Augen trafen aufeinander. Magdalene, die ein törichtes Ding war, aber viel von Menschen verstand, begriff sofort, dass hier zwei Ebenbürtige einander maßen.

Sir Matthew brauchte lange, ehe er Worte fand. »Wie auch immer«, sagte er schließlich. »Ich habe keine Zeit, mich mit vorlauten Gören abzugeben. Ich suche eine Kreatur, die sich Amsel von Quarr nennt und mir ein Quartier für meine Leute anweisen soll.«

»Ich nenne mich nicht so«, erwiderte das Mädchen. »Amsel von Quarr ist mein Name, und wenn das Elfchen und der Tolpatsch Eure Leute sind, so sind sie mir willkommen, denn sie sind besser erzogen als Ihr.«

»Du bist die Amsel?«

»Habt Ihr etwas dagegen? Und darf man erfahren, wer Ihr selbst seid?«

Wieder verstummten beide.

»Matthew de Camoys«, sagte er endlich und deutete eine Verbeugung an, obgleich er die einer Bauernmagd nicht schuldete. Etwas in Magdalenes Brust begann zu brennen. Sie hatte sich nie etwas mehr gewünscht, als Sir Matthews würdig zu sein, und sie hatte sich damit getröstet, dass auch keine andere Frau, so hochgeboren sie sein mochte, seiner würdig war. Jetzt stand dieses Mädchen mit dem schief geschnittenen Haar vor ihm, beleidigte ihn und war seiner würdig. Und das Schlimmste war: Magdalene mochte sie und wusste nicht, warum.

»Welche Ehre«, bemerkte die Fremde spöttisch. »Und wie schade, dass Ihr an einen Ort gekommen seid, an dem ein klangvoller Name nicht halb so viel zählt wie ein frommes Herz.«

»Dein Gerede kratzt mich nicht. Wie steht es nun mit dem verdammten Quartier?«

»Zum Besten.« Sie hob ihre Brauen. »Zumindest für bescheidene Menschen, die sich an schlichten Gottesgaben zu freuen wissen und nicht fluchen.«

Er zuckte zusammen, wie ein Junge, der sich unvermutet einen Klaps gefangen hat. Aber er fasste sich schnell. »Hugh. Mag. Ihr geht mit ihr«, befahl er. »Um mein Pferd und den Hund kümmere ich mich selbst.«

Die Kate des Amselmädchens, in der nun auch die Gäste der Abtei Obdach fanden, stand inmitten eines Gemüsegartens, den es allein bestellte. Darüber hinaus sorgte es für das Hühnerhaus, den Bienenstock und ein halbes Dutzend Schweine, die zu St. Martin geschlachtet werden sollten. Zwar durften die Mönche für gewöhnlich kein Fleisch essen, hatte die Amsel Magdalene erklärt, aber sie gaben es Kranken und Gästen und verdienten mit dem Verkauf von Wurst und Schinken Geld für den Unterhalt der Abtei. Das kleine Haus wirkte zugig und windschief, war jedoch aus solidem Fachwerk und Lehmbewurf gezimmert und erstaunlich gut beheizt. Im Gebälk hingen Würste zum Räuchern, und auf der Leine, die um das Haus gespannt war, trockneten silbrig glänzende Fische.

Die Amsel zeigte Magdalene einen Hain voller Obstbäume,

der hinter den Gebäuden der Abtei lag. Ein Korb voll Äpfel stand im Haus auf dem Tisch. »Nimm dir, so viel du willst«, sagte sie. »Ich habe sie heute früh auf dem Friedhof gepflückt.«

»Auf dem Friedhof?«

»Es gehört zu den Lebensregeln der weißen Mönche, sich selbst zu erhalten. Deshalb nutzen sie das Land, so gut es geht, und ein Friedhof taugt zugleich als Obstgarten. Wer will, kann im Kreislauf von Winterruhe, Blüte und Frucht ein Sinnbild für Leben, Tod und Auferstehung erkennen.«

Magdalene sah sich um. Vor allen Katen waren Männer bei der Arbeit, doch trugen sie keine Kutten, sondern Bauernkittel.

»Die Mönche verrichten ihren Teil der Arbeit«, erklärte die Amsel, der Magdalenes fragender Blick nicht entgangen war »Doch weil Gebet und Gottesdienst in ihrem Leben den größten Raum einnehmen, kümmern sich die Laienbrüder auf den Grangien um das Land.«

Magdalenes Blick wanderte an ihrer Gestalt hinauf und hinab. Er blieb an dem goldenen Stein hängen, den die Amsel an einem Band um den Hals trug. »Du siehst nicht wie ein Laienbruder aus.«

Die Amsel lachte auf jene freudlose Weise, die Magdalene von Sir Matthew kannte. »Ich habe es schon dem unsäglichen Menschen erklärt, mit dem du gekommen bist«, sagte sie. »Ich bin etwas, das es nicht gibt.«

»Herr Matthew ist kein unsäglicher Mensch!«, fuhr Magdalene auf. »Er hat eine dunkle Traurigkeit in seinem Leben, und sie hat mit dieser Insel zu tun, doch keine Faser an ihm ist schlecht.«

Auf ihre spöttische Weise verzog die Amsel den Mund. »Eine dunkle Traurigkeit? Nun, wenn du mich fragst, sind es Männer wie dein Herr, die den Menschen erst dunkle Traurigkeiten bringen. Er ist ein Eintreiber des königlichen Exchequers, oder nicht? Kein Ritter, der die Schwachen und Hilflosen schützt und für das Wohlbefinden der Allgemeinheit kämpft, wie mir über den Ehrenkodex eines Ritters berichtet wurde. Er soll machen, dass er seines Weges zieht; auf unserer Insel hat er nichts zu suchen!«

»Aber der König braucht doch Geld für seinen Kreuzzug …«

Die Amsel schüttelte den Kopf. »Was auch immer er braucht, er soll es sich holen, wo es ihm zusteht. Die Isle of Wight aber hat einer seiner Vorfahren den Baronen von Redvers für ihre Treue geschenkt, damit sie ohne Steuer und Scutage über sie regieren. So ist es noch heute. Auch wenn es keine Barone von Redvers mehr gibt.« Sie brach ab. Offenbar hatte sie bemerkt, dass sie ihren Gast überforderte. »Na komm«, sagte sie und nahm Magdalenes Arm. »Richten wir dir ein Lager her, ich mag über diesen Widerling nicht mehr sprechen.«

»Du solltest ihn singen hören«, sagte Magdalene traurig. »Dann würdest du anders über ihn denken. Er singt ein Lied, davon zuckt es mir im Herzen, und auf einmal weiß ich, dass wir in dieser Welt beschützt sind. Verstehst du, was ich meine, oder spreche ich allzu dumm?«

»Nicht allzu dumm«, sagte die Amsel. Es klang, als lächle sie.

»Kein Mensch, der böse ist, kann so singen«, fuhr Magdalene eifrig fort. »Aber leider – seit wir auf der Insel sind, singt er keinen Ton mehr und rührt seine Laute nicht an.«

Die Amsel hörte ihr nicht länger zu, sondern wandte sich ab und schlug ihr ein Bett auf. Wie bequem es war, erlebte Magdalene in der folgenden Nacht: Sie hatte selten so fürstlich geschlafen. Auch hatten ihr Käse, Zwiebeln, Brot und saurer Wein nie so köstlich geschmeckt wie in dem kleinen Haus, doch sie hatte auch noch nie ihren Herrn so vermisst. Er kam nicht wie sonst am Morgen, um nach ihnen zu sehen. Magdalene bekam ihn lediglich von Weitem zu Gesicht, als er in der Frühe mit dem Hund davonritt. Er wirkte grimmiger und entschlossener denn je.

Sie machte sich in den Tagen, die sie in der Hütte verbrachten, nützlich, lernte von der Amsel, wie man Obst zu Sirup kochte. Keine andere Arbeit hatte ihr je so viel Freude bereitet. Es musste schön sein, in einem eigenen Häuschen zu wohnen, vom Land zu ernten, was man gesät hatte, und die Früchte seiner Arbeit auf den Tisch zu stellen. Wäre die Sorge um ihren Herrn nicht gewesen, hätte sie hier glücklich sein können.

»Warum gehst du nicht schlafen?«, fragte die Amsel, wenn sie vor Kälte schlotternd vor der Tür kauerte und auf seine Rückkehr wartete.

Magdalene schüttelte den Kopf. Sie würde nicht schlafen können, solange sie nicht wusste, dass auch ihr Herr hinter den schweigenden Mauern, die ihr den Zutritt verwehrten, schlief. Erst wenn sie Hund, Pferd und Reiter unter Sternen und Wolken vorbeifliegen sah, beruhigte sich ihr Herz.

Dann kam die Nacht, in der der Hund allein zurückkehrte. In der Finsternis heulte er so grauenvoll, als hätte er den Tod eines Freundes zu beklagen. Magdalene vergaß alle Furcht vor dem Tier. Wie vom Teufel gehetzt jagte sie zu ihm und schrie vereint mit dem wilden Geschöpf.

2

Der Prior führe respektvoll aus, was ihm von seinem Abt aufgetragen wurde.« So stand es im fünfundsechzigsten Kapitel der Benediktsregel, so war es an diesem Morgen im Kapitelhaus verlesen worden.

Während die Brüder gemessenen Schrittes aus dem Saal zogen, warf Abt Randulph seinem Prior einen Blick zu. »Respektvoll« war wohl kaum das erste Wort, das einem zu Bruder Francis einfiel. Der Bruder brach zwar keine Regel, doch er dachte sich seinen Teil. Dennoch oder gerade deshalb hatte Randulph mit ihm die richtige Wahl getroffen, als er ihn zu seinem Prior gemacht hatte. Er brauchte einen Mann neben sich, keine Puppe an Schnüren.

Über das Wohl der Brüder zu wachen erforderte Entscheidungen, die Randulph an seine Grenzen trieben. Er betete täglich um Stärke, doch ohne den Austausch mit einem Mann wie Francis hätte die Bürde ihn zerbrochen. In seiner Jugend hatte er solch einen Ratgeber schon einmal gehabt – und ihn verloren. Er würde nie aufhören, ihn zu vermissen.

Für das Problem, das Randulph auf der Seele lastete, konnte auch der Prior unmöglich eine ideale Lösung wissen, aber Randulph brauchte eine Rückversicherung. Als Francis sich zum Gehen wandte, bedeutete er ihm daher durch einen Wink mit dem Krummstab aus Buchenholz, dem Zeichen seiner Abtswürde, ihm zu folgen.

Ohne ein Wort zu sprechen, verließen sie den Kapitelsaal und durchquerten den östlichen Flügel des Kreuzgangs, der das Herz der Abtei darstellte. Die herbe Frische des Morgens verriet, dass der Herbst schon in der Tür stand und dahinter der Winter mit seinen bitterkalten Nächten.

In den Lesenischen, die in der Mauer eingelassen waren,

hatten sich Mönche die Kapuzen schützend in die Gesichter gezogen. Manche, so wusste Randulph, kauten dabei auf Pfefferkörnern, damit das Dunkel sie nicht in Schlaf lullte. Wegen der zerrissenen Nächte und der harten Arbeit am Tag waren sie ständig müde.

Randulph öffnete die Tür des Sprechzimmers neben der Tagestreppe und ließ den Prior ein. In seiner Schlichtheit war der Raum normalerweise geeignet, aufgewühlte Gemüter zu beruhigen. Warum meines nicht?, haderte Randulph. Er wusste, dass seine Unruhe für die Gemeinschaft gefährlich war. Er hatte seine Kindheit in den Mauern einer Burg verbracht, und auf seine eigene Weise war auch ein Kloster eine Burg: Eine einzige Schwachstelle konnte alle Stärke zu Fall bringen, und eine menschliche Schwäche war verheerender als jede andere.

»Ihr wolltet mich sprechen, Vater?«

Man erschrak stets aufs Neue, wenn man nach stundenlangem Schweigen die Stimme eines Mitbruders hörte. Randulph deutete mit dem Stab auf den einzigen Schemel im Raum. »Setzt Euch, Prior.«

Der andere tat, wie ihm geheißen. Er stellte keine Frage, sondern wartete ab.

Randulph hatte ebendies von ihm erwartet. Die Verpflichtung zu schweigen kam viele Brüder härter an als der Verzicht auf das Übrige: das Prassen, das Lieben, das Streben nach den Belohnungen der Welt. Prior Francis jedoch war seit frühester Kindheit im Kloster und im Schweigen aufgewachsen. Seiner undurchdringlichen Miene sah niemand die geschliffenen Worte an, die sich hinter seiner Stirn formten. Ein wenig glich er darin Randulphs verlorenem Gefährten, der einen Entschluss erst ausgesprochen hatte, wenn er unumstößlich war.

»Ich habe mit Euch zu reden«, sagte Randulph. »Den Grund dafür könnt Ihr Euch denken.«

Prior Francis sagte noch immer nichts, sondern wartete, bis Randulph ihm den Befehl erteilte: »Sprecht!«

»Ich kann mir mindestens zwei Gründe denken.«

»Dann nennt mir einen.«

Die Züge des Priors verfinsterten sich. »Der Teufel«, sagte er. »Adam de Stratton.«

Mahnend hob Randulph einen Finger. »Wenn ich es für nötig hielte, über das Wirken des Bösen zu sprechen, dann gewiss nicht ohne die vorherige Stärkung durch das Gebet. Adam de Stratton ist nur ein Mensch. Womöglich einer der schlechtesten und obendrein der gerissenste, der herumläuft, doch ewig wird er seiner Strafe nicht entgehen. ›Mein ist die Rache‹, spricht der Herr. Was weltliche Gerichtsbarkeit nicht vermag, vollstreckt die himmlische umso sicherer.«

Mein ist die Rache. Wie oft hatte Randulph sich mit diesem Satz aus dem Deuteronomium zur Ordnung gerufen, und wie oft waren die Worte ungehört verhallt!

»Derzeit nützt uns das wenig«, bemerkte Francis. »Stratton hat unser Siegel von der Urkunde geschnitten, und damit gehen uns Gelder verloren, die die Abtei dringend braucht. Und wie damals, als er uns um die Ländereien bei Newport betrogen hat, schanzt er unseren Besitz seiner Bienenkönigin auf Carisbrooke zu.«

»Prior Francis«, fuhr Randulph ihm scharf ins Wort. »Es behagt mir nicht, Euch zurechtzuweisen, doch ich habe deutlich erklärt, dass ich über Adam de Stratton nicht sprechen will.«

Der Prior senkte den Kopf. »Ich bitte um Vergebung, Vater.«

Die Hoffnung, Francis werde das Thema von selbst anschneiden, war zunichte. So blieb Randulph nichts übrig, als es selbst zu tun. »Es geht um die Amsel.«

Prior Francis nickte.

»Ihr habt mich mehr als ein Mal sagen hören, dass ich sie keinen weiteren Winter auf dem Land der Abtei behalte, habe ich recht?«

Prior Francis zögerte, dann nickte er erneut. »Ich denke, in etwa zehnmal, mein Vater.«

»Ich sage es Euch jetzt noch einmal, und diesmal folgt den Worten eine Tat. Erinnert Ihr Euch noch an jenen ersten Tag? Palmsonntag. Der Himmel war wie mit Blei gefüllt, und als er aufbrach und sich über uns ergoss, glaubte man an den Weltuntergang. Nass bis auf die Knochen stand ich am Tor, wartete auf einen Knaben und bekam ein Mädchen. Vom ersten Blick auf es wusste ich, dass ich es fortschaffen musste, wenn ich den Frieden der Abtei nicht gefährden wollte. Aber wie hätte ich es dem grausamen Schicksal ausliefern können, das ihm zugedacht war? Es bleibt ein Geschöpf des Herrn.«

»Und wie konntet Ihr es Euch mit Adam de Stratton verderben? Er schneidet sich ohnehin von jedem Schinken, der Euch zukommt, seinen Batzen.«

»Ich gestatte Euch solche Reden nicht!« Randulph sprang auf und hielt, ehe er sich versah, den bleiernen Kerzenhalter in der Faust. Der Jähzorn, die Familienkrankheit, die ihn letztlich zur Buße an diesen Ort verbannt und jede andere Hoffnung in ihm erstickt hatte, brach sich wieder einmal Bahn. Rasch vollzog er die Venia, die tiefe Verneigung, bis seine Knie und die Knöchel seiner Hände den Boden berührten. Sein Leib bat für ihn inniger um Vergebung, als sein Geist es vermochte.

»Adam de Stratton bat mich um einen Gefallen unter Glaubensbrüdern«, erklärte er, sobald er sich erhoben hatte. »Ich willigte ein, weil kein Zisterzienser einem Menschen in Not die Tür weist. Ich denke auch jetzt, nach mehr als zehn Jahren noch, ich habe das Einzige getan, das möglich war.«

»Ich hatte nicht vor, das zu bestreiten, Vater.«

»Das glaube, wer will. In jedem Fall kommt das Mädchen fort. Ich gebe es Matthew mit, wenn er aufbricht. Er will vor Einbruch des Winters in Yorkshire sein, und er kann mir das Mädchen nach Fountains Abbey schaffen.«

Der Prior verzog einen Mundwinkel. »Wenn Ihr ein Lamm fortschaffen wollt, gebt Ihr es einem Wolf in die Fänge?«

»Matthew ist ein christlicher Ritter, er folgt einem Ehrenkodex. Zudem weiß er nicht, wer sie ist. Er wird es schlicht als seine Pflicht betrachten, ein Mädchen, das ich ihm anvertraue, heil ans Ziel zu bringen.«

»Ich bitte um Vergebung, mein Vater – glaubt Ihr das wirklich?«

»Ihr kennt Matthew nicht!«

»Und Ihr?«

Eine Antwort saß Randulph auf der Spitze der Zunge, doch dort blieb sie und versiegte. Der Prior hatte recht. Matthew war ein Rotzbengel von acht Jahren gewesen, als Randulph ins Kloster eingetreten war. Dass er den Jungen damals gemocht hatte, zählte nicht, und dass er in seinem Gesicht die Züge wiederfand, die er einst geliebt hatte, erst recht nicht. Was Randulph von dem Mann, der Matthew geworden war, wusste, war alles andere als angenehm. Dennoch blieb ihm nichts übrig, als ihm zu vertrauen. Die Amsel musste weg. Dass Adam Siegel von Urkunden schnitt und nichts unterließ, um seine Feinde zu reizen, war nur eines der Zeichen dafür, dass die Schlinge um das Mädchen sich zuzog. Carisbrooke war nach wie vor ohne Erben, und Cyprian hatte Matthew auf die Insel gesandt – längeres Zögern konnte zum tödlichen Versäumnis werden.

Randulph unterdrückte ein Seufzen.

Cyprian. Der Name war und blieb der Refrain seines Lebens. Der Versuch, ihn aus seinem Wortschatz zu bannen, war sinnlos; er war mit dem Brandeisen in sein Gedächtnis geprägt: *Cyprian, Cyprian, Cyprian.*

»Ich habe keine Wahl«, sagte er zu Francis.

»Sie wird in Fountains ebenso wenig bleiben können wie hier.«

»Nicht für immer«, räumte Randulph ein. »Aber die Abtei ist größer und verfügt über mehr Verbindungen. Es soll dort sogar eine Zelle von Schwestern begründet worden sein, der sie sich anschließen kann.«

Dass er auch um seiner selbst willen das Mädchen fortschicken musste, behielt er für sich.

»Mein Vater«, sagte Francis leise.

»Prior?«

»Glaubt Ihr, die Amsel ist für ein Leben im Orden geschaffen?«

Randulph schloss kurz die Augen und behauptete: »Ja.«

Von Neuem schwieg der andere, bis Randulph wagte, ihn wieder anzusehen. Francis erschien ihm in diesem Augenblick unerbittlich – wie der Mann, der über seine Jugend gewacht hatte und lieber gestorben war, als im rechten Augenblick seinen Standpunkt zu leugnen. »Sagt mir, was Ihr denkt.«

»Ich denke, dass Ihr das Mädchen hierbleiben lassen solltet. Es sind so viele Jahre vergangen. Wer immer sich anfangs an seiner Gegenwart störte, hat sich inzwischen daran gewöhnt. Wenn einer der Männer, die einen Groll gegen Adam hegen, von ihm weiß, ist es überall in Gefahr, nicht nur hier. Und es betrachtet Quarr als sein Zuhause – zumindest soweit es einem aus dem Nest gefallenen Wildvogel möglich ist.«

»Es geht nicht, Prior! Sie war ein Kind, als sie herkam, doch sie ist keines mehr. In Fountains herrschen andere Verhältnisse. Nicht nur, dass man dort Schwestern die Gründung einer Zelle ermöglicht, sie haben auch Frauen auf den Grangien, zur Hilfe für die Konversen. Hier hingegen verstößt die Anwesenheit einer Frau gegen die Ordnung.«

»Tut sie das? Ist nicht die Geschichte der Amsel ein Fall, der außerhalb jeder Ordnung steht? Letztlich nennen wir sie deshalb doch die Amsel, statt sie bei ihrem Taufnamen zu rufen. Unsere Gemeinschaft hatte bisher die Kraft, damit fertigzuwerden. Bitten wir den Herrn, sie uns auch weiterhin zu verleihen und die Amsel in unserem Schutz zu belassen.«

Einen Herzschlag lang hasste Randulph seinen Prior in all seiner Selbstgerechtigkeit: Wie viel leichter war es doch, christliche Liebe und Mitleid zu zeigen, wenn das eigene Herz nicht beteiligt war! Besaß Francis überhaupt eines, hatte er die Versuchung der Gefühle je gekannt? Und wusste er, welches Glück er hatte, weil er als Knabe nach Quarr gekommen war, nicht als Mann, der bereits ein Leben geführt hatte? Francis hatte sein Torhaus zum Himmel gefunden, keine Vergangenheit hing ihm an, und kein Mensch zweifelte je an seiner Berufung. Für Randulph aber war es nie so gewesen. Es schien, als müsse er die Festigkeit seines Entschlusses jeden Tag und mit allem, was er tat, neu beweisen.

In sein Grübeln drang das Getöse, mit dem Fäuste an die Tür trommelten. Eine Beratung zwischen Abt und Prior störte man nicht, und war es doch einmal nötig, so klopfte man so zaghaft wie nur möglich an. Wenn jemand sich derart vergaß, musste es um Leben und Tod gehen.

»Ja!« Randulph riss die Tür auf.

Im Gang stand Timothy, einer der Laienbrüder, die vor den Toren der Abtei lebten und für die Pferde sorgten. Im ersten Augenblick glaubte Randulph, der Mann werde ihm verletzt in die Arme stürzen, denn sein Hemd war vom Bund bis zum Hals mit Blut durchtränkt. »Die Mädchen, Vater«, stammelte er, »das Amselchen und die kleine Braune, sie sind in der Nacht mit dem teuflischen Hund los, weil der Herr der Kleinen nicht zurückgekommen ist. Am Waldsee haben sie ihn schließlich gefunden.«

»Gefunden«, wiederholte Randulph sinnlos. Dann begriff er. »Was ist mit ihm?«, fuhr er den Mann an. »Tot?«

Über seiner blutbefleckten Brust schlug Bruder Timothy das Kreuz.

3

Das Heulen des Höllenhundes hatte auch Amicia geweckt. Sie war es gewohnt, von viel leiseren Geräuschen aufzuschrecken, und jedes Mal saß sie kerzengerade auf dem Lager und presste die Hände auf ihr rasendes Herz. Amicia unterstützte die Mönche seit Jahren in der Krankenpflege, weil Abt Randulph befunden hatte, für ein Mädchen in ihrer Lage sei dies noch das Schicklichste. Sie wusste, dass es für ihr Herz gefährlich war, bei der kleinsten Störung zu jagen, aber was hätte sie dagegen tun sollen? So still und fern jeder Aufregung sie ihr Leben auch führte, es blieb für ihr Herz immer gefährlich.

Das Heulen des Hundes verhieß wirkliche Not, nicht nur die, die ihr Hirn ihr vorgaukelte. Sie sprang auf und stieg im Laufen in die Kleider. Die Tür der Hütte stand offen, die kleine Magdalene, deren herzzerreißendes Weinen sich mit dem der Bestie vereinte, musste vergessen haben, sie zu schließen. *Herzzerreißend.* Warum konnte sie keinen Menschen weinen hören, ohne das Gefühl zu haben, der Schmerz zerfetze ihr die Brust?

Es war Neumond, doch die Sternenfülle streute Lichter ins Dunkel. Amicia sah Magdalene hinter den Koppeln neben dem wilden Hund am Boden knien. Mit aller Kraft rannte sie und schrie: »Komm von dem Tier weg, du verrücktes Ding! Er ist toll!«

Magdalene hörte sie nicht. Erst als Amicia bis auf fünf Schritte herangekommen war, wandte sie ihr das Gesicht zu. Im Sternenlicht glänzte es tränenüberströmt. »Hilf uns, Amsel! Mein Herr Matthew – etwas Furchtbares muss ihm zugestoßen sein!«

Sie brauchte mehrere Anläufe, um sich stammelnd zu erklären: Der Hund war allein zurückgekehrt. Da aber ihr Herr Matthew sich von dem Tier nie trennte, musste er mit Gewalt an der Rückkehr gehindert worden sein. »Ich habe ihn immer gewarnt«, weinte Magdalene. »All diese Leute, die dem König Geld schulden, wollen ihm ans Leben. Wie oft habe ich ihn gewarnt! Aber warum soll ein kluger Mann wie Herr Matthew auf ein dummes Mädchen wie seine Mag hören?«

Amicia hatte versucht, ihr klarzumachen, dass das Pferd nicht aufgetaucht war und somit wohl noch unterm Sattel seines Reiters ging, doch Magdalene wollte nichts davon hören. Weil sie ihr Gejammer nicht länger ertrug, ging Amicia schließlich mit ihr, um den Vermissten zu suchen.

Magdalene bestand darauf, den Mastiff mitzunehmen. »Ich weiß, er ist eine Ausgeburt der Hölle«, sagte sie. »Aber er wird uns zu Herrn Matthew führen.« Zwar zitterten ihr die Finger, während sie ihren Gürtel aufknotete und ihn dem Hund durchs Halsband zog, doch das Tier, das Amicia vor Tagen beinahe zerfleischt hatte, ließ sich binden wie ein Lamm. Gleich darauf lief es zielstrebig dem Wald entgegen.

Es grenzte an Wahnsinn, sich im Dunkeln in den Wald zu wagen, der so dicht war, dass ihre Füße bei jedem Schritt über Wurzeln stolperten. Die hohen Kronen ließen kein Licht ein, und die Kälte der Nacht war harsch. Amicia fröstelte in ihrem Mantel, doch Magdalene trug nicht einmal ein Tuch und schien dennoch nicht zu frieren. Sie schien gar nichts zu spüren, nicht die Zweige, die ihr ins Gesicht peitschten, weder den Wind noch die Unebenheiten des Bodens. Mit starr geradeaus gerichtetem Blick stürmte sie dem Hund hinterdrein. Sie war besessen von dem Mann, nach dem sie suchten.

Amicia wusste, dass Magdalene ein gefallenes Mädchen gewesen war, das sich in einem Alehaus im Norden verdingte, bis der schöne Ritter gekommen war und sie aus dem Elend erlöst hatte. Seit Magdalene bei ihr wohnte, hatte sie die Geschichte gewiss fünfmal zu hören bekommen. Sie mochte das einfältige Wesen gern, doch das Gerede von Herrn Matthew machte sie verrückt.

Der Kerl war Amicia zuwider. Sie hatte von den frommen Mönchen, die sie aufgezogen hatten, gelernt, dass heftige Gefühle zu meiden waren, doch dass der fremde Ritter einen Sturm von Abneigung in ihr weckte, ließ sich nicht ändern. Sie fand ihn auch nicht schön, auch wenn Magdalene das unentwegt behauptete. Er hatte etwas an sich, das sie zwang, ihm ins Gesicht zu sehen, und jedes Mal überlief sie ein Schauder. Seine Augen waren schwarz wie Kohlen, was nicht zum Goldbraun des Haars passte. Seine Züge mochten eben sein, doch sie waren so scharf, als hätte ein Augenblick des Entsetzens sie geprägt. Was für ein alberner, kranker Gedanke! Amicia schüttelte sich, um ihn loszuwerden. Die Nacht mit ihrem Rascheln, Knistern und Flüstern musste daran schuld sein.

Es gab greifbarere Gründe, Matthew de Camoys zu hassen. Er war hochmütig und schlecht erzogen. Und er kam als Geldeintreiber König Edwards, der streng genommen kein Recht hatte, von den Bewohnern der Isle of Wight Abgaben zu fordern. Abt Randulph hatte Amicia zwar ermahnt, sich mit den Intrigen der Welt nicht zu befassen, nicht nur, weil es sich für Frauen nicht schickte, sondern weil es der Hinwendung zu Gott im Weg stand. Dennoch konnte niemand auf der Insel leben, ohne um den uralten Streit zwischen den Herren der Burg und dem König von England zu wissen.

Zu anderen Zeiten hätte sich vermutlich kein König die Mühe gemacht, um die Rechte an dem Stück Land vor seiner Küste zu streiten. Der jetzige Herrscher, Edward, der erste seines Namens, hatte jedoch ein Reich übernommen, das von einem knappen Jahrhundert Rebellion und Bürgerkrieg zermürbt war, und das Erbe seines schwachen Vaters, des dritten Henrys, war in den Gemütern der Menschen noch spürbar – sie waren unzufrieden, rastlos, leicht in Zorn zu bringen. Eine endlose Folge schlechter Sommer und karger Ernten tat ein Übriges. Englands Volk hungerte, und der Mangel befeuerte seinen Zorn. Edward aber war kein König, der wie sein sanfter

Vater zu beschwichtigen suchte. Er war ein König, der Exempel statuierte.

Der Kreuzzug, dem er vorangezogen war, hatte sich als Fehlschlag erwiesen, und ein zweiter, den er dem Papst in die Hand versprochen hatte, scheiterte an leeren Kassen. Also musste der kriegslustige König auf andere Art beweisen, dass er sich von niemandem gefallen ließ, was sein Vater rebellischen Baronen hatte durchgehen lassen. Das störrische Fürstentum Wales hatte er sich ohne Rücksicht auf Verluste einverleibt, und was mit dem gefangenen walisischen Herrscher Dafydd ap Gruffydd geschehen würde, wollte Amicia nicht allzu gern wissen.

Als Nächstes plante Edward womöglich einen Feldzug nach Schottland, und dass es ihm bei alledem nicht gelang, sich mit der Isle of Wight eine Insel einzuverleiben, die ein Vorgänger vor zweihundert Jahren leichtfertig verschenkt hatte, bohrte ihm als Stachel im Fleisch. Die Insel war reich und fruchtbar, Wein und Obst gediehen hier, und die Launen des Wetters, die England heimsuchten, verschonten sie. Vor allem aber lag die Insel vor der Küste wie ein Torhaus vor einer Burg. Und sie wurde nicht mehr von einem Grafen de Redvers beherrscht. Sondern von einer Gräfin.

Wo der Wald sich lichtete, schlug ihr schneidender Wind entgegen. Amicia zog den Mantel fester um sich. In welchem Dickicht hatten sich ihre Gedanken verloren? An Matthew de Camoys hatte sie gedacht, den sie seit bestimmt einer Stunde in der Dunkelheit suchten. Längst hätte sie auf Rückkehr drängen wollen, doch mit Entsetzen erkannte sie, dass sie den Weg nicht wusste. Und wenn sie den Ritter fanden? Wenn er tot war, wie Magdalene fürchtete – würde sie insgeheim Erleichterung verspüren? Nicht weil er ein Widerling war und den Leuten Gelder abpresste, sondern weil seine Gegenwart sie bedrohte, das kleine Leben, das alles war, was sie besaß. Von Magdalene hatte sie erfahren, dass Matthew nach Yorkshire gehen wollte, sobald er seine Beute in London abgeliefert hatte. Und auf welche Idee das Abt Randulph bringen würde, wusste sie nur zu gut.

Er hatte mehr als einmal davon gesprochen, sie nach Fountains Abbey zu senden, wo man sich ihrer annehmen würde. Dass sie in Quarr nicht bleiben konnte, war ihr bewusst. Aber sie musste doch bleiben, einen anderen Ort gab es für sie doch nicht!

Mit einem Mal schien sich die Einsamkeit der Nacht wie mit Klauen um sie zu schließen. Amicia wäre am liebsten zurück in ihr Haus geflohen und hätte sich an dessen Eckpfeiler geklammert, damit keiner kommen und sie verschleppen konnte.

»Du hast Glück, dass du ein Heim hast«, hatte die zerzauste kleine Magdalene gesagt.

Amicia hatte gelacht. »Ich habe nicht einmal einen Namen, geschweige denn Eltern.«

»Ich auch nicht«, hatte Magdalene erwidert. »Aber du hast ein Haus.«

Magdalene hatte recht. Was das Haus ihr bedeutete, hätte sie in Worten nicht zu sagen vermocht. Amicias Erinnerung setzte in einem fensterlosen Kellerraum unter den Gästequartieren des Klosters ein. Nie hatte sie gewagt, sich aus der schützenden Schwärze hinauszubegeben, in die Weite, in der überall Gefahr lauerte. Stille und Schwärze, das war alles, was sie ertragen hatte. Bis Randulph sie gezwungen hatte, die Mauern des Klosters zu verlassen. Sie hatte die Augen zugekniffen, doch unter den nackten Sohlen feuchte Erde und Gras gespürt. Als ein Amselhahn zu singen begann, legte sie den Kopf in den Nacken und zwitscherte ihm Antwort. Bis zu diesem Tag hatten die Brüder sie immer wieder nach ihrem Namen gefragt, aber sie hatte keine Antwort gewusst. Jetzt wusste sie eine: »Ich bin die Amsel.«

Dass sie Amicia hieß, erzählte Randulph ihr erst Jahre später. Sie merkte es sich, doch es hatte für sie keine Bedeutung.

Von Bedeutung waren das kleine nach Holz duftende Haus, das sie bezog, das Knacken der Balken in der Nacht und das Fiepen der Schwalben unter dem Dach. Das leuchtende Grün, das nach der Saat die Erde sprengte, das Honiggold der Bienen und die schweigende Dankbarkeit der Brüder, wenn sie ihnen am Tor Körbe voller Würste, Eier und Früchte übergab. Niemand konnte den unbekannten Schmerz heilen, der in Amicia wütete, niemand konnte ihr die Angst und die Albträume nehmen und niemand die Jahre ersetzen, die ihrer Erinnerung fehlten. Aber die Mönche von Quarr hatten dem verängstigten Tier, das sie war, eine Höhle geschenkt und ihm erlaubt, darin Schutz zu suchen.

Wie sollte sie leben, wenn man ihr diese Höhle raubte? Wenn man sie mit einem Mann fortschickte, dessen bloßer Anblick ihr Grauen einflößte – auf eine Reise ins Nirgendwo? Amicia war kein einfältiges Kind wie Magdalene, sie hatte aus den Büchern der Zisterzienser Bildung erworben, und natürlich wusste sie, dass jenseits der Meerenge England lag. Sich wahrhaftig vorzustellen, dass es Land außerhalb ihrer Insel gab, war jedoch etwas anderes. Es war so wie mit Gott: Daran, dass es ihn gab, zweifelte kein Mensch, doch um sein Dasein zu erfassen, zumal in schwarzer Nacht, war ein menschlicher Geist zu eng.

In der Mitte der Lichtung spiegelte sich das Sternenfunkeln in der dunklen Oberfläche eines Sees. Magdalenes Schrei übertönte das Wispern der Nacht und riss Amicia aus ihren Gedanken. Zugleich mit dem Hund begann das Mädchen zu rennen. Amicia hätte den leblosen Leib, der in der Uferböschung lag, nicht gesehen, aber Magdalene schien ihn zu wittern wie das Tier. Aufjaulend warfen sich beide über ihn, und das Mädchen schmiegte ihre Wange an seine.

Amicia stockte der Atem. Rot glänzte das Gras um den Körper, rot glänzte die entblößte Brust, als hätte der Mann im Sterben all sein Blut verloren.

Er musste so töricht gewesen sein, das Kettenhemd abzulegen, um im See zu baden. Mehrere Hiebe mit Stichwaffen hatten ihn – allem Anschein nach von hinten – durchbohrt. Amicia wünschte sich, Bedauern zu verspüren, Mitleid mit dem Menschen, der in der Blüte seiner Jahre aus dem Leben gerissen worden war, doch in ihr war nichts als die Angst, die der Geruch von Blut in ihr wachrief. Die Jahre in der Krankenpflege, die Aderlässe hatten sie gelehrt, die Angst zu beherrschen, doch gemildert hatten sie sie nicht. Während Magdalene dem Toten das Blut von der Stirn küsste, blieb Amicia stockstarr stehen. Neben dem schrillen Weinen des Mädchens glaubte sie das Klirren von Schwertern zu hören und einen Jungen im dunklen Surcot zu sehen, der den Klingen todesmutig entgegensprang.

Das Bild zersplitterte.

Magdalene richtete sich auf: »Er lebt! Mein Herr Matthew lebt!«

Lautes Rascheln ließ Amicia herumfahren. Kamen die Mörder zurück, ehe das Blut an ihren Klingen getrocknet war? Aber es war nur das Pferd, das mit zerfetztem Zügel aus dem Dickicht trat. Der angriffslustige Mastiff jagte Amicia immer noch Furcht ein, doch das Pferd hatte es ihr angetan. Sie kannte sich mit Pferden aus, denn auf Quarr züchteten sie robuste, zur Landarbeit wie zum Reiten geeignete Tiere, indem sie einheimische Ponys mit edleren Rassen kreuzten. Amicia liebte die Körperwärme und die Engelsgeduld der großen Geschöpfe und half bei keiner anderen Arbeit so gern aus. Jetzt streckte sie dem verstörten Pferd die Hände entgegen, und es kam zu ihr und ließ sich den verschwitzten Hals klopfen.

Erst als die kleine Hand sie berührte, bemerkte sie, dass Magdalene hinter ihr stand. Sie sah elend aus. Ihr Haar war wild zerrauft, Gesicht und Arme waren mit Blut beschmiert. »Es heißt Althaimenes«, sagte sie mit kindlich dünner Stimme. »Wir müssen ihm meinen Herrn Matthew aufladen und ihn so zurück zum Kloster schaffen. Dort wird man ihm helfen können, nicht wahr?« Sie flehte Amicia an, als sei diese ein Wesen mit göttlicher Macht.

»Er ist doch tot!«

Magdalene schüttelte heftig den Kopf. »Ich hab mein Gesicht an seinen Mund gelegt, und sein Atem hat mich am Ohr gekitzelt. Sieh es dir selbst an. Ich bleibe bei Althaimenes.«

Amicia schauderte. Der Gedanke, sich in die Nähe des Hundes zu begeben, der mit tropfenden Lefzen seinen Herrn bewachte, war grausig, doch der, den Todwunden zu berühren, war noch schlimmer. Ihre Hände krampften sich umeinander, während sie im Geiste die erlernte Gebetsformel sprach. Das Gleichmaß der lateinischen Worte gab ihr ein wenig Halt, als wäre sie nicht mit einem Sterbenden und einem halben Kind in dunkler Nacht allein, als stünde nahebei jemand mit einem Ohr für Hilferufe. Ihre Lippen zitterten, und ihre Zähne schlugen aufeinander, während sie sich zwang, zu dem Mann zu gehen und niederzuknien. Der Geruch des Blutes raubte ihr die Sinne, und als das Gras unter ihr quietschte, weil sie das Knie in eine Pfütze senkte, stürzte sie um ein Haar hintüber. Dann fasste sie sich. Das war doch albern! Wenn ihr Gefahr drohte, dann nicht von diesem in den letzten Zügen liegenden Kerl!

Auch das Gesicht, die Lippen waren blutverschmiert. Amicia schloss die Augen, beugte sich vor und brachte ihr Ohr vor den Mund des Mannes. Dabei stützte sie, ohne es zu wollen, eine Hand auf seiner bloßen Brust ab, und ehe sie auf einen Rest von Atem lauschen konnte, vernahm sie sein Herz.

Etwas Seltsames geschieht, wenn man den Beweis des Lebens unter den eigenen Händen spürt. Es entsteht der Wunsch, dieses eine Leben zu retten, als rette man damit die Welt. Amicia kannte die Erfahrung aus der Krankenpflege, doch dass sie sie auch hier überfiel, verblüffte sie. Sie zog die Hand weg und erhob sich. »Er ist ein schwerer Mann«, sagte sie zu Magdalene. »Wir zwei haben nicht die Kraft, ihn aufs Pferd zu heben.«

»Wir müssen sie haben!«

»Ja«, erwiderte Amicia bei sich, »ja, das müssen wir wohl.« Dann ging sie, um das Pferd so nah wie möglich an den Körper heranzuführen. Sie suchte Magdalenes Blick. Es war gut möglich, dass sie Matthew de Camoys töteten, wenn sie versuchten, ihn zu retten. Hatte die Kleine, die dem Kerl hörig war, den Schneid dazu?

Sie hatte. Ohne mit der Wimper zu zucken, bückte sich Magdalene und packte ihn bei den verletzten Schultern.

»Nicht da«, sagte Amicia und musste beinahe lächeln. »Nimm ihn um die Fußgelenke, das ist die leichtere Hälfte.«

Er war noch viel schwerer, als sie angenommen hatte. Ächzend hievten sie ihn vom Boden, griffen unter ihn, stemmten ihn mit allen Kräften in die Höhe, sodass Amicia fürchtete, es sprenge ihr die Adern am Hals. Wäre das Pferd nur um einen Zoll von der Stelle gewichen, hätten sie es nicht geschafft. Auch so blieb das Unterfangen eine wacklige Angelegenheit, und als sie den leblosen Körper mit dem letzten Rest ihrer Kraft über dem Sattel fallen ließen, entfuhr den zerschlagenen Lippen ein Stöhnen.

»Er lebt!«, rief Magdalene. Sie lief um das Pferd herum, trat vor dessen Flanke, wo der Kopf ihres Herrn herunterbaumelte, und überhäufte sein Gesicht mit Küssen. »Wir haben Euch nicht wehtun wollen, Mylord. Nie im Leben, nie im Leben.«

»Jetzt hör auf zu flennen!«, herrschte Amicia sie an. Sie war enttäuscht. Bis eben war die Kleine so tapfer gewesen.

Reumütig senkte Magdalene den Kopf, doch ihre Hand fuhr fort, den Mann zu streicheln. »Was soll ich tun?«

Amicia seufzte. »Wenn er auch nur die kleinste Hoffnung auf Leben haben soll, müssen wir machen, dass wir ihn aus diesem Wald bekommen. Halt ihn in Gottes Namen auf dem Sattel fest. Ich führe das Pferd.«

Wäre der Hund ihnen nicht vorangelaufen, hätten sie nie und nimmer zurückgefunden. Der Hund aber wählte Schlupflöcher, durch die das Pferd nicht passte. Sie mussten sich Pfade durchs Dickicht schlagen, und bei alledem baumelte der Körper des Ritters über dem Sattel und verlor bei jedem Schritt Blut. Bange Blicke nach hinten verrieten Amicia, dass er weit mehr abbekommen hatte als die zwei, drei Stiche, die genügt hätten, um ihn zu töten. Wer immer für den Überfall verantwortlich war, hatte nicht mit Berechnung, sondern mit Leidenschaft zugeschlagen. Er hatte ihm Schmerz zufügen wollen, wütenden, höllischen Schmerz.

Magdalene mochte recht haben: Vielleicht waren es Männer gewesen, die Matthew de Camoys um Geld gebracht hatte. Doch wenn dem so war, hatten sie sich das Geld nicht zurückgeholt, denn die Börse hing dem Ritter noch prall vom Gürtel. Auch hätte ein Räuber weder das Pferd entfliehen noch das wertvolle Kettenhemd im blutigen Gras liegen lassen. Wie zum Hohn hing auch die kastanienrote Laute unversehrt am Sattel, und von seinen Waffen fehlte lediglich das Schwert.

Amicia glaubte nicht an einen Räuber und auch nicht an den Racheakt eines um Geld betrogenen Insulaners. Überfälle auf Steuereintreiber gab es häufig, doch die Täter begnügten sich normalerweise damit, ihrem Opfer eine tüchtige Tracht Prügel zu verpassen und das Geld wieder einzusacken. Dass jemand einen Mann des Königs regelrecht zerfleischte, war ohne Vergleich und sprach von blindem, blankem Hass.

Vermutlich hat der Täter einen guten Grund dafür, durchfuhr es sie, doch im selben Atemzug riss sie das Pferd am Zügel, um es anzutreiben. Auch wenn die Brüder von Quarr sie anderes gelehrt hatten, zweifelte Amicia nicht daran, dass ein Mann einen grausamen Tod verdienen konnte. Dennoch wollte sie nicht, dass Matthew de Camoys starb.

Ein Stück Ewigkeit musste vergangen sein, ehe sie schwer atmend aus der Schwärze des Waldes tauchten. Rosa und grau dämmerte hinter der Hügelkette der Tag herauf, und die Gebäude des Klosters lagen weich in die Nebel des Morgens gehüllt. Luke, der älteste der Laienbrüder, machte sich gerade auf den Weg zu den Bienenkästen, unter dem Arm die Lade mit dem Zuckersirup, den er den Tieren im Tausch für ihr Gold geben würde, damit sie den Winter überstanden. Vorne am Koppelzaun stand Bruder Timothy mit einem Halfter, um einen Jährling zu fangen und ihn zum Pferdemarkt nach Newport zu treiben.

Welcher Frieden dem Leben der Abtei innewohnte! Jetzt, wo sie den Schutz der Gemeinschaft verlassen hatte, bemerkte Amicia, wie sehr sie sich in ihn zurücksehnte, wie unfähig sie sich fühlte, ein Leben außerhalb dieser Stille zu bestehen.

Bruder Timothy pfiff bei der Arbeit. Amicia hob den Arm und rief zu ihm hinüber: »Helft uns, Bruder. Wir haben einen Sterbenden bei uns!«

4

Es war ein schöner Tag. Vor langer Zeit hatte Vyves sich angewöhnt, so über alle Tage zu denken, die nicht gänzlich schlecht waren, und irgendwann war es ihm in Fleisch und Blut übergegangen. Es war zu kalt für die Jahreszeit, aber es hatte keinen Regen, sondern sogar ein wenig Sonne gegeben, die den Dächern der Stadt Glanz verlieh. Er war nicht allein, hatte Gideon bei sich, seinen Freund, und er besaß eine Familie, die daheim auf die Einkäufe wartete. Auf dem Markt war alles friedlich verlaufen, geradezu ereignislos, wenn man von ein paar Schimpfworten und einem Backenstreich absah. Ein Trupp Männer des Constables von der Burg war am Stand des Bürenwebers vorbeimarschiert und hatte Gideon und Vyves aus dem Weg getrieben. Der Geflügelhändler hatte versucht, Gideon zu ohrfeigen, und Vyves hatte sich dazwischengedrängt, weil ihm der Schlag nur die Wange, nicht aber den Stolz verletzte. Das und ein paar Beleidigungen, eine Handvoll Kot, der sie ausweichen konnten, war alles gewesen. Nicht viel für einen Besuch auf dem Markt. Nichts, womit sich nicht leben ließ.

Sie hatten alles bekommen, was sie brauchten, zu zwar überteuerten, doch erschwinglichen Preisen. Seine Mutter, Esther, Deborah und die kleine Noya würden beim Öffnen der Kiepen in Jubel ausbrechen.

Der Tag war schön. Morgen war Rosch ha-Schanah, und heute noch würden sie alle gemeinsam ans Grab von Gideons Eltern gehen, um das Gedenken an die Toten aus dem alten ins neue Jahr mit hinüberzunehmen. Auch das Gedenken an Tote, denen in der Welt kein Grab beschieden war. Danach würden er und Gideon das reinigende Bad in der Mikwe nehmen, und morgen früh würde das Schofarhorn mit seinem Signal den Beginn des Neujahrsfestes ankündigen.

Er freute sich auf den Duft des köstlichen Zimmes mit seinem Zimt und Muskat, der in Schwaden durch das Haus wallen würde, und er freute sich auf Gideons Segen über dem Kidduschbecher, dem die Segenssprüche zu den Speisen folgen würden.

Über den Köpfen der gefüllten Fische: *Möge es dein Wille sein, dass wir zum Kopf, nicht zum Schwanz werden.*

Über den Honigkuchen und dem Süßwein: *Möge es dein Wille sein, dass uns ein süßes Jahr bevorsteht.*

Und über den mühsam ergatterten Granatäpfeln: *Möge es dein Wille sein, dass unsere Rechte sich vermehren wie die Kerne dieser Früchte.*

Gerade der letzte Wunsch durfte nicht ausbleiben, erst recht nicht mehr, wo weder er noch Gideon an dessen Erfüllung glaubten. Die Rechte ihres Volkes vermehrten sich nicht, sondern wurden mit jedem Jahr spärlicher; den Frauen jedoch verlieh der althergebrachte Wunsch einen Funken Hoffnung. Sie würden sich über die Granatäpfel freuen wie über die Schmuckstücke, die sie verdient hätten.

Von der Seite sandte ihm Gideon einen Blick. »Du musst ja Grund haben, so selig zu grinsen, Vyves ben Elijah. Macht es dir etwa Spaß, die Arbeit von Weibern zu verrichten?«

»Was willst du tun?«, fragte Vyves zurück. »Die Frauen auf den Markt schicken?«

Gideon seufzte und schüttelte den Kopf. Dann zerrte er sich den Riemen seiner Kiepe vor der Brust zurecht, sodass er den gelben Fetzen Stoff verdeckte, der über seinem Herzen aufgenäht war.

Jedes Mal, wenn er es tat, versetzte es Vyves einen Stich. Behutsam griff er nach der Hand des Freundes und zog den Riemen wieder zur Seite. »Das ist würdelos, Gideon.«

»Würdelos ist es, dieses Schandmal zu tragen!« Wie ein bockendes Pferd blieb Gideon stehen und befreite seine Hand. »Ein Segen, dass meine Eltern sterben durften, ohne derart gedemütigt zu werden! Ich wünschte, du würdest es auch verdecken, zumindest in meiner Gegenwart. Ich schäme mich.«

»Und wofür?«, fragte Vyves. »Für das Volk, dem du angehörst?«

»Du verstehst gar nichts!«, fauchte Gideon, ehe ihm die Stimme versagte.

Dass er nicht alles nachvollziehen konnte, was in Gideon vorging, lag nahe, schließlich hatte Vyves ein anderes Leben geführt. Aber den Schmerz, der sich ins Gesicht des Freundes grub, verstand er. Gideons Familie hatte immer in den schützenden Mauern der Stadt Windsor gelebt. Sie war mit William dem Eroberer gekommen wie die Normannen, die die Burg der Stadt errichtet hatten. In einer sauberen Gasse im Schatten der Burg hatten Gideons Eltern ihr Gasthaus geführt, und da sein Vater obendrein Geldgeschäfte betrieb, waren Gideon und seine Schwester Deborah in Wohlstand aufgewachsen, hoch angesehen bei ihren jüdischen Nachbarn und respektiert von den Christen. Von der Vorschrift, ein gelbes Stück Stoff zur Kennung auf der Brust zu tragen, hatten vermögende Juden sich früher freigekauft. Dass er einst selbst auf solche Weise stigmatisiert durch die Straßen seiner Heimat laufen und sich bespucken lassen musste, hatte Gideon sich gewiss nie vorstellen können.

König Edward hatte jedoch verfügt, dass ohne Ausnahme jeder Jude, der das siebente Jahr überschritten hatte, das gelbe Stück Stoff an seiner äußeren Kleidung tragen musste. Vielleicht hatte der König nie die Gefangenschaft verwunden, die er als junger Mann im Kampf gegen die rebellischen Barone hatte erdulden müssen. In den bald elf Jahren seiner bisherigen Regierung hatte er jedenfalls deutlich gemacht, dass er unangefochten in seinem Reich zu herrschen gedachte und dass er allein entschied, wer darin Platz hatte.

Das Volk der Juden, das seit Jahrhunderten dem Schutz des Königs unterstand, hatte diesen Platz verloren. Edward bestimmte, dass Juden kein Geld mehr gegen Zins verleihen durften, sondern ehrbaren Berufen nachgehen mussten, obgleich keine Gilde sie aufnahm. Christen durften nicht länger in der Nähe von Juden wohnen und mit ihnen keinen nahen Umgang mehr pflegen. Juden war es nur noch erlaubt, in Städten zu siedeln, die über eine Archa – ein Judenarchiv – verfügten, doch auch dort durften sie keinen Grundbesitz und kein Haus mehr erwerben.

Vyves glaubte zu verstehen, was Gideon quälte. Der Freund hatte seine liebste Esther, Vyves' Base, geheiratet, er hatte ein Töchterchen, das süßer als Honigwein war, und er erwartete sein zweites Kind, einen Sohn, wie er sehnlichst hoffte. Gideon schämte sich, weil er seine Familie nicht vor Kränkung schützen konnte.

Vyves versuchte nicht noch einmal, ihn zu berühren, und auch nicht, ihn mit hohlen Worten zu trösten. Zu tun, als ließe sich jeder Schmerz teilen, war lachhaft und ihrer Freundschaft nicht würdig. Stumm ging er weiter.

Gideon zögerte einen Augenblick, dann fiel er in Schritt und kam ihm nach. »Vyves?«

Vyves drehte sich im Gehen um.

»Nimm's mir nicht krumm. Dass du ein feiner Kerl bist, weißt du, oder?«

»*Schana tova u'metuka*«, sagte Vyves, ohne stehenzubleiben. »Hab ein gutes, süßes neues Jahr.«

»Darf ich dich noch etwas fragen?«

»Warum solltest du das nicht dürfen?«

»Vorhin, als du vor dich hingegrinst hast – hast du da an meine Schwester Deborah gedacht? Erfahren wir zu *Rosch ha-Schanah* endlich, wann du sie unter die Chuppa zu führen gedenkst, damit sie dich siebenmal umkreisen kann? Du weißt nicht, wie glücklich du uns damit machen würdest. Nicht nur Deborah, die den Boden küsst, über den du gehst, und nicht nur mich, der sich keinen besseren Schwager wünschen könnte. Sondern auch deine

Mutter Miriam und deine Base Esther, denn es bedeutet doch, dass du ruheloser Geist deinen Hausstand bei uns in Windsor gründest und nicht mehr nach Sternen strebst, die unerreichbar bleiben. Adonais Wille ist es, dass wir uns jung verheiraten, Freund. Und es ist doch wirklich möglich, dass alles wieder besser wird, oder? Es war doch heute auf dem Markt nicht übel?«

»Nein«, sagte Vyves. »Es war beileibe nicht übel.«

»Vyves?«

»Das ist mein Name.«

»Du hast mir auf meine Frage keine Antwort gegeben.«

Sie bogen in die Gasse ein, in der ihr Haus stand. Zu ebener Erde lag die Gastwirtschaft, die sie alle ernährte: Gideon, seine Frau Esther, seine Tochter Noya und seine Schwester Deborah, dazu Vyves und seine Mutter Miriam.

Wie kann ich dir eine Antwort geben?, hätte Vyves gerne erwidert. Ich liege dir auf der Tasche. Soll ich noch so dreist sein, mir deine Schwester unter den Nagel zu reißen?

Schweigend ging Vyves weiter. Er war ein Nichts, ein besitzloser Flüchtling, der mit seiner Mutter dreimal dem Tod entronnen und schließlich nach Windsor gekommen war, um im Haus der Base Unterschlupf zu suchen. Dass Gideon ihn so nicht betrachtete, wusste er. Und dennoch war Gideon nicht der Einzige, den zuweilen der Stolz schmerzte, auch wenn Vyves sich mehr Mühe gab, es zu verbergen.

Gideon setzte zwei schnelle Schritte und vertrat ihm den Weg. »Bist du neuerdings taub? Oder schuldest du mir keine Antwort?«

Vyves stand still. »Ich schulde dir mehr als das.«

»Also quält dich noch immer dasselbe?« Hell lachte Gideon auf. »Merk dir, mein Guter: Ich will diesen Unfug nicht hören. Du bist mein Freund, du bist der Vetter meiner Liebsten, und du plagst dich für meine Wirtschaft, als wäre es deine eigene. Also hör auf, dich zu zieren. Für Deborahs Hand schuldest du mir nicht mehr, als du gibst.«

Vielleicht nicht dir, dachte Vyves. Aber deiner Schwester. Hat die liebliche Deborah keinen Mann verdient, der sein Herz dafür gäbe, ihr ein Stück vom Himmel zu bereiten? Ich kann keine Frau lieben, hätte er Gideon sagen wollen, ich habe nicht den Schneid dazu.

Gideon räusperte sich. »Hör zu«, begann er. »Ich weiß, du hältst dich für einen Feigling, weil du deinen Vater nicht retten und deine Mutter nicht vor der Vertreibung schützen konntest. Ich weiß auch, dass du kein Held mit der Waffe bist – wie man von unserem ganzen Volk annimmt, dass es nicht mit Waffen umgehen kann und aus Feiglingen besteht. Aber ein Mann muss kein Held sein und kann dennoch seine Vorzüge haben, und um meine Schwester zu schützen, bin ich da. Glaube nur ja nicht, ich ließe zu, dass jemand die Meinen aus ihrem Heim vertreibt. Wer das tun will, Vyves, der müsste zuvor mich töten …«

Hochaufgerichtet stand der junge Mann vor ihm und atmete schwer. Eine rührende Rede, fand Vyves. Wenn er doch nur weiter schweigen dürfte und dieses Juwel von einem Freund nicht enttäuschte!

Tatsächlich fand sein Flehen Erhörung. Noch bevor der Freund auf eine Antwort beharren konnte, flog in dem schmalbrüstigen Haus am Ende der Gasse die Tür auf. Mit gerafften Röcken lief ihnen ein Mädchen entgegen.

Deborah bat Oved. Wie schön ist dein Gang in den Schuhen, du Fürstentochter! Die Rundung der Hüften wie ein Halsgeschmeide von des Meisters Hand, die Brüste Zwillinge von Gazellen, der Hals ein Turm von Elfenbein und das Haar auf deinem Haupt wie Purpur.

Vyves holte Atem. Gideons Schwester Deborah war ohne Zweifel das schönste Mädchen von Windsor. Zwei Herzschläge später schlossen ihre Arme sich weich um seinen Hals.

»Ihr zwei Goldstücke, seid ihr endlich zurück? Ist es gutgegangen, hat euch niemand das Leben schwergemacht?« Sie lachte, zeigte zwei Reihen perlblanker Zähne.

Von deinen Lippen, meine Braut, träufelt Honigseim. Honig und Milch sind unter deiner Zunge. Was für ein vernagelter Idiot war er? Musste der Mann, dem diese Blume in Sharon, diese Lilie im Tal versprochen war, nicht der glücklichste des ganzen Landes sein?

Gideon hatte seine Kiepe abgeschnallt und schnürte sie auf, um seiner Schwester die Herrlichkeiten für die ehrfurchtsvollen Tage vorzuführen. Vyves dagegen stand starr, als würde er gepeinigt, nicht liebkost.

Deborah gab ihn frei, sah ihm aber prüfend in die Augen. »Hat es dir die Petersilie verhagelt?«

Hastig schüttelte er den Kopf. »Ich bin nur müde und ein Griesgram. Nimm mich nicht ernst.«

»Das tue ich bei einem Mann grundsätzlich nicht«, erwiderte Deborah. »Nur schienst du mir bisher der Vernünftigste deines Geschlechts zu sein.« Damit schwang sie herum und ging ihnen voran zum Haus zurück.

»Bei diesem Mädchen kannst du nichts falsch machen«, zischte Gideon ihm zu. »Du hast bei ihr so viele Steine im Brett, dass es zu einem Damespiel reicht.«

Vyves hob Gideons Kiepe auf und folgte Deborah. »Ich weiß.«

In der Gaststube saßen nur noch drei Stammkunden über dem letzten Wein in ihren Bechern. Die Frauen der Familie ließen sich von ihnen nicht stören, sondern breiteten den Inhalt der Kiepen auf einem der Tische aus. Esther trug ihr Töchterchen Noya auf den Armen, hielt es über der Wölbung ihres Leibes, in dem ihr ersehntes zweites Kind wuchs. Wie so oft berührte es Vyves, das winzige Gesicht neben dem großen zu sehen, die Hand des Kindes in Esthers Haar, den kleinen Körper vertrauensvoll an den der Mutter geschmiegt. Machte es nicht alles wett, solch ein Geschöpf sein Eigen zu nennen? Wenn er sich endlich besann und Deborah unter die Chuppa führte, könnte er im nächsten Jahr zu Rosch ha-Schanah selbst eine Tochter oder einen Sohn haben. Er gab dem Kind einen der roten Granatäpfel, den es jauchzend mit beiden Händen packte.

Yves' Mutter Miriam, eine kleine, von der Last der Erinnerung gebeugte Frau, zog ein Säckchen mit Gewürz aus der Kiepe und roch daran. Ihr Gesicht hellte sich auf, und mit beschämender Dankbarkeit sah sie ihn an. »Das ist ganz köstlicher Muskat, mein Lieber. Ihr habt Wunder vollbracht.«

Ich sollte ihr etwas Handfestes zum Freuen geben, dachte Vyves. Ein Enkelkind. Eine Schwiegertochter. Die Gewissheit, dass ihre Familie fortbesteht. Sein Blick wanderte zu Deborah, die das Geld der Zecher, die im Aufbruch waren, entgegennahm. Er könnte es jetzt tun, sie vor aller Augen bitten, seine Frau zu werden, und später am Grab ihrer Eltern sein Versprechen leisten. Was hinderte ihn daran? Sooft er sich die Frage stellte, war ihm zumute, als spüre er Wind im Gesicht, der auf dem Hügel schärfer wehte als im Tal und bis in den geschützten Hof hinter den Mauern drang. Etwas hinderte ihn in der Tat: ein Albtraumbild von einer Braut im blutverschmierten Kleid.

In der Stube, in der drei Frauen für Wärme und Behaglichkeit sorgten, war es auf einmal kalt.

Die scharfäugige Deborah hatte sein Schaudern bemerkt. »Ich denke, wir sollten einen Becher Wein trinken, ehe wir zum Friedhof gehen«, sagte sie und stellte den Krug auf den Tisch. »Die Männer sind ausgetrocknet vom Markt, und wir hatten einen einträglichen Tag – Grund genug, darauf zu trinken.«

»Gesegnet sei deine Klugheit, Schwesterchen!«, jubelte Gideon und griff nach einem Becher. »Der Tag war ordentlich, ja? Nun, auf dem Markt war es so übel auch nicht – vielleicht bricht ja mit dem Neujahrsfest eine bessere Zeit für uns an. Schließlich ist England unsere Heimat. Unsere Vorfahren haben in Freundschaft und Achtung mit den Christen gelebt, warum sollte uns nicht dasselbe gelingen? Trinken wir auf unsere Familie, die gedeiht und sich mehrt. Auf mein süßes Söhnchen, das im Leib meiner Esther schläft, und auf Vyves, den Zauderer, der uns eine Eröffnung machen will.«

Die Blicke der Frauen trafen Vyves wie Nadelstiche, der Deborahs spitzer als die übrigen.

Gideon hob seinen Becher und trank. Mit der freien Hand riss er sich den gelben Fetzen von der Brust. »Meine kleine Noya, mein Zicklein am Gebirge Gilead, dein Vater ist ein ehrbarer Bürger Windsors wie sein Vater vor ihm. Und dein Bruder – Adonai sei Dank für ihn! – wird ebenso ein ehrbarer Bürger von Windsor sein.«

»Was tust du denn?«, rief Esther erschrocken. Noch hatte keiner von ihnen den Riegel vorgelegt und das Gasthaus geschlossen, und wer das gelbe Zeichen in der Öffentlichkeit nicht trug, konnte auf der Stelle verhaftet werden. Von denen, die verhaftet wurden, kamen nur wenige wieder. Auch Vyves' Vater war nicht wiedergekommen. Man hatte ihm, der als privater Bankier der reichsten Gräfin des Landes gedient hatte, vorgeworfen, er habe vom Rand der Silbermünzen Späne gefeilt, um sich daran zu bereichern. Adam de Stratton, der die verbliebenen Schuldscheine zu einem Spottpreis aufgekauft hatte, hatte zu Vyves' Mutter gesagt, sie könne froh sein, dass man den Vater nur gehängt habe, denn wer sich an Silbermünzen mit dem Bild des Königs vergreife, beginge Hochverrat und könne weit härter bestraft werden.

Was dieses »weit härter« bedeutete, hatte König Edward bewiesen, als er den einstigen Herrscher des walisischen Reiches als Hochverräter hinrichten ließ: Dafydd ap Gruffydd war am Schweif eines Pferdes durch die Straßen von Shrewsbury geschleift, sodann aufgehängt, bei lebendigem Leib vom Galgen geholt und zum Schluss kastriert und gevierteilt worden. Es sah aus, als bestrafe Edward das Land Wales in seinem Fürsten noch einmal dafür, dass es sich im Bürgerkrieg auf die Seite der Barone und damit gegen die Krone von England gestellt hatte.

Wofür genau er die Juden bestrafte, war weniger leicht zu durchschauen, doch für einen Herrscher, der keine Rechnung offen ließ, boten sie vermutlich den perfekten Sündenbock. Vyves und seine Mutter hatten also froh zu sein, dass ihr Mann und Vater nur getötet, nicht in Stücke gerissen worden war. England unter König Edward mochte ein prächtiges Land sein, um darin zu leben, wenn man weder als Waliser noch als Abkömmling der Rebellenbarone, schon gar nicht aber als Jude zur Welt gekommen war. »Steck dir das Ding wieder an den Kittel!«, herrschte er Gideon an.

Der Freund fuhr so verblüfft herum, dass der Wein in seinem Becher schwappte. Im nächsten Augenblick flog die Tür auf und prallte krachend gegen die Wand. Sofort war klar, dass die Männer, die den Türrahmen ausfüllten, keine verspäteten Gäste waren. Sie trugen die roten Schecken und die Lanzen der Garde des Constables. Ihr Befehlshaber zog ein kurzes Schwert aus der Scheide. »Gideon fil Oved?«, fragte er Vyves und hob das Schwert, als wäre es ein Verbrechen, so zu heißen.

Gideon warf den Becher von sich, dass der blutrote Wein über die Dielen spritzte. Mit einem Schritt stand er vor den Männern. »Gideon fil Oved bin ich«, verkündete er stolz. »Womit kann ich dienen?«

»Ist das hier dein gesamter Haushalt, Jude?« Mit seinem Schwert beschrieb der Mann den Raum. »Zwei arbeitsfähige Männer, drei Weiber, ein Balg, richtig?«

»Meine Tochter ist kein …«

»Halt den Mund, und pass auf!«, verwies ihn der Mann. »Ihr habt dieses Haus zu räumen und die Stadt zu verlassen. Der Constable gibt euch Zeit bis zum Einbruch der Dunkelheit, danach will er in Windsor keinen Juden mehr sehen. Wer sich trotzdem innerhalb der Stadtmauern herumdrückt, wird festgenommen.«

»Habt ihr Kerle den Verstand verloren? Ihr verbietet uns zwar, Häuser zu kaufen, aber ihr könnt uns nicht die nehmen, die wir mit Fug und Recht besitzen. Mein Urgroßvater hat dieses Haus gekauft!«

Vyves sah, wie Gideon sich aufrichtete, wie er die Schultern straffte und doch blieb, was er war: ein kleiner, schmächtiger Mann.

»Hah!« Der Befehlshaber entblößte beim Lachen einen spitzen Eckzahn. »Dein ist, was der Hund macht, Jude. Und den Urgroßvater kannst du mitnehmen, wenn's dir gefällt. War doch eine schöne Zeit, als alle verreckten Juden nach Cripplegate geschleppt werden mussten, anstatt uns die Friedhöfe zu verpesten. Der König hat dem Constable den Befehl erteilt, Windsor judenfrei zu machen, und bis zum Vesperläuten ist der Befehl ausgeführt, ob es dir schmeckt oder nicht.«

»Ihr wollt meine Familie aus ihrem Haus vertreiben? Meine Familie, die hier mehr Jahre gelebt hat, als Ihr zählen könnt?« Gideon sprang vor.

Einen Wimpernschlag lang verwischte das Bild vor Vyves' Augen, und Vyves glaubte, selbst vorzuspringen, eine viel zu kleine, zu schmächtige Gestalt, die einem bewaffneten Haufen trotzte. Er sah ein hämisches Lächeln und einen Schwertgriff, der auf sein Gesicht zuschoss.

»Nur über meine Leiche!«, rief Gideon im selben Augenblick. »Meine Familie rührt niemand an!«

Die kleine Noya hob an zu brüllen, und Esther schrie: »Hör doch auf, Gid, hör um des Himmels willen auf!«

Etwas blitzte in Gideons Hand: das Messer, das er im Gürtel trug, um damit Brot und Obst zu schneiden. Der Befehlshaber mit dem Eckzahn lachte, schob das Schwert zurück und versetzte Gideon einen Fausthieb an die Schläfe. Der taumelte zurück, fing sich und schoss mit erhobenem Messer erneut auf seinen Gegner zu. Gelassen, beinahe träge hob dieser die Lanze und stieß den Angreifer zurück. Ehe Gideon sich wieder fangen konnte, gab er seinem Nebenmann ein Zeichen. Der schwang einen Knüppel und schlug ihn Gideon vor die Stirn, sodass dieser in sich zusammensackte.

»Du bist verhaftet, Jude«, sagte der Befehlshaber, während er die Stange der Lanze abwischte. »Los, nehmt ihn mit. Wir haben noch drei von diesen Rattennestern vor uns.«

Zwei der Männer bückten sich, um Gideon die Hände zu binden.

»Gideon!« Mit dem brüllenden Kind im Arm wollte die schwangere Esther zu ihm stürzen, aber Deborah und Miriam hielten sie zurück.

»Bring das Balg zum Schweigen, oder ich stech's ab«, drohte der Befehlshaber. »Und jetzt hoch mit dem Kerl.«

»Lasst ihn«, sagte Vyves und trat einen Schritt vor.

»Wie bitte?« Der Befehlshaber wandte sich ihm zu.

»Wir packen unsere Sachen und sind in einer Stunde hier weg«, sagte Vyves. »Lasst den Mann laufen.«

»Und warum, beim Satan, sollte ich das tun?«

Vyves zuckte mit den Schultern. »Weil es Euch weniger Arbeit macht. Weil Ihr auch Kinder daheim habt, auch von Frauen geboren werdet und irgendwann sterben müsst.«

»Willst du etwa behaupten, ich hätte mit deinesgleichen etwas gemein?«, fuhr der Mann auf und schloss die Hand um den Schwertgriff.

Vyves sah ihn eine Weile lang an, ohne zu sprechen. »Ich will gar nichts behaupten«, erwiderte er dann. »Ich verspreche Euch, dass wir hier weg sind, ehe Ihr aus der Oberstraße zurück seid.«

»Du willst also verhandeln. Hast du mir denn etwas anzubieten, Jude?«

»Nein. Nichts.«

»Aber betteln kannst du?«

»Ja«, sagte Vyves. »Ich flehe Euch an: Lasst den Mann in Frieden.«

Der Befehlshaber zog das Schwert und wies mit der Spitze

auf den Boden. Vyves sank auf die Knie. Einer der Männer spuckte im Bogen aus, dass der Speichelfetzen eine Handbreit vor Vyves auf die blank gewetzten Dielen traf. Der Befehlshaber streckte einen Fuß vor, und Vyves beugte sich vornüber, schloss die Augen und küsste die Spitze seines Schuhs. Eine Zeit lang herrschte Schweigen, selbst Noya hatte zu brüllen aufgehört.

»Wenn wir zurückkommen, seid ihr hier weg«, sagte der Befehlshaber endlich. »Oder ich mache ein Ende mit euch allen.«

Vyves bedankte sich nicht. Sein Gaumen war so trocken, dass jedes weitere Wort ihm im Mund zerbröckelt wäre.

Der Befehlshaber trat ihm auf die Hand, zog den Fuß jedoch zurück, bevor der Schmerz unerträglich wurde. »Los, raus mit euch, in die Oberstraße«, bellte er seinen Männern zu.

Unter schweren Schritten bebte der Boden. Die Tür schloss niemand. Leichter Wind ließ sie in den Angeln tanzen.

Gideons leises Weinen schwoll an. Esther lief zu ihm, fiel samt Kind und schwangerem Leib auf die Knie und stimmte in sein Weinen ein. Miriam stand mit hängendem Kopf beim Tisch. Als sie die Hände aufstützte, stieß sie gegen einen der Granatäpfel, der polternd die Platte entlangkullerte.

»Ich gehe hier nicht weg«, schluchzte Gideon auf. »Ich lasse meine Familie nicht vertreiben.« Über seine Stirn lief Blut in einem dünnen Rinnsal.

»Doch, das tust du«, sagte Deborah. Sie stand vom Tisch auf, kam zu Vyves und stellte sich hinter ihn. In seinem Nacken spürte er ihre kühlen Hände, die ihm den schmerzenden Muskel streichelten. »Vyves hat dir gerade das Leben erkauft, also wirf es gefälligst nicht weg, und bring uns nicht alle in Gefahr.«

»Aber wo sollen wir denn hin?«, brach es aus Gideon heraus. »Unsere Eltern und Großeltern haben darum gekämpft, in dieser Stadt begraben zu werden.«

»Die haben es hinter sich«, erwiderte Deborah ruhig. »Wir leben noch.« Sie streichelte Vyves die Schulter, bis die Starre sich löste. Nur noch sachte zitternd stand er auf.

5

Wieder riss ein Geräusch in tiefster Nacht Amicia aus dem Schlaf, doch war es diesmal ein leises. Wie üblich saß sie kerzengerade auf dem Bett und presste die Hände auf die Brust, um ihr rasendes Herz zu beschwichtigen. Sie zwinkerte, um ihre Augen ans Dunkel zu gewöhnen, doch dann bemerkte sie, dass es gar nicht dunkel war. Magdalene hatte die Kerze brennen lassen, obwohl Amicia es ihr hundertmal verboten hatte. Der Ruß eines Talglichts mochte der verletzten Lunge des Ritters schaden, und das kostbare Wachs, das Quarrs Bienen lieferten, war für die Kerzen der Messe bestimmt, hatte Amicia ihr erklärt. Aber das Mädchen war toll vor Angst, im Dunkeln könne der Tod ins Haus kriechen und ihrem Herrn Matthew das Lebenslicht ausblasen.

Arme Kleine. Der Tod würde bei Licht oder im Dunkeln kommen, wann immer es ihm passte, und da der Verletzte bereits den fünften Tag im Fieber lag, würde er nicht mehr lange auf sich warten lassen. Magdalene weigerte sich jedoch, es zu glauben. Sie schlief zusammengerollt an den Füßen ihres Herrn, als ließe der Tod sich von einer rührenden Hüterin zur Umkehr bewegen.

Amicia schlang sich ihr Wolltuch um die Schultern und stand auf. Das Geräusch, das sie geweckt hatte, kam von draußen. Kein Heulen diesmal. Nur ein Winseln. Im Vorbeigehen lauschte sie auf die gequälten Atemzüge des Ritters und zog eine der Decken, die Magdalene über ihn gehäuft hatte, auf den schlafenden Körper des Mädchens hinunter. Wärme war es nicht, was ihm fehlte – im Gegenteil, die Hitze, die in seinem Körper tobte, brannte ihn von innen aus.

Vor der Schwelle lag der Hund im Gras, der graue Mastiff. Laienbrüder hatten das Tier mit Stangen und Mistgabeln in den Wald zurückgescheucht, nachdem es sich von Magdalenes

Gürtelstrick losgerissen hatte und den Männern gefolgt war, die den Ritter in Amicias Hütte schleppten. Jetzt lag es vor ihr und blickte zu ihr auf. Dem mächtigen Brustkorb entrang sich ein winziger, beinahe bittender Laut.

Auf einmal erschien es Amicia undenkbar, dass sie Angst vor ihm gehabt hatte. Vor ihr lag keine reißende Bestie, sondern eine Kreatur, die sich vermutlich nicht weniger einsam und verfroren fühlte als sie selbst. Sie kniete nieder und begann, ihm den Hals zu streicheln, wie sie es bei Matthew de Camoys gesehen hatte. Unter dem glatten Fell fühlte sie sein Blut pochen. »Du armer Bursche«, murmelte sie an seinem Ohr. »Haben wir dir deinen Herrn weggenommen, und du irrst herum und weißt nicht, wohin wir ihn gebracht haben?«

Der Hund wandte leicht den Kopf, als wolle er sie ansehen. Amicia blickte ihm dennoch nicht in die Augen. Sie hatte dies von Bruder Timothy gelernt: Tiere mochten es nicht, wenn man ihnen ohne Scham in die Augen starrte. Amicia war es recht so, denn sie mochte es auch nicht.

»Willst du ihn sehen, Hund? Bist du gekommen, um bei ihm zu sein, wenn er stirbt? Das ist seltsam. Dein Herr ist ein übler Geselle, er hat im Grunde kein Quäntchen Zuneigung verdient. Aber da bist du, und da ist das zerrupfte Elfenwesen, ihr liegt ihm zu Füßen, und vermutlich geht ihr beide ein, sobald er den letzten Atemzug tut. Was hat er an sich, Hund? Womit gewinnt er eure Liebe? Ich habe Angst vor ihm. Er liegt im Sterben und ist mir ausgeliefert, aber mir macht er dennoch Angst. Ist das nicht verrückt?«

Der Hund drehte den Kopf noch weiter und begann mit seiner riesigen Zunge, Amicia das Handgelenk zu lecken. Sie schmiegte sich an seinen Leib und spürte sogleich die Kälte nicht mehr so scharf. Wenn sie hier einschlief, erfror sie, das wusste sie. Aber eine kleine Weile lang tat es gut.

Randulph hatte darauf bestanden, den Ritter in ihre Hütte zu bringen. Im Infirmarium sei kein Platz, hatte er behauptet, und sie habe schließlich schon Kranke in ihrem Haus gepflegt. Er werde den Prior schicken, um Matthew de Camoys die Beichte abzunehmen und ihn mit der heiligen Kommunion zu versehen.

Amicia hätte auch jetzt um ein Haar gelacht. Der Verletzte war so schwach, dass er die Lippen nicht einmal auseinanderbrachte, um eine Kelle Brühe zu leeren. Er brauchte die Sterbesakramente, zur Beichte war er nicht mehr in der Lage. Das hatte Randulph inzwischen offenbar selbst erkannt, denn er hatte bislang weder den Prior noch Bruder Edmund geschickt, der in der Heilkunst ausgebildet war und dem Infirmarium vorstand. Es gab ja keine Heilung. Sir Matthew hatte einundzwanzig tiefe Wunden davongetragen, dazu unzählige Blessuren von Schlägen. Er lag seit fünf Tagen in seinem Blut, das sich nicht stillen ließ, und wenn er noch nicht tot war, dann nur, weil es dem Leben leidtat, aus einem Körper zu fliehen, der so sehr für es geschaffen war.

Ein Heilkundiger hätte nichts tun können, was Amicia nicht auch konnte: ihn pflegen, »als wäre er wirklich Christus«, wie es der heilige Benedikt vorschrieb. Die Wunden mit Wallwurz waschen, sie mit Honig und einer Tinktur aus Ringelblumen bestreichen und beten, dass die Mischung die Blutungen zum Stehen brachte. In Öl gekochtes Geißblatt auflegen und Sud aus Weidenrinde und bitterem Wermutkraut in die Mundwinkel träufeln, um das Fieber zu senken und – so Gott wollte – die höllischen Schmerzen zu lindern. Die Stirn mit Wasser kühlen, die Fesseln mit in Zwiebelsaft getränkten Binden umwickeln. Mehr ließ sich nicht tun. Nur stumm dabeisitzen, wie die kleine Magdalene es tat, und trauern, weil ein Mensch so qualvoll sterben musste.

Die verheerendste Wunde war zweifellos die, die quer über der Brust verlief und die Lunge verletzt hatte. Die tiefste aber, die unstillbar blutete, klaffte vom rechten Knie den Muskel des Schenkels hinauf bis in die Leiste.

Amicia war nicht zimperlich, und Matthew de Camoys war nicht der erste entblößte Verwundete, den sie behandelte. Aber er war jung. Und sosehr Magdalenes Schwärmerei sie befremdete – etwas an dem geschundenen Leib war wahrhaftig schön, als hätte der allmächtige Gott ihn mit einem zärtlichen Lächeln modelliert. Während Amicia ihm frische Verbände auflegte, war ihr einmal die Kehle so eng geworden, dass sie hinaus ins Freie laufen musste, um Luft zu schöpfen, als sei sie meilenweit gerannt. Als ihr Atem endlich wieder ruhig gegangen war und sie in die Hütte zurückkehrte, hatte sie bemerkt, dass ihr die Tränen liefen.

Der Hund winselte. Ein Windstoß fuhr Amicia in den Nacken und brachte die Kälte zurück. Sie versuchte, sich enger an das Tier zu drängen, und entdeckte, dass ihre Glieder sich so steif anfühlten wie Stöcke, die sich mit den Händen brechen ließen. »Gehen wir ins Warme, Hund?« Mühsam stemmte sie sich in die Höhe. Sogleich sprang der Hund auf und wedelte mit dem Schwanz.

Sie musste lachen. »Sehr warm ist es drinnen auch nicht, aber ich mag ohnehin nicht mehr schlafen und kann genauso gut Feuer schüren. Außerdem ist es dir gleichgültig, was? Wenn du nur deinen Herrn bei dir hast, stört dich die Kälte nicht.«

Der Hund folgte ihr auf den Fersen ins Haus. Jäh fiel ihr auf, wie wundervoll es war, aus Nacht und Wind in ein Haus zu kommen, in dem ein Stapel Feuerholz bereitlag und in dem Menschen unbehelligt schliefen. Der Mann lebte noch. Seine Atemzüge rasselten, sooft die verletzte Lunge sich blähte.

»Hast du Hunger?«, flüsterte Amicia dem Hund zu, nahm kurzerhand den Napf, aus dem sie morgens ihre Hafergrütze aß, und schüttete Milch aus dem Krug für den Kranken hinein.

Der Hund hatte sich neben das Lager seines Herrn gedrängt und leckte ihm die Hand. Amicia stellte ihm die Milch hin, doch er leckte noch eine Weile weiter, ehe er den Napf in Windeseile leerte.

Amicia schenkte ihm noch etwas ein und verfütterte nach und nach alle Milch. Gewiss hätte Abt Randulph es für Sünde erklärt, das, was Menschen zugedacht war, an Tiere zu verschwenden, aber in dieser Nacht stand der Hund ihr näher als jeder Mensch. Er blieb mit ihr wach, derweil sie das Feuer schürte, und wenn der Tod hatte kommen wollen, schlug ihn vermutlich eher der riesenhafte Mastiff in die Flucht als die kleine Magdalene.

In jedem Fall war Matthew de Camoys bei Sonnenaufgang noch am Leben, und als Amicia den Fensterladen aufstieß, um den Geruch der Todesnähe hinauszulassen, krümmte er leicht den Rücken, als spüre er den frischen Wind.

Magdalene, die sonst beim ersten Hahnenschrei erwachte, schlief tief in den Tag. Spürte sie, dass der Hund da war und auf den Mann, den sie liebte, achtgab?

Amicia genoss die Stille, die ihr gefehlt hatte. Sie kochte Zwiebeln, bereitete frische Verbände, und als sie sich damit ans Lager des Ritters setzte, rückte der Hund zur Seite. »Du weißt, dass ich ihm nicht schade«, sagte sie. »Du bist so klug, Hund. So klug sind wir Menschen nie – wem wir vertrauen dürfen und wem nicht, das wissen wir nicht.«

Sie lud sich das Bein des Mannes auf die Knie und begann, den Wadenmuskel mit den Leinenbinden zu umwickeln. Sie hatte Beine verarztet, die dürr wie Zweige waren, bedeckt von bleicher, rauer, blätternder Haut. Dieses jedoch lag schwer in ihrem Schoß; das Fleisch des Muskels war fest, von Sehnen durchzogen, und die Haut darüber honiggolden. Entsetzt bemerkte sie, dass sie nicht mehr die Binden wickelte, sondern mit den Fingerspitzen den Muskel streichelte. Und dann bemerkte sie noch etwas und konnte es nicht glauben, strich wieder und wieder über das versehrte Bein, um sich zu versichern: Die Haut glühte noch. Aber sie war nicht mehr so heiß wie am vergangenen Abend. Wenn der Mann nicht gerade starb, bedeutete das, dass das Fieber sank. Und dass er nicht starb, verriet ihr sein

Atem, den sie in ihrem Rücken spürte, obwohl sie kein Rasseln hörte.

Gegen Mittag wachte Magdalene auf und brach in Jubel aus, als sie den Hund entdeckte: »Ach Amsel, du weißt ja nicht, wie ich mich geschämt habe, weil ich erlaubt habe, dass sie den Namenlosen wegtreiben! Mein Herr Matthew hätte mich dafür gehasst – aber jetzt hat er seinen Namenlosen bei sich, und es wird alles gut.«

Das Mädchen brauchte dringend Luft, und Amicia schickte es mit den Schweinehirten in den Wald. Als Magdalene sich sträubte, sagte sie: »Wenn du es nicht tust, muss ich selbst gehen. Willst du das, oder soll ich bleiben und deinen Herrn Matthew pflegen?«

Das trieb sie auf den Weg, und den Stummen, der im Verschlag hauste, nahm sie mit. So blieben Amicia und der Hund mit dem Verwundeten allein. Sie nutzte die Zeit, um Markknochen auszukochen, und ab und an drehte sie sich um und sah den beiden beim Schlafen zu. Zwei schöne, gefährliche Geschöpfe, die in völligem Frieden beieinanderlagen – hatte das nicht etwas vom Paradies? Sachter Regen pochte aufs Dach und machte die Wärme und Trockenheit des Hauses umso wohliger.

Als Amicia die Verbände wechselte, war das Fieber weiter gesunken. Die Schenkelwunde nässte, aber in der austretenden Flüssigkeit war kaum noch Blut. Prüfend betrachtete Amicia das Gesicht des Mannes. Der Schmerz grub ihm tiefe Falten in die Züge, prägte es noch immer, doch die Kiefer waren nicht mehr verkrampft. Auch die blau schillernde Schwellung, die das rechte Auge verdeckte, ging zurück. Das Auge darunter war ohne Zweifel zerstört. Bisher hatte Amicia angenommen, Matthew de Camoys würde das Auge ohnehin nicht mehr brauchen, jetzt aber musste sie daran denken, wie hart es ihn treffen würde. Er wäre entstellt, und der Verlust des Auges würde seinen Wert als Kämpfer mindern.

Vielleicht lehrt es ihn Demut, durchfuhr es sie.

Es klopfte an der Tür.

»Herein«, rief Amicia in der Annahme, Magdalene käme zurück. Die Tür aber blieb geschlossen.

»Bitte komm nach draußen, Amsel«, vernahm sie Randulphs Stimme durch das Holz.

Was wollte er? Sich nach dem Befinden seines Gastes erkundigen? »Tretet ein«, forderte sie ihn auf, doch nichts rührte sich.

»Ich ziehe es vor, im Skriptorium mit dir zu sprechen«, sagte Randulph.

Zum Skriptorium, dem Schreibsaal des Klosters, hatten selbst die Laienbrüder nur selten Zutritt. Frauen waren in der Zisterzienserabtei überhaupt verboten, doch für Amicia hatte es im Laufe der Jahre immer wieder Ausnahmen gegeben. Wie schwer Randulph dies gefallen war, wusste sie. Der Orden der Zisterzienser war gegründet worden, um dem Verfall des mönchischen Gedankens ein Leben in Strenge und Treue entgegenzusetzen. Jeder Verstoß gegen die Regel des heiligen Benedikt entfernte den Abt von seinem Lebensziel – der Nähe zu Gott. Francis, sein Prior, aber hatte immer wieder dagegengehalten, die Sorge für den Nächsten müsse über jeder anderen Regel stehen. »Der Herr hat es uns so geboten, oder nicht? ›Was ihr dem geringsten meiner Brüder getan habt, das habt ihr mir getan.‹«

Dass Amicia kein Bruder war, machte in seinen Augen keinen Unterschied. »Dass die Wege Gottes uns verschlungen erscheinen, bedeutet wohl kaum, dass wir ihnen nicht zu folgen haben.«

Randulph hatte sich gewunden, aber er hatte Amicia mit ins Skriptorium genommen, um mit ihr Bücher zum Studium auszuwählen. Er hatte sie ins Infirmarium geführt, damit sie bei der Pflege der Kranken assistieren konnte. Ohnehin ließ sich nicht leugnen, dass er sie monatelang im Keller der Gästequartiere beherbergt hatte, dass er selbst hinuntergestiegen war, um sie zu versorgen, und dass er einmal, als die Angst ihr Herz zu sprengen drohte, eine Nacht bei ihr verbracht hatte, ihr zitternder Leib in seinen Armen, ihr Kopf an seine Brust gepresst.

»Kommst du, Amsel?«

»Ich kann den Kranken nicht allein lassen«, rief sie, bettete aber Sir Matthews verwundetes Bein auf das Lager und sprang auf.

»Es wird nicht lange dauern«, erwiderte Randulph.

Seufzend rieb Amicia sich die Hände trocken. »Du passt auf, hörst du?«, sagte sie zu dem Hund, der den Kopf von den Pfoten hob. Dann zog sie die Tür auf.

Randulph erwartete sie in seinem vergilbten Habit und dem schwarzen Skapulier. Als Abt hätten ihm prächtigere Kleider zugestanden, sein Rang glich dem eines Gutsbesitzers von Adel, er aber schützte sich nicht einmal vor dem Regen. »Ich danke dir«, sagte er, drehte sich um und ging ihr voraus.

Statt auf den Pförtner zu warten, schloss er selbst das Tor auf und trat ohne ein Wort zu Amicia in den Kreuzgang. In der Stille klang das Prasseln des Regens wie der friedvolle Herzschlag der klösterlichen Welt. Nicht selten hatte Amicia sich gewünscht, als Herr von Adel geboren und damit berechtigt zu sein, dem Orden beizutreten, hinter den Mauern von Quarr zu verschwinden und auf immer zu wissen, wohin sie gehörte. Zur Rechten kauerten in Bücher versunkene Mönche in den Nischen, und sie sehnte sich danach, einer der ihren zu sein. Nach links blickte sie nicht. Als Kind hatte sie sich einmal fast zu Tode erschrocken, als sie gesehen hatte, was dort im Innenhof stand.

Randulph entnahm dem Armarium, einem begehbaren Wandschrank im östlichen Flügel, einen schweren Band und ging sogleich weiter. Leise zog er die Tür des Skriptoriums auf, vergewisserte sich, dass niemand bei der Arbeit saß, und winkte Amicia, ihm zu folgen.

Amicia liebte die Schreibstube, in die durch hohe, verglaste Fenster mehr Licht fiel als in jeden anderen Raum. Auf mehreren Pulten lagen Schreibmaterialien und Manuskripte, an denen die Skriptoren ihre Arbeit fortsetzen würden, wann immer Gottesdienst und Gebet es erlaubten. Es duftete nach dem Harz der Dornrindentinte, nach Leder, Leim und Staub.

»Setz dich«, sagte Randulph und wies Amicia ein unbenutztes Pult zu. Er selbst blieb vor einem anderen stehen und schlug das Buch auf, das er aus dem Armarium geholt hatte.

Sie hätte gern Fragen gestellt, aber ihr war beigebracht worden, keinen der Brüder zum Sprechen zu veranlassen, wenn es nicht unumgänglich war. Abt Randulph ließ sie lange warten. Endlich räusperte er sich. »Wie geht es dem Ritter?«

»Ihr hättet nach ihm sehen können«, erwiderte Amicia ein wenig spitz. »Seit er krank liegt, wart Ihr nicht einmal bei ihm.«

»Ich weiß.« Randulph wandte den Blick nicht von dem Buch. »Ich brauche nicht dich, um mir das vorzuwerfen.«

»Es war nicht meine Absicht, Euch etwas vorzuwerfen.«

»Doch, das war es«, sagte Randulph. Er beugte sich über eine Illustration des Buches. »Verdenken kann ich es dir nicht, aber ich lege schließlich nicht vor dir die Beichte ab.«

»Natürlich nicht«, fuhr Amicia verblüfft auf. »Weshalb solltet Ihr das tun?«

»Stell mir keine Fragen«, sagte er. »Gib mir Antwort. Es geht ihm besser, nicht wahr? Er wird leben?«

»Das weiß allein Gott«, erwiderte Amicia. »Doch wenn Ihr mich nach meiner Einschätzung fragt – ich denke, er wird den Winter über brauchen, um zu gesunden, er hat ein Auge verloren und wird vielleicht nicht mehr kämpfen können. Aber ja. Leben wird er.«

»Die Wunden …«, begann Randulph, versank noch einmal in der schillernden Buchmalerei und setzte dann neu an: »Du hast bereits Männer gepflegt, die unter die Räuber gefallen waren. Wenn du die Wunden betrachtest – glaubst du, Matthew de Camoys ist dasselbe widerfahren?«

Amicia zögerte. »Nein, Vater«, sagte sie schließlich.

»Was glaubst du dann?«

»Ich glaube, wer immer das getan hat, wollte ihn bestrafen. Sich rächen, aber nicht für den Verlust eines Geldsäckels, sondern für etwas, das weit schwerer wiegt.«

»Und was soll das sein?«

»Was weiß denn ich?«, rief sie hastig.

Er drehte sich zu ihr um. »Amsel«, sagte er. »Schwerer als Diebstahl wiegen Verrat und Mord.«

Ihr wurde kalt.

»Glaubst du, der junge Mann in deiner Hütte ist ein Verräter und Mörder?«, fragte der Abt.

Amicia überlegte. Sie sah den Ritter vor sich, wie er mit schmerzverzerrtem Gesicht in den Betttüchern lag. Gleich darauf sah sie ihn, wie sie ihn am ersten Tag gesehen hatte: den kalten Blick, der ihr durch und durch ging, den grausamen Zug um den Mund, den Ausdruck von Menschenverachtung. Sie wusste auf Randulphs Frage keine Antwort. Jede Faser am Leib des Mannes war ihr vertrauter, als ihr lieb war, doch der Mensch, der den Leib bewohnte, war ein Fremder. Sie wusste nicht, woher er kam, was ihn antrieb und wohin er unterwegs war. Nur dass er ihr Angst machte. Dass sie froh war, seine Augen nicht sehen zu müssen und nicht das Dunkle zu kennen, das in seiner Geschichte lauerte.

»Er ist keiner«, sagte Randulph.

Sie zuckte zusammen. »Was meint Ihr?«

»Sir Matthew ist weder ein Mörder noch ein Verräter. Ich vertraue ihm. Ich will, dass du das weißt.«

Ihr Herz begann zu rasen. In unzähligen Nächten hatte sie gebetet, dieser Augenblick möge niemals kommen, Randulph möge sie niemals von hier fortschicken. Ihre Gebete waren nicht erhört worden. Der Augenblick war da.

»Ich bin überzeugt, dass die, die ihn überfallen haben, ihn warnen wollten«, sagte Randulph. »Er muss von der Insel hinunter, sobald er reisefähig ist. Und du musst mit ihm gehen.

Nicht nur, weil Quarr, wie du immer gewusst hast, kein Ort für dich ist, sondern auch, weil dein Leben in Gefahr ist.«

»Mein Leben?« Wie von selbst wanderte ihre Hand auf ihr Herz. »Was habe denn ich damit zu tun? Wem habe ich etwas getan?«

»Es geht nicht um etwas, das du getan hast oder das Matthew getan hat, sondern um etwas, das viel älter ist und tieferen Schichten entstammt. Du und er, ihr seid nur Pfänder. Zwei Bauern im Schachspiel, die man opfert, wenn es um den Schutz des Königs geht.« Seine Stimme klang bitterer denn je. In seinem Gesicht zuckte ein Muskel, dann wandte er sich wieder dem Buch zu. Ein Finger fuhr über die vergoldeten Ränder der Illustration. »Amicia«, sprach er sie an. »Du erinnerst dich an nichts mehr, nicht wahr?«

Hatte sie je gehört, wie er sie bei ihrem Namen rief? Wieder nickte sie, obwohl er es nicht sehen konnte. Wer nickte, vollführte nur eine Bewegung des Kopfes und sprach keine Lüge aus.

»Ich höre dich nicht«, sagte Randulph. »Aus der Zeit, ehe du zu uns kamst – erinnerst du dich wahrhaftig an nichts?«

Sie sah zu Boden, stierte auf die glatten, schmucklosen Kacheln. Nein, sie erinnerte sich nicht. Ihr Gedächtnis hatte keinen Namen und kein Bild bewahrt. Nur Fetzen, die sie bei Nacht aus dem Schlaf rissen und ihr Angst einjagten. Wenn die Fetzen sich über ihr aufbäumten, verkroch sie sich unter die Decke, umklammerte den Stein an ihrem Hals und flehte zur heiligen Franca, die vor Albträumen schützte, um Erlösung.

Es gab auch andere Fetzen. Solche, die, wenn sie jäh auftauchten, Wärme und Trost mit sich brachten, wie Amicia sie in ihrem Leben nicht kannte. Einer der Fetzen zeigte ein Kind, das bei einer Frau am Fenster saß. Es war ein hohes Fenster, verziert durch kunstvolle Glasmalerei, und wenn man es aufstieß, gab es den Blick die Motte hinunter und in die Ebene frei. In der Ebene schien alles grün zu sein: die vor der Reife stehenden Felder, die weiten Koppeln und der Wald. Vor dem Fenster waren zwei Sitze in den Stein gemauert, einer für die Frau und einer für das Kind, und die Frau sagte manchmal zu dem Kind: »Wollen wir uns heute Abend wieder auf unseren Sitzen treffen?« Die Frau war schön, sie war die Schönste, die das Kind kannte, und sooft sie so zu dem Kind sprach, wollte es vor Freude jauchzen.

Wenn dieser Fetzen verblasste, wurde Amicia mit einem Schlag klar, wie einsam sie war.

»Ich habe dir eine Frage gestellt«, sagte Randulph.

»Nein«, sagte Amicia. »Ich wüsste nicht, dass ich mich erinnere. Warum fragt Ihr?«

Diesmal war er es, der keine Antwort gab. Stattdessen strich er weiter über die Illustration und wechselte das Thema. »Ich habe vorhin gesagt, ich lege vor dir keine Beichte ab. Aber ein Geständnis mache ich: Ich habe einen Schwurhandel mit Gott geschlossen wie der ärgste Ketzer: Ich habe geschworen, wenn er Herrn Matthew heilt, schicke ich dich mit ihm auf den Weg.«

»Und wenn er gestorben wäre?«

»Nun, er ist nicht gestorben. Ich muss meinen Teil des gotteslästerlichen Handels einlösen.«

»Aber ich bin kein Handelsgut!«, brach es aus Amicia heraus. »Ich will nicht mit ihm gehen, er ist mir zuwider, und wenn wir beide aus irgendeinem mysteriösen Grund in Gefahr sind – wie könnt Ihr uns dann zusammen ziehen lassen? Das ist, als wolltet Ihr uns den Mördern auf einem Tablett ausliefern!«

»Ich muss mich über dich wundern«, erwiderte Randulph. »Ich dachte, man hätte dich gelehrt, deinem Herzen keinen Aufruhr zu gestatten. Füge dich, Amsel. Du gehst mit Sir Matthew, sobald er reisefähig ist. Er hat Geschäfte in London, aber anschließend bringt er dich nach Fountains Abbey, wo man sich deiner annehmen wird. Ihr bringt einander Schutz, nicht Gefahr. Solange ihr beieinander seid, werden die Feinde des einen um des anderen willen nicht wagen, ihn anzurühren.«

Über die verwirrte Rede wollte Amicia jetzt nicht nachdenken. Es trieb sie zur Weißglut, dass Randulph über ihr Schicksal entschied und dabei ungerührt in das Buch starrte. »Ich will hier nicht fort!«, rief sie, vermutlich lauter, als die alten Mauern es je vernommen hatten. »Meine Heimat ist hier.«

»Waren wir uns nicht einig, dass Quarr nicht deine Heimat sein kann?«

»Aber Ihr habt mich zu Euch genommen!« Zornig bemerkte sie, dass Tränen ihr die Stimme raubten. Ohne Besinnung sprang sie auf ihn zu, packte seinen Arm und riss den hageren Körper zu sich herum. Er starrte sie mit nacktem Entsetzen in den Augen an. »Ihr habt mich doch gern bei Euch«, rief sie, »Ihr habt mich doch lieb!«

Mit einer Kraft, die sie dem ausgezehrten Mönch nicht zugetraut hatte, riss er sich frei und stieß sie von sich. Amicia taumelte mehrere Schritte weit und prallte gegen die Wand.

»Nie wieder, hörst du?« Drohend hob er einen Finger. »Nie wieder erlaube ich, dass du dich so vergisst.«

Hätte er sie mit Bestimmtheit und Ruhe unterwiesen, wie sie es gewohnt war, so hätte sie ihm vielleicht gehorcht. Dass man ihr drohte, war ihr jedoch unbekannt, und dass man ihr Gewalt antat, erst recht. Der Drang, auf ihn zuzugehen, war unwiderstehlich, und im Schritt fiel ihr Blick auf das Buch. »Was ist das überhaupt!«, rief sie, ohne nachzudenken. »Dieses Buch, das Ihr fortwährend anstarren müsst, derweil Ihr mir den Garaus macht!«

Randulph blickte von dem Buch auf und ihr geradewegs ins Gesicht, was er sonst vermied. »Wird uns deshalb angeraten, die Frauen im Trivium, vor allem in der Rhetorik, nicht zu unterweisen? Weil wir der Haltlosigkeit ihres Mundwerks nicht gewachsen sind?« Seine Hand ruhte noch immer auf der Seite des Buches. »Ich mache dir keineswegs den Garaus. Dass du jedoch nicht selbst beurteilen kannst, was dir guttut, ist nicht deine Schuld. Das Buch ist des Anstarrens wert. Es ist eine prachtvolle Abschrift des *Leben des Becket*, die John of Salisbury, der Vertraute des heiligen Thomas, ihm zum Gedenken verfasste.«

Amicia schauderte. Warum lief alles heute auf Mord und Blut hinaus? Thomas à Becket, der heilige Thomas, war Erzbischof von Canterbury gewesen, der höchste Kleriker des Landes, doch sein rebellischer Geist war seinem König ein Stachel im Fleisch. Im Zorn ließ der König sich hinreißen, sich lauthals Beckets Tod zu wünschen, und eine Handvoll übereifriger Ritter drang in die Kathedrale ein und erfüllte den unbedachten Wunsch. Im Gebet, an heiliger Stätte, war Becket durch Mörderhand gefallen. Das Schaudern wurde stärker, und als Randulph das Buch zu ihr herüberschob, wollte Amicia die Augen schließen, doch ihre Lider versagten ihr den Dienst. Sie musste den Blick auf die Seite senken, auch wenn es ihr die Luft abwürgte.

Das Bild war mit einem kostbaren Goldgrund unterlegt. »Drachenblut« hieß das Harz, aus dem das brennende Rot gewonnen wurde, das Amicia entgegensprang. Ein Mann kniete auf einer Erhöhung, einer Altarstufe oder einer niedrigen Mauer. Er hielt den Kopf gesenkt, den Nacken zum Gebet gebeugt, in einer Geste von Demut und Vertrauen. Ohne sich darum zu scheren, drangen Bewaffnete mit Schwertern von hinten auf ihn ein. Er würde fallen. Stürzen. In der Schwärze des Todes versinken, derweil ein fühlloser Gaffer seine letzten Herzschläge zählte.

Sieben, acht, neun, zehn. Die Zahlen hämmerten gegen Amicias Schläfen. Sie verlor das Gleichgewicht, taumelte und griff nach Halt. Dass Randulph, den sie zu fassen hoffte, ihr auswich, bemerkte sie erst, als sie mit Hüfte und Schulter auf den Boden prallte. Auf ihren Wangen glaubte sie Sackleinen zu spüren. Funken blitzten um kleine Drachen, die Feuer spien, und ein markerschütternder Schrei zerriss die Luft. Dann wurde das Bild vor ihren Augen schwarz.

»Du hast gesagt, du erinnerst dich nicht.«

Als sie zu sich kam, lag sie rücklings auf den Steinplatten. Ihr war übel, die Decke des Raumes drehte sich, und ihre Hand hielt wie so oft den Stein umklammert, den sie an einem Band um den Hals trug. Randulph hatte ihr ein Kissen in den Nacken geschoben, doch er kniete im Abstand zu ihr und berührte sie nicht. Amicia begriff, dass sie vielleicht keine Gelegenheit mehr bekommen würde, ihn zu sprechen. Sie nahm ihren Mut zusammen. »Doch«, sagte sie, »ich glaube, ich könnte mich erinnern. Ich habe nur Angst, ich halte es nicht aus.«

Randulph nickte. »Die Angst ist berechtigt. Ich will, dass du nach Fountains Abbey gehst und von dort in eine Gemeinschaft von Schwestern, damit du auf immer vergessen kannst.«

Vergessen, dachte Amicia bitter. Laut, wenn auch mit krächzender Stimme, entfuhr ihr: »Soll ich auf immer vergessen, wer ich bin?«

In dem Blick, der sie traf, lag etwas, das sie nicht zu deuten wusste. »Ja, Amsel«, sagte Randulph leise. »Ich bete zu Gott, dass er dir diese Gnade gewährt.«

»Aber warum denn? Bin ich ein Ungeheuer, ist meine Herkunft so verrucht, dass ich das Wissen darum nicht ertragen könnte?«

Randulph streckte den Arm aus und berührte ihr Haar. Von seiner Schulter hinunter lief ein Beben über die knotigen Adern des Handrückens bis in die Spitzen der Finger. Sogleich riss er die Hand zurück, als hätte Amicias Haar ihm die Haut verbrannt. Amicia hatte die Berührung dennoch gespürt. Die kleine Spur Wärme, die er ihr sofort wieder entzogen hatte, tat unendlich gut.

»Was du vor den Menschen bist, zählt nicht«, sagte Randulph, der jetzt wieder meilenweit von ihr entfernt war. »Nur was du vor Gott bist. Ich werde meinen Einfluss geltend machen, damit man dir deiner Geburt zum Trotz in einem Frauenkloster die Profess abnimmt. Darüber zu entscheiden hat Abt Henry von Fountains Abbey. Ich bin sicher, er wird sein Möglichstes für dich tun.«

Amicia überlegte. War es nicht das, was sie gewollt hatte – hinter den Mauern eines Klosters verschwinden und auf immer zu einer Gemeinschaft gehören? Als Kind hatte sie dem Abt an den Lippen gehangen, wenn er ihr von der Nähe zu Gott erzählt hatte, um die die Mönche mit all ihren Kräften rangen. Sie hatte sich nach der Nähe Gottes gesehnt. Wenn ich keinem Menschen nah sein kann, hatte sie gedacht, wenn ich keine Heimat habe – kann ich dann Gott nah sein und in ihm eine Heimat finden? Die kindliche Vorstellung einer Vatergestalt, die sie in ihre mächtigen Arme zog und nicht mehr losließ, war überwältigend schön. Sooft Amicia hinterher in der Stille und Leere ihrer Hütte die Augen schloss, stellte sie sich Gott vor wie Randulph: kahlköpfig, hager, die Stimme ruhig, doch die Augen flackernd vor Leidenschaft.

Sollte sie sich nicht freuen, wenn der Abt ihr den Weg in ein Kloster ebnete? Das Kloster in ihren Träumen war immer Quarr gewesen, die Gottesburg aus graugelbem Stein, umgeben von Wiesen, auf denen zottige Pferdchen grasten, errichtet auf der Isle of Wight und geschützt durch das Meer. Undenkbar, dass sie in einem fremden Kloster fern der Insel ihre Heimat in Gott finden würde!

Amicia wollte auf einmal die Hände in den Boden graben und sich an Schollen und Graswurzeln festklammern, doch die Steinplatten waren glatt und wiesen sie ab. Dies ist mein; ich gehöre hierher, dachte sie. Erst als der Blick des Abtes sie traf, wurde ihr klar, dass sie laut gedacht hatte.

»Dass du nicht hierhergehören kannst, habe ich dir immer gesagt, oder nicht?«

»Ja, das habt Ihr.« Jäh erfasste eine dumpfe, bleierne Müdigkeit Amicia. »Etwas in meinem Innern sträubt sich dennoch dagegen. Mir ist zumute, als könnte ich meine Heimat nie finden, wenn ich ein Boot bestiege und die Insel verließe.«

»Eben aus diesem Grund musst du fort.« Abt Randulph stand auf und wandte sich ab, um von Neuem die mörderische Illustration zu betrachten. Einen letzten langen Blick widmete er ihr, dann schlug er das Buch vorsichtig zu. »Bis zu eurem Aufbruch will ich, dass du dich vor Fremden verborgen hältst, dass du ihnen deine Tür verschließt – auch denen, die um Almosen bitten. Es ist wichtig, dass du diese Anordnung befolgst, Amsel. Lebenswichtig. Hast du das verstanden?«

Amicia gab keine Antwort, und der Abt erwartete keine.

»Ich bringe dich jetzt zurück. Matthew bedarf deiner Pflege. Übrigens war es um des Buches willen, dass ich dich herbat, ich wollte es nicht durch den Regen tragen. Es gehört dir, Amsel. Ich habe es für dich bewahrt. Näh ihm eine lederne Schutzhülle, und nimm es mit, wenn du die Insel verlässt.«

Ich will es nicht!, wäre es ihr um ein Haar entfahren. Die Vorstellung, das Schreckensbild bei sich zu tragen, ließ sie von Neuem schaudern. Dann aber fiel ihr etwas anderes ein: Eine so reich illustrierte Abschrift war selten und wertvoll. Weshalb gehörte ihr, einem Findelkind, dem weiblichen Zögling von Zisterziensern, den es im Grunde nicht geben durfte, eine solchen Kostbarkeit? Bisher hatte sie nie etwas anderes besessen als den Stein an ihrem Hals, von dem sie auch nicht wusste, wie sie an ihn gekommen war.

Sie behielt die Frage für sich, denn sie hatte für den einen Tag genug und sehnte sich nach ihrem Haus. Jedes Glied war ihr schwer, als sie aufstand. »Ihr braucht mich nicht zu begleiten. Ich finde meinen Weg auch so.«

»Du weißt, dass ich dich begleiten muss«, erwiderte Randulph.

»Warum?«, gab sie scharf zurück. »Weil ich die Ruhe Eurer Schutzbefohlenen störe, ihre teure Nähe zu Gott? Ist diese Nähe so leicht zu erschüttern, dass ein bedeutungsloses Mädchen genügt?« Nichts davon hatte sie sagen wollen, aber ihr ganzes Wesen fühlte sich wund an, und die Schorfschicht darüber so dünn, dass sie bei der kleinsten Erschütterung aufbrach.

»Gehen wir«, sagte Randulph. »Ich wünsche, dass du morgen nach den Laudes zur Kapelle kommst und vor Prior Francis die Beichte ablegst.«

»Nehmt Ihr sie mir nicht selbst ab?«

Der Abt war ihr bereits vorausgegangen. »Ihr habt mich gehört«, sagte er, ohne sich nach ihr umzudrehen.

In ihrem Haus wartete Magdalene, die auf sie zusprang, als wollte sie ihr das Gesicht zerkratzen. »Du hast meinen Herrn Matthew allein gelassen! Ich habe dir gehorcht, weil du versprochen hast, ihn zu pflegen, aber du bist einfach deiner Wege gegangen, derweil er hier hätte sterben können.«

Amicia befreite sich ebenso heftig, wie Randulph sich im Skriptorium von ihr befreit hatte. »Dein Herr stirbt, wann es Gott gefällt«, beschied sie kalt. »Ob ich hier bin oder nicht, macht keinen Unterschied. Geh in den Verschlag zu deinem Gefährten. Ich will allein sein.«

»Aber mein Herr Matthew …«

»Ich habe gesagt, du sollst gehen!«, schrie Amicia.

Der Hund sprang auf, und Amicia erschrak vor ihrer eigenen Stimme. Ehe sie sich entschuldigen konnte, streichelte die Kleine ihrem Herrn verstohlen den Arm und schlich mit hängendem Kopf aus der Tür. Schuldbewusst und erleichtert zugleich ließ Amicia sich auf einen Schemel fallen und bedeckte ihr Gesicht mit den Händen. Gleich darauf spürte sie die raue Zunge des Hundes auf den Fingern und musste unter Tränen lachen. »Ach, Hund. Du kannst nicht verstehen, warum mir so viel an einem Ort liegt, oder? Du hast ja einen Menschen, zu dem du gehörst. Ein Mensch bedeutet dir mehr als ein Ort.«

Hatte sie je einen Menschen gehabt? Das Bild von Thomas à Becket fiel ihr ein, und ihr Magen krampfte sich zusammen. Sie wollte heute an nichts mehr denken, nur noch ihre Arbeit verrichten und hoffen, dass sie zeitig schlafen konnte.

»Versorgen wir deinen Herrn, Hund?« Sie drehte sich zu dem Verletzten um und erschrak so sehr, dass sie bis an die Wand zurücksprang. Der Mann war wach. Zwei schwarze Augen, das eine verschwollen, das andere klar, sahen ihr ins Gesicht. Magdalene!, wollte sie rufen, doch nicht einmal ein Krächzen wurde laut, und in der Stille hämmerte ihr Herz.

6

Ich muss gehen, meine Liebste.«

Milchiges Mondlicht fiel durch den Fensterspalt und verlieh dem Haar des Mannes einen seidigen Schimmer. Gedankenverloren strich Isabel über den Flaum aus schwarzen und grauen Stoppeln. Sie fürchtete den Tag, an dem ihm einfallen würde, ihn zu scheren, denn das Haar, das über der kahlrasierten Stelle wucherte, stand für die Zeit, die er vor der Welt verborgen hinter den Mauern ihrer Burg verbrachte. Wenn er sein Messer wetzte, um unter dem Geliebten den Kleriker hervorzuschälen, war es Zeit zum Aufbruch, und sie wäre wieder allein.

Es schreckte sie nicht, mit der Verantwortung für die Insel allein zu sein. Sie hatte sich diese Verantwortung gewünscht, und seit sie sie erlangt hatte, war sie ihr gerecht geworden. Als Isabel de Redvers war sie vor bald einem halben Jahrhundert auf der Insel geboren worden. Zwölf Jahre lang hatte sie hier, auf der Turmhügelburg von Carisbrooke, aufwachsen dürfen wie in einer Schachtel, die die Schönheit der Welt vor Schmutz und Bosheit bewahrte. Freundinnen hatte sie nie gehabt. Dafür hatte sie Baldwyn, ihren Bruder. Zuweilen spielte auch der ruppige Sohn des Stallmeisters mit ihnen, und eine winzige Schwester gab es obendrein, doch die störte und langweilte nur, und im Grunde waren sie einander genug. Der frühe Tod des Vaters und die Kälte der Mutter schmerzten, aber der Schmerz war erträglich, weil sie und Baldwyn ihn teilten. So wie sie alles teilten: Furcht und Glück und Träume.

Bis die Männer von William de Fortibus, des Grafen von Albermarle, gekommen waren, um Isabel fortzuholen. Sie war zwölf Jahre alt, und ihre Mutter hatte sie verkauft wie eine zuchtreife Kuh. Aus den Armen ihres Bruders wurde sie zur

Trauung und alsdann ins eisige Yorkshire verschleppt. In der Einsamkeit, die sie dort durchlitt, gefror ein Stück ihres Herzens.

Mit dreiundzwanzig war sie Witwe und Mutter von fünf halbverwaisten Kindern. Ihrem Wunsch, auf die Insel zurückzukehren, schob die Familie ihres Mannes einen Riegel vor. In Briefen rief sie Baldwyn um Hilfe: »Hol mich nach Hause. Ich erfriere hier.«

Er vertröstete sie. Seine Lage war schwierig. In den Unruhen, die dem zweiten Baronenkrieg vorausgingen, geriet er zwischen die Fronten. Isabels sanfter Bruder machte sich Feinde in beiden Lagern, weil sowohl Königstreue als auch Rebellen die unschätzbare Insel für sich gewinnen wollten. »Hab noch ein wenig Geduld«, schrieb Baldwyn ihr. »Wenn das alles vorüber ist, hole ich dich nach Hause. Dann sind wir wieder zusammen und bleiben auf unserer Insel, bis wir sterben.«

Es sollte nie alles vorüber sein, und Baldwyn blieb nicht auf seiner Insel, bis er starb. Er starb im Haus seines Schwagers, wo er versuchte, zwischen verhärteten Fronten zu vermitteln und zu verhindern, dass England in einem weiteren Bürgerkrieg Blut ließ. Ob der Schwager, der den Rebellen angehörte, oder ein königstreuer Gast ihm Gift in den geliebten Sizilianerwein geträufelt hatte, wurde nie bekannt, doch Isabel war sicher, es zu wissen. Als sie vom Tod des Bruders erfuhr, wuchs der Eisklumpen in ihrem Herzen, bis sie das Herz nicht mehr spürte.

Lange glaubte sie, ihr sei nichts geblieben und sie habe auf der Welt nichts mehr zu tun. Erst als laut wurde, dass der König nach der Insel griff, weil ihr Bruder kinderlos gestorben war, erwachte sie aus ihrer Starre. Die Insel war Baldwyns Erbe. Wenn es irgendwo Spuren seines Lebens gab, dann dort, am Strand des Solent, und an diese Spuren durfte kein König Hand anlegen. Es war das uralte Recht der de Redvers, die Insel wie ein eigenes Reich zu regieren, und es erlosch nicht, solange ein de Redvers lebte. Der letzte de Redvers war nun sie – eine Frau nur, doch sie besaß einen Sohn und ein Recht. Henry III. widersetzte sich, aber er war ein schwacher König und hatte andere Sorgen, sodass sein Widerstand rasch gebrochen war. So kehrte Isabel als Herrin auf die Isle of Wight und auf die bewaldete Motte von Carisbrooke zurück.

Drei Kinder waren ihr inzwischen gestorben, doch Isabels Herz war noch immer ein Eisblock, an dem jeglicher Schmerz zerschellte. Sie fürchtete keine Einsamkeit, sie wollte nichts als ihre Insel bewahren. Alles ließ sich gut an. Sie hatte eine Hand für die Verwaltung, und der Wohlstand der Insel mehrte sich. Sie ließ ihre Burg Carisbrooke aufs Prächtigste ausbauen und wählte einen Raum im Donjon als Gemach, um dort mit der Vergangenheit allein zu sein. Der Raum hatte ein Fenster zur Nordseite der Motte, von hier sah sie die Weiden in der Ebene und die um den Fluss geschmiegte Stadt Newport. Vor das Fenster, an dem Baldwyn so gern gesessen hatte, ließ Isabel zwei steinerne Sitze mauern. Sie legte wärmende Felle aus und gab eine Vergrößerung des Kamins in Auftrag, denn Baldwyn hatte Wärme geliebt. Hier saß sie an stillen Abenden, trank Wein aus Sizilien und genoss es, nichts zu fühlen als Ruhe und das Streicheln ferner Erinnerung.

Es hätte so bleiben können. Aber es blieb nicht so. Einer war noch da, der in ihre Vergangenheit gehörte, und der brachte ihren Frieden in Gefahr: Adam de Stratton, der Sohn des Stallmeisters. Als sie Kinder waren, hatte er mit ihnen gespielt, aber oft hatte Isabel ihn fortgeschickt, weil er für den vorsichtigen Baldwyn zu wild war und auf die höchsten Mauern kletterte, auf die sich der Bruder nicht wagte. Isabel wollte nicht, dass Baldwyn deswegen traurig war. Dass sie selbst gern auf manche Mauer geklettert wäre, verschwieg sie ihm.

Der wilde Junge von einst war ein wilder Mann geworden. Er trug den Habit und die Tonsur des Klerikers, doch er machte keinen Hehl daraus, dass sie für ihn nur eine Stufe auf dem Weg zu Reichtum und Macht waren. Die Berater warnten Isabel vor ihm, wie einst ihre Erzieher sie gewarnt hatten. Er sei des Teufels, hieß es. Er mache vor nichts halt. Die Inhaber fremder Pfründen betrüge er um Einkünfte, und den Juden, die unter überhöhten Steuerlasten ächzten, kaufte er für läppische Summen die Schuldscheine ab. Bei den Mägden stand er im übelsten Ruf, denn er missachtete das Gelübde, das er geleistet hatte, ebenso wie jeden jungfräulichen Ruf. Dass er sich der Schwarzen Kunst hingebe, wurde behauptet, dass er jungen Männern das Schamhaar ausreiße und sich daraus eine Einreibung bereitete, damit sein Haar schwarz wie der Schlund der Hölle und sein Leib erfüllt von schamloser Jugend blieb.

Er werde am Galgen enden, tuschelten Dorfbewohner, die an den Brunnen zum Schöpfen kamen, und er werde jeden, den er zu fassen bekäme, mit sich ins Verderben reißen.

Das alles mochte der Wahrheit entsprechen, doch Isabel hatte genug Böses erlebt, um sich davor nicht zu fürchten. Sie fürchtete den Sohn des Stallmeisters, weil er ihrem Herzen in seiner eisigen Umschließung keinen Frieden ließ, sondern daran rieb, bis die Kruste taute.

»Begierig«, »skrupellos«, »durchtrieben bis aufs Blut«. So wurde der Mann beschrieben, dessen Kopf hier und jetzt in ihrem Schoß lag. Er ging über Leichen, er wäre zur Not auch über ihre Leiche gegangen. Aber er war noch mehr. Einst entwurzelt, weshalb er einen Ort mehr liebte als Menschen. Vom Leben misshandelt, weshalb er stets auf der Hut war, um den ersten Schlag führen zu können. Verletzt und einsam, weshalb er unnahbar blieb und auf den Rest der Welt herabsah. Adam de Stratton war wie sie. Der Einzige, der ihren Schmerz kannte und teilte, auch wenn er die Schuld daran trug. Sie würde ihm nie vergeben, aber wenn er ging und sie wochenlang nicht wusste, wo er sich aufhielt, war sie mit dem Schmerz allein, und das schreckte sie.

»Bleib hier«, sagte sie, nahm ihm den Becher fort und schenkte Wein nach. »Es ist nicht die richtige Zeit zum Reisen.

Auf dem Festland sollen die Flüsse überfroren sein, und du bist längst nicht mehr so jung, wie du glaubst.«

Sie schob ihm eine Süßigkeit zwischen die Lippen, Gebäck, gefüllt mit zarter Creme von Mandeln, gedörrten Beeren und Rosenblättern. Seine Zungenspitze leckte die Mundwinkel. Er war hart und entbehrungsreich aufgewachsen und gierte umso wilder nach den Feinheiten des Lebens. Sein Surcot aus edelstem, nachtblauem Samt zog seinen geistlichen Stand ins Lächerliche.

»Hast du mich gehört?«

»Das habe ich allerdings, und bei Gott, ich täte nichts lieber, als den endlosen Winter an deinem Feuer zu verbringen, mir den Wanst zu mästen und den Pelz zausen zu lassen. Aber was hat ein Fuchs, den die Meute hetzt, für eine Wahl?«

»Hast du nicht gesagt, du hast dafür gesorgt, dass uns der Hetzer nicht mehr behelligt?«

»Das habe ich. Aber es gibt andere. Dieser König wird nicht ruhen, ehe er jeden Stein, der ihm im Weg liegt, zu Sand zerklopft hat. Und zu den Steinen im Weg gehören bedauerlicherweise wir, Fürstin meines Herzens.«

»Pah.« Isabel schnaubte. Sie war Englands reichste und womöglich mächtigste Frau. Weshalb sollte sie nicht in einem Gemach über ihrer Halle mit Konfekt füttern dürfen, wen immer sie wollte? »Wenn deine Leute mit dem albernen Eintreiber nicht fertiggeworden sind, dann gebe ich dir andere. Lass sie dem Büttel den Hals umdrehen, und wir bekommen einen ruhigen Winter.«

»Aber das habe ich doch getan! Es war einer von Cyprians Rittern. Glaubst du, ich lasse mir eine Gelegenheit entgehen, solchem Ungeziefer auch nur einen Bruchteil dessen heimzuzahlen, was Cyprian uns getan hat? Es war das reinste Schlachtfest, und sein Geld habe ich ihm gelassen, damit jeder sieht, dass er nicht für den Mammon, sondern für sein schwarzes Herz gestorben ist. Nur das Schwert habe ich mir bringen lassen. Als Trophäe.«

»Na also«, erwiderte sie gereizt. »Wozu also noch das Getue um den Mann?«

»Dass dieser eine Mann in der Hölle schmort, wird uns leider nichts nützen.« Bedauernd zuckte er mit den Brauen. »Der König schickt uns im Handumdrehen neue Handlanger.«

»Ach was. Dieser Kerl hat sich hier herumgetrieben, weil Cyprian es wollte.« Sie spuckte den Namen aus. *Cyprian.* Es war der Name, den sie auf der Welt am meisten hasste. »Der König ist noch immer in Wales und hat genug damit zu tun, dort seine Herrschaft zu sichern. Der hat für uns nicht mehr Zeit als sein Vater.«

»Aber er ist ein anderer König als sein Vater, perlenäugige Taube. Er erlässt eine Flut von Gesetzen, damit wir die Kandare spüren, die uns lenkt. Seinem vergötterten Söhnchen, Alphonso, diesem Apfel, der viel zu nah am Stamm fiel, will er einen perfekt zugerittenen Gaul hinterlassen.«

»Findest du nicht, dass du den Teufel an die Wand malst?«

»Ich wünschte, das täte ich.« Adam seufzte. »Aber leider malt sich dieser Teufel selbst. Erinnere dich nur: Jahrzehntelang waren wir das Gespött Europas, weil wir den Juden erlaubt haben, uns das Silber von den Münzen zu feilen, bis sie nichts mehr wert waren. Und was tut Edward? Die Juden hängt er mitsamt ihren Feilen an die höchsten Galgen, und sein Münzgeld lässt er brandneu prägen, schmückt es mit seinem sichelscharfen Konterfei. Das ist es, was er mit diesem Land vorhat: Er will etwas Neues daraus prägen und ihm den Stempel aufsetzen, so blank und scharf, dass die Welt den Atem anhält. *Das England Edwards.* Darin ist kein Platz für uns. Weder für skrupellose Pluralisten wie mich noch für betörende Amazonen wie dich, weil wir dem König beide zu viel Macht besitzen.«

»Oder er meint, selbst zu wenig zu haben. Du bist ein Pluralist, ein Dieb und ein Mörder, aber trotz allem bleibst du ein Kleriker, und das entzieht dich der weltlichen Gerichtsbarkeit. Da mag der König in seinem Tower toben, wie er will.«

»Man könnte mich meines Standes berauben«, entgegnete Adam leiser als gewöhnlich, und Isabel spürte, wie er schauderte. Einen Kleriker seines Standes zu berauben bedeutete Demütigung ohnegleichen. Dem Delinquenten wurde das priesterliche Gewand vom Leib gerissen, das Haar um die Tonsur bis aufs Blut geschoren und die Haut, die bei der Salbung das Heilige Öl benetzt hatte, von jedem einzelnen Finger geschabt. Ein Mann mit Überzeugung mochte das aushalten, ein Opportunist wie Adam, der die Weichheit von Seide um seine Schultern liebte, besaß nicht die Größe dazu.

Isabel sprang auf und durchquerte den kleinen Raum mit ein paar Schritten. Seit sie ihr Zimmer mit dem Fenster auf den Nordhang nicht mehr nutzen mochte, verbrachte sie ihre Abende zumeist hier. Auf einer Bank vor dem Kamin lagen Ziegel, die dort gewärmt wurden, damit sie nachher, unter Decken, ein kühles Bett behaglich machten. Sie ergriff den obersten und schleuderte ihn ins lodernde Feuer. »Für deine Dreistigkeit hasst dich ganz England«, sagte sie. »Aber weißt du was? Wann immer es darauf ankommt, bist du nicht dreist. Du bist feige, Adam.«

»Oho.« Er verzog den Mund und hielt sich die Wange, als habe sie ihn geohrfeigt. »Einem schlechten Menschen seine schlechten Eigenschaften vorzuhalten macht keinen besseren aus ihm, meine Schönste.«

»Aus dir macht nichts einen besseren. Ich frage dich, warum du die Mönche von Quarr bis aufs Blut reizt, indem du ihre Siegel zerschneidest, aber den Schwanz einkneifst, sobald du nur Cyprians Duft wahrnimmst.«

»Ich spreche vom König. Nicht von Cyprian.«

»Wovon du schwafelst, ist ohne Belang.« Isabel betrachtete ihre Hand, deren Linien vor ihren Augen verschwammen. Sie sprachen immer von Cyprian. Sogar dann, wenn sie seinen Namen auf Monate totschwiegen.

»Besten Dank. Deine Schmeicheleien sind erbaulich wie Honigwein.«

Isabel ging vor dem Kamin in die Knie und sah zu, wie das Feuer Inseln um den Ziegel bildete. »Wenn du gehen willst, werde ich nicht betteln, dass du bleibst. Ich wüsste nur gern, was dich so sicher macht, dass meine Tür dir noch offensteht, wenn du wiederkommst.«

Mit Schwung setzte er sich auf. Sein Blick suchte ihren, doch sie blieb abgewandt und betrachtete ihn nur aus dem Augenwinkel. Seine Schönheit hatte noch immer etwas Dämonisches, als trinke er wahrhaftig das Blut von Jünglingen. »Ich armer Tor nahm wohl an, du liebtest mich«, sagte er.

»Lass die Faxen, Adam. Du und ich sind einander nützlich, und vermutlich haben wir noch immer eine Art von Vergnügen aneinander, doch mit Liebe hat das nichts zu tun. Die, die ich liebte, sind tot. Was ich an Liebe übrig hatte, ist mit ihnen gestorben.«

»Isabel.« Er stand auf, trat hinter sie und nahm ihr Haar in die Hände. Manchmal wickelte er es sich bei der Liebe um den Leib. »Wenn ich dir sagen würde, sie wären nicht tot, zumindest nicht alle – würde das etwas an der Art ändern, in der du unser Leben betrachtest?«

Unwirsch befreite sie ihr Haar und erhob sich. »Du wirst alt, mein Lieber. Rührseligkeit steht dir schlecht, und die Toten bleiben tot. Ich bin müde, ich gehe zu Bett. Wenn du morgen aufbrichst, will ich nicht, dass du heute Nacht bei mir liegst.«

»Beim Teufel, Liebste, musst du so stur sein? Der König erlässt unentwegt Statuten und setzt noch mehr Beamte ein, um jedes Geschäft zu prüfen, das ihm nicht geheuer ist. Mein Name steht ganz oben auf seiner Liste, ob nun Cyprian oder Gottvater persönlich ihn dorthin gesetzt hat. Wenn ich mich nicht als Rattenfutter in einem stinkenden Verlies wiederfinden will, mache ich mich besser für ein paar Monate dünn. Aber heißt das, dass ich mich nicht nach Isabel de Fortibus sehne? Heißt das, dass mich das Heimweh nach Carisbrooke nicht um den Schlaf bringt oder gar dass ich nicht wiederkomme? Wie kannst du schönes Dummköpfchen das glauben? Wenn die Maßliebchen blühen und der Bärenklau sprießt, könnte ich es nicht ertragen, anderswo zu sein als hier bei dir.«

Sein Gesäusel mochte sie manchmal amüsieren, heute war es ihr zuwider. »Und wenn sie dich fangen und noch einmal für dein Leben ein Pfand fordern? Wen setzt du dann ein? Mich?«

»Isabel!«

Er griff nach ihr, doch sie schüttelte den Kopf. »Tu, was du nicht lassen kannst, Adam.«

In seinen Augen blitzte so etwas wie Furcht. »Du weißt, du kannst auf mich zählen.«

»Auf dich zählen?« Sie lachte. »Das habe ich einmal getan, und du kennst die Verheerung, die daraus geworden ist. Nur eines, Adam: Zähle du besser auch nicht dein Leben lang auf mich.«

7

»Du kannst jetzt gehen«, sagte Cyprian und zog der Metze die Decke weg, unter die sie hatte kriechen wollen. »Auf dem Gang steht mein Kastellan. Von dem bekommst du deinen Lohn.«

»Ach, Mylord.« Das Mädchen kicherte und schmiegte sich an ihn. An ihm war alles prall, als sei es aus Würsten zusammengesetzt. »Ihr werdet mich doch jetzt nicht fortschicken, wo ich noch tausend Freuden weiß, die ich Euch bereiten kann.«

»Bist du nicht bei Verstand?« Er versetzte ihr einen Tritt. »Du sollst gehen, sage ich.«

Die Metze, die jetzt wohl begriff, dass es ihm ernst war, kreischte auf: »Aber draußen schneit es doch, Mylord! Ich habe ja auf die Nacht gerechnet und nicht einmal festes Schuhwerk bei mir.«

Den Fuß, den sie ihm entgegenstreckte, packte er und bohrte seinen Daumennagel in die Sohle, bis sie quiekte. »Auf der Hornhaut kannst du barfuß in die Hölle traben.« Abrupt ließ er den Fuß los. Bei seinem Jähzorn musste er vorsichtig sein: Einmal hatte ein solches Weibsbild ihn so sehr gereizt, dass er es um ein Haar erschlagen hätte.

»Aber Mylord, Ihr habt doch gesagt, ich gefalle Euch!« Ihr liefen Tränen über die Wangen. »Ihr findet mich hübsch, habt Ihr gesagt, Ihr liebt mich …«

»Halt dein Maul!« Mit dem Handrücken schlug er ihr auf den Mund, obwohl er sie am liebsten nie mehr berührt hätte. Er holte sich gern Mädchen ins Bett, die meilenweit unter ihm standen und nicht einmal durch besondere Reize glänzten. Frauen seines eigenen Standes, die sich betrugen, als wären sie Männern gleichgestellt, waren ihm verhasst. Deshalb ließ er seinen Kastellan im Dorf Ausschau nach mittellosen Metzen halten. Cyprian verschaffte sich an ihnen Befriedigung; hinterher aber mussten sie ohne Aufhebens verschwinden, denn er ertrug weder ihren Anblick noch ihre Stimmen und am wenigsten ihren Geruch.

Das Mädchen sprang aus dem Bett und wickelte sich hastig in seine schäbigen Kleider. Es warf einen letzten Blick voll schwülstiger Sehnsucht auf den Baldachin des Bettes, der für alles stand, was es sich erhofft hatte: Wärme, Behaglichkeit, Schutz. Ein paar Tage Erholung vom gnadenlosen Leben auf der Straße.

Ihr Seufzer befeuerte Cyprians Zorn. Was dachte diese Metze sich? Dass sie die Einzige war, die Not kannte, die sich vor Maden wimmelndes Hirsemehl in den Mund gestopft hatte, weil der Magen vor Hunger brüllte? Glaubte sie, sie allein wusste, wie man in Nächten frieren konnte – so sehr, dass die Finger bei jeder Bewegung knackten? Glaubte sie, nur sie habe Verachtung zu schmecken bekommen, das Gefühl, ein Brocken wertloser Dreck zu sein?

Er drohte ihr mit der Faust. Heiser schrie sie auf und stolperte aus dem Raum. Cyprian atmete auf, stieß die Decke fort, die sie benutzt hatte, und ließ sich zurücksinken. Es war gutgegangen. Er hatte ihr nichts getan, und sie war fort. Für Augenblicke genoss er all das, wofür das Mädchen sein Seelenheil verkauft hätte: die Festigkeit der Rosshaarkissen, den reinen Duft des Leinens aus Reims, die seidige Wärme der mit Pelz versetzten Decken. Dieser Raum, der prächtigste der Burg, hatte einst einem anderen gehört, aber der hatte ihn verscherzt, und jetzt stand er allein ihm zu.

Es war harte Arbeit gewesen, sich all dies zurückzuerobern. Als Cyprian Aldfield Castle übernommen hatte, war die Baronie am Ende und die Burg nicht mehr gewesen als ein feuchtes, von Ratten behaustes Gemäuer, aus dem die Männer des Sheriffs fortgeschleppt hatten, was immer von Wert gewesen war.

Es war für einen Mann hart genug, wenn er für die Sünden seines Vaters büßen musste. Cyprian aber hatte beileibe nicht nur für seinen Vater gebüßt. Dass ihm heute das Wasser höchstens bis zur Brust und nicht mehr bis zum Hals stand, war allein sein Verdienst, und den Preis, den er dafür entrichtet hatte, hätte keiner seiner Neider bezahlt.

Der Wein auf dem Nachttisch ekelte ihn, weil das Mädchen davon gesoffen hatte. Robert würde ihm gleich einen frischen Krug bringen. Der Kastellan, der zugleich die Pflichten eines Kammerherrn versah, wusste, dass sein Herr ihn in dieser Nacht noch zu sprechen wünschte. Ein Mann wie Robert – verschwiegen wie ein Grab, gehorsam wie ein Hund und bereit, keine Fragen zu stellen – war schwer zu bekommen, wie Cyprian aus leidvoller Erfahrung mit Roberts Vorgänger wusste. Er nutzte den wackeren Diener weidlich aus, doch er zahlte ihm dafür den Lohn, den sonst drei Männer bekamen. Ihm war der eine lieber. Eine Laus wollte er sich nicht wieder in den Pelz setzen, er hatte es einmal getan, und das war einmal zu viel.

Cyprian wartete ab, bis er sicher sein konnte, dass Robert die Metze hinausbefördert hatte. Aldfield Castle besaß weder Graben noch Mauer, und die niedrige Motte hinunter würde sie den Weg schon finden. »Robert!«, rief er lauthals.

Genau sieben Herzschläge später stand sein Kastellan in der Tür. Wie der Mann sich so flink und geradezu lautlos über die Gänge des Gebäudes bewegen konnte, blieb Cyprian ein Rätsel. Er war bestürzend verwachsen, ein Bein kürzer als das andere und der Rücken zum Buckel verkrümmt. Seiner Gewandtheit tat jedoch keiner dieser Makel Abbruch.

»Ihr wolltet mich sprechen, Mylord Baron. Zuvor noch einen Krug Wein?«

Cyprian nickte, ohne sich aufzusetzen. Er zog sich ein Polster in den Rücken und verschränkte die Hände im Nacken. Sein Blick haftete an einem Detail des Wandteppichs, der die Vertreibung aus dem Paradies zeigte. Er hatte das Knüpfwerk in der Hoffnung hängen lassen, das Bild des Paradieses mit seinen leuchtenden Grüntönen, Früchten und Blüten werde ihm wohligen Schlaf bescheren. Zumindest versuchte er, sich das einzureden. Hatte er es nicht in Wahrheit hängen lassen, weil die Vertreibung aus dem Paradies sein Lebensthema war?

Statt sich beim Anblick des Bildes zu beruhigen, stockte er stets aufs Neue vor dem Gesicht des Adam. Oh, wie er diesen Namen hasste! Wie er sich wünschte, den Mann namens Adam aus seinem Paradies zu vertreiben! Weshalb durfte es so etwas überhaupt geben – ein blühendes Stück Paradies so nah bei einem harten, unwirtlichen Land? Das Gesicht des Mannes auf dem Teppich war verzerrt, der Kopf zurückgedreht, als könne er sich nicht losreißen. Der Anblick erinnerte Cyprian Nacht für Nacht daran, dass der Mann, dem er alles hatte nehmen wollen, noch immer die Insel hatte, die ihm das Teuerste war. Und die Frau, die mit der Insel verwachsen war.

Robert kehrte mit dem Krug zurück und schenkte Cyprian ein. Der nahm den Becher und starrte weiter dem Adam ins Gesicht. »Berichtet mir«, sagte er.

»Mit Verlaub, Mylord – zu berichten gibt es beinahe nichts. Unsere Kundschafter sind unverrichteter Dinge zurückgekommen.«

»Was soll das heißen? Es gibt keine Nachricht aus London? Und auch keine von der Isle of Wight?«

»So gut wie keine.« Robert zog die schiefe Schulter in die Höhe. »Der königliche Verwalter sendet ein mahnendes Schreiben. Die Gelder, die ihm im Herbst hätten zugehen sollen, sind noch immer nicht eingetroffen.«

Cyprian wollte es nicht hören, wollte nicht die ewige Wiederholung seiner Niederlage durchleben wie einer, der gegen Wände rannte. Sein Leben lang hatte er darum gekämpft, die Schande seiner Familie wettzumachen und von seinem König Vergebung zu erlangen. Hatte er nicht dafür drangegeben, was ein Mensch nur geben konnte – viel mehr als das eigene Leben?

Ganz gewiss hatte er erwartet, eine Einladung an den Hof zu erhalten, wenn nicht für sich selbst, so zumindest für sein Fleisch und Blut. Er selbst konnte verzichten, wenn nur seine Familie wieder unter die großen Geschlechter Englands treten durfte, die sich dort versammelten, wo Macht und Glanz ihr Zentrum hatten. Wenn sie nur teilhaben durften an der Prägung des neuen England, an seinem Weg zur Größe! Stattdessen war auch sein neuestes Vorhaben schiefgegangen, und einmal mehr blieb sein Name außen vor. Er war dort zu Fall gebracht worden, wo der Stolperstein seines Lebens lag. Auf der Isle of Wight.

Jäh fuhr er zu Robert herum. »Haben Eure Leute mit Randulph gesprochen?«

Der Bucklige nickte. »Er beteuerte auf sämtliche Fragen, er wisse von nichts.«

Cyprian stöhnte. Wäre er nur fünf Jahre jünger gewesen und hätten ihm sein Leben und die Enttäuschungen nicht so tief in den Knochen gesessen, er wäre im Morgengrauen aufgebrochen, um selbst herauszufinden, was auf der verfluchten Insel vor sich ging. Wer dahintersteckte, war ihm klar. Es gab nur einen, der dafür infrage kam. Von seinem Weinbecher flog sein Blick wieder zu dem Gesicht auf dem Teppich.

Ich werde dich aus deinem Paradies treiben, schwor er dem Mann, den er hinter der Knüpfarbeit zu erkennen glaubte. So wie du mich vertrieben hast. Dein vom Schmerz verzerrtes Gesicht will ich sehen und mich für alles daran schadlos halten.

Tatsächlich aber waren Cyprian die Hände gebunden, bis im April der Schnee taute. Das Wetter trieb es täglich toller. Das Mädchen, das er auf bloßen Sohlen hinausgeschickt hatte, mochte sich wahrhaftig die Füße abfrieren, und die Aussendung eines neuen Trupps hätte den Verlust von Männern und Pferden bedeutet. An das, was er womöglich schon verloren hatte, verbot er sich zu denken. Wie hatte sein König gesagt, dessen Härte gegen sich selbst ihm ein Vorbild war? *Der Tod eines Vaters schmerzt, doch der Tod eines Kindes lässt sich leicht ertragen, weil Kinder im Handumdrehen zu ersetzen sind.* In der Tat hatte König Edward seine verlorenen Kinder ersetzt und besaß in dem neunjährigen Alphonso nun einen Kronprinzen, der sein Augapfel und sein Ebenbild war, einen Sohn, wie ihn sich jeder Vater gewünscht hätte. Was hinderte einen gesunden Mann, es ihm nachzutun?

»Setzt Euch zu mir, Robert«, forderte Cyprian den Buckligen auf. »Ich werde nicht den Boten umbringen, weil die Nachricht schlecht ist, also nehmt Euch einen Becher Wein.«

Der Bucklige tat, wie ihm geheißen. »Eine Kleinigkeit gäbe es noch, Mylord Baron. Sie kann alles bedeuten oder nichts.«

»Lasst hören.«

»Rund um Quarr geht unter den Laien und denen, die um Almosen kommen, ein seltsames Gerücht. Es gibt ein Mädchen dort, ein Geschöpf mit geschorenem Kopf, das bei der Landarbeit hilft.«

Cyprian überlegte, konnte dieser Mitteilung aber nichts von Bedeutung abgewinnen. »Nun schön, das mag nicht ganz der Regel entsprechen«, brummte er. »Aber auch bei Fountains leben Frauen und verrichten Frauenarbeit. Selbst Frömmler wie die weißen Mönche kommen nicht gänzlich ohne sie aus.«

Wieder nickte der Bucklige. »Das Gerücht besagt allerdings, das Mädchen sei hinter Klostermauern aufgezogen worden und habe mehr als zehn Jahre unter den Brüdern gelebt.«

Cyprian war kein Mann, der gern lachte, doch bei dieser Vorstellung prustete er schallend los. »Mehr als zehn Jahre, sagt Ihr? Hinter den Mauern von Quarr? Das ist köstlich, Robert, ganz köstlich! Der heilige Randulph zieht sich im geweihten Kämmerlein ein Hürchen heran.« Dann fiel sein Blick auf das Gesicht des Kastellans, und sein Gelächter erstickte. »Mehr als zehn Jahre?«, entfuhr es ihm krächzend. »Haben unsere Leute das Mädchen gesehen?«

Robert schüttelte mit einer eckigen Bewegung den Kopf. »Der Abt hat die Kleine abgeschirmt. Er hat sogar geleugnet, dass es sie gibt.«

»Du sollst nicht falsch Zeugnis reden«, murmelte Cyprian. »Randulph bräche wohl kaum ein Gebot, wenn es sich um eine schlichte Landarbeiterin handelte, oder?«

»Gewiss nicht. Und wenn es sich um eine Gespielin handelte, schöbe er sie einem anderen zu.«

»Du bist ein kluges Köpfchen, Robert.« Cyprian trank von seinem Wein, der ihm auf einmal wieder schmeckte, ließ sich in die Polster sinken und blickte noch einmal in Adams Gesicht. Im flackernden Licht, das die Kerzen auf den Wandteppich warfen, kam es ihm vor, als erkenne er Angst in den Augen des Mannes. Ist es denn möglich?, stellte er sich die bohrende Frage. Kann das Mädchen entkommen sein und überlebt haben? Wie ein sofortiges Echo lieferte sein Verstand ihm die Antwort: Es war nicht möglich, es sei denn, es hatte einen Verrat in seinen eigenen Reihen gegeben.

Cyprian kniff die Augen zusammen und gab sich flüchtig der Vorstellung hin. Zu seinem Bedauern war ihm Verrat alles andere als fremd. Die Erfahrung schmerzte ihn noch immer. Er, der von der eigenen Familie im Stich gelassen worden war, hatte den Kreis seiner Vertrauten als neue Familie betrachtet und hätte für jeden der Männer die Hand ins Feuer gelegt. Wie aber sollte ein Mann für ein gottgegebenes Recht kämpfen, wenn in der Welt kein Verlass und keine Treue waren? Die Genugtuung, die ihm die Bestrafung des Treulosen verschafft hatte, war nicht mehr als ein Tropfen Salbe auf einer vereiterten Wunde gewesen. Immerhin aber hatte dieser Verräter, wenn es ihn also tatsächlich gab, ihm ein Pfand in die Hände gespielt, mit dem das ganze Spielbrett auf einen Schlag neu aufgestellt war. Am Ende würde ihm doch noch der Sieg winken – nicht süß wie einst erhofft, aber triumphal in seiner Bitterkeit.

»Wir schicken noch einmal einen Trupp Männer los«, sagte

er zu Robert. Den Verlust, den er zuvor gefürchtet hatte, musste er wohl doch in Kauf nehmen. »Sie sollen diesen frömmelnden Teufeln keinen friedlichen Herzschlag gönnen, ehe die verraten, wer das Mädchen ist.«

Grüßend hob er den Becher. *Auf deine Gesundheit, Adam de Stratton – auf dich und auf alle Verräter. Womöglich ist doch nicht die Insel das Teuerste, was ich dir nehmen kann. Womöglich gibt es sogar Teureres als das Weib, das dir im Grunde nicht einmal gehört.*

8

Sooft sie die Amsel mit ihrem Herrn Matthew sah, bohrte sich der Stachel der Eifersucht in Magdalenes Herz. Die Amsel konnte alles, was sie selbst gern gekonnt hätte: Sie hatte ihn von den Toten zurück ins Leben geholt, sie wusste ihm Tränke zu bereiten, die ihm langsam, aber stetig die Kraft zurückbrachten, und Salben aufzulegen, die die furchtbaren Schmerzen linderten. Wochenlang war er zu schwach gewesen, um die Augen aufzuhalten, erst recht, um sich zu rühren, doch seit er stark genug war, eine Zeit lang aufzusitzen, sprach er mit der Amsel über Dinge, die eine törichte Gans wie Magdalene nicht verstand. Sie sah, wie er der Amsel mit seinen Blicken folgte, und es versetzte ihrem Herzen Stiche. Dennoch war sie so glücklich wie nie in ihrem Leben.

Sie hatte ein Heim. In dem kleinen Haus lebten sie wie eine Familie, als wären Herr Matthew und die Amsel die Eltern und sie und Hugh, der im Verschlag sein Lager hatte, ihre behüteten, wohlversorgten Kinder. Stets war das Feuer geschürt und der Tisch gedeckt, stets gab es Sirup zur Grütze und eine Paste aus Spitzwegerich, die auf die Brust gerieben wurde und Erkältungen fernhielt. Hugh und Mag hatten aus der Kleiderkammer des Klosters Stiefel erhalten, obgleich der Winter auf der Insel mild und kein Vergleich mit dem grimmigen Wüten war, das sie aus Yorkshire kannten. Hier war die harsche Jahreszeit geradezu schön: Raureif ließ die kahlgeschorenen Felder glitzern. Vom Dach der Hütte wuchs eine Reihe Eiszapfen, die in der Wintersonne wie Juwelen funkelten.

Ach, die Insel, die Insel! Magdalene hätte jeden Morgen hinauslaufen und die Arme ausbreiten wollen, um sie mit ihnen zu umfangen. Solange der Boden nicht überfror, arbeitete Bruder Timothy, der wie eine Art Vetter zur Familie gehörte, im

Freien mit den Pferden. Er gestattete Magdalene, ihm mit der Pflege von Althaimenes zu helfen, und gemeinsam sorgten sie dafür, dass das Fell des Fuchses glänzte, dass er in seiner Raufe duftendes Heu und Hafer fand und reichlich Bewegung bekam. Schließlich verschaffte Timothy dem Hengst noch ein besonderes Vergnügen: Um die Rasse zu veredeln, führte er ihm zwei der zottigen Stuten zu.

Hingerissen sah Magdalene zu, wie der Hengst sich bäumte und dann einem Sturm gleich auf die kleineren Pferdchen niederging, sich in das Fell auf ihrem Widerrist verbiss und ihnen mit Wucht sein Geschlecht in den Leib stieß.

»Ich hoffe, es erschreckt dich nicht, so etwas zu sehen«, hatte Timothy gesagt.

Magdalene hatte lachen müssen. »Warum soll mich bei großen Tieren erschrecken, was der Lauf der Welt ist? Es erschreckt mich ja auch bei kleinen Männchen nicht.«

Seither war sie bisweilen mit Timothy in dessen Hütte gegangen und hatte ihm eine Stunde lang Glück geschenkt. Er dürfe von der Liebe nichts wissen, erzählte er ihr. Sein Vater habe ihn dem Kloster gebracht, als er ein Knabe von zwölf gewesen sei, und erfüllt von der ersten Gier nach Frauen, habe er geloben müssen, an keine von ihnen je Hand zu legen. »Von uns Laien ist bekannt, dass wir uns nicht so strikt daran halten wie die Ordensbrüder. Aber dennoch – was geschieht wohl, wenn Gott uns zuschaut …«

»Glaubst du, Gott hat nichts Besseres zu tun, als bei dir ins Fenster zu glotzen?«, beruhigte ihn Magdalene. »Außerdem legst du ja gar nicht Hand an mich, sondern ich lege Hand an dich.«

Damit war Timothy zufrieden, und er bekam fortan von der verbotenen Liebe nicht genug. Magdalene war froh, zumindest einem von ihnen seine Güte vergelten zu können. Sie hätte alles für die kleine Gemeinschaft getan, die sie ihre Familie nannte. Einmal, als Matthew schlief, sagte sie es der Amsel. »Ich würde alles tun, um dich zu schützen – dich und uns alle hier und unser Haus.«

»Es ist nicht unser Haus. Es gehört dem Kloster.«

»Aber es ist dennoch deines, Amsel! Du machst, dass es schön hier ist, während ich gar nichts tue, doch du musst mir glauben: Für deinen Schutz würde ich alles geben, was in mir steckt.«

»Und was bringt dich auf die Idee, ich könnte Schutz brauchen?«

»Herr Matthew!«, erwiderte Magdalene, ohne zu zögern.

»Wie bitte?«

»Nun, es wollten Leute Herrn Matthew ans Leben, nicht wahr? Wer sagt, dass die nicht wiederkommen und es diesmal bei dir versuchen? Dann aber bekämen sie es mit mir zu tun.«

»In der Tat? Und was würdest du anfangen, um mich zu retten?«

Magdalene überlegte. Herrn Matthews Schwert hatten die Mordbuben gestohlen, außerdem war es für sie ohnehin zu schwer. Sein Rasiermesser würde gegen eine bewaffnete Horde nichts ausrichten. Zu guter Letzt fiel ihr das Richtige ein: »Ich würde den Namenlosen von der Leine lassen und ihn auf sie hetzen.«

Die Amsel schien ehrlich beeindruckt zu sein. »Das würdest du tun?«

»Ihr seid meine Familie«, erwiderte Magdalene schlicht. »Du und Herr Matthew und Hugh. Ich habe nie eine Familie gehabt, und wenn es um euer Leben geht, würde ich alles tun.«

Das Lachen der Amsel klang geradezu silbern. Zum Scherz schlug sie mit einem Leintuch nach ihr. »Jetzt kriech in dein Bett, du Heldin! Mit einer solchen Wächterin werden wir zweifellos süße Träume haben.«

Es freute Magdalene, dass die Amsel so liebevoll mit ihr umging, doch zugleich wurmte es sie, dass sie ihr nichts zutraute. In den Augen der anderen war sie offenbar ein Tollpatsch, den man füttern musste, obgleich er niemandem nützte.

Noch lag kein Schnee, und die Schweine wurden in den Wald getrieben, um sich an Eicheln und Bucheckern Speck anzufressen. Es war eine Arbeit, bei der Magdalene nichts falsch machen konnte, weshalb die Amsel sie oft damit betraute.

Magdalene genoss es, durch den lichteren Teil des Waldes zu streifen und den letzten schwarzen Holunder zu pflücken, aus dem die Amsel köstlichen Saft kochte. An diesem Abend aber entwischte ihr ein Schwein, als sie sich für den Heimweg rüstete. Ehe es ihr gelang, es einzufangen, war die Dämmerung hereingebrochen, und im Handumdrehen würde es stockfinster werden. In höchster Eile machte sie sich mit ihren Tieren auf den Weg.

Kaum trat sie hinter dem Waldsaum ins Freie, da entdeckte sie drei Reiter. In leichtem Trab kamen sie ihr entgegen, und sobald sie ihrer ansichtig wurden, zügelten sie ihre Pferde. Was wollten die Fremden hier? Die Bilder der schrecklichen Nacht, in der sie Herrn Matthew gefunden hatten, zogen vor Magdalene auf, doch sie zwang sich weiterzugehen. Eine Flucht wäre ohnehin missglückt, und die drei kamen ja vom Kloster, also waren sie wohl in friedlicher Absicht unterwegs.

»Gott zum Gruß«, rief der Vorderste freundlich und hob eine Hand vom Zügel. »Wohin so spät noch des Weges?« Er sprach mit dem Akzent des Nordens, der in Magdalenes Ohren vertraut klang.

Magdalene wies in Richtung des Klosters. »Ich gehöre zu Quarr«, antwortete sie stolz. »Meine Freunde warten auf mich.«

»Zu Quarr?«, rief ein anderer, der fleckige Haut hatte und ein grau und rot meliertes Schnauzbärtchen trug. »Wenn neuerdings niedliche Vögelchen zu Zisterzienserklöstern gehören, dann nehme auch ich die Tonsur!«

Magdalene wollte bereits anheben, die Umstände zu erklären, da kam ihr ihr Versprechen in den Sinn. Sie hatte gelobt, ihre Familie zu schützen, und etwas an diesen Männern ließ ihren Magen noch immer warnend grollen. »Ich habe Arbeit bei den Brüdern«, erwiderte sie und wies auf die Tiere. »Mit den Schweinen.«

»Verstehe. Und wo lebst du? In Smallbrook?«

Magdalene nickte und schlug den Blick zu Boden, damit niemand ihr die Lüge ansah. Smallbrook war das Dorf, in das Timothys Mitbrüder gingen, um Vögel in Käfigen zu verkaufen.

»Ein schlaues Mädchen wie du hält ja sicherlich Augen und Ohren offen, was?«

»Ich bin ein dummes Mädchen«, sagte Magdalene. »Aber mit offenen Augen passt's sich leichter auf Schweine auf.«

Der mit dem Schnauzbärtchen lachte. »Für ein dummes Mädchen hast du ein gewitztes Mundwerk. Sag, ist es nicht lästig, Tag für Tag von Smallbrook bis hierher zu laufen und dann im Finstern zurück? Wäre es nicht einfacher, wenn du hier deine Hütte hättest und mit zwei Schritten bei deinen Schweinen wärst?«

Magdalene fühlte sich auf einmal wie ein Igel, auf dessen Rücken sich sämtliche Stacheln aufstellten. »Bei den weißen Mönchen geht es streng zu«, beschied sie den Ritter schroff. »Da haben keine Frauen ihre Hütten.«

»Tatsächlich nicht? Aber eine Frau wohnt doch hier, wie mir jeder ringsum erzählt.«

Magdalene hielt die Luft an. Also hatte ihr Gefühl sie nicht getrogen! Auf die Amsel hatten sie es abgesehen, und sie wollten sie selbst für ihre üblen Zwecke aushorchen. Aber sie hatten ihre Rechnung mit der Falschen gemacht! »Hier erzählt jeder vieles«, antwortete sie. »Ich an Eurer Stelle würde auf solches Gerede nichts geben. Ja, es kommen Frauen her, um mit der Arbeit zu helfen, und zuweilen geben uns die Laien aus Barmherzigkeit ein Bett, wenn es spät wird. Mit dem Klosterleben haben wir jedoch nichts zu schaffen und wissen nichts davon.«

»Aber voneinander werdet ihr doch etwas wissen. Kennt ihr denn ein Mädchen, das Jungenkleider und kurzes Haar wie Vogelfedern trägt?«

»Natürlich kenne ich das.« Magdalene verschränkte die Arme vor der Brust. »Das bin ich.« Mit einem einfältigen Lächeln kraulte sie einer der Sauen die Borsten im Nacken.

»Lass die ziehen.« Sein Kumpan stieß den Schnauzbärtigen mit der Gerte in die Seite. »Die hat nicht mehr Verstand als ihre Sauen.«

»Nur eine Frage noch!«, rief der Bärtige schnell. »Das Kloster bietet doch Reisenden Unterschlupf. Ist dir da während der letzten Wochen ein Ritter aufgefallen, der um Quartier gebeten hat? Ein junger Ritter mit hellem Haar, wie er Mädchen wie dir gefällt.«

»Mir gefällt kein Ritter«, versetzte Magdalene, derweil ihr Herz ihr bis zum Hals pochte. »Was denkt Ihr von mir? Dass ich mich beleidigen lasse, nur weil ich die Tochter von Knechten bin?«

»Ach komm, jetzt zier dich nicht! Ich habe ja nur sagen wollen, dass es ein ansehnlicher Kerl war, der bei deinen Mönchen Unterschlupf gesucht hat.«

»Es sind nicht meine Mönche, und bei ihnen hat keiner Unterschlupf gesucht!«

»Woher willst du das wissen?«, fragte der Bärtige tückisch. »Ich denke, du hast mit dem Leben im Kloster nichts zu schaffen.«

Magdalene hätte sich am liebsten geohrfeigt. Sie hatte gesprochen, ohne nachzudenken, und damit ihren Herrn in Gefahr gebracht. »Es ist keine Zeit zum Reisen«, murmelte sie. »Zu spät im Jahr. Bald kommt Schnee.«

»Eben deshalb könnte doch ein Reisender Quartier gesucht haben. Ein Ritter des Königs zum Beispiel, der auf dem Weg nach London aufgehalten wurde.«

»Wie soll hier jemand aufgehalten werden?«, fragte Magdalene. »Auf einer Insel kommt ja keiner einfach so vorbei. Außerdem gibt es hier keine Ritter des Königs, weil die Herrin der Insel dem König nicht untersteht.« Sie war stolz darauf, so viel verstanden zu haben, wenn ihr auch die verworrenen Verhältnisse zwischen dem König, der Gräfin Isabel und den Rittern noch immer ein Buch mit sieben Siegeln waren. Herr Matthew beispielsweise war einem Baron untergeben und tat doch Dienst für den König, weil der Baron dem König Ritterdienste schuldete. Genügte das, um sich die Ritter der geheimnisvollen Gräfin zum Feind zu machen? Waren auch diese Männer Ritter der Gräfin? Gehörten sie zu jenen, die ihren Herrn Matthew beinahe getötet hatten?

Magdalene schüttelte die beklemmenden Gedanken ab. »Ich muss die Schweine in den Pferch bringen. Wenn ihr mir nicht glaubt, dass ich von all diesen Mädchen und Rittern nichts weiß, dann kann ich es nicht ändern.« Sie reckte den Hals, warf ihr Haar zurück, als wäre es noch lang, und schritt so hoheitsvoll davon, wie es ihr möglich war. Sie würde es niemandem sagen und von niemandem Dank erhoffen, doch in ihrem Innern wusste sie: Sie hatte an diesem Abend die Amsel und ihren Herrn Matthew vor Schlimmem bewahrt.

Im Gleichmaß glitten die Tage dahin. Auch als schon Schnee lag, gab es noch immer genug im Freien zu tun. Magdalene hatte bemerkt, dass die Amsel nie zum Schöpfen an den Brunnen ging, sondern sich ihr Wasser von anderen bringen ließ, also übernahm von jetzt an sie diese Pflicht. Häufig ging sie mit Timothy Eis vom Waldboden scharren, um Essbares für die Tiere zu sammeln. Hinterher lag sie bei ihm in seiner Hütte. Seine Unersättlichkeit begann ihr Probleme zu bereiten, doch sie konnte ihm nie genug danken, weil er geholfen hatte, ihren Herrn zu retten.

Er küsste sie. »Dein Herr bedeutet dir viel, was?«

»Alles«, sagte Magdalene.

»Hast du bei ihm auch gelegen?«

»Was geht's dich an?«, fragte sie. »Nimmt es dir etwas weg?«

»Ich weiß nicht«, sagte Timothy. »Es schmerzt mich.«

Magdalene nickte. Ebenso erging es ihr, wenn sie an ihren Herrn Matthew und die Amsel dachte, doch aus Liebe musste sie sich fügen.

»Dein Herr muss ein guter Mensch sein«, sagte er.

»Weshalb meinst du das?«, platzte sie verblüfft heraus. Für sie war Herr Matthew zwar der beste Mensch auf der Welt, doch die meisten, die von ihm sprachen, sagten etwas anderes.

»Nun, er hat doch statt eines wohlgeborenen Knappen einen Verbrecher in seinen Dienst genommen, der sonst kaum Lohn und Brot gefunden hätte und sich nicht einmal auf Pferde versteht. Weshalb sollte ein großer Herr so etwas tun, wenn nicht aus Güte?«

»Von welchem Verbrecher redest du?«

»Na von wem wohl? Von dem Kerl, dem sie die Zunge herausgeschnitten haben – fürs Falschschwören oder was immer er getan hat.«

»Falsch schwören? Hugh? Was hätte der denn schwören sollen?«

»Was weiß ich?« Timothy zuckte mit den Schultern. »Aber der Henker schneidet einem fürs Falschschwören oder fürs Gotteslästern die Zunge aus dem Mund. Hast du das nie gesehen? Die Mönche sagen, es bekommt uns übel, bei derlei Gräueln zuzuschauen, und dennoch lässt es sich doch keiner entgehen, wenn es in Newport oder Yarmouth auf dem Markt geschieht.«

Magdalene wurde die Kehle eng. Sie hatte sich nie Gedanken darüber gemacht, warum Hugh keine Zunge hatte – er hatte eben keine, so wie andere keine Haare hatten und wieder andere keinen Verstand. Dass ihn dieser Mangel zum Verbrecher stempelte, war kaum zu fassen. Wer falsch schwor oder Gott lästerte – konnte der nicht auch ein Totschläger sein? Gleich darauf schämte sie sich, weil sie Hugh einer so abscheulichen Tat verdächtigt hatte. Gewiss hatte Hugh ein lässliches Verbrechen begangen und es gleich darauf bereut. Timothy hatte jedenfalls recht: Indem Herr Matthew Hugh in den Dienst nahm, bewies er eine Güte, für die viele blind waren, die Magdalene aber in ihm spürte.

Die Weihnachtstage kamen. Magdalene hatte sie nie gefeiert, denn für Gilles, den Frauenwirt, hatten sie lediglich Verlust von Einkommen bedeutet. In Quarr aber war die Geburt des Herrn ein Grund zu höchster Freude. Etwas Schöneres als den Abend vor der Weihnacht hatte Magdalene nie erlebt: Das kleine Haus war mit Efeu und Stechpalmenzweigen geschmückt und wirkte festlich und heimelig zugleich. In die Hafergrütze, die die Amsel kochte, wurden Korinthen, gedörrte Kirschen und betörend duftende Gewürze gerührt, und obendrein buk sie eine kastenförmige Pastete, in die sie zermahlene Innereien vom Wild und weitere Trockenfrüchte und Gewürze füllte.

Die Pastete mit ihrer golden schimmernden Kruste war ein Sinnbild für die Krippe, in der das heilige Kind zur Welt gekommen war, erklärte ihr Timothy, und Ehrfurcht erfasste Magdalene, während ihr das Wasser im Mund zusammenlief.

Vor dem Essen aber stand ihr noch etwas Größeres bevor, denn die Amsel bestand darauf, dass sie und Hugh mit ihr zur Mette gingen. Alle Versuche Magdalenes, ihr zu erklären, dass eine wie sie in keinem Gotteshaus geduldet war, schlugen fehl.

»Du lebst in meinem Haushalt, und mein Haushalt geht in der Christnacht in die Mette, einerlei ob wir eine Sammlung von Ausgestoßenen oder eine Schar von Wohlgeborenen sind. Das Sanktuarium dürfen nur die Chormönche betreten, doch in der Kapelle ist für jeden Raum.«

Zu Sir Matthew, der noch immer nicht aufstehen konnte, kam einer der Ordenspriester, um ihm das Sakrament zu spenden. Magdalene aber, die Verfemte, kniete neben der Amsel in der Fremdenkapelle auf den Steinplatten und erhielt den Leib des Herrn auf ihre Zunge. Jetzt bin ich wahrhaftig zu Hause, dachte sie, und ein Gefühl von Heiligkeit erfüllte ihren ganzen

Leib. Nirgendwo war sie je so sehr als Mensch unter Menschen angenommen worden.

Hinterher gingen sie den verschneiten Weg hinunter zu ihrem Haus, unter dessen Dach die Eiszapfen glitzerten. Sie setzten sich vor dem Feuer zu Tisch und tranken zum Essen warmes Ale mit Honig und Nelken aus einem kupfernen Kessel. Der Namenlose, dem die Amsel erlaubte, bei Tisch zu liegen, bekam einen Schinkenknochen. So war der Einzige, dem es in dieser Nacht nicht wohlerging, Magdalenes Herr Matthew, der im dunklen Winkel auf der Bettstatt lag und grimmig vor sich hinstarrte. Irgendwann ertrug Magdalene es nicht mehr. »Was habt Ihr nur, Mylord, was ist Euch?«, rief sie zu ihm hinüber.

Er sandte ihr einen vernichtenden Blick. »Wie dumm muss eine sein, um solche Fragen zu stellen? Glaubst du, es ist ein Vergnügen, wie ein altes Weib im Bett zu liegen und nicht Herr über den eigenen Leib zu sein?«

Mitleid überwältigte sie. Ehe sie aber etwas sagen konnte, sprang die Amsel auf. »Schweigt!«, gebot sie ihm. »Wenn Gott Euch mit dieser Schwäche geschlagen hat, dann womöglich, um Euch Demut zu lehren. Habt Ihr eigentlich je erwogen, dankbar zu sein? Jeder andere an Eurer Stelle wäre gestorben, Ihr aber habt nicht einmal Euer Auge verloren, sondern blickt noch genauso hochmütig drein wie zuvor.«

»Nicht doch!«, rief Magdalene flehend. »Du tust ihm weh!«

»Das hat er verdient«, verwies die Amsel sie und setzte sich wieder.

Sir Matthew sah ein wenig aus wie ein Raubtier, das sich noch tiefer in seine Höhle zurückzog, die Sehnen jedoch zum Sprung spannte und seinen Widersacher mit hasserfüllten Augen musterte.

»Mylord, die Amsel wollte doch nicht …«, begann Magdalene.

»Du misch dich nicht ein!«, fuhr er sie an, und die Amsel sandte ihr einen Blick, als wollte sie sagen: Siehst du?

Magdalene, die das Fest bisher so genossen hatte, mochte nichts mehr essen. Sie hätte froh sein können, weil die Amsel und Sir Matthew stritten und ihr der Stachel der Eifersucht erspart blieb, doch stattdessen war sie tief betrübt, weil sie sah, wie sich beide quälten.

Das neue Jahr brach an. Eines Morgens war die Amsel nicht im Haus, und Magdalene lief von einer Eingebung getrieben hinaus, um sie zu suchen. Es schneite heftiger und war kälter als an den Tagen zuvor. Sie fand die Amsel an der Mauer, am Tor der Abtei. Dort stand sie und war mit dem hochgewachsenen Mönch, über den Timothy Magdalene erklärt hatte, er sei so etwas wie der Vater der übrigen Mönche, ins Gespräch vertieft. Der Schnee dämpfte Magdalenes Schritte, und das Pfeifen des Windes übertönte, was immer sie sonst für Geräusche verursachte. Die beiden aber waren ohnehin so erhitzt und mit sich selbst beschäftigt, dass sie nichts um sich herum bemerkten.

»Ich habe dich nur gebeten, in deinem Haus zu bleiben, dich so wenig wie möglich draußen zu zeigen und nicht mit Fremden zu sprechen!«, donnerte der große Mönch auf die Amsel hinunter. »Ist das wahrhaftig zu viel verlangt?«

Jede andere hätte die zornige Rede eingeschüchtert, doch die Amsel hob trotzig den Kopf. »Wenn Ihr mir nicht sagen könnt, weshalb ich mich verstecken muss, ist alles zu viel verlangt.«

Für solche Unverfrorenheit hätte der Mönch sie schlagen können, und vermutlich war es allein ihre Würde, die ihn abhielt. Als habe ihn der Streit erschöpft, stützte er sich an der Mauer ab. »Glaubst du, es ist bekömmlich, von allem und jedem den Grund zu kennen? Ich habe nichts anderes im Sinn, als dich und Matthew de Camoys vor Unheil zu schützen.«

Als sie dies vernahm, flog Magdalenes Herz dem fremden Mönch zu. Die Amsel und er stritten noch eine Weile weiter, derweil sich auf ihren Schultern Schnee sammelte, den ihre

Körperwärme nur langsam schmolz. Der Mönch schimpfte und flehte, die Amsel aber beharrte, sie wolle die Gründe kennen oder werde die Warnung in den Wind schlagen.

Magdalene wandte sich ab und ging zum Haus zurück. Sie hatte genug gehört und würde fortan noch stärker auf der Hut sein.

Im Januar begannen die Misteln zu blühen. Sie wucherten in dicken Büscheln auf den Obstbäumen des Friedhofs und saugten ihr Wasser aus deren Holz. Aus den glasigen Beeren fertigten die Laien Leim, den sie im Frühjahr auf Ruten schmieren würden, um Singvögel zu fangen.

Als die Amsel Magdalene das erste Mal zum Mistelpflücken schickte, mochte sie nicht gehen, weil ihr wegen der Vögel in den Käfigen das Herz wehtat. Die Amsel aber erklärte ihr, dass die Menschen sich die bunten Finken kauften, damit deren Gesang an lichtlosen Wintertagen ihre Traurigkeit vertrieb. Das verstand Magdalene, die sich selbst nach Licht und Vogelzwitschern sehnte, und es gab noch einen anderen Grund, die Aufgabe schließlich zu übernehmen: Weder Bruder Timothy noch die Schweine würden sie dabei stören, sodass sie unbemerkt nach einer Pflanze für den eigenen Bedarf Ausschau halten konnte.

Magdalene bewunderte, wie viel die Amsel in der Kräuterkunde wusste, doch das eine oder andere wusste auch sie. So besaß sie einen Tiegel mit einer Paste, die aus vielerlei Zutaten bereitet worden war: Ingwer, Pfeffer und Pfriemenkraut fanden sich darin, dazu Süßholzwurzel, Myrrhe, Wermutsud und die siebenmal verfluchte Petersilie. Die Paste hatte Gilles an seine Mädchen verteilt, und wenn der Tiegel leer war, würde Magdalene in Schwierigkeiten kommen. Vorsorglich hortete sie daher alles, was hineingehörte, stahl ein wenig Pfeffer und Ingwer aus dem Vorrat der Amsel, Wermutsud aus dem Krug für Sir Matthew und Pfriemenkraut von den Sträußen im Gebälk. Myrrhe würde ihr Timothy beschaffen, wenn sie ihm verriet, wozu die Paste diente; er tat des Öfteren Putzdienst in der Sakristei. Wo sich aber die Petersilie finden ließ, die verflucht war und siebenmal zur Hölle fahren musste, ehe sie aus dem Boden keimte, wusste Magdalene nicht. Vielleicht auf dem Friedhof? Während sie Misteln für den Vogelleim pflückte, würde sie unter dem Schnee danach Ausschau halten.

Der Tag, an dem sie ging, war trübe. Dichte Nebel kürzten die Sichtweite, und der Himmel hing schwer über der schweigenden Erde. Seinem Graugelb war anzumerken, dass in der Wolkendecke mehr Schnee lauerte.

Magdalene vermisste das Licht der Insel, das ihr so heimelig erschienen war. Einer der Laien hatte erzählt, ein Bruder des Abtes, der weitgereist war, habe die Insel um dieses Lichtes willen »mein kleines Sizilien« genannt. Magdalene kannte kein Sizilien, doch das Wort berührte eine Saite in ihr, und sie liebte den Klang.

Von dem kleinen Sizilien und seinem Licht war an diesem Tag nichts zu finden. Von der Petersilie auch nicht. Wie sie aussah, wusste Magdalene von den älteren Huren, die ihren Pastentiegel selbst aufgefüllt hatten. Der Boden aber war so hart gefroren, dass er sich nur mit Mühe aufkratzen ließ, und darunter wuchs kaum ein Halm. Würde die Paste auch ohne Petersilie wirken? Obwohl der Himmel sich bedrohlich verdunkelte, beschloss Magdalene, sich noch ein Stück weit ins Gehölz hinter der Friedhofsmauer zu schlagen und dort nach dem Kraut zu scharren. Schließlich wusste sie nicht, wann sie noch einmal Gelegenheit haben würde, allein auf die Suche zu gehen.

Auch das Gestöber in der Waldung blieb ohne Erfolg. Vielleicht gehörte Petersilie zu den Kräutern, die nur zur warmen Jahreszeit wuchsen – oder sie wuchs überhaupt nicht hier, sondern in exotischen Gefilden und wurde teuer auf dem Markt verkauft. Auf dieser Seite des Waldes war Magdalene bisher nie unterwegs gewesen, und allmählich beschlich sie ein Unwohlsein, weil sie tiefer und tiefer ins Dickicht geriet. Besser sie suchte den Rückweg, solange noch Reste von Licht durch die Kronen der Bäume sickerten.

Im nächsten Augenblick begann es mit einer zornigen Macht zu schneien, die Magdalene von der Insel nicht kannte. Wind heulte im Geäst. Schon bald sah sie ihre Hand nicht mehr vor Augen. Nackte Angst ergriff von ihr Besitz und duldete keine Überlegung. Noch war der Sturm nicht so heftig wie die Stürme des Nordens, doch Magdalene wusste, dass in solchen Stürmen Menschen starben und dass ihr wenig Zeit blieb. Blindlings stolperte sie voran, bemerkte zu spät, dass sie sich zur falschen Seite geschlagen hatte, und lief dennoch weiter, weil sie glaubte, vor sich einen Lichtschein zu erkennen. Magdalene schöpfte Hoffnung. Wo immer sie aus dem Wald ins Freie gelangte, würde sie das Kloster finden. In ihrer Hütte würde ein Feuer brennen, es würde nach Holunderwein duften, und ihre Familie würde mit ihr schimpfen, weil sie nicht besser aufgepasst hatte.

Der Gedanke an Wärme trieb sie vorwärts, obgleich die Böen ihr schmerzhaft ins Gesicht peitschten. Tatsächlich kam der fahle Lichtschein näher, der Saum des Waldes war beinahe greifbar. Gleich hätte sie es geschafft, nur noch ein paar beherzte Sprünge, dann wäre sie befreit! Als ihr Fuß im Aufsetzen den Halt verlor, ließ der Schrecken sie die Arme in die Höhe reißen und schreien. Unter ihr brach der Boden ein, und wie gezogen stürzte sie in die Tiefe und prallte auf der Seite auf.

Mühsam fand sie zu sich und erkannte, was ihr geschehen war: Sie lag in einer der Fallgruben, mit denen Wilderer dem Kloster das Wild stahlen. Unter dem Schnee war die Grube vermutlich vergessen worden, wodurch ihr kein Mensch zu Hilfe kommen würde. Verzweiflung packte sie. Kopflos versuchte sie, sich in die Wände der Grube zu krallen und in die Höhe zu ziehen, doch die gefrorene Erde bot ihren Fingern keinen Halt, und sie rutschte sofort wieder ab.

Verzweifelt kauerte Magdalene sich in eine Ecke, umklammerte ihre Knie und versteckte das Gesicht. Sie würde hier unten sterben. Sie, die die Wärme so sehr geliebt hatte, würde langsam zu Tode frieren, und ihren Herrn Matthew würde sie nie mehr wiedersehen.

»Sieh einer an. In unserer Falle scheint sich was verfangen zu haben.« Magdalenes Erleichterung wandelte sich in Schrecken, sobald sie die Stimme erkannte. Sie gehörte dem schnauzbärtigen Ritter, der versucht hatte, sie auszuhorchen. Er trug eine Fackel, die im Schneesturm kümmerlich brannte, und grinste in die Tiefe. »Wie possierlich. Keine Ricke wäre zarter. Aber sag mal, kennen wir uns nicht?« Das Tosen des Windes verzerrte die Worte.

Magdalene wusste nicht mehr, ob sie vor Angst oder vor Kälte zitterte. War der Mann während all der Monate hier gewesen? Hatte er im Verborgenen auf der Lauer gelegen? Etwas schoss auf Magdalene zu und traf sie am Kopf. Das verknotete Ende eines Seils.

»Na komm schon, greif zu. Wir ziehen dich hoch.«

Hinter dem Gesicht des Mannes erschien ein zweiter, der ihm half. Kaum tauchte Magdalenes Kopf aus der Grube auf, fühlte sie sich grob an den Schultern gepackt und auf die Füße gezerrt. Fünf Männer umringten sie, alle in halber oder voller Rüstung.

»Na dann wollen wir mal.« Der Bärtige stieß sie in den Rücken, sodass sie nicht anders konnte, als voranzustolpern.

Bald erreichten sie ein Zelt, das die Männer am Waldessaum aufgeschlagen hatten; es leuchtete gelb und königsblau in der Düsternis. Die Pferde der Männer standen daneben angepflockt, die gekrümmten Rücken dem Wind zugewandt.

Herr Matthew würde Althaimenes nie so frieren lassen, durchfuhr es Magdalene. Im Zelt war es kaum wärmer als draußen und kein bisschen heller. Vage erkannte sie Felle, die zum Schlafen auf dem Boden lagen, einen abgelegten Helm, ein wenig Gepäck.

Der Bärtige stieß sie nieder, wie man einen Sack umwirft. »Ich glaube, diesmal dürfen wir hoffen, von dir ein paar Auskünfte zu ergattern, was?« Er zog ein Messer, mit dem er sich die Fingernägel säuberte. »Ich könnte dir die Ohren abschneiden, um deinem Mundwerk aufzuhelfen. Aber vielleicht ist so viel Aufwand ja nicht nötig?«

Magdalene presste die Lippen aufeinander. Sie würde nichts sagen, was immer auch mit ihr geschah.

»Habe ich mich nicht deutlich ausgedrückt? Wir wollen hören, was du über diesen Ritter weißt, den wir suchen. Und über das Mädchen, das sich die scheinheiligen Brüder in ihrem Tempel der Frömmigkeit herangezogen haben. Spuck's aus, Kleine! Wir haben gehofft, in der Grube eine Abendmahlzeit vorzufinden. Es wäre doch schade, wenn wir dich zum Ersatz nehmen müssten.«

Einer der Männer lachte. Ein anderer sprang unvermittelt vor und drosch Magdalene die Faust ins Gesicht. »Wird's bald, Kröte? Meinst du, wir schlagen uns hier zum Vergnügen die Wochen um die Ohren?«

Ein Wimmern entfuhr ihr, dann traf sie der zweite Schlag. Etwas in ihrem Mund krachte, scharfer Schmerz durchzuckte ihren Kiefer, und sie schmeckte Blut. In einem roten Rinnsal spuckte sie ein Stück von einem Backenzahn aus. Ehe sie den Kopf zur Seite werfen konnte, traf die Faust sie erneut.

Ich werde nichts sagen, beschwor sich Magdalene. Und wenn sie mich totschlagen. Ich werde nichts sagen.

»Was ist denn so schlimm daran, mit uns zu sprechen?«, fragte der Bärtige. »Hat es dir jemand verboten – das bewusste Mädchen etwa oder einer von den Mönchen?«

»Es gibt kein Mädchen!«, rief Magdalene und hielt sich den schmerzenden Kiefer. »Ich jedenfalls weiß von keinem.« Sie hätte gerne noch mehr gesagt – dass sie von einem Ritter auch nichts wusste und dass bei all dem Schnee kein Besucher mehr kam –, doch ihr Gesicht schien vor Schmerz verzerrt zu sein und schon die wenigen Worte waren kaum verständlich gewesen.

»Willst du dir das nicht noch einmal überlegen?«

Bevor sie antworten konnte, traf die Faust ihr Auge. In der Schwärze tanzten Funken, und ihr wurde übel. Ich sage nichts!, schrie sie sich wortlos zu. Ich gebe meine Familie nicht preis.

Einer der Männer riss ihr den Kopf an den Haaren nach hinten. Vor ihr baute sich der Bärtige auf und klopfte sich mit dem Messer in die Handfläche. Magdalene sah mit einem Auge die Klinge an und dachte daran, wie schön das Leben war. Wie gern sie noch einmal ein Weihnachten erlebt hätte, den Priester, der ihr den Leib des Herrn auf die Zunge legte, und das Essen mit ihrer Familie! Sie schloss das eine Auge, das noch sah. Gleich darauf ertönten draußen unter dem Pfeifen des Windes Hufschläge.

Mit leisem Aufprall sprang ein Mann vom Pferd. Eine der Zeltplanen am Eingang wurde aufgeschoben, und das von Kälte gerötete Gesicht eines Mannes erschien. »Lasst das Mädchen in Frieden!«, sagte der Ankömmling und schob sich ganz hinein, ohne den Zügel des Pferdes loszulassen, sodass auch dessen Kopf im Spalt auftauchte. »Ihr seid ja besessen.«

Das Pferd war einer der zottigen Rappen, die die Brüder züchteten, und der Mann war der große Herr Randulph, den Timothy »Vater der Mönche« nannte. »Also schön: Ich habe gelogen«, fuhr er fort. »Aber die arme Kleine hier hat Euch nichts zu erzählen.«

Schweigt!, wollte Magdalene ihn anflehen. Was mit mir geschieht, ist nicht wichtig, nur verratet meinen Herrn Matthew und die Amsel nicht.

Der Mönch trat zu ihr und legte ihr eine Hand auf die Schulter. »Sie selbst ist ja das Mädchen, das ihr aus unerfindlichen Gründen verfolgt. Eine aus dem Süden, die ich vor etlichen Jahren einem Handelsreisenden abgekauft habe, weil sie mir gefiel. Ja, Ihr habt recht, ich habe sie eine Zeit lang in der Abtei gehalten und mich mit ihr versündigt, und jetzt, wo ich gelernt habe, der Versuchung zu widerstehen, mag ich sie nicht verstoßen. Deshalb lasse ich sie bei meinen Laien hausen. Sie tut niemandem etwas zuleide, und für Euch ist sie ohne Bedeutung – es sei denn, Ihr wollt mich meinem Mutterkloster melden.«

Der Bärtige räusperte sich mehrmals, ehe er die Stimme wiederfand. »Stimmt das, Mädchen?«, fragte er Magdalene und sah sie durchdringend an.

Sie nickte, so gut es sich mit dem verschwollenen Gesicht einrichten ließ, und hätte den Vater der Mönche am liebsten umarmt. »Ja, es stimmt«, stammelte sie schwer verständlich. »Ich habe mich geschämt, es Euch zu sagen.«

Von dem, was die Männer miteinander und mit dem Mönch sprachen, verstand Magdalene nur ein paar Brocken. Der Schlag ihres Herzens dröhnte ihr in den Ohren. Blut lief ihr aus Mund und Nase, aber es kümmerte sie nicht. Nur dass sie ihr glaubten, zählte, dass die Täuschung gelungen war. Erst als der Bärtige fragte: »Was ist mit Matthew de Camoys?«, nahm ihr Gehör den Dienst wieder auf.

Der große Mönch schüttelte den Kopf. »Wäre er hier gewesen, welchen Grund hätte ich, es Euch zu verschweigen?«

»Dasselbe fragen auch wir uns!«, konterte sein Gegenüber.

»Vielleicht solltet Ihr es dann endlich auf sich beruhen lassen?« Begütigend legte der Mönch dem Bärtigen die Hand auf den Arm. »Lasst mich einen Vorschlag machen. Warum brecht Ihr Euer Zelt nicht ab und verbringt diese unwirtliche Nacht in unserem Gästequartier? Es ist kein Palast, aber Ihr behaltet trockene Knochen, und nebenbei könnt Ihr Euch überzeugen, dass wir keine Ritter in unseren Mauern gefangen halten.«

Nach kurzer Beratung willigten die Männer ein. Vermutlich hatten Kälte und Müdigkeit ein Übriges getan. Augenblicklich begann der große Mönch, Magdalene aus dem Zelt zu schieben. »Vorwärts, Mädchen! Sehen wir zu, dass wir dich ins Warme bekommen.«

Schnee wirbelte Magdalene ins Gesicht und brannte in ihren Wunden, aber sie verspürte nur Erleichterung.

Der Mönch half ihr auf den Rücken des ungesattelten Pferdes und schwang sich selbst hinterdrein. Nahezu aus dem Stand trieb er das Tier in Galopp. Magdalene hatte nicht gewusst, dass Randulph reiten konnte, sie hatte angenommen, einem Ordensbruder sei etwas derart Weltliches fremd. Sie würde ihm für das, was er getan hatte, auf ewig dankbar sein. Als die Lichter und Rauchfahnen der Abtei in Sicht kamen und er das Pferd zu langsamerer Gangart zügelte, schmiegte sie sich daher an ihn, wie sie es bei Timothy tat, wenn sie ihm Freude schenken wollte.

Der Mönch versetzte ihr einen Stoß in den Rücken. »Lass das bleiben, hörst du? Ich weiß, du denkst dir nichts dabei, aber ich verbiete es dir.«

»Habt Ihr es nicht gern?« Beim Sprechen klapperten ihr die Zähne, und in dem zerschlagenen Kiefer pochte Schmerz.

»Nein«, sagte der Mönch, »ich habe es nicht gern. Sag, gibt es jemanden, bei dem du die Nacht verbringen kannst – oder zumindest einige Stunden, bis die Ritter zu Bett gegangen sind? Wenn ich dich jetzt zur Amsel bringe, kann ich sie ihnen genauso gut ans Messer liefern.«

Magdalene verstand und nickte. »Bringt mich zu Bruder Timothy.«

»Sei's drum«, brummte der Mönch. »Wenn du wieder bei der Amsel bist, zeig ihr deine Blessuren, und erzähl ihr, was dir zugestoßen ist. Vielleicht begreift sie dann endlich, dass sie auf der Hut sein muss«, sagte er dann. »Bis ich euch Entwarnung gebe, soll keiner von euch sich im Freien zeigen, verstanden? Und deinem Herrn sag, er soll sich im Gehen üben, damit er schleunigst wieder auf den Beinen ist.«

»Er übt sich doch!«, rief Magdalene. So schwer es ihr fiel, diese Worte durften nicht ungesagt bleiben. »Er hat es nur nicht leicht mit uns allen im Haus. Es ist eine Schmach für ihn, sich vor Frauen so schwach zu zeigen.«

»Das wird er auf sich nehmen müssen«, erwiderte der Mönch, brachte das Pferd vor Bruder Timothys Hütte zum Stehen und sprang ab. »Sobald er halbwegs genesen ist, müsst ihr von hier fort, nur darauf kommt es an.«

Timothys Gier war für Magdalene zum Problem geworden. Sie hatte bereits erwogen, sich Koriander und Eisenkraut zu besorgen und in sein Essen zu mischen, damit die Kräuter die männliche Lust schwächten. In dieser Nacht aber war ihr seine Nähe ein Segen. Er hielt sie in den Armen, bis die Wärme in ihre Glieder zurückkehrte und sie die überstandene Angst aus sich herausgeweint hatte. Er tupfte ihre Wunden sauber und sagte: »Ich weiß, ich darf niemandem Böses wünschen. Aber wenn ich es dürfte, dann wünschte ich denen, die dir das angetan haben, alles Böse der Welt.«

9

Er sollte Zisterzienser werden, dachte Amicia, denn Matthew verstand sich aufs Schweigen wie kein Zweiter. Wenn sie beide allein im Haus waren und sie ihre Arbeit verrichtete, spürte sie, wie seine Blicke ihr folgten. Er hätte alles leichter machen können, indem er nur ab und an ein Wort sprach, doch von ihm kam keines, das sie ihm nicht abzwang. Und da sie nicht fand, er verdiene, dass sie es ihm leichter machte, sprach auch sie nicht zu ihm, sondern nur zu dem Hund.

»Wenn ich nachher Knochen für die Kranken auskoche, bekommst du auch deinen Teil«, sagte sie etwa, oder: »Willst du nach draußen, dir nasse Pfoten holen? Ja, lauf du nur, dir macht der Schnee nichts aus!«

Dass er ebenfalls mit dem Hund sprach, wusste sie. Sie hatte ihn mehrmals ertappt, wenn sie zur Tür hereinkam, doch sobald er sie bemerkte, verstummte er. Ein anderes Mal, als sie früher als geplant aus der Kapelle zurückkehrte, saß er auf dem Rand des Bettes und hielt das Instrument auf den Knien, mit dem er hergekommen war, die schöne, rotbraune Laute. Die leise, wie erträumte Folge von Tönen, die durch den Raum perlte, konnte unmöglich von den Händen eines so unleidlichen Mannes stammen. Amicia wollte sie einfangen, ihren Zauber bewahren, aber er entdeckte sie und stellte die Laute wortlos fort.

Mit den Gehübungen, die für seine Genesung unumgänglich waren, verhielt er sich ebenso. Sie hatte angeboten, ihm zu helfen, er aber hatte sie so schroff zurückgewiesen, dass sie bei sich gedacht hatte: Dann tu eben, was du nicht lassen kannst – setz dich auf deinen Stolz wie auf ein Nagelbrett, aber jammere nicht, wenn es sticht.

Er klagte tatsächlich nie. Er übte, aufzustehen und im Haus umherzugehen, wann immer er sich allein glaubte. Hinterher stand ihm der Schmerz, den er sich dabei zufügte, ins Gesicht geschrieben, aber Amicia hatte kein Mitleid mit ihm. Wenn er fand, es sei unter seiner Würde, sich von ihr helfen zu lassen, geschah es ihm recht.

War sie ehrlich, so war sie froh, ihm nicht helfen zu müssen. Der Anblick seiner Augen versetzte sie noch immer in Panik. Über den Grund dafür wollte sie ebenso wenig nachdenken, wie sie darüber nachdachte, warum sie das Bild von Thomas à Becket nicht in ihrem Haus haben und warum sie nicht sehen wollte, was im Innenhof des Klosters stand. Dennoch quälten sie die Fetzen in ihrem Kopf, wie sie es seit Jahren nicht getan hatten. Vermutlich hatte Randulph recht: Wenn sie sich je zum Bild zusammenfügten, könnte sie nicht stark genug sein, es auszuhalten.

Sie schlief schlechter denn je und träumte noch schlechter. Wütend wünschte sie, Matthew de Camoys wäre nie nach Quarr gekommen, um ihr stilles Leben aus den Angeln zu heben. Einmal ertrug sie es nicht länger, fuhr herum und herrschte ihn an: »Was hattet Ihr überhaupt auf unserer Insel zu suchen? Ich habe es mir hundertmal erklären lassen, doch ich verstehe immer nur eines: Der König hat kein Recht auf unsere Steuern. Die Einnahmen gehören der Gräfin, wie der Eroberer es ihrer Familie vor zwei Jahrhunderten zugesichert hat.«

Matthew de Camoys saß reglos auf dem Bett, lehnte mit dem Rücken an der Wand und sah sie stumm aus seinen schwarzen Augen an.

»Welchen Judaslohn zahlt Euch Euer König dafür? Zwei Shilling pro Tag? Und dafür gebt Ihr Euch her und brecht Gottes Gebot?«

»Welches Gebot?«, entfuhr es ihm.

Amicia unterdrückte einen Laut des Triumphes. »Das siebente. Du sollst nicht stehlen.«

Sie sah, wie seine Hände sich auf dem Betttuch zu Fäusten ballten und wie die Muskeln der Kiefer sich spannten. Sie hatte dasselbe bei Randulph beobachtet – einen Zorn, der ihn mit solcher Heftigkeit befiel, dass er sich kaum beherrschen ließ. In einer jähen Eingebung überwand sie ihre Angst und ging noch einen Schritt auf ihn zu. »Ist Euch danach, mich zu schlagen, weil ich die Wahrheit sage? Warum tut Ihr es dann nicht?«

So weiß traten die Knöchel seiner Hände heraus, dass Amicia zu spüren glaubte, wie er sich die Nägel in die Handflächen bohrte. Über seine Schultern rann ein Zittern; es verriet den Kampf, der in seinem Innern tobte. Seine Augen verengten sich zu Schlitzen, aber er trug den Sieg davon. Einen Wimpernschlag später entspannten sich seine Züge. »Gräfin Isabel ist es, die stiehlt«, sagte er jetzt wieder geradezu gleichmütig. »Nach dem Tod ihres Bruders hätte die Insel an die Krone zurückfallen müssen. Zumindest hätte sie den Grafen von Leicester als ihren Erben anerkennen müssen.«

»Welchen Grafen von Leicester?«

»Edmund, genannt Crouchback. Den Bruder des Königs.«

»Und warum sollte der ihr Erbe sein?«

Seine Mundwinkel zuckten. »Er ist ihr Schwiegersohn.«

Amicia stockte. Wie war das möglich? Die Brüder vermieden es, mit ihr über derlei Belange zu sprechen, doch aus dem wenigen, das sie wusste, war immer hervorgegangen, dass die Gräfin kinderlos war.

Offenbar bemerkte Matthew ihre Verstörung und genoss sie. »Edmund Crouchback war der Gatte ihrer Tochter Aveline«, erklärte er endlich. »Der Ehevertrag war bereits während der Regierung Henrys aufgesetzt worden, und als Edward den Thron bestieg, wurde die Ehe vertragsgemäß geschlossen. Isabel hat vermutlich gewusst, warum sie dem Grafen ihre schwächliche Tochter als Ersatz für sich selbst aufschwatzte, denn Aveline starb im ersten Ehejahr. Aber hatte Isabel damit das Recht, ihm das Erbe streitig zu machen? Ist solche Dreistigkeit kein Diebstahl für dich?«

Amicia hatte ihm kaum zuhören können. Als sie den Blick

auf ihre Hände senkte, sah sie, dass sie bebten wie welkes Laub. *Aveline.* Sie wünschte, sie hätte dieses Gespräch nie begonnen. »Was verlangt Ihr denn?«, presste sie mühsam hervor, um nur von dem Namen abzulenken. »Soll die Gräfin dem Schwiegersohn die Insel überschreiben, solange sie noch lebt?«

»Das wäre angemessen. Dass eine Frau ein solches Erbe für einen minderjährigen Sohn verwaltet, ginge noch an. Aber auf Carisbrooke gibt es keinen Sohn.«

Carisbrooke. Diesen Namen wollte sie noch weniger hören. Wann immer jemand ihn aussprach, traf es sie wie ein Schlag. Und doch hatte sie sich schon gefragt, ob es auf der Welt ein schöneres Wort gab.

»Ihr seid also der Ansicht, als Frau habe sie kein Recht, ihren Vater oder Bruder zu beerben?«, fragte sie lahm.

Er lächelte böse. »Ginge es nach mir, dann hätte mein Hund mehr Rechte als eine Frau. Er besitzt mehr Verstand.«

Ich verstehe die, die dich totprügeln wollten, dachte Amicia. Sie wandte sich ab und überließ ihn sich selbst. Füllte etwas von der gerade gekochten Grütze in einen Napf und trug ihn dem Stummen in den Verschlag. Der stieß, als er ihrer ansichtig wurde, eine Folge keckernder Laute aus, mit denen er – das wusste sie inzwischen – seine Freude äußerte. Als er sah, dass sie ihm zu essen, aber nichts zu trinken gebracht hatte, rutschte ihm das Grinsen vom Gesicht. Der Schwachsinnige liebte es, sich zu betrinken.

Vielleicht ist das Leben, das er führt, nicht anders zu ertragen, dachte Amicia. Immerhin steht er im Dienst eines Mannes, der ihn vermutlich so verächtlich behandelt wie mich und Magdalene.

Amicia stockte. War der Stumme denn schwachsinnig? Oder kam sie zu diesem Schluss nur, weil er mit übertriebener Mimik und Gestik versuchte, die fehlende Sprache zu ersetzen? »Es tut mir leid«, sagte sie zu ihm. »Wir trinken Wein und Ale nur in Maßen, doch du kannst dir Wasser schöpfen, so viel du willst.«

Betrübt sah er sie an und nickte.

»Auch für dich ist es besser, maßvoll zu trinken. Das weißt du, nicht wahr?«

Er sah sie an und schüttelte den Kopf.

»Meinst du, das Leben ist leichter, wenn man sich besinnungslos säuft und nichts mehr davon spürt?«

Der Stumme nickte.

Kälte kroch über Amicias Rücken. Hatte er denn unrecht? Tat sie nicht dasselbe, auch wenn sie sich an die Vorschriften für maßvolles Trinken hielt? Seit Magdalene verletzt nach Hause gekommen war, seit Abt Randulph ihr noch einmal bestätigt hatte, dass er sie in der ersten Frühlingssonne mit dem verhassten Ritter in die Fremde schicken würde, wünschte sie sich genau das: besinnungslos zu sein, ihr eigenes Leben nicht zu spüren, sich nicht fragen zu müssen, was morgen, übermorgen, im nächsten Winter aus ihr wurde.

»Warte«, sagte sie zu dem Stummen. Dann ging sie und holte ihm aus ihrer Hütte einen Krug Holunderwein. Sollte er selbst entscheiden, ob er sein Leben versoff – wer war sie, dass sie einem Mann Moral predigte, der dreimal so alt sein mochte wie sie?

Als sie ihm den Krug hinstellte, gab er wiederum die keckernden Laute von sich, und diesmal klangen sie ganz wie ein Lachen. Er trank aus der Tülle, bis er aufstoßen musste, dann hielt er ihr den Krug hin. Sie schüttelte den Kopf, doch er bestand darauf, dass sie ihn nahm. Es tat verblüffend gut.

»Du heißt Hugh, nicht wahr?«

Er nickte.

»Du hast es schwerer als wir. Wir reden nicht miteinander, weil wir zu dumm oder zu stolz dazu sind – du hingegen hast überhaupt keine Wahl.«

Sofort schüttelte er den Kopf und begann zu gestikulieren. Er wies auf seinen Mund und zeigte ihr den hochgereckten Daumen, dann wies er auf sie und zog ein bedrücktes Gesicht.

»Was willst du sagen? Dass du froh bist, nicht sprechen zu müssen?«

Der Stumme nickte.

»Wer weiß. Vielleicht hast du recht. Wer nicht reden kann, erzählt zumindest keinen Unsinn. Aber warum erträgst du dann mit klarem Kopf dein Leben nicht?«

Er sah sie unbeirrt an, unternahm aber keinen Versuch, die womöglich komplizierte Antwort mit Gesten auszudrücken. Sie tranken beide noch etwas.

»Bist du gern hier?«, fragte Amicia.

Der Stumme lächelte und nickte.

»Aber du weißt, dass wir von hier fortmüssen? Wir alle: du, ich, die kleine Närrin und dein Herr. Sobald er reisen kann und das Wetter es erlaubt.«

Wieder nickte er.

»Bist du traurig deswegen? Würdest du gern bleiben?«

Erregung ergriff von ihm Besitz, er packte ihren Arm und schüttelte wild den Kopf.

»He, was ist denn in dich gefahren?« Sic befreite sich und stand auf. »Nun schön, dann gefällt es dir hier also nicht, und du kannst es nicht abwarten, fortzukommen. Aber mir gefällt es! Ich lebe hier, und es will mir nicht in den Kopf, weshalb ich mit euch fortgehen soll.«

Der Stumme sprang ebenfalls auf, ergriff noch einmal ihren Arm und blickte ihr eindringlich, geradezu beschwörend ins Gesicht. Sein Mund öffnete und schloss sich, und es war nicht zu übersehen, dass er etwas sagen wollte. Amicia glaubte es zu hören: *Bleib nicht hier. Bleib nicht hier.*

In ihrer Kehle ballte sich ein Klumpen.

Als sie in ihr Haus zurückkehrte, widerfuhr ihr ein noch größerer Schrecken. Sie riss die Tür auf, und vor ihr ragte ein Mann auf, als sei er aus dem Boden geschossen. Hoher Wuchs, starke Schultern, ein Gesicht von kalter, ebenmäßiger Schönheit und

Augen, in denen Mordlust brannte. Amicia erschrak so sehr, dass sie schrie und zurücksprang. Erst als sie ausglitt und in den eisigen Schnee stürzte, begriff sie, dass es lediglich Sir Matthew war. Er kam ihr nicht zu Hilfe.

»Ist dir nicht wohl?«, fragte er von oben herab und ohne Anteilnahme.

Bebend vor Zorn rappelte Amicia sich auf. »Mir geht es bestens«, fauchte sie. »Zumindest tat es das, bevor Ihr die Güte hattet, mich umzustoßen.«

Natürlich wusste sie, dass er nichts dergleichen getan hatte. Er wusste es ebenfalls, obgleich er nichts sagte, sondern nur kalt lächelnd um das Haus herumging, um sich im Schnee zu waschen.

Der Ritter ging noch einmal aus, als die Frauen sich schlafen legten. Magdalene beschwor ihn zwar, er sei noch nicht kräftig genug und in der Finsternis lauerten tausend Gefahren, aber er schob sie von sich und beharrte, er wolle sein Pferd besuchen, das er seit Wochen nicht gesehen habe. Den Hund nahm er mit, dem Mädchen aber befahl er, im Haus zu bleiben, er wolle endlich einmal seine Ruhe haben. Die Kleine weinte sich in den Schlaf. Amicia hingegen lag lange wach und versuchte, ihr pochendes Herz zu beruhigen. Als sie endlich einschlief, stürzte ein Albtraum sich wie ein Raubtier über sie.

Er stand über ihr. Matthew de Camoys. Sie lag im Schnee wie zuvor, doch er blieb nicht kalt lächelnd stehen, sondern sprang auf sie und presste sie nieder. Eine Klinge blitzte auf, darauf ein Drache, der Feuer spie und Funken sprühte. Dicht darüber sah sie seine schwarzen Augen, den Blick, der sich in ihren brannte. Mit allen Kräften versuchte sie, sich unter ihm hervorzuwinden, doch er war hundertmal stärker. Sie drehte den Kopf zur Seite, um wenigstens dem grausamen Blick zu entrinnen, da sah sie, dass der Schnee um sie herum rot gefärbt war, dass ringsum Tote lagen, verdreht, zerstückelt, mit zum Himmel gerichteten Gesichtern.

Sie kannte auf der Welt keinen lebenden Menschen mehr, er hatte alle abgeschlachtet: Abt Randulph, Prior Francis, die Laien. Die kleine Magdalene und den stummen Hugh. Thomas à Becket, der zum Beten niederkniete, einen jungen Mann mit blutverschmierten schwarzen Locken und ein Mädchen, von dem sie wusste, dass es Aveline de Fortibus hieß. Das Schwert, das sie getötet hatte, steckte ihr noch in der Brust, der Drache prangte darauf, und das Blut sprudelte aus der Wunde wie ein Springbrunnen. Wie ein Brunnen. *Sieben. Acht. Neun. Zehn.*

Amicia schrie.

Sie schrie aus Leibeskräften, befreite ihre Arme und schlug um sich, doch sie konnte ihm nicht entgehen. Sein Gesicht blieb über ihr, der Blick der mörderischen Augen – keine Handbreit entfernt. Sie wand sich, brüllte, biss und schlug, bis ihr der Atem ausging und sie auf der Seite liegenblieb.

Im stillen Schein der Kerze lösten sich die toten Körper und der blutgefärbte Schnee in Nichts auf. Sie lag auf ihrem Lager, gewärmt und geborgen unter ihren Decken, und über ihre Wange glitten Fingerspitzen, die kühl und trocken waren. »Ruhig, nur ruhig. Nameless bewacht uns. Es kann nichts geschehen.«

Schwerfällig, als hinge ihr Leib an Bleigewichten, drehte Amicia sich um. Sein Gesicht war immer noch da, und seine Augen blickten sie an. Unendlich langsam begriff sie, dass dies die Wirklichkeit war, nicht der Überrest des entsetzlichen Traumes. Sie war in ihrem Haus, es gab keine Toten um sie, und sie war nicht allein. Der Mann, der bei ihr war, hatte sie nahezu zu Tode erschreckt, aber er wollte ihr nichts Böses, sondern versuchte mit einer Scheu, die sie berührte, sie zu trösten.

Sobald Sir Matthew bemerkte, dass sie bei sich war, zog er seine Hand zurück und stand auf. Er hatte offenbar beobachtet, wo sie den Wermutsud aufbewahrte, mit dem sie sein Fieber gesenkt hatte, denn er ging zielstrebig hin und füllte einen Becher.

Er kam zurück und setzte ihr das Gefäß an die Lippen, so wie sie ihm Flüssigkeit eingeträufelt hatte, solange er auf Leben und Tod lag. Das bittere Getränk war eine Wohltat. Mit einem weichen Fetzen Stoff begann er, ihr den Mund abzutupfen, doch sie schüttelte den Kopf und flüsterte: »Mehr.«

Zum ersten Mal hörte Amicia ihn lachen. Fast tonlos. Auf einmal war es schwer zu glauben, dass sie gerade noch Angst gehabt hatte, er werde sie töten, er habe alle Menschen ausgelöscht, die sie kannte. Die Albtraumnächte ihrer Kindheit fielen ihr ein, in denen Abt Randulph zu ihr gekommen war und sie gehalten hatte, bis das Entsetzen von ihr abglitt. Einmal hatte er gesagt, sie solle, wenn sie allein war, daran denken, dass Gott sie hielt. Sie hatte es lange Zeit vergessen, doch jetzt war es ihr wieder nah. Ebenfalls tonlos stimmte sie in Sir Matthews Lachen ein, dann trank sie den bitteren Saft.

»Es tut mir leid«, sagte sie leise. »Ich wollte Euch nicht wecken.«

Er schüttelte den Kopf. »Ich habe nicht geschlafen. Und ich kenne das auch.«

Erst jetzt sah sie, dass er angekleidet war. »Was kennt Ihr auch? Böse Träume?«

Er nickte. »Noch Wermut?«

»Nein. Wovon träumt Ihr?«

Er zuckte mit den schweren Schultern. Sein Gesicht verschloss sich. Jeder Rest von Bedrohlichkeit war verschwunden, und Amicia ertappte sich bei dem Wunsch, seine Lippen zu berühren und ihm zu sagen, dass es nicht wehtat zu sprechen. Im Gegenteil. Aber hätte sie ihm von ihrem Traum erzählen können, wenn er sie gefragt hätte? Einen Herzschlag lang pressten sich ihre Lippen so fest aufeinander wie seine.

»Brauchst du noch etwas?«

»Nein. Nichts mehr«, sagte sie. »Habt Dank.«

Abwehrend hob er die Hand. »Den Dank schulde wohl ich.«

Allerdings, Mylord, dachte Amicia amüsiert. »Tut Ihr das?«, fragte sie mit der Spur eines Lächelns. »Und ist Euch daran gelegen, Eure Schuld zu begleichen?«

»Ich danke dir dafür, dass du meinen Hund in dein Haus genommen und versorgt hast«, sagte er.

Einige Augenblicke lang war Amicia sprachlos vor Verblüffung. Verhöhnte er sie? Er schien es vollkommen ernst zu meinen. Sie wollte zornig sein, doch das sonst so vertraute Gefühl kam nicht auf. »Legt Euch schlafen«, sagte sie irgendwann. »Ich komme jetzt zurecht.«

Kurz schien er zu zweifeln, dann stand er auf und blies die Kerze aus. »Gute Nacht«, sagte er im Finstern.

»Gute Nacht«, sagte Amicia.

Am nächsten Morgen war alles beim Alten: Er schwieg sich aus und verhielt sich, als sei er der Herr des Hauses und die Übrigen seien lästiges Gesindel, mit dem er sich notgedrungen herumschlug. Drei Tage später begann der Schnee zu schmelzen. Unter der schwindenden weißen Decke schoss das Grün heraus, als habe es sich seit Monaten für diesen Augenblick gestärkt.

Amicia hätte aufbegehren können, sich weigern, flüchten, aber sie fühlte sich jeglicher Kraft beraubt. Der Gedanke, auf der Welt allein zu stehen und in die Leere zu gehen, nahm ihr den Kampfgeist, und sie besaß nicht den leisesten Ansatz eines Plans. Also fügte sie sich und wünschte sich auf einmal, es möge schnell gehen. Wenn sie die Insel verlassen musste, dann wollte sie nicht noch einmal erleben, wie herzzerreißend schön sie im Frühling war.

Sir Matthew ging mehrmals ins Kloster und kehrte mit Ausrüstungsstücken zurück, die aus der Kleiderkammer stammen mussten. Wenn ein Mann als Novize in die Gemeinschaft der Brüder aufgenommen wurde, legte er seine weltlichen Kleider dort ab und erhielt dafür das Novizenhabit mit dem weißen

Skapulier. Auf diese Weise ließ er das Leben hinter sich, das er zuvor in der Welt geführt hatte.

So war es auch bei mir, dachte Amicia. Ich bin nach Quarr gekommen und habe abgestreift, was immer davorlag. Allerdings wurde der Besitz der Novizen in der Kleiderkammer aufbewahrt, und wenn einer von ihnen sich entschied, das Kloster ohne Profess zu verlassen, so erhielt er ihn zurück. Von ihrem eigenen Leben hingegen gab es dort nichts. Nur ein Buch, vor dem sie sich fürchtete, und den Stein an ihrem Hals, in den eine Spinne eingeschlossen war.

Es ging schnell. So wie sie es sich gewünscht hatte. Zaum und Sattelzeug des Pferdes wurden ausgebessert, und sie erhielten zwei in Quarr gezogene Wallache als zusätzliche Reittiere. Der zweite Wallach war für Bruder Timothy bestimmt, den Randulph ihnen zum Geleit mitgeben wollte. Der Stumme würde hingegen zu Fuß gehen, er hatte vor Pferden Angst und würde sich auf keines setzen.

Unter den Stücken, die Sir Matthew aus der Kleiderkammer bekam, befand sich zu Amicias Verblüffung ein Schwert. Wie kam die Abtei dazu? Ein Schwert war eine Kostbarkeit, die Väter ihren Söhnen vererbten, und wer keine Söhne hatte, der hatte Brüder oder Neffen. Kein künftiger Novize hätte eine so schwer zu ersetzende Waffe mitgenommen, um sie in der Kleiderkammer eines Klosters verrosten zu lassen. Das Schwert, das auf dem Boden neben Sir Matthews Bett lag, war gut vierzig Zoll lang und besaß eine breite, sich zum Griff hin weitende Klinge. Ein Anderthalbhänder.

Woher weiß ich das?, durchzuckte es Amicia. Wer hätte mich je etwas über Schwerter gelehrt? Dennoch war sie sicher, dass das Schwert, das mit seinem langen Heft vor ihr lag, ein Meisterwerk der Schmiedekunst war. Es war nicht neu, doch in ausgezeichnetem Zustand, und die Klinge wies kaum Schäden auf. Sie streckte die Hand aus, um das Schwert zu berühren, und erstarrte in der Bewegung. Wo über dem Heft die Klinge ansetzte, war eine kleine Gravur angebracht, die den Besitzer auswies: ein kunstvoll geschnörkeltes »C« und ein Wappentier, ein Drache, der Feuer spie.

Amicia fühlte den altbekannten Schwindel, das Herzrasen und die Schleier vor den Augen, doch sie lehnte sich mit einem Ruck dagegen auf. Ich will das nicht!, schrie sie sich selbst zu. Ich will nicht jedes Mal zusammenbrechen, wenn etwas von damals mich streift! Ich werde bald Quarr und die Insel nicht mehr haben. Wenn ich nicht endlich die Angst überwinde, werde ich nie erfahren, wer ich bin.

Sie zwang sich, die Augen offen zu halten und den Drachen zu betrachten. Es war eine schöne Arbeit; der Kopf des Ungeheuers und die Flamme, die ihm aus dem Maul schoss, waren so naturgetreu gestaltet, dass man glaubte, die Funken sprühen zu sehen. Es war ohne Zweifel der Drache aus ihren Albträumen. Aber das war nicht alles. Jetzt, wo sie sich mit aller Macht zwang, einen klaren Kopf zu behalten, fiel ihr ein, dass sie den Drachen zuvor schon gesehen hatte – nicht in einer nächtlichen Schreckensvision, sondern bei Tag und in der Wirklichkcit. Auf dem Schwert, das Matthew bei seiner Ankunft bei sich getragen hatte, hatte dasselbe Wappen sie in Schrecken versetzt. Dieses hier musste also sein eigenes Schwert sein, das die Verbrecher gestohlen hatten. Wie aber hatte Randulph es wiederbeschafft, und was suchte der Drache in ihrem Traum?

»Du solltest das nicht anfassen.« Seine Stimme ließ sie herumfahren. Er stand in der Tür, zum ersten Mal seit dem Überfall in voller Rüstung, wenn auch ohne Helm. Er war bleicher, das ohnehin kantige Gesicht hagerer als damals; er hatte mehr Mühe zu verbergen, dass er unter dem Eisen verletzlich war.

Jäh wünschte sie sich die Vertrautheit zurück, die in der einen Nacht zwischen ihnen gewesen war. »Ich habe es mir nur angesehen. Es ist ein schönes Stück.«

»Findest du? Kann etwas schön sein, das zu solchem Zweck geschaffen wird?«

Wieder einmal war es ihm gelungen, sie zu verblüffen. »Und das sagt Ihr?«, fragte sie zurück. »Ist dieser Zweck nicht Euer Beruf?«

»Es muss ja kein Schlachter sein Beil schön finden«, erwiderte er. »Und kein Ochsentreiber seine Peitsche. Jetzt lass die Finger von dem Schwert, es ist frisch geschliffen und zum Frisieren von kleinen Mädchen nicht geeignet.«

»Aufschneider! Um in Männernasen zu bohren, taugt es ebenso wenig.«

Die Grube in seinem Mundwinkel verriet ihr, dass er sich das Lachen verbiss. »Ich gehe mit Euch nach Yorkshire«, stieß sie ohne Überlegung heraus. »Der Abt will es so.«

»Ich weiß«, sagte er. »Ich bin darüber nicht glücklicher als du.«

»Ihr könntet ablehnen, mich mitzunehmen.«

»Nein«, sagte er. »Das kann ich nicht. Wir werden uns beide damit abfinden müssen.«

Etwas in ihr wünschte, er würde seinen Widerwillen gegen ihre Begleitung nicht so frank zur Schau stellen. Sie wies auf den Drachen, ohne ihn noch einmal anzusehen. »Ist das Euer Wappen?«

Er zögerte, schien zum ersten Mal um eine Antwort verlegen zu sein. Endlich sagte er: »Ja«, zog ihr das Schwert weg und ging.

Keine Woche später, am ersten sonnigen Vorfrühlingsmorgen, brachen sie auf. Magdalene saß auf ihrem Maultier und weinte, und Bruder Timothy redete tröstend auf sie ein. Amicia, die in beengenden, ungewohnten Frauenkleidern steckte, konnte nicht weinen. Bei den Laien, die sich vor den Hütten herumgedrückt hatten, um sich von ihr zu verabschieden, hatte sie nicht mehr als Gemurmel herausgebracht. Randulph war nicht erschienen. Die Ordnung des Klosterlebens durfte nicht durch Gefühlsstürme gestört werden. Allein Prior Francis überbrachte Grüße. »Nimm es dem Abt nicht übel. Du kennst ihn, Amsel.«

Nein, hatte es in ihr gerufen, ich kenne ihn nicht! Aber aus ihrer Kehle kam kein hörbares Wort.

Der Mann, der neben ihr ritt, auf einem Pferd, das den Namen eines Vatermörders trug, sprach ebenfalls kein Wort, und an seiner Seite ging der Stumme. Als hätten sie uns allen dreien die Zungen herausgeschnitten, dachte Amicia. Der namenlose Hund besaß die seine noch, sie hing ihm lang aus dem Maul, doch er stimmte respektvoll in das Schweigen ein.

Zweiter Teil

Weg ins Fremde

Auf der Straße durch den Südwesten Englands, im Frühjahr des Jahres 1284

»Dirigendi fratres in via omnium fratrum vel abbatis se orationi commendent et semper ad orationem ultimam operis dei commemoratio omnium absentum fiat.«

»Werden Brüder auf Reisen geschickt, so empfehlen sie sich den Gebeten aller Brüder und des Abtes. Beim letzten Gottesdienst werde stets all jener gedacht, die abwesend sind.«

Benediktsregel, Kapitel 67.1, 2

10

Cyprian sprengte im Galopp über den Sattelplatz und zügelte den stämmigen andalusischen Schimmel erst eine knappe Pferdelänge vor seinem Kastellan. Erdbrocken wirbelten auf, als sich die Vorderhufe des Tieres in den Boden gruben. Der Kastellan blieb ungerührt stehen. Er war derlei von seinem Herrn gewohnt.

»Sprecht. Sofort!«, bellte Cyprian, der stärker außer Atem war, als er sich eingestehen mochte.

Es gehörte zu Roberts Vorzügen, dass er Befehle ohne Federlesens befolgte. »Sie sind zurück, Mylord Baron«, verkündete er.

»Das ist mir klar. Andernfalls hättet Ihr mich nicht gestört, hoffe ich.«

»Natürlich nicht, Mylord Baron.«

»Ich warte auf Euren Bericht, Mann.«

»Es war, wie Ihr vermutet habt. Die Brüder wollten uns wegen des Herrn Matthew zum Narren halten und ebenso wegen des Mädchens. Sie haben irgendein braunes Tierchen vorgeschoben, das nur halb bei Verstand ist, und behauptet, es wäre die Hure der Mönche. Aber unsere Leute lassen sich nicht für dumm verkaufen.« Der Kastellan sah aus, als hätte er sich gern in die Brust geworfen, hätte sein verkrümmter Körper ihn nicht daran gehindert.

Cyprian nickte kurz. Auf diese Nachricht seines Kastellans hatte er den ganzen Tag gewartet. Er hatte ihn bei den Stallungen entdeckt, sobald er vom Ausritt mit seinem Falkenmeister zurückgekommen war, und hatte nicht unnötig Zeit verstreichen lassen. Der Falkenmeister hatte ihm ein junges Habichtsweibchen vorführen wollen, ein schönes, nussbraun gemasertes Tier, das er den Winter über abgetragen hatte und das in wenigen Wochen bereit zur Beizjagd sein würde. Es war nicht so hinreißend, wie Sham es einst gewesen war, aber es trug die Haube, als sei es damit zur Welt gekommen. Die verfluchte Sham wollte er ohnehin vergessen, so wie die Schnapsidee, einem wilden Tier einen Namen zu geben. »Ich verbiete dir, sie zu benennen«, hatte er dem Falkenmeister gesagt. »Sie ist ein Habicht, kein Mensch, und selbst unter Menschen haben die meisten keinen Namen verdient.«

Der Falkenmeister riet ihm nicht zum ersten Mal, den Vogel selbst eine Zeit lang zu tragen, um dessen Vertrauen zu gewinnen, aber Cyprian fehlte die Geduld. Er hatte nie begriffen, warum Menschen sich mit Tieren anders beschäftigten als mit ihren Waffen aus Metall. Ihm war die Natur der verstandeslosen Wesen gelinde unheimlich und gänzlich fremd. An der Jagd mit Raubvögeln liebte er lediglich die Schnelligkeit, den tödlichen Stoß aus ahnungsloser Stille. Als Baron waren ihm ohnehin nur Vögel des niederen Fluges gestattet, während die des hohen Fluges – die majestätischen Falken, die aus schwindelnder Höhe auf ihr Opfer niederschossen – dem König und seinen Auserwählten vorbehalten blieben.

Allein der Gedanke ließ Cyprian ausspucken. Sein Vater hatte mit Falken jagen dürfen, bis er alles verscherzt hatte. Und nicht nur sein Vater! Der Spuckefetzen beschrieb einen Bogen und landete vor den Füßen des Kastellans, der auch diesmal ungerührt stehen blieb. Er wollte eben mit seiner Rede fortfahren, als einer der Stallknechte herbeieilte. »Soll ich ihn trockenführen, Mylord?«, rief er, wies auf den Andalusier und vollführte im letzten Schritt eine lächerlich tiefe Verbeugung.

Die Angewohnheit, ein scharf gerittenes Pferd in endlosen Runden über den Hof zu führen, war diesen Knechten nicht auszutreiben, genauso wenig wie sich der Falkenmeister von der Überzeugung abbringen ließ, ein Mann müsse seinen Balzvogel auf der eigenen Hand abtragen. Cyprian waren solche Praktiken zuwider. Lieber verlor er ein teures Pferd, als es zu verzärteln wie ein schwachbrüstiges Mädchen. Und um wie viel mehr galt das für den Vogel! Einer der Stauferkaiser hatte mit Geparden gejagt. Hätten die Weicheier, die ihn umgaben, etwa darauf bestanden, eine Raubkatze wie ein Dämchen spazieren zu führen oder wie ein Wickelkind herumzutragen? War ihnen nicht klar, dass solch eine Behandlung die wilde Kreatur, die lieber starb als klein beigab, entwürdigte?

Cyprian sprang vom Pferd. Den Gaul loswerden musste er ohnehin, wenn er in Ruhe mit Robert sprechen wollte, also sollte der Kerl ihn in drei Teufels Namen trockenführen. »Nun einmal der Reihe nach«, wies er Robert an und lehnte sich an die Stallwand. Schweiß lief ihm in Strömen den Rücken hinunter, doch er genoss das Gefühl, seinen Körper verausgabt zu haben. Musste man ihn vielleicht trockenführen? Brauchte er etwa einen Knecht, der ihm mit feuchten Schwämmen die Flanken betupfte? Er hatte sechzig Winter hinter sich, war in einem Alter, in dem andere im Bett vor sich hin dämmerten, aber ihm grub so schnell kein Jüngerer das Wasser ab.

»Zuerst sollt Ihr wissen, dass Herr Matthew wohlauf ist«, sagte der Kastellan.

»Soso.« Von der Freude, die er nach gängiger Erwartung hätte empfinden sollen, spürte Cyprian nichts. »Und weshalb hat er dann nicht das Geld seines Königs nach London geschafft, wie es ihm aufgetragen war? Was immer er sich sonst einbildet und was für Blamagen er uns eingebrockt hat – er ist zuvorderst ein Ritter meiner Familia, und als solcher hatte er einen Befehl zu befolgen. Was übrigens auch für Thibault und seine Leute gilt. Weshalb haben sie drei geschlagene Monate gebraucht, um einen so schlichten Auftrag auszuführen?«

»Sie haben sich der Unterweisung gemäß verhalten«, verteidigte der Kastellan die Männer. »Sobald sie sich wieder auf dem Festland befanden, wurde das Wetter so übel, dass eine Weiterreise nicht ohne Verluste möglich gewesen wäre. Also haben sie ein Quartier bezogen und dort ausgeharrt, bis das Schlimmste vorüber war.«

»Nun schön«, brummte Cyprian. Er musste eingestehen, dass Thibault richtig entschieden hatte. Ein Ritter war ein Vermögen wert, und der Verlust jedes Mannes hätte ein weiteres Loch in die ohnehin überbeanspruchte Kasse der Baronie gerissen. Dennoch wurde er den Stachel des Misstrauens nicht los.

»Es hatte sein Gutes, dass sie gezwungen waren, an der Küste von Hampshire zu bleiben«, berichtete Robert eilfertig. »Denn dadurch haben sie in Erfahrung gebracht, dass Sir Matthew jetzt auf dem Weg nach London ist. Was ihn aufgehalten hat, bleibt fraglich. Herr Thibault nimmt jedoch an, dass es einen Zwischenfall gab, der ihn zwang, länger als geplant auf der Insel auszuharren.«

»Was für einen Zwischenfall?« Cyprian spürte, wie sich zwischen seinen Brauen eine Falte bildete. Bis zum Mittag würde ihn ein Kopfschmerz quälen und ihm den Rest des Tages vergällen.

»Wir müssen befürchten, dass er überfallen wurde.«

In der Tat, das mussten sie. Und wer dahintersteckte, hätte der dümmste Narr des Landes erraten. »Was ist mit dem Geld?«, fragte er. Wenn Adam de Strattons Männer es geraubt hatten und man ihn verpflichtete, es zu ersetzen, konnte er genauso gut in seinen Taubenschlag gehen und sich mit seinem Gürtel ans Gebälk knüpfen.

Der Kastellan zuckte mit der verkrümmten Schulter. »Herr Thibault nimmt an, dass Sir Matthew das Geld retten konnte, da er sonst kaum den Weg nach London angetreten hätte.«

»Was soll das heißen, ›Thibault nimmt an‹? Wollt Ihr mir etwa erzählen, er hat nicht mit Matthew gesprochen?«

»Er war nicht sicher, ob das in Eurem Sinne wäre«, erwiderte der Kastellan kleinlaut und senkte den Kopf, als wäre er selbst für die Entscheidung des Ritters verantwortlich.

Cyprian hatte die Fäuste geballt und spürte den Jähzorn, der sich in seiner Kehle ballte. »Und was veranlasst den illustren Herrn Thibault zu derlei nebulösen Zweifeln?«

»Das Mädchen«, antwortete Robert. »Jenes Mädchen, das seit elf Jahren auf Quarr versteckt gehalten wurde – Sir Matthew hat es bei sich, und Thibault wusste nicht, wie Ihr in der Sache zu verfahren wünscht.«

Ein ungläubiges Zischen entfuhr Cyprian. Hatte er richtig gehört? In dem Fall hatte der selbstherrliche Thibault ihm allerdings einen prächtigen Dienst erwiesen. »Haben sie Euch das Mädchen beschrieben?«, fragte er den Kastellan. »Ich will alles hören, was Ihr mir über sie sagen könnt.«

»Erinnert Ihr Euch daran, dass man die getöteten Geschwister das Amselpärchen von Carisbrooke nannte?«, fragte der Kastellan und rieb sich die wulstige Stirn. »Das Mädchen von Quarr hat amselbraunes Haar. Mehr Einzelheiten kann Thibault nicht benennen, da er es nicht für ratsam hielt, sich ihm zu zeigen. Aber er sagt, Euer Verdacht könne durchaus begründet sein.«

»Wenn einer es wissen muss, dann er«, fauchte Cyprian. »Wer hat denn damals den Trupp geführt? Vor seinem Aufbruch habe ich ihn auf Herz und Nieren befragt, ob er für möglich hält, dass eines der Kinder überlebt hat. Er hat Stein und Bein geschworen, eher überlebe eine Schmeißfliege unter einer Stiefelsohle. Was bringt ihn jetzt dazu, sein Mäntelchen in einen neuen Wind zu hängen?«

Der Kastellan verbog seinen Arm auf geradezu widerliche Weise, um sich auf dem Buckel zu kratzen. »Ich bin nicht sicher, Mylord«, bekannte er. »Der Anblick des Mädchens wohl. Er sagt, es besteht eine Art von Ähnlichkeit, die ins Auge springt.«

Cyprian ließ sich Zeit, seine Antwort zu erwägen. Er sah dem Schimmel zu, der am Halfter des Stallknechts über den Hof schritt und gelangweilt mit dem Schweif schlug, und bemerkte dabei, wie die Empörung sich legte und einer kaum zu zügelnden Vorfreude wich. »Das ist so übel nicht«, sagte er zu Robert. »Im Gegenteil. Wenn wir es richtig anpacken, mag es nachgerade trefflich sein, auch wenn der Verräter von damals mit keinem Fetzen heiler Haut davonkommen wird. Weiß Thibault, warum Matthew das Mädchen bei sich hat? Sagt nicht, es gefällt ihm. Das wäre als Erklärung entschieden zu einfach.«

»Es sieht auch nicht danach aus. Er hat noch die andere bei sich, das braune Tierchen, das sich mit Sicherheit als Hure verdingt.«

»Matthew treibt es mit Huren?« Lauthals platzte Cyprian heraus, doch das Lachen klang nicht einmal in seinen Ohren echt. »Vielleicht wird aus dem Burschen ja doch noch irgendwann ein Mann. Aber was in drei Teufels Namen macht er mit dem Amselküken?«

Wieder hob der Kastellan die verkrüppelte Schulter. »Wir nehmen an, Abt Randulph hat sie ihm anvertraut. Sie reitet ein Pferd aus dem Bestand der Abtei. In welcher Mission sie allerdings unterwegs ist …«

Cyprian winkte ab. »Das ist doch offensichtlich, oder? Zisterzienser senden keine Frauen auf Missionen. Randulph will sie in Sicherheit bringen, weil er fürchtet, ich sei ihr auf der Spur.«

»Das hält auch Thibault für denkbar«, erwiderte der Kastellan. »Aber mit Verlaub – welches Interesse kann der Abt daran haben, dieses Mädchen zu schützen? Soweit ich weiß, steht es um die Beziehungen zwischen der Burg von Carisbrooke und der Abtei von Quarr alles andere als zum Besten, was nicht zuletzt dem Schatzmeister der Gräfin zu verdanken ist.«

Sie sahen einander an. Den Namen des Mannes sprach keiner von ihnen aus, und doch schien er zwischen ihnen in der Luft zu hängen. Der ewig gleiche Name. Adam de Stratton.

»Ich weiß es so wenig wie Ihr«, sagte Cyprian. »Im Grunde kenne ich weder Randulph noch das, was ihn antreibt. Ich habe ihn nie gekannt.« Er blickte über den Sattelplatz hinweg zum Wald, der im fahlen Frühlingslicht geradezu leuchtete. Dort waren er und Randulph als Knaben auf die Jagd gegangen – mit ihren Schleudern, wenn sie nichts anderes hatten –, und immer war es Randulph gewesen, der die reichste Beute und den Triumph nach Hause trug. »Du wirst gut, mein Kleiner«, hatte Gregory zu ihm gesagt, in diesem weibischen Ton, in dem die Welschen mit Kindern sprachen. »Wart's nur ab. Wenn du erst Waffen bekommst, wirst du richtig gut.«

»Ist Euch nicht wohl, Mylord?«, fragte Robert.

Cyprian fuhr zusammen. »Weshalb sollte mir nicht wohl sein?«, herrschte er den anderen an. »Um genau zu sein: Mir war selten wohler. Hört zu, ich will die ganze Familia nach Sonnenuntergang in der Halle haben. Thibault muss so schnell wie möglich mit einem Trupp nach Süden aufbrechen. Ich will das Mädchen, versteht sich. Und wenn es sich irgendwie machen lässt, will ich es lebend.«

Der Kastellan nickte zweimal. »Mit Verlaub – und wenn es sich nicht machen lässt?«

»Dann will ich es tot«, erwiderte Cyprian kalt. »Aber ich erwarte in diesem Fall, dass es weder einen schnellen noch einen leichten Tod gestorben ist. Die Ähnlichkeit springt ins Auge, sagt Ihr?«

»So sagte es Thibault.«

»Dann wird es keinem der Männer schwerfallen, sich an dem Mädchen schadlos zu halten. Sie sollen es als Teil ihres Lohns betrachten. Eine solche Ehre wird nicht jedem zuteil.« Dass es seinen finstersten Verdacht nähren würde, wenn das Mädchen nicht lebend nach Aldfield gelangte, behielt Cyprian wohlweislich für sich.

»Ich verstehe.« Der Kastellan senkte den Blick. »Ist mir noch eine Frage gestattet?«

»Wenn Ihr sie Euch nicht verkneifen könnt.«

»Was soll mit Herrn Matthew geschehen?«

Die Frage hätte Cyprian sich selbst stellen müssen, aber er hatte es nicht getan. Noch einmal sah er hinüber zum Wald und dachte an ein Kind, das dort mit einer Schleuder die Geheimnisse der Jagd erlernte. Ach, er wollte an all das nicht mehr denken, sich nicht mehr mit Dingen quälen, die es nie wert gewesen waren! »Natürlich sollte Matthew, soweit als möglich, geschont werden«, sagte er.

»Und wie, Mylord, dürfen wir ›soweit als möglich‹ auffassen?«

»Das ist eine törichte Frage«, erwiderte Cyprian müde. Es verlangte ihn nach seinem Privatgemach, nach verdunkelten Fenstern und einem Krug Wein. Wie immer, wenn allzu viel, allzu Unsägliches auf ihn einstürzte, hallte ihm Gregorys erbärmliches, welsches Lied im Ohr.

»Die Männer sollen also …«, stotterte Robert.

»Was nicht möglich ist, ist nicht möglich«, schnitt ihm Cyprian das Wort ab. »Darüber braucht es kein Palavern. Achten sollen die Männer allerdings darauf, dass sie jegliches Geld, das er bei sich trägt, an sich nehmen und es dem Hof in London überstellen.«

II

Als Amicia ein Kind gewesen war, hatte Randulph ihr erklärt, warum die weißen Mönche schwiegen: »Es ist nichts Schlechtes, unter Menschen einsam zu sein. Es ist nur hart, es zu ertragen. Wer diese Einsamkeit nicht auf sich nimmt, wird nie spüren, wie dringlich er Gott braucht. Er wird keinen Zwang verspüren, ihn zu suchen, und er wird seine Nähe nicht finden. Du musst Gott dankbar dafür sein, dass er dir Einsamkeit gegeben hat und du nicht um sie kämpfen musst.«

Damals hatte Amicia an seinen Lippen gehangen und hätte alles getan, was er ihr sagte, damit Gott irgendwann kam und sie in die Arme schloss. Jetzt wünschte sie, sie hätte auf sein Geschwätz nichts gegeben, hätte auf Gottes Umarmung gepfiffen und wäre fortgelaufen, irgendwohin, wo Menschen waren. Gewöhnliche Menschen, die miteinander sprachen, weinten, zankten und lachten. So wie Magdalene und Bruder Timothy, die auf dem Maultier und dem schwarzen Pferdchen nebeneinander herzockelten und den ganzen Tag lang plapperten. Vielleicht hätte eine Familie von Bauern ein herrenloses Kind in ihr Haus genommen. Vielleicht hätte sie das Lesen und Schreiben vergessen, dafür aber gelernt, wie man als Mensch unter Menschen lebte.

Sprechen, weinen, zanken und lachen. Einander ausschelten. Sich vertragen. Einander Guten Morgen und Gute Nacht wünschen. Einander manchmal umarmen. Einander manchmal sagen: Ich bin froh, dass du da bist.

Das Schweigen, mit dem sie tagein, tagaus neben Matthew de Camoys herritt, empfand Amicia viel umfassender und lähmender als das Schweigen der Mönche. Es war nicht das Schweigen von einem, der die Nähe Gottes suchte, sondern von einem, der jegliche Nähe verabscheute.

Sie zogen gen London, wo er dem königlichen Exchequer das ergatterte Geld übergeben wollte. Sie kamen jedoch nur langsam vorwärts, weil Hugh zu Fuß ging und Magdalene keine schnelle Gangart reiten konnte. Auch nahmen sie unterwegs Umwege über zwei Dörfer, in denen Matthew weiteres Geld an sich brachte. Amicia war alles recht. Seit sie das Fährschiff bestiegen und die Insel hinter sich gelassen hatte, war für sie ein Ort wie der andere. Sie wollte nur eines: nicht an die Saat auf ihrem kleinen Stück Land denken, an das erste Grün, das sie nicht sehen würde, wenn es reif war.

Abends schlugen sie ein Zelt auf, in dem sie dicht beieinanderliegen mussten und einander doch nicht nahe waren. Magdalene und Timothy schlichen sich hinaus, sobald sie die anderen schlafend wähnten. Als es einmal in Strömen regnete, blieben sie jedoch und erledigten ihr Vorhaben unter den Decken, wobei einer dem anderen den Mund zuhielt.

Amicia hatte wie so oft nicht schlafen können. Sie wollte sich die Decke über die Augen ziehen, um den beiden nicht zuzusehen, doch sie konnte den Blick nicht abwenden. Es war im Grunde so, wie Tiere es machten. Es erinnerte sie an die Schafe, die sich in Wind und Kälte aneinanderdrängen, um die Körperwärme des anderen zu spüren. Sie hätte es anstößig und verrucht finden sollen, aber sie fand es schön. Keine perfekte Umarmung von Gott, sondern eine unvollkommene, warme von Menschen. Entsetzt ertappte sie sich dabei, dass sie wünschte, Bruder Timothy hätte sie statt Magdalene zu sich auf sein Lager geholt.

Dann wurde Magdalene krank. Schon am Morgen, während sie einen Streifen lichten Waldes durchquerten, fiel Amicia auf, dass zwar Bruder Timothy wie sonst auf sie einschwatzte, dass aber das Mädchen nur gepresst und einsilbig antwortete. Kurz vor Mittag sagte Magdalene sogar: »Timothy, könntest du wohl versuchen, still zu sein? Mir rauscht der Kopf, und ich habe Angst, dass er mir platzt.«

»Aber was ist dir denn, Magdalenchen?«, fragte Timothy besorgt. »Du bist doch sonst nicht so!«

Allerdings nicht, dachte Amicia und sorgte sich ebenfalls. Timothys Bemühungen, still zu sein, scheiterten, Magdalene aber schwieg weiter. Gegen Mittag erklärte sie, sie könne nicht länger auf dem Maultier sitzen, sondern wolle zu Fuß weitergehen. Jetzt begann auch der Stumme, sich zu sorgen, umtanzte sie mit seinen zappeligen Gesten und versuchte, sie zu stützen.

»Lass gut sein, Hugh«, sagte Magdalene, »du hast ja genug zu schleppen.« Sie schritt recht zügig aus, ging jedoch krumm wie eine alte Frau.

Eine Weile lang sah Amicia sich das Elend mit an, dann kannte sie kein Halten mehr. »Habt Ihr eigentlich kein Herz oder keine Augen?«, schrie sie Matthew de Camoys an, der unbeteiligt auf seinem Ross thronte. »Das Mädchen braucht eine Rast – lässt es Euch völlig kalt, wenn es zusammenbricht?«

Lässig, mit nur einer Hand, brachte er das Pferd zum Stehen und wandte den Kopf. »Willst du rasten, Mag?«

»Aber nicht doch, Herr Matthew!«, rief sie bemüht heiter. »Ich komme schon zurecht.«

Ohne ein weiteres Wort ließ er das Pferd wieder in Schritt fallen. Nie zuvor hatte Amicia sich so heftig gewünscht, einen Menschen zu ohrfeigen.

Irgendwann am Nachmittag, als sie über freies Feld zogen, musste Magdalene zu bluten begonnen haben. Bruder Timothy hatte mittlerweile aufgehört zu schwatzen, und Amicia ritt in dumpfes Brüten versunken dahin. Irgendwann drehte sie sich schuldbewusst um. Vor Schreck entfuhr ihr ein Laut. Magdalenes sonst blühende Gesichtshaut war weiß wie Kalk. Amicia hegte keinen Zweifel daran, dass der Fleck auf ihrem Rock von Blut stammte. Sie wartete nicht, bis ihr Pferd stillstand, sondern sprang ab und lief zu dem Mädchen.

Hinter Magdalene verlief eine dunkle Spur im Gras. Ohne nachzudenken, riss Amicia ihr die Röcke in die Höhe. Das Blut lief Magdalene in Strömen die Schenkel hinunter. Das Mädchen sandte ihr noch einen seltsamen, wie flehenden Blick, dann verdrehte es die Augen und brach in Amicias Armen zusammen.

Haltlos vor Schrecken und Zorn fuhr Amicia Hugh und Timothy an: »Seid ihr beide blind? Habt ihr nicht gesehen, dass die Frau verblutet?«

Timothy sah aus wie die fleischgewordene Verzweiflung. »Gesehen hab ich's schon, aber nicht gewusst, was da zu tun ist.«

Seine törichte Antwort machte Amicia wütend, aber wenn sie ehrlich war, wusste sie es auch nicht besser. Binnen Kurzem würde die Nacht heraufziehen, und von einer menschlichen Siedlung war weit und breit nichts zu sehen. Selbst wenn sie eine Ortschaft gefunden hätten, wie hätten sie Hilfe herbeischaffen können? Außerhalb von Klöstern kostete ärztlicher Beistand Geld, und keiner von ihnen besaß auch nur einen Penny. Amicia wurde kalt, als sie begriff, dass sie mit Leib und Seele von Matthew de Camoys abhingen, der für keinen von ihnen einen Pfifferling gab. Ihn scherte nur das verfluchte Geld für seinen König – um das ans Ziel zu bringen, würde er sie alle zurücklassen, auch wenn Magdalene verblutete und der Rest verhungerte.

»Das war leichtsinnig.«

Amicia fuhr herum und sah ihn hinter sich stehen, die Zügel beider Pferde in der Hand. »Was?«, fragte sie überrumpelt.

»Das Pferd loszulassen. Wäre es uns davongaloppiert, hätten wir es schwerlich einfangen können.«

»Ist das alles, was Euch kratzt?«, schrie sie von Sinnen, derweil ihr die verhassten Tränen in die Augen schossen. »Keine drei Schritte hinter Euch verblutet dieses arme Mädchen, das Euch mit Haut und Haaren verfallen ist, und Ihr macht Euch Sorgen um ein Pferd!«

Mit einer einzigen fließenden Bewegung umrundete er sie und nahm ihr Magdalene aus den Armen. »Nicht schreien«, sagte er leise. »Sie hat gesagt, ihr rauscht der Kopf.« Behutsam bettete er das Mädchen auf den Boden, löste die Fibel seines Tabards und schob ihn ihm unter den Kopf. Es war ein schönes Kleidungsstück aus schwarzem, mit Pelz verbrämtem Wollstoff und vollkommen unbeschädigt, weil er es bei dem Überfall nicht getragen hatte. Er strich Magdalenes Röcke hoch und betrachtete ihre Beine. Der Blick, den er hinauf zu Bruder Timothy warf, war nicht zu deuten. »Gib mir dein Hemd«, sagte er zu Hugh.

Verständnislos starrte der Stumme ihn an.

»Herrgott, dann hilf mir!«, bellte er. Vor den Augen der fassungslosen Amicia ließ er sich von Hugh das Kettenhemd lösen, zerrte sich erst den Gambeson und dann das Hemd vom Leib und stopfte es Magdalene zwischen die Beine.

Amicia betrachtete seinen vernarbten Rücken, auf dem sich die Muskeln spannten. »Hilft es?«, fragte sie heiser.

Entmutigt schüttelte er den Kopf. »Du weißt nicht, was zu tun ist, oder?«

Amicia schüttelte ebenfalls den Kopf. Magdalene litt ohne Zweifel an etwas, das nur Frauen befiel, und sie hatte nie eine Frau gepflegt.

»Wir müssen sie irgendwohin schaffen, wo es einen Wundarzt gibt«, sagte er. »Oder eine Hebamme, die womöglich nützlicher ist. Aber sie darf nicht gestoßen werden. Kannst du mit Hugh und Timothy hierbleiben, während ich vorausreite und einen Wagen besorge?«

»Nein!«, entfuhr es ihr. Bei dem Gedanken, mit dem Stummen, dem verstörten Bruder und der möglicherweise sterbenden Kranken allein zu bleiben, wurden ihr die Knie schwach.

Verwundert blickte er auf. »Ich dachte, Bruder Timothy wäre dir lieber als ich.«

»Das ist er auch!«, rief sie schnell.

Sein Mundwinkel zuckte. »Fürchten müsst ihr euch nicht. Ich lasse euch Nameless hier.«

Er stand auf, übergab ihr den Zügel ihres Pferdes und führte seines beiseite, um aufzusteigen. Ehe er es wendete und in Galopp trieb, sah er noch einmal Amicia an. Hinter ihm, am Horizont, verfärbte sich der Himmel rot.

Magdalene starb nicht. Zwar fürchtete Amicia dreimal, der Atem des Mädchens habe ausgesetzt, doch jedes Mal hob er kurz darauf wieder an. Neben Magdalenes Kopf kniete sich Bruder Timothy und verfiel in einen weinerlichen Singsang. »Es ist meine Schuld, Amsel, allein meine! Gott zürnt mir, weil ich mein Gelöbnis gebrochen habe, und in dem armen Magdalenchen straft er mich.«

Die Sonne sank schnell, es wurde kalt, und Amicia fürchtete, auf Bruder Timothy loszugehen, wenn er nicht endlich Ruhe gab. Kurz bevor sie sicher war, dem Wahnsinn zu verfallen, kündigten Hufschläge die Erlösung an: Matthew kam zurück, mit einem Bauernkarren, vor den er den edlen Fuchs gespannt hatte. Als er abstieg und erkannte, dass Magdalene lebte, war die Erleichterung seinen Zügen anzusehen. »Es ist nicht weit«, sagte er. »Gleich kannst du dich ausruhen. Du warst sehr tapfer.«

Der Ort lag keine halbe Stunde entfernt, auch wenn Amicia der Weg endlos erschien. Petersfield war ein aufstrebender Marktflecken; er verfügte sowohl über einen Wundarzt als auch über eine Hebamme. Matthew hatte beide bereits verständigen lassen, und er hatte ein Zimmer in einem Gasthaus gemietet, das ein gutes Stück vor der Stadt lag und sich rühmte, das größte Bett zwischen Southampton und London anzubieten. In dem Bett, so berichtete der Gastwirt mit stolzgeschwellter Brust, hatten letzthin alle sechzehn Mitglieder einer Pilgergruppe genächtigt, die auf dem Weg nach Winchester Rast machte.

Das Bett war in der Tat groß, es war mit sauberen Tüchern überzogen und erschien Amicia so einladend, dass sie fürchtete, sie werde vornüber in die weiche Pracht fallen und einfach einschlafen. Stattdessen half sie Matthew, Magdalene darauf zu betten.

Der Wundarzt und die Hebamme stritten, bis Matthew verfügte, dass erst die forsche junge Frau und anschließend der betuliche ältliche Mann das Mädchen untersuchen sollte. Timothy scheuchte er aus dem Zimmer. »Geht in den Schankraum. Lasst euch Ale und Eintopf geben.« Zu Amicia sagte er: »Leg dich hin, ehe du umfällst. Das Bett ist ja groß genug.«

Sie wollte es nicht, denn es erschien ihr nicht richtig, bei der Kranken zu liegen, während diese untersucht und versorgt wurde. Außerdem stand das Bett ja wohl zuerst dem Ritter zu – und nebeneinander in einem Zelt zu liegen war etwas anderes, als ein Bett zu teilen. Letzten Endes siegte jedoch die Schwäche über jeden Vorsatz. Amicia fühlte sich außerstande, die Stiege noch einmal hinunterzugehen oder auch nur aufrecht zu stehen. Kaum legte sie sich nieder, übermannte sie der Schlaf, obgleich sie sich fest vorgenommen hatte wach zu bleiben, bis sie erfuhr, ob Magdalene geholfen werden konnte. Mit dem letzten Rest ihres Bewusstseins spürte sie, wie Matthew eine Decke über sie breitete.

In dieser Nacht suchte sie kein Albtraum heim, und sie erwachte erst, als sich ein blendender Sonnenstrahl durch eine Ritze des Fensterladens stahl. Auf dem riesigen Bett lagen sie und Magdalene allein. Das Mädchen hatte sich zur Kugel gekrümmt und die Arme um die Beine geschlungen. So hatte Magdalene auch in Amicias Hütte oft geschlafen. Ihr Atem ging flach, aber regelmäßig. Auf einem Strohlager neben dem Bett lagen Timothy und Hugh, die beide friedlich schnarchten.

Amicia streckte ihre Glieder. Erst jetzt, wo sie ruhte, spürte sie die Anstrengung der letzten Tage in den Muskeln. Wie schön wäre es doch, liegenzubleiben und noch einmal einzuschlafen, ehe ihre Gedanken zu sich kamen und von Neuem begannen, sie zu quälen!

Ein Geräusch drang in den süßen Dämmerzustand. Die Tür wurde aufgeschoben, und im Spalt erschien Matthew de Camoys. Sobald er bemerkte, dass sie wach war, hob er die Hand. »Ich will dich nicht stören«, sagte er. »Nur nach Mag sehen.«

Hinter ihm drängte der Hund ins Zimmer, um Amicia schwanzwedelnd zu begrüßen. Sie setzte sich auf und liebkoste das breite, feuchte Gesicht. Der Ritter, der sich über Magdalene gebeugt und nach dem Schlag des Blutes an ihrem Hals getastet hatte, blickte jäh auf und zu ihr hinüber. Verwundert stellte Amicia fest, dass seine Augen ihr heute keine Angst machten. Sie waren schwarz, von dunklen Schatten umgeben und erfüllt von etwas, das sie im Innersten traf. Hätte sie in den Augen eines anderen Menschen solch einen Ausdruck entdeckt, hätte sie ihn für Sehnsucht gehalten – und für grenzenlose Erschöpfung. Das Haar hing ihm wie einem Jungen ungekämmt in die Stirn. »Ihr solltet Euch schlafen legen«, sagte sie. »Magdalene würde nicht wollen, dass Ihr zusammenbrecht.«

Müde zuckte Matthew mit den Schultern und deckte Magdalene wieder zu. »In einer Stunde kommt die Hebamme, um nach ihr zu sehen.«

»Was fehlt ihr?«, fragte Amicia.

Seine Züge verhärteten sich. »Ich weiß nicht, ob ich zu dir davon sprechen sollte.«

»Und warum nicht?«

Sah sie recht, oder täuschte sie das schwache Licht? Es hatte den Anschein, als überzögen seine Wangen sich mit einem Hauch von Rot. »Du bist im Kloster aufgewachsen«, murmelte er und senkte den Kopf.

Trotz aller Sorge um das Mädchen musste Amicia lachen. »Ein Mönch bin ich trotzdem nicht, und ich habe gesehen, woher ihr das Blut geflossen ist.«

Abrupt wandte er sich zum Nachtkasten, nahm einen Tiegel und hielt ihn in die Höhe, sodass Amicia die Reste einer grünlichen Paste darin sehen konnte. »Weißt du, was das ist?« Seine Stimme bebte vor Zorn.

»Nein. Sollte ich?«

»Da sei Gott vor! Es ist ein verdammtes Teufelsgemisch aus Kräutern, das die verdammten Frauenwirte den Mädchen geben, damit sie sich die Leiber vergiften.«

Amicia pfiff durch die Zähne. »Zwei Flüche in einem Satz, Ihr macht der vornehmen christlichen Ritterschaft beileibe Ehre. Was bitte sind Frauenwirte?«

Er blickte auf. Seine schwarzen Brauen furchten sich über den schwarzen, flackernden Augen, und der scheue Anflug eines Lächelns entwaffnete Amicia vollends. »Ich habe ja gesagt, ich hätte zu dir nicht davon sprechen sollen.«

»Jetzt heraus mit der Sprache! Ich habe Stuten zum Hengst gebracht und Bruder Edmund bei der Urinschau geholfen. Ich bin nicht eben ein empfindsames Gemüt.«

Matthew schluckte mit zuckendem Kehlkopf. »Ein Frauenwirt ist einer, der Mädchen verscherbelt wie Weinschläuche. Die meisten betreiben vor den Toren der Städte ihre Häuser, aber manche ziehen auch mit ihrer Ware durch die Gassen. Mag gehörte dazu.«

»Und Ihr habt sie mitgenommen, um sie zu retten?«

»Nein«, erwiderte er. »Ich habe sie mitgenommen, weil sie mir keine Wahl gelassen hat.«

»Ich verstehe«, behauptete Amicia. »Und was hat es jetzt mit dieser Paste auf sich?«

Er stellte den Tiegel zurück und versetzte ihm angewidert einen Stoß. »Die Mädchen bestreichen sich innerlich mit dem Zeug, weil es davor schützen soll, ein Kind zu empfangen. Aber die Hebamme hat gesagt, das tut es nicht.«

»Was tut es dann?«

»Es tötet Kinder, die schon empfangen worden sind«, antwortete er tonlos. »Und oft genug tötet es die Mütter mit.«

»Wird es auch Magdalene töten?« Noch während sie die

Frage aussprach, erkannte Amicia, dass sie das Mädchen ins Herz geschlossen hatte, einerlei, was es gewesen war.

Ohne sie anzusehen, schüttelte Matthew den Kopf. »Sie muss leben. Ich wünschte, ich könnte diesem Kerl da den Hals umdrehen für das, was er ihr getan hat.« Mit einer Drehung der Schulter wies er auf den schlafenden Timothy, und dann kam nur noch ein Wort, gepresst und voller Verzweiflung: »Aber …«

»Aber was?«, fragte Amicia.

Er schoss zu ihr herum. »Aber ich bin nicht besser!«, rief er ihr ins Gesicht. »Ich habe mit ihr gelegen wie er, so wie Tiere es tun, und ich hätte sie ebenso umbringen können!«

Hugh regte sich im Schlaf und grunzte. Flüchtig fürchtete Amicia, er werde erwachen, doch er rollte sich lediglich auf die Seite und verfiel wieder in sein gurgelndes Schnarchen.

Amicia stand vom Bett auf und zog sich die Decke um die Schultern. »Ihr habt recht«, sagte sie. »Ihr seid nicht besser als er. Im Gegenteil. Bruder Timothy weiß von all diesen Dingen vermutlich nicht mehr als ein Welpe. Ihr aber habt gewusst, dass Ihr Magdalene schwängern und letzten Endes ums Leben bringen könnt. Ihr habt zudem gewusst, dass sie in der Ordnung meilenweit unter Euch steht, sodass Ihr getrost mit ihr tun durftet, was keine Dame Eures Standes Euch gewähren würde. Sie war Freiwild für Euch, und dass sie ihr Herz und Blut für Euch gegeben hätte, hat Euch nicht berührt.«

Sie hatte die Flut von Worten aus sich herausgestoßen, ohne Atem zu holen oder sich zu besinnen. Erst als das letzte Wort nachhallte, fiel ihr der Jähzorn ein, den sie an ihm beobachtet hatte, die gespannten Kiefer, die geballten Fäuste. Sie hatte ihn wie einen dummen Jungen abgekanzelt, ihm mit Worten Schläge verabreicht, die er redlich verdiente, aber gewiss noch nie hatte einstecken müssen. Er könnte sich dafür auf sie stürzen, als sei er ein Pfeil, der von der Sehne schnellt. Dass er gefährlich war, hatte sie vom ersten Tag an gewusst, und dennoch hatte sie es um jeden Preis sagen müssen. Warum nur? Dass adlige Herren sich mit Huren vergnügten, war gang und gäbe und selbst ihr nichts Neues. Immerhin sorgte er für das Mädchen und war dabei alles andere als kleinlich. Weshalb sollte er nicht bekommen, wofür er zahlte, zumal Magdalene es ihm mit Freuden geschenkt hätte?

Er stand still, hielt die Schultern gebeugt und den Kopf gesenkt. »Ich weiß«, sagte er.

12

Die Woche des Pessachfestes war vorüber. Es war gutgegangen. Dafür, dass ihre Familie kein eigenes Haus mehr hatte und der Familienvorstand mit den Dämonen der Trauer rang, war es mehr als gutgegangen, und sie hatten allen Grund, am Morgen danach zufrieden zu sein.

Vyves beobachtete seine Mutter dabei, wie sie die Schalen und Platten wieder in die Truhe räumte, wo sie auf das nächste Pessach warten würden. Er musste lächeln. So war es seit Carisbrooke gewesen: Auf jeder ihrer Fluchten hatte seine Mutter all ihren Besitz zurückgelassen, aber nicht das Pessachgeschirr, das sie von ihren Schwiegereltern zur Hochzeit bekommen hatte. Die feine Tonware durfte mit nichts in Berührung kommen, das Hefe enthielt. Die meisten anderen Juden, die aus Städten in ganz England in die Gassen rund um die Milk Street geflüchtet waren, besaßen kein eigenes Geschirr für das Fest mehr, sondern schrubbten die Schüsseln, die sie im Alltag benutzten, gründlich sauber. Seine Mutter aber hielt an ihrem Pessachgeschirr wie an einem Rettungsanker fest. Sorgfältig wickelte sie den kostbaren Sederteller, der einem anderen Leben zu entstammen schien, in Streifen aus Leinen.

Es hätte tatsächlich alles schlimmer sein können. Sie hatten miteinander gefeiert und der Errettung ihres Volkes aus Ägypten gedacht. Zum Sedermahl am Vorabend des Festes hatte die Familie Crespin, in deren Haus sie lebten, sie eingeladen. Es hatte an nichts gefehlt – nicht am Lammfleisch, nicht an Matzeknödeln und nicht am Bitterkraut, nicht an den Früchten der Erde oder dem Wein. Die Crespins waren noch immer wohlhabend, sosehr sie auch unter der Steuerlast ächzten, die der König den Juden auferlegte. Wie so viele waren sie gezwungen gewesen, den Geldhandel aufzugeben und Adam de Stratton ihre

Schuldscheine für einen Bruchteil des Wertes zu verkaufen, doch sie besaßen Rücklagen, die genügten, um einen Handel mit Tuch zu beginnen. Das Geschäft florierte, obgleich die Gilde ihnen verschlossen blieb und sie nur an Glaubensgenossen verkaufen durften. Im Keller des Hauses besaß die Familie sogar eine eigene Mikwe, sodass sie nicht auf das öffentliche Tauchbad bei der Synagoge angewiesen waren.

Die Synagoge war ein schmuckloses, zugiges Gebäude, aber das Gebot besagte, dass in Zeiten der Not ein Raum und eine Truhe für die Thorarollen genügten. Früher hatte es andere Synagogen im jüdischen Viertel von London gegeben, Bauten, deren Schönheit und Pracht die Erinnerung an den Tempel in Jerusalem wachhielten. Eine jener Synagogen war inzwischen niedergebrannt, die andere den Brüdern des heiligen Antonius von Wien zugesprochen worden, die eine Kirche daraus gemacht hatten. Eine Schande, empörte sich Gideon, wann immer sich die Gelegenheit ergab. Doch immerhin hatten sie noch einen Ort, um zu beten, sich zu versammeln, die Schrift zu lesen und ihre Kinder zu unterweisen. Auch ein Dach über dem Kopf hatten sie gefunden, zwei saubere, trockene Zimmer – eines für Gideon, Esther, Deborah und die kleine Noya und eines für Vyves und seine Mutter. Beide Männer hatten im Handelshaus der Crespins Arbeit gefunden, und das Geld reichte, um zu überleben. Sich mehr zu wünschen war vermessen, wenn man auf die Straße hinaustrat und sich ansah, wie es anderen ging.

»Es war ein gutes Pessach«, sagte Vyves daher zu seiner Mutter, die noch immer den Sederteller in den Händen hielt.

Seine Mutter blickte auf. Ihr Gesicht war tränennass. »Findest du das wirklich, Vyves?«, rief sie mit einem Anflug von Hoffnung in der Stimme. »Bist du ehrlich zu mir?«

Er eilte zu ihr und zog sie in die Höhe, nahm ihr den Teller ab, stellte ihn auf die Anrichte und legte die Arme um sie. »Weine doch nicht.« Wie albern war es, so etwas zu sagen? »Natürlich bin ich ehrlich zu dir. Es war ein schönes Fest. Wir haben überlebt, Mutter, wir haben ein Dach über dem Kopf und unsere Familie.«

»Und das ist dir genug?«

Er senkte seine Lippen auf ihr Haar. »Warum sollte es nicht genug sein?«

»Oh Vyves, ich habe solche Sorgen um dich!«, rief sie und weinte neuerlich auf. »Um dich, um meine Nichte Esther, um all die Jungen. Unsere Vorfahren haben das Erbe von Generation zu Generation gemehrt, um ihren Kindern ein wohlbestelltes Haus zu übergeben. Die Familie zu bewahren und voranzubringen, das ist das Herzstück unseres Glaubens – und was haben wir getan? Was hinterlassen wir euch? Du bist ein wohlgeratener Sohn, keine Mutter könnte sich einen besseren wünschen, aber du wagst nicht einmal, das Mädchen zu heiraten, das du lieb hast, weil du kein Heim für sie hast und einer Familie kein Leben bieten kannst.«

»So ist es doch nicht!« Seine Hände umklammerten ihre mageren Arme. Er hielt sie von sich weg und zwang sie, ihn anzusehen. Wie klein sie war! Dass dieses zarte Geschöpf ihn getragen, genährt und über Jahre behütet hatte, erschien ihm auf einmal unvorstellbar. »Unser Leben war gut in Carisbrooke«, sagte er und spürte dem Klang des verbotenen Wortes nach. »Du und Vater, ihr habt mir alles gegeben, was Eltern ihrem Sohn nur geben können. Es ist nicht eure Schuld, dass wir es verloren haben, Mutter. Etwas davon ist noch bei mir, und das ist ein reiches Erbe. Ich würde es gegen kein anderes tauschen.«

Sie hob die Hand und strich ihm über die Wange, wie sie ihn gestreichelt hatte, als er ein Kind gewesen war. Vyves hatte die Wahrheit gesagt: Die Liebe, die in der Geste lag, hätte er gegen nichts anderes eintauschen wollen. Immer hatte sie ihn behandelt, als hätte Adonai ihr kein größeres Geschenk machen können als ihn.

»Vyves?«, sagte sie leise.

Er gab sich Mühe, zu lächeln. »Ich muss ins Geschäft, Mutter.«

»Nur eines noch: Heirate Deborah. Sie ist ein feines Mädchen und stellt keine Ansprüche. Ich kann mich in den Erker zurückziehen, damit Platz für ein Bett ist, und gewiss kann ich auch noch sparsamer wirtschaften …«

Zart hielt er ihr den Mund zu und schüttelte den Kopf. »Ich gehe jetzt, denn ansonsten komme ich zu spät und Samuel Crespin verliert um meinetwillen Kunden. Übers Heiraten können wir schwatzen, wenn Zeit dazu ist.«

»Geht es nach dir, dann ist nie Zeit dazu.« Sie tippte ihm auf die Wange. »Glaubst du, ich weiß nicht, was du denkst?«

Vyves spürte, wie ihm das Lächeln vom Gesicht glitt. »Ja«, sagte er, »das glaube ich.«

»Du irrst dich! Du denkst, du darfst Deborah nicht heiraten, weil sie Besseres verdient. Aber sie liebt dich, sie will keinen als dich!«

Er löste sich von ihr und ging zur Tür. »Eben deshalb hat sie Besseres verdient«, murmelte er. »Bleib nicht den ganzen Tag im Haus, hörst du? Es ist schön draußen. Der Frühling heitert dich auf.«

»Küsse die Mesusa, ehe du gehst, mein Sohn.«

Vyves küsste die am Türpfosten aufgehängte Schriftkapsel, die den Text des täglichen Gebets enthielt: *Höre, Israel, Adonai ist unser Gott …*

»Und Vyves … Danke, dass du das zu mir gesagt hast.«

»Was?«

»Das über Carisbrooke. Ich war dort mit dir und deinem Vater glücklich, ich kann nicht aufhören, daran zu denken.«

»Ich auch nicht«, sagte Vyves, zog leise die Tür auf und ging.

Im Geschäft maß er Ware ab, die im Laufe des Vormittags abgeholt werden sollte, und er schnürte Samt für einen christlichen Kunden zu einem unauffälligen Päckchen zusammen. Dem Gesetz nach durfte er lediglich christliche Gerber ins Geschäft lassen, die billig Häute aufkauften, doch der Händler, der den Samt bestellt hatte, wollte auf Samuel Crespins Qualität nicht verzichten. Erwischen lassen durfte er sich dabei unter keinen Umständen. Christen, die allzu enge Beziehungen zu Juden unterhielten, drohte die Exkommunikation, der Verlust ihres Seelenheils. Deshalb schickte der Mann einen Boten, der sich von Vyves das Paket in die Hände drücken ließ und sofort wieder aus dem Laden flitzte. Es schien Vyves unvorstellbar zu sein, dass er einmal unter Menschen gelebt hatte, ohne sich ernstlich zu fragen, ob sie Christen oder Juden waren.

Was war das heute? Warum konnte er nicht aufhören, an die Vergangenheit zu denken? Weil die Mutter wieder von seiner Heirat angefangen hatte? Vyves hätte andere Sorgen haben sollen, denn Gideon, der mit ihm das Geschäft führte, war noch immer nicht unten. Es war beileibe nicht das erste Mal, doch nach ihrem letzten Streit hatte Gideon versprochen, sich am Riemen zu reißen. Und hatte er sein Versprechen nicht während der gesamten Pessachwoche gehalten?

Vyves weigerte sich, den Teufel an die Wand zu malen. Gideons Frau war krank. Wenn er am Morgen nach dem letzten Festtag ein wenig länger bei ihr bleiben wollte, wäre er der Letzte, der es den beiden missgönnte.

Vyves hätte also wahrlich andere Sorgen haben sollen, aber er hatte nur die eine. Sobald die Arbeit des Morgens erledigt und der erste Strom der Kunden versickert war, tat er, was er sich kaum je gestattete: Er zog das Medaillon seines Vaters unter der Kleidung hervor und ließ es aufschnappen. Der Fetzen lag noch darin – und wie stets verspürte Vyves darüber eine lachhafte Erleichterung.

Im Grunde verdiente es Verachtung, dass er dieses so zweifelhaften Trostes bedurfte. Schließlich hing eine Familie von ihm ab. Was Gideon durchgemacht hatte, war genug, um einen Mann zu zerbrechen, da war es nur recht und billig, dass er ihm seine Bürde von den Schultern nahm. Als Vorstand einer Familie aber durfte Vyves sich keiner derart albernen Beschäftigung hingeben. Er hätte um die Zukunft kämpfen müssen, statt in Erinnerungen zu schwelgen, die flüchtig wie Nebel und schmerzhaft wie die Öffnung einer Wunde waren.

»Meine Schwester Amicia, die Amsel von Carisbrooke«, war in verwischter Tinte aus Galläpfeln auf dem Fetzen lesbar, sofern man wusste, was einst dort gestanden hatte. Ein rostroter Fleck verwischte den Namen Amicia. Aber den Namen hätte er selbst dann noch dort entziffern können, wenn all die Tinte erloschen und das Pergament in Brösel zerfallen wäre.

Amicia, Amsel von Carisbrooke. Deborah bat Oved, süße Rose von Sharon, wie kann ich dich heiraten, wo mir einmal ein todernster Christenpriester von acht Jahren erklärt hat, wenn ich eine andere nähme, beginge ich die Sünde der Bigamie? Er hat sein Leben dafür gelassen, mein Priester von acht Jahren. Den albernen Fetzen des Brautvertrags, in unseren kindlichen Handschriften aufgesetzt, habe ich auf Knien kriechend gefunden, als alle fort waren. Er klebte mit meinem Blut auf einem der Pflastersteine, und ich habe ihn auf allen Fluchten mitgenommen wie meine Mutter das Pessachgeschirr.

Ein Geräusch ließ ihn zusammenfahren. Hastig stopfte er das Medaillon wieder unter sein Hemd. Seit jenem Tag im Brunnenhof von Carisbrooke verwechselte sein Gehör zuweilen die Richtung, und auch jetzt blickte er nach vorn, auf die Ladenglocke, ehe er begriff, dass das Geräusch von hinten kam. Er drehte sich um.

Im Gang, der vom Wohntrakt zu den Lager- und Verkaufsräumen führte, stand Deborah. »Vyves.« Ihre Stimme klang verzagt, wie er es nicht von ihr kannte.

In drei Sätzen war er bei ihr. »Deborah, was ist denn? Steht es schlechter um Esther?«

Sie schüttelte stumm den Kopf und ließ sich gegen ihn fallen. Das Wolltuch, das sie um den Kopf trug, rutschte ihr in den Nacken und enthüllte die Fülle ihres Haars.

Salomo muss Deborah gekannt haben, als er sein Hohelied sang, dachte Vyves. *Dein Kopf ist wie der Karmelberg, dein Haar wie Purpur, in deinen Locken liegt ein König gefangen.*

»Es geht nicht um Esther«, sagte sie matt. »Und doch ist es Esther, die daran zerbricht, die weder essen noch trinken kann und gelbe Galle bricht. Ach Vyves, warum zerstören Männer so wundervolle Frauen? Um meinen Bruder geht es – schon wieder um Gideon!«

Er drückte sie an sich. Presste seine Hände auf ihre Schulterblätter, als könnte er ihr dadurch Kraft verleihen. Auf ihr lastete zu viel. Sie war ein junges Mädchen, eine Schönheit, sie hätte verwöhnt und mit Liebe überschüttet werden sollen. »Sag mir, was los ist«, sagte er. »Was immer es ist, wir bringen es wieder ins Lot.«

»Er ist fort«, murmelte sie an seiner Brust. »Und das Geld für den Milchhändler auch.«

Er streichelte sie, wie er am Morgen seine Mutter gestreichelt hatte. »Er hat es nicht leicht, Deborah.«

»Und Esther? Hat es die arme Esther etwa leicht? Warum dürfen Männer schwach sein, wenn Frauen von ihrer Stärke abhängig sind?«

Seine Hand fuhr über ihr Haar. »Ich gehe ihn holen, ja? Glaubst du, du könntest für eine Weile auf das Geschäft achten?«

Am Hals spürte er ihr Nicken. »Natürlich.«

»Meine Mutter kann bei Esther bleiben. Und ich beeile mich.«

Tapfer nickte sie wieder.

Er war schon an der Tür, als sie ihn zurückrief. »Vyves? Hab Dank.«

»Wofür?«

»Dafür, dass du anders bist.«

Vyves ging, ohne sich noch einmal umzudrehen.

Zielstrebig eilte er durch die Gassen des jüdischen Viertels, das noch immer von einstiger Blüte kündete. William, der normannische Eroberer, hatte die Juden mit allerlei Anreizen auf sein neu gewonnenes Inselreich gelockt, weil ihm ihr Geld für seinen Traum von Größe zupasskam. Im Herzen von London, unweit der Kathedrale St. Paul, gewährte er ihnen das Recht zu siedeln. Eine Zeit lang waren der Reichtum der Juden und der Reichtum Englands Hand in Hand gegangen, und noch immer bewahrte die Pracht so mancher Fassade bröckelnde Spuren davon.

Vyves wusste, wohin er seine Schritte zu lenken hatte, auch wenn er wünschte, er hätte es nicht so genau gewusst. Er rannte bis ans Ende der Colechurch Lane und am Haus des koscheren Schlachters vorbei. Erst als das jüdische Viertel hinter ihm lag, verlangsamte er seinen Schritt.

In den Gassen, die sich tief in den Schatten der Kathedrale duckten, gab es zahllose Spelunken. Bei den meisten führte eine Reihe von Stufen in ein Gewölbe hinab, und Vyves schritt eine nach der anderen ab. In manchen saßen lediglich Männer beim Ale, in anderen boten Frauenwirte die Dienste von Hübschlerinnen feil. Vyves wollte nicht wissen, was er tun würde, würde er Gideon je in einer Kneipe der zweiten Gattung finden. Adonai sei Dank blieb es ihm auch diesmal erspart. Der Freund kauerte am Ecktisch eines leeren Schankraums über einem halb geleerten Krug Wein. Wie Vyves erwartet hatte, trug Gideon weder Tabula noch Judenhut und hatte sich das Haar, das ihm von den Schläfen wuchs, hinter die Ohren gestrichen.

Mit einem Satz war er bei ihm, packte ihn beim Arm und riss ihn in die Höhe. »Hältst du so dein Versprechen? Sorgst du so für deine kranke Frau?« Vielleicht hätte Vyves den anderen schlagen sollen, doch seine Wut war nur gespielt. Gideon schlackerte auch so wie ein leerer Sack in seinen Händen. Vyves verstand ihn. Er war ein stolzer, selbstbewusster Mann gewesen, hatte ein Haus und ein Geschäft besessen und als Haupt einer Familie vorgestanden. Jetzt stand er mit leeren Händen in der Fremde und war auf die Barmherzigkeit anderer angewiesen.

Das Schlimmste aber war: Er hatte seine Familie nicht beschützt. Auf dem Weg von Windsor hatte ein Sturm sie überrascht, und ein vom Stamm gerissener Ast hatte Esther niedergeworfen. Sie selbst war glimpflich davongekommen, doch der Sturz hatte die Geburt ausgelöst. Vyves selbst hatte den neugeborenen Jungen in den Händen gehalten, der schön wie ein Bildnis, winzig klein und tot gewesen war. Er hatte gehört, wie Gideon durch die Nacht geheult hatte, und er war sicher: Kein Wolf heulte wilder um sein Kind.

Vyves hätte Gideon schlagen sollen, um ihm im Namen der Familie eine Strafe zu erteilen, aber er vermochte es nicht. Der Freund entglitt seinen Händen und plumpste zurück auf die Bank. Zitternd langten seine Finger nach dem Becher.

»Es tut mir weh«, sagte Vyves.

»Was?«, stammelte Gideon, dem Wein von der Unterlippe tropfte.

»Zuzusehen, wie du dich entwürdigst.«

»Entwürdigst?«, rief Gideon. »Was gibt es noch zu entwürdigen an einem Mann, dem man jegliche Würde entrissen hat?«

»Wer zählt denn in deinen Augen?«, fragte Vyves. »Die, die uns aus unseren Häusern jagen, die uns am liebsten aus diesem Land oder gleich von der Erde herunterjagen würden? Oder die Menschen, die dich lieben? Für mich warst du noch immer der Freund, den ich bewundert habe; für deine Frau warst du der Mond und die Sonne und für deine kleine Tochter der Held ihrer Welt. Du bist es, der das wegwirft, Gideon. Haben die anderen so viel mehr Bedeutung, ist unser Urteil gar nichts wert?«

Aus wässrigen, blutunterlaufenen Augen sah der Freund ihn an. »Du hast kein Kind«, stieß er hervor. »Du weißt nicht, wie es sich anfühlt, wenn dir das Kind stirbt, weil du nicht Manns genug warst, es zu schützen.«

»Du hast noch ein Kind«, erwiderte Vyves. »Willst du, dass deine Tochter auch stirbt, weil ihr Vater das Geld für ihre Milch versäuft?«

»Nein«, sagte Gideon und bemühte sich, die Schultern zu straffen. »Nein, ich will nicht, dass sie mir noch ein Kind umbringen. Ich lasse mich taufen, Vyves. Ich mache diesem Elend ein Ende.«

Vyves begriff. Es klang so einfach. In der Chancery Lane gab es ein Haus, das der König konvertierten Juden zur Verfügung stellte. Sie waren dort vor Verfolgungen sicher, konnten ihr altes Leben hinter sich lassen und ein neues beginnen. Niemand würde sie mehr beschuldigen, Silber von Münzen zu feilen, auf geweihte Oblaten zu pinkeln und Kinder von Christen an Kreuze zu nageln. Niemand würde sie mehr anspucken, beschimpfen, ihnen am Barthaar reißen oder auf offener Straße ins Gesicht schlagen. Sie würden Söhne bekommen und sie nicht beschneiden lassen, sie würden nie mehr ein Sedermahl essen, und ihre Töchter würden unter keiner Chuppa Hochzeit halten. Irgendwann würden sie vergessen, was ihre Väter und Mütter sie gelehrt und mit welchen Liedern sie sie in den Schlaf gesungen hatten. Es klang so einfach. Aber einfach war es auch, Wein zu trinken, um die Kanten des Lebens nicht mehr scharf zu sehen, und am nächsten Morgen erwachte man mit schmerzendem Schädel aus dem Rausch.

»Wenn es das ist, was du willst, dann tu's«, sagte Vyves. »Deine Familie, so nehme ich an, muss sich fügen, ohne gefragt zu werden. Deborah und Esther wünsche ich, dass sie lernen, es zu tragen, und der kleinen Noya, dass sie aufwächst, ohne sich zu erinnern. Dir wünsche ich, dass man dir erlaubt, ein ganzer Christ zu sein, so wie du ein ganzer Jude warst.«

»Wie meinst du das?«, fuhr ihm Gideon ins Wort.

»Ich wünsche dir, dass du nicht aufgibst, was dir gehörte, nur um dann festzustellen, dass man dir vor dem anderen die Tür zuschlägt«, antwortete Vyves, »Bist du wirklich als Christ unter Christen willkommen, sobald du die Taufe hinter dich gebracht und dein erstes Schwein verzehrt hast? Oder bleibst du auf ewig der Konvertit, der fortan in keiner Welt zu Hause ist?«

»Aber ich will kein Jude mehr sein!« Gideon sprang auf, schwankte und hielt sich an der Tischplatte fest. »Es ist ein Glaube ohne Stolz und Würde, einer, der Männer zu Eunuchen macht.«

»Das mag er sein, wenn du ihn so sehen willst. Dennoch ist es der deine. Jeder andere kann dir nur gnädig gewährt werden, diesen aber kann dir niemand nehmen.«

Gideon ließ sich wieder zurück auf die Bank plumpsen und griff nach dem leeren Becher. Glasig starrte er vor sich hin, vermutlich ohne etwas zu sehen.

Hinter der Theke trat der Wirt hervor, ein kleiner Mann mit riesigem Bauch. »Ihr macht, dass ihr wegkommt«, zischte er Vyves zu. »Dein Kumpan mag glauben, ich weiß nicht, was für einer er ist, dabei drücke ich nur ein Auge zu, weil ich ein weiches Herz habe. Aber jetzt ist's genug. Meine Gäste sollen mich schließlich nicht für einen Judenfreund halten.« Er hatte keine Gäste. Aber natürlich hatte er das Recht auf seiner Seite.

»Komm nach Hause«, sagte Vyves und half Gideon auf die Füße. »Was du mit dem Rest deines Lebens und darüber hinaus tun willst, entscheidest du besser nicht heute.«

Leute spuckten aus, derweil er seinen betrunkenen Freund durch die Gasse schleifte. Das taten sie immer. Sie zogen ihre Kinder zu sich und zeigten mit dem Finger auf die Tabula an Vyves' Mantel, auf sein schwarzes Haar und auf den hilflosen Mann in seinen Armen. Warum er trotzdem nicht fand, er gehöre einem Glauben ohne Stolz und Würde an, verstand Vyves selbst nicht.

»Du weißt nicht, wie das ist.« Gideon weinte. »Vielleicht hast du gut daran getan, nicht zu heiraten. Wenigstens ist dir niemand so lieb, dass sein Schmerz dich um den Verstand bringt.«

Für den Bruchteil eines Augenblicks glaubte Vyves wieder auf den Pflastersteinen eines Brunnenhofs zu liegen und begreifen zu müssen, dass sie fort war, Amicia, die Amsel von Carisbrooke, und dass er nie wissen würde, was sie ihr angetan hatten. Dann fand er wieder zu sich. »Zweifellos hast du recht«, sagte er und zerrte Gideon weiter, derweil Getuschel und Gezische hinter ihnen verhallten. Bei jedem Schritt strich das Metall des Medaillons ihm über die Haut.

13

Seit ihrer Ankunft schlug Regen an die hölzernen Läden, eintönig und unermüdlich wie der Takt, in dem die Stunden versickerten. Einmal hatte Amicia den Laden begierig nach Licht aufgestoßen und hatte nichts bekommen als endloses, bleiernes Grau.

In der zweiten Nacht war Bruder Timothy zu Magdalene aufs Bett gekrochen und hatte so lange liebkosend auf sie eingeredet, bis Amicia davon aus dem Schlaf schreckte. »Amselchen«, sagte er, als er sah, dass sie aufrecht im Bett saß, »Amselchen, ich will, dass du eines weißt: Wenn wir nach Fountains Abbey kommen, gehe ich dort zum Abt und bitte ihn, mich von meiner Profess zu entbinden, damit ich Magdalenchen heiraten kann. Was die Hebamme gesagt hat, macht mir nichts aus.«

Die Hebamme hatte gesagt, es sei unwahrscheinlich, dass Magdalene noch einmal ein Kind bekommen könnte.

»Ich war ja noch ein grüner Junge, als mein Vater mich dem Kloster gebracht hat, damit ich ihm nicht hungers sterbe«, sagte er. »Gott muss mir vergeben. Ich wusste doch gar nicht, was ich da alles gelobe.«

»Ja, ja gewiss«, sagte Amicia. »Jetzt gib Ruhe und schlaf.«

»Ich hab dich ja nur wissen lassen wollen, dass ich wie ein Ehrenmann an Magdalenchen handeln werde.«

»Ja, ja«, sagte Amicia noch einmal, und kurz darauf schlief Timothy an Magdalene geschmiegt ein. Erst jetzt bemerkte Amicia, dass sie im Raum nur zu viert waren. Matthew fehlte. Er ging ihr aus dem Weg, seit sie ihm die Abreibung verpasst hatte. Er hatte am Abend nicht mit ihnen gegessen und sich hinterher nicht mit ihnen schlafen gelegt. Feigling, dachte Amicia und fühlte sich unangemessen enttäuscht.

Noch immer hielt Magdalenes Krankheit sie in dem Gasthof vor Petersfield fest. Die Hebamme kam jeden Morgen, um nach dem Mädchen zu sehen, und wenn sie wieder ging, ritt auch Matthew auf Althaimenes davon. Er nahm den namenlosen Hund mit, scherte sich nicht um den Regen, sagte niemandem, was er vorhatte, und kehrte erst nach Einbruch der Dunkelheit zurück. Wenn er einem von ihnen begegnete, verhielt er sich wortkarg, aber ausgesucht höflich, ohne jede Spur von Überheblichkeit.

Hugh verbrachte seine Tage in der Schankstube, und Timothy wäre gern unentwegt bei Magdalene geblieben, aber die bat ihn, sobald sie die Kraft fand zu sprechen, sie mit Amicia allein zu lassen. »Er ist ein Guter«, sagte sie, nachdem er sich getrollt hatte. »Aber er strengt mich ein bisschen an, verstehst du?« Ihre Stimme klang fahl, und ihr Gesicht wirkte gläsern, als wäre alles Blut aus ihr herausgelaufen.

Amicia bemühte sich um ein Lächeln. »Das verstehe ich allerdings. Ich an deiner Stelle hätte ihn längst hinausgeworfen.«

In den Augen des Mädchens blitzte ein Lachen, das gleich darauf wieder verlosch. »Amsel«, presste es heraus.

»Sprich nicht. Es kostet dich zu viel Kraft.«

»Ich muss ja sprechen. Du hast meinem Herrn Matthew wehgetan, nicht wahr?«

»Tu mir eine Liebe und hör auf mit deinem Herrn Matthew!«

»Das kann ich nicht«, sagte Magdalene. »Zu mir war nie ein Mensch so gut wie er.«

»Beim heiligen Erasmus, er war nicht gut zu dir, du dumme Trine!«, rief Amicia. »Wenn nicht er es war, der dich in diese Lage gebracht hat, dann nur, weil er mehr Glück hatte als der arme Timothy, der dich zumindest heiraten will.«

»Er will was?« Ein kleines heiseres Kichern entfuhr ihr. »Aber ich bin doch eine Hübschlerin, Amsel!«

»Ach was, du bist ein albernes Kind, das nicht begreift, dass nicht die ganze Welt voller liebenswerter, freundlicher Menschen ist.« Ein Klumpen saß ihr in der Kehle. Amicia tauchte einen Streifen Leinen in Wasser und rieb Magdalene die Stirne, weil sie sonst nichts für sie tun konnte. »Jetzt werde wieder gesund, ja? Alles andere wird sich schon finden.«

Magdalene versuchte zu nicken. »Aber du – bitte lass meinen armen Herrn Matthew nicht so furchtbar allein.«

Amicia stöhnte und überlegte, was sie ihr sagen könnte, da verdrehte Magdalene die Augen und war mit einem Schlag nicht mehr bei sich. Verzweifelt rief Amicia ihren Namen, rüttelte sie an den Schultern und spritzte ihr Wasser auf die Wangen, doch der Körper in ihren Händen blieb leblos wie der einer Puppe. Sie musste ihr Ohr dicht vor den Mund des Mädchens bringen, um die flache, stockende Bewegung wahrzunehmen, die von seinem Atem übrig war. Kopflos rannte Amicia zur Tür, riss sie auf und rief hinaus auf den Gang. »Timothy, Hugh! So helft mir doch! Magdalene stirbt!«

Sie schrie, bis sie heiser war, doch in dem großen Haus schien kein Mensch sie zu hören. In ihrer Not rannte sie die Stiege hinunter in den Schankraum, wo sie Hugh entdeckte. Sein Kopf lag in einer Alepfütze vor einem umgestürzten Krug. Den Versuch, ihn wachzurütteln, gab sie gleich wieder auf. Sie hatte keine Zeit zu vergeuden, sondern musste einen Menschen finden, der bei Sinnen war.

Durch strömenden Regen lief sie über den Hof. Der Wirt war nirgends zu sehen – zu allem Unglück war Markttag, und die Box des Karrenpferdes war ebenso leer wie die von Althaimenes. Was blieb ihr zu tun? Warum nur hatte sie ihr bisheriges Leben fern von der Welt verbracht und wusste jetzt nicht, wie man sich in solcher Not verhielt? Auf keinen Fall konnte sie hierbleiben und tatenlos abwarten, bis Magdalene starb! Sie lief aus dem Tor hinaus und den vom Regen verschlammten Weg hinunter. Allzu weit war es nicht bis zu den ersten Häusern der Stadt. Wenn sie dort jemanden antraf, konnte sie ihn bitten, ihr das Haus der Hebamme zu zeigen.

Um die Strecke abzukürzen, lief Amicia nicht weiter auf

dem Pfad, sondern rannte über die weite Senke, die gewiss als Gemeindewiese genutzt wurde und das Gasthaus vom Stadtrand trennte.

Sie hätte sich fragen sollen, warum niemand sein Vieh auf die Gemeindewiese trieb. Anfangs nahm sie noch an, die Erde, die bei jedem Schritt patschend und schmatzend an ihren Füßen zog, sei schlicht vom Regen durchweicht. Als sie ihren Irrtum bemerkte, war sie längst zu weit vom Gasthaus entfernt, um zu schreien. Beim nächsten Schritt trat ihr Fuß nicht mehr auf halbwegs festen Boden, sondern in ein Wasserloch. Mit einem Mal schienen sich Hände um ihre Fessel zu schlingen und ihr Bein in die Tiefe zu zerren. Sie verlor den Halt und stürzte in den Schlamm. Ein Brachvogel flatterte erschrocken auf. Was sie für eine Wiese gehalten hatte, war ein Streifen Sumpfland. Kein rettender Ausweg, sondern eine tückische Falle.

Dass Sümpfe Menschen, ja sogar ausgewachsene Rinder auf Nimmerwiedersehen verschluckten, wusste Amicia aus Quarr. Die leuchtenden Blumen auf den Grasinseln verbargen die tödliche Gefahr. Sie musste um jeden Preis die Ruhe bewahren. Zwar spürte sie die enorme Kraft, mit der der Sumpf an ihren Beinen saugte, doch allzu stark vernässt konnte das Land nicht sein; sonst wäre sie nicht unversehrt bis hierher gekommen. Wenn es ihr gelang, sich aus dem Loch zu kämpfen, könnte sie sich von einem trockenen Fleck zum nächsten hangeln, bis sie auf der anderen Seite in Sicherheit war. Der Regen, der ihr ins Gesicht trieb, und der Schlamm, der ihr das noch immer ungewohnte Kleid durchnässte, machten es nicht leichter, doch sie musste es versuchen.

Die Angst verlieh ihr ungeahnte Kräfte. Alle Muskeln, alle Sehnen spannten sich so, dass sie glaubte, die Adern an ihren Schläfen müssten bersten. Ihre Hände krallten sich um Grasbüschel, und ihre Arme zogen, zerrten, hievten, bis ihre verfangenen Füße sich mit einem schwappenden Laut aus der Umklammerung des Sumpflochs rissen. Das Gebet, das sie dabei sprach, hatte keine Worte. Auf allen vieren kroch sie auf den rettenden Streifen Gras, blieb dort kauern und weinte vor Erschöpfung.

»Nicht weiter! Beweg dich nicht! Ich komme dir zu Hilfe.«

Durch die Fäden des Regens starrte sie ungläubig auf den Mann, der ihr vom anderen Ende der Wiese her mit beiden Armen winkte. Amicia hätte weinen, lachen, schreien wollen, alles zugleich und alles durcheinander. Ihr Gebet war erhört worden. Gott sandte ihr einen Menschen zu Hilfe, und wenn sie erst in Sicherheit war, würde er auch Magdalene helfen. Den größten Teil seiner Worte verschluckte der Regen, doch sie hörte, wie er »Keine Angst!« rief und »Ich bin gleich bei dir«.

Langsam, in Sprüngen von Insel zu Insel setzend, kam er auf sie zu. Es dauerte lange, bis sie Einzelheiten ausmachen konnte. Er trug einen ledernen Brustschutz über einem Gambeson, doch keine Kettenrüstung, die ihm den Weg durch den Sumpf erschwert hätte. Sein Kopf war unbedeckt, an dem durchnässten Haar riss der Wind. »Nur keine Sorge, wir haben es so gut wie geschafft.«

So nah war er ihr, dass sie glaubte, seinen Atem und die wohlige Wärme eines anderen Körpers zu spüren. Ihr vom Himmel gesandter Retter war groß und kraftvoll gebaut, er war dem Sumpf gewachsen. Noch einen Sprung vollführte er, dann streckte er die Hand aus und lächelte ihr durch den Regen entgegen. »Na komm. Das süße Schäfchen werden wir schon ins Trockene bringen.«

Amicia schrie auf.

Es war wie vor dem Brunnen im Innenhof der Abtei von Quarr. Es war wie über dem Bild vom Mord an Thomas à Becket. Es war wie so vieles, das den rasenden Schwindel in ihr auslöste, und es war viel schlimmer. Vor ihr stand ein lächelnder, dem Ritterstand entstammender Mann, der ihr das Leben retten wollte, und sie sah nichts als den Tod. Sie war nicht fähig, ihm die Hand zu reichen. Ihr hämmerndes Herz und ihr Hirn gaben ihr nur einen einzigen Befehl: Sie musste fliehen.

Es zu tun war Wahnsinn. Aber Amicia tat es. Gegen den Schwindel, der sie niederwerfen wollte, gegen die Schwärze, die vor ihren Augen aufzog, rappelte sie sich auf die Füße, drehte sich um und suchte nach der nächsten Scholle, auf die sie vor seinen ausgestreckten Händen flüchten konnte. Sie sprang in dem Augenblick ab, in dem auch der Mann sprang, um zu ihr zu gelangen.

»Bist du verrückt? Ich will dir helfen!« Sein Gesicht war keine Handbreit vor ihrem, nicht mehr jung, aber bedeckt von Sommersprossen.

Ehe er sie packen konnte, gelang ihr der Sprung. Sie setzte schwankend auf und brach um ein Haar in die Knie, doch ihre Todesangst zwang sie von Neuem in die Höhe. *Weiter, weiter.* Das Rauschen des Regens und die Rufe des Mannes verschwammen in ihren Ohren. Ihr geschundener Körper gab sein Letztes, und dennoch war sie verloren. Der Mann war schneller und stärker als sie, er würde sie fangen und zu Boden werfen. Mit seiner Waffe würde er ihr den Kopf zerschmettern, dass ihr Blut in einem dünnen Strom in den Schlamm rann. An ihrem Nacken hörte sie sein Keuchen, das in ihren Ohren wie Hohn klang.

Als er sie packte, drehte sie sich um und sah noch einmal in das Gesicht des Grauens. Sommersprossen. Ein kurzer Bart, der die Lippen bedeckte. Er schrie, und sie schrie. Im nächsten Atemzug hörte sie einen, der lauter schrie als sie beide zusammen. Sie riss den Kopf hoch und sah einen Mann, der von der anderen Seite auf sie zujagte. Sie erkannte ihn auf der Stelle. Es war Matthew de Camoys.

Er war unglaublich schnell. Über Gräben und Priele setzte er in mächtigen Sprüngen von Scholle zu Scholle. Schwarzes Sumpfwasser spritzte auf, und der Vorhang des Regens sah aus, als teile er sich.

Der Sommersprossige schlug Amicia die Faust an die Schläfe. »Los, weiter!« Er stieß sie brutal in den Rücken, sie tappte in die Nässe und stürzte. »Zur Hölle«, fluchte er und riss sie wieder hoch, dass sie fürchtete, er werde ihr das Gelenk auskugeln. Als sie vor Schmerz aufschrie, schlug er sie in blinder Wut erneut.

Matthew brüllte ihren Namen. Mit Faustschlägen, die ihr fast die Sinne raubten, trieb ihr Peiniger sie auf die nächste Scholle. Noch einmal holte er aus, dann schwappte eine Woge Schlamm hoch, und im Aufsetzen schleuderte Matthew ihn zu Boden. »Lauf!«, brüllte er Amicia zu, sein Gesicht in höchster Anstrengung verzerrt. »Lauf, lauf, lauf!«

Amicia warf sich zur Seite, erkannte, dass sie frei war, und floh. Stolperte, stürzte, robbte blindlings vorwärts, kroch und zog sich, kämpfte sich wieder auf die Füße, stürzte von Neuem, rollte und schleppte sich und erreichte schließlich das rettende Ufer. Aus ihren Haaren troff Schlamm in ihr Gesicht. Arme und Knie gaben nach, sie brach zusammen, keuchte und rang nach Luft.

Ihre Lungen brannten, und in ihrem Mund klebte der Geschmack von Erde. In ihrem Kopf wurden Tropfen von Schmerz zu Strömen und rannen ineinander. Erst als ihr Atem wieder stetig genug ging, um Blut und Herz zu versorgen, fügten die Bilder sich zusammen, und ihr wurde klar, was geschehen war.

Mit einem Ruck sprang sie auf und drehte sich um. Weit hinten erkannte sie das Pferd. Althaimenes. Auch der namenlose Hund war dort und sprang wie besessen hin und her. Einem Donnergrollen gleich drang sein Gebell zu ihr herüber. Warum um alles in der Welt war das Tier seinem Herrn nicht gefolgt?

Von den zwei Männern war nichts zu erkennen als ein Knäuel in sich verkeilter Leiber, halb verschluckt vom Sumpf. Mindestens einer von ihnen würde sterben. Amicia presste eine Hand auf ihr Herz. Alles in ihr wollte zurück in den Sumpf und dem Mann zu Hilfe eilen, der ihr zu Hilfe geeilt war. Wollte verhindern, dass Matthew derjenige war, der starb. Der erbärmlich schlecht erzogene, überhebliche Matthew, der Mädchen missbrauchte und Hungernde um ihr Geld brachte. Matthew, der Schweiger, der Menschen hasste und reißende Hunde liebte, dessen Augen ihr oft Angst machten und dessen Stimme wie eine Klinge schnitt. Matthew mit seinem lächerlichen Stolz, seinen schauderhaften Manieren, seiner Menschenverachtung. Matthew mit seiner Laute, seinem Lied, das zum Himmel sprach, und seinem Lächeln, das sich fürchtete. Matthew, der dafür sterben würde, dass er sie gerettet hatte.

Sie wollte zu ihm. Wollte den anderen von ihm hinunterziehen oder wenigstens ablenken, doch sie scheiterte schon am ersten Schritt. Ihr Körper war ausgelaugt, hatte nichts mehr zu geben. Sobald sie versuchte, sich aufzurappeln, brach sie wieder zusammen. Sie konnte nichts tun, als liegenzubleiben und zuzusehen, wie der andere Matthew den Kopf in den Sumpf drückte und ihn erstickte. Er war gerade erst von schwersten Verletzungen genesen und würde dem Sommersprossigen nicht standhalten können. Laut weinte Amicia auf. Gleich darauf sah sie, wie das Knäuel aus Leibern sich teilte, wie einer der Männer hintüberfiel und der andere mit schleppenden Schritten auf sie zuwatete. Trotz Schlamm und Regen und Tränenschleier erkannte sie sofort, dass es Matthew war.

Sie breitete die Arme aus, und als er zu ihr kam, ließ sie sich gegen ihn fallen. So fest sie konnte, presste sie ihren Körper an seinen, als erlaube ihr die Erschöpfung nicht, sich auf eigenen Beinen aufrecht zu halten. Vom Weinen bekam sie kaum noch Luft.

Irgendwann nahm er ihr Gesicht in die Hände und schob es sachte eine Handbreit von sich weg. »Amicia«, sagte er und schmiegte die Hände wie um eine Kostbarkeit um ihre schlammverschmierten Wangen. »Amsel.«

Sie sah die Narbe auf seiner Braue, die er von dem Überfall im Wald zurückbehalten hatte, und das Blut einer frischen Verletzung auf dem Wangenknochen. Wie von selbst hob sich ihre Hand und wischte es weg. Als neues Blut aus dem Schnitt quoll, tat sie es noch einmal. Und als keines mehr kam, streichelte sie ihn weiter.

Flüchtig schloss er die Augen. Seine Lider wölbten sich wie Muscheln, und seine Wimpern waren viel dunkler als sein Haar. Sie knieten in Regen und Schlamm, durchnässt und verwundet, doch sein Gesicht sah einen Augenblick lang aus, als durchlebe es höchsten Genuss. Dann öffnete er die Lider, und in den furchterregenden Augen stand ein Lächeln. »Ich muss dich ins Gasthaus bringen«, flüsterte er. »Und dann muss ich die Tiere holen. Althaimenes fände den Weg auch allein, aber ich habe Nameless angekettet, damit er mir nicht folgt.«

»Seid Ihr verrückt? Er hätte Euch das Leben retten können!«

Das Lächeln erlosch. Seine Lippen wurden schmal. Er sagte nichts.

»Ich wollte Euch nicht wehtun«, entfuhr es Amicia.

Mit leisem Stöhnen schüttelte er den Kopf. »Nein, du hast recht. Es war idiotisch, Angst um den Hund zu haben. Ich würde ihn gern bald holen.«

Bei der Vorstellung, er werde sie loslassen, zog sich ihr Inneres zusammen. Erst jetzt bemerkte sie, wie sehr sie fror und wie sehr sie sich wünschte, in seinen Armen zu bleiben. Die Kraft, mit ihm zu gehen, brachte sie jedoch nicht auf. »Beeilt Euch«, sagte sie. »Ich warte hier.«

»Das kommt nicht infrage. Ich lasse dich nicht hier draußen allein.«

»Aber der Mann ist doch tot.«

Er wandte den Kopf zu dem Sumpfland, das im Zwielicht der Dämmerung lag. »Er mag tot sein oder auch nicht«, murmelte er ohne Ausdruck. »Außerdem war er vermutlich nicht allein. Ich bringe dich ins Gasthaus und sage Hugh und Timothy, sie sollen dich nicht aus den Augen lassen.«

Bevor Amicia noch einmal protestieren konnte, fiel ihr ein, weshalb all dies überhaupt geschehen war. »Magdalene!«, rief sie. »Magdalene ist ohnmächtig geworden, und ich wollte Hilfe holen, aber Hugh ist betrunken, und sonst ist niemand da. Oh mein Gott, Ihr müsst Magdalene helfen, oder sie stirbt!«

Er stand sofort auf. »Kannst du gehen?«, fragte er.

»Ich glaub nicht«, erwiderte Amicia ehrlich.

Wortlos bückte er sich und hob sie auf seine Arme. Amicia verbarg ihr Gesicht an seinem Hals, und er trug sie zurück zum Haus, zu Wärme und Sicherheit.

Die folgenden Stunden erlebte Amicia nur halb bewusst. Von irgendwoher hatte Matthew die Wirtin aufgetrieben, die ihr einen Bottich mit warmem Wasser füllte und ein trockenes Hemd brachte. Als sie sich nach oben in die Kammer mit dem großen Bett schleppte, lag Magdalene ruhig atmend im Schlaf, und Timothy saß bei ihr. Seinen Erklärungen konnte sie kaum folgen, doch es erschien ihr auch nichts davon wichtig. Nur das eine: Magdalene hatte sich von selbst erholt, ihre Lebenskraft hatte die tödliche Bedrohung besiegt.

»Wo ist Herr Matthew?«, fragte Amicia und kam sich vor wie das Mädchen.

Timothy zuckte mit den Schultern. »Sein Pferd holen, den biestigen Hund holen, zu aller Sicherheit noch die Hebamme holen. Er hat dir Käse, Brot und warmen Wein hinstellen lassen, Amselchen. Aber ich fürchte, der Wein ist inzwischen kalt.«

Es machte ihr nichts aus. Sie kroch unter sämtliche Decken, trank einen halben Becher des schweren, unverdünnten Rotweins und wäre beinahe mit dem Gefäß in den Händen eingeschlafen. Im Schlaf wirbelten die Bilder von Blut und Gewalt in einem wirren Reigen durcheinander. Gesichter mit Sommersprossen tanzten um funkenspeiende Drachen, erhobene Schwertklingen um bedrohlich ausgestreckte Hände, ein Rinnsal Blut lief über Pflastersteine, und eine ausdruckslose Stimme zählte. *Sieben. Acht. Neun. Zehn.*

Ein Licht, das ihr ins Gesicht schien, erlöste sie aus der Hölle. Noch ehe sie die Augen aufschlug, presste sie beide

Hände auf ihr jagendes Herz. Vor ihr stand Matthew und hielt eine Stalllaterne in der Linken. »Verzeih«, flüsterte er. »Ich wollte nur nach dir sehen, nicht dich wecken.« Er wandte sich zum Gehen.

Mit einem Schlag war Amicia hellwach. »Bleibt«, sagte sie. Es gab nichts, das sie sonst hätte sagen können.

Ihr Herz schlug noch schneller, als er sich umdrehte und sie den Unglauben auf seinem Gesicht sah, doch diesmal machte das rasende Herz ihr keine Angst. Sie hätte lachen wollen, laut und frei herauslachen, doch sie befürchtete, die anderen zu wecken. Er trug seinen schönen Tabard, der offenbar gewaschen worden war, über einem schwarzen Wams mit einem Muster aus Goldfäden. Sein Haar war ordentlich zurückgekämmt, und zum ersten Mal sah sie ihn so, wie Magdalene ihn sah: Er war schön, es war eine Freude, ihn anzusehen. Und er war hilflos, wusste nicht, was er zu ihr sagen, geschweige denn, was er tun sollte. Sie setzte sich auf und streckte die Hand aus, weil der Wunsch übermächtig war, ihn zu berühren.

Scheu trat er einen halben Schritt auf sie zu. Dann blieb er noch einmal stehen und sah ihr fragend, geradezu furchtsam ins Gesicht. Kaum merklich nickte sie.

Keinen Herzschlag später war er in ihren Armen.

Sie hielten einander, wie sie sich draußen im Regen gehalten hatten, und es tat genauso gut. Es war, wie vor dem Ertrinken gerettet zu werden, vor dem Alleinsein, vor den Albträumen. Jetzt aber nahm sie noch etwas anderes wahr: Sie roch den Duft seiner Haut, der ihr so gefiel, dass sie ihn mit dem Mund probieren wollte, mit Lippen und Zunge, dort, wo der Stoff sich von Hals und Schulter streifen ließ. Sie spürte den Schlag seines Herzens, seinen heftigen Atem, sein Haar, das ihre Wange kitzelte, die Muskeln seines Rückens, die sich unter ihren Fingern spannten, die Wärme des Blutes, den Flaum auf seinen Unterarmen, das leise Stöhnen, das erlöst und gequält zugleich klang, und das Zittern, das über seine Schultern lief.

»Friert Ihr?«, fragte sie an seinem Ohr.

»Nein«, sagte er. »Amicia?«

»Was ist?«

»Kannst du bitte nicht zu mir sprechen, als sei ich dein Herr?«

Die Traurigkeit in seiner Stimme riss in ihr Staudämme ein und löste Wogen von Zärtlichkeit aus. Einen Mann von Stand mit *du* anzusprechen erschien vermessen, doch zugleich schien es das einzig Richtige zu sein. Wir haben etwas gemeinsam, dachte sie. Er und ich, wir sind so einsam, dass es uns die Luft abschnürt, und wir halten es beide nicht mehr aus.

»Ja, das kann ich«, flüsterte sie und liebkoste mit den Lippen seine Ohrmuschel. »Das ist leicht.«

Wieder stöhnte er, zog sie noch dichter zu sich, und dann tat er etwas, was nie zuvor ein Mensch mit ihr getan hatte: Er küsste sie. Erst in den Nacken, dann den Hals hinauf und auf die Wange, endlich auf den Mund und zuletzt in den Mund hinein.

Es war das Schönste, das sie je erlebt hatte, es löschte Angst und Einsamkeit aus, und es durfte nie wieder aufhören. Zudem war es verblüffend einfach. Sie wusste sofort, wie sie ihn wiederküssen musste, und sie hatte nie etwas so sehr gewollt, wie ihn zu küssen, ihn zu halten, ihm so nahe zu sein, als wären sie nicht zwei, sondern eins. Der Stoff sollte fort, all der hindernde Stoff auf seiner Haut. Sie zerrte daran und küsste ihn zugleich, kostete Lippen, Zunge, Zähne und Gaumen, bis er sich sacht, aber bestimmt befreite.

»Nicht, Amicia. Das nicht.«

Wie hatte sie jemals denken können, er sei nicht schön? In den schwarzen Augen, die ihr so viel Angst gemacht hatten, blitzten Erstaunen, Übermut und Zärtlichkeit. Sein Gesicht erschien ihr wie aus Holz geschnitzt und geschliffen, und das Haar war im Licht der Stalllaterne goldbraun, nicht ganz glatt und zu kräftig, um fügsam zu sein. Sie wollte ihn immerfort ansehen, dann wiederum wollte sie ihn haben und so nah halten, dass keiner von ihnen mehr den anderen ansehen konnte, und sie wollte ihn küssen. Das mehr als alles andere.

Er lachte und hielt sie von sich weg. Sie rang mit ihm, versuchte, sich zu befreien, doch für ihn war es ein Leichtes, ihr beizukommen. »Das geht nicht, du zauberhaftes Mädchen. Das dürfen wir nicht.«

»Was geht nicht?«, rief sie wild und zappelte. »Was sollen wir nicht dürfen?«

Er ließ ihren rechten Arm los und legte ihr einen Finger auf den Mund. »Weck die anderen nicht auf. Und lass mich jetzt gehen.«

Wie konnte er auch nur daran denken? »Wohin willst du?«

»In den Stall. Ich schlafe dort.«

»Dann komme ich mit.«

Er strich ihr zärtlich das Haar aus der Stirn und schüttelte den Kopf. »Bitte lass mich nicht das Scheusal sein, das ich bin.«

Vor Verwunderung musste sie lachen. Wie er jetzt vor ihr saß, war er von einem Scheusal so weit entfernt, dass seine Bitte absurd klang. »Was tut denn das Scheusal?«, rief sie tollkühn und küsste ihn aufs Ohr.

Mit einer Kopfbewegung wies er auf die schlafende Magdalene. »Das weißt du selbst.« Aus seiner Stimme war alle Heiterkeit verschwunden. »Es schändet Frauen, schwängert sie und lässt sie liegen. Im schlimmsten Fall bringt es sie um und schert sich nicht darum.«

Schwerfällig, wie unter der Last seiner Rüstung, stand er auf, nahm die Laterne und ging die wenigen Schritte zur Tür. Sie sah seinem Rücken und seinen gebeugten Schultern nach. Was auch immer er getan hatte – in diesem Augenblick flog ihr Herz ihm zu. Wenn es auf der Welt einen Menschen gab, der einsamer war als sie, dann war es der Mann, der sich eben aus ihren Armen befreit hatte und jetzt das Zimmer verließ.

»Es macht mir nichts aus«, rief sie, sprang aus dem Bett und ihm hinterher. Von hinten schloss sie die Arme um ihn und lehnte ihr Gesicht an seinen Rücken. »Ich stehe außerhalb der Ordnung, Matthew. Für mich gilt keine Regel.«

Er zog sie mit sich auf den Gang und schloss die Tür hinter ihnen. Sachte, geradezu behütend schloss er die Arme um sie. »Kannst du das noch einmal tun?«, bat er leise.

»Was?«

»Meinen Namen sagen.« Er senkte den Blick.

Sie reckte sich und strich ihm das Haar zurück. »Matthew, Matthew, Matthew. Ich sage es die ganze Nacht lang, wenn du willst.«

Ohne sie anzusehen, nahm er ihre Hand und küsste ihre Fingerspitzen. Dabei bemerkte sie die tiefen blutigen Striemen auf seinem Handgelenk – als hätte er es sich in blinder Wut aufgekratzt. »Du wirst in eine Ordnung gehören«, sagte er. »In die Ordnung von Frauen, die wie die Zisterzienser nach der Regel des heiligen Benedikt leben. Nahe bei Gott. Du hast es verdient, und du darfst mir nicht erlauben, es dir zu zerstören. Ich bitte dich, mach mich nicht schlechter, als ich bin.«

Stöhnend hob er den Kopf. Das Flackern in seinen Augen entsprang keinem Zorn, sondern etwas, das Amicia nie zuvor gesehen hatte und dennoch sofort erkannte: Verlangen. Der Mann in ihren Armen wollte sie mit aller Kraft seines Körpers und hatte den Kampf, den er dagegen führte, so gut wie verloren.

Der Sturm, der ihn schüttelte, war ein Echo des Sturmes in ihr. Sie reckte sich noch einmal und küsste die Grube an seinem Hals. »Heute Nacht ist mir einerlei, ob du schlecht bist. Du hast mein Leben gerettet. Bitte halt es fest, bis es sich wieder beruhigt.«

Noch einmal lief über seinen Rücken ein Beben, als schüttle sein Körper etwas ab. »Komm mit«, sagte er, legte den Arm um sie und führte sie die Stiege hinab.

14

Es war ein Frühling mit zu viel Regen. Noch immer ging es den Bewohnern der Insel besser als denen auf dem Festland, aber Gemunkel von einer Strafe Gottes machte auch hier die Runde. Die Menschen seien gottlos geworden, hieß es, sie gierten nach Wohlstand und vergäßen den, dem sie ihn verdankten. Selbst der König sei gottlos in seinem Streben nach irdischer Macht. In die Enge getrieben leiste er jedes Versprechen, doch sobald er seinen Willen habe, sei sein Wort so wertlos wie fallendes Laub. Er gewinne seine Schlachten durch Hinterhalte und belohne weder die Männer, die ihm die Siege errangen, noch den Allmächtigen, der in seiner Gnade ihre Schwerter führte. Für einen solchen König werde ein Volk gestraft, und bald werde es in ganz England keinen Wein und nur noch saure Früchte geben.

Randulph glaubte nicht daran, dass Gott Unwetter und Missernten sandte, um unbotmäßige Könige zu strafen. Glaubhafter schien ihm zu sein, dass er eine Geißel von König sandte, um ein gottloses Volk zu strafen. Aber dass das Volk dieser Zeit gottloser war als das früherer Zeiten, vermochte er ebenfalls nicht zu glauben. Aus seiner Sicht waren Menschen immer gottlos, es lag in ihrer Natur. Erging es ihnen gut, dann vergaßen sie Gott, weil in ihrem prallen Leben kein Platz für ihn war. Erging es ihnen schlecht, dann wüteten sie gegen seine Ungerechtigkeit.

So oder so musste die Abtei sich auf die Folgen der Unwetter und eine größere Zahl von Bittstellern einrichten. Bauern, die ihren Kindern ihr Saatgut zu essen gegeben hatten, und Tagelöhner, die nach den Stürmen ohne Obdach waren – all diese Leute kamen zum hinteren Eingang des Küchentraktes, wo Bruder Justin, der Kellerer, ihnen ihr Almosen aushändigte.

Durch Futterluken im Gang hinter den Vorratskammern reichten sie Speisen an Bedürftige, die an Aussatz oder Schlimmerem litten, sodass kein Bruder gezwungen war, sie zu berühren. Zumeist bildeten all diese Bettler eine stille Schar, eine Welle, die gegen Morgen über das Land der Abtei schwappte und sich vor dem Abend zurückzog, ohne dass Randulph viel davon mitbekam.

Er nahm sich oft vor, sich zumindest gelegentlich selbst um Notleidende zu kümmern, weil es ihn für kurze Zeit von seinen Gedanken, die sich im Kreis bewegten, erlöste: An diesen Menschen, die einfach Hunger hatten und diesen stillen wollten, ließ sich Gutes vollbringen, ohne zu grübeln oder zu zweifeln. Randulph war schließlich hierhergekommen, um Buße zu leisten, und vor den Bittstellern, denen ein Brot aus der ärgsten Not half, kam ihm dieser Akt zumindest nicht sinnlos vor. Zu seinem Bedauern hatte er jedoch so gut wie nie Zeit dazu, und Bruder Justin behelligte ihn nicht damit. Umso auffälliger war es, dass der Kellerer an diesem Nachmittag an die Tür der Zelle klopfte, die Randulph dem bequemen Abtshaus vorzog.

»Draußen steht ein Einbeiniger, der darauf beharrt, Euch zu sprechen, Vater. Er sagt, Ihr würdet es übelnehmen, wenn man ihn nicht zu Euch brächte.«

Randulph war mit einem Brief ans Definitorium beschäftigt, mit seinen Gedanken jedoch wie so häufig weit entfernt gewesen. Der mysteriöse Einbeinige kam ihm daher recht, zudem trieb ihn die Neugier. Kein Bettler hatte Grund, einen Abt zu konsultieren, wenn es nur um ein Almosen ging. »Du hast richtig gehandelt«, versicherte er dem Bruder. »Besser, ich sehe mir an, was ihn umtreibt.«

Es war ein abscheulicher, windiger Tag unter schwarzem Himmel. Der Einbeinige hielt sich bemerkenswert sicher auf seinen zwei Krücken. In eine Kutte gehüllt, die rau wie ein Bärenfell wirkte, wartete er im zu schmalen Eingang. Sein Gesicht lag im Schatten der Kapuze verborgen. Die Verkleidung war gelungen, und Randulph hatte den Mann seit etlichen Jahren nicht gesehen. Dennoch erkannte er ihn sofort, ja er war sich auf einmal sicher, dass er schon auf dem Weg nach draußen gewusst hatte, wer ihn erwartete.

»Ist es gestattet, hereinzukommen?« Die Stimme war noch dieselbe. Schwer wie im Süden gereifter Wein und so verschliffen, als räkle sich der Sprecher im Bett einer schönen Frau.

Randulph drehte sich zu Justin um. »Sei so gut, geh ins Kalefaktorium, und bring den zur Ader gelassenen Brüdern Ochsenbrühe. Auf die Belange hier sehe ich.« Zur Ader gelassen wurden alle Brüder von Zeit zu Zeit. Es hielt sie gesund, und damit sie sich schneller erholten, durften sie sich hinterher im Kalefaktorium, das bis Ostern geheizt wurde, aufwärmen und ein Quantum vom sonst gemiedenen Fleisch vierfüßiger Tiere essen. Zweifellos wusste Justin selbst, dass sein Abt ihn nicht deswegen fortschickte, sondern weil er ungestört sein wollte.

Erst als der Kellerer gegangen war, winkte Randulph den Einbeinigen hinein. Der Wind warf die Tür zu, und Randulph legte den Bolzen vor. Wer jetzt noch um Almosen kam, würde leer ausgehen. »Komm mit.«

Eilig ging er dem Gast voraus in den Gang mit den Futterluken. Hinter sich vernahm er das Pochen, mit dem die Krücken auf den Stein trafen. Der Gang war niedrig und feucht, aber niemand würde den Besucher hier zu Gesicht bekommen.

»Wie scheußlich!« Wahrhaftig wie ein Bär schüttelte sich der Gast die Tropfen aus dem Fell. »Dieser finstere Winkel eignet sich bestens, um jemanden zu meucheln, oder?«

Randulph blickte seinem Gegenüber in das dunkle Gesicht. Nicht wenige sahen in diesem Mann den gefährlichsten Bewohner Englands, und es gab kaum eine Gräueltat, die man ihm nicht zutraute. Randulph hätte ihm selbst den Mord am Heiligen Vater zugetraut, und doch hatte er keine Angst. Wie Burgen hatten auch die gefährlichsten Männer ihre Schwachstellen, und die Schwachstelle seines Besuchers kannte keiner so gut wie er. »Was willst du?«, fragte er ihn scharf.

»Hast du nicht wenigstens eine Sitzgelegenheit, die du einem armen Krüppel anbieten kannst?«

»Den armen Krüppel kannst du dir sparen. Ich habe dich gefragt, was du willst, Adam, und ich habe nicht vor, noch lange auf die Antwort zu warten.«

Der andere ließ die Krücken fallen und zerrte sich die Kapuze vom Kopf. Wie sie alle war er um ein Jahrzehnt gealtert, aber angesichts seiner verkommenen Schönheit wirkten die Spuren des Alters geradezu bestürzend. Wie eine Frucht, die zu faulen beginnt, dachte Randulph. Noch einen Atemzug lang ist sie so süß wie niemals zuvor, und im nächsten liegt sie verdorben auf dem Dunghaufen. Adams Tonsur, geschoren zum Gedenken an die Dornenkrone Christi, war wie eh und je von dunklem Flaum überwuchert. Der Mann war wie Unkraut. Alles an ihm wuchs.

»Du weißt, was ich will«, sprudelte es aus dem Besucher heraus, und in der Tat, Randulph wusste es.

Wieder schwiegen sie. Wie um mit seinem Pochen die Zeit zu messen, tropfte Wasser von den Wänden.

»Randulph«, sagte Adam endlich, und jetzt klang die schöne Säuferstimme so kleinlaut und gedrückt wie damals.

»Ich höre«, sagte Randulph.

»Wo ist sie?«

Randulph lehnte sich an die Mauer. Nässe durchdrang den Stoff seiner Kutte und rann ihm wie ein lebendes Tier den Rücken hinab. »Wo soll sie sein?«

Mit einem Satz war der andere bei ihm, wobei sich das abgebundene Bein befreite. Hände von mörderischer Kraft umschlossen Randulphs Schultersehnen. »Sag es mir, Randulph. Du kannst es mir nicht vorenthalten!«

»Lass mich los«, gebot ihm der Abt. »Ich habe nicht die Absicht, dir etwas vorzuenthalten, aber ich spreche grundsätzlich nicht mit Menschen, die Gewalt für ein Mittel der Überzeugung halten. Schlechte Erfahrungen. Du verstehst?«

Adam schnaufte und gab Randulphs Schultern frei. »Seit wann würde ich dir Gewalt antun? Warum denken eigentlich alle, selbst meine Freunde, das Schlechteste von mir?«

»Ich bin nicht dein Freund, Adam. Wenn du so etwas wie einen Freund überhaupt besitzt, dann dürfte er auf der Motte von Carisbrooke wohnen. Und da man Isabel de Fortibus den schärfsten Verstand nachsagt, der je in einem weiblichen Kopf gehaust hat, bin ich sicher, sie denkt noch schlechter von dir als ich.«

»Zum Teufel, sag mir endlich, was du mit dem Mädchen getan hast, ich habe das vermaledeite Geschwafel satt!«

»Du befindest dich in einem Gott geweihten Gebäude«, ermahnte ihn Randulph. »Dich daran zu erinnern, dass du dich selbst Gott geweiht hast, ist zweifellos zwecklos, aber in meiner Abtei enthältst du dich bitte des Fluchens.«

Höhnisch lachte der andere auf. »Ich bin nur der Bastard des Stallmeisters, Randulph! Kein in Seidenwindeln gehätscheltes Herrensöhnchen. Wenn du deinem Gott meine Flüche ersparen willst, dann sag mir, wo das Mädchen ist.«

»Warum schert es dich? Hat es dich in den letzten elf Jahren geschert?«

»Ich habe immer Männer hier gehabt, die mich wissen ließen, dass es der Kleinen wohlerging!«, empörte sich der andere. »Ich habe dir Briefe geschrieben und versprochen, dass ich sie hole. Was sonst, wenn nicht sie, soll mich auf der Welt noch scheren?«

»Geld, Adam«, erwiderte Randulph böse. »Geld und du selbst.«

»Ich selbst?« Adam spuckte verächtlich auf den Boden. »Was ist denn ein Mann selbst, von dem nichts übrig bleibt? Hast du's hinter deinen Austernschalen nicht vernommen? Unser heißgeliebter König, der noch immer die Waliser das Fürchten lehrt, hat soeben die Geburt eines weiteren Sohnes feiern dürfen. Als sei er mit Alphonso, diesem Apfel, der viel zu nah am Stamm fiel, nicht reich genug beschenkt, hat er nun an jeder Hand einen Sohn. Und was habe ich?«

»Bei allen Heiligen, Adam – du bist ein Mann Gottes! Du versündigst dich.«

»Glaubst du im Ernst, dass Gott mich noch schreckt? Was soll das Getue? Kleriker haben Bastarde, seit der werte Herr Jesus dem armen Petrus die erste Kirche auf die Schultern lud, und wer das Gegenteil behauptet, lügt nicht nur dreist, sondern auch schlecht.«

»Ich habe keinen«, erwiderte Randulph rau.

Adam schenkte ihm einen langen Blick, der zu Randulphs Überraschung frei von Hohn war. »Das tut mir leid«, sagte er, und einen Atemzug lang war dieser Ausbund an Schlechtigkeit Randulph näher als irgendein Mensch. Dann räusperte Adam sich. »Hör zu, ich weiß, du musst zur Vesper und du willst mich loswerden. Ich frage dich daher noch einmal …«

»Spar mir deine Fragen!«, fiel Randulph ihm ins Wort. »Du weißt, wo die Amsel ist, und deine Hoffnung auf eine andere Antwort ist vergebens. Ich habe sie an einen sicheren Ort geschickt, da sie hier, wie dir bekannt ist, nicht bleiben konnte. Ja, in der Tat, du hast in etlichen Briefen versprochen, du würdest für ihren Verbleib sorgen, aber du hast für gar nichts gesorgt. Jetzt habe eben ich es getan.«

In dem Laut, den Adam ausstieß, mochte Zorn schwingen, aber Randulph hörte vor allem Schmerz. Der gefürchtete, hinterhältige Gegner hatte einen Schlag einstecken müssen, mit dem er nicht gerechnet hatte. »Wohin?«, rief er, und es klang wie ein Heulen. »Wohin hast du das arme kleine Mädchen geschickt?«

»Nimm dich zusammen. Das arme kleine Mädchen ist eine voll erblühte Frau und muss für das Leben versorgt werden.«

»Ich habe dir vom ersten Tag an gesagt, wenn alles geregelt ist, komme ich und führe sie an den Platz, der ihr gebührt.«

»Ja, das hast du gesagt. Aber du hast es nicht getan, und außerdem hast du nicht *sie* gesagt, sondern *er*.«

Adam senkte den Kopf. Dieser zweite Hieb traf ihn unterhalb des Gürtels, und ein wenig schämte sich Randulph, weil er ihn geführt hatte. Aber sich vorzustellen, dass dieser Mann litt, war nahezu unmöglich, und selbst wenn – war er nicht sogar um das Leid zu beneiden, weil er wegen etwas litt, das er zumindest einmal besessen hatte?

»Du musst sie zurückholen«, murmelte Adam mit belegter Stimme. »Auch dir muss schließlich daran liegen, dass sie auf der Insel bleibt – wo doch keiner außer ihr mehr übrig ist.«

»Da irrst du«, widersprach Randulph. »Du spielst auf weltliche Belange an, aber ich bin hier, um diesen zu entgehen. Wie du selbst vorhin festgestellt hast, gleicht ein Kloster einer Austernschale: Vor dem Weltengetriebe sind wir darin geschützt.«

»Und warum durfte dann ein hilfloses Mädchen, das Schutz gebraucht hätte, nicht in der Schale bleiben? Sind die lachhaften Gottesanbeter, die du um dich geschart hast, so toll vor Geilheit, dass du ihrer nicht Herr wirst? Oder bist du's etwa selbst, Randulph? Noch immer geil auf Kalbfleisch wie damals bei der kleinen Margaret? Sprengt dir der Schwanz, den du dir zwischen die Beine geklemmt hast, die Kutte, wenn dir ein halbes Kind vor die Nase gerät?«

Randulph schlug zu. Hätte er einen Gegenstand zur Hand gehabt, hätte er nicht gezögert, ihn zu benutzen. So aber nahm er die Faust, denn mit einer Ohrfeige hatte er sich nie begnügt. Das Geräusch, mit dem Knochen auf Knochen prallte, hallte in seinen Ohren nach. Es war ein allzu vertrautes Geräusch, und er hatte sich jahrelang gewünscht, die Austernschale werde fest genug halten, damit er es nie wieder hören musste.

Adam schlug die Hände vors Gesicht und taumelte zurück.

»Du solltest jetzt gehen«, sagte Randulph.

Der andere spuckte aus und richtete sich auf. »Ich hole sie mir zurück, darauf kannst du Gift nehmen. Ob du mir sagst, wohin du sie verschleppt hast, oder nicht!«

»Aus deiner Nase läuft Blut«, sagte Randulph, dem gelinde übel wurde. Ein anderes Gesicht schob sich vor das von Adam de Stratton. Schwarze Augen voll Unglauben, eine gebrochene Nase, aus der Blut lief. Er zwang sich in die Gegenwart zurück. Allem Anschein nach war Adams Nase nicht gebrochen. »Ich habe die Amsel nicht verschleppt, sondern dafür gesorgt, dass sie an einen Ort gelangt, an dem sie in Sicherheit leben kann. Wenn ich noch Zweifel hatte, dann hast du selbst sie beseitigt. Du schneidest Siegel von Urkunden – gewiss nicht nur bei uns, sondern ebenso bei den Gütern des Königs. Warum tust du das, wo du genau weißt, dass du damit deine Gegner reizt und schlafende Hunde weckst? Weil du es nicht lassen kannst?«

»Ich bin Isabels Verwalter.« Adam spielte den Arglosen. »Es ist meine Aufgabe, für ihre Einkünfte zu sorgen, oder nicht?«

»Umso mehr, wenn du damit Cyprian aus der Deckung lockst.«

»Ja, vielleicht ist das so.« Adam lehnte sich an die tropfende Mauer und wischte sich das Blut aus dem Gesicht. »Unter die Rechnung, die ich mit Cyprian offen habe, lässt sich nun einmal kein Strich ziehen. Von dir hätte ich am ehesten erwartet, dass du das verstehst.«

»Dich zu verstehen ist nicht meine Aufgabe. Ich habe lediglich verhindert, dass die Amsel zwischen eure Fronten gerät. Sie geht nach Fountains Abbey; sie wird einen Platz in einem Frauenkloster erhalten und endlich Frieden finden. Du solltest es ihr gönnen, Adam. Es ist nicht die schlechteste Wahl.« Zu seiner Verwunderung bemerkte Randulph, dass seine Worte aufrichtig gesprochen waren. Er hatte das Leben in Quarr nicht freiwillig gewählt, sondern auf sich genommen, um für Schuld zu sühnen, und der Verzicht auf sein Leben hätte ihn beinahe umgebracht. Dennoch wünschte er es der Amsel, ohne sich selbst zu betrügen. Es war beileibe nicht die schlechteste Wahl. »Was du dir zurechtmachst, ist ohnehin nicht durchsetzbar«, wandte er sich wieder an Adam. »Und was du mit Cyprian treibst, ist eure Sache, aber die Amsel soll nicht als Bäuerin auf eurem Schachbrett geopfert werden.«

Adam schien von Randulphs Rede nur ein Wort gehört zu haben. »Foun… Fountains Abbey?«, stammelte er außer sich. »In Yorkshire? Willst du mir erzählen, du treibst sie ohne Schutz diesen endlosen Weg hinauf und geradewegs in Cyprians offenen Rachen?«

»Noch weiß ja Cyprian hoffentlich nicht einmal, dass sie lebt«, erwiderte Randulph. »Und damit er es nie herausfindet, verschwindet sie hinter einer Austernschale.«

»Aber Cyprian war doch schon hier!«, rief Adam. »Ich meine, er hat seine Leute geschickt …«

»Weil du ihn gereizt hast. Eben das meine ich, Adam. Wenn es dir ernst ist mit deiner Sorge um das Mädchen, wenn dir ein einziges Mal in deinem Leben etwas ernst ist, dann lass Amicia ziehen, und lenke niemandes Blick auf sie.«

»Ich kann doch nicht erlauben, dass du sie in einem Kloster begräbst!«

»Wenn es dir um sie geht, nicht um dich, dann kannst du das.«

»Zur Hölle, Randulph!« Adam packte ihn und rüttelte ihn an den Schultern. »Du kannst doch nicht alles in den Wind schreiben, nur um mir eins auszuwischen! Wenn du wegen des albernen Siegels verärgert bist, dann lasse ich euch morgen die paar Schillinge senden. Seit wann bist du kleinlich? Es war eine Spielerei, nichts weiter. Ist damit alles ausgelöscht, was wir gemeinsam haben?«

Randulph hätte sich gern befreit, aber er stand stockstill, weil er fürchtete, Adam sonst noch einmal zu schlagen. »Was haben wir denn gemeinsam?«, fragte er. »Hass auf denselben Mann? Ich bin Zisterzienser, Adam, mir ist Hass verboten.« Ich bin hergekommen, weil ich lernen wollte, jenen Mann nicht zu hassen, fügte er in Gedanken hinzu.

»Wie oft willst du mir noch deine Frömmelei vorhalten?« Adam stieß Randulph zurück an die Wand. »Ich habe einmal geglaubt, du hättest Blut in den Adern und uns verbände viel mehr als Hass. *Liebe,* Randulph. Wenn nicht zu Menschen, dann wenigstens zu diesem herrlichen Flecken Erde, der uns zwei Getriebene wie Strandgut aufgenommen hat. Willst du, dass der König die Insel packt und zerquetscht, und das alles aus Wut auf mich?«

»Ich muss zur Vesper«, sagte Randulph gepresst und zog sich die Kutte zurecht.

»Sag mir noch eines«, bat Adam. »Du hast sie nicht ohne Schutz ziehen lassen, nicht wahr? So herzlos kannst du nicht sein. Immerhin weißt du, dass Cyprians Leute hier waren und dass er vor nichts haltmachen wird, wenn er erfährt, dass sie lebt.«

»Doch«, sagte Randulph, »vor etwas wird er haltmachen, und das habe ich der Amsel mitgegeben.«

»Was?«

»Den jungen Ritter, den deine Männer beinahe zerfleischt haben. Matthew de Camoys.«

»Matthew …« Adams blühendes Gesicht wurde fahl. »Dieser Eintreiber, mit dem ich meiner Rotte ihren Spaß gelassen habe – das war der kleine Matthew? Und er ist nicht tot?«

»Das ist wahrlich nicht dein Verdienst«, erwiderte Randulph kalt. »Ich habe in meinem Haus Verletzte zur Pflege gehabt, die von wilden Bestien angegriffen wurden, aber einen Mann, der so zugerichtet war, habe ich noch nicht gesehen.«

»Kreidest du es mir an?«, fragte Adam tückisch. »Ich dachte, du wüsstest, welche Späße sich Cyprian mit seinen Opfern leistet.«

»Matthew ist nicht Cyprian. Außerdem wusstest du nicht einmal, dass es sich um Matthew handelt.«

»Nein, denn sonst hätte ich ihm jeden Hieb hundertmal verpasst, bis vor Blut und Fetzen kein Mensch mehr zu erkennen gewesen wäre!«, rief Adam. »Eigenhändig hätte ich ihm den letzten Funken Leben ausgepresst, darauf kannst du Gift nehmen. Du hast nicht im Ernst meine Amsel diesem Menschen anvertraut, nicht wahr? Du hast sie nicht ihrem Mörder in die Hand gegeben, so entmenscht bist nicht einmal du!«

»Genau das habe ich getan«, sagte Randulph und schlang die Arme um sich, weil ihm eine Kälte in den Leib kroch, die nicht von den feuchten Mauern stammte. Die Vesperglocke begann zu läuten, ein vertrautes Geräusch, das ihm ein wenig Halt schenkte. »Es gibt keinen Beweis dafür, dass er ein Mörder ist, aber falls es dich beruhigt: Er weiß nicht, wer sie ist. So wenig, wie sie es von ihm weiß.«

»Und wenn er es herausfindet?«

Randulph, der denselben Gedanken Tag und Nacht wälzte, zwang sich, mit den Schultern zu zucken. »Ich vertraue ihm.«

»Du musst wahnsinnig sein.« Adam warf sich die Kapuze über und wollte losstürmen, drehte sich aber noch einmal um. »Das eine lass dir gesagt sein, Randulph: Wenn ich die Amsel nicht einhole, bevor dieser Satan ihr ein Haar gekrümmt hat, dann gnade dir dein Gott! Der allein mag auch verstehen, warum du das getan hast.«

»Um die Amsel vor Cyprian zu schützen«, sagte Randulph. »Und Matthew vor dir.«

»Ha!« Adam schwang herum, dass der Bärenpelz eine Fontäne von Tropfen versprühte, und lief mit donnernden Schritten durch den Gang. An dessen Ende wandte er sich ein letztes Mal nach Randulph um. »Ich kann nur hoffen, dass du dich in Cyprian nicht täuschst!«, rief er. »In mir nämlich täuschst du dich fatal. Ich werde Matthew de Camoys die Augäpfel aus dem Schädel quetschen, ehe ich ihm das Lebenslicht ausblase. Ich werde ihn um Gnade winseln hören, und wer immer bei ihm ist, er schützt ihn nicht.«

15

Das Wetter blieb unbeständig und feucht, doch als Magdalene wieder halbwegs bei Kräften war, zog der kleine Trupp weiter. Matthew erstand für das Maultier eine Eselskarre, damit das Mädchen nicht im Sattel sitzen musste.

»Darin liege ich wie die Königin von England in der Sänfte«, rief Magdalene und gab Matthew einen schnalzenden Kuss auf die Wange. Er hatte sich ihr nicht schnell genug entwinden können und stand nun da, als hätte sie ihn begossen.

Amicia musste lachen. Sie wäre gern zu ihm gelaufen und hätte die Arme um ihn gelegt. Vertrautheit und Zärtlichkeit zwischen ihnen blieben jedoch den Nächten vorbehalten, in denen er sie zu sich holte. Dann klammerten sie sich mit derselben verzweifelten Wildheit aneinander wie in der Nacht nach dem Überfall. Sie hätten einander Fragen stellen müssen, denn es war, als kreisten in der engen Box, in der Matthew sein Lager hatte, all die Fragen um sie, sodass sie sich nicht bewegen konnten, ohne sich an ihnen zu stoßen. Aber sie blieben ungestellt. Nur einmal hatte Amicia sich vorgewagt. In der Kühle eines grauen Morgens hatten sie sich unter der Decke zusammengedrängt. »Bald brechen wir auf«, hatte Matthew zu ihr gesagt. »Ich werde Hugh und Timothy sagen, sie dürfen dich nicht aus den Augen lassen, und ich will, dass du dich nie von ihnen entfernst.«

Ehe sie etwas sagen konnte, raufte er sich das Haar und stöhnte. »Nein, das genügt nicht. Zwei Kerle, die beide nicht mit Waffen umgehen können, taugen nicht zu deinem Schutz. Wir werden uns alle nicht mehr trennen, bis wir in London sind, und wir werden auf Umwegen gehen, um unsere Spur zu verwischen.«

»Warum lässt du mir nicht den Hund?«

»Weil er keine Wahl hat«, sagte Matthew.

»Wie meinst du das?«

»Wenn ich ihm befehle, dich zu schützen, würde er einem Angreifer ins offene Schwert springen. Wählen können nur Menschen. Der Hund ist zur Treue verurteilt.«

Vielleicht hatte Amicia bis zu diesem Augenblick in einer gläsernen Kugel gelebt, in einer unwirklichen Welt, in der die Tage nur da waren, um auf die Nächte mit Matthew zu warten, und die Nächte, um in Matthews Armen die albtraumhaften Bilder zu verscheuchen. Jetzt aber begriff sie, dass hinter den Albträumen eine Wahrheit lauerte, der sie sich nicht länger entziehen konnte. »Matthew«, sagte sie. »Warum wollte der Mann mich töten? Und warum bist du so sicher, dass er Kumpane hat, die mich verfolgen? Wer bin ich denn, dass jemandem an meinem Tod so viel liegen könnte?«

»Ich weiß nicht, wer du bist«, sagte er, »und ich weiß auch nicht, warum dir jemand ans Leben will. Ich werde in London versuchen, etwas in Erfahrung zu bringen, doch bis dahin lass uns keine Fragen stellen.«

Die Kälte kroch ihr in den Nacken. Selbst jetzt, wo sie sich in jedem wachen Moment nach ihm sehnte, fürchtete sie sich noch manchmal vor seinem Blick. Als spüre er es, zog er die Decke höher und schloss den Arm noch fester um sie.

»Warum nicht, Matthew?«, flüsterte sie, aber sie kannte den Grund: Wer eine Frage stellte, musste die Antwort ertragen. Sie zog sich so nah zu ihm, dass es wehtat, und begrub ihr Gesicht an seinem Hals.

Auch sich selbst wollte sie keine Fragen mehr stellen, schon gar nicht die, die sich immer wieder einschlich: *Warum kann ich mir so sehr wünschen, ihn bei mir zu haben, wo er mir solche Angst gemacht hat, wo ich ihn so verabscheut habe?* War es allein ihr Körper, der mit solcher Gewalt seinen Willen äußerte? Wäre das der Fall gewesen, es hätte Amicia nicht erschreckt. Es mochte Todsünde sein, aber es fühlte sich nicht so an. Es half gegen

Kälte und Angst und löschte für Augenblicke die Einsamkeit aus. Als Kind hatte Amicia zuweilen an die Decke ihrer leeren Kammer gestarrt und geglaubt, der Himmel sei ebenso leer, denn wenn er nicht leer war, warum sprach niemals eine Stimme zu ihr? Die Angst vor dem leeren Himmel hatte ihr die Brust zusammengepresst und war nie mehr völlig verschwunden. In der ersten Nacht, in der sie umgeben von dampfenden Pferdeleibern in Matthews Armen gelegen hatte, hatte sie jedoch dies erkannt: Nichts ist so schwarz, wie es aussieht. Der Himmel ist nicht leer.

Wäre es allein ihr Körper gewesen, sie hätte ihn gewähren lassen. Hatten die Brüder, an deren Lehren sie sich festgehalten hatte, sie nicht aus ihrer Gemeinschaft verstoßen? Es war, wie sie Matthew gesagt hatte: Sie war frei, für sie galten keine Regeln mehr. Was sie am meisten gewollt hatte, ihr Zuhause in Quarr, hatte sie nicht behalten dürfen, und was immer sie jetzt noch wollte, würde sie sich nehmen. Sie wollte Matthew mehr, als er sie wollte. Er war es, der verhinderte, dass ihre Leiber sich zu einem vereinten; er war es, der sie vor dem Augenblick höchster Nähe auseinanderriss: »Nicht weiter, meine süße Zauberin. Nicht auch noch das.« Hätte er sie entscheiden lassen, hätte sie vor keiner Grenze haltgemacht.

Dass ihr Körper nach ihm verlangte, schreckte sie nicht. Es schreckte sie jedoch, dass dieser Mann, dessen Benehmen sie abgestoßen hatte und der sie tagsüber noch immer ohne die geringste Höflichkeit behandelte, einen Teil in ihr berührte, von dem sie nicht gewusst hatte, dass sie ihn besaß. Jetzt aber, wo dieser Teil von ihr erwacht war, wusste sie nicht mehr, wie sie ohne ihn gelebt hatte.

Sie wollte Matthew zusehen, wenn er in der Frühe mit einer abrupten Bewegung aus dem Stroh aufstand, wenn er sich kopfüber in einem Zuber wusch, sich ruppig das Haar zurückstrich und sich ebenso grob die Kleider überstreifte. Sie wollte manchmal über ihn lachen dürfen. Sie wollte neben ihm sitzen und ihm die Schulter streicheln, wenn er aussah, als würde er gern weinen.

Amicia spürte die Gefahr, die darin lag, Fragen zu stellen, und doch hätte sie gerne alles von ihm gewusst: Was für ein Kind warst du, hattest du Brüder, Schwestern? Warst du deiner Mutter Liebling? Wollte sie dich, als du fortgingst, nicht ziehen lassen? Warum sprichst du mit Tieren, aber nicht mit Menschen? Warum trägt dein Pferd den Namen eines Vatermörders? Was zwingt dich dazu, des Königs Steuern einzutreiben, statt etwas zu tun, das einem Ritter zur Ehre gereicht? Da, wo du zu Hause bist, in Yorkshire – ist es dort schön? Sind die Himmel hoch? Sehnst du dich dorthin zurück, wenn es Frühling wird?

Während der Rast stand sie abseits am Stamm einer Linde und beobachtete, wie er sich am Zaumzeug des Pferdes zu schaffen machte, wie die Muskeln seiner Schultern spielten und wie der Gambeson die schlanken Hüften betonte. Auf einmal drängte es sie, ihn zu fragen: Die Frauen, die du in den Armen gehalten hast – waren das alles Frauen wie Magdalene? Hast du sie gekauft, wie wir uns in Wirtshäusern Ale und Brot kaufen?

Das Zaumzeug war gerichtet, Matthew ergriff den Sattelknauf und schwang sich aufs Pferd. Ein Kribbeln lief Amicia durch den Leib. Seinen Schenkel, der sich um den Pferdeleib schmiegte, hatte sie während seiner Krankheit im Schoß gehalten, des Nachts hatte sie die lange Narbe gestreichelt, und jetzt wollte sie ihn fragen: Wie viele Frauen hatten deine Schenkel im Schoß? Hast du sie alle vergessen, oder hast du eine von ihnen geliebt?

Liebe. Es war das Wort, das sie erschreckte. Wenn sie es lautlos vor sich hinsprach, stürzte all das andere auf sie ein: das Bild vom Mord an Thomas à Becket, das Blut auf den Steinen, der Drache, der Funken spie, und die Stimme, die zählte. *Sieben. Acht. Neun. Zehn.*

Sie ließ die Zügel fahren und presste sich die Hände auf die Ohren. Etwas erschreckte das Pferd, das einen Satz vollführte und Amicia nach vorn schleuderte. Mühsam fing sie sich an der Mähne, doch das Tier warf scheuend den Kopf in die Höhe, und Amicia glitt an seiner Seite zu Boden. Der Sturz vollzog sich so langsam, dass sie unbeschadet auf den Knien landete und sich sofort wieder aufrappeln konnte.

Im Nu war Matthew neben ihr und sprang vom Pferd. »Beim Himmel, was machst du?« Er streckte ihr den Arm hin, und sie griff zu, obwohl sie keine Hilfe nötig hatte. Dass er besorgt um sie war, erfüllte sie mit Frohlocken.

»Nichts«, sagte sie. »Ich habe nur gerade begriffen, dass du recht hast: Es ist besser, keine Fragen zu stellen.«

»Und deshalb bist du vom Pferd gefallen?« In seinen Mundwinkeln formten sich zwei winzige Gruben, die verrieten, dass er gegen ein Lächeln kämpfte.

Sie berührte eine von ihnen mit der Fingerspitze. »Ja, deshalb. Ob du es glaubst oder nicht.«

»Aber warum …«

Übermütig drohte sie ihm mit dem Finger, rief: »Keine Fragen!«, und schwang sich wieder aufs Pferd. Sie würde ihn nicht fragen. Nicht verhindern konnte sie allerdings, dass die Fragen mit dem Takt des Hufschlags hinter ihrer Stirne weiterklopften. Warum dachte sie an Mord, wenn sie an Liebe denken wollte? Und wie kam das Wappen des Mannes, der sie an Liebe denken ließ, in ihren wüstesten Traum?

Aus Rücksicht auf Magdalene reisten sie geduldig im Schritt. Da es gegen Abend schon wieder zu regnen begann, erklärte Matthew, er wolle ein Quartier suchen, statt die Nacht unter der feuchten Leinwand des Zeltes zu verbringen. Ein Dorf war weit und breit nicht in Sicht, nicht einmal ein Gehöft, das Platz für fünf Reisende geboten hätte. Hugh wimmerte im Gehen vor sich hin, und Bruder Timothy klagte, Magdalene werde sich verkühlen und sterben, wenn sie nicht bald ins Trockene käme. Davon abbringen ließ er sich nicht, obgleich Magdalene ihn fortwährend anfuhr: »Willst du wohl still sein? Ich bin die Königin von England in meiner Sänfte, ich könnte bis ans Ende der Welt so reisen, und nein, nimm deine kratzige Kapuze weg, lieber werde ich nass, als dass ich mir deine Wanzen fange!«

Amicia musste lachen und verspürte einen Anflug von Neid auf das Geplänkel und die Leichtigkeit der beiden. Zugleich aber sorgte auch sie sich um die geschwächte und erbärmlich abgemagerte Magdalene. Sie trieb ihr Pferd dichter zu Althaimenes. »Vielleicht sollten wir doch das Zelt aufschlagen«, sagte sie mit gedämpfter Stimme zu Matthew. »Magdalene ist mit ihren Kräften am Ende.«

Ohne ein Wort wies Matthew nach vorn. Wie aus dem Nichts erhob sich hinter Regenschleiern ein Gebäude aus gelblichem Stein. Es war langgestreckt und erinnerte mit seinen steilen Dachgiebeln, den Rundbogenfenstern und dem fehlenden Turm an die Kirche von Quarr. Das Heimweh, das sie begraben geglaubt hatte, versetzte Amicia einen Stich. Die Kirche von Quarr war erhaben und Ehrfurcht gebietend, sodass mancher Wanderer ihr gestanden hatte, sie flöße ihm Angst ein. Ihr selbst aber hatte ihre Größe nie etwas anderes als Schutz verheißen, und ihre breiten Tore hatten sie eingeladen, obgleich sie nur zu einem Seitenschiff, der Fremdenkapelle, Zutritt hatte.

»Was ist das?«, fragte sie.

»Ein Hospiz«, antwortete Matthew und blickte weiter geradeaus. »Es wird von Augustinern betrieben. Sie nehmen Sieche, Greise und Obdachlose auf, dazu alle Pilger, und wenn sie Platz haben, nehmen sie auch uns.«

»Lassen sie Frauen in ihre Messe?«, entfuhr es Amicia. Sie hatte nicht gewusst, wie sehr sie sich danach sehnte, die Messe zu hören, wie sehr die vertraute Schönheit der lateinischen Formeln und die Tröstung des Sakraments ihr fehlten. Als Kind hatte sie einmal zu Randulph gesagt: »Ich will nicht, dass unser Herr Jesus für mich gestorben ist. Ich will, dass er für mich lebt.«

»Sorg dich nicht. Er tut beides«, hatte Randulph ihr zur Antwort gegeben und ein Schmunzeln verbergen müssen, wie sie es nicht von ihm kannte. Seither hatte sie jedes Mal, wenn sie das Sakrament empfing, daran gedacht und es sich vorgesprochen: *Sorge dich nicht. Er tut beides.* Es fiel nicht immer leicht, es zu glauben, aber es nährte die Hoffnung.

Endlich wandte Matthew den Kopf und sah zu ihr hinunter. »Sie sind Augustiner, keine Zisterzienser. Der Graben, den sie zwischen sich und der Welt ziehen, ist nicht so tief. Soweit ich weiß, lassen sie jeden in ihre Messe, der es wünscht. Aber würdest du …« Er stockte und knetete sich die Stirn. »Würdest du denn eine Kirche betreten dürfen?«

So etwas Ähnliches hatte Magdalene sie an Weihnachten gefragt: »Dürfte denn eine wie ich eine Kirche betreten?« Amicia wusste, was beide umtrieb: Eine Kirche war ein heiliger Ort, der Altar auf der Reliquie eines Heiligen begründet, bei Zisterziensern gar auf einer der Heiligen Jungfrau, und eine Frau in unreinem Zustand übte entweihende Wirkung auf sie aus. Als unreiner Zustand galt die Zeit des Blutens ebenso wie die des Kindbetts, doch nichts war entweihender als eine Frau, an der der Duft der fleischlichen Lust klebte. Amicia hatte es von etlichen, die um ein Almosen kamen, gehört. Irgendwann hatte sie Randulph danach gefragt, der wie so oft vor seiner Antwort lange überlegte.

»Wenn ich mich bei jedem Besucher fragen würde, ob er rein genug für die Heiligkeit der Kirche ist, dann wäre die Kirche leer«, hatte er schließlich gesagt. Tage später holte er Amicia ins Skriptorium und zeigte ihr einen Vers im Evangelium des Matthäus, den sie jetzt für Matthew wiederholte: *»Nicht die Gesunden brauchen den Arzt, sondern die Kranken.«*

Er ließ seinen Blick eine Zeit lang auf ihr ruhen. »Aber denen mit den scheußlichsten Krankheiten weist der Arzt die

Tür«, sagte er dann, schloss die Schenkel um den Leib des Pferdes und rief im Antraben über die Schulter zurück: »Ich reite voraus und frage, ob wir über Nacht bleiben können. Ihr folgt mir ohne Verzug und trennt euch nicht!«

Für diese Nacht waren die Reisenden am Ziel. Im Handumdrehen kam Matthew durch den dichter werdenden Regen zurückgesprengt und vermeldete, dass das Hospiz Platz genug hatte und sie willkommen hieß. Vor Erleichterung fielen Magdalene und Timothy sich in die Arme.

Im Näherkommen schälten sich aus den Schleiern die Nebengebäude, die sich rund um das Hospiz duckten. Es gab aus Fachwerk und Lehmbewurf gezimmerte Hütten, hölzerne Stallungen und mehrere gemauerte Bauten für Gerät und Vorräte. Obstbäume, ein Taubenschlag und Beete mit jungem Gemüse vervollständigten das Bild einer Welt, wie Amicia sie kannte. Ein Bruder in brauner Kutte empfing sie hinter der niedrigen Mauer und zeigte ihnen, wo sie die Pferde und das Maultier einstellen konnten. Es hatte etwas von Heimkehr, als sie die riesige Halle betrat, in die selbst an dem trüben Abend noch Licht fiel.

Der hintere Teil des Gebäudes war abgetrennt und zur Kirche geweiht, der Rest hingegen diente als Schlafsaal für Kranke und Pilger, die hier auf der Durchreise Obdach fanden. Entlang der Außenwände waren in Reihen Strohlager aufgeschlagen, die zweifellos vor Ungeziefer wimmelten, aber auf die erschöpften Reisenden dennoch verlockend wirkten. In der Mitte zwischen den Reihen bewegten sich die Brüder, die die Gäste versorgten, auf einer Kochstelle eine Mahlzeit bereiteten, Wasser wärmten und Arzneien mischten.

Nur ein kleiner Teil der Bettstellen war besetzt. Auf der linken Seite lagen insgesamt fünf Kranke, darunter ein Greis, der im Schlaf lallte. Gegenüber lagerte eine Gruppe von Pilgern, die mit hölzernen Näpfen und Löffeln auf ihr Abendessen warteten. Die Abzeichen an ihrer Kleidung kündeten von einer Pilgerreise nach Westminster, wo sie am Schrein von Edward dem Bekenner um Heilung von schwerer Krankheit gebetet hatten.

Der Geruch nach Weihrauch und Kräutertinkturen, die geschäftigen Geräusche, die dennoch Raum für Stille ließen – alles erinnerte Amicia an die Abtei von Quarr. Sie fühlte sich nicht im Geringsten fremd, sondern bewegte sich mit einem Selbstvertrauen, das an der Schwelle zum Übermut stand.

Die Brüder teilten Decken, Näpfe und Brotscheiben aus, und kurz darauf standen Timothy, Hugh, Magdalene und Amicia in der Schlange vor dem Kessel, in dem sämige Pottage aus Erbsen köchelte. »Warum bleibst du nicht liegen wie der Alte, Magdalenchen?«, bestürmte Timothy das Mädchen. »Ich könnte dir deinen Teil doch bringen, ich täte das gerne für dich!«

»Weil ich kein Alter bin, sondern ein gesundes Ding von ungefähr achtzehn«, fauchte Magdalene ihn an. »Oder vielleicht auch neunzehn, aber das macht ja keine Greisin aus mir.«

»Was ist mit deinem Herrn Matthew?«, unterbrach Amicia, die schon wieder lachen musste, ihr Gezänk. »Sollen wir ihm etwas bringen? Vermutlich ist er sich zu fein, um für sein Essen anzustehen.« Matthew stand an der Wand zwischen den Lagern, hielt die Arme auf dem Rücken verschränkt und sah aus, als wäre er gern im Boden versunken.

»Das ist hässlich, dass du das sagst«, erwiderte Magdalene. »Ein Ritter steht oft für sein Essen an, und Herr Matthew ist sich für gar nichts zu fein. Vielleicht denkt er darüber nach, wie er etwas zu fressen für den Hund auftreiben kann oder wo er einen Zahnreißer findet, der Hugh von seinen Schmerzen befreit.«

»Was hat Hugh denn für Schmerzen?«, fragte Amicia und kam sich dümmlich vor. Erst jetzt bemerkte sie, dass der Stumme, der hinter ihnen in der Schlange stand, noch immer wimmerte. Sein Gesicht war seitlich verzerrt, ein Kiefer angespannt.

»Er hat einen faulen Zahn«, erklärte Magdalene.

»Und woher weißt du das?«

»Ich weiß es ja nicht. Mein Herr Matthew weiß es. Er mag nicht besonders gesprächig sein, und vielleicht wirkt er grob auf die, die ihn nicht kennen – aber wenn Mensch und Tier leiden, spürt er's und leidet mit. Ich dachte, du wüsstest das, Amsel. Ich dachte, du hättest meinen Herrn Matthew auch liebgewonnen.«

»Aber ja«, beschwichtigte Amicia sie. »Meinethalben habe ich ihn auch lieb, aber ich bezweifle trotzdem, dass er nur hehre Gedanken und kein einziges niederes Bedürfnis hegt. Wenn du mich fragst, hat er Hunger und ist nur zu feige, sich zu uns zu gesellen.«

»Er ist nicht feige! Er schämt sich höchstens, etwas anzunehmen, für das er nicht bezahlt hat.«

»In Quarr hatte er solche Skrupel nicht«, widersprach Amicia. »Außerdem steht es ihm frei, dem Hospiz eine beliebige Summe zu stiften.«

Ehe Magdalene etwas darauf erwidern konnte, war Amicia an der Reihe und erhielt ihre Kelle voll dampfendem Eintopf. »Gebt mir noch etwas«, verlangte sie unverblümt. »Ich habe einen Esser mehr zu versorgen.«

»Ein Kind?«, fragte der Bruder.

»So etwas Ähnliches«, erwiderte Amicia und machte sich mit ihrer bis zum Rand gefüllten Schale davon. Matthew sah sie kommen, schien aber durch sie hindurchzuschauen. »Ich bin hier, um mein Abendessen mit Euch zu teilen, Mylord«, teilte sie ihm fröhlich mit.

Skeptisch senkte er den Blick auf den appetitlichen Eintopf, dann starrte er wieder gedankenverloren in Amicias Gesicht. Statt sich zu bedanken, sagte er: »Ich habe keinen Hunger.«

»Tatsächlich nicht? Sag nicht, du schlägst dich tatsächlich mit Gedanken an Hughs Zahnreißer und das Futter für den Hund herum.«

»Der Hund hat ein Stück Ziegenlende bekommen«, sagte er. »Und mit Hugh könnte ich morgen auf den Markt nach Guilford, um einen Zahnreißer zu finden, aber nur wenn ihr versprecht, euch nicht von hier fortzurühren und euch nicht zu trennen.«

»Und daran hast du gedacht? Deshalb kannst du nicht essen?«, fragte Amicia ungläubig.

»Nein«, sagte er.

»Woran denkst du dann?«

Er sah gar nicht aus, als starre er durch sie hindurch. Er sah aus, als träume er. »Wir hatten uns geeinigt, keine Fragen zu stellen.«

»Jetzt zier dich nicht!« Mühsam widerstand sie der Versuchung, ihn bei den Schultern zu packen und ein wenig zu schütteln. »Diese eine wirst du wohl beantworten können: Woran hast du gedacht?«

»An dich«, sagte er.

Die zwei Worte strichen über ihr Herz, und der freudige Schrecken schoss ihr bis in die Kehle. »Und was denkst du von mir?«

»Eine Frage, hast du gesagt.« In seine Wangen stieg Röte.

Sie hätte gerne vergessen, wo sie war, und mit den Fingerspitzen über sein Gesicht gestrichen. »Du bist ein Ritter, Mathew. Sei mutig, und beantworte auch diese noch. Was hast du von mir gedacht?«

»Dass dein Haar wächst, habe ich gedacht«, sagte er. »Dass du dich an diesem Ort bewegst, als wärst du hier zu Hause, dass du in die Messe gehen willst und dass du mir fehlen wirst, heute Nacht.«

Nie zuvor war er so weit gegangen, nie hatte er sich vor ihr solch eine Blöße gegeben. Sie sah seine Stirn an, die in angespannten Falten lag. Sie hatte Magdalene die Wahrheit gesagt. Es war nicht nur ihr Körper, der einen schönen Mann in den Armen halten wollte, es war nicht nur ihr Kampf gegen den

Albtraum und die Einsamkeit. Sie hatte ihn lieb, und wenn es noch so unverständlich war, noch so töricht und noch so vergebens. »Wo schläfst du?«, flüsterte sie. »Bei Althaimenes? Ich komme heute Nacht zu dir.«

»Aber die Messe …«

»Ich glaube, ich habe im Augenblick nicht die Kraft, herauszufinden, was Gott von mir will«, sagte Amicia. »Er spricht nicht zu mir. Aber ich kann unmöglich glauben, dass er mir seine Nähe verbietet, wenn ich sie am nötigsten brauche. Verbiete du mir die deine auch nicht. Jetzt iss deine Pottage. Sie sieht köstlich aus.«

Über der Schüssel mit dem Eintopf, der längst aufgehört hatte zu dampfen, begegneten sich ihre Blicke. Hilflos schüttelte Matthew den Kopf. »Ich kann wirklich nicht essen.«

»Ich auch nicht«, gestand Amicia. »Mein Magen ist ein Knoten.«

»Das ist eine erstaunlich treffende Beschreibung.«

Sie lachten nicht. Sie sahen einander nur voll Verwunderung an. Nach einer Weile ging Amicia und brachte den kalten Eintopf Hugh, der selbst mit Zahnweh mehr Hunger hatte als Essen im Napf.

Der Stall des Hospizes besaß eine Sattelkammer, in der Matthew sein Lager aufgeschlagen hatte. Es roch nach Heu und Leder, und in der Stille hörten sie die Schweife der Pferde schlagen, die Hufe im Stroh scharren und die starken Zähne Getreide zermahlen. Die beruhigenden Geräusche taten gut, denn in Amicia war alles aufgewühlt wie das Meer vor der Isle of Wight in manchen Wintern, wenn das Boot nicht übersetzen und keine Nachricht vom Festland bringen konnte.

In dieser Nacht erlag Matthews Verteidigungslinie Amicias Ansturm. Nur noch lau und schon fast resigniert behauptete er sich, doch sie riss ihm den Stoff von den Hüften wie angreifende Ritter einen hölzernen Wehrgang von der Burgmauer.

Sie jubelte laut, als ihre Hände endlich Haut ertasteten, und er stöhnte ein letztes Mal, ließ alle Brücken hinunter und lief mit fliegenden Fahnen zu ihr über. Jetzt hatte er nichts Verzagtes und Verhaltenes mehr, sondern nahm sie als Eroberer. Es tat weh, als würden wahrhaftig Mauern eingerissen, aber der Schmerz hielt Amicia nicht ab, immer weiterzupreschen. Um ihm standzuhalten, biss sie ihn in die Schulter. Als sie gemeinsam die Burg gestürmt hatten und sich entkräftet fallen ließen, prangte in seinem Fleisch das kreisrunde Mal ihrer Zähne.

Im Licht der Stalllaterne auf dem Gang sah sie ihn an. Jede Linie, jede Zeichnung, das bläuliche Schimmern der Adern an der Schläfe, die langen Wimpern, die sie so sehr rührten, den Hals, der schlank aus den Schultern wuchs, die tiefe Narbe auf dem Brustkorb, die die goldene Haut zu straffen schien. Das alles hatte sie besessen, es hatte Zoll um Zoll ihr gehört! Sie streichelte ihn, führte die Finger andächtig über sein Schlüsselbein. Dann sah sie seine Hand, die einen Gegenstand umklammert hielt. Den Stein, der an dem Band um ihren Hals hing. Amicia erschrak. Der Stein war immer ein Teil von ihr gewesen so wie ihr Arm oder Bein. Jetzt wünschte sie, sie hätte ihn abgenommen, ihn irgendwo verborgen, damit er nicht zwischen ihnen lag.

Langsam öffnete Matthew die Finger und betrachtete das Kleinod, das schimmerte wie goldenes Glas. »Das ist schön«, sagte er. »Die Händler vom baltischen Meer bringen solche Steine mit. Wer hat ihn dir gegeben?«

Keine Fragen, wollte sie ihn mahnen, *wir hatten einander versprochen, wir stellen keine Fragen.* Aber dazu waren sie sich zu nah, er noch in ihr und die Innenseiten ihrer Schenkel nass von ihm. »Du wirst es mir nicht glauben«, sagte sie und krallte sich an seinen Schultern fest. »Ich weiß es nicht.«

Er wandte den Blick nicht von ihr. Wie schön seine Augen waren, hätte sie vom ersten Tag an erkennen sollen, und doch erinnerte sie sich noch immer an die Angst, die sie ihr eingejagt hatten. Ein Rest davon war noch übrig wie das Gefühl der Wachsamkeit nach einem üblen Traum.

»Doch«, sagte er. »Das glaube ich dir. Hast du dein Gedächtnis völlig verloren? Ist keine Spur mehr da?«

Sie hatten alles überwunden und eingerissen: die Motte, die Palisaden, das Torhaus und das Fallgitter. Sie konnten sich jetzt nicht zurückziehen und darauf beharren, dass sie einander Fragen verboten hatten. »Ich glaube, vieles ist übrig«, sagte sie. »Aber es liegt unter einer dünnen Schutzhaut, und die rühre ich nicht an, weil ich mich vor dem fürchte, was darunterliegt. Klingt das verrückt, Matthew? Klingt es völlig krank?«

»Ich weiß es nicht«, sagte er und strich über ihr Haar, sodass ihr bewusst wurde, wie sehr es gewachsen war. »Bei mir war es genauso. Vielleicht sind wir ja beide verrückt und krank.«

»Bei dir war es genauso?«

Er beugte sich vor und küsste sie auf den Ansatz der Brust.

Sie schlang die Rechte um sein Haar im Nacken, zog ihm den Kopf zurück und suchte seinen Blick. »Du weißt, wer du bist, oder nicht? Du heißt Matthew de Camoys und gehörst zur Familia irgendeines Barons im Norden, der dich nicht zum Kriegsdienst abstellt, sondern dich losschickt, um wie ein erbsenzählender Beamter Steuern einzutreiben. Was gibt es, das du von dir nicht weißt? Was ist bei dir genauso wie bei mir?«

Sein Gesicht verschloss sich. Erst als sie sein Haar losließ und er den Kopf zur Seite drehen konnte, sagte er: »Ich habe einen Teil meines Lebens vergessen, weil ich nicht den Mut hatte, ihn noch einmal anzusehen.«

»Und hast du ihn irgendwann angesehen?«

»Nein. Jemand hat ihn mir gezeigt.«

Er war unmerklich von ihr abgerückt, sah sie noch immer nicht an und sprach jetzt wieder so stur und schroff, wie sie ihn den Winter über erlebt hatte. Sie wollte ihm sagen, dass er sich lächerlich betrug, dass seine Launen eines Mannes nicht würdig waren und dass sie bis obenhin genug davon hatte. Stattdessen schloss sie die Arme um ihn und liebkoste den eisenharten Muskelstrang in seinem Nacken. Amicia empfand keinen Zorn, sondern spürte, dass ihm dieselbe Verletzung zugefügt worden war wie ihr: Man hatte ihnen einen Teil der Vergangenheit geraubt, einen Teil ihrer selbst. Die ständige Verstörung, das Gefühl, sich nicht zurechtzufinden, das Leben zu fürchten und sich am liebsten in geschützten Räumen zu verkriechen, entstammte diesem Verlust.

»Matthew?« Unter den Fingern spürte sie, wie der verhärtete Muskel zitterte.

Er sagte nichts.

Sie streichelte ihn. »Matthew. Liebster«, sprach sie ihn an und erschrak vor dem Wort.

Er blickte auf.

»Du willst mir nicht davon erzählen, nicht wahr?«

Verzweifelt schüttelte er den Kopf. »Du würdest mich hassen, Amicia. Viel mehr, als du mich im Winter gehasst hast.«

»Ich glaub nicht«, hörte sie sich sagen, gab ihm kleine Küsse entlang des Haaransatzes und dachte: Habe ich deshalb Angst davor gehabt, ihn zu lieben? Weil mir jetzt der Gedanke unerträglich ist, ihn jemals herzugeben?

Sie hatte Quarr verloren. Sie hatte die Insel verloren, Randulph und die Handvoll Menschen, die ihre Welt bedeutet hatten. Sie hatte es überlebt. Dass sie den Verlust des störrischen, schwierigen, tief verletzten Mannes in ihren Armen überleben könnte, erschien ihr jedoch gänzlich unvorstellbar.

Ich kann dich doch nicht lieben!, schrie etwas in ihr. *Du bist ein Fremder, der mir das dunkelste Moment seines Lebens verschweigt. Ich kann mich dir doch nicht gänzlich ausliefern!* Aber ihre Hände fuhren fort, seinen Nacken zu streicheln, ihre Lippen küssten ihm weiter Stirn und Schläfen, und ihr Herz schlug ruhig.

Er richtete sich halb auf und nahm ihr Gesicht in die Hände. »Du bist so tollkühn, zauberhaftes Mädchen. Weißt du, wie sehr ich mir wünschte, ich hätte an dir wie ein Mann von Ehre gehandelt?«

»Du hast an mir wie ein Mann gehandelt«, sagte sie, lachte, obwohl ihr nicht danach zumute war, und biss ihn noch einmal in die Schulter. »Das ist mir lieber, hast du das nicht gemerkt?«

Neben seinen Mundwinkeln formten sich die kleinen Gruben, und einen Herzschlag lang entspannte sich sein Gesicht. Dann wurde es wieder hart. »Amicia? Kannst du mir eines glauben?«

»Sei ein Ritter, Matthew. Versuch dein Glück.«

»Was du zu mir gesagt hast, trifft zu. Aber so war es mit dir nicht.«

»Was habe ich denn zu dir gesagt?«

»Dass ich nicht besser bin als Bruder Timothy. Dass ein Mädchen Freiwild für mich ist, weil es unter mir steht, und dass mich nicht berührt, was es fühlt.« Er schloss die Augen und rang tief nach Atem.

Amicia küsste ihm die Lider. »Nein, mein Liebling. So war es mit mir nicht.« Seltsamerweise hegte sie daran nicht den geringsten Zweifel. Er mochte ein Fremder mit einem sinisteren Geheimnis sein, aber sie hatte sich in seinen Armen keinen Augenblick lang anders gefühlt als gewollt und geachtet. »Sorg dich nicht. So wie es war, war es gut.«

Er setzte sich auf und zog sie auf seine Knie. »Ich will, dass du noch etwas weißt: Wenn ich dich heiraten könnte, würde ich es tun. Aber ich kann niemanden heiraten. Es liegt an mir, nicht an dir.«

Amicia war zwölf Jahre alt gewesen – wenigstens hatte Randulph ihr gesagt, sie sei zwölf Jahre alt –, als er ihr erklärt hatte: »Du musst dich vor Männern mehr in Acht nehmen als jedes andere Mädchen – vor denen, die kommen, um Pferde zu kaufen, vor den Bettlern und selbst vor den Laien. Denn ein Gelübde ist keine Kette, sondern feines Garn. Ein Mann, der sich an dir verginge, könnte dich nicht in sein Haus nehmen, um es gutzumachen. Er wüsste nicht, wer du bist und wo du in der Ordnung stehst. Deshalb gibt es keinen Mann, der dich heiraten kann. Das verstehst du, nicht wahr?«

Was hätte sie tun sollen? Ihre Hand schloss sich um den Stein an ihrem Hals. Mit einem Mal kam sie sich vor wie die Spinne, die darin eingeschlossen war und nicht entrinnen konnte. »Du musst mir nichts beteuern«, sagte sie und kämpfte um einen verächtlichen Ton. »Dass keiner mich heiraten kann, weiß ich, solange ich denken kann. Ich mache mir gar nichts daraus, ich …«

Er zog sie an sich, verschloss ihr erst den Mund mit den Lippen und küsste dann die Nässe unter ihren Augen. »Du hast mir nicht zugehört«, sagte er ihr ins Ohr. »Wenn ich ein Mann wäre, der heiraten dürfte, dann nähme ich dich – einerlei, wer du bist, einerlei, was du weißt, solange du denken kannst, und einerlei, ob du mich wolltest.«

Amicia hatte nicht geweint, seit sie Quarr verlassen hatten, jetzt aber weinte sie, als hätte es den geringsten Sinn, es nachzuholen. Matthew wiegte sie, küsste sie, und ab und an, wenn sie zwischen ihren wilden Schluchzern überhaupt etwas hörte, war es ihr, als summe er an ihrem Ohr ein Lied, das vom Meer um die Insel handelte und von der Liebe. Sie wollte ihm unbedingt sagen, dass sie ihn wollte und dass auch ihr der Rest einerlei war, aber in der Tränenflut ertrank jeder klägliche Versuch. Als die Flut zu versiegen begann, mussten sie sich noch einmal lieben, und danach hing Amicia so erschöpft in seinen Armen, dass sie es auf später verschob.

»Schlaf jetzt, mein armes zauberhaftes Mädchen«, sagte er und küsste ihre Schläfe. »Morgen früh bringe ich dich hinüber ins Hospiz, und du vergisst nicht, was du mir versprochen hast: Du bleibst bei Magdalene und Timothy, bis ich mit Hugh zurück bin.«

»Matthew«, murmelte Amicia schon halb im Schlaf. »Wie machst du das – spüren, dass Hugh Zahnweh hat?«

»Wie soll ich das wohl machen? Wenn ein Mensch Gedanken lesen kann, dann gewiss nicht ich. Er sagt es mir.«

»Aber er kann doch nicht sprechen.«

»Nur nicht mit dem Mund, Zaubermädchen.«

Aus vor Müdigkeit blinzelnden Augen betrachtete sie das Stück zerknitterten Pergaments, das er ihr zeigte. In engen Buchstaben hatte jemand darauf eine Reihe von Botschaften geschrieben. »Zahnweh, schlimm«, lautete die letzte. Der versoffene, oft kaum bei Verstand erscheinende Hugh konnte schreiben. Amicia war zu müde, um sich darüber zu wundern.

»Zufrieden?«, fragte Matthew und gab ihr noch mehr Küsse. »Wirst du einen Tag lang nicht tollkühn sein, sondern wie ein züchtiges Mädchen bei Magdalene sitzen, die unsere Kleider flickt?«

Sie wollte ihn ebenfalls küssen, traf so benebelt, wie sie war, jedoch daneben. Eine Frage brannte noch in ihrem Hinterkopf, aber sie fand nicht alle Teile, die dazugehörten. Stattdessen fragte sie: »Warum hast du solche Angst um mich? Der Mann, der mir Böses wollte, ist doch tot.«

»Verdammt, ich habe es dir doch gesagt: Ich weiß nicht, ob er tot ist, und er war verdammt noch mal nicht allein!«

»Ach Matthew, wer hat dich nur erzogen?«, murmelte sie schläfrig und glücklich und küsste ihn irgendwohin. »Auf Quarr setzt es fürs Fluchen Rutenschläge, aber bei einem Flegel wie dir ist ja Hopfen und Malz verloren.«

Sie spürte noch, wie er sie sachte ins Stroh bettete und die Decke über sie breitete, dann schloss sich der Schlaf um sie, und in dieser Nacht war er freundlich und kam ohne Träume.

16

Sechs schwere Ochsen legten ihr Gewicht in die Siele, um den Rahmen des Pfluges von der Stelle zu bewegen. Mit einem Knirschen senkte sich die Schar und grub ihre Wunde in den steinigen Grund. Das neue Feld verlangte Schweiß und Tränen, aber es würde den Einsatz lohnen und den Reichtum der Gemeinde mehren. Wootton gehörte zu den florierenden Dörfern, in denen die meisten Bauern sich ihr eigenes Ochsengespann hielten. Drei von ihnen hatten bereits am Morgen ihre Gespanne in die Senke geführt, um ein Stück frisch gerodetes Waldland urbar zu machen. Der Boden war hart und durchzogen von Wurzeln, selbst mit dem großen Pflug würde es Tage dauern, ihn so weit zu lockern, dass die Furchen Saatgut aufnehmen konnten. Das Saatgut trug Isabel in einem Sack vor dem Sattel. Sie würde es später einem der Männer übergeben. Ihnen bei der schweißtreibenden Arbeit zuzusehen und sie später zu belohnen verschaffte ihr Befriedigung wie wenig sonst.

Und wenn mein ganzes Leben ein Fehlschlag war – das eine ist mir gelungen. Unserer Insel, Baldwyn, geht es gut.

Sie stellte sich in den Steigbügeln auf, um zu beobachten, wie die Tiere die Hufe in die Erde stemmten und wie die Männer, die sie am Kopfzeug führten, ihre Rücken krümmten. Als Kind hatte Isabel ein paarmal – so selten, dass sie es an den Fingern zählen konnte – mit Baldwyn am Rand eines Feldes stehen und bei der Landarbeit zuschauen dürfen. »Wenn ich ein Mann bin«, hatte Baldwyn, klein, wie er war, gesagt, »will ich auch so viel Kraft haben und die Erde der Insel pflügen.«

»Aber das kannst du doch nicht!«, hatte Isabel ausgerufen. »Du wirst ein Graf und der Führer deiner Ritter, Baldwyn! Du wirst für die Insel kämpfen.«

»Ich glaube, ich würde lieber pflügen«, hatte Baldwyn geantwortet. »Zum Kämpfen taugt Adam besser. Außerdem greift doch niemand die Insel an, sie gehört für immer uns.«

Vielleicht hatten die ersten Menschen im Paradies dasselbe geglaubt: Es gehört für immer uns, und niemand greift es an. Mit einem hatte Baldwyn recht gehabt: Er hatte nicht zum Kampf getaugt. Er hatte allerdings auch nie die Kraft erlangt, die ein Bauer brauchte, um die Erde der Insel zu pflügen. Stattdessen war er ein Gelehrter und Genießer gewesen, der kostbare Handschriften sammelte, sich von seinem walisischen Spielmann verträumte Weisen vortragen ließ und dazu in kleinen Schlucken edlen Wein trank. Um den Frieden seiner Insel zu bewahren, hatte sich Baldwyn in einen Kampf begeben, der nicht der seine war und von dem er nichts verstand. Er taugte nicht dazu. Der Kampf hatte ihn ausgelöscht.

Wo das Metall der Schar ins Erdreich schnitt, stoben Brocken auf, und den Männern mit den Ochsen lief der Schweiß die bloßen Rücken hinunter. »Nur noch eine Furche«, rief der Ältere dem Jüngeren zu, »nur noch eine, dann haben wir uns unseren Schinken zum Abend verdient.«

Vater und Sohn, wusste Isabel. Männer, auf die daheim Frauen mit dünnem Ale, hartem Brot und wenig Fleisch warteten. In ihrem Rücken vernahm sie Hufschlag. Jemand ritt in scharfem Galopp den von Fuhrwerken geschaffenen Pfad hinunter und dann die Anhöhe hinauf.

Isabel drehte sich erst um, als der Reiter fast herangekommen war. Sofort erkannte sie, dass es Roger war, ein farbloser, aber bis ins Mark verlässlicher Mann, der als Stewart ihrer Dienerschaft vorstand und auf die Verwaltung der Güter sah, wenn Adam nicht da war. Und wann ist Adam schon da?, fragte Isabel sich bitter. Den Winter hatte er fern der Insel verbracht, dann war er für ein paar Wochen aufgetaucht wie der verlorene Sohn, nur um nach Tagen in einen Zustand finsterster Unrast zu versinken. Kurz darauf war er erneut verschwunden, ohne ihr zu sagen, was er plante.

»Ich bedaure, Euch zu stören, Mylady.«

»Ihr werdet Eure Gründe haben.«

Der Stewart nickte. »Es sind Gäste auf der Burg – ein Gast und seine Entourage, um genau zu sein. Der Herr wies mich an, ihn Euch sofort zu melden.«

»Und wer ist es?« Adam hätte den Mann längst angebellt, er solle sich nicht jeden Egel einzeln aus der Nase ziehen lassen.

»Der Graf von Montfichet, Mylady Countess.«

»Der Graf von Montfichet? Piers? Aber der ist doch tot!« Piers de Montfichet, ein entfernter Verwandter ihres verstorbenen Mannes, hatte seinerzeit zu einem Schwarm von Herren gehört, die sich um die Hand von Englands reichster Erbin bemüht hatten. Anders als die meisten war er jedoch ein guter Verlierer gewesen und hatte die Abfuhr eingesteckt, ohne Isabel die Freundschaft zu entziehen. Soweit sie Menschen überhaupt mochte, hatte sie ihn gemocht. Vor ein paar Jahren war er an einem verdorbenen Magen gestorben.

»Ja gewiss, Mylady, er ruhe im Frieden des Herrn. Bei Eurem Gast handelt es sich um seinen Sohn und Erben.«

Natürlich. Wie hatte sie so töricht sein können? Piers de Montfichet hatte sich getröstet und eine andere geheiratet, und wie die meisten Menschen hatte er Söhne gezeugt. Aus den Kindern waren Leute geworden, die ihre Eltern vom Spielbrett verdrängten. Jäh spürte Isabel ihr Alter, als laste ihr das Gewicht der Jahre im Nacken. »Hat er Euch gesagt, was er wünscht?«

»Im Einzelnen nicht, Mylady. Es sei ein freundschaftlicher Besuch, hat er gesagt, mehr nicht.«

»Nun schön. Reiten wir zurück.« Isabel trieb ihr Pferd aus dem Stand in Trab und lenkte es den Hügel hinunter, um dem jungen Pflugburschen, der die Riemen am Kumt eines Ochsen lockerte, den Sack mit Saatgut anzureichen. Über das schweißnasse Gesicht des Jungen ging ein Leuchten, und als sie wieder anritt, rief er ihr einen Segenswunsch hinterdrein.

Unfreie Bauern wie er waren an die Scholle gebunden, die sie beackerten. Sie durften ohne die Erlaubnis ihres Herrn den Flecken Land, den sie bestellten, nicht verlassen, durften eigenmächtig weder ein Stück Vieh veräußern noch über die Früchte eines Feldes entscheiden, ja sie durften nicht einmal heiraten, solange der Herr nicht einwilligte. Ließ ein gewissenloser Herr sie hungern, so konnten sie ihr Glück nicht anderswo versuchen, sondern mussten ausharren bis zum Tod.

»Wir dürfen nie vergessen, wie sehr sie von uns abhängig sind«, hatte Baldwyn gesagt. »Sie geben uns alles, was sie haben, dafür haben sie ein Recht auf unseren Schutz. Wir müssen gute Herren sein, Isabel, wir müssen uns ihres Vertrauens als würdig erweisen.«

Isabel trieb ihr Pferd erneut an und gab Roger ein Zeichen, ihr zu folgen. Sie hatte es sich zum eisernen Ziel gesetzt, eine gute Herrin zu sein und das Vertrauen ihrer Leute zu belohnen, wie Baldwyn es nicht mehr konnte. Unzählige Male hatte sie sich dasselbe Versprechen gegeben, während sie den bewaldeten Hügel bis zur Motte von Carisbrooke hinaufritt: *Ich habe dich im Stich gelassen, Baldwyn, aber ich lasse unsere Insel nicht im Stich.* Es war ihr zu Fleisch und Blut geworden, sie sprach es vor sich hin wie die Mönche von Quarr ihr Stundengebet.

»Leider ist da noch etwas, das ich Euch sagen muss«, druckste Roger, als sie die Pferde auf dem letzten Stück des Torwegs zügelten. »Da der Besuch nicht angekündigt war, kam es betrüblicherweise zu einem Irrtum …«

Es dauerte seine Zeit, bis Isabel herausbekommen hatte, was geschehen war. Einer ihrer Armbrustschützen hinter den Schießscharten in der Kurtine hatte die fremden Ritter entdeckt, die auf das Torhaus zusprengten, und einen Bolzen abgefeuert, wodurch einer der Männer am Arm verletzt worden war. Isabel bekundete gebührendes Missfallen, doch insgeheim zollte sie dem Unglücksschützen Beifall. Ihre Festung, die seit der Zeit des Eroberers auf ihrem Hügel thronte, galt als uneinnehmbar, und so sollte es bleiben. Nur ein einziges Mal war es Feinden gelungen, in die schützenden Mauern einzudringen, und das nicht, weil die Verteidigung versagt hatte, sondern weil das Tor geöffnet worden war.

Es lag lange zurück. Und es würde nie wieder geschehen. Ein junger Spund, der es nicht für nötig hielt, seinen Besuch anzukündigen, hatte sich jedenfalls seinen Schaden selbst zuzuschreiben.

Der junge Graf und vier seiner Ritter warteten im vorderen Hof, den Isabel zwischen Torhaus und Halle hatte anlegen lassen. Den größten Teil nahm ein Kräutergarten ein, der im Windschutz der Mauer Wärme und Licht fing. Um eine Sonnenuhr aus blanker Bronze schmiegten sich Rabatten voller Gewürz- und Heilpflanzen, wie Baldwyn sie geliebt hatte. Der verletzte Mann kauerte auf der niedrigen Mauer, die den Garten umgab, und wurde vom Bader der Burg versorgt. Während die übrigen Ritter noch zu Pferd saßen, schritt der Graf den Hof ab und ließ seinen Blick so prüfend schweifen, als wolle er Carisbrooke kaufen. Als er Isabel und ihren Begleiter kommen hörte, schwang er herum und breitete in übertriebener Geste die Arme aus. »Isabel, meine verehrteste Gräfin – wie freut mich das, ach, wie freut mich das!«

Von der Zurückhaltung seines Vaters schien der junge Graf nichts geerbt zu haben, aber immerhin sah er dem Verstorbenen ähnlich. Wie dieser war er von schmächtiger Statur, wozu weder der große Kopf mit der löwenhaften Mähne noch der ausladende Gestus passen wollte. Einer jener kleinen Männer, die ihr Streben nach Größe noch kleiner machte. Isabel ließ sich aus dem Sattel gleiten und übergab das Tier dem Stallknecht. Dass der Junge tatsächlich zu einem Freundschaftsbesuch hier war, glaubte sie keinen Moment lang, aber was auch immer ihn herführte – er sollte zu sehen bekommen, was Carisbrooke zu bieten hatte.

»Es tut mir leid, dass Euer Mann verletzt wurde«, bekundete sie kühl. »Meinem Wachsoldaten ist allerdings kein Vorwurf zu machen. Wir rechnen hier nicht mit unverhofftem Besuch, weshalb er annehmen musste, es mit feindlichen Eindringlingen zu tun zu haben.«

Der brüske Empfang brachte Piers de Montfichet aus der Fassung. Offenbar traute er seinem mickrigen Charme zu, Herzen im Sturm zu erobern. »Ich bitte um Verzeihung – der Plan, Euch zu besuchen, nahm so plötzlich Gestalt an, dass für einen Boten keine Zeit blieb«, suchte er, sich aus der Affäre zu ziehen.

»Lassen wir es gut sein«, schlug Isabel vor. »Wie es aussieht, hat der Bolzen Euren Mann nur gestreift, und mein Bader erfreut sich eines ausgezeichneten Rufes. Wenn die Wunde versorgt ist, würden Eure Leute sich sicher gern von den Strapazen der Reise erholen.«

»Wenn es möglich ist – es wäre fraglos willkommen.«

»Mein Stewart wird ihnen die Gästequartiere im Donjon zeigen, die sie nach ihrem Belieben nutzen können«, erklärte Isabel. »Ich muss die Räume lediglich rasch richten lassen, da mit Eurem Besuch nicht zu rechnen war.« In Wahrheit waren die Gästequartiere in tadellosem Zustand und würden nur Betttücher und eine frische Aufschüttung Stroh benötigen. Dass die Fenster zur Hofseite vermauert waren, würde den Gästen nicht einmal auffallen.

Piers de Montfichet protestierte zwar, für seine Männer sei kein Aufwand nötig, sie gäben sich mit einem Schlafplatz in der Halle zufrieden, aber Isabel beschied ihn: »Auf meiner Burg hat es noch kein Mann von Stand nötig gehabt, in der Halle zu schlafen. Ob er in friedlicher oder feindlicher Absicht kommt – ein Gast wird auf Carisbrooke in Ehren empfangen.«

»Aber Gräfin!«, rief der kleine Mann. »Ihr könnt doch nicht an der Freundlichkeit meiner Absicht zweifeln.«

»Hättet Ihr Euren Vater gefragt, so wüsstet Ihr, dass ich noch ganz anderes kann«, verwies sie ihn. Dann unterwies sie

Roger wegen der Quartiere und ging hinüber zur Halle, um für ein festliches Abendessen Sorge zu tragen.

Der zweistöckige, wie ein L geformte Steinbau, in dem zu ebener Erde ihre Halle lag, gehörte zu den Gebäuden, die sie nach ihrer Ankunft hatte errichten lassen. Die Pracht bedeutete ihr nichts, da sie sie nie mit Baldwyn geteilt hatte, doch um Gäste zu beeindrucken, war sie glänzend geeignet. Der ganze Komplex, samt einer in Marmor gehaltenen privaten Kapelle, war nahe an die Kurtine gebaut, und die Halle lag nur durch einen Gang vom Küchentrakt getrennt, sodass die Speisen frisch und dampfend auf den Tisch gelangten. Der Raum war gediegen, aber spärlich möbliert, um ihm die Weite zu erhalten, die etwas von einem Kirchenschiff hatte und Besucher verstummen ließ.

Es war ein Raum, der von Geselligkeit und Wohlstand kündete, von einem Leben, das es hier hätte geben können, wären die Geschwister vereint auf der Insel geblieben. An einem langen Tisch aus schimmerndem Kirschholz lud die Herrin von Carisbrooke zu Mahlzeiten ein, hielt Rat oder saß zu Gericht. Auf dem gefliesten Boden lag frisches Stroh, in das sie Kräuter aus ihrem Garten mischen ließ, und an den Wänden hingen Teppiche in dunklen Tönen, die Szenen einer Beizjagd zeigten. Adam liebte die Halle. Von seinen Reisen, die Isabel Raubzüge nannte, brachte er auserwählte Kostbarkeiten mit, um sie zu schmücken: Leuchter aus mattem Silber, orientalische Töpferarbeiten, Weinkelche, groß wie Kinderköpfe, aus grünlich schillerndem Glas. Isabel musste zugestehen, dass die Halle ihm stand. Er spielte sich darin auf wie ein Herr, und er war dazu geboren, den Herrn zu spielen, wenn er auch nie einer sein würde.

Wie auch immer – Adam war nicht hier. Weder Adam noch Baldwyn. Nur Isabel, wie in all den Jahren. Sie ließ das Feuer schüren, dass es trotz des milden Abends mannshoch loderte, und in Leuchter und Wandarme duftende Wachskerzen füllen. Zum Dinner orderte sie einen gerösteten Kapaun und zwei Schnepfen in pfeffriger Tunke, in Bier gelegte Maifische aus dem Mühlbach von Wootton, jungen Kohl, in Safran und Butter gewendet, frisch gesammelte Morcheln, Feigenpasteten, Gebäck aus Honig und Pinienkernen und den zarten, schmelzenden Käse, den sie sich aus der Champagne schicken ließ. Dazu einen fast schwarzen, mit einem Hauch von Bitterkeit gewürzten Wein, der ein Vermögen kostete, aber nicht aus Sizilien stammte.

Sie rief ihre Kammerfrau, an der sie schätzte, dass sie nur sprach, wenn sie gefragt wurde, ließ sich das Haar auskämmen und wählte ein auf den ersten Blick schlichtes Kleid aus Brokat. Es war ihr Lieblingsstoff, weil Baldwyn gesagt hatte, er sei so wie die Insel: seidig und golddurchwirkt.

Isabel war nie hübsch gewesen und hatte sich nie gewünscht, es zu sein. Hoheitsvoll, imposant und unnahbar, so hatten Männer sie beschrieben, und die meisten von ihnen hatten es nicht schmeichelhaft gemeint. Sie machte sich nichts vor: Kaum ein Mann vermochte eine Frau zu ertragen, die ihm überlegen war. Diejenigen, die um sie geworben hatten, hatte es nach ihrem Geld und ihrer Macht verlangt, nicht nach der seltsamen Isabel de Redvers auf dem hohen Ross.

»Hab Dank, Rose, es ist genug«, sagte sie zu der Kammerfrau und ließ den Rest des aufgeflochtenen Haars auf die Schultern fallen. »Tu mir eine Liebe, lass Tomos bestellen, wir brauchen ihn und sein Organistrum zum Dinner. Und den Sackpfeifer dazu.« Tomos war der walisische Spielmann, den ihr Bruder so sehr geliebt hatte. An Isabels Hof gab es andere Musikanten, mit denen mehr Staat zu machen war als mit dem Alten und seiner Drehleier, doch zuweilen stand ihr der Sinn nach seinen Liedern. Sie erzählten von unerfüllter Sehnsucht und Sternen, die zum Greifen zu weit gewesen waren, und das Klagen der Sackpfeife passte dazu.

Zum Dinner lud Isabel eine Handvoll auserwählter Ritter ihrer Familia ein, damit Piers de Montfichets Leute Gesellschaft hatten. Vier Damen ihres Haushalts vervollständigten die Runde. Die Männer, die bereits Bier erhalten hatten und gelöster Stimmung waren, wurden an zwei im Winkel aufgestellten Tischen platziert, während an der großen Tafel Isabel, ihr Stewart und der Gast allein Platz nahmen. Roger zählte dabei lediglich als Beiwerk, da er zum Gespräch nichts beitragen würde.

Während des Essens bestritt der Gast die Unterhaltung nahezu allein, erging sich in Lobeshymnen über den Zustand der Burg, den Luxus der Quartiere und jede einzelne der erlesenen Speisen. Entweder er bemerkte nicht, dass seine Gastgeberin kaum ein Wort zur Antwort beisteuerte, oder er war entschlossen, es zu ignorieren. Je leerer sich die Schüsseln und Platten darboten, desto leerer wurde auch seine Rede. Je mehr abgenagte Knochen sich rund um die Leuchter mit den tropfenden Kerzen häuften, desto häufiger entstanden Pausen verlegenen Schweigens.

Isabel verlangte von Rittern, die auf ihrer Burg zu Gast waren, grundsätzlich nicht, dass sie sämtliche Waffen zum Essen ablegten, wie es auf anderen Burgen üblich war. Das Gezänk, das aufkam, gehörte zur Unterhaltung. Auch an diesem Abend blieb es nicht aus. Einer der Ritter von Montfichet hatte einem der Ritter von Carisbrooke von den Vorzügen seiner Verlobten vorgeschwärmt, der andere hatte eine abschätzige Bemerkung fallenlassen und nahm sie auf Forderung des ersten nicht zurück. Die Gefährten des Hertford-Mannes, selbst der mit dem verbundenen Arm, drangen deshalb auf den Beleidiger ein, der auf die Bank sprang, durch den Saal lachte und ausrief: »Kein Mann von der Isle of Wight nimmt es hin, dass eine fremde Dame Lob erhält, während unsere eigenen Blumen unbeachtet bleiben!«

Isabel kannte den jungen Mann gut. Er hieß Peter de Heyno, entstammte einer der ältesten Familien der Insel und hatte sich trotz seiner Jugend bereits mehrfach bewährt. Hinter seinem Wunsch, den anderen zu reizen, steckten weder Tücke noch Missgunst, sondern Überschwang und die belebende Lust zu kämpfen.

Wie er es erhofft haben mochte, stieg der Mann aus Montfichet ebenfalls auf die Bank. »Dann sprecht Euer Urteil noch einmal mit der Waffe, und lasst uns sehen, wer hier etwas von Damen versteht!« Seine zwei Gefährten, die dazwischensaßen, sprangen flugs aus dem Weg, und der Herausforderer zog mit metallischem Ratschen sein Schwert.

All dies gehörte zu einem geselligen Abend wie Musik und Spiel, besonders in Friedenszeiten, wenn Ritter nicht genug Bewegung bekamen. Mit einiger Wahrscheinlichkeit gab es gar keine Verlobte, sondern nur den Wunsch, die Kräfte zu messen und sich die Schlacke aus den Knochen zu schütteln.

Peter de Heyno zog ebenfalls sein Schwert, und die ersten Schläge führten sie auf der Bank, um ihr Geschick und ihre Wendigkeit zu zeigen. Das hölzerne Möbelstück schwankte bedenklich, derweil die blanken Klingen aufeinanderklirrten. Der alte Tomos sang dazu leise sein Lied, und die Klage der Sackpfeife fügte sich ein. Die Damen applaudierten jeder gut geführten Parade, und die Gefährten überboten sich im Wetten. Kurz hatten alle Vergnügen, doch allzu schnell wurde deutlich, dass Peter de Heyno seinem Gegner haushoch überlegen war.

Bloßfechten ohne Schild und Schutz erforderte Schnelligkeit und Übung mit der Deckung, und Isabel hatte einen normannischen Fechtmeister eingestellt, der ihre Leute darin schulte. Dennoch wünschte sie, Peter hätte seine Fähigkeiten nicht so offen zur Schau gestellt. Es verstieß gegen die Höflichkeit, einen Gast derart mühelos in die Schranken zu weisen. Zuerst zwang er ihn rückwärts von der Bank hinunter, wobei der Mann stolperte und eine wenig elegante Figur abgab. Alsdann führte er zwei rasche Stiche, mit denen er ihm Brust und Flanke hätte durchbohren können, und zwang ihn, bis an die Wand zurückzuweichen. Zuletzt wirbelte er die schwere Waffe herum, umfasste mit beiden Händen die Klinge und hieb dem Gegner das Heft auf die Schultern.

Es waren freundschaftliche Hiebe, die den Mann unter seinem Gambeson nicht verletzten, doch sie warfen ihn auf die Knie. Peter lachte, schwang zum Tisch herum und verneigte sich vor den Damen.

»Ich habe mich für meinen Ritter zu entschuldigen, Mylord«, bekundete Isabel scharf und warf Peter einen vernichtenden Blick zu. Damit hätte die Sache ausgestanden sein sollen. Dass das Betragen blutjunger Ritter zu wünschen übrig ließ, war ein landläufiges Übel, mit dem sich jeder herumplagte, der Bewaffnete hielt.

Piers de Montfichet wirkte verschnupft und hatte Schweißtröpfchen auf der Oberlippe, doch er murmelte tapfer: »Keine Ursache, Mylady.«

Im nächsten Augenblick schoss der besiegte Ritter in die Höhe und stieß Peter de Heyno sein Schwert in den Arm. Der Stich kam so unerwartet, dass dem jungen Mann ein Schmerzlaut entfuhr und Tomos' Hand an der Kurbel der Drehleier erstarrte.

»Nicht für mein Mädchen!«, rief der Mann aus Montfichet. »Für König Edward von England, der für euch alle und für eure Prasserei bezahlt!«

Mit einem Wutschrei stürzte der Verletzte sich auf seinen Gegner, eine der Damen kreischte auf, und auf die friedliche Jagdszene auf dem Wandteppich spritzte Blut.

Isabels Ritter waren bestens geschult. Auf ein Wort von ihr erhoben sie sich wie ein Mann, sprangen hinzu und trennten die Kämpfenden. Die bluteten beide aus Schnittwunden, doch Isabel sah mit einem Blick, dass keiner von ihnen schwer verletzt war. »Ich denke, der Herr de Heyno kühlt sein Mütchen eine Nacht lang im Verlies«, versetzte sie schneidend. »Geoff, Ihr bringt Peter hinüber und sagt dem Bader, er soll sich um die Wunde kümmern. Ich empfehle Essig zum Auswaschen, die

Lektion kann nicht schmerzhaft genug sein. Was Ihr mit Eurem Mann tut, Mylord, bleibt natürlich Euch überlassen, doch wünsche ich in meiner Halle keine Blankwaffe mehr.«

Piers de Montfichet presste beide Hände an die Schläfen, als wolle er die passende Antwort aus seinem Quadratschädel hinauspressen. »Mein Heißsporn teilt das Schicksal des Euren«, schnarrte er schließlich. »Ab ins Verlies mit den beiden, und es möge nützen!« Wenig überzeugend hob er seinen Kelch und trank.

Es gab einiges Gemurre und Getuschel, doch letzten Endes wurden die Übeltäter abgeführt, und die Wogen der Erregung erstarben. Isabel ließ die Tafeln abräumen und schickte Diener und Damen zu Bett. Die Ritter schlossen sich an.

»Sagt dem Mundschenk, er soll noch Wein bringen«, bat Isabel ihren Stewart. »Dann legt Euch auch schlafen, Roger. Der Tag war lang.«

»Ihr kommt zurecht, Mylady?«, fragte er zweifelnd und unterdrückte ein Gähnen.

Isabel lachte auf. »Bin ich jemals nicht zurechtgekommen, hatte ich jemals eine Wahl? Genießt Euren Schlaf, im Nu ist die Nacht vorbei.«

Kurz darauf schloss sich die Tür zur Treppe, und sie war mit ihrem Gast allein. Durch die flackernden Flammen der Kerzen sah sie ihn an. »Das kleine Vorspiel hat Euch hoffentlich die Zunge gelöst. Ich wüsste nämlich allmählich gern, was mir wirklich die Ehre Eures Besuchs verschafft.«

Piers de Montfichet räusperte sich. Hätte er sie nicht so angewidert, so hätte es ihr leidtun können, dass Englands König Kinder wie ihn auf Missionen schickte, die Schneid und Format erforderten. »Das Verhalten meines Mannes ist natürlich zu tadeln«, sagte der junge Mann endlich. »Aber ein wenig Verständnis für seinen Zorn kann ich nicht leugnen. Wir sind monatelang mit dem königlichen Haushalt gereist, von uns weiß jeder Einzelne, welche Kosten die hehren Ziele des Königs verursachen. Und so hart es mich ankommt, es auszusprechen: Ihr schuldet diesem König dreitausend Pfund.«

»Soso«, sagte Isabel. »Ich schulde also dem König Geld, und Euch schickt er, um es einzutreiben. Sagt: Ist das nicht eine Aufgabe, der jeder schlichte Land-Sheriff gewachsen wäre?«

»Man sollte es annehmen.« Der kleine Mann hatte sich in die Brust geworfen, wie um sich seiner Bedeutung zu versichern. »Aber Ihr wisst selbst, dass an dieser Aufgabe schon andere gescheitert sind. Das Geld ist dem Exchequer noch immer nicht zugegangen.«

»Ist es nicht? Wie bemerkenswert. Sollte das etwa daran liegen, dass dem König das besagte Geld nicht zusteht? Ich jedenfalls bin höchst überrascht davon, jemandem Geld zu schulden, von dem ich mir nie einen Penny geliehen habe.«

»Ihr schuldet Einkommen für die Lehen auf der Insel, die Eigentum des Königs sind!«, rief Montfichet. »Es ist bereits ein Mann gesandt worden, um von den Lehnsmännern die Summen einzutreiben, denn Eure sturen Insulaner beharren darauf, sie seien Euch verpflichtet, nicht dem Thron von England.«

»Und der Mann hatte keinen Erfolg?«

»Nicht allein das. Er ist spurlos verschwunden.«

Isabel nickte. Der Streit um die Lehen hatte bereits unter dem dritten Henry begonnen, und dessen Sohn war offenbar entschlossen, ihn auszufechten, bis sie mürbe war. Er mochte lange fechten – von Rechts wegen war nach wie vor kein Teil der Insel Eigentum der Krone, und Männer, die hier ihre ererbten Güter verwalteten, waren ihre Vasallen, nicht die von Edward Plantagenet. Adam hatte mit seiner Befürchtung offenbar richtiggelegen: Er hatte zwar Cyprians Mann ausgeschaltet, doch London hatte einen neuen geschickt. Wenn allerdings die Bedrohung ihrer Rechte aus halbgaren Bübchen wie Montfichet bestand, konnte sie getrost darüber lachen. Vermutlich hatte der König Cyprian die Sache aus den Händen genommen, nachdem dessen Versuch fehlgeschlagen war.

Armer Cyprian, dachte sie gallebitter. Und armer König, der glaubt, diese sich windende Blindschleiche könnte vollbringen, woran seine giftigste Natter gescheitert ist.

»Mylady, ich höre keine Antwort von Euch.«

»Hört Ihr keine? Und ist es denkbar, dass ich keine ausgesprochen habe?«

»Davon, dass Ihr diese Belange missachtet, verschwinden sie nicht«, behauptete Montfichet aufgebläht.

»Tun Sie das nicht?« Isabel lehnte sich zurück und nippte an ihrem Wein, wie der Genießer Baldwyn es so gern getan hatte. Es misslang ihr. Sie hatte einen Zug am Leib wie Adam. »Habt Ihr mir nicht gerade erzählt, ein Mann, den der König gesandt hat, sei schon verschwunden? Da wir dabei sind – ich bewundere Euren Mut, Mylord. Ihr begebt Euch in die Höhle der Löwin und stellt Euch dem grausigen Rachen, der Euren Vorgänger verschlang. Habt Ihr keine Angst, dass ich im Blut von schönen Jünglingen bade und Euch als nächstes Opfer auserkoren habe?«

Der arme Grünschnabel lief blaurot an wie das Sekret der Purpurschnecke. »Nicht doch, nicht doch«, murmelte er schwerlich hörbar und hob beide Hände. Dann straffte er sich und fuhr hastig fort: »Nicht von Euch fürchten wir Gräuel der nämlichen Sorte. Eure Familie ist seit zweihundert Jahren Teil von Englands edelstem Geblüt, und dabei wird es bleiben. Euer Verwalter ist es, der vor nichts zurückschreckt und dem die finsterste Schreckenstat zuzutrauen ist.«

So finster, dachte Isabel, dass das Bürschlein sich fürchtet, Adams Namen auszusprechen. In der Tat gab es nichts, das sie selbst Adam nicht zugetraut hätte, aber es gab auch nichts mehr, das er ihr antun konnte. Gegen das Eis in ihrem Herzen war seine Höllenhitze inzwischen machtlos.

Leichthin stand sie auf und trat vor das Feuer. Es war Vergeudung, ein Feuer so hoch brennen zu lassen, zumal bei mildem Wetter, aber Isabel liebte es. »Ich verstehe Euch richtig, ja?

Mein Verwalter, der eine Art rechte Hand des Teufels ist, hat des Königs kleinen Beamten verspeist, und jetzt seid Ihr hier, um die Untat zu rächen?«

»Euer Verwalter ist die rechte Hand des Teufels!«, rief Montfichet mit Leidenschaft. »Aber der Mann, der samt der königlichen Gelder verschwunden ist, war kein kleiner Beamter.«

»Nicht? Wer dann? Doch nicht etwa Prinz Alphonso, der Stolz des königlichen Vaterherzens?«

»Matthew de Camoys«, erwiderte Montfichet.

Isabel starrte ins Feuer, bis ihre Augen nichts mehr sahen als blendendes Gelb und Rot. »De Camoys«, sprach sie vor sich hin. »Matthew.« Durch ihre Erinnerung blitzte der Augenblick, als ihr Stewart ihr vor der Senke bei Wootton mitgeteilt hatte, dass ihr Altersgenosse, der Verehrer ihrer Jugend, inzwischen einen erwachsenen Sohn hatte. Dies hier war schlimmer. »De Camoys«, wiederholte sie vor dem lodernden Feuer. »Matthew.« War das der Mann, den Adams Leute unwissentlich getötet hatten? War das Gottes Art von Humor, und erwartete Er, dass auch nur ein Mensch darüber lachte?

Mit einer jähen, erschreckenden Heftigkeit wünschte sie sich, dass Adams Leute den Mann, der Matthew de Camoys hieß, nicht getötet hatten, dass sein Tod noch bevorstand und dass er sterben würde, ohne dass ihm eine einzige Qual erspart blieb. An allen Gliedern zerschlagen und zerschunden sollte er ersticken, vor den Augen nur Dunkel und im Herzen Einsamkeit. Das Albtraumbild, das sie so oft heimgesucht hatte, tauchte wieder auf, doch diesmal kämpfte sie es nicht nieder, sondern genoss es, denn es war ein anderer, der darin litt.

»Mylady Countess?«, hörte sie Montfichet fragen, als sei er besorgt um sie.

Mit der Glut der Flammen auf den Wangen drehte sie sich um. »Bei mir ist kein Herr de Camoys gewesen«, sagte sie ohne Ausdruck. »Schon seit Jahren nicht mehr.«

»Das nimmt doch auch niemand an!«, beeilte sich Montfichet zu versichern. »Wie gesagt: Niemand denkt auch nur daran, Euch im Zusammenhang mit seinem Verschwinden zu bezichtigen, und ich bin nicht einmal hier, um Euch des geschuldeten Geldes wegen zu behelligen.«

»Ach nein?« Isabel konnte nicht klar denken. Die Silben des Namens hämmerten in ihrem Kopf. *De Camoys. Matthew.* Männer zeugten Söhne, und manche dieser Söhne wuchsen auf, ob ihre Väter es verdienten oder nicht.

»Nein«, wiederholte Montfichet. »Ich bin hier, um Euch im Namen meines Königs ein Angebot zu unterbreiten. Es gab einmal ein besseres. Damals – er war noch Kronprinz – trug er Euch die Ehre einer Heirat mit seinem Bruder Edmund an, doch Ihr zogt es vor, ein solches Privileg auszuschlagen.«

»Wiederholt mir nicht meinen Lebenslauf. Ich kenne ihn besser, als mir lieb ist.«

»Wie beliebt, Mylady. Erlaubt mir nur, an eines zu erinnern: Als Prinz Edmund um Eure Hand anhielt, hattet Ihr einen Erben. Jetzt habt Ihr keinen mehr.«

Isabel hatte ihr Leben lang nicht geduldet, dass ein Mensch sie ohrfeigte. Als ihre Mutter es gewagt hatte, hatte sie, damals ein spilleriges Ding von zehn Jahren, zurückgeschlagen. Die Ohrfeige dieses Milchbarts musste sie jedoch einstecken, ohne einen Finger zu rühren. Sie hatte keinen Erben. Nicht nur ihre Wange brannte, sondern jeder Zoll an ihrem Leib.

»König Edward ist bereit, auf den Betrag zu verzichten, auf den sich Eure Schulden belaufen«, sprach Montfichet weiter. »Und nicht nur darauf, sondern auf jedes Einkommen aus den strittigen Lehen bis zum Zeitpunkt Eures Todes.« Er bekreuzigte sich.

Isabel griff sich ins Haar. War ihr Tod auf einmal ein Fakt, der im Raum stand? Sie war Isabel de Redvers, die Herrin der Insel, stark und gesund wie Woottons Pflugochsen! Sie besaß eine uneinnehmbare Festung und eine Familia von Rittern, die ihresgleichen suchte, aber dafür, dass sie sterben musste, hatte sie nicht vorgesorgt. Wieder glaubte sie, den Sohn ihres Feindes vor sich zu sehen, und wieder wünschte sie sich mit einer Kraft, die ihre Brust zu sprengen drohte, ihn zu Tode zu quälen.

»Ihr habt keinen Erben«, wiederholte der pickelige Jungspund, der noch hundert Erben würde zeugen können. »Mein König bietet Euch über den Erlass der Schulden hinaus einen Preis von viertausend Pfund in Gold, wenn Ihr nach Eurem Tod Eure Insel der Krone überschreibt.«

Viertausend Pfund in Gold. Isabel taumelte. *Viertausend Pfund in Gold für unseren Garten Eden, Baldwyn. Hat Gott Adam und Eva einen Judaslohn gezahlt, um ihnen das Paradies zu entreißen? Viertausend Pfund für das, was von dir und mir übrig ist, für das Juwel, das wir in unseren Händen hielten, ohne zu fragen, was für Opfer es uns kosten würde.*

Als sei sie noch immer vom Feuer geblendet, sah sie ihn Dokumente aus einer ledernen Mappe zutage fördern. »Es braucht nicht mehr als eine Unterschrift, Mylady. Ihr seid die Sorge um die Schulden los, und was verliert Ihr schon? Eure Familie stirbt mit Euch. Wohin die Insel geht, kann Euch gleichgültig sein.«

Falls er noch mehr hatte sagen wollen, falls er noch mehr Worte wie Armbrustbolzen hatte schleudern wollen, um Isabel zu vernichten, so hinderte ihn das Donnern, mit dem die Tür zum Hof an die steinerne Wand krachte. Der Wind der Nacht stob herein und ließ die Flammen der Kerzen zucken.

»Nein«, sagte eine Stimme, die von den Wänden widerhallte. »Diese Insel ist so wenig verkäuflich wie der Stolz eines Mannes und das Herz einer Frau. Packt Eure Schandpapiere ein und trollt Euch, ehe ich vergesse, dass Carisbrooke die gastfreundlichste Burg von England ist! Morgen früh, wenn ich mir den Bart schere, will ich keinen von Eurem Pack mehr hier sehen.«

Selbst in den besten Tagen ihres Lebens hatte Isabel sich gefragt, ob das, was sie an diesen Mann fesselte, Liebe war. Jetzt war es ihr gleichgültig. Er gehörte zu ihrer Insel und zu ihr. »Willkommen zu Hause, Adam«, sagte sie, nahm Montfichets Kelch vom Tisch, wischte ihn mit dem Tafeltuch sorgsam sauber und schenkte dem Geliebten ein.

17

Komm aus dem Kasten, du Stück Dreck! Ich habe dir gesagt, wenn du dich noch einmal an ihr vergehst, haue ich dir dein verdammtes Ding mitsamt den Eiern ab.«

Magdalene war mindestens ebenso erschrocken wie Timothy, wenn ihr auch die Kraft fehlte, wie er in die Höhe zu fahren. Sie lagen in der mächtigen Raufe, in der minderwertiges Getreide als Tierfutter aufbewahrt wurde. Bei jeder Bewegung rutschten ihr scheffelweise Körner in alle Ritzen und Falten der Kleidung. »Wenn wir hier wieder raussteigen, werden wir rieseln wie zwei aufgeschlitzte Säcke«, hatte sie zu Timothy gesagt.

Aber das hatte Timothy nicht abgeschreckt, genauso wenig wie das Wissen, dass sie immer noch blutete. Gilles hatte Mädchen während der Blutung immer ausgesondert, weil die Kunden sich höllisch davor fürchteten, sich durch das Blut allerlei widerliche Leiden zuzuziehen. Auch Magdalene war regelmäßig ausgesondert worden, obwohl sie nie mehr als ein paar schmierige Tropfen vergoss. Jetzt hingegen, wo das Blut in Strömen aus ihr herauslief, geriet sie an einen Mann, den das nicht im Geringsten scherte.

»Ich bin zu schwach«, hatte Magdalene ihn geradezu angebettelt, und das war die Wahrheit. Sie war so schwach, dass sie fürchtete, in ihrem Gewerbe nie mehr Geld verdienen zu können, und was war, wenn ihre Familie einmal Geld von ihr brauchte?

»Ich weiß ja, Lenchen«, hatte Timothy gejammert, »aber geht es denn nicht ein ganz winziges bisschen? Schau, ich halte es doch gar nicht mehr aus, ich kann nicht schlafen und nicht denken, und ich habe einen höchst gelehrten Herrn sagen hören, wenn ein Mann in diesem Zustand bleibt, dann fault der Schwanz ihm ab.«

Ob das wahrscheinlich war, vermochte Magdalene nicht zu beurteilen, aber wie durfte sie den armen Timothy solchen Ängsten aussetzen? Waren sie erst in London, so konnte sie ihn vielleicht zu einem Frauenwirt schicken, aber hier gab es weit und breit nur fromme Brüder. Zu allem Unglück mussten sie noch zwei weitere Tage bleiben, weil Hugh von seinem vereiterten Kiefer Fieber bekommen hatte und Pflege brauchte. Daher hatte Magdalene sich breitschlagen lassen und war Timothy in den Taubenschlag gefolgt, wo zu ebener Erde die Futterraufe stand. »Willst du dich wirklich da hineinlegen?«, hatte sie skeptisch gefragt. Sie war nie zimperlich gewesen, aber der Gestank des Taubenkots trieb ihr die Tränen in die Augen.

»Unser Herr Jesus ist auch in einer Krippe zur Welt gekommen!«, rief Bruder Timothy fröhlich und begann schon, an Magdalenes Gürtelband zu nesteln. Dass sich das eine mit dem anderen vergleichen ließ, erschien Magdalene fraglich, aber seinem Brustton der Überzeugung hatte sie nichts entgegenzusetzen. Mit einem schicksalsergebenen Seufzer stieg sie in seine Hände, die er zur Räuberleiter faltete, und ließ sich in die Raufe heben.

Es war beschwerlich, es weckte den kaum verstummten Schmerz, aber es ließ sich ertragen. Gleich ist er fertig, hatte sie sich beschworen, und dann habe ich gewiss für eine Weile meinen Frieden. Dann aber war die Tür aufgeflogen, und zu Magdalenes Entsetzen stand Herr Matthew darin. Der Schreck verschlug ihr die Sprache, selbst kümmerlichstes Gestotter. Sie hatte ihn zuvor schon wütend gesehen; sie wusste, dass sich in diesem so feinen, so vortrefflichen Mann ein Zorn verbarg, der gefährlich werden konnte, aber sie hatte ihn nie so außer sich erlebt wie jetzt. Sein Gesicht war dunkel, das Haar hing ihm wild zerrauft in die Stirn, und mit einem grässlichen Klirren zog er das Schwert aus der Scheide. Die lange Klinge glänzte.

Magdalene sah Herrn Matthews gespannte Schultern und begriff, dass er mit einem einzigen Hieb einen Arm durchtrennen konnte oder, wenn er wollte, auch einen Hals.

»Komm aus dem Kasten, du Stück Dreck! Ich habe dir gesagt, wenn du dich noch einmal an ihr vergehst, haue ich dir dein verdammtes Ding mitsamt den Eiern ab!«

Da sie eine Hübschlerin war, ein Kind der Straße, war Magdalene daran gewöhnt, dass Männer schmutzige Worte spuckten, bis sie aus dem Mund stanken. Aber Herr Matthew war nicht wie andere Männer. Herr Matthew war ein edler Mensch mit einer schönen Seele, der eine unter Abertausenden. Dass er sich herabließ, wie ein Bierbrauer zu geifern, dass er dadurch an seiner Seele Schaden nahm und dass sie daran schuld war, drehte ihr das Herz um. Darüber hinaus aber hatte sie eine höchst handfeste und drängende Sorge: Herr Matthew blieb nämlich nicht stehen. Er ging mit dem Schwert vor der Brust auf die Raufe zu, und wer sein Gesicht sah, wusste, dass er kam, um seine Drohung wahr zu machen.

Timothy wimmerte und versuchte, sich wie ein Kaninchen in den Berg aus Körnern einzugraben. Mit beiden Händen buddelte er eine Grube und steckte den Kopf hinein, nur um gleich darauf niesend und prustend wieder aufzutauchen. Flugs war Matthew bei ihm, packte ihn am Kragen und zerrte ihn mit der Kraft eines Armes in die Höhe. »Ein Bastard wie du hat kein Recht, sich Mensch zu nennen. Du lässt ein Mädchen viehisch verrecken, weil du deinen Drecksschwanz nicht bei dir behalten kannst!«

Woher hast du nur solch eine Sprache, mein Herr Matthew? Kein Wort davon passt zu dir! Magdalene hatte keine Zeit, darüber nachzusinnen, denn die Spitze von Herrn Matthews Schwert berührte Bruder Timothys Bauch, und der arme Tölpel zappelte wie ein Schwein am Fleischerhaken. Wenn er Pech hatte, schlitzte er sich auf diese Weise selbst auf, ehe Herr Matthew es tat.

Das konnte sie nicht erlauben! Gern gönnte sie Herrn Matthew seinen Zorn, der ihm ja zustand, wo er sich mit ihnen allen herumplagte – mit ihrem Bluten, das sie unbrauchbar machte, mit Hughs Zahnweh, mit Bruder Timothys Altweibergeplapper und mit der ungerechten Schelte der Amsel. Aber sie durfte nicht zulassen, dass er sich zum Mörder machte. Bruder Timothy mochte sein, wie er war, einen aufgeschlitzten Bauch hatte er nicht verdient.

Magdalene nahm ihre Kräfte zusammen und setzte sich auf. »Nicht doch, Herr Matthew!«, rief sie und griff nach seinem Arm. »Es ist nicht seine Schuld – er kann nicht anders!« Ströme von Getreide rieselten an ihrem Körper hinunter und verursachten ein unsägliches Kitzeln.

Herr Matthew sah, dass sie nach der Klinge griff, und sprang zurück. »Bist du von Sinnen? Du hast so schon kaum mehr Blut in den Adern – willst du dir auch noch die Hände aufschlitzen?«

»Ja, mein Herr«, antwortete Magdalene. »Wenn Ihr dafür den armen Bruder Timothy lasst.«

»Wie kannst du mit diesem Schwein Mitleid haben?« Er zog das Schwert außer Reichweite, womit es nicht länger gefährlich war. Mit einem Winseln sprang Bruder Timothy an den äußersten Rand der Kiste und versuchte von Neuem, sich einzubuddeln. Matthew bedachte ihn mit einem verächtlichen Blick. »Er ist doch schuld, begreifst du das nicht? Du bist nur ein dummes Ding, das die Beine breitmacht, weil es glaubt, es habe sonst auf sein Dasein kein Recht. Er aber, der unter den klügsten und gottesfürchtigsten Männern Englands gelebt hat – hat er vor Gottes Geschöpfen keine Unze Respekt?«

Magdalene hatte Matthew lange nicht gestreichelt, weil sie fand, es stehe ihr nicht mehr zu. Jetzt aber wirkte er so verzweifelt, dass sie ihn nicht allein lassen mochte. Sie strich ihm über die Wange. »Ich glaub, es gibt auch unter Männern dumme Dinger«, sagte sie. »Und Bruder Timothy hat diesen Trieb, der über ihn kommt – schlimmer als die Hengste vor dem Beschälen und die Keiler im Wald. Er kann nichts dafür, es ist wie eine Krankheit, gegen die es kein Mittel gibt. Glaubt mir, Herr Matthew, ich habe alles versucht.«

Auf Herrn Matthews Stirn erschien eine steile Falte, doch seine Miene wirkte nicht mehr so finster. »Du hast was versucht, Mag?«

»Nun, ihm ein Mittel zu geben, das den Trieb stillt.«

Bruder Timothys Kopf tauchte aus dem Getreidehügel auf, sein Gesicht der personifizierte Unglaube.

»Er weiß nichts davon«, erklärte Magdalene. »Ich habe es ihm ins Essen gemischt, schon bevor diese Sache mit dem Blut begann, weil ich ganz ausgebohrt war und nicht mehr konnte. Im Norden haben wir es immer so gemacht, und bei anderen hat es auch bestens geholfen. Nur bei Bruder Timothy ist es verlorene Liebesmüh. Sein Trieb ist wie ein Tatzelwurm, den man hundertmal zertreten kann. Er steht immer wieder auf.«

»Wie ein was?«

Magdalene überlegte. »Ein scheußliches Tier mit Schuppen«, antwortete sie endlich, aber es fiel ihr nicht ein, wo sie das Ungeheuer gesehen hatte. »Eins, das am Wasserfall wohnt und Bauernmädchen frisst. Wo es langkriecht, wird Sand zu Glas, ich meine, etwas Weiches wird hart – so wie bei Bruder Timothy.«

Zu ihrer Erleichterung sah Magdalene, wie Herrn Matthews schöner Mund sich kräuselte – er kämpfte gegen etwas, das stärker war als ein Lächeln, und in seinen Augen blitzte eine Spur von Schalk. Sie war beinahe stolz auf sich. Warum sie mit dem dummen Gerede vom Tatzelwurm begonnen hatte, wusste sie nicht, aber wenn sie Herrn Matthew mit ihrer Dummheit amüsierte, sollte es ihr nur recht sein.

Er schob das Schwert in die Scheide, hob die Hand und strich Magdalene über die Wange, so wie sie es zuvor bei ihm getan hatte. »Gott segne dich«, sagte er.

»Und Euch, mein Herr Matthew.« Vor Seligkeit hätte Magdalene um ein Haar geweint.

»Jetzt hör mir zu, Mag, versprich es: Du darfst auf keinen Fall noch einmal mit ihm verkehren, einerlei, ob sein Tatzelwurm ihn zu Glas macht oder ob über euch der Himmel einstürzt. Du würdest daran sterben, verstehst du?«

»Und wärt Ihr traurig, wenn ich sterb?«, entfuhr es ihr.

Er sah sie lange an, und seine Augen waren zwei schwarze Sterne, schöner als jeder goldene. »Ja, Mag, dann wäre ich traurig.«

Sie nahm seine Hände und küsste sie. Auf seinen Handrücken tropften ihre Tränen und Getreidekörner.

»Wenn es gestattet ist«, nuschelte Bruder Timothy aus seinem zerstörten Kaninchenbau, »bei allem, was Ihr gegen mich vorzubringen habt, wünsche ich, dass Ihr wisst: Ich werde an Magdalenchen als Ehrenmann handeln. Ich war ja nur ein Dreikäsehoch, als ich all das geschworen habe – dass ich nie nach einer Frau schauen will und so weiter –, und sobald wir nach Fountains Abbey kommen, werde ich jemanden bitten, mich von meinen Schwüren zu entbinden. Dann kann ich Magdalenchen heiraten. Dass sie kein Kind kriegt, stört mich nicht. Sie ist mir genug, ich brauch nicht mehr.«

»Dafür sei dem Herrgott Dank«, brummte Herr Matthew, aber er klang nicht länger erzürnt. »Also schön, um deiner Fürsprecherin willen soll es damit genug sein. Aber du musst mir bei allem, was dir heilig ist, geloben, dass du ihr nicht mehr nahekommst, es sei denn, sie wird gesund. Wenn wir in London sind und dieser Wurm dich zu Glas macht, lass es mich wissen. Ich gebe dir Geld für eine Hure, die ihn weich bekommt.«

Bruder Timothys Gesicht wurde rund wie der Mond, so strahlte er. Magdalene gab ihm Herrn Matthews Hände, auf die er ergeben seine Küsse drückte. Herr Matthew aber zog die Hände zurück und wischte die Handrücken nicht an seiner Kleidung, sondern am splitternden Holz der Raufe ab. »Gott vergelte Euch Eure Güte«, sagte Timothy und verneigte sich im Sitzen so tief, dass sein Gesicht im Getreide landete.

»Ja«, sagte Magdalene. »Gott vergelte Euch alles, Herr Matthew. Und wenn es etwas Geringes gibt, mit dem Eure Mag

Euch Dank sagen könnte – dann bitte, mein Herr Matthew, lasst Eure Mag davon wissen.«

Er stand vor ihr, wie er damals in der Tür von Gilles' Frauenhaus gestanden hatte: die Schultern und den Rücken gestrafft und die Hände im Rücken verschränkt. »Was für ein Bild von einem Kerl!«, hatte Clarice, das beliebteste Mädchen des Hauses, ausgerufen, und die übrigen stimmten ein: »Ein wahrer Ritter – den lass für mich, etwas so Herzwärmendes macht meine verkommene Seele heil.« Magdalene hatte durch einen Trick die anderen ausgebootet, weil sie ihn um jeden Preis in den Armen halten musste und weil sie wusste, dass sie für ihn die Beste war. Die anderen nämlich sahen prächtige Schultern und lange Beine, gemeißelte Züge und goldbraunes Haar. Magdalene hingegen sah mehr als das: Sie sah einen Mann, der sich fürchtete, der verstört und abgrundtief einsam war. Genau so stand er jetzt wieder vor ihr. Verlegen. Im Rücken die Hände ringend, als würde sie es dort nicht bemerken.

»Etwas könntest du allerdings für mich tun, wenn du wolltest«, sagte er.

»Alles, mein Herr Matthew.« Magdalene taten die armen Handgelenke leid, die er sich wieder einmal bis aufs Blut wundkratzen würde.

»Dieses Mittel, das du Bruder Timothy gegeben hast, um seinen … seinen Tatzenwurm zu zähmen – du hast gesagt, bei anderen Männern hat es geholfen?«

»Tatzelwurm«, verbesserte Mag wie von selbst. »Und ja, für gewöhnlich hilft es. Viele Mädchen schwören darauf.«

»Was ist es?«, fragte er.

»Ein Sud aus Koriander und Eisenkraut – leicht gemacht, wenn man die Zutaten bekommt.«

Er schlug die Augen nieder. »Hast du noch davon?«

»Aber ja!«, rief sie eifrig. »Wollt Ihr, dass ich es noch mal bei Bruder Timothy versuche?«

»Du solltest ihn Timothy nennen«, sagte ihr Herr Matthew.

»Dein Bruder ist er nicht, und ein Zisterzienser wird er nicht mehr lange bleiben. Nein, ich will nicht, dass du es noch einmal bei ihm versuchst. Diesem Wurm, der Glas macht, kommen wir anders bei.«

»Was wollt Ihr dann?«, fragte sie.

»Dass du es mir gibst«, sagte ihr Herr Matthew und bohrte den Blick in den Boden, als wolle er nie mehr aufsehen.

DRITTER TEIL

Stadt an der Themse

London, im frühen Sommer des Jahres 1284

»Omnes supervenientes hospites tamquam Christus suscipiantur, quia ipse dicturus est: Hospis fui et suscepistis me.«

»Alle Fremden, die kommen, sollen aufgenommen werden wie Christus, denn er wird sagen: Ich war fremd, und ihr habt mich aufgenommen.«

BENEDIKTSREGEL, KAPITEL 53.1

18

Deborah hatte bei Josua, dem Seifensieder, Arbeit gefunden. Sie hätte es nicht nötig gehabt, denn was Vyves und Gideon einnahmen, reichte, um satt zu werden und um die Miete zu bezahlen. An mehr zu denken schien ohnehin vermessen. Aber Deborah hatte sich die Suche nach Arbeit nicht ausreden lassen. »Wenn du dich scheust, mich zu heiraten, weil du mir kein Haus bieten kannst, dann muss eben ich dabei helfen, dass wir dieses Haus bekommen werden«, hatte sie zu Vyves gesagt.

Ihr Freimut und ihre Entschlossenheit beschämten ihn. Er wollte nicht, dass sie seinetwegen bei fremden Leuten wie eine Dienstmagd schuftete, Oved ben Rouvins vergötterte Tochter, seine Prinzessin, seine Rose von Sharon. »Selbst wenn wir Geld dafür hätten, dürften wir uns kein Haus kaufen«, hatte er versucht, sie umzustimmen. »Es ist Juden nicht länger erlaubt.«

»Irgendwann wird es wieder erlaubt sein«, hatte sie gleichmütig erwidert, »wenn nicht hier, dann anderswo.« Seither ging sie ins Haus des Seifensieders, das abgelegen am äußersten Rand des Judenviertels stand. In seiner Umgebung wollte kein Mensch wohnen, weil beim Erhitzen von Schafstalg und Fischtran, die für die Seifenlauge nötig waren, ein Gestank aufstieg, der den stärksten Mann erschaudern ließ.

»Wie hältst du das aus?«, hatte Gideon geschrien, als er seine Schwester zum ersten Mal dort abgeholt hatte. »Es stinkt schlimmer als im Schweinekoben, in den kein jüdisches Mädchen einen Fuß setzen würde, aber die Tochter meines Vaters geht dort ein und aus!« Er weigerte sich, noch einmal dorthin zu gehen. Es sei eine Schande, hatte er gesagt, und Deborah selbst stinke nach der erbärmlichen Arbeit, dass man in ihrer Nähe kein Essen mehr genießen könne.

Er übertrieb. Ja, Deborah half Josua, die Lauge zu rühren und aufzukochen, und wenn sie sein Haus verließ, umgab sie eine Wolke beißenden Gestanks. Aber sie war ein reinliches Mädchen und blieb es. Wenn der fertigen Seife Rosenwasser und Majoran zugesetzt waren, wie Josua es für seine betuchten Kunden tat, war von dem Gestank nichts mehr wahrzunehmen, und Deborah benutzte täglich etwas von der Schmiere, die abfiel, wenn der Kalk eingeschüttet und die Seife in Formen gefüllt wurde. Nicht nur ihre Kleidung wusch sie damit, sondern auch Haut und Haar.

Vyves mühte sich, Verständnis für Gideon aufzubringen. Er war froh, dass der Freund nicht mehr davon sprach zu konvertieren, dass er sich beim Trinken mäßigte und liebevoll mit seiner kranken Frau umging, aber seine Art, Deborah herabzuwürdigen, brachte ihn auf. Es war nicht die Schuld der Frauen, dass die Männer ihnen kein behütetes Dasein mehr bieten konnten. Sie taten ihr Bestes und verdienten dafür Respekt.

Nach Gideons Weigerung, sich noch einmal in die Nähe von Josuas Haus zu begeben, beteuerte Deborah, sie könne allein gehen. Vyves aber bestand darauf, sie anstelle ihres Bruders zu begleiten und abends wieder abzuholen. Sie musste im Morgengrauen aufbrechen, wenn sich noch allerlei Gelichter der Nacht in den Gassen herumtrieb, und Vyves hätte sich geschämt, sie allein auf den Weg zu schicken. Dass er mit ihr ging und damit ihre Hoffnungen nährte, beschämte ihn allerdings kaum weniger.

Nach einigen Tagen, in denen das Wetter sich recht stabil gezeigt hatte, war dieser Morgen wieder so windig, grau und feucht, als sei Herbst, nicht bald Sommer. »Ist es nicht seltsam?«, fragte Deborah, als sie das Haus der Crespins verließen. »An einem solchen Tag hat man immer das Gefühl, es stünde einem Unheil bevor.« Sie nahm Vyves' Arm und zog sich mit der freien Hand den Schal fester um Kopf und Schultern.

Vyves versuchte zu lachen, aber er hatte gerade dasselbe gedacht. Umso vehementer widersprach er: »Unheil steht uns gewiss nicht bevor, sondern eine Sabbatfeier mit süßem Wein, einer Challa mit Mohn und Sesam und gefülltem Fisch. Mir tut nur leid, dass du vorher diese Arbeit hinter dich bringen musst.«

Dankbar sandte sie ihm ein Lächeln. »Das ist nicht so arg. Wirklich nicht. Der alte Josua gibt mir stets die leichtesten Aufgaben. Rebecca und ich sitzen eigentlich nur zum Faulenzen in der Werkstatt.«

Vyves wusste, dass es so nicht war. Aber in der Tat war der Seifensieder kein Schinder, sondern ein fürsorglicher Mann, den es dauerte, dass er sowohl Deborah als auch seine fünf Enkelinnen zur Arbeit anhalten musste. Er war als Kerzenmacher ausgebildet und hatte einst herrliche Wachskerzen für die Tische der Reichen gezogen – rote und grüne, dick wie Arme, wie er nicht müde wurde, Deborah zu berichten. Sogar die Königin Eleanor, die provenzalische Gemahlin von Henry III., habe – wenn auch insgeheim – den Duft und die Festigkeit seiner Kerzen geschätzt. Damals, so brüstete er sich, hatten er, seine Frau und das geliebte Töchterchen wie Fürsten gelebt, aber dann seien die bösen Zeiten gekommen und Adonai habe sich entschlossen, seinen Diener Josua wie einst Hiob zu prüfen.

Über Nacht waren die Kontrollen verschärft worden, und kein Christ hatte mehr seine Kerzen bei ihm gekauft. Stattdessen hatte er Drohungen der Gilde erhalten, und sein Wohlstand war wie Wachs dahingeschmolzen. Seine Frau war vor Kummer darüber gestorben, und keinen Monat später nahm ihm ein Fieber die geliebte Tochter und den Schwiegersohn. Fünf Enkelinnen blieben dem alten Josua – fünf hungrige Mäuler und eine leere Truhe für Heiratsgut. So gab er die hehre Kunst des Kerzenziehens auf und verlegte sich auf die Herstellung billiger Talglichter und später auf Seife. Gerber kauften Seife in großen Mengen, weil sie beim Entfetten von Häuten half, und es gab nicht genug christliche Sieder, um den Bedarf zu decken. Josua hatte sich damit aus dem Elend herausgearbeitet und kam zurecht, doch dass eines seiner Mädchen müßigging, konnte er sich nicht leisten. Nicht einmal Rebecca durfte er schonen, die Jüngste, die ihrer verlorenen Mutter glich und sein Augenstern war.

Regen trieb Deborah und Vyves in die Gesichter. Wenigstens war an solchen Tagen die Feuergefahr gering, die beim Kochen der Seifenlauge entstand. Kein Mensch war unterwegs. Wer immer konnte, blieb daheim am Feuer, bis die Sonne höher stand und ein wenig Wärme spendete.

»Worum machst du dir Sorgen?«, fragte Deborah.

»Um nichts!«, beeilte Vyves sich, Antwort zu geben.

»Glaubhaft klingt das nicht. Ich habe dich mit meinem düsteren Gerede angesteckt, nicht wahr?«

»Nein, gar nicht. Ich hätte es eben nur lieber, wenn du im Haus bleiben könntest wie meine Mutter und Esther.«

Sie schwieg, und Vyves wusste, was sie dachte: Wenn er sich entschloss, sie zu heiraten und sich mit dem Zimmer bei den Crespins zu begnügen, würde sie bleiben und für seinen Hausstand sorgen. Adonai gebot, ein Mädchen jung in die Ehe zu geben, und diese herrliche Blume hatte um seinetwillen ihre Jugend fast verscherzt. So ging es nicht weiter! Wenn er keinen Mann für sie finden konnte, musste er zu dem Versprechen stehen, das unausgesprochen gegeben worden war. Auf einmal fand er, er dürfe an ihr nicht länger schuldig werden, an ihr und an Gideon, dem das Schicksal der Schwester vermutlich ebenso auf dem Gewissen lastete. »Deborah«, sagte er, doch schon bei der letzten Silbe schien seine Stimme zu verebben. Wie so oft hielt etwas ihn ab.

»Was ist?«

»Ach – nichts. Soll ich dich heute etwas früher abholen? Meine Mutter und Frau Crespin würden sich freuen, wenn du ihnen mit dem Tisch hilfst.«

Sie löste sich von ihm und ging ein paar Schritte voraus, wobei ihr Fuß in eine Pfütze tappte. Schwärzliches Wasser durchdrang ihren dünnen Schuh und bespritzte ihr den Rock. Wie enttäuscht sie war, ließ sich nicht übersehen. Immer beherrschte sie sich, stand den anderen bei und schluckte den eigenen Kummer hinunter, aber auch ihre Kräfte würden irgendwann verbraucht sein. Vyves hob die Stimme, um Deborah zurückzurufen, aber was hätte er ihr sagen sollen, um sie zu trösten?

Sie sah sich nicht nach ihm um, sondern bog um die Häuserecke in die Colechurch Lane ein. Kaum war sie verschwunden, schrie sie auf.

»Deborah!« Vyves hatte sie nie zuvor schreien hören und wusste sofort, dass der Grund dafür grauenhaft sein musste. Kopflos rannte er durch die Pfützen und den durchweichten Boden und fand sie auf Händen und Knien im Schlamm. Weit und breit war kein Mensch zu sehen, der sie gestoßen haben konnte. »Deborah!«

Sie wandte sich um. Ihr schönes Gesicht war vor Entsetzen verzerrt. Vyves sprang hinzu und sah im grauen Morgenlicht, was vor ihr auf der Straße lag. Es war ein menschlicher Körper. Ein Kind. So grauenvoll zugerichtet, dass die Frage nach Tod oder Leben sich erübrigte.

Er kniete sich ebenfalls in den Schlamm und schob sie zurück, versuchte, sich zwischen sie und den Leichnam zu drängen. Im selben Moment begannen hinter den letzten Häusern des jüdischen Viertels die Glocken der Kathedrale zu läuten. Der Glöckner von St. Paul rief die Gläubigen zum Morgengebet. Adonai, bewahre uns!, flehte Vyves im Stillen. Wenn die Christenstadt zum Leben erwachte, ehe sie einen Weg gefunden hatten, ihrer Lage Herr zu werden, dann konnte ihnen wahrlich nur noch Gottes Gnade helfen.

Deborah dachte vermutlich das Gleiche. »Was sollen wir nur tun, Vyves? Was sollen wir nur tun?« Sie lehnte sich an seinen Rücken. Ihr Körper krümmte sich vor und zurück, als würge sie.

Was sollten sie tun? Er musste sich zwingen, das tote Kind anzusehen. So klein, wie Vyves auf den ersten Blick angenommen hatte, war es nicht. Es war ein Junge von zehn oder zwölf Jahren, und er trug keinen Fetzen Stoff am Leib. Aus einer Wunde in der Seite musste er stark geblutet haben, doch der Regen hatte das Rot längst zu blassem Rosa verdünnt. Wies er noch andere Wunden auf? Vyves wagte kaum, den Blick danach zu wenden. Er fürchtete zu wissen, was er sehen würde, und hoffte dennoch wider alle Vernunft, es werde schon so schlimm nicht sein.

Es war so schlimm. Hände und Füße des Jungen waren durchbohrt, und um seine Stirn zog sich ein Ring von blutigen Stichwunden. Es war seinen Zügen anzusehen, auf welch bestialische Weise er umgekommen war: Er war an ein hölzernes Kreuz geschlagen und dort einem qualvollen Tod überlassen worden wie Jesus von Nazareth.

Fasse dich, beschwor sich Vyves, derweil Blutstrom und Herzschlag sich in seinen Ohren überschlugen. Finde eine Lösung, ehe die, die das auf dem Gewissen haben, Alarm schlagen und ihre Häscher schicken. *Von der christlichen Seite.*

Dass der tote Junge Christ war, hatte Vyves mit einem Blick erkannt, obwohl er ihn lieber bis zum Nabel zugedeckt hätte, ohne ihn durch sein Gaffen noch tiefer zu entwürdigen. Seine Mörder hatten ihn hierhergeschleift und wie Abfall im Straßenschlamm liegen lassen, um den Juden die Schuld zuzuschieben.

Vorfälle dieser Art hatte es in anderen Städten bereits gegeben. Schon im vergangenen Jahrhundert waren die Juden von Norwich angeklagt worden, ein christliches Kind – einen Gerberlehrling in etwa demselben Alter – gekreuzigt zu haben, und noch immer pilgerten Scharen zum Schrein des jungen William, um dem angeblichen Märtyrer zu huldigen. Die Juden von Norwich hatten danach in ihrer Stadt nie mehr Frieden gefunden, und ein Jahrhundert später hatte die Juden von Lincoln dasselbe Schicksal ereilt: Man beschuldigte sie, ein Kind ermordet, sein Blut in einer Schale aufgefangen und in den Teig für die Matze gemischt zu haben. In Scharen wurden Männer zum

Galgen geschleppt, während ihr Besitz in die Hände des Königs überging.

Heftige Übelkeit befiel Vyves. Er erinnerte sich daran, die Geschichte gehört und sofort wieder verdrängt zu haben: Das tote Kind war in einem Brunnen gefunden worden. Wie fand man Tote in Brunnen, die hundertfünfzig Fuß tief waren? In seinem Schädel hallte eine Stimme, die zählte: *Sieben. Acht. Neun. Zehn.*

Gerade als er glaubte, zur Seite zu fallen, fühlte er Deborahs Arme um die Schultern und dann ihr Knie, das ihn schmerzhaft in der Nierengegend traf. »Komm doch zu dir, Vyves! Wir müssen etwas tun!«

Das mussten sie in der Tat. All jene Fälle waren Auftakte zu Pogromen gewesen, zu brennenden Häusern und Synagogen, gefolterten und ermordeten Menschen, durch die Straßen gejagten, vertriebenen Familien. »Du hast recht«, presste Vyves heraus. »Wir müssen ihn wegschaffen!«

Sie rappelte sich auf die Füße und nickte tapfer. Streckte den Arm aus und wies durch die Gasse zurück. »In den Brunnen«, murmelte sie. »Er wiegt ja nicht viel, zu zweit schaffen wir's.«

Die Stimme in seinem Kopf nahm ihre Worte auf. *In den Brunnen. In den Brunnen. Sieben. Acht. Neun. Zehn.* Das brachte ihn wieder zu sich. »Wir können das nicht tun, Deborah«, hörte er sich beinahe ruhig sagen. »Ich hätte einen solchen Vorschlag nie machen dürfen. Er ist ein Mensch, und seine Familie muss ihn begraben dürfen.«

»Es ist Dick!«, schrie sie auf.

»Was für ein Dick?«

»Dick, der Gerberlehrling. Er kommt zu uns und kauft Seife. Wenn sie ihn hier finden, werden sie sagen, es war Josua, der ihn ermordet hat!«

Auch damit hatte sie recht. Und es war gut möglich, dass der Verdacht nicht nur auf das Haus des Seifensieders, sondern auch auf das der Crespins fiel, die ebenfalls mit den Gerbern

Handel trieben. Dennoch konnte Vyves nicht hingehen und einen halbwüchsigen Jungen, einer Mutter Sohn, der auf viehische Weise getötet worden war, in einen Brunnen werfen, und Deborah konnte es ebenso wenig. »Wir müssen hinüber und einen Constable holen«, sagte Vyves, stand auf und legte ihr die Hand auf die Schulter. »Irgendeinen Wachmann, der das Nötige veranlasst. Kannst du hier bei ihm bleiben, während ich jemanden suche? Ich beeile mich.«

Deborah nickte. Mit knochentrockenen Lippen küsste er sie auf die Wange und rannte los.

Sie hatten das Richtige getan, was immer auch geschehen würde. Mit der Nachtwache, die Vyves in der Cheapside auftrieb, strömten Scharen von Menschen ins jüdische Viertel, das inzwischen seinerseits zum Leben erwacht war. Klein und verloren harrte Deborah inmitten der anderen bei dem Toten aus. Die christlichen Schaulustigen, zumeist Frauen, die auf dem Weg zum Markt gewesen waren, warfen Schlamm und Steine und wünschten Vyves, Deborah und allen mörderischen Juden von London die Hölle an den Hals. Deborah krümmte sich noch mehr zusammen, aber sie verließ ihre Stellung nicht.

»Lasst das Mädchen gehen!«, sagte Vyves zu dem Wachmann, einem müden, beleibten Burschen, der die Nacht in den Straßen verbracht und gehofft hatte, bald daheim in seinem Bett zu sein. »Ich bitte Euch. Verhaftet mich, aber tut ihr nichts an.«

Der Mann, der einige der Umstehenden herbeigewinkt hatte, damit sie ihm mit der Bergung des Toten halfen, hob den Kopf und suchte seinen Blick. Er hatte verkniffene Äuglein und ein von kraterhaften Narben entstelltes Gesicht. »Du hast mir doch erzählt, du kennst den Jungen nicht«, sagte er. »Warum soll ich dich also verhaften, Jude? Nimm dein Mädchen, und troll dich – und wenn ich du wäre, nähme ich die Beine in die Hand.«

Vyves vermochte nicht zu glauben, was er gehört hatte. Deborah vermochte es. Sie sprang auf, packte Vyves hart am Arm und zerrte ihn durch die Menge.

»Danke!«, rief er dem Mann zu. Sogleich schämte er sich. Weshalb bedankte er sich dafür, dass er als unbescholtener Mann seines Weges ziehen durfte? Wie tief war er bereits erniedrigt, dass er sich wegen einer Tat schuldig fühlte, zu der kein Teil seines Wesens fähig war? Eine Handvoll Schlamm traf ihn an der Wange, gleich darauf flog ein Stein vor seiner Brust vorbei. Deborah begann zu rennen und zog ihn die Colechurch Lane hinunter. Was die Menge ihnen hinterherrief, all die geifernden, hasserfüllten Worte, hörten sie nicht mehr.

Wie gerne wäre er mit ihr nach Hause gegangen, in das sichere Haus der Crespins mit seinen festen Mauern und den drei Riegeln vor der Tür. »Wenn du jetzt glaubst, es drohe dir ein Unheil, ist es keine vage Ahnung, Deborah. Du weißt, was anderswo geschehen ist. Lass uns gehen und uns verbarrikadieren, bis ausgestanden ist, was sich hier zusammenbraut.«

Deborah aber wollte nichts davon hören, sondern an ihre Arbeit gehen, als sei dies ein gewöhnlicher Tag. Der alte Seifensieder hatte den Aufruhr vermutlich gehört. Er wartete bereits vor seinem Haus und winkte ihr entgegen. »Was anderswo geschehen ist, gilt hier nicht«, sagte sie.

Vyves bewunderte sie. Sie hatte ihren Schleier verloren. Ihr Kleid war am Hals zerfetzt, das Gesicht verweint und verschmutzt, und das Haar hing in Strähnen, und doch ging sie schon wieder wie eine Fürstentochter.

»Dies ist London«, sprach sie weiter. »Und wir sind noch immer die Juden des Königs, die der Eroberer William in seine Stadt einlud. Warum sonst hätte der Mann uns gehen lassen?«

»Weil er als Mensch unter Menschen handeln wollte«, erwiderte Vyves. »Wenn du das auch für alle anderen annimmst, bist du töricht – mindestens einer nämlich hat dieses Kind auf völlig unmenschliche Weise ums Leben gebracht und in eine Straße unseres Viertels geworfen, damit der Verdacht auf uns fällt. Und wenn du mich fragst, hat das kein Einzelner getan, sondern eine Rotte. Ein Haufen von denen, die sich riesengroß und unbesiegbar fühlen, wenn sie nur dicht genug zusammenstehen.«

Deborahs Miene veränderte sich. »Ich kenne dich so nicht.«

»Wie kennst du mich nicht?«

»Bitter und menschenfeindlich. Ich habe Gideon so sprechen hören, aber dich noch nie.«

»Vielleicht liegt es daran, dass ich zum ersten Mal auf dem Weg durch meine Stadt ein gekreuzigtes Kind gefunden habe«, sagte er und erschrak über den ätzenden Ton seiner Stimme.

»Ja, vielleicht«, erwiderte sie. »Aber damit hilfst du weder dem toten Kind noch dir selbst. Ich gehe zur Arbeit, Vyves. Josua braucht mich. Und ihr Männer geht heute Abend in die Synagoge, während wir den Tisch für die Sabbatfeier decken.«

Den ganzen Tag über fand Vyves keine Ruhe. Das Geschäft blieb still wie eine Totenkammer – kein Kunde kam, um Ware abzuholen, kein Lieferjunge brachte bestellte Kurzwaren. Sein Zeitgefühl, das für gewöhnlich verlässlich war, spielte ihm heute einen Streich. Sooft er durch die Seitentür hinaus in den Garten trat, weil er sicher war, es müsse Zeit sein, Deborah abzuholen, hatte sich der Schatten auf der Sonnenuhr kaum weiterbewegt. Es war ein zermürbendes, elendes Warten. Gerade hatte er beschlossen, hinüberzugehen, um nach ihr zu sehen, als die Tür so heftig aufflog, dass ein Ballen Wolltuch aus dem Regal an der Wand geschleudert wurde.

»Herr Vyves, Herr Vyves!«, rief eine dünne Stimme. »Drüben beim Seifensieder brennt's!« Die atemlose Gestalt in der Tür gehörte Ben, dem verkrüppelten Laufjungen, der für mehrere seiner Kunden Dienst tat. Er hatte Vyves oft mit Deborah zusammen nach Hause gehen sehen und hinter ihrem Rücken

Faxen gemacht, wie Kinder es taten, wenn sie ein Liebespaar necken wollten.

Vyves dachte nicht einmal daran, das Geschäft zu verriegeln oder Gideon zu sagen, er solle ein Auge darauf haben, sondern rannte los. Er hatte es gewusst – all die endlos versickernden Stunden über! Und er verfluchte sich, weil er seinem Gefühl nicht gefolgt war und Deborah nicht mitgenommen hatte. Wenn sie lebt, schwor er im Laufen, Adonai, wenn du ihr Leben erhältst, dann nehme ich sie zur Frau und will glücklich sein mit dem Los, das mir beschieden ist.

Er rannte, dass ihn die Lungen schmerzten. Lange bevor er in die Colechurch Lane einbog, trieben ihm Fetzen von Ruß und Schwaden von schwärzlichem Rauch entgegen. Er glaubte, den abscheulichen Geruch wahrzunehmen, der entstand, wenn Fett verbrannte, das unter der Haut saß, und er hätte schreien wollen, sinnlos und aus tiefster Kehle schreien. Allerdings hätte er dazu nicht genug Atem gehabt, der beißende Rauch zwang ihn stattdessen zu husten und verschleierte ihm die Sicht.

Das Licht sah er dennoch. In den Himmel, der immer noch trübe war, obwohl kein rettender Regen mehr fiel, schnitt blendend die Lohe und färbte das Schwarzgrau um sich rot.

Vyves versuchte, zur Seite zu sehen, um nicht das Augenlicht zu verlieren. Im Laufen starrte er auf die steinernen Häuser zur Linken, vor denen Leute standen und fassungslos ihre Kinder an sich pressten. *So helft doch!*, wollte Vyves ihnen zubrüllen, doch seine Stimme war längst erstickt. *So helft doch, füllt alle Gefäße mit Wasser, rennt zum Brunnen, in dem kein totes Kind begraben liegt, und versucht, die Mörderglut zu löschen!* Die Menschen aber standen und glotzten, als seien sie zu Salzsäulen erstarrt.

Sobald er wieder nach vorn blickte, sah er sie. Deborah. Sie stob in dem Augenblick aus dem Haus, als der brennende Türstock über ihr zusammenbrach. In seinen Ohren gellte ihr Schrei. Dann erfasste sie das Feuer. Im Nu brannten ihr Haar und die Kleider, die hinter ihr flatterten, lichterloh.

»Hierher!«, brüllte Vyves, sprang ihr entgegen und riss sich in derselben Bewegung den Kittel vom Leib. Er stieß Deborah nieder und warf den Stoff über sie, presste, trampelte und erstickte die Flammen.

Keuchend und einer auf dem anderen kamen sie zur Besinnung. Warum war Deborah noch im Haus gewesen? Hatte sie versucht, die Übrigen zu retten, statt so schnell wie möglich zu fliehen? »Ganz ruhig«, krächzte Vyves und sah mit wunden, tränenden Augen in ihr Gesicht. Erleichterung machte sich in ihm breit, als er festzustellen glaubte, dass sie unversehrt war. Nur ihre Locken waren zu schwarzem Gekräusel verschmort. »Jetzt ist alles gut, mein Liebes. Sobald du aufstehen kannst, bringe ich dich nach Hause.«

Deborah bog wie im Schmerz Kopf und Oberkörper nach hinten und stieß dreimal hintereinander dasselbe Wort aus: »Rebecca, Rebecca, Rebecca!« Bebend wies sie auf das lodernde Haus.

Vyves richtete sich halb auf. Eine Schar von Enkelinnen und Nachbarn versuchte, den alten Josua vom Haus wegzuzwingen, indem sie ihn rissen, zogen und schleiften. Seine Stimme war so grauenhaft verzerrt, dass Vyves keine Silbe ausmachen konnte, aber er war sicher, dass er dasselbe Wort schrie wie Deborah. »Rebecca ist da drinnen?«, fragte er.

Deborah nickte.

Vyves überlegte keinen Wimpernschlag lang. »Du bleibst hier!«, rief er ihr zu und war schon aufgesprungen. »Versprich mir das! Du rührst dich nicht weg.«

Warum er es tat, warum er wie ein vom Wahnsinn gepacktes Pferd in die Flammen hineinlief, statt davor zu fliehen, hätte er nicht zu erklären vermocht. Er war kein Held. Der Schmerz, der sich von allen Seiten in sein Fleisch fraß, während er sich dem Feuer entgegenkämpfte, war unerträglich; er schien ihm in den Schädel zu schreien: *Dreh um! Mach kehrt und flüchte, so weit, wie du kannst.* Er kannte das Mädchen kaum, hatte es nur ein paarmal gesehen, wenn er Deborah abholte, ein kleines Ding mit geflochtenen Zöpfen, das beim Lächeln die Zahnlücken entblößte. Er tat es nicht um des Mädchens willen, auch nicht für den Alten oder für Deborah, sondern für sich selbst. Noch einmal entmachtet zuzusehen, wie ein Mädchen ums Leben gebracht wurde, hätte er nicht ausgehalten.

Vyves hatte keine Chance, nicht die kleinste, aber er hatte Glück. Auf den Balken des Türrahmens, der heruntergekracht war, musste ein Stück Wand gestürzt sein und einen Teil der Flammen erstickt haben. Zwischen zwei Mauern aus Feuer war so eine schmale Schneise entstanden, in die er blind hineinrannte. Er konnte das Mädchen nicht rufen, aber er trampelte im Laufen, so laut er konnte, auf die Dielen.

Unaufhörlich wiederholte eine Stimme, die unmöglich zu ihm gehören konnte, in ihm ein Gebet: *Adonai, lass mich diesmal nicht verlieren, lass mich nicht noch einmal schuld sein! Ich habe in einem Brunnenhof ein verbotenes Spiel gespielt, ich wollte etwas besitzen, das mir nicht zustand, und ein Mädchen ist daran gestorben. Adonai, lass mich nicht heute wieder das Falsche getan haben, lass nicht heute wieder ein Mädchen um meinetwillen sterben!* Er hatte Deborahs Rat mit dem Brunnen nicht befolgt, weil er der Erinnerung erlaubt hatte, ihn zu übermannen. Es durfte nicht sein, dass die kleine Rebecca dafür mit ihrem Leben bezahlte!

Es war unmöglich, es zu schaffen, und dann war es so einfach, dass er hätte lachen wollen, hätte er den Atem dazu erübrigen können. Die Kleine kam ihm entgegen, auf allen vieren kroch sie über den Boden, wo der giftige Rauch nicht so dicht war. Sie musste ihn gehört haben, obwohl das Haus vom Krachen der Balken dröhnte. Im Gang brach sie entkräftet zusammen. Die kurze Distanz zu überwinden, jetzt, wo Hoffnung bestand, war für Vyves nahezu ein Kinderspiel. Sie war nicht mehr bei Bewusstsein, wofür er Gott dankte, da sie dadurch vor weiteren Schmerzen geschützt war. Er hob sie auf und kämpfte sich den Weg zurück. Fast schien es ihm, als teile sich vor ihm das Flammenmeer.

Im Nu waren sie von Menschen umringt, die ihm das Kind aus den Armen rissen, jubelten und Kübel voll Wasser über ihm leerten. Vyves ging in die Knie. Auch er würde nicht mehr lange bei Bewusstsein bleiben, er hatte jeden letzten Rest von Kraft verbraucht. Als er zur Seite kippte, fühlte er, dass Hände ihn auffingen und ihn behutsam auf die durchweichte Straße betteten. Der Schlamm war kühl und wie Balsam. Nur eines musste er noch wissen, dann würde er Gott danken und schlafen.

Wie durch dicke Schichten von Stoff vernahm er Deborahs Stimme, die weinte und seinen Namen aussprach. »Vyves, Vyves, Vyves.« Sie küsste seine Wange, fast ohne seine Haut zu berühren.

»Lebt sie?«, fragte Vyves.

»Ja, du Goldstück, du wundervoller Mann! Sie lebt und wird wieder gesund. Dank dir.«

Dank Gott.

Deborahs Hände umfassten seinen Kopf wiederum so behutsam, dass er sie kaum spürte. »Schlaf jetzt, du Liebster, mach dir um nichts mehr Sorgen. Isaac und Aaron holen ihren Karren, damit schaffen wir dich nach Hause, und der Arzt kommt auch.« Sie weinte. Dass bei dem feuchten Wetter kein Feuer durch den Laugenkocher ausgebrochen war, sondern dass jemand es gelegt haben musste, wusste sie so gut wie er – und auch dass dies erst der Anfang war. »Es wird alles gut, Vyves. Mach dir nur keine Sorgen.«

»Deborah bat Oved«, murmelte er kaum noch hörbar. »Wenn ich wieder halbwegs auf meinen Beinen stehen kann – wirst du dann meine Frau?«

19

So lange waren sie unterwegs gewesen, so oft aufgehalten worden, so oft von der Straße abgewichen, um einen Umweg zu nehmen, dass Amicia sich nicht mehr vorstellen konnte, jemals anzukommen. Vielleicht existierte gar keine Stadt namens London. Vielleicht entsprang sie wie so vieles nur der Sehnsucht, irgendein Ziel zu haben, das den Weg weniger öde und beschwerlich machte.

In Amicia war die Sehnsucht nach einem Ziel erloschen, denn ihr Weg mochte beschwerlich sein, doch er war alles andere als öde. An Matthews Seite ritt sie durch ein Land, das trotz des kläglichen Frühlings in Blüte stand, und obgleich sie schwiegen, fühlte sie sich ihm nah. Ein wenig war es wie in der Zeit, in der sie ihn gepflegt hatte: Weil sie kaum miteinander sprachen und noch immer versuchten, sich das Fragen zu verbieten, blieben sie Fremde, aber zwischen ihren Körpern gab es keine Spur von Fremdheit. Wenn sie ihn ansah, während er ruhig im Sattel saß und sein Pferd lenkte, regte sich ein Lachen in ihr und unbändige Freude auf die Nacht.

Sie schämte sich, weil Magdalene so heftige Schmerzen litt und womöglich nie wieder gesund werden würde, sie aber insgeheim dankbar für die Krankheit des Mädchens war, da sie Matthew veranlasste, in festen Häusern Quartier zu suchen. Und bei all den festen Häusern gab es Ställe und Schuppen und damit einen Unterschlupf für zwei, die ihre Seligkeit vor der Welt verborgen halten wollten.

Irgendwann hatte sie aufgehört, sich zu fragen, was sein würde, wenn sie London erreichten. Sie würden es nie erreichen, sondern ewig zwischen Zielen, die Luftschlösser waren, umherziehen, wie es zu Menschen ohne Heimat passte. Einzig beieinander wären sie zu Hause – wie der namenlose

Hund, der glücklich war, solange er in der Nähe seines Herrn sein durfte.

Dann aber trafen sie an einem Nachmittag, der hell und mild war, auf den Fluss, der als breites, dunkel schillerndes Band das Land durchzog. Tief lag er in seinem Bett, bildete hier und da einen Streifen Schilf oder Strand und floss kräftig voran wie einer, der ungeduldig erwartet wurde. Nicht selten trieb ein Boot oder Schiff in schneller Fahrt an den gemächlich zockelnden Reisenden vorüber.

»Sieh dir das an, mein Lenchen!«, jubelte Timothy. »Ist das eine Pracht? Als Junge, ehe mein Vater mich den Mönchen gab, war ich der beste Fischfallenflechter von Smallbrook. Ich wünschte, ich könnte hier eine flechten – wir hätten ein Festmahl, das uns vergessen ließe, dass Samstag ist und wir zu fasten haben.«

Noch begeisterter betrug sich der Hund, der die Uferböschung hinunterstürmte und den Fluss anbellte. »Wenn du unbedingt mit einer Falle fischen willst, dann tu es jetzt und hier«, sagte Matthew zu Timothy. »In London ist es verboten.«

»Warum denn?«, wunderte sich Timothy, und Matthew erklärte ihm, dass die Fangkörbe in London einem Schiff zum Verhängnis werden konnten. Zudem habe die Stadtverwaltung ein Auge auf den Fischbestand der Themse.

»Es ist ohnehin widerlich, dort zu fischen«, sagte er. »Die Leute schmeißen ihren Dreck in den Fluss, bis die Jauche zum Himmel stinkt. Würde mir jemand einen Londoner Aal vorsetzen, könnte ich genauso gut aus meinem eigenen Nachttopf essen.«

Magdalene und Timothy lachten, und Hugh stieß seine keckernden Laute aus, aber Amicia hörte nur das Wort London und fühlte ihr Herz sinken. Waren sie also tatsächlich in der Nähe der Stadt? Was würde sein, wenn sie sie erreichten?

In der Nacht, die sie in einem Gasthaus am nördlichen Flussufer verbrachten, ging sie zu Matthew in den Stall, obwohl er sie nicht darum gebeten hatte. Beim Eintreten hörte sie ihn Laute spielen und blieb stehen, um ihn nicht zu stören. Kurz darauf hob er an zu singen, und Amicia stockte der Atem. Sie hatte Matthew niemals beten hören, aber das Lied, das er sang, stieg geradewegs in den Himmel. Es war die innigste Lobpreisung und die innigste Bitte um Hilfe zugleich, und die Stimme dafür hatte ihm der Himmel geschenkt. Sie war strahlend, voll Kraft und hielt nichts zurück. Wie konnte ein Mensch so singen und vermutlich nicht einmal ahnen, was für eine Gabe er besaß? Hätte sie es ihm gesagt, der Zauber wäre zerbrochen, dessen war sie sicher. Ohnehin bekam sie den Mund erst auf, nachdem der letzte Ton des Liedes verklungen war. Sie hatte die Sprache, die dem Lateinischen verwandt klang, nicht verstanden, doch die Musik hatte keine Sprache nötig.

Als sie seinen Namen rief, stieß er die Laute mit unziemlicher Wucht von sich. Amicia war es, die sie aufhob und beiseiteschob, ehe sie ihn umarmte. Das Lied erwähnte sie nicht, doch seine Innigkeit – das Preisen wie das Flehen – blieben ihr im Ohr.

Matthew wirkte abwesend, schien nicht mehr mit Haut und Haar bei ihr zu sein wie in den Wochen zuvor. Als sie ihn fragte, bestätigte er ihre Furcht: »Ja, ich denke, wir werden morgen gegen Mittag in London sein.«

Sie hielt sich an seinen Schultern fest. »Und was wird dann?«, wagte sie, noch weiter zu fragen.

»Das wird sich finden«, erwiderte Matthew so kühl, als ginge es ihn nichts an. »Ich muss dem Exchequer die Gelder übergeben und für mein Vorgehen Rechenschaft ablegen. Was dann geschieht und wann ich in der Lage sein werde, dich nach Fountains zu bringen, lässt sich unmöglich sagen.«

Ich will nicht nach Fountains!, wäre es ihr um ein Haar entfahren. Sie stockte. Was wollte sie? Auf ewig mit ihm und seinem Tross umherziehen wie ein Trupp von Gauklern? *Warum nicht?*, regte sich in ihr eine Spur von Trotz. *Was sind wir anderes als Gaukler – ein zusammengewürfelter Haufen von Gestalten, die in keine Ordnung gehören. Warum sollten wir also nicht zusammenbleiben?* Dass Matthew sehr wohl in eine Ordnung gehörte, hatte sie wohlweislich unterschlagen.

»Du hast keinen Grund, dich zu sorgen«, sagte Matthew in dem Ton, in dem er üblicherweise mit Timothy sprach. »Ich bringe euch bei Leuten unter, bei denen ihr sicher seid, auch wenn es Monate dauert.«

»Bei Freunden, Matthew?«

Er verzog den Mund zu einem hässlichen Lächeln. »Freunde habe ich nicht. Nur den Hund und das Pferd. Einen Jagdhabicht hatte ich ebenfalls einmal, aber der ist tot und ohnehin … Von diesen dreien betreibt keiner ein Gasthaus in London.«

»Was ist los, Matthew?«, fiel sie ihm scharf ins Wort. »Wir haben Nacht für Nacht beieinandergelegen, sodass ich an das Wort der Genesis denken musste: *Diese zwei sollen ein Fleisch sein.*«

»Weshalb lassen die Mönche von Quarr ein Mädchen in der Genesis lesen?«, knurrte Matthew.

»Das steht nicht zur Debatte. Ich will wissen, weshalb ich auf einmal wieder ein lästiges Anhängsel für dich bin, dem du nicht einmal Höflichkeit schuldest. Was quält dich, Matthew?«

»Nichts. Nur dein ständiges Fragen. Ich habe dir gesagt, ich bringe dich sicher unter und schaffe dich nach Yorkshire, sobald es möglich ist. Etwas anderes kann ich dir nicht sagen. Ich bin weder eine Handleserin noch ein Prophet. Und jetzt, wenn es genehm ist, würde ich gerne schlafen.«

Natürlich schlief er nicht. Die halbe Nacht lang hörte sie, wie er sich im Stroh wälzte und immer wieder stöhnte. Sie rührte ihn nicht an, sondern tat so, als liege sie in tiefem Schlaf.

Die Abtei und der Palast von Westminster bildeten den ersten Vorposten der Stadt, den Amicia zu sehen bekam. Gebettet in ein Nest von Häusern waren sie auf eine Art Halbinsel gebaut, von dem Fluss und zwei Bächen zu drei Seiten umgeben.

Matthew führte seinen Tross weiträumig um die Gebäude herum, aber Amicia erhaschte dennoch einen Blick auf die hohen Türme der Abtei, die unter Henry III. von Grund auf erneuert worden war. Henry sei ein frommer König gewesen, hatte Randulph ihr erzählt. Trotz all der Tumulte während seiner Regierungszeit habe er es sich zur Herzensangelegenheit gemacht, die Abtei Edwards des Bekenners zu neuem Glanz und neuer Größe zu führen. »Aber ist das nicht falsch?«, hatte Amicia gefragt. »Gott verlangt doch nicht nach Glanz und Größe – hätte er das Geld nicht den Armen geben sollen?«

»Das hast du brav gelernt«, hatte Randulph erwidert und für den Bruchteil eines Herzschlags gelächelt. Dann hatte er ihr zu erklären versucht, dass nicht jeder fromme Mann in England die Überzeugung der Zisterzienser teilte, die ihre Kirchen schmucklos und ohne Türme wünschten, frei von Übermaß, Prunk und Eitelkeit. »Es gibt viele Wege zu Gott. Wir müssen unseren eigenen gehen und andere den ihren suchen lassen.«

Übermaß, Prunk und Eitelkeit glaubte Amicia an der Fassade der Abtei von Westminster zu erkennen, und dennoch fand sie das erhabene Gotteshaus schön. Dicht dabei stand die Westminster Hall, in der der Führer der Rebellenbarone gegen den Willen des Königs ein Parlament einberufen hatte. Amicia wusste nur wenig darüber, da Randulph darauf beharrt hatte, derlei Wissen füge ihr Schaden zu. Sie vermochte trotzdem auf einmal, sich den König vorzustellen, der seiner Aufgabe in der Welt nicht Herr geworden war. Wohl zum Ausgleich hatte er seine Kirche so herrlich bauen müssen – wenn schon seine Macht auf Erden schwankte, so wollte er sie wenigstens dem Himmel lauthals verkünden.

»Wir sind da!«, schnitt Timothys Stimme in ihre Gedanken. »Sieh doch, Lenchen, das da vorn ist London, es ist wirklich London!« Von Begeisterung überwältigt trieb er sein Pferd in Trab und schoss an Amicia und Matthew vorbei. Als er seinen Fehler bemerkte, drehte er reumütig um und entschuldigte sich.

»Vergebt mir, Mylord. Es war nicht das Pferdchen, sondern mein Herz, das mir durchging. Welcher Bauernjunge träumt nicht davon, einmal London zu sehen, und mir, mir, mir ist es vergönnt!«

»Reiß dich am Riemen, Mann«, verwies ihn Matthew und bedeutete ihm, sich wieder neben Magdalenes Maultierkarren einzureihen.

Amicia schloss zu ihm auf und richtete den Blick nach vorn. Was sich ihren Augen darbot, ließ sich mit nichts vergleichen, das sie kannte. Sie hatte auf der Reise Siedlungen gesehen, in deren Kern die Häuser dicht beieinanderstanden, hier aber reihte sich Haus an Haus, so weit das Auge reichte. Dem Nordufer des Flusses schien eine wahre Flut von Gebäuden zu entspringen. In der Ferne erkannte sie die Umrisse einer Burg, einen mit Sumpfkalk geweißelten Donjon, der in der Sonne leuchtete. Noch mehr fesselten sie die unzähligen Kirchtürme, die allerorten wie Pilze aus dem Gewirr der Dächer ragten. London musste eine Stadt von außerordentlicher Frömmigkeit sein, wenn Gott hier in jedem Straßenzug zu Hause war.

Der größte Turm überragte alles, schien seinen Schatten bis in den letzten Winkel des Häusermeers zu werfen. Wie konnten Menschen etwas errichten, das so hoch war, dessen Spitze dem Himmel so nah war?

»Was ist das?«, rief Amicia und wies auf den Kirchturm, der aussah, als habe Gott selbst zwischen Himmel und Erde eine Brücke schlagen wollen.

»St. Paul«, antwortete Matthew, ohne sich ihr zuzuwenden. »Die Kathedrale von London, die niemals fertig wird.«

»Weshalb wird sie niemals fertig?«

»Was fragst du mich? Solange sie hier steht, wird ständig daran gebaut. Vielleicht müssen die Londoner ja ihrem Schutzheiligen beweisen, dass sie zwischen all ihrer Geschäftemacherei noch an ihn denken.«

»Aber es sind doch so viele Kirchen hier, die Stadt muss fromm sein wie sonst keine!«

Endlich wandte er den Kopf und schenkte ihr ein müdes Lächeln. »Wie kann eine Stadt denn fromm sein? Es wohnen doch Menschen darin.«

Sein Unterton verriet ihr, dass sie gut daran tat, keine Fragen mehr zu stellen. Er blickte wieder nach vorn, jeder Muskel, jede Sehne an seinem Leib war gespannt. Dass ihn etwas quälte, war unschwer zu erraten, und so irrwitzig es sein mochte – Amicia schien es dennoch Angst zu sein. Womöglich waren sie gar nicht so lange unterwegs gewesen, weil Hugh Zahnweh bekommen hatte und Magdalene beinahe gestorben war, sondern weil etwas in dieser Stadt Matthew dazu zwang, zurückzuschauen.

Wie zufällig fiel ihr Blick auf den Schild, der an die Flanke von Matthews Pferd klopfte. Der Drache darauf sah aus, als speie er ihr sein Feuer entgegen. Glich Matthews Furcht vor der Stadt der ihren vor dem Drachen? Wusste auch er nicht, warum sein Herz raste und er einen Klumpen im Hals hatte?

Kaum lag die Stadtmauer hinter ihnen, stürzte das Leben Londons über sie her. In den schmalen, sich windenden Gassen drängten sich Scharen von Menschen, Tieren und Gespannen, durch die sie sich mit Mühe ihre Schneise schlugen. Pfeifend hieb Matthew seine Peitsche durch die Luft, um das Volk aus dem Weg zu treiben, wenn es nicht ohnehin vor dem Knurren des Mastiffs floh.

Amicia hatte das Gefühl, ergriffen und mitgerissen zu werden, ohne sich wehren zu können oder auch nur Halt zu finden. London hatte sie in den Klauen, ein London, das stank und brüllte, bebte und qualmte, trampelte, tobte und tanzte. Ein London, das Notdurft aus Fenstern kippte, lebende Hühner im Dutzend verkaufte, sich feilbot, sich prügelte, sich einschmeichelte und sich wieder entzog. Sie war sicher, ersticken zu müssen, weil die Menschenhorden ihr die Luft zum Atmen nahmen.

Bald schlugen sie sich wieder in Richtung Fluss und nahmen dort eine Straße, die nicht weniger belebt, aber breiter war. Das Ufer entlang reihten sich Lagerhäuser, und auf dem Wasser tanzten die Segel so vieler Schiffe, als reihe sich dort eine eigene, zu Wasser gelassene Stadt. Es stank nach Fisch, und es wimmelte von Straßenverkäufern, die mit heiserem Gebrüll ihre billigen Austern und ihre in Portionen geschnittenen Flundern und Aale anpriesen. Über einem Feuer wärmte ein Greis gewürztes Ale, doch der Tag war zu mild, um ihm Kunden zu bescheren. Einzig Hugh blieb stehen und linste sehnsüchtig in den dreibeinigen Kocher. Diesmal jedoch ließ sich Matthew nicht erweichen und ritt weiter.

Vermutlich nimmt er Hugh nicht einmal wahr, dachte Amicia. So wie er Magdalene, Timothy und ihr übliches Gezänk nicht wahrnimmt. Von mir ganz zu schweigen.

Sie reckte den Kopf. Allem Anschein nach durchquerten sie der Länge nach die ganze Stadt und zogen der Burg entgegen, die am Flussufer aufragte. Die Menschenströme lichteten sich und erlaubten ihr einen Blick auf die Anlage. Nichts in der ganzen Stadt gefiel ihr besser. Es war eine normannische Festung, trutzig und elegant zugleich; der Donjon war mit vier stämmigen, dicht beieinanderstehenden Türmen versehen, die frisch geweißelt waren. Weiter hinten waren gewiss hundert Arbeiter damit beschäftigt, eine weitere Mauer um die Anlage zu ziehen und zugleich einen Burggraben auszuheben, wie es letzthin immer beliebter wurde.

Woher weiß ich das?, durchfuhr es sie. Woher weiß ich, woran man normannische Festungen erkennt, dass Burgherren sich Gräben ziehen lassen und dass man Türme mit Sumpfkalk weißelt?

Es gab eine Burg auf der Insel, die Festung von Carisbrooke, doch Amicia hatte sie nie besucht. Zumindest erinnere ich mich nicht, sie besucht zu haben, dachte sie gegen ihren Willen, und die vertraute Beklemmung beschlich sie. Just in diesem Moment sprang jedoch Matthew mit einem zornentbrannten Schrei vom Pferd.

Amicia fuhr zusammen. Sie sah sich um, konnte aber nicht entdecken, was ihn in solche Wut versetzte. Hier draußen standen nur noch wenige verstreute Häuser, und am Flussufer, unweit der Burg, lag ein spärlich bewachsener Sandstreifen. Ein vergittertes Burgtor war geradewegs in den Fluss hineingebaut, und wer die Wellen nicht fürchtete, hätte bei Ebbe auf dem Streifen bis zum Tor gehen können. An dieser Stelle war der Streifen breit genug für die fünf rot gewandeten Gardisten, die die Lanzen vorreckten, als wollten sie das Wasser bewachen. Neben ihnen bewegten sich noch vier weitere, weniger auffällig gekleidete Männer, die lange Stangen schwangen und ins Wasser ragende Seile hielten. Für Angelschnüre waren die Seile jedoch zu dick; zudem wartete hinter den Männern ein vergitterter Karren. Auf der Böschung, oberhalb der Sandbank, drängten sich mindestens hundert Menschen, die unter Gejohle auf den Fluss hinausgafften.

Matthew fluchte zum Gotterbarmen, warf Hugh Althaimenes' Zügel zu und befahl dem Hund, sich niederzulegen. Dann stürmte er auf die Menge zu.

»Was will denn der Herr?«, fragte Timothy verdutzt. »Und all die Leute – verschenkt da etwa einer Fisch?«

»Nein, das ist es nicht.« Amicia hatte soeben entdeckt, was die Menschen auf der Böschung so faszinierte: In den Wellen des Flusses, dem man die Gezeiten des Meeres anmerkte, schwamm ein Monstrum.

Randulph hatte ihr Ungeheuer, die das Meer bevölkerten, in Bestiarien gezeigt. Es gab schwarze und grüne, solche, die vielköpfigen Schlangen glichen, und andere wie der Drache auf Matthews Schild. Gewiss war es möglich, dass eine solche Bestie sich in einen Fluss verirrte, aber das Monstrum ähnelte keinem der Scheusale in den Bestiarien. Es hatte weder Schuppen noch Flügel oder Zacken und auch nur einen einzigen Kopf. Es zog geschmeidig durch die Wellen, tauchte ab und an unter und kurz darauf wieder auf. Einmal hielt es einen Fisch im Maul, den es sofort im Ganzen hinunterschluckte. Die Menge jubelte und klatschte Beifall.

Auch Amicias Gefährten hatten den Grund für den Volksauflauf inzwischen entdeckt. »Ist das ein Blutschink?«, rief Magdalene entgeistert. »Aber das kann doch kein Blutschink sein – er ist ja nicht schwarz!«

Das Monstrum war in der Tat weder schwarz noch grün, sondern hatte eine für ein Monstrum gänzlich undenkbare Farbe: Es war weiß.

»Was ist denn ein Blutschink, Lenchen?«, fragte Timothy.

»Ein Blutschink?« Magdalene kratzte sich am Kopf, als könnte sie die Antwort irgendwo unter ihrer Haube finden. »Ein böser Wasserdämon, der oben wie ein Bär und unten wie ein Mann aussieht und Menschen frisst«, sagte sie endlich. »Gesehen hab ich, glaube ich, noch keinen – aber jedes Kind weiß, dass er schwarz und rot ist, nicht weiß.«

Zu Amicias Entsetzen bewegte sich das Untier oder der Wasserdämon jetzt geradewegs auf die Männer am Ufer zu. Dass er die Strömung gegen sich hatte, machte ihm nichts aus. Das Gejohle der Menge schwoll noch an – hofften die Gaffer etwa, dass die Bestie die Männer verschlang?

Die, die vor dem Käfigwagen standen, versuchten, mit ihren Stangen das Ungeheuer in die Flucht zu schlagen, doch sie richteten noch weniger aus als der Fluss. Die Wachen mit den Lanzen sprangen ihnen zu Hilfe, aber das Monstrum schwamm unbeeindruckt weiter auf die Sandbank zu. Zur selben Zeit hatte sich Matthew durch die Menge gekämpft und begonnen, die Böschung hinunterzusteigen.

»Mein Herr Matthew!«, schrie Magdalene und sprang von ihrem Karren. »Er glaubt, er kann den Blutschink zähmen wie den wilden Hund, aber der zerreißt ihn! Er zerreißt alle Menschen, an ihm läuft das Blut in Strömen herunter, deshalb ist er oben schwarz und unten rot!«

»Hör endlich mit diesem Unsinn auf!«, fuhr Amicia das Mädchen an, sodass dieses vor Schreck verstummte. Sie hätte sich gerne entschuldigt, doch das Geschehen auf der Sandbank tilgte andere Gedanken. Nahezu gleichzeitig erreichten beide ihr Ziel – Matthew, der das letzte Stück sprang, und das Ungeheuer, das aus dem Wasser watete. Sofort erkannte Amicia, dass es in der Tat gefährlich, aber weder ein Monstrum noch ein Wasserdämon war. Es war ein Bär, allerdings nicht braun und viel größer, als sie sich einen Bären vorgestellt hatte. Etwas anderes erstaunte sie noch mehr: Der weiße Bär war wunderschön.

Er schüttelte den mächtigen Leib, dass die Tropfen aus seinem Pelz wirbelten. Mit Stangen und Lanzen versuchten die Männer, ihn zurück ins Wasser zu treiben, doch der Bär stapfte ungerührt weiter auf sie zu. Einer der Wächter vollführte einen kecken Satz und rammte dem Tier die Lanzenspitze in die Lefze.

Der Bär stieß ein markerschütterndes Gebrüll aus, und im Nu war Matthew bei dem Mann und schlug ihm die Lanze aus der Hand. Der Bär wandte den Kopf und brüllte weiter, wobei ihm blutiger Schaum von der Schnauze tropfte. Matthew wich dennoch keinen Schritt zurück, sondern blieb zwischen dem Tier und dessen Peinigern stehen.

Selbst wenn es völlig verrückt war – Amicia verstand ihn. Wie auch immer der weiße Bär an diesen Ort gekommen war, er gehörte nicht hierher, und die, die ihn quälten, waren grausam und hatten keine Achtung vor der ungezähmten Kreatur. Amicias Verstand setzte aus. Blindlings rannte sie Matthew hinterher, auch wenn sie keine Ahnung hatte, wie sie ihm helfen sollte.

Während sie sich durch die Menge drängte, konnte sie nicht sehen, was unten auf der Sandbank geschah. Angst erfasste sie: Der Bär war mit Fug und Recht gereizt, doch statt auf die Peiniger mochte er sich vor Wut und Schmerz auf Matthew stürzen. Zweifellos konnte er einen Menschen mit einem einzigen Prankenhieb töten.

In wilder Hast schob sie Leiber beiseite, ohne sich um die Stöße, Flüche und Püffe von allen Seiten zu scheren. Endlich brach sie durch die letzte der Reihen, und ihr Blick war wieder frei. Was sie von ihrem Platz bei den Häusern nicht hatte sehen können, erkannte sie jetzt: Der Bär war an den Seilen, die die Wachen hielten, gefesselt. Mit vereinten Kräften zerrten sie das sich bäumende, sich wehrende Tier zurück, andere hielten Matthew fest, der sich ebenso bäumte und wehrte. Einer schlug ihm die Faust ins Gesicht, ein anderer stieß ihm wieder und wieder den Schaft seiner Lanze in den Leib, bis er in die Knie ging.

»Matthew!« Amicia rannte den Hang hinunter. Nach wenigen Schritten glitt sie auf dem schlammigen Gefälle aus und rutschte in einem Hagel von Geröll in die Tiefe. Es tat höllisch weh, aber verletzt hatte sie sich offenbar nicht, denn auf der Sandbank war sie sofort in der Lage, sich aufzurappeln. Aus dem Augenwinkel sah sie, dass es den Männern gelungen war, den Bären in den Käfig zu zerren und die Tür zu schließen. Das Tier stieß ein wütendes Grollen aus, und die Männer ächzten, während sie den Käfig zu einem breit gebauten Boot zogen, das in der Nähe vor Anker lag. Amicia stob auf die Wachen zu. Zwei hielten Matthew an den Schultern, ein Dritter hatte ihn am Haar gepackt. Die beiden Übrigen schlugen auf ihn ein.

»Lasst den Mann los!«, schrie Amicia. »Er ist ein Ritter des Königs, der Exchequer erwartet ihn und die Gelder, die er bringt.« Ob das so der Wahrheit entsprach, bezweifelte sie, aber es war ihr gleichgültig.

Wohl mehr aus Verblüffung denn aus Überzeugung ließen die Wachen von Matthew ab. Mit gestrafften Schultern blieb er auf den Knien liegen und sah keinen von ihnen an.

»Wenn er ein Ritter des Königs ist, weshalb sagt er uns dann nicht seinen Namen, Täubchen?«, fragte einer.

Ein Zweiter, dem eine Narbe das Gesicht entstellte, fiel ein: »Was hat er hier zu suchen, und warum verdirbt er uns den Spaß mit Canute? Weshalb ist er nicht in Wales, wo der König seine Leute braucht?«

Matthew schwieg weiter, und Amicia begriff innerhalb von zwei Herzschlägen, dass er auch nichts sagen würde. Starrsinnig, wie er war, würde er sich lieber abführen lassen, als mit den Schindern des weißen Bären zu sprechen. »Er ist Matthew de Camoys«, rief sie hastig und wies auf das Wappen auf Matthews Schwertscheide. »Und er hat des Königs Auftrag erfüllt, deshalb ist er hier.«

»Camoys!«, rief der Mann mit der Narbe und klopfte sich den Schenkel. »Von wegen Ritter des Königs – einmal Rebell, immer Rebell, was? Selbst wenn's nur gegen ein paar harmlose Wärter der königlichen Menagerie geht.«

Matthews Kopf flog in die Höhe. Er öffnete den Mund, beherrschte sich aber im letzten Augenblick und presste die Lippen aufeinander. Der, der zuerst gesprochen hatte, ohrfeigte ihn.

Das Klatschen des Schlages traf Amicia ins Mark. »Dazu habt Ihr kein Recht!«, rief sie und kämpfte gegen Tränen des Zorns.

»Kein Recht?« Der Schläger lachte und wies mit der Lanze in Richtung des vergitterten Tores. »Soll ich dir sagen, wozu wir ein Recht haben, Täubchen? Dort drüben wird an unserem brandneuen Wassertor gleich das Fallgitter hochgezogen, damit unser Freund Canute wieder einfahren kann. Unser Freund Canute ist nämlich ein Ehrengast des Towers, und auf ihn wartet ein prächtiges Dinner, nachdem sein Fischfang so ungalant unterbrochen wurde. Deinen Kavalier hier können wir gern gleich mit verschiffen – nur wird er zum Dinner mit gesalzenen Backpfeifen vorliebnehmen müssen.«

»Lass gut sein.« Sein Gefährte mit der Narbe klopfte ihm auf den Arm. »Mir klebt die Zunge am Gaumen, und ich habe keine Lust, mir mit dem Heißsporn Ärger aufzuhalsen. Er mag der Neffe und Enkel von Verrätern sein, aber seine Sippe bleibt ein Teil von Englands edelstem Blut. Ihr könnt gehen, Camoys. Weshalb Ihr hier herumgewütet habt, will ich lieber nicht wissen, und Ihr tätet gut daran, Euch in Zukunft wie ein gesitteter Mensch zu betragen. Ansonsten landet Ihr nämlich wahrhaftig im Tower – oder noch besser: in St. Mary of Bethlehem!«

Die Umstehenden brachen in schallendes Gelächter aus. Matthew spuckte aus, machte aber weiterhin keine Anstalten, sich zu bewegen. Mit klopfendem Herzen legte Amicia ihm die Hand auf die Schulter. »Komm mit mir«, sagte sie leise. »Du hast das Richtige getan. Ich will, dass du mir von dem weißen Bären erzählst.«

Ein wenig unsicher tastete seine Hand nach der ihren. Als sie die seine umschloss, stand er auf.

Die Burg war tatsächlich ein normannischer Bau. Sie hieß Tower of London, und der weiße Bär Canute war ein Geschenk irgendeines nordischen Königs an Edward I., lebte in der Menagerie des Towers und wurde zur Belustigung der Londoner in der Themse auf Fischfang geschickt. »Sie machen ihn zu ihrem Narren.« Matthews Stimme zitterte vor Ohnmacht und Zorn. »Und wenn er genug hat und ihrem Dreckspfuhl entfliehen will, jagen sie ihn mit Lanzenstichen wieder hinein. Seine Heimat, in der der Schnee immer weiß bleibt, sieht er niemals wieder. Ich kann ihm nichts anderes wünschen, als dass er nicht mehr lange lebt.«

Amicia nahm seine Hände in ihre. In dieser Nacht, in der er sie seinen Schmerz teilen ließ, gab es keine Fremdheit mehr. Er hatte sie alle in das Gasthaus gebracht, in dem sie bleiben sollten, während er seine Belange mit dem Exchequer erledigte. Es war ohne Zweifel das beste Gasthaus, in dem sie bisher logiert hatten, nicht weit vom Fluss gelegen, aber dennoch sauber und – soweit Amicia feststellen konnte – frei von Ratten.

Matthew hatte zwei Kammern gemietet, eine für die Männer und eine für Amicia und Magdalene, und für ihre Verpflegung in der Schankstube bezahlt, in der es nach reinlicher Küche und würzigen Gerichten roch. Amicia hatte nun auch begriffen, warum er beteuert hatte, sie sei hier sicher: Der Wirt, der Tom hieß und wie ein Preisringer aussah, hatte fünf Söhne, deren Körperbau dem seinen in nichts nachstand. Wer partout ein Mädchen überfallen wollte, hätte sich jedes andere eher ausgesucht als eines, das in Toms Gasthaus logierte.

»Lasst euch von seinem Wein geben«, hatte Matthew nach ihrer Ankunft zu Hugh und Timothy gesagt. »Tom bezieht ihn aus dem Alpenland, aus dem seine Frau stammt. In ihm steckt die Kraft der himmelhohen Berge, der Erde zwischen dem Felsgestein und der Sonne auf den Hängen. Dir würde er auch gut bekommen, Mag.«

»Aber gewiss doch«, mischte sich strahlend vor Stolz der muskelbepackte Wirt ein. »Sieht ja selbst aus wie eine kleine Alpenländerin, das Schätzchen.«

Verwundert furchte Matthew die Brauen. »Damit habt Ihr recht, wisst Ihr das?«

Tom lachte: »Und ob. Wenn ich mich mit etwas auskenne, dann mit alpenländischen Frauen.«

Amicia verspürte eine Wärme, die mit dem flackernden Feuer nichts zu tun hatte. Einen Matthew, der betörende Dinge über Wein sagte und mit einem Gastwirt Freundlichkeiten tauschte, hatte sie noch nicht erlebt. Und um sie vollends zu überraschen, sagte er zuletzt: »Ich überlasse meine Schar Eurer Obhut, Tom. Morgen breche ich auf, und heute Abend will ich mit Mistress Amicia allein sein.«

Der Wirt führte sie in eine fensterlose Kammer, in die nur ein einzelner Tisch passte. Er stellte ihnen einen großen Krug Wein und eine Schüssel mit in Ingwerrahm und Mandeln gekochten Batzen vom Kabeljau hin und überließ sie sich selbst. Amicia war froh, dass auch im weltlichen Leben an Freitagen Fisch serviert wurde, denn ihr Magen begehrte gegen den ungewohnten Fleischgenuss auf. Letzten Endes aber hätte der

Wirt ihnen gesottene Sohlen vorsetzen können, denn das Essen, so verlockend es duftete, erkaltete unberührt.

Nun saßen sie einander gegenüber und redeten. Amicia stellte Fragen über den Bären, die Stadt und den Tower, und Matthew gab Antwort, doch vor allem sahen sie einander an. Immer wieder musste sie ihre Hand an sein Gesicht legen, das Blessuren von den Schlägen davongetragen hatte, das sie aber nur umso schöner fand.

Wieder griff er nach ihrer Hand und hielt sie fest. »Dieser Kerl hat gesagt, ich gehörte nach St. Mary of Bethlehem …«

»Was ist das?«

Gallig lachte er auf. »Ein Hospiz für die, die ihren gottgegebenen Verstand verloren haben. Glaubst du, ich bin verrückt, Zaubermädchen?«

»Nein«, erwiderte sie ehrlich. »Ich glaube, du erträgst es nicht, wenn Tiere leiden, und dafür habe ich dich lieb. Auch wenn ich nicht fassen kann, dass du vor dem Bären überhaupt keine Angst hattest.«

Wenn er mit den kräftigen Schultern zuckte, war ihm anzusehen, wie jung er noch war. »Vielleicht habe ich so viel Angst vor Menschen, dass ich mir vor Tieren nicht auch noch welche leisten kann«, sagte er, und sie bewunderte seinen Mut, mit dem er eingestehen konnte, dass er Angst hatte. Zugleich erschien ihr das, was er gesagt hatte, unendlich traurig.

»Willst du mir erzählen, warum du Angst vor Menschen hast, Matthew?«

»Ich glaube nicht.« Er stützte die Stirn in eine Hand, entblößte das Gelenk, das er sich wieder wundgekratzt hatte. »Wenn man die Sprache eines Tieres erlernt, kann man ihm deutlich machen, dass man ihm nichts Böses will, und wenn das Tier nicht krank ist, wird seine Angriffslust sich legen. Aber wer kann schon die Sprache der Menschen lernen, selbst wenn er das ganze Leben darauf verwendet? Und wenn er es könnte – glaubst du, eine Geste der Beruhigung würde die Angriffslust eines Menschen dämpfen? Würde sie sie nicht viel mehr anstacheln?«

Amicia hätte ihm gern widersprochen, ihm versichert, dass Menschen so übel nicht waren, aber schon der Ansatz versiegte ihr, weil etwas in ihr ihm recht gab. Sie streichelte noch einmal seine misshandelte Wange. »Das ist meine Sprache, die dir sagt, dass ich dir nichts Böses will«, sagte sie. »Ich werde es von jetzt an immer versuchen, wenn ich dich bis aufs Blut gereizt erlebe, und ich bin sicher: Du wirst mich nicht angreifen.«

Der Blick, den er ihr schenkte, war jeden Schmerz wert. Seine Augen hatten ihr vor Wochen noch Angst gemacht, aber jetzt hätte sie sie gern geküsst. »Willst du Fisch essen?«, fragte er. »Ich wollte mir Koriander und Eisenkraut einmischen, aber ich habe keinen Hunger, und ich glaube, das dumme Zeug hilft ohnehin nicht.«

»Wogegen soll es denn helfen?«, fragte Amicia, die Hunger hatte, aber nicht auf den Fisch.

»Gegen die Liebe«, sagte Matthew, ohne seinen Blick von ihrem zu lösen. »Gegen die Liebe von Männern, die Frauen zerstört.«

Sie stand auf, ging zu ihm und zog ihn an sich. »Nein, ich will keinen Fisch essen«, sagte sie. »Ich will, dass mich der schöne Mann, der mich mit Blicken toll macht, ohne Eisenkraut, Koriander und törichte Gedanken liebt.«

Er sagte nichts. Aber er gab sich ohne weiteren Widerstand geschlagen, zog sie in seine Arme und verschloss ihr die Lippen mit seinen. Sie verriegelten die Kammer und richteten sich ihr Lager im Stroh. Es war das erste Mal, dass sie einander an einem Ort liebten, an dem Wärme und Licht waren, so viel Wärme und Licht, dass sie weder Kleider noch Decken brauchten und einander ansehen konnten. Sie liebten sich in dieser Nacht etliche Male, und wenn sie zwischendurch sprechen mussten, blieb er in ihr, und sie hielt ihn in den Armen, damit zwischen Lieben und Sprechen kein Unterschied war.

Ich werde nie wieder einsam sein, dachte Amicia, ich werde mich nie wieder fürchten. Schon während der Gedanke ausklang, wusste sie, dass er nur für den Augenblick der Wahrheit entsprach. Das aber schmälerte seinen Wert um keine Unze.

Erst als sie eine Zeit lang liegenbleiben mussten, weil sie die Kräfte ihrer Körper vollkommen verausgabt hatten, tranken sie den Wein. Amicia erinnerte sich daran, was Matthew über ihn gesagt hatte. »Bist du im Alpenland gewesen?«, fragte sie. »Hast du die himmelhohen Berge gesehen?«

Er schüttelte den Kopf. »Ich bin nur ein Aufschneider. Mir hat jemand davon erzählt, der dort war.«

»Aber du willst mir nicht sagen, wer?«

»Jemand, der tot ist.« Er stöhnte. »Amicia, ich weiß, du hast jedes Recht, Fragen zu stellen, und das, was die Männer gesagt haben, muss dich furchtbar verwirren …«

»Nicht allzu furchtbar«, erwiderte sie ruhig und streichelte seine Wange, wie sie es versprochen hatte. »Ja, ich wüsste gern alles von dir, aber ich werde dir keine Frage stellen, auf die du mir keine Antwort geben willst. Ich verlasse mich darauf, dass du mir sagst, was mich betrifft. Und ich hoffe, dass du mir eines Tages den Rest erzählst, weil du selbst es dir wünschst.«

»Deine Großzügigkeit ist atemberaubend«, sagte er. »Wie kannst du dich einem Menschen überlassen, von dem du nicht weißt, wer er ist?«

Ein wenig herb lachte Amicia auf. »Das tue ich doch schon mein ganzes Leben lang! Ich weiß nicht, wer ich bin, aber ich bin bisher mit mir ausgekommen, also wird es mich nicht umbringen, es mit dir genauso zu versuchen.«

»Und wenn es dich doch umbringt? Wenn das, was ich dir verschweige, unsäglich ist?«

»Die Gefahr muss ich auf mich nehmen«, erwiderte Amicia. »So wie du bei dem weißen Bären. Du hast dich entschieden zu vertrauen, und ich tue es dir nach.«

Er neigte den Kopf, küsste ihren Hals und ließ die Stirn auf ihrer Schulter ruhen.

»Nur eines, Matthew«, fuhr sie fort und glättete sein Haar im Nacken. »Eines musst du mir sagen, weil es mir keine Ruhe lässt: Du hast gesagt, ich soll hier auf dich warten und mich nicht von der Stelle rühren …«

»Versprich es mir«, fiel er ihr ins Wort und hob den Kopf wieder. »Tom hat mir in die Hand gelobt, dass es dir an nichts fehlen wird, ohne dass du seinen Grund und Boden verlässt. Tu es niemals, ich bitte dich. Diese Stadt ist ein Rattenbau aus tausend Gängen und Löchern. Wer dir im Verborgenen auflauern will, dem fällt es nirgendwo so leicht wie hier.«

»Ich verspreche es«, erklärte Amicia feierlich. »Aber dafür musst du mir sagen, weshalb du dich vor dieser Stadt fürchtest.«

»Ich fürchte mich doch nicht!«, protestierte er so entrüstet, dass sie lachen musste, obgleich die Frage ihr todernst war.

»Nein, mein Liebster, spiel mir nicht den eisernen Ritter vor, der keine Furcht kennt. Was an dir aus Eisen war, liegt dort drüben auf dem Haufen, und was ich seit Stunden in den Armen halte, ist verletzlich und hat jedes Recht, sich zu fürchten. Vorhin warst du mutig genug, mir deine Angst vor Menschen zu gestehen, also sei jetzt nicht feige, sondern sprich.«

Er grinste schief. »In London sind so abscheulich viele Menschen.«

Sie versetzte seinem hübschen Mund einen Klaps. »Ich warne Euch, Mylord. Mit mir ist nicht zu spaßen.«

»Das habe ich befürchtet.« Er stöhnte, wie er es so oft tat: als sei er ein Kranker, der alle Kraft aufbot, um nicht vor Schmerz zu schreien. Heftig zog er sie an sich. »Ich will nicht, dass du mich verachtest, Amicia. Ich habe mich von Menschen immer ferngehalten, damit mir gleichgültig bleibt, was sie von mir denken. Aber mir ist nicht gleichgültig, was du von mir denkst. Ich weiß, dass dich abstößt, was ich tue, dass du nicht begreifst, warum ich nicht das ehrenhafte Leben eines Ritters führe, und ich befehle mir Tag um Tag, darauf nichts zu geben. Aber ich gebe alles darum. Einst war ich sicher, das zauberhafteste Geschöpf auf der Erde sei ein Habichtsweibchen. Das Leben war unendlich viel einfacher, ehe du mir eingebläut hast, dass das nicht stimmt.«

Amicia versuchte, sein Gesicht zu fassen, um ihn zu küssen, doch er ließ es nicht zu.

»Ich dachte, die Bewunderung von Menschen sei ohne Wert«, fuhr er fort, »aber ich will, dass du mich bewunderst. Ich würde dir gern Geschichten über meine beispiellosen Taten erzählen, damit du zu dem Schluss kommst, ich sei der fabelhafteste Mann der Welt, ein Held ohne Furcht und Tadel. Nicht das Häufchen Elend, das sich vor den Richtern des Exchequers die Hosen nass macht wie ein Rotzlümmel vor dem Stock des Vaters. Kein Jammerlappen, der sich wünscht, es werde niemals Morgen, damit er nicht in dem verdammten Tower vorsprechen muss.«

»Scht«, machte Amicia und schlug ihm sacht auf den Hinterkopf. »Nicht fluchen. Das gehört sich nicht für den fabelhaftesten Mann der Welt. Hörst du mir zu, du Held ohne Furcht und Tadel? Ich bin in einer Gemeinschaft von Zisterziensern aufgewachsen, auf einer Insel hinter dem Mond, und von den Läufen der Welt weiß ich weniger als nichts. Abt Randulph hat einmal zu mir gesagt: ›Wir können alle nur tun, was wir für das Richtige halten, und wenn wir wüssten, ob es wahrhaftig das Richtige ist, wären wir nicht wir, sondern Gott.‹ Sag mir nur, dass du tust, was du für das Richtige hältst – es soll mir genug sein. Und dann erzähl mir, was diese Richter dir antun können. Du bist nämlich weder ein Rotzlümmel noch ein Jammerlappen, und wenn dir etwas Angst macht, gibt es dafür einen Grund.«

Noch einmal zog er sie mit aller Kraft an sich, dass sie fürchtete, er breche ihr die Rippen. Dann atmete er tief und erleichtert auf und sagte: »Danke.«

»Es war mir ein Vergnügen, Mylord.«

Er begann, ihre Schulter und ihren Hals hinauf kleine Küsse zu setzen, ihre Hüfte zu streicheln und sich zwischen ihren Beinen zu regen.

»Halt!«, rief sie streng, während ihr Körper ihm bereits antwortete. »Muss ich dir Eisenkraut und Koriander einflößen, oder sagst du mir freiwillig, was dir von diesen Richtern droht?«

»Ich. Weiß. Es. Doch. Nicht.« Nach jedem Wort gab er ihr einen Kuss. »Vermutlich nichts. Aber wenn doch, Amicia …«

»Was, wenn doch?«

»Wenn sie etwas mit mir tun, das mich hindert, dich nach Fountains Abbey zu bringen, dann finde ich jemanden, der an meiner Stelle mit dir geht.«

Mehr konnte er nicht sagen, und sie konnte ihm nicht antworten. Seine Zunge schob sich ihr zwischen die Lippen, und in ihrem Leib begann von Neuem der Ansturm, der Festungen niederriss. Es machte glücklich, über jede Sorge hinaus, und wenn es noch eine Frage gab, die sie sich stellte, dann diese: Wie kann der Mann in mir ein solches Erdbeben sein und sich gleichzeitig standhaft einbilden, dass er mich in ein zisterziensisches Kloster bringen wird?

Als sie erwachte, war er fort, hatte den Hund mitgenommen und ihr kein Zeichen hinterlassen. Neben ihr im Stroh lag der Bernstein mit der eingeschlossenen Spinne. Das lederne Band, an dem sie ihn getragen hatte, war in der Nacht zerrissen.

20

Zum zweiten Mal in dieser Nacht musste Randulph die Kerze neu entzünden. An dem Gitter vor seinem Fenster rüttelte der Sturm, und der Luftzug, der durch die Ritzen drang, war stark genug, um die schwache Flamme auszublasen. Welche Früchte würde das Unwetter diesmal vernichten, wie viele freie Bauern um ihren kärglichen Ertrag bringen? Das Gerede von der Strafe Gottes war lauter geworden, inzwischen hatte Randulph auch hier, hinter den Mauern seines Klosters, ein Flüstern darüber gehört. Dennoch vermochte er immer noch nicht zu glauben, dass die Menschen einer Epoche mehr Strafe verdienten als die einer anderen. Genauso unverständlich war, weshalb der strafende Gott einer arglosen Sippe von Bauern das Dach über dem Kopf rauben sollte, während er bei ihm lediglich am Gitter des Fensters rüttelte und die Kerze ausblies.

Er hatte sich nach der Vesper in seine Zelle zurückgezogen, weil er erschöpft war und sich über einem Buch erfrischen wollte. Schlaf schien nur mehr eine dunkle Fortsetzung der nagenden Gedanken des Tages zu sein; über einer Schrift aber, über den bestechend klaren Gedanken eines großen Geistes, der die Feuerproben des Erdenlebens bereits bestanden hatte, fand er noch immer Stärkung und Beruhigung. Bernard de Clairvaux, der Strahlendste unter den Vordenkern des Ordens, war dafür natürlich die erste Wahl. In den dunkelsten Nächten las Randulph allerdings stattdessen in der Schrift eines italienischen Heiligen namens Francesco, der das irdische Leben nicht nur bestanden, sondern geliebt hatte. Der Mann, der Randulphs Kindheit begleitet hatte, hatte ihm den Text geschenkt, und er selbst hatte ihn einst für jemanden abgeschrieben:

Gelobt seist du, mein Herr, in all deinen Kreaturen.
Allen voran in unserem Bruder, der Sonne,
Die uns der Tag ist und durch die du uns das Licht schenkst.

Welche Kraft musste eine Seele haben, die zu solchem Lobgesang fähig war!

In dieser Nacht allerdings war Randulph selbst durch das Liebeslied des Francesco kein Trost vergönnt. Unter dem Grollen des Sturmes vernahm er galoppierenden Hufschlag. Zweifellos stand ihnen ein Besucher ins Haus, und zwar einer, der sich weder vom scheußlichen Wetter noch von der fortgeschrittenen Stunde abhalten ließ. Randulph versuchte nicht einmal, sich selbst zu täuschen. Wer so lange in der Stille lebte, las Geräusche wie die Schrift eines Heiligen. Ein Pferd, das unter einem Reiter ging, trat anders auf als eines, das ohne Eisen auf der Koppel umhersprang.

Besser, er ging selbst zum Torhaus, ehe Bruder Benedict, der dort Dienst versah, einen anderen weckte. Die Brüder brauchten das bisschen Erholung, bevor sie zur Vigil aus dem Schlaf gerissen wurden. Als er den Kreuzgang durchquerte, vernahm er hinter sich Schritte, drehte sich um und entdeckte Francis, den derselbe Gedanke getrieben haben musste. Sie nickten einander zu und gingen schweigend weiter.

Die Nacht gebärdete sich, als platze der Himmel. Aus Haaren und Kleidern triefend eilte ihnen Bruder Benedict vom Torhaus entgegen. »Ein Besucher, mein Vater«, meldete er wie nicht anders erwartet, fügte dann jedoch leiser hinzu: »Eine Dame.«

Das war ungewöhnlich, aber es kam vor. Die Dame mochte die Mutter oder Schwester eines Bruders sein, die die Vorschrift überging, Besuche zuvor zu vereinbaren. Sie konnte eine adlige Witwe sein, die einen Sohn oder Neffen als Novizen brachte. Nichts davon hatte Randulph in seiner Zeit erlebt, und er nahm nicht an, dass es ihm jetzt bevorstand. Etwas anderes war weit wahrscheinlicher. »Die Herrin von Carisbrooke?«, fragte er.

Bruder Benedict nickte und schob sich zitternd unter das schützende Dach.

Randulph überlegte fieberhaft. Hätte das Wetter es erlaubt, wäre er zu ihr gegangen, um sie im Freien zu sprechen; in dieser Nacht aber mochte einer von ihnen sich dabei den Tod holen. Den Herrn der Insel hätte er als Abt von Quarr in den Gasträumen des Klosters empfangen dürfen, doch dass Isabel de Fortibus den entsprechenden Titel trug, machte aus ihr keinen Herrn. Was ohnehin heikel und schwierig war, wurde durch ihr Geschlecht zu einem schier unlösbaren Problem. »Ich empfange die Lady im Kalefaktorium«, entschied er sich endlich. Wenn sie darauf bestand, den Platz eines Mannes einzunehmen, würde er sich geben, als sähe er einen Mann in ihr.

Bruder Benedict nickte beflissen, schauderte einen Wimpernschlag lang vor der Aussicht, sich noch einmal den Fluten des Wolkenbruchs auszusetzen, und lief los. Dass er Francis vergessen hatte, bemerkte Randulph erst, als Isabel, geleitet von Bruder Benedict, der ihr eine Plane über den Kopf hielt, vom Torhaus hinaufkam. Er hatte sie jahrelang nicht gesehen, doch etwas an ihr war unverändert: Selbst wenn ihr aus jedem Stück Stoff am Leib das Wasser troff, so gelang es ihr doch, als Herrin aufzutreten, der das Gewürm zu ihren Füßen lästig war.

»Guten Abend, ehrwürdiger Vater«, grüßte sie ihn mit ihrer Stimme, die wie ein Sarazenensäbel war – scharf und schön, leicht gebogen und tödlich.

»In meinen bescheidenen Kreisen wünscht man sich um diese Stunde eine gute Nacht, Mylady.« Die korrekte Anrede lautete »meine Tochter«, aber das war so lächerlich, als hätte er ein Erdbeben Wetterchen genannt.

»Ich bedaure«, erwiderte Isabel, bedauerte aber offensichtlich nichts. »Wie Ihr Euch denken könnt, ließ der Grund meines Kommens keinen Aufschub zu. Es ist kein Vergnügen, durch solchen Weltuntergang ein Pferd zu treiben.«

»Immerhin habt Ihr darin Übung.« Warum er sich Spitzen wie diese, die das Verhältnis zwischen ihnen auf eine unerwünschte Ebene hoben, nicht verkniff, war ihm selbst ein Rätsel.

»Ich bin nicht mehr jung«, parierte sie gekonnt. »Und Ihr seid es auch nicht.«

»Wohl wahr. Gehen wir ins Kalefaktorium, wo Ihr Euch ein wenig aufwärmen könnt. Für gewöhnlich brennt dort nur bis zum Karfreitag ein Feuer, doch wenn wir es in diesem Jahr nicht brennen ließen, bekämen wir keinen einzigen Bogen Pergament getrocknet.«

Francis stand noch immer dabei, und als sie sich in Bewegung setzten, schloss er sich schweigend an. »Ich wäre dankbar, wenn Euer Prior draußen warten könnte«, sagte Isabel. »Dies ist keine Angelegenheit des Klosters, sondern eine unter vier Augen.«

Randulph hätte ihr deutlich machen müssen, dass es an ihm war zu entscheiden, wer an einer Unterredung innerhalb des Klosters teilnahm, aber Francis wich schon mit einer kleinen Verneigung in den Gang zurück. »Solltet Ihr mich brauchen, halte ich mich zur Verfügung, mein Vater.«

Die Wärmestube war verlassen, keine Kerze flackerte, und das Feuer, über dem die Leine mit den zum Trocknen bereiteten Pergamenten hing, war so gut wie heruntergebrannt. An einer Wand reihten sich mit Stroh gefüllte Pritschen für Brüder, die sich von Aderlass oder Krankheit erholten, an der anderen standen Arbeitstische, an denen Tinte bereitet wurde. Randulph setzte sich auf einen Schemel.

Isabel blieb stehen. Mit einem Schlag fiel das Hoheitsvolle, Beherrschte von ihr ab. »Es geht um Adam.«

Randulph seufzte. »Alles andere hätte mich gewundert.«

»Ihr müsst mir helfen, Randulph.«

»Aha. Und aus welchem Grund muss ich das? Beruft Ihr Euch auf die Tatsache, dass ich der geistliche Herr über Eure Ländereien bin, oder darauf, dass Ihr der weltliche über meine seid? Oder am Ende gar darauf, dass wir einmal um ein Haar verwandt gewesen wären?« Er hasste sich dafür, dass ihm solche Sätze entschlüpften. Der Novizenmeister lehrte die Novizen zu leben, als wären sie nie etwas anderes gewesen als Mönche des zisterziensischen Ordens. Randulph wünschte es einem jeden von ihnen, doch ihm selbst war es nie gelungen.

»Ich berufe mich auf Eure christliche Pflicht, Euren Schwestern und Brüdern Mitleid zu erweisen«, erwiderte Isabel. »Adam ist verschwunden, ohne mir ein Wort zu sagen. Seit sechs Wochen macht mich die Sorge um ihn krank – heute Nacht habe ich es nicht mehr ausgehalten.«

Sie war der letzte Mensch, von dem man erwartete, er könne um Mitleid bitten und an der Sorge um einen anderen Menschen krank werden. »Ihr überrascht mich«, gestand er aufrichtig ein. »Wenn Euch wahrhaftig danach verlangt, sollen Euch die Tröstungen des Glaubens gern zuteilwerden. Wünscht Ihr, für Euren Verwalter eine Messe lesen zu lassen?«

»Ich wünsche, dass Ihr mir sagt, wo er ist!«, fuhr sie ihn an. Ihr Gesicht war weiß wie ihr Gebende, das sie so straff geschlungen trug, dass es ihr schwerfallen musste, zu sprechen. Sie war nicht hübsch, war es nie gewesen, aber das, was sie stattdessen war, hatte die Jahre überlebt.

»Und weshalb glaubt Ihr, ich könne das wissen?«

»Weil er hier war!«, rief sie triumphierend.

»Hat er Euch das gesagt?«

»Bewahre.« Sie schnaubte. »Seine Machenschaften mit Euch und den Euren hält er geheim, wenn er kann. Ich habe seinem kleinen Kammerherrn ein wenig zusetzen müssen, ehe er mit der Sprache herausrückte.«

»Ich verstehe.« Randulph rieb sich das Kinn. »Nun schön. Er war also hier. Tatsächlich tauchte er hier genauso aus allen Poren triefend auf wie Ihr.«

»Das ist kein Wunder bei dem Wetter«, versetzte Isabel. »Ich möchte an die Ernte, die uns blüht, nicht einmal denken.«

Wenigstens ein Empfinden, das wir teilen, dachte Randulph.

»Hat er Euch gesagt, was er vorhatte?« Mit einem Mal klang ihre Stimme klein. »Ich bitte Euch, verschweigt es mir nicht.«

»Und wenn ich es tue – setzt Ihr mir dann zu wie Adams Kammerherrn?«

Sie schoss auf ihn zu, hielt aber inne und ließ die Arme sinken. »Natürlich nicht«, murmelte sie. »Ich kann nicht mehr, Randulph. Ich muss wissen, was mit ihm ist.«

»Es wundert mich, dass ausgerechnet Ihr und Adam so sicher seid, dass ich Euch helfe. Vielleicht sollte er aufhören, Siegel von unseren Urkunden zu schneiden und uns um unser Recht zu betrügen, wenn er dergleichen erwartet. Und vielleicht solltet Ihr Euch fragen, warum Ihr ihm erlaubt, Verbrechen dieser Art in Eurem Namen zu begehen.«

In ihren schillernden Augen fingen sich Reflexe des sterbenden Feuers. Ihr Blick suchte seinen. »Wenn ich Euch darauf eine Antwort gebe – bekomme ich dann eine von Euch?«

»Glaubt Ihr wirklich, ich sollte mich auf einen solchen Handel einlassen?«, fragte er zurück. »Im Übrigen kann ich Euch Eure Antwort nicht geben. Adam war hier, das ist richtig, aber wo er jetzt ist, weiß ich so wenig wie Ihr.«

»Aber Ihr wisst vielleicht …« Sie brach ab.

»Was weiß ich?«

»Ob er in Gefahr ist.« Fast flüsterte sie. »Ob Cyprian seine Hände im Spiel hat.«

Auf einmal empfand Randulph das Mitleid, das sie von ihm verlangte. Nicht weil er als Zisterzienser dazu verpflichtet war, sondern weil er sie jäh als das sah, was sie war: eine Frau, die mehr verloren als gewonnen hatte, die sich an einen Mann ohne Skrupel klammerte, weil sie ohne ihn allein in der Welt stand. »Ich habe von Cyprian mindestens ebenso lange nichts gehört wie Ihr«, sagte er. »Über seine Absichten weiß ich nichts. Aber wenn es Euch beruhigt – dass er mit Adams Verschwinden zu tun hat, halte ich für unwahrscheinlich.« Das war alles, was er Isabel zu geben hatte. Was Adam plante, auf wen er es abgesehen hatte, durfte er ihr unter keinen Umständen sagen. Nicht um Adams willen. Sondern um das Geschöpf zu schützen, für dessen Schicksal er verantwortlich war. Wenn die Amsel heil ankam und ihren Platz fand, so begriff er, war die Buße, die er sich auferlegt hatte, nicht vergebens.

»Sprecht Ihr die Wahrheit? Und es gibt nichts, das Ihr mir verschweigt?« Mit beiden Händen packte sie das feste Gebende und riss es sich vom Kinn. Sichtlich erleichtert reckte sie den Hals, der unverkennbar gealtert war, aber immer noch elegant. »Mir ist nicht wohl, Randulph. Manchmal muss ich in meinen Zimmern alle Läden aufreißen, weil mir zumute ist, als zöge sich eine Schlinge zu und nähme mir die Luft. Ist das nur die Laune einer Frau, die mit den Jahren einfältig wird? Oder ist es der Instinkt eines Menschen, der das Leben kennt und spürt, dass eine Katastrophe naht?«

»Eure Erregung schadet Euch«, sagte Randulph. »Natürlich ist zu erwarten, dass wir für das Leben, das wir geführt haben, zur Rechenschaft gezogen werden. Aber auf Erden muss dies nicht geschehen, und ich nehme an, es ist das irdische Dasein, das Euch umtreibt, nicht die Sorge um die Abrechnung vor Eurem Schöpfer.«

»Was wollt Ihr damit sagen?«

»Nur, dass Ihr womöglich nichts zu fürchten habt.« Randulph verschwieg, dass er in Wahrheit fürchtete, dass andere auf Erden den Preis für das Leben bezahlten, das sie geführt hatten – Isabel, Adam, Cyprian, er selbst und wer immer noch. Aber das ging nur ihn an. Nicht Isabel.

Sie war an das winzige Fenster getreten, stützte die Hände auf den Sims und starrte auf den hölzernen Laden, als könnte sie durch das Holz in die Sturmnacht sehen. Das zerfetzte Gebende gab ihr Haar frei und ließ es nass, wie es war, in ihre Taille fallen. Es war nicht mehr braun, aber noch immer prachtvoll. Wie das Haar der Lady Godiva, die ihre Stadt Coventry vor erdrückender Steuerlast gerettet hatte.

»Ich habe getan, was ich für das Richtige hielt«, sagte sie. »Habt Ihr mir das nicht gepredigt?«

»Ihr lasst Euch nichts predigen. Aber geraten mag ich es Euch haben.«

»Ich hätte ohnehin nie eine Wahl gehabt«, erwiderte sie. »Ich hätte nichts tun können als das, was ich in jedem Augenblick für das Richtige hielt. Auch mitten durch Nacht und Weltuntergang hierherzureiten.«

»Und auch, Eurem Verwalter zu gestatten, Urkunden zu fälschen und Gelder zu rauben?«

Sie überlegte. »Ja«, bekannte sie dann. »Ich will, dass auf dieser Insel kein anderer regiert als ich. Es verdirbt den Hund, wenn er nicht weiß, auf welchen Herrn er zu hören hat. Aber wichtiger ist: Der beste Herrscher für die Insel ist der, der sie über alles stellt. Weder der König kann das tun, der ganz England, halb Frankreich und das Heilige Land zu bedenken hat, noch die Kirche, der kein Ort auf Erden etwas gelten darf. Ich bin es, die dieser Insel geben würde, was immer sie besitzt.«

Wie wahr, dachte Randulph. Und gerade deshalb darfst du nicht erfahren, nach wem Adam sucht. Sogar Adam scheint das begriffen zu haben, ansonsten hätte er es dir längst gesagt.

»Ich bin es, die Saatgut verteilt, wenn die Ernte ersäuft«, fuhr Isabel fort. »Ich bin es, die der Insel den Hof eines Königreiches ermöglicht, und wenn es dieser Tage einen Verbrecher braucht, um das Geld dafür zusammenzuhalten, dann hat der Verbrecher meinen Segen.«

»Ich verstehe«, sagte Randulph, den Müdigkeit übermannte. »Ihr seid Cyprian ähnlicher, als Ihr es für möglich haltet. Hat Euch das je ein Mensch gesagt?«

Sie fuhr herum. »Was wollt Ihr? Mich beleidigen?« Dann ließ sie zweimal ihre filigrane Gurgel zucken und schüttelte das nasse Godiva-Haar. »Nein, Ihr habt recht, ich weiß. Wir nehmen uns fast nichts, und was er mir angetan hat, täte ich auch ihm an, gäbe er mir je die Gelegenheit dazu.«

Und ich bin es, der sie dir nicht geben wird, dachte Randulph. Dass er sie Adam verschafft hatte, war unverzeihlich genug, und es verging keine Nacht, in der ihn der Gedanke nicht wach hielt. In dieser Nacht aber würde er bis zur Vigil schlafen. »Ich wäre Euch dankbar, wenn Ihr jetzt ginget«, sagte er. »Wenn ich von Adam oder von Cyprian höre, sende ich Euch Nachricht. Zudem werde ich für Adams Rückkehr zu Euch beten.«

Etwas Weiches, Suchendes ging über Ihr Gesicht. »Ihr meint nicht, was Ihr sagt, oder doch? Ihr sagt es zu jedem.«

»Ich wünsche, dass jedem, der hierher um Hilfe kommt, Hilfe zuteilwird«, erwiderte er ausweichend.

»Aber Ihr seid wütend, weil Adam die Abtei um Geld betrogen hat.«

»Nein«, antwortete Randulph. »Das Geld mag bleiben, wo es ist, und den Opfern des tückischen Wetters helfen.«

Ohne den Blick von ihm zu wenden, sagte sie: »Ich habe Euch immer als Feind betrachtet, weil ich sicher war, Ihr müsstet auf Cyprians Seite stehen. Aber ich habe mich geirrt, nicht wahr?«

»Ich bin hierhergekommen, um auf niemandes Seite zu stehen«, entgegnete Randulph. »Ich kann Euch nur bieten, was Ihr eingangs von mir verlangt habt: mein Mitgefühl unter Christenmenschen.«

»Danke«, sagte sie, noch immer mit dem Blick in seinem. »Wenn ich Euch bäte, mir die Beichte abzunehmen – was würdet Ihr tun?«

»Euch an den Ordenspriester verweisen, den wir zu diesem Zweck nach Carisbrooke entsenden«, entgegnete Randulph, stand auf und ging zur Tür.

Sie folgte ihm. Ehe er zurückwich, berührte sie seine Schulter. »Gute Nacht, kleiner Bruder Randulph.«

»Gute Nacht – Isabel.«

Er blieb hinter der Tür stehen, während sie durch den Gang entfloh. Erst als er keinen Schritt mehr hörte, trat er hinaus.

Prior Francis hielt sich im Winkel und versuchte, mit einem Blick zu erkunden, ob sein Abt ihn brauchte. Randulph wollte abwinken, dann aber hielt er in der Bewegung inne und fragte: »War es recht, sie gehen zu lassen? Wird sie es in dem Wetter bis nach Carisbrooke schaffen?«

»Mit der Hilfe Gottes, mein Vater«, erwiderte Francis. »Wünscht Ihr, dass wir zu Ihrem Schutz ein Gebet sprechen?«

»Ich wäre froh«, entwich es Randulph. »Und was Ihr denkt, sagt mir auch.«

»Das steht mir nicht zu, mein Vater.« Francis hatte sich bereits abgewandt, um den Weg zur Kirche einzuschlagen.

»Sprecht!«, befahl ihm Randulph.

»Ich dachte nur: Die Herrin von Carisbrooke hat auffällig grüne Augen. Eine Lappalie. Aber man kann sich schließlich nicht immer verbieten, so etwas zu denken.«

»Nein, gewiss nicht.« Randulph schob den schweren Türflügel der Kirche auf.

»Schillernde Augen«, murmelte Francis. »Die, die ich zuletzt in solchem Grün sah, waren matt.«

»Haltet ein!« Randulph hob die Hand. »Man kann sich nicht immer verbieten, etwas zu denken, aber man kann sich verbieten, daraus Schlüsse zu ziehen.«

21

Aus Tagen ohne Matthew wurden Wochen ohne Matthew. Aus Nächten ohne Matthew wurde eine Qual, die keinen anderen Gedanken neben sich duldete.

Anfangs war Amicia stolz auf sich gewesen, weil sie sich entschlossen an das Versprechen hielt, das sie ihm gegeben hatte: Sie verließ den Grund und Boden des Gasthauses nicht. Wie er ihr beteuert hatte, fehlte es ihr und ihren Gefährten an nichts, denn sie wurden wie Fürsten umsorgt. Magdalene, die noch immer blutleer und müde war, ruhte viel und bekam Wein mit frischem Ei. Sie hatte vor Timothy Frieden, weil die Söhne des Wirts ihn zu Ausflügen durch die Stadt einluden, und Hugh durfte trinken, bis er vom Stuhl fiel und auf dem Boden einschlief. Einzig Amicia fühlte sich als Drohne im Bienenhaus unwohl und suchte sich, so gut es ging, Beschäftigung.

Hinter dem Haus lag ein windgeschützter Garten, in dem Dolasilla, die Frau des Wirts, Kräuter zog. Viele verwendete sie in ihrer Küche, mit der sie Hungrige aus dem gesamten Stadtviertel anlockte. Aus anderen brannte sie alkoholische Getränke, und aus wieder anderen bereitete sie Salben und Arzneien. Als sie erfuhr, dass Amicia in Quarr selbst einen Kräutergarten gepflegt hatte, lud sie sie ein, ihr bei der Verarbeitung der Pflanzen zu helfen.

Dolasilla war eine klein geratene, wendige Person, vom Wohlleben rundlich und gesegnet mit wirrem Lockengekräusel, das einmal tintenschwarz gewesen sein musste. Sooft sie erregt war, fiel sie aus ihrem singenden, rollenden Englisch in die Sprache ihrer Heimat zurück, die ein wenig wie weich gewaschenes Latein klang. Trat Amicia am Morgen in den Garten, so rief sie: »*Bun dé, bun dé!*«, und strahlte über ihr beredtes Gesicht.

»Heißt das ›Guten Morgen‹, Dolasilla? Was für eine Sprache ist das?« Die Gastwirtin lachte. »Nur eine ganz kleine Sprache, die in einem ganz engen Tal gesprochen wird. Die musst du kluges Mädchen, das von großen Sprachen weiß, nicht kennen.«

Die meisten der Kräuter, die Dolasilla unter Ausnutzung jedes Sonnenstrahls in ihren Beeten hegte, hatte Amicia nie gesehen. Sie trugen unaussprechliche Namen wie »Wallwurz«, »Bärlauch« und »Bergwohlverleih«. Das Letztere hatte kleine goldgelbe Blüten.

»Sie alle haben heilende Kräfte«, erklärte Dolasilla und pflückte Amicia Hände voll Wallwurz in den Mörser. »Dieses zerstampfst du und gibst gutes Fett dazu, dann heilt es wundes Fleisch und zerbrochene Knochen. Es ist so wirksam, dass du es in keinen Topf mit Lammfleisch geben dürftest, weil die Batzen zusammenheilen würden und dein Lämmchen spränge dir davon.«

Amicia musste lachen.

»Aber Vorsicht«, warnte Dolasilla, legte das Gesicht in Falten und hob mahnend einen Finger. »In der rechten Dosis verwendet, sind die Kräuter ein Segen, aber nimmst du zu viel, dann vergiften sie dich. Dieses hier zum Beispiel …« Ein wenig geheimniskrämerisch bückte sie sich und pflückte einen Zweig des gelb blühenden Bergwohlverleihs. »Auf Wunden aufgelegt, lindert es Schmerzen und heilt misshandelte Haut. Auf ein misshandeltes Herz gelegt, heilt es auch dieses – es lässt den Burschen, der es dir gebrochen hat, in Liebe erglühen und dir zu Füßen seufzen. Nimmst du aber mehr, als ihr beide vertragen könnt, dann verbrennt es euch – dich und ihn.«

Ist so nicht alle Liebe, ob mit oder ohne Kraut?, durchfuhr es Amicia. Der Gedanke war albern, denn was wollte ausgerechnet sie von der Liebe verstehen? Je länger Matthew aber fortblieb und sie sich ausmalte, was ihm widerfahren sein mochte, desto stärker wurde das Gefühl, sie werde von der Liebe innerlich verbrannt.

Die viel zu kühlen, zu dunklen Monate mündeten schließlich doch noch in einen Hochsommer, der Hitze und Sonne im Überfluss brachte. Daran, dass das Obst an Dolasillas Bäumen die Äste schwer machte, merkte Amicia auf beklemmende Weise, wie viel Zeit verstrichen war. Dolasilla gab ihr Kiepe und Pflücknetz, und gemeinsam ernteten sie die duftenden Äpfel und Zwetschgen, kochten Sirup und buken goldene Pasteten, doch statt sich an der Fülle zu freuen, wie sie es in Quarr getan hatte, fragte sich Amicia, was Matthew zu essen bekam. Sooft sie hinüber zu den geweißelten Türmen der Burg sah, fiel ihr der Wachmann wieder ein, der ihn geschlagen und bedroht hatte. War Matthew verhaftet worden für etwas, das sie nicht verstand? Warum nur hatte sie ihn nicht gefragt, weshalb die Männer ihn den Enkel und Neffen von Verrätern genannt hatten?

In der Geschichte seiner Familie gab es einen schwarzen Flecken, so viel stand fest. Amicia kannte solche Fälle aus Quarr – nicht selten sandte man die Söhne von Vätern, die in Ungnade gefallen waren, in Klöster, weil ihnen keine weltliche Laufbahn mehr offenstand. Ging es Matthew ähnlich? Und würde man ihn für etwas bestrafen, das nicht er, sondern ein Verwandter getan hatte? Würde man ihm Fehler ankreiden, die man anderen vergeben hätte, nur weil er von den falschen Eltern stammte?

Sicherlich, Matthew war jähzornig, unbeherrscht und voller Trotz. Wenn er sich gereizt fühlte, konnte er sich betragen wie der schlimmste Flegel und sich um Kopf und Kragen bringen. Der Wunsch, bei ihm zu sein und ihn zu beruhigen, wie er den weißen Bären hatte beruhigen wollen, wurde dennoch übermächtig. Amicia vermochte sich nicht länger auf eine Tätigkeit zu konzentrieren. Sie ließ Fruchtsuppe anbrennen und verdarb einen Topf zum Mälzen gewässerter Gerste, indem sie ihn stehen ließ, bis das gekeimte Korn Schimmel ansetzte.

Statt sie zu schelten, sagte Dolasilla: »Du bist ein so geschicktes Mädchen, wenn du mit dem Kopf bei einer Sache bleibst. Wohin ist dein Kopf entflogen, Amsel?« Sie hatte gehört, wie Amicia das Lied des Vogels nachgeahmt hatte, und nannte sie seither bei diesem Namen.

»Ich weiß es selbst nicht«, behauptete Amicia matt.

»Doch, du weißt es. Wenn ein schöner Mann lange fortbleibt und ein schönes Mädchen von Tag zu Tag trauriger wird, dann kennt den Grund dafür mein dümmstes Huhn.«

Amicia musste lachen. »Ich mache mir Sorgen.«

»Ich glaube, das brauchst du nicht«, erwiderte Dolasilla. »Matthews Geschäfte werden sich eben hinziehen. Seit wir einen König haben, der ohne Ende Gesetze erlässt, dauert alles immer länger.«

»Weißt du über Matthews Geschäfte Bescheid?«, fragte Amicia mit einer Spur Hoffnung.

Dolasilla winkte ab. »So was besprechen doch Herren nicht mit uns.«

»Aber ihr kennt ihn schon lange, du und dein Mann?«

Die Alpenländerin strahlte. »Seit er als Knirps von sieben Jahren mit seinem Onkel hier war. Er war dem Onkel wie aus dem Gesicht geschnitten, hatte noch keine schwarzen Wolken um die Stirn, und die beiden gaben ein Gespann ab, dem jedes weibliche Wesen schmachtende Blicke hinterdreinwarf.«

Schwarze Wolken um die Stirn. Treffender hätte Amicia Matthew nicht beschreiben können. »Lebt der Onkel auch hier in London?«, fragte sie. War das etwa der Verräter, an den der Wachmann gedacht hatte? War es möglich, dass Matthew ihn getroffen hatte?

»Er lebt überhaupt nicht mehr«, antwortete Dolasilla betrübt. »Kurz nachdem er noch einmal hergekommen ist und uns für Wochen sein kleines Ebenbild hiergelassen hat, ist er gestorben. Bei einem Jagdunfall. Vom Reiten und Jagen sprach er immer, als sei's das Himmelreich. Vielleicht war es besser so und hat ihm einen Tod in Schande erspart. Er war ja so leichtsinnig, wie er schön war, und ließ sich auf Dinge ein, die schon andere den Hals gekostet haben.«

Amicia presste die Hand auf ihr Herz. Es fühlte sich an, als hielte sie ein vor Panik zappelndes Tier. Sie bemerkte nicht einmal, dass Dolasilla vor sie trat und ihr den Rührlöffel fortnahm.

»Jetzt habe ich dir noch mehr Angst gemacht, was? Aber das alles betraf doch den Onkel, nicht Matthew. Matthew ist dem König treu ergeben, das alles ist lange her, und der neue König lässt ja auch solchen Aufruhr nicht zu.«

Tapfer versuchte Amicia zu nicken, derweil ihr Herz weiterraste. Dolasilla strich ihr über den Arm. »Willst du, dass wir beide zum Hausaltar gehen und für Matthew beten?«, fragte sie.

»Oh ja, bitte«, murmelte Amicia. Erst als Dolasilla sie bei der Hand nahm und durchs Haus führte, fragte sie sich, wie eine einfache Gastwirtsfamilie an einen Hausaltar kam.

Der Altar stand in einer Kammer neben der Schlafstube der Eheleute. Ob seiner geringen Größe hatte man ihn auf einen Tisch gestellt. Es war einer jener dreigeteilten Klappaltäre, die auf Reisen verwendet wurden und die Amicia von wohlhabenden Pilgern kannte. Zwar war die Ausfertigung aus bemaltem Holz eher bescheiden, doch gegen die strenge Schlichtheit der Zisterzienseraltäre wirkte sie geradezu überladen. Die Altarbilder zeigten Szenen aus dem Leben des heiligen Veit: den Versuch seines Vaters, ihn zu ermorden, die wilden Löwen, die sich gezähmt zu seinen Füßen niederlegten, und den Engel, der ihn aus dem Kessel mit siedendem Öl errettete. Amicia bemühte sich, nicht auf das erste Bild zu sehen. Am Flügel des Engels war eine winzige gläserne Ampulle befestigt, in der eine trübe Flüssigkeit schwamm.

Dolasilla hatte ihren Blick bemerkt. »Es ist ein echter Altar!«, bekundete sie stolz. »In Ehren geweiht – dort siehst du ja selbst die Tränen des heiligen Veit.« Sie wies auf die Ampulle.

»Woher habt ihr sie?«, fragte Amicia. Einem Altar, der keine Reliquie enthielt, blieb die Weihe verwehrt, und eine Reliquie erster Klasse wie die Tränen eines Heiligen kostete ein Vermögen.

»Aus dem Heiligen Land«, erwiderte Dolasilla stolz. »Mein Tom hat ihn von seinem Kreuzzug mitgebracht.«

»Dein Mann war Kreuzfahrer?«

»Nun, das vielleicht nicht«, räumte Dolasilla ein. »Aber er ist im Gefolge eines Ritters mitgezogen und bis über die Alpen gekommen. Dann hat ihn allerdings das Heimweh gepackt, dagegen ist ja kein Kraut gewachsen. Von einem, der schon im Heiligen Land war, hat er den Altar gekauft, und auf dem Rückweg hat er sich noch etwas mit nach Hause genommen.« Sie schenkte Amicia ihr Strahlen. »Mich.«

Amicia dachte an die fremdländischen Kräuter und die noch fremdere Sprache. Sie erinnerte sich an den Beginn ihrer Reise, als jeder Gedanke an ihre Insel ihr Schmerzen bereitet hatte. Aber die Insel lag nicht mehr als ein paar Tagesreisen entfernt, wenn man allein und zügig reiste. Die Wirtin hingegen würde die Berge, von denen sie stammte, nicht wiedersehen. »Packt dich auch manchmal das Heimweh, Dolasilla?«, fragte sie.

Die kleine Frau zuckte mit den Schultern. »Jetzt nicht mehr. Ich habe doch mein Leben hier verbracht – dreißig Jahre, eine gute Ehe und fünf Kinder. Heimat ist der Ort, an dem man fehlt, wenn man nicht mehr da ist. Und was glaubst du wohl, wie ich hier fehlen würde, was für eine Unordnung hier herrschte ohne mich! Im Fassatal kennt kein Mensch mehr meinen Namen, weshalb sollte ich dorthin zurückwollen?«

Amicia fiel keine Antwort ein. Stattdessen beschlich sie eine Spur von Neid. *Heimat ist der Ort, an dem man fehlt, wenn man nicht mehr da ist.* Fehlte sie jemandem in Quarr, kannte dort noch jemand ihren Namen?

Dolasilla umfasste ihre Hand. »Wollen wir beide jetzt beten?«

Amicia nickte und sah zu, wie die Frau sich vor dem kleinen Altar verneigte, sich bekreuzigte und niederkniete. Unverzüglich begann sie, ihr Gebet zu murmeln, als sei sie allein:

Père nosc che te es sun ciel,
sie fat sent to inom,
fa che vegne to regn

Nie zuvor hatte Amicia jemanden ein Gebet in einer anderen Sprache als Lateinisch sprechen hören. Die Sprache klang in der Tat dem Lateinischen ähnlich – aber anders als die in Matthews Lied glitt sie weich und ohne scharfe Kanten dahin.

Amicias Verblüffung steigerte sich noch, als hinter ihr das Knarren der Tür ertönte, gefolgt von einer weiteren Stimme.

»*To voler sie semper respetà, tant sun ciel che su la tera*«, fiel Magdalene ein, die im Spalt stand. Sie klang, als begriffe sie selbst nicht, warum sie die Worte in der fremden Sprache sprach, als wäre es ihre eigene. Dolasilla beendete ihr Gebet, bevor sie sich umdrehte. »Du bist eine von uns, was?«, fragte sie ohne Verwunderung. »Aus dem Fassatal? Gedacht hab ich's mir gleich.«

»Ich weiß es ja nicht!«, rief Magdalene. »Ich hab die Amsel gesucht, weil ich vor Angst um meinen Herrn Matthew nicht mehr ruhen kann, und da habe ich ein Paternoster beten hören. Das kann nicht schaden, habe ich mir gedacht. Also habe ich mich dazugeschlichen.«

»Und woher du stammst, weißt du nicht?«

Magdalene schüttelte den Kopf. »Ich war immer nur bei Gilles und den Frauen, schon als Kind. Und dann bei meinem Herrn Matthew.«

Dolasilla rappelte sich auf, ging zu ihr und zog sie an sich, wie sie es mit ihren großen, fleischbepackten Söhnen tat. »Armes Kleines. Deine Mutter war ein Mitbringsel aus dem Siebten Kreuzzug, was? So wie ich aus dem Sechsten. Das ist nichts Besonderes, die Männer schleifen mit, was nicht niet- und nagelfest ist: Altäre, Hausrat, Vieh und Pflanzen, Weiber. Und die wenigsten sind wie mein Tom und heiraten, was sie aus dem Boden gerissen und verschleppt haben.«

So lautlos, wie es ihr möglich war, schlich sich Amicia an ihnen vorbei und kehrte in den Garten zurück. In der sengenden Sonne, die den Duft der Kräuter wachrief, setzte sie sich auf einen Hügel aufgeworfener Erde und stützte das Gesicht in die Hände. So also war es, wenn man sein Leben wiederbekam, den Teil des Lebens, der fehlte. Würde es Magdalene helfen zu wissen, dass himmelhohe Berge in ihr Leben gehörten, Hänge, auf denen die Sonne blauroten Wein reifen ließ? Würde sie das Land ihrer Vergangenheit, dem sie vermutlich als kleines Kind entrissen worden war, sehen wollen?

So wie ich, schrie es in Amicia. *So wie ich.*

Mit einer scharfen, jähen Sehnsucht wünschte sie sich, an Magdalenes Stelle zu sein. Warum war die fremde Sprache nicht ihre? Warum war sie nicht die Sprache, in der ihre Mutter sie getröstet, ihr vorgesungen und für sie gebetet hatte? Warum war nicht sie es, die vor dem Altar des heiligen Veit entdeckt hatte: Dies ist der Name des Ortes, an dem ich geboren wurde, dies ist meine Landsmännin, dies ist das Volk, zu dem ich gehöre?

Aber hatte nicht auch Dolasilla recht? Wenn sie dort, wo sie verlorengegangen war, keinem Menschen fehlte, so wie vermutlich Magdalene in ihrem Tal keinem fehlte – wie konnte ein solcher Ort dann ihre Heimat sein?

Am Nachmittag des folgenden Tages kam ein Bote vom Tower und wies Tom an, die Gastwirtschaft zu schließen. Niemand sollte mehr zechen oder gar tanzen, die ganze Stadt sollte das Haupt verhüllen und in Trauer gehen.

Tom befolgte die Anweisung, holte den mit Laub geschmückten Stab, der anzeigte, dass in seinem Haus Ale ausgeschenkt wurde, und das bunte Schild mit der Weinrebe von der Tür und legte den Bolzen für die Nacht davor, ohne ihn zu befestigen. Die Zecher, die bei ihrem Cider, Ale oder Wein saßen, ließ er jedoch bleiben. »Tisch ihnen auf, was sie verlangen«, sagte er zu Dolasilla. »Koch nur nichts Frisches mehr.«

»Was ist überhaupt passiert?«, fragte Magdalene, die seit dem vergangenen Tag nicht von Dolasillas Seite wich.

»Prinz Alphonso ist gestorben«, erklärte ihr Stephen, der jüngste und wildeste unter Toms Söhnen. »Die strahlende Hoffnung Englands und seiner Ritterschaft.«

»Was für ein dummer Salm!«, sagte seine Mutter und gab ihrem Sohn einen Klaps auf den Hinterkopf. »Um jedes Bübchen von elf Jahren, das stirbt, ist es ein Jammer, und mein Herz ist bei der Königin in Wales. Wie muss es eine Mutter schmerzen, ihr Söhnchen nicht in den Armen halten zu können, wenn es von der Welt geht! Aber die Hoffnung Englands kann doch kein Dreikäsehoch sein, der mit Zinnfiguren spielt – das ist für so kleine Schultern eine viel zu schwere Last. Und du, mein Jungchen, bist kein Ritter und wirst auch nie einer werden.«

»Woher willst du das wissen?«, begehrte Stephen gekränkt auf. »Wenn mich ein Ritter in seine Dienste nähme, könnte ich ein Schildknappe werden, und danach ist alles möglich. Der Vater ist schließlich auch mit einem Ritter gezogen.«

»Aber nicht als Schildknappe«, versetzte Dolasilla trocken. »Dazu wählen sich die Herren nämlich adlige Knaben, keine namenlosen.«

»Pah, heute braucht man nicht mehr von Adel zu sein!«, trumpfte Stephen auf. »Mit dem Adel hat der König Böses genug erlebt, als die Barone ihn und seinen Vater gefangen setzten. Deshalb zählt für ihn jeder gute, königstreue Kerl, und ein einfacher Kriegsknecht, der seinen Mann steht, kann es bis zum Ritterschlag bringen.«

»Auch ein Jude?«, fragte seine Mutter.

Amicia horchte auf. Wie kam Dolasilla darauf?

Stephen fragte sich offenbar dasselbe: »Was gehen uns die Juden an? Dass ein Jude kein Ritter werden kann, versteht sich von selbst – er ist ja schließlich kein Christ.«

»Natürlich – er ist kein Christ«, spottete seine Mutter. »Und du meinst nicht, dass anderswo über dich genauso gedacht wird? *Dass der Sohn eines Gastwirts kein Ritter werden kann, versteht sich von selbst – er ist ja schließlich kein Herr.*«

Tom lachte und zollte seiner Frau Beifall, während Stephen wie ein schmollendes Mädchen die Lippe vorschob. »Ist es etwa meine Schuld, dass ich der Sohn eines Gastwirts bin?«

»Ist es des Juden Schuld, dass er ein Jude ist?«, konterte Dolasilla. »Wir alle sind in eine Ordnung geboren. Sie weist uns unseren Platz zu, und wenn wir den verlassen, sehen wir aus wie Schwäne, die aufs Land watscheln. Ich für mein Teil bin glücklich mit meinem Platz, ich möchte mit keiner Königin tauschen. Fünf Kinder habe ich geboren, und fünf Kinder habe ich noch immer bei mir. Wer sagt, dass es schöner und einfacher ist, die Königin Eleonore zu sein als die Gastwirtsgattin Dol?«

Die schwergewichtigen Burschen, die aus dem Schoß dieser kleinen Person hervorgegangen waren, umringten sie und bedachten sie mit Küssen und Schulterklopfern. Nur der junge Stephen schmollte noch immer. »Euch mag das Lachen über mich noch im Halse steckenbleiben! Wenn Matthew de Camoys wiederkommt, wer weiß, vielleicht frage ich ihn, ob er nicht einen Knappen brauchen kann. Der Tölpel da«, er wies auf Hugh, der zusammengerollt wie ein Kind am Boden schnarchte, »der taugt ja wohl weniger als ein Sack Pferdedreck, und wenn der von Adel ist, bin ich mein eigener Großvater.«

»Vielleicht wirst du's schneller, als du denkst«, drohte ihm seine Mutter, aber Magdalene sprang aus ihrem Schatten hervor und rief: »Wenn du einen guten Herrn suchst, dann bist du bei meinem Herrn Matthew richtig. Aber um deinetwillen wird er nicht einen von uns verstoßen. Gehst du zu ihm und vergleichst unseren Hugh mit Pferdedreck, dann bekommst du einen Tritt ins Hinterteil, sonst nichts!«

Die Schankstube, in der eigentlich Trauer um den Prinzen hätte herrschen sollen, füllte sich mit Johlen und Gelächter.

Zecher und Hausbewohner vereinten sich im Applaus für das ausgezehrte Mädchen, das den stiernackigen Jüngling auf seinen Platz verwiesen hatte. Noch immer schnappte Stephen nach einer Antwort wie ein Frosch nach Fliegen.

Als Magdalene sah, wie hilflos er war, ging sie zu ihm und tippte ihm auf das von spärlichen Stoppeln bedeckte Kinn. »Du stammst aus einer feinen Familie«, sagte sie. »Benimm dich entsprechend, dann wird mein Herr Matthew seine Freude an dir haben. Und da du willst, dass er etwas für dich tut, könntest du erst einmal etwas für ihn tun.«

Alle Entrüstung fiel von Stephen ab. »Mit dem größten Vergnügen!«, rief er. »Sag mir, was ich tun kann, und betrachte es als getan.«

»Ihr beliefert den Constable des Towers mit gewürztem Ale, oder nicht?«

»Und ob wir das tun«, erwiderte Stephen stolz. »Kein Ale in der Stadt ist so herzhaft und honigsüß zugleich. Es heißt, dass sogar der König gern einen Krug davon probiert.«

»Fein«, entgegnete Magdalene schlicht. »Dann wird der Constable des Towers dich bestimmt empfangen, und du kannst ihn fragen, warum mein Herr Matthew noch immer nicht zurück ist, obwohl er vor mehr als fünf Wochen mit dem Geld für den König aufgebrochen ist.«

Ehe Stephen den Mund aufbekam, mischte sich sein Vater ein und legte den Arm um Magdalenes Schultern. »Ist es das, was dich bedrückt, du Murmeltier? Dann schick nicht das grüne Gemüse, sondern den knorrigen Alten. Bis morgen Abend sage ich dir, was deinen Herrn ereilt hat, darauf hast du mein Wort.«

Das war alles, was Amicia hatte hören wollen. Leise und ohne Aufhebens zog sie sich aus der Stube zurück und ging in den Stall. Dort setzte sie sich in die leere Box, die Matthew für Althaimenes gemietet hatte. Sie würde hier schlafen, wo sie niemanden sehen musste. Sie mochte die Menschen, in deren Haus sie Quartier gefunden hatte, sie mochte sie mehr, als sie zu zeigen wusste. Und dennoch gehörte sie nicht zu ihnen. Die Ordnung, von der Dolasilla gesprochen hatte, stieß sie mehr als jeden anderen aus, wusste sie doch nicht einmal, an welchen Platz sie einmal gestellt worden war.

Nie hatte sie sich Matthew so sehr zurückgewünscht wie in dieser Nacht. Matthew, der »Zaubermädchen« zu ihr sagte, der sich nackt und schutzlos zu ihr legte und von ihr geliebt werden wollte. In manchen Nächten in Quarr hatte sie geglaubt, ihre Einsamkeit könne nicht größer sein. Jetzt wusste sie, dass von Einsamkeit nichts verstand, wer noch nie einem Menschen in den Armen gelegen und diese Arme verloren hatte. Wäre der Hund hier gewesen, hätte sie in sein Fell geweint, aber selbst der Hund war fort.

Der Tod des Prinzen Alphonso, der in der Abtei von Westminster begraben werden sollte, brachte die Abläufe in der Stadt durcheinander. Deshalb dauerte es mehrere Tage, bis Amicia hörte, was Tom im Tower in Erfahrung gebracht hatte. Nach dem Abendessen kam er zu ihr in den Stall. »Du und die kleine Magdalene, ihr braucht euch nicht länger zu sorgen«, war das Erste, was er sagte. »Auch wenn eure Furcht wohl berechtigt war. Der junge Herr von Camoys ist tatsächlich der Familientradition gefolgt und hat ein paar Wochen als Gefangener des Towers verbracht. Nach Prüfung seines Falls hat er jedoch Vergebung für die verspätete Ankunft erlangt und durfte den Tower als freier Mann verlassen.«

Amicia hätte den korpulenten Gastwirt am liebsten umarmt. »Und es geht ihm gut? Man hat ihn nicht misshandelt?«

Tom lächelte. »Wenn du mich fragst, ist es durchaus Misshandlung, einen Mann in einen zu kleinen Raum zu sperren, ihm schlecht zu essen zu geben und ihm grausamste Strafen anzudrohen. Allerdings habe ich so manchen Kumpan, der behauptet, diese Art der Misshandlung sei die beste Vorbereitung auf die Ehe.«

Amicia musste ebenfalls lachen. »Ich wüsste gern, was die Frauen Eurer Kumpane dazu sagen. Was macht Matthew jetzt? Ist er noch immer nicht fertig mit dem Exchequer?«

Im Nu verschwand die Heiterkeit aus Toms Gesicht. »Darauf kann ich dir keine Antwort geben. Er ist aufgebrochen, ohne jemanden wissen zu lassen, was er vorhatte.«

»Wie lange ist das her?«

Tom war anzusehen, dass er sich vor der Auskunft gern gedrückt hätte. »Drei Wochen«, bekannte er schließlich. »Es besteht bestimmt kein Grund zur Sorge ...«

Amicia hörte nicht länger, was er sagte. In ihren Ohren hallten lediglich zwei Worte: *drei Wochen*. Seit drei Wochen war Matthew auf freiem Fuß, sein Auftrag war ausgeführt, doch er hatte es nicht für nötig gehalten, sich bei ihr blicken zu lassen. Dass er ihr versprochen hatte, so schnell wie möglich zurückzukommen, dass sie krank vor Sorge um ihn gewesen war und vor Sehnsucht kaum bei Sinnen, bedeutete ihm nichts. Vermutlich hatte er eine andere gefunden, mit der es sich leichter vergnügte als mit ihr, der Niemandsfrau. Wer wusste schon, was man sich mit einer wie ihr eingehandelt hatte?

Gleich darauf rief sie sich zur Ordnung. Wer war sie? Ein verschmähtes Bräutchen, dem Eifersucht das letzte bisschen Verstand vernebelte? Wozu hatten kluge Männer sie das Denken gelehrt, gewissenhaftes Prüfen, Fragen und Forschen? Sie würde sich verbieten, Schlüsse zu ziehen, die auf allzu heftigen Gefühlen beruhten, statt auf kühlen, klaren Gedanken. Was immer Matthew abhielt, sich an ihre Vereinbarung zu halten, Amicia wollte sich nichts zusammendichten, sondern die Wahrheit von ihm selbst einfordern.

»Geht es dir gut?«, fragte Tom behutsam. »Gibt es etwas, das ich für dich tun kann?«

Amicia besann sich. »Ja«, erwiderte sie unverblümt. »Ihr könntet mir erklären, weshalb Ihr gesagt habt, Matthew sei mit der Gefangenschaft einer Familientradition gefolgt. Was stimmt nicht mit seiner Familie? Was für ein Verbrechen hat sie begangen?«

»Und wenn es das Schlimmste wäre, das sich denken ließe«, entgegnete Tom, »würde das an dem Menschen, den du kennst, etwas ändern, oder an deinem Wunsch, ihm eine Gefährtin zu sein?«

Was war das schlimmste Verbrechen, das sich denken ließ? Verrat, lautete wohl die Antwort; darauf stand neuerdings die unmenschliche Strafe des Hängens, Schleifens und Vierteilens. Aber was bedeutete das? Wenn sich unter Matthews Verwandten Verräter befanden – was hatte das mit ihr zu tun, mit dem, was sie und ihn verband? Der König, die Regierung, all das war meilenweit von ihrer Wirklichkeit entfernt, es schien in eine andere Welt zu gehören, deren Regelwerk sie nicht verstand. Entschieden schüttelte Amica den Kopf. »Nein, es würde nichts ändern. Weshalb sollte ausgerechnet eine wie ich sich um die Herkunft eines Menschen scheren?«

Tom zögerte eine Weile, ehe er antwortete. »Nun, natürlich weiß ich nichts über deine Herkunft«, sagte er dann. »Aber ich erkenne doch, dass du auftrittst wie eine junge Dame, die von sehr feinen Menschen erzogen worden ist.«

»Das wurde ich!«, rief Amicia ohne einen Augenblick des Zauderns. Jäh dachte sie an Magdalene, die in einem Bordell hatte aufwachsen müssen. Sie war Randulph dankbar – zum ersten Mal, seit er sie aus Quarr verstoßen hatte.

»Matthew de Camoys mag dich mit ebensolchen Augen sehen«, sagte Tom. »Du hast dein Gedächtnis verloren wie die kleine Magdalene, aber das bedeutet weder für sie noch für dich, dass du von niemandem stammst. Ich denke, Matthew spürt dasselbe wie wir alle: Du bist nicht von niederer Abkunft. Das mag einen Mann zu dem Schluss bringen, er sei nicht gut genug für dich.«

»Aber das ist doch Unsinn!«, platzte sie heraus. Sooft sie darüber nachdachte, erschien es ihr genau andersherum: Sie war nicht gut genug für Matthew, für sein Gut im Norden, seinen adligen Stammbaum.

In Toms Gesicht kehrte das Lächeln zurück. »Sollte ich ihn sprechen, werde ich ihm deine Worte wiederholen.«

»Tut das«, versetzte sie wütend. »Und sagt ihm auch, er ist ein elender Feigling und soll sich auf etwas gefasst machen.«

»Das Letzte verschweige ich ihm lieber. Welcher elende Feigling würde sich sonst noch blicken lassen?«

Sie lachten zusammen, aber Amicias Erleichterung war gespielt. »Wirst du nun wieder zu uns ins Haus ziehen?«, fragte Tom. »Dass einer meiner Gäste im Stall schläft, verletzt, um es frank zu sagen, meine Gastwirtsehre.«

Sie versprach ihm, in dieser Nacht wieder in ihrer Kammer zu schlafen, doch viel lieber wäre sie im Stall geblieben. So allein, wie sie sich fühlte. Von allem abgetrennt.

Mit dem Licht und der Wärme war es über Nacht vorüber. Graue Nebel begrüßten die Tage und erinnerten Amicia daran, dass ein Jahr vergangen war, seit Matthew nach Quarr gekommen war und ihr Leben an dessen dünnen Wurzeln ausgerissen hatte. Das trübe Wetter hatte etwas Unheimliches, weil es die Unterschiede zwischen den Tageszeiten verwischte. Ein Tag glitt lautlos in den anderen über, und alles erschien wie ein einziger Tag, der nie verstrich.

Noch einen Sonntag, einen Kirchgang lang ertrug Amicia das Warten, dann fällte sie um ihrer geistigen Gesundheit willen einen Entschluss. Matthew hatte sein Versprechen gebrochen – das berechtigte sie, das ihre ebenfalls als nicht gültig zu betrachten. Sie würde Toms Haus verlassen, auf eigene Faust nach Matthew suchen und ihn zur Rede stellen. Wie sie ihn unter den knapp hunderttausend Menschen in diesem Moloch von Stadt finden wollte, war vorerst nicht von Bedeutung. Nur nicht länger in stillen Räumen sitzen und der Zeit beim Sterben zusehen! Nur nicht länger tatenlos sein.

In einer jener grauen Morgenstunden, die einander allesamt glichen, brach sie auf. Magdalene schlief noch, und Dolasilla würde gebeugt über dem Herdfeuer stehen und in dem Topf mit Frühstücksgrütze rühren. Da Amicia nicht annahm, dass sonst im Haus jemand lesen konnte, schrieb sie eine Nachricht für Hugh auf einen winzigen Fetzen, den sie von einer Seite ihres Buches abgerissen hatte. Sie sei gegangen, um Luft zu schnappen, und bis zum Abend zurück, quetschte sie darauf und schob ihm den Streifen unter der Tür durch. Dann zog sie sich das Wolltuch fester um die Schultern und verließ das Haus.

Leichter Regen fiel, und es herrschte eine trostlose Kälte, die weder biss noch klirrte, sondern allmählich unter alle Kleider kroch. Eine Kälte, die die Sehnsucht vergrößerte, in ein Haus voller Menschen zu gehören. Umherzuirren und nicht einmal ein Ziel zu kennen war viel härter, als sie es sich vorgestellt hatte. Trauben von Menschen trieben an ihr vorüber, ein jeder in eine bestimmte Richtung, zu einem Ort, an dem man ihn erwartete. Immer wieder rempelte jemand sie an, weil sie die Einzige war, die ohne Eile dahintaumelte. Hätte sie umkehren sollen, sich zu Dolasilla in die Küche stellen und ihr beim Austeilen des dampfenden Frühstücks helfen? Noch während Amicia sich die Frage stellte, ging sie weiter. Jetzt unverrichteter Dinge umzukehren hätte ihr die letzte Spur Hoffnung geraubt.

Da eine Richtung so gut wie die andere war, entschied sie sich, den Weg zur Kathedrale einzuschlagen. Der Turm, der alles überragte, war nicht zu verfehlen, und der Bau, von dem Matthew gesagt hatte, er werde nie fertig, interessierte sie. Was für Menschen besaßen den Übermut, ihr Gotteshaus so nah an den Himmel zu rücken? Dass sie ausgerechnet dort auf Matthew stoßen würde, war zwar mehr als unwahrscheinlich, aber sie hoffte, in den geheiligten Räumen Einkehr zu finden, und wollte Gott bitten, ihr bei ihrer Suche den Weg zu weisen.

Es war schwieriger, als Amicia es sich vorgestellt hatte. Die

Kathedrale blieb zwar von jedem Punkt aus sichtbar, aber die verwinkelten Gassen bildeten ein dichtes Gewirr, sodass sie alle paar Schritte neu entscheiden musste, welchen Weg sie einschlagen wollte. Sie hatte ihr Pferd nicht mitgenommen, weil sie keine geübte Reiterin war und fürchtete, das Tier nicht durch die Menschenströme lenken zu können. Jetzt wünschte sie, sie säße zu Pferd und hätte dadurch zumindest Abstand von dem Gedränge und einen Überblick. Zweimal spürte sie, wie eine Hand sich unter ihre Kleider schlich – ob mit dem Ziel, dort eine nicht vorhandene Börse abzureißen, oder um die Formen einer jungen Frau zu ertasten, wusste sie nicht. Der Zweite, ein zahnloser Alter, entwischte nicht schnell genug und fing sich einen Hieb übers Ohr.

Amicia rannte los, doch kurz darauf steckte sie schon wieder in einem Menschenknoten fest und musste sich winden wie ein Aal, um weiteren Händen zu entkommen.

Als die Straßen breiter wurden und das Getümmel sich lichtete, atmete Amicia auf. Sie hielt inne, um die Fassaden der Häuser zu betrachten, und fand das Bild so sehr verändert, als ginge sie durch eine andere Stadt. Die Häuser waren schmaler und höher, sie entdeckte Inschriften, die sie nicht entziffern konnte, und fremdartige Zierleisten an Simsen und Türstöcken. Die vielen Steinbauten kündeten von Wohlstand, und die Straßen waren erstaunlich sauber, und doch haftete dem Viertel etwas Heruntergekommenes an, als sei die einstige Pracht nur mehr eine Last für die darbenden Bewohner. Zweimal stieß sie auf eine verkohlte Ruine, die nichts mehr enthielt, das von menschlichem Alltag kündete. Es gab keine Straßenverkäufer und keine Feuer, an denen sich Huren wärmten. Schleppenden Schrittes führte ein Mann ein Eselfuhrwerk die Gasse hinunter. Sonst war kein Mensch unterwegs.

Etwas – möglicherweise die Fremdartigkeit der Gegend, möglicherweise aber auch die beklemmende Stille – legte sich schwer auf Amicias Gemüt. Dass der Himmel finster war, half so wenig wie der Regen, der beständig dichter wurde. Auf einmal wurde ihr klar, dass sie bereits seit Stunden unterwegs sein musste und keine Ahnung hatte, wo sie sich befand. Der Turm der Kathedrale schien nahe zu sein – aber würde sie ihn auf geradem Weg erreichen? Nichts wünschte sie sich in diesem Augenblick so sehr, wie unter dem Kirchendach Licht und Trockenheit zu finden und ein wenig Mut zu schöpfen.

Amicia beschleunigte ihren Schritt. Wieder stellte sich die Frage: Sollte sie die Gasse zur Rechten oder die zur Linken wählen? Menschenleer waren beide. Die zur Rechten war länger einsehbar und schien sich zum Ende hin zu öffnen. Sie entschied sich für diese – vielleicht würde sie dort, wo sie sich verbreiterte, schon den Weg zur Kathedrale erkennen.

Wind kam auf und wehte Amicia den Regen in Böen ins Gesicht. Mit einer Hand klammerte sie ihr Schultertuch vor der Brust zusammen, dann begann sie zu rennen. Am Ende der Gasse, wo sie sich einen Weg aus dem Viertel hinaus erhofft hatte, stand ein steinernes Haus, das die übrigen überragte und gut doppelt so breit war. Ein Ladenschild mit fremden Schriftzeichen hing über der Tür. Gerade als Amicia daran vorübereilen wollte, traten Leute heraus.

Ein schlanker junger Mann führte eine junge Frau am Arm. Sie trug einen gestreiften Schleier über dem Haar und hielt ein schlafendes Kind vor der Brust. Das Gehen fiel ihr sichtlich schwer. Ihnen folgte ein weiteres Paar mit einem älteren Kind, einem Mädchen von vielleicht acht Jahren. Die Frau dieses Paares war hochgewachsen und hatte einen auffällig schönen Gang. Auch sie hatte ihr Haar verschleiert. Der Mann neben ihr trug einen der seltsamen Hüte auf dem schwarzen Haar.

Amicia blieb so abrupt stehen, dass sie um ein Haar auf der nassen Straße ausgeglitten wäre. Sie kannte den Mann!

Im selben Augenblick hatte auch er sie entdeckt. Sein Blick war ein Spiegel des ihren. Das Wort, das seine Lippen formten, war nicht zu hören, nicht der Entfernung oder des Regens wegen, sondern weil er es stimmlos aussprach. Sie hörte es dennoch. Es war ihr Name. »Amicia. Amsel.«

Er kannte sie, und sie kannte ihn, sie wusste seinen Namen so wie er den ihren. »Vyves!«, schrie sie über die Straße und rannte ihm entgegen. »Mein Vyves!« Mit einem Mal hatte sie vor nichts mehr Angst. Der Mann, der erstarrt vor dem Haus stand, war ihr Vertrauter. Er gehörte zu ihr.

22

Zärtlich ließ Cyprian die Riemen durch seine Hand gleiten. Viele Männer seines Standes behaupteten, das schlanke Werkzeug sei nicht mehr zeitgemäß, es gebe heutzutage raffiniertere Mittel, die verlässlicher zum Ziel führten. Cyprian aber konnte diese Ansicht nicht teilen. Natürlich besaß auch er brandneue, ausgeklügelte Geräte, so wie den Liebling, der in einem Korb frischer Früchte auf seinen Einsatz wartete, doch das eine schloss das andere nicht aus. Ihm ging zum Auftakt nichts über den altbewährten Pfiff einer Peitsche und das geradezu hungrige Klatschen, mit dem die Schnüre sich in das Fleisch des Delinquenten fraßen.

Die Peitsche, die er in den Händen liebkoste, hatte er sich nach eigenen Vorstellungen von seinem Sattler fertigen lassen. Das Leder ihrer neun Riemen war scharf und schräg geschnitten, damit es tiefere Wunden riss. In seiner nackten Form eignete es sich bestens, um faule Bauern zu strafen, die man anderntags wieder an den Pflug stellen wollte, und noch besser, um ungeratene Knaben Manieren zu lehren. Vorausgesetzt, es handelte sich um wohlgeratene, gelehrige Knaben, bei denen härtere Strafen nicht nötig waren.

Zu anderen Zwecken, so wie zu dem, den Cyprian heute im Sinn hatte, ließen sich an die Enden der Riemen zu Pfeilspitzen geschliffene Metallsplitter knoten. Die Splitter waren nötig, um dem Spiel tödlichen Ernst zu verleihen. Das war es schließlich, was so viele Herren am Einsatz der Peitsche bemängelten: Sie bereitete Schmerz, doch sie machte keine Angst, und ein tapferer Mann konnte unter ihren Hieben schweigen wie ein verdammter Zisterziensermönch.

Die Pfeilspitzenpeitsche hingegen riss Wunden, die töten konnten, und jeder Ritter, der sich auf Verletzungen verstand, war sich dessen bewusst. Es war dieses Wissen, das den Schuldigen die Kiefer auseinandertrieb und Cyprian für erlittenes Unrecht entschädigte. Verpasste man einem Bauern oder Knaben Prügel auf den Hintern, gab es reichlich Schmach und Schmerz, aber keinen bleibenden Schaden. Der Mann, der jetzt vor ihm an die Wand gekettet stand, würde ihm ins Gesicht sehen müssen, während er Schlag um Schlag auf die Brust empfing. Dorthin, wo sein verräterisches Herz saß. Mochte es bluten für das, was es an seinem Herrn verbrochen hatte!

»Ihr führt das Protokoll«, befahl Cyprian seinem Verwalter, der im Winkel unter der Kienfackel stand und wegen des Rußes hustete. Außer dem Buckligen, ihm selbst und dem Gefangenen befand sich kein weiterer Mensch in dem engen Verlies. Cyprian würde die nötige Behandlung mit eigenen Händen ausführen – einen Mitwisser konnte er nicht brauchen.

»Was Ihr vorhabt, ist gegen das Gesetz«, hatte der bängliche Robert ihm noch auf der Treppe zugewispert. »Der Mann gehört dem Ritterstand an. Er darf nicht gefoltert werden.«

»Und ist er der Erste, dessen Folter Ihr kalt lächelnd beigewohnt habt?«, hatte Cyprian ihn gefragt. »Oder habt Ihr das letzte Mal ein Auge zugedrückt, weil Ihr auf die Stellung des Verräters scharf wart?«

»Das nicht, aber … er war kein Ritter.«

»Ein Sohn des Landadels, nicht geringer als unser Freund dort unten. Verdammt, hört auf, Euch wie ein Mädchen zu zieren, Robert! Hat der Kerl etwa nicht gegen ein Gesetz verstoßen, wenn auch gegen ein ungeschriebenes? Ist es vielleicht Recht, seinen Herrn zu betrügen und das Geld für einen Auftrag einzustreichen, den man nur zur Hälfte ausgeführt hat?«

»Das nicht. Es ist nur …«

»Was ist nur? Ihr könnt gehen, wenn Ihr wollt. Ihr dürft sogar Eure Zunge mitnehmen. Was ich von Verrätern halte und wie ich mit Ihnen verfahre, ist Euch ja bekannt. Aber bei einem wie Euch genügt es mir, Euch in das Elend zurückzustoßen, aus dem Ihr gekommen seid.«

Robert hatte nichts mehr gesagt, sondern mit seinem Schreibbrett brav seinen Platz unter der Fackel eingenommen. Cyprian vernahm die Atemzüge des Gefangenen, flach und gehetzt, als spüre der den Tod im Nacken.

Er hätte dem Mann ein Lächeln senden können, wie es so mancher in seiner Lage getan hätte, um dem anderen zu bedeuten, wer das letzte Lachen haben würde. Er aber wollte ihm etwas anderes bedeuten: dass es an seiner Tat nichts zu lachen gab und dass es für den Täter auf dieser Welt auch keinen Grund mehr zum Lachen geben würde.

Ohne Vorwarnung holte Cyprian aus und schlug dem Mann die neun metallbewehrten Riemen über die Brust. Dieser erste Schlag erfolgte, ohne dass das Opfer die Muskeln spannen und um Beherrschung ringen konnte, und hatte das Ziel, ihm die Würde zu nehmen. Wie erwünscht entfuhr dem Mann ein jaulender Schrei. Seine Gelegenheit zum Heldentum hatte er sich damit verscherzt.

Cyprian ließ drei, vier schnelle Schläge folgen. Das Blutbad, das die Pfeilspitzen auf der Brust des Opfers hinterließen, das aufgepflügte Fleisch sah er sich nicht an. Vermutlich hätte mancher geglaubt, er sei zum Folterknecht geboren, doch in Wahrheit verabscheute er Details, die ihm den Appetit verdarben. Selbst den verdammten zerfetzten Vogel hatte er unter einem Deckel aus Gebäck verbergen und von einem Diener auftragen lassen. Statt auf die Brust des Mannes zu schauen, die nie wieder eine Frau entzücken würde, sah er dem Opfer ins Gesicht.

Er genoss den Anblick der hässlich verzerrten Züge, der verkniffenen Augen, der verkrampften Kiefer. Schließlich war er ein Mann, der nach Rosen duftendes Frauenhaar geliebt hatte, nicht Blut und Eiter und die flüssige Scheiße, die einem gepeitschten Jammerlappen aus dem Hintern quoll.

»Mylord Baron.« Die klägliche Stimme seines Kastellans

verdarb ihm den Pfiff der Peitsche. Cyprian drehte sich um und sah den Buckligen scharf an. »Mit Verlaub – vielleicht solltet Ihr eine Pause einlegen. Es ist immerhin möglich, dass der Herr schon sprechen will.«

Verfluchter Weichling! Wie oft, in drei Teufels Namen, hatte Cyprian ihm erklärt, dass die Peitsche der Vorbereitung diente und dass die Dosis, die er verabreichte, peinlich genau bemessen war? Erst wenn der Verräter diese Vorspeise bis zum letzten Bissen gekostet hatte, würde er ihm erlauben, sein Geständnis abzulegen und reumütig um Gnade zu winseln.

Der Gefangene nutzte die unverdiente Pause. »Hört mich an!«, jaulte er, die sonst schöne Stimme verzerrt. »Ihr seid im Irrtum! Ich habe getan, was Ihr von mir verlangt habt, ich habe sogar noch mehr getan.«

»So, habt Ihr?« Cyprian verfluchte sich im Stillen selbst. Eben dies hatte er vermeiden wollen: dass der Kerl seine Neugier weckte und die schöne Prozedur unterbrach. »Und wie, bitte schön, ist dann das Mädchen zu Tode gekommen?«

»Hört mich an«, bettelte der Gefangene bar jeder Würde noch einmal. »Es ist nicht leicht erklärt, ich muss weiter ausholen …«

»Ausholen werde ich!«, schrie Cyprian und schlug blindlings zu. Wenn er den Mann am Auge traf, wäre dieses verloren, doch das kümmerte ihn nicht. Er konnte an nichts mehr denken als an den infamen Treuebruch. Der Mann, der ihm einen Eid geleistet hatte, der zu seiner Familia gehört hatte, war hingegangen und hatte sich ohne jeden Skrupel den Judaslohn seines Feindes ins Säckel gesteckt. Als der Trupp jetzt ohne das Mädchen zurückgekommen war, hatte Cyprian nur noch zwei und zwei zusammenzählen müssen, um zu begreifen, dass sein finsterster Verdacht sich bestätigt hatte: Der Verräter war keiner als Thibault, der Führer seiner Ritter, dem er wie einem Bruder vertraut und den er über sein Fleisch und Blut gestellt hatte.

Wie einem Bruder. Natürlich war Thibault nicht Gregory, dafür besaß er nicht das Format, höchstens eine Spur der welschen

Verweichlichung. Vermutlich hätte er auch gern wie Gregory den Mond angesungen, einem verdammten heulenden Hund gleich. Er besaß lange nicht Gregorys Macht über ihn, aber was er Cyprian angetan hatte, riss die nie verheilte Wunde wieder auf.

Die Peitsche pfiff nicht länger, sie war eine Schlange, die zischte und biss. Der Bedacht, mit dem Cyprian die Schläge hatte führen wollen, war dem verfluchten Jähzorn gewichen, der den Gefangenen möglicherweise tötete, ehe er ihm sein Geheimnis entlockt hatte.

Erschöpfung, nicht Einsicht war es, die Cyprian schließlich innehalten ließ. An seiner Seite stand Robert und hielt ihm einen großen, bis an den Rand gefüllten Kelch hin. Cyprian nahm ihn und schüttete sich den Wein in den Nacken, wo er kühlte und wohltat. Dann gab er ihn Robert zurück, der ihn von Neuem füllte.

Erst als Cyprian getrunken hatte und sich erfrischt fühlte, blickte er auf. Der Verräter konnte von Glück sagen, denn die meisten Schläge hatten Schultern, Brust und Hals getroffen. Die Haut hing ihm in Fetzen vom Leib, die zerrissene Stirn erinnerte in lachhafter Weise an Bilder des Erlösers, und von den Lippen troff Blut, doch beide Augen waren unversehrt.

Cyprian lächelte auch jetzt nicht, doch er hatte sich wieder in der Gewalt. »Und jetzt?«, fragte er den Wimmernden. »Bist du immer noch die fälschlich verfolgte Unschuld, mein Hübscher?«

Der Gefesselte nickte. Offenbar hatte ein Riemen seinen Kehlkopf getroffen, und das Sprechen fiel ihm schwer.

Cyprian holte nicht noch einmal aus, sondern schüttelte das Blut von den Riemen, wischte sie mit einem weichen Tuch sauber und rollte sie auf. Er glaubte zu hören, wie sein Gegenüber aufatmete. »Du bist dir sicher?«

»Es ist anders, als Ihr denkt!«, krächzte der Mann.

»Es ist immer anders, als ich denke«, erwiderte Cyprian. »Ich dachte zum Beispiel, du seist mein Mann, ein Mitglied meiner Familia. Aber es war anders, nicht wahr? Aber es war anders. Für ein bisschen Salbe auf die Handfläche warst du auf einmal der Mann von Adam de Stratton.«

»Niemals! Ich war immer Euer Mann!« Verweint und krächzend kämpfte der Mann um jedes Wort. »Wie hätte ich Adam de Strattons Mann sein können, wo ich doch wusste …« In einem Hustenanfall erstickte das erbärmliche Gestammel.

»Was wusstest du?«, fragte Cyprian. »Du hättest besser gewusst, dass für Verräter mit mir nicht gut Kirschenessen ist.« Er bedeutete Robert den Korb mit dem Obst herüberzubringen, »Aber da du das ja offenbar nicht gewusst hast, essen wir eben Birnen.«

Saftig und überreif lagen die Früchte im Korb. Cyprian hob eine heraus und hielt sie dem Gefesselten, der vermutlich vor Durst halb umkam, vor die Nase. »Köstlich, nicht wahr? Nach dem abscheulichen Sommer suchst du solche Exemplare in ganz Yorkshire vergeblich. Möchtest du sie probieren? Aber nicht doch.« Er zog die Birne zurück. »Ein so wackerer Getreuer wie du verdient eine besondere Frucht.«

Liebevoll schob er die Birnen beiseite und zog die eine heraus, die auf dem Grund des Erntekorbes wartete. Wie ihre Schwestern war sie mit Sorgfalt poliert worden. Im Licht der Fackel funkelte ihr Metall. »Wie wird dir die wohl schmecken, Thibault, mein alter Weggefährte? Eine Frucht für einzigartige Gelegenheiten – die Birne des Schmerzes.«

Thibault entfuhr ein Laut des Entsetzens. Cyprian streichelte die Flügel seines Werkzeugs, die an einem Schraubstock angeordnet waren wie zum Verzehr geschnittene Birnenviertel. Wurden sie dem Opfer in den Mund geschoben und drehte der, der die Folter vornahm, an der Schraube, so falteten sie sich mit jeder Drehung auseinander. Das Maß ließ sich je nach Lage bestimmen: Man konnte dem Delinquenten die Haut der Lippen zerreißen und ihn danach erlösen. Man konnte ihm auch die Kiefer brechen und ihn für den Rest seines Lebens zum Krüppel machen. In Fällen größerer Verstocktheit blieb die Möglichkeit, die Birne in eine andere Körperöffnung einzuführen und dem Verbrecher das Gedärm zum Platzen zu bringen.

Cyprian spuckte aus. Er liebte die Schönheit des Geräts, aber die widerlichen Nebenwirkungen hätte er sich gern erspart. Er blickte über seine Schulter. »Seid Ihr mit dem Protokoll so weit, Robert?«

Der Bucklige nickte eilfertig. Natürlich war überhaupt kein Protokoll vonnöten, denn der Fall des Verräters Thibault würde nie vor einem Gericht landen. Es war aber klug, den Tölpel glauben zu lassen, Cyprian hielte etwas gegen ihn in der Hand, und seien es nur ein paar geritzte Zeilen auf einer Wachstafel.

»Dann widmen wir uns jetzt dem Genuss des süßen Nachtischs.« Cyprian trat vor und setzte die Birne des Schmerzes vor Thibaults verbissenen Zähnen an.

Mit einem Aufschrei versuchte der Mann, den gefesselten Kopf zurückzuwerfen, und hatte im selben Moment die Birne im Mund. Es sah ausgesprochen lachhaft aus, wie er sich mühte, zu zappeln, zu spucken und zu schreien, und dadurch doch nichts erreichte. Cyprian schloss halb die Lider und drehte an der Schraube. Das Geheul war ohrenbetäubend.

Im Geiste zählte Cyprian seine Herzschläge, während er die Schraube langsam weiterbewegte. *Sieben – acht – neun – zehn.* Dann ließ er los und zog die Birne zurück.

Thibault schnappte nach Luft, spuckte Blut und keuchte.

Cyprian ließ ihm eine kurze Spanne Zeit, damit er wiederfinden konnte, was von seiner Stimme übrig war. »Willst du sprechen?«, fragte er.

Der Gefolterte nickte.

»Robert – gebt ihm ein paar Tropfen Wein.« Das Getränk würde in den Wunden brennen, aber die Rede erleichtern.

Thibault schlürfte so gierig, dass es Cyprian ekelte. »Und jetzt heraus mit der Sprache«, befahl er. »Ich möchte meine Frucht gern füttern oder säubern, ehe sie mir rostet.«

»Ich habe alles befolgt, was Ihr befohlen habt.« Aus dem Gequälten platzten die Geheimnisse von Jahren wie Blut und Wasser aus den Wunden. »Wir hatten Adam in der Hand, die Beweise waren lückenlos. Wir haben ihm gesagt, er hat die Wahl: Wir liefern ihn dem König aus, ihm wird der Status als Kleriker entzogen, und er bekommt, was er verdient. Den Galgen. Oder aber wir lassen ihn laufen, und er öffnet uns dafür das Tor der Burg.«

»Zum Teufel, Mann, das weiß ich alles!«

Hastig räusperte sich Thibault und sabberte einen Klumpen Blut. »Er hat gesagt, er tut es – er stelle nur eine Bedingung, und dafür zahle er mir, was immer ich verlange. Aber um des Geldes willen hab ich's nicht getan, Mylord, das müsst Ihr mir glauben.«

»Muss ich? Und warum hast du's dann wohl getan? Weil dein Herz vor Mitleid mit den armen Kindlein überquoll?«

»Nein, Mylord, fürwahr nicht, nicht mit den Bastarden. Ich hab's getan, weil er Euch so empörend an der Nase herumgeführt hat …«

Die Ohrfeige, die Thibault dafür kassierte, kostete ihn einen Zahn, den die Birne wahrscheinlich bereits gelockert hatte. Diesmal brauchte es eine ganze Menge Gesabber und Gespucke, ehe er weitersprechen konnte, und die einzelnen Worte waren nur noch mühsam auszumachen. »Ich wollt ihn zum Narren halten, Mylord. Um Euretwillen … Er hat gesagt, er tut alles, was wir verlangen, nur den Knaben sollen wir verschonen. Wir sollen ihm den kleinen Bastard in einen Sack stopfen und an einen vereinbarten Ort bringen, wo er ihn übernimmt und zu den Brüdern nach Quarr schleppt. Ich habe mir gedacht: Dein Gesicht möcht ich sehen, Satan von Stratton, wenn du den Sack aufmachst und statt des Knaben steckt ein Mädchen drin.«

Ich hätte Adams Gesicht auch gern gesehen, dachte Cyprian wider Willen. Ich wünschte, ich könnte den verdammten Randulph dazu bringen, mir dieses Gesicht zu beschreiben. Der

Wunsch aber machte Thibaults Tat nicht weniger idiotisch, und welches Vermögen er von Adam eingesackt hatte, um es in seine marode Haushaltung zu pulvern, wollte er lieber nicht wissen. Außerdem hätte der Mann Jahre Zeit gehabt, ihm zu sagen, dass das Mädchen lebte, statt in scheinbarem Eifer hin und her zu reisen und sein Geld zu vergeuden.

Als lese er Cyprians Gedanken, hob Thibault noch einmal den Kopf. »Ich dachte doch, die Mönche setzen sie aus oder ersäufen sie. Die weißen Mönche dürfen doch kein Mädchen halten. Wie hätte ich denn wissen sollen, dass sie noch immer dort lebt?«

»Du hättest gar nichts wissen sollen«, erwiderte Thibault kalt. »Dazu hättest du nämlich Verstand gebraucht, und der geht dir ab. Zu guter Letzt hast du das Mädchen auch noch entwischen lassen. Was, meinst du, sollte dich das kosten, Thibault?«

»Ich habe sie nicht entwischen lassen!«, versuchte der Gefangene ein letztes Mal, sein jämmerliches Leben zu retten. »Ich hatte sie doch schon sicher in den Händen – Herr Matthew war es, der dazwischenging. Der Schuldige ist Herr Matthew, und wenn Ihr ihn mir überlasst, Mylord, dann werde ich dafür sorgen, dass er dafür büßt.«

»Aha.« Cyprian betrachtete den besabberten Haufen Elend und musste sich nun doch ein Lächeln verkneifen. Ja, er hatte diesem Mann erlaubt, Matthew zu bestrafen und ihm eine Lehre zu erteilen, weil er gehofft hatte, der Junge brauche nur eine härtere Gangart und einen Kerl, der ihn ein wenig zuritt, damit er zu Sinnen kam. Aber hatte Thibault dabei nicht so bodenlos versagt, wie ein Mensch nur versagen konnte? So oder so, sein Vertrauen in Thibault war erloschen wie die Hoffnung auf Matthew, und seine letzte Strafe würde Matthew von ihm selbst bekommen. Von niemandem sonst.

Etwas setzte sich in seine Kehle, eine Trockenheit, die schleunigst nach Wein verlangte. Er schnippte mit den Fingern, und der Bucklige eilte mit dem Krug herbei. *Du hast keine Wahl,*

Cyprian, sagte er zu sich, während er langsam die Flüssigkeit über seine schmerzende Gurgel gleiten ließ. *Du bist von Versagern umgeben, die solchen Aufgaben nicht gewachsen sind. Du musst selbst gehen, Kundschafter senden und einen Trupp ausrüsten, zu guter Letzt aber selbst das Schwert nehmen und das Spiel zu einem Ende bringen.*

In seinen Ohren hallte ein Lied, wie es hündische Bettler in den Mond sangen, aber Cyprian ließ sich von solchen Liedern nicht erweichen. Er teilte den Schmerz, den auch der Wein nicht zu lindern wusste, mit seinem König. Vor Wochen war die Nachricht vom Tod Alphonsos nach Aldfield gelangt – die Nachricht vom Tod eines wohlgeratenen Knaben, dem sein Vater ein Trebuchet aus Holz zum Spiel geschenkt und auf den er all seine Hoffnung gesetzt hatte. Aber der König hatte noch einen Sohn. Er hatte Brüder, Vertraute und nannte eine der seltenen Frauen sein Eigen, die die Fähigkeit zur Treue besaßen. Dennoch hätte Edward vermutlich, ohne mit der Wimper zu zucken, jeden Einzelnen von ihnen geopfert, wenn dieser es verdient hätte. Auch zum Begräbnis seines geliebten Sohnes war er nicht nach Westminster gereist, sondern er hatte sich der Notwendigkeit gefügt und stattdessen in Wales die Sicherung seines Sieges abgeschlossen. Darin eben war er ein anderer König als sein Vater, der die Familie stets an erste Stelle gesetzt und sich damit eine Natter im eigenen Nest herangezüchtet hatte. Es war ausgerechnet Henrys gehätschelter Schwager Simon de Montfort gewesen, der ihn um ein Haar zu Fall gebracht hätte.

Edward hingegen war hart wie ein Schmiedehammer und kannte keine solchen Schwachheiten. Und er, sein treuer Vasall, wollte ihm darin nicht nachstehen! Wie sein König es sich gebot, so tat Cyprian es ihm nach: *Wenn dich dein Auge stört, dann reiß es aus.* Wie um den Entschluss zu besiegeln, zog er das Schwert.

Der Schrei des Gefangenen schrillte hässlich in den Ohren, doch er klang im Handumdrehen aus.

23

Vyves, Vyves, Vyves.

Ihr Vertrauter. Ihr Liebster. Ihr bester Freund auf Erden.

Dass sie sich trennten, in ihr Leben zurückkehrten, nachdem sie einander begegnet waren, stand außer Frage. Es war, als gäbe es kein Leben als das, was sie gerade auf der regennassen Straße des Londoner Judenviertels wiedergefunden hatten, und als bräuchte es auch keines zu geben.

Von den Menschen, mit denen er das Haus verlassen hatte, um einen Besuch zu machen, löste er sich auf der Stelle. »Amicia. Amsel.« Er hielt sie in den Armen, und ihre Welt erstand auf.

Carisbrooke. Die Burg auf der Motte, auf der Kuppe des bewaldeten Hügels, die normannische Festung, hinter deren Mauern Kiefern wuchsen, so hoch, dass sie die Türme überragten. Die Gänge, Galerien und Mauern, die zum Klettern und zu endlosen verbotenen Spielen einluden. *Carisbrooke.* Die große Halle mit dem mannshoch lodernden Feuer, wo den Kindern an Festtagen ein eigener Tisch gedeckt wurde – und ach, die Speisen, unter denen die Tische sich bogen! Mit Eiern gekrönte Kapaune, in gezuckertem Wein brutzelndes Kaninchen, pfeffrige Sauce zu zartem Lammfleisch, Mandelcreme und die klebrigen, nach Ingwer duftenden Süßigkeiten …

Mitten im Regen musste Amicia lachen und »Weißt du noch?« rufen. Erst dann fiel ihr ein, dass der arme Vyves von all den Köstlichkeiten nicht einmal die Hälfte hatte essen dürfen und dass sie ihn deswegen verspottet hatten.

»Was weiß ich noch, Amsel?« Er lächelte sie an, als könnte er noch nicht glauben, dass sie kein Trugbild war und nicht wieder verschwand. Über sein Gesicht liefen Ströme von Regen, in die sich seine Tränen mischten. Sie fand ihn wundervoll, wie er weinte und zugleich lächelte. Als der arme Thomas gestorben war, hatte er dasselbe getan, nur hatte es damals nicht geregnet.

Carisbrooke. Das Gesicht des armen Thomas tauchte vor ihr auf, und dann das seiner Mutter, der er nicht ähnlich sah. Thomas war dicklich gewesen und sein Gesicht leicht schwammig, seine Mutter – Isabel – hingegen war die schönste Frau der Welt. Sie trug Kleider, die keine Königin neben ihr hätte tragen dürfen, weil dann Isabel wie die Königin und die Königin wie ihre Zofe gewirkt hätte. Sie besaß ein geheimes Zimmer, eine verborgene Welt, die den anderen verboten war. Dann und wann war Amicia dorthin eingeladen worden, und eine größere Ehre hatte es nicht gegeben. Isabel schloss die Tür hinter ihnen und löste ihr Gebende, dass ihr Haar ihr bis in die Taille fiel. Das Haar war so dicht, man hätte Seile daraus flechten und Schiffe daran vertäuen können.

Carisbrooke. Isabels Zimmer mit dem großen Kamin und den warmen Fellen auf den Bodenkacheln. Die steinernen Sitze vor dem Fenster, das nach Norden hinausging, auf die Motte, die Weiden in der Ebene und die um den Fluss geschmiegte Stadt Newport. Hierher, vor das Fenster, setzte sich die majestätische Isabel mit ihr und zeigte ihr den Reichtum der Insel, während still vor dem Fenster der Abend aufzog. In dem Kelch, den Isabel in der Hand hielt, funkelte kirschroter Wein, und etwas streichelte sie beide, eine ferne, schöne Erinnerung.

Amicia hatte sich wichtig gefühlt, wenn sie bei der Burgherrin hatte sitzen dürfen. Und sie hatte sich wichtig gefühlt, wenn Vyves am Morgen aus dem Haus seines Vaters trat und als Erstes ihren Namen rief. Das war sie auf Carisbrooke gewesen: ein wichtiges, geliebtes Kind, umgeben von Erwachsenen, die sie hüteten und umsorgten, und von Freunden, die ihre Welt teilten. Außerdem von wolligen Hunden und Pferden und den Eseln, die das Rad des Ziehbrunnens an schwerem Geschirr bewegten! Oben im Donjon hatte es noch einen Brunnen gegeben, hinter Mauern, für den Fall einer Belagerung.

Amicias Erinnerung zerbrach. Die Folge der fliegenden Bilder riss ab, ihre Farbenpracht wurde schwarz. Wäre sie jetzt mit dem Schwindel und dem Herzrasen allein gewesen, sie hätte das Bewusstsein verloren und wäre gestürzt. So aber fand sie sich in Vyves' Armen gehalten.

Er sah, was auf ihrem Gesicht geschah, und zog sie fester an sich. »Dass du lebst, Amicia«, murmelte er. »Dass du lebst.«

»Ich habe mein Gedächtnis verloren!«, rief sie, weil es nicht länger warten konnte. »Ich weiß nicht mehr, was uns damals geschehen ist, Vyves, wie du hierhergekommen bist und ich nach Quarr …«

»Nach Quarr, Amicia? Dort, wo die Abtei der weißen Mönche stand?«

»Sie steht noch immer dort.« Amicias Stimme verlor sich. »Ich habe fast elf Jahre dort gelebt, vor den Klostermauern, bei den Hütten der Laien, die das Land bestellen. Ach, Vyves, wenn du dort hingekommen wärst und mich gefunden hättest!«

Traurig schüttelte er den Kopf. »Ich bin nicht auf der Insel geblieben, Amsel. Gräfin Isabel hat meinem Vater die Lizenz entzogen, und damit hatten wir nichts mehr dort. Kein Haus, kein Einkommen, kein Bleiberecht.«

»Aber warum denn?« Weitere Fetzen von Erinnerungen kehrten zurück. »Dein Vater war Isabels Finanzier, nicht wahr? Er hat das Geld für ihre Umbauten aufgetrieben, in Carisbrooke wurde doch ständig gebaut! Ich dachte, sie hätte ihn gern – einmal hat sie zu Adam gesagt: ›Elijah Chantor kann kein Christ das Wasser reichen. Auf meinen Juden lasse ich nichts kommen.‹«

Als Amicia sich den Namen Adam aussprechen hörte, lief ein Schauder über ihren Rücken. Adam, das war Isabels Verwalter gewesen, vor dem jeder in der Burg – die Kinder wie die Bediensteten – sich fürchtete. Nur Isabel nicht. Wenn Adam kam, hatte Isabel keine Zeit, mit Amicia am Fenster zu sitzen und ihr den Reichtum der Insel zu zeigen.

»Sie hat gesagt, sie will niemandem mehr Asyl auf ihrer Burg gewähren, der ihrem Kind keine Hilfe geleistet hat«, erklärte Vyves.

»Ihrem Kind?«, fragte Amicia. »Aveline?« All die Jahre lang war der Name für sie verloren gewesen, doch jetzt glaubte sie, die Freundin vor sich zu sehen.

Vyves nickte. »Um sie ging es ja damals, nicht um uns. Wir waren nur zur falschen Zeit am falschen Ort.«

Amicia schreckte vor dem geschwärzten Bild noch immer zurück, nahm jedoch ihren Mut zusammen und fragte mit trockener Kehle: »Was ist mit Aveline geschehen?«

»Sie ist tot, Amicia. Schon seit bald zwölf Jahren. Es heißt, Edmund Crouchback, der Bruder des Königs, habe Isabel heiraten wollen, um die Insel für die Krone zu gewinnen, Isabel aber sei vor der Heiratsverordnung geflohen, habe sich von irgendeinem Ritter in irgendein Kloster schaffen lassen, um dort abzuwarten, bis der Hof sich auf Verhandlungen einließ. Statt sich selbst zu opfern, versprach sie Prinz Edmund Aveline zur Braut und die Insel einem Enkel zum Erbe. Sie hatte allerdings nicht vor, sich an ihre Zusage zu halten. Die Ehe wurde formal geschlossen, doch Isabel versäumte es, Aveline in den Haushalt ihres frisch vermählten Gatten zu schicken. Deshalb entsandte der Hof Männer, die Aveline aus Carisbrooke verschleppen sollten. Die Ehe musste vollzogen werden, denn ohne Sohn kein Erbe. Angeblich wurde Aveline schwanger, aber du kanntest sie ja. Sie war viel zu schwach und ist bald darauf gestorben.«

Amicia senkte den Kopf und schmiegte sich in seinen Arm. »Aber wie hätte dein Vater ihr denn helfen sollen?«, fragte sie. »Dein Vater war doch überhaupt nicht da, als die Männer kamen!«

»Isabel meinte mich«, erwiderte Vyves ohne Ausdruck. »Mich wollte sie nicht mehr auf ihrer Burg haben, weil ich Aveline nicht beigestanden habe. Ich habe keinem von euch beigestanden. Dafür verlor meine Familie alles, was sie sich aufgebaut hatte.«

Der Schmerz und die Schuld, die ihm völlig unverdient aufgeladen worden waren, raubten Amicia den Atem. Mit einem Mal gewann das Bild seine Farbe zurück. »Aber du hast ihr geholfen!«, rief sie. »Du hast dich zwischen Aveline und die Männer geworfen, aber du warst doch noch ein Kind! Einer von ihnen hat dir mit dem Knauf des Schwertes auf den Kopf geschlagen, immer wieder, bis du dich nicht mehr bewegt hast. Ich war sicher, du bist tot, Vyves!«

»Als ich zu mir kam, war ich sicher, du bist tot.«

Sie drängten sich aneinander, als wollten sie sich vor mehr schützen als vor dem Regen. Er breitete seinen Mantel um sie, doch der war nass und hielt die Kälte nicht ab.

»Aber wir sind nicht tot«, schienen sie beide zugleich zu sagen. Dann setzte die Folge der Bilder von Neuem ein. Gleich würde auch das eine erscheinen, an das Amicia sich nicht heranwagte. Stattdessen schob sich das Bild von Thomas à Becket vor ihr Auge: der betende Erzbischof mit dem in Demut gebeugten Nacken. Der Laut, der sich ihrer Kehle entwand, klang fremd und nicht menschlich.

»Komm«, sagte Vyves leise und führte sie in das Haus, aus dem er gekommen war. Die Wärme, die ihr entgegenschlug, überwältigte sie, der Duft von sauberem Tuch und einem süßen Gewürz. Es war ein prächtiges Haus.

Vyves geleitete sie eine Treppe hinauf und drückte sie dabei so fest an sich, als fürchte er, sie auf dem Weg zu verlieren. Das Zimmer, dessen Tür er aufschob, war groß und lag im Halbdunkel. Amicia erkannte nur Umrisse von Möbeln, einen Tisch mit Krug und Waschschüssel, zwei Truhen und drei Bettstellen. Auf einer davon saß eine kleine alte Frau, die vermutlich geschlafen hatte und durch ihr Eintreten wach geworden war.

»Mutter!«, rief Vyves sie leise, und nun erkannte auch Amicia die Frau, wenn sie auch hundert Jahre älter zu sein schien, als sie sie in Erinnerung hatte. »Mutter, sieh, wer gekommen ist. Meine Amsel Amicia. Meine Amsel von Carisbrooke.«

Sie waren nicht gestorben. Weder Vyves, dem die Männer den Schädel eingeschlagen hatten, noch Amicia selbst, die sie in einen Sack gestopft und nach Quarr verschleppt hatten.

Gestorben war nur Abel. Ein kleiner Junge von acht Jahren, der wie ein Gelehrter die Schriften der Kirchenväter las und Priester werden wollte. Abel, der auf dem Rand des Brunnens gekniet hatte, um Segen und Beistand für Amicias Ehe zu erflehen.

Für meine Ehe. In dem halbdunklen Zimmer im Haus der Familie Crespin, in dem Vyves' Mutter sie an jenem ersten Abend allein gelassen hatte, hatte sie unter ihrem Brustlatz nach dem goldenen Stein getastet und ihn nicht gefunden. Dann fiel es ihr ein: Das Band, an dem der Stein gehangen hatte, war aus Gründen, die nicht länger zählten, zerrissen.

Sie nestelte an den Falten ihres Rocks und fand die Stelle, in die sie ihn genäht hatte. Auf der flachen Hand hielt sie Vyves das Schmuckstück hin. »Wir hatten das gestohlen, nicht wahr? Meinst du, Gott hat uns dafür bestraft?« Aber das waren Kindergedanken, und warum hätte Gott wohl Abel mit dem Tod bestrafen sollen, während er die Übeltäter – Amicia und Vyves – am Leben ließ?

Sie hatten damals, an irgendeinem seligen Tag, ehe ihre Kinderwelt in Stücke brach, beobachtet, wie Adam den Stein im Hof verlor. Sie hatten ihn aufgehoben und behalten, damit Vyves für sie ein Geschenk zur Verlobung hatte. Er war so glänzend zu diesem Zweck geeignet: golden wie ihre Zukunft, klar wie ihre Bindung aneinander und in ihm eingeschlossen die Spinne, das Symbol für Hoffnung und Geduld. Zweifellos gehörte das Kleinod zu den zahllosen Schätzen, die Adam irgendwelchen Leuten abgenommen hatte, die ihre Schulden nicht begleichen konnten. Auf Carisbrooke nannte man Adam deshalb hinter vorgehaltener Hand einen Dieb, und von einem Dieb zu stehlen war doch eine lässliche Sünde? Amicia meinte, die beiden kindlichen Langfinger vor sich zu sehen, die sich in eine schattige Ecke des Küchengartens drückten und das begehrenswerte Gut beäugten.

Vyves strich mit einem Finger über die glatte Oberfläche des Steins. Dann fuhr seine Hand unter sein Hemd und förderte ein angelaufenes Medaillon zutage. Ihm zitterten die Finger, als er es aufschnappen ließ, einen Fetzen Pergament herauszog und ihn Amicia reichte. Die Tinte darauf war verlaufen und das erste Wort des Schriftzugs durch einen Flecken unleserlich, aber Amicias Augen hatten es längst entziffert. Es war ihr Name, *Meine Schwester Amicia, die Amsel von Carisbrooke,* und es war ihr Bruder gewesen, der ihn in seiner steilen Kinderschrift dort hingeschrieben hatte.

»Du hast es aufgehoben?«, wollte sie fragen, doch in dem Krächzen waren so wenige Worte erkennbar wie in den verwischten Tintenflecken.

Vyves nickte trotzdem. »Ich habe auch gedacht, Gott hat uns bestraft, Amicia. Weil wir ein verbotenes Spiel gespielt haben. Weil ich ein Mädchen heiraten wollte, auf das ich kein Recht hatte.«

Er zog sie wieder in die Arme, und auf einmal lösten sich die Tränen. Sie weinte um jenen Tag, an dem sie geglaubt hatte, ihr Leben liege strahlend und gesichert vor ihr. Sie weinte um die Kinder, die ohne Sorge gespielt hatten, um ihre lässlichen Sünden, ihre innige Freundschaft, ihre Liebe und ihren Treueschwur. Nach all den Jahren war es ihr endlich erlaubt, um das zu weinen, was sie verloren hatte. Um ihren Bruder Abel. Ihre zweite Hälfte.

Die Fragen kamen erst später. In jener ersten Nacht gab es für sie keinen Raum. Amicia hatte in Vyves' Armen geweint, bis ihr die Kraft ausging und er an ihrem Ohr geflüstert hatte, sie müsse jetzt ein wenig essen und dann ausruhen, er werde sich um einen Schlafplatz für sie kümmern. Sich auch nur für Augenblicke von ihm zu trennen bereitete ihr körperlichen Schmerz. Doch er kam bald zurück und brachte ihr ein einfaches Mahl aus in Kümmel gekochtem Kohl, Brot und Wein.

Es tat so gut, in seiner Gegenwart zu essen, es brachte so viele Bilder aus glücklichen Tagen zurück. »Wir haben uns manchmal etwas aus der Küche gestohlen und es draußen am Flussufer gegessen, nicht wahr? Er hieß Medina, der Fluss …«

»Ich fürchte, wir beide waren keine Amseln, sondern schlimmer als Elstern.«

Sie hatte sich die Tränen noch nicht aus dem Gesicht gewischt und sträubte sich, es zu tun, denn ihr war, als wische sie etwas von Abel damit weg, aber mit Vyves konnte sie dennoch lachen. Er erklärte ihr, er habe von seinem Vermieter, Samuel Crespin, einen weiteren Raum mieten können, es sei nur eine winzige Kammer, aber es stünde ein Bett darin, und er werde ihr alles bringen, was sie brauche.

»Dich brauche ich«, sagte sie. »Du musst bei mir bleiben, Vyves. Gehen lassen kann ich dich nicht.«

In dieser Nacht gab es wahrhaftig keine Fragen. Weder wollte sie wissen, wie er seinen jüdischen Vermieter bewegt hatte, ein Christenmädchen in sein Haus aufzunehmen, noch fragte er sie, wo sie herkam und ob niemand sie suchte. Es gab für sie auch keine Grenzen und Gebote. Was seine Mutter und die Leute, mit denen er lebte, davon hielten, dass sie in der kleinsten Kammer des Hauses miteinander die Nacht verbrachten, scherte sie nicht. Was ihnen widerfahren war, war dafür zu ungeheuerlich.

Amicia lag in einem fremden Haus unter fremden Menschen, und doch war ein Teil von ihr nach Hause gekommen. Erschöpfung übermannte sie. Vyves hielt ihre Hand, während sie in traumlosen Schlaf fiel.

In den Wochen, die folgten, teilte sich Amicias Welt in Fragen, die sie beantworten wollte, Fragen, die sie beantworten musste, und Fragen, über die sie sich weigerte nachzudenken.

Zu den Fragen, die sie beantworten wollte, gehörte die nach dem Warum: Warum hatte jemand einen Findeljungen, der niemanden störte, in einen Brunnen gestoßen und ein Findelmädchen in einem Sack in ein Kloster verschleppt?

Zu den Fragen, die sie beantworten musste, gehörten die nach ihrem Verhältnis zu den Bewohnern des Hauses und nach den Regeln, an die sie sich halten musste, um bleiben zu können.

Zu den Fragen, über die sie sich weigerte nachzudenken, gehörte die nach den Menschen, die sie hinter sich gelassen hatte. Heimat war dort, wo man jemandem fehlte. Sie fehlte niemandem und hatte daher jedes Recht zu gehen. War nicht Matthew gegangen, ohne sich noch einmal umzudrehen? War er nicht fortgeblieben, ohne ihr auch nur ein Wort zu senden? Sie fehlte ihm nicht. Und von nun an würde auch er ihr nie mehr fehlen.

Über die Frage, was aus ihr werden sollte, mochte sie ebenfalls nicht nachdenken, und darin hatte sie Übung. »Ich war jahrelang etwas, das es nicht gab«, erklärte sie Vyves, »ein Mädchen in einem Zisterzienserkloster. Wie hätte ich mich fragen können, was aus mir werden sollte? Aus etwas, das es nicht gibt, wird ja nichts, und jetzt bin ich wieder etwas, das es nicht gibt: eine Christin im Haus eines Juden. Weshalb sollte es mich sonderlich stören, von Tag zu Tag zu leben? Ich bin wie die Amseln auf dem Feld, Vyves.«

Er nahm es hin, auch wenn es ihm schwerfiel. »Wenn man dich findet, drohen nicht nur uns schwere Strafen, sondern vor allem dir. Und dennoch will ich, dass du bleibst.«

Für Amicia war dies keine Frage. Wie hätte sie gehen können? Sie hatte gerade erst angefangen, den Schmerz zu fühlen, den ihre Seele fast zwölf Jahre lang vor ihr verborgen hatte, die Lücke, die in ihrem Leben klaffte, den Verlust ihres Bruders – wie hätte sie es ertragen sollen, auch noch Vyves zu verlieren?

Vyves, der ihr vertraut war, als wären sie nie getrennt gewesen, der ihre schönsten wie ihre grausamsten Erinnerungen teilte und Abel gekannt hatte.

Es fanden sich Wege, auch wenn sie steinig waren. Vyves' Mutter kam darauf. Sie machte keinen Hehl daraus, dass sie Amicia gern fortgeschickt hätte, doch sie war eine lebenskluge Frau und führte keine Kämpfe, wenn sie auf verlorenem Posten stand. Deshalb schlug sie vor, den Crespins zu erzählen, Amicia sei ihre Base Abigail aus Oxford und habe als einziges Mitglied ihrer Familie einen Überfall überlebt. »In gewisser Weise entspricht das sogar der Wahrheit«, sagte Vyves traurig und drückte Amicias Hand.

Er lehrte sie, was sie wissen musste, um keinen Fehler zu begehen. Zeigte ihr, wie sie die Mesusa küssen und sich den Schleier binden musste. Machte in den rechten Ärmel ihres Kleides einen Riss – zum Zeichen der Trauer um einen Bruder.

Selbst als echte Jüdin hätte sie nach sieben Tagen nicht mehr sichtbar Trauer tragen müssen, geschweige denn nach zwölf Jahren, aber ihr gefiel es. Ihr Bruder war nicht begraben worden, sondern in einem Brunnen vermodert, verschwiegen, als hätte sie nie einen Bruder gehabt. Amicia hatte nie trauern dürfen, jetzt aber holte sie die Trauer nach, zeigte ihre verweinten Augen und ihr zerrissenes Kleid her und sprach mit Vyves über Abel. »War es nicht unglaublich, wie klug er war? Der Griechischlehrer hasste ihn, weil er ihn ständig verbesserte.«

»Und so klug, wie er war, so anständig war er – unsere Diebestouren in der Küche haben wir ihm wohlweislich verschwiegen.«

»Er wäre Priester geworden, nicht wahr? Ich fand, er sah schon ganz wie ein Priester aus.«

Vyves lächelte. »Ich bin nicht unbedingt der Mann, der sich mit Priestern auskennt. Aber ja – er konnte etwas, das nur wenige können, einerlei ob Juden oder Christen: allein sein mit Gott.«

Für kurze Zeit schien es, als hole sie sich in diesen Gesprächen ihren Bruder zurück, dann aber brach die Endgültigkeit des Verlustes mit solcher Gewalt über sie herein, dass sie nichts mehr konnte, als in Vyves Armen haltlos zu weinen. »Manchmal wünschte ich, ich wäre wirklich eure Base«, bekundete sie nach einem solchen Weinkrampf. »Ich würde so gern zu einer Familie gehören, aber meine ganze Familie war Abel.«

Ihre Blicke trafen sich. *Meine ganze Familie war Abel.* In diesem Satz lag eine Erkenntnis, die schwerer zu fassen war als alles andere: Hinter der Lösung des Rätsels um ihre Vergangenheit lauerten nur weitere Rätsel. Sie war ein Findelkind, mit ihrem ermordeten Zwilling vor einem Burgtor ausgesetzt worden. Wer ihre Eltern waren und warum die ihre Kinder nicht selbst aufgezogen hatten, würde sie nie erfahren.

»Am meisten wundert mich, dass Isabel uns aufgenommen hat«, erklärte sie Vyves eines Abends. Am Tage ging er seiner Arbeit nach und übernahm Botendienste, um das Geld für die zusätzliche Miete aufzubringen. Wie jeder gute jüdische Sohn aß er mit den Seinen zu Abend, doch danach kam er zu ihr, und sie redeten die halbe Nacht. »Hinter der Burg von Carisbrooke lag ein Nonnenpriorat, nicht wahr? Isabel hätte uns der dortigen Waisenpflege übergeben können, doch stattdessen hat sie uns wie Fürstenkinder umhegen lassen. Warum, Vyves?«

»Meine Mutter hat einmal erzählt, Isabel habe drei Kinder verloren«, erwiderte Vyves nachdenklich. »Vielleicht war sie froh, stattdessen euch zu haben, so wie meine Mutter, die nur ein einziges Kind durchgebracht hat, froh ist, sich um die kleine Rebecca zu kümmern.«

Amicia wusste, dass das Mädchen sein Zuhause bei einem Brand verloren hatte und bei Vyves' Familie lebte, bis sein Großvater eine neue Bleibe fand. Aber war es denkbar, dass Isabel de Fortibus sie und Abel aus ähnlichen Gründen aufgenommen hatte? Die Vorstellung fiel schwer. Die Herrin der Insel und Vyves' Mutter waren so verschieden, wie zwei Frauen nur sein konnten.

Vyves sah Amicia an, dass sie sich quälte, und versuchte, ihr zu helfen: »Sie hat euch geliebt, Amsel. Aus welchen Gründen auch immer.«

»War sie so?«, fragte sie ihn versonnen. »Eine Frau, von der man einmal denkt: Sie hat mich geliebt?«

»Sie war unnahbar«, gestand er zu. »Keine Frau wie meine Mutter, die die Arme ausstreckt, wenn sie ein Kind sieht. Aber erinnerst du dich, dass sie jeden eurer Lehrer, jedes eurer Bücher selbst ausgewählt hat? Und sie hat dich in ihrem Zimmer am Fenster sitzen lassen. Keinen anderen, nicht einmal Adam de Stratton. Du hast mir so oft davon erzählt.«

»Ja, und einmal haben wir ein Buch angesehen«, fiel Amicia ein. Sie sah sich auf dem steinernen Sitz vor dem Fenster kauern, sah, wie die schöne Isabel ihr entgegenrutschte, damit sie zwischen ihren Knien das Buch halten konnten, und spürte, wie die Knie der Frau die ihren berührten. Dann lenkte die Erinnerung Amicias Blick auf das Buch. Sie erkannte es sofort. Die zierliche Handschrift, die mit Gold unterlegten Bilder. Es war das *Leben des Becket*, das Randulph ihr gegeben hatte. Wie war es nach Quarr gekommen? Hatte Isabel gewusst, dass Amicia dort war, hatte sie es ihrem einstigen Pflegekind gebracht? »Sie hat gesagt, das Buch darf niemand berühren«, stammelte sie. »Es hat ihrem Bruder gehört, sie will nicht, dass es zu Schaden kommt – und mir zeigt sie es nur, weil ich ein Kind bin, wie sie eines war, und weil ich meinen Bruder über alles liebe.«

Vyves breitete die Arme aus und umfing sie mit ihnen. »Arme Amsel«, murmelte er. »Wie sollst du unter all diesen Fragen je den Boden sehen? Weißt du, was ich täte, wenn ich das Geld dazu hätte und mich so frei in diesem Land bewegen dürfte, wie ich wollte? Ich würde mit dir zurück auf die Insel reisen, nach Carisbrooke, damit du Isabel deine Fragen stellen kannst.«

Amicia überlegte. »Glaubst du, das könnte ich aushalten? Auf einmal vor ihr zu stehen, dort, wo ich mit Abel gelebt habe und wo er gestorben ist?«

»Vielleicht noch nicht jetzt«, erwiderte er. »Was gut ist, denn ich habe ja kein Geld für die Reise. Ein paar Pennys nur – aber die kann ich immerhin als Grundstock nutzen und sparen, bis du mir eines Tages sagst: ›Jetzt ist es so weit.‹«

Sie rechnete es ihm hoch an, dass für ihn feststand, dass sie die Reise gemeinsam antreten würden und dass er für sie da sein würde, wann immer sie bereit war. Wovon er allerdings Geld sparen wollte, war ihr ein Rätsel. Die Crespins gehörten zwar zu den wohlhabendsten Familien des Viertels, doch mit jedem Tag, den Amicia in der Milk Street lebte, wurde ihr deutlicher, wie dünn das Eis war, auf dem die Juden sich bewegten. Der Tuchhandel verlor einen christlichen Kunden nach dem anderen, weil niemand riskieren wollte, beim Handel mit Juden erwischt zu werden. »Ob sie das Gesetz ihrer Kirche mehr fürchten, das ihnen mit Exkommunikation droht, oder den Hass ihrer Nachbarn, die ihnen das Haus in Brand stecken könnten, macht für uns keinen Unterschied«, hatte ihr die schöne Deborah erklärt, die nach ihr sah, wenn Vyves im Geschäft war.

Deborah war höflich und gab ihr geduldig Antwort auf Fragen – ganz anders als Gideon, ihr Bruder, der für Amicia nur grimmige Blicke übrighatte. Unterschwellig aber spürte Amicia eine Feindschaft, die mit Gideons Zorn auf Christen nichts zu tun hatte. Sie richtete sich nicht gegen ein Volk oder eine Glaubensgemeinschaft, sondern gegen Amicia allein. Einmal sah sie Deborah mit Vyves auf der Stiege stehen, wie sie sie am ersten Tag vor dem Haus gesehen hatte: nahe beieinander, mit der kleinen Rebecca zwischen sich. Deborah trug ihren Schleier nicht, und Vyves zupfte an ihrem Haar, das von einem beinahe schwarzen Rot, aber so lieblos abgeschnitten war wie ihr eigenes oder das von Magdalene. Als Amicia den Ausdruck auf Deborahs Gesicht sah, glaubte sie zu wissen, weshalb die andere sie hasste.

Zwei Tage später brachte Deborah ihr eins ihrer Kleider, das sie gemeinsam für Amicia änderten. Amicia fiel mit der Tür ins Haus. »Du magst Vyves gern, nicht wahr?«

Deborah blickte von ihrer Näharbeit auf. »Das trifft es nicht«, sagte sie kalt. »Vyves spart Geld für unsere Hochzeit.«

Aber das geht nicht!, wollte Amicia herausplatzen. Wie konnte Vyves mit jemandem Hochzeit feiern, mit jemandem Pläne schmieden. Er gehörte doch zu ihr! Sie brauchte ihn doch wie die Luft zum Atmen! Jäh glaubte sie, in der stillen Kammer die piepsige, todernste Stimme eines kleinen Jungen zu hören. *Euer heutiges Versprechen ist bindend. Wenn einer von euch einen anderen nimmt, begeht er die Sünde der Bigamie.*

»Es scheint dir nicht zu gefallen«, bemerkte Deborah. »Hör zu, wenn Chaia Crespin ein Auge auf Vyves geworfen hätte, dann lieferte ich mir mit ihr einen Kampf unter Frauen, bis die Bessere gewinnt. Aber nicht mit dir. Du kannst Vyves nämlich nicht heiraten, und wenn du dich hundertmal so verhältst, als spräche auf der Welt nichts dagegen. Alles, was du kannst, ist, sein Leben gefährden – und das von uns allen, einschließlich der Kinder, dazu.«

Amicia wusste keine Antwort. Deborah hatte recht. Dass sie blieb, war verantwortungslos, und der einzige Ort, an dem sie Vyves hatte heiraten können, war der Brunnenhof von Carisbrooke gewesen. Dafür waren vor vielen Jahren Menschen gestorben. Etwas Ähnliches durfte nie wieder geschehen.

Wäre es allein um sie gegangen, so hätte die Frage nach der Heirat keine Rolle gespielt. Amicia genügte, was sie besaß: einen Fetzen des mit Blut besiegelten Eheversprechens und ein von Adam de Stratton gestohlenes Schmuckstück als Morgengabe. Darüber hinaus war sie noch immer Amicia-ohne-Namen, die Amsel auf dem Feld, für die keine Heirat möglich war. Sie hätte so weiterleben können, einen Tag um den anderen, ein wenig wie eine Schlafwandlerin, die sich an einer schützenden Hand um jeweils einen Schritt vorwärtstastet.

Aber durfte sie Vyves zu einem solchen Leben verurteilen? Durfte sie ihm erlauben, die für seine Hochzeit ersparten Pennys für eine Reise nach Carisbrooke beiseitezulegen, von der sie nicht einmal wusste, ob sie sie jemals antreten würde? Sie hatte Vyves mit der kleinen Noya, der Tochter seiner Base, gesehen und gedacht: *Er ist wie seine Mutter. Sobald er ein Kind sieht, breitet er die Arme aus.*

Konnte sie einem Mann, dem man weithin ansah, wie sehr er sich nach Kindern sehnte, zumuten, auf solche Freuden zu verzichten? Und was bekam er von ihr für sein Opfer? Einen Berg zusätzlicher Kosten und Mühen, einen Rattenschwanz ungelöster Fragen und durchweinte Nächte ohne Schlaf. Erst gestern war ihr aufgefallen, dass sein Gesicht grau aussah und seine Augen in tiefen Höhlen lagen.

»Sagst du nichts dazu?«, fragte Deborah.

»Was soll sie denn dazu sagen?« Eine Stimme von der Tür her ließ Amicia zusammenzucken. »Was du ihr vorgegeben hast, ist ja nicht einmal wahr.«

Beide Frauen fuhren herum. Vyves' Mutter Miriam stand in der Tür. »Sie kann Vyves heiraten, wenn sie will«, sagte sie ruhig. »Juden ziehen in Scharen ins Konvertitenhaus in der Chancery Lane, geben den Glauben ihrer Väter auf und werden Christen. Für Christen, die dasselbe tun wollen, gibt es kein Konvertitenhaus. Aber es ist nicht gänzlich ausgeschlossen, schon gar nicht für eine Frau, die eine Ehe mit einem Juden anstrebt.«

Deborah sprang auf. »Erklär mir bitte, was du damit sagen willst!«

»Dass Vyves ihretwegen mit dem Rabbiner sprechen könnte, wenn sie es wünscht«, erwiderte Miriam in unveränderter Ruhe. »Es würde lange dauern, und es wäre auch nicht einfach. Aber zwei Menschen, die einander heiraten wollen, haben in der Geschichte der Welt schon Härteres überwunden.«

Mit fliegenden Röcken lief Deborah zu der kleinen Frau, fiel vor ihr auf die Knie und klammerte sich an der Taille ihres Kleides fest. »Das kannst du nicht wollen, Miriam!«, rief sie. »Du weißt, wie lieb mir dein Sohn ist, du weißt, dass ich auf ihn gewartet habe wie Rachel auf Jakob und dass ich ihm eine gute Frau sein will, was immer uns bevorsteht. Wie kannst du wollen, dass er eine bekommt, die zu uns nicht gehört, die von uns nichts weiß und die unsere Wurzeln, wenn wir von hier fortmüssen, nicht mittragen kann?«

Miriam stand unbewegt. Sie, die die Kinder von Carisbrooke mit ihrer Herzlichkeit überschüttet hatte, berührte Deborah mit keinem Finger. »Was ich will, ist ohne Belang«, sagte sie. »Sogar das, was Vyves will, ist ohne Belang. Entscheiden kann allein Amicia von Carisbrooke, denn sie ist es, die den Preis zu zahlen hätte.«

Deborah bog den Oberkörper nach hinten und stieß einen gequälten Laut aus. »Weshalb nennst du sie so: Amicia von Carisbrooke? Das steht ihr nicht zu.«

»Du bist Deborah bat Oved«, sagte Vyves' Mutter noch immer ohne jede Bewegung in der Stimme. »Und ich bin Miriam bat David. Das arme Mädchen hat keinen Vatersnamen, bei dem ich es nennen kann, also werde ich ihm wohl den Ort zugestehen dürfen, von dem es stammt.«

Deborah senkte den Kopf. »Aber sie bringt uns alle in Gefahr!«

»Auch das ist nicht ihre Schuld, sondern die der Umstände«, erwiderte Miriam. »Ich hätte um deinetwillen Gefahr auf mich genommen, also werde ich es auch um ihretwillen tun, wenn sie denn meine Tochter werden soll.« Mit einer kleinen Drehung befreite sie ihr Kleid aus Deborahs Händen und ging zwei Schritte weit aus dem Raum. »Versuch nicht, auf Dinge Einfluss zu nehmen, die sich deinem Einfluss entziehen«, riet sie Deborah. »Du bist ein schönes, stolzes jüdisches Mädchen. Willst du einen Mann, der dich nimmt, weil er eine andere nicht haben kann?« Mit ihren kleinen, würdevollen Schritten ging sie die Treppe hinunter und ließ die beiden jungen Frauen allein.

Mit einem Ruck schwang Deborah sich auf die Füße. »Ja«, sagte sie, ohne Amicia anzusehen. »Ja, ich nähme ihn, weil er dich nicht haben kann, das hätte ich seit Jahren getan, lange bevor ich dein Gesicht kannte. Ich gäbe meinen Stolz drein, um ihn zu bekommen. Und ich werde gehen und es ihm sagen.«

24

Als der erste Schnee fiel, kam Adam zurück.

Isabel war entschlossen gewesen, ihn nicht wieder einzulassen. Sie hatte ihrem Stewart Roger gesagt, er solle sich in die Verwaltung der Güter einarbeiten, da er binnen Kurzem Adams Posten übernehmen werde. Dann aber stand Adam in der ersten Schneenacht beim Kräutergarten in ihrem Hof und rief ihren Namen. Isabel hatte auf der Galerie über ihrer privaten Kapelle die Messe gehört und war anschließend noch eine Zeit lang dort sitzen geblieben, weil nichts sie in ihr Schlafgemach zog. Hätte sie anderswo gesessen als an dem großen Fenster zum Vorhof, hätte sie sein Rufen nicht gehört.

Er hatte das nie zuvor getan, hatte sie nie bei ihrem Namen gerufen, wenn sie nicht sicher wussten, dass sie allein waren. Er tat noch etwas anderes, das er nie zuvor getan hatte: Sobald sie aus der Tür in die Schneenacht trat und die Fackel hob, um sein Gesicht zu sehen, wandte er sich ihr zu und sagte: »Bitte lass mich ein.«

Als sie jung waren, hatte er sie, wenn er von einem seiner Raubzüge kam, um die Taille gepackt und um sich selbst gewirbelt. »Ich bin wieder da, hörst du? Adam de Stratton ist wieder da!«

Wenn sie protestiert hatte, sie sei in Trauer um ihren Bruder, hatte er sie geküsst. »Ich weiß ja, meine Göttliche. Aber was der arme Baldwyn nicht mehr tun kann, das müssen Adam und Isabel für ihn mittun, oder nicht?«

Jetzt trug er einen zu dünnen Mantel aus Barchent und hielt den bloßen Kopf gesenkt. Auf den ersten Blick glaubte Isabel, er habe sich die Tonsur frisch geschoren. Dann aber sah sie, dass der Flaum, der ihm auf dem Schädel spross, nur nicht mehr so dicht war und kaum ein schwarzes Haar aufwies. Adam hatte immer versucht, den Mangel seiner Kindheit zu vergessen, indem er nach Herzenslust prasste. Sie hatte ihm gelegentlich deshalb in den Speck gekniffen, den er vom Wohlleben ansetzte, und ihm gedroht, sie werde ihn auf Hirsegrütze setzen, damit er nicht gänzlich unansehnlich werde. Unansehnlich war er jetzt. Abgemagert, das Gesicht wie ein Totenschädel.

Er war kein Mann, der Mitleid verdiente, und sie war seit Langem keine Frau mehr, die Mitleid empfand. Sie winkte ihm dennoch, ging zurück zur Tür und ließ ihn ein.

Sein ganzer Körper zitterte vor Kälte. Als er sie umarmen wollte, erschrak sie und stieß ihn weg. Er stank nicht nur – Adam, der parfümierte Vornehmtuer! –, sondern er hatte sich Läuse und Wanzen eingefangen, und auf Hals und Schultern saß verschorfter Grind. »Mach wieder einen Menschen aus mir!«, bettelte er. »Nimm mich in die Arme. Lass mich in heißem, duftendem Wasser baden!«

»Baden genügt«, beschied ihn Isabel und rief zwei ihrer Frauen, die sich um Wasser kümmern sollten.

Während er sich anschickte, ihnen zu folgen, drehte er sich noch einmal um und sah ihr zerquält ins Gesicht. »Ich habe sie nicht gefunden, Isabel«, murmelte er. Über die eingefallenen Wangen rannen ihm Tränen.

Als er wenig später zurückkehrte, trug er eines seiner bestickten Seidenhemden und sah darin aus, als hätte er es von jemandem geborgt. Sie ließ ihm von sich aus nichts vorsetzen. Er musste um alles bitten, doch er bat einzig um etwas kaltes Fleisch und viel Wein. »Ich will nur bei dir sitzen«, sagte er. »Lass eins deiner hohen Feuer entzünden und mich spüren, dass ich wieder zu Hause bin. Noch einmal der Hölle entronnen.«

»Was ist, Adam? Haben sie dich verhaftet?«

Er zögerte, ehe er nickte. »Ich habe vier elende Monate im Tower verbracht. Als sie mich endlich gehen ließen, hatte er sie fortgeschleppt.«

»Hör auf, in Rätseln zu sprechen!«, herrschte sie ihn an. »Wer ist er? Wer ist sie?«

»Das kann ich dir nicht sagen, Isabel, meine Liebste. Er ist der Abschaum, mit dem sie mich in eine Zelle gesperrt haben – an die Wand gekettet, damit ich ihm nicht die Gurgel durchbeiße. Beim letzten Mal hatte ich eine Zelle mit Blick auf den Fluss und meine eigenen Diener und jetzt so etwas! Hat es das in diesem Land je gegeben – einen Kleriker, der von Beamten seines Königs an die Wand geschmiedet wird wie ein tollwütiger Straßenköter?«

»Es hat in diesem Land schon Kleriker gegeben, die von Beamten ihres Königs erstochen wurden wie tollwütige Straßenköter«, versetzte Isabel trocken. »Ich bin noch immer nicht klüger, Adam, und wenn du vorhast, mich weiter im Dunkeln zu halten, geh in die Zelle zu deinem Abschaum zurück.«

»Schick mich nicht weg.« Er kam zu ihr, sank auf die Knie und legte ihr den Kopf in den Schoß.

Eine Frau ist erst schön und dann alt, dachte sie. Ein Mann kann eine Zeit lang schön und alt zugleich sein. Aber auch die Zeit ging vorbei. »Willst du jetzt sprechen oder nicht? Wer ist er?«

»Matthew de Camoys.«

Sie musste schlucken. »Er lebt also«, hörte sie sich Wort für Wort murmeln, und dann fuhr sie in Gedanken Wort für Wort fort: *Ich will nicht, dass du ihm die Gurgel durchbeißt. Ich will es selbst tun.*

»Ja, er lebt, weil ich Idiot nicht aufgepasst habe. Ich hätte ihm den Garaus machen können, doch stattdessen hat seine Heiligkeit Randulph von Quarr ihn zusammengeflickt. Und jetzt, wo er mir das zweite Mal in die Finger gerät, schmieden uns ein paar geistlose Büttel keine zwei Armlängen voneinander getrennt an die Wand.«

Isabel gönnte es ihm. Die Niederlage und die Demütigung.

Matthew de Camoys würde einen qualvollen Tod sterben, aber nicht Adam stand es zu, dafür zu sorgen.

»Nach fünf Wochen ließen sie ihn gehen«, sagte Adam. »Kannst du dir das vorstellen? Sie haben diese grässlichen knirschenden Riegel zurückgeschoben, ihm die Ketten von den Gelenken genommen und ihn laufen lassen. Bevor er ging, drehte er sich noch einmal um und spie mir ins Gesicht, er bringe sie an einen sicheren Ort. Ich werde sie niemals finden, hat er gesagt.«

Er wollte seinen Kopf tiefer in ihren Schoß graben, aber sie stieß ihn zur Seite. »Wer ist sie?«

»Ich habe dir doch erklärt, das kann ich dir nicht sagen.« Seine Stimme klang beinahe weinerlich. »Nicht ehe ich sie gefunden und heil hierhergebracht habe.«

Isabel stand auf. »Daran, dass du ein Hurenbock bist, habe ich nie gezweifelt, Adam. Dass du allerdings vorschlägst, deine Huren in mein Haus zu bringen, schlägt mehr als einem Fass den Boden aus. Im Übrigen machst du dich lächerlich. Ein Weibsbild, das noch nicht völlig über Gut und Böse hinaus ist, solltest du in deinem Alter besser Matthew de Camoys überlassen.« Dass sie damit sich so sehr herabsetzte wie ihn, nahm sie in Kauf. Sie hatten es beide verdient.

Hatte er bis eben gewirkt wie ein Mann, der all seine Spannkraft verloren hatte, so sprang er jetzt auf wie von der Sehne geschnellt. Für einen Augenblick sah er im schwachen Licht aus wie der Adam, den sie kannte. »Ich werde nie einem Camoys überlassen, was mir gehört«, sagte er mit gefährlicher Ruhe. »Und noch etwas, meine Schönste: Du täuschst dich in mir. Ich mag ein Pluralist und ein Wucherer sein, ein Betrüger und ein gemeiner Dieb. Ginge es nach diesen Wichtigtuern im Tower, bin ich sogar ein Schwarzkünstler und hexe arglosen Jünglingen Geschwüre auf die Schwänze. Aber ein Hurenbock bin ich nicht. Das Mädchen, das ich Camoys entreißen muss, habe ich nie angerührt. Und dich habe ich immer geliebt.«

Das Lachen blieb Isabel im Halse stecken. Sie würde in ihrem Alter nicht anfangen, den Worten Adam de Strattons zu glauben, der nicht einmal selbst wusste, wann er log und wann nicht. Die Worte aber waren dennoch nicht ohne Gewicht. Im Gegenteil. Es waren die schwersten Worte der Welt.

»Ich bin müde«, sagte Isabel. »Wenn du mir weiter nichts zu sagen hast, gehe ich schlafen.«

Er vertrat ihr den Weg. »Darf ich bleiben?«

»In den Gästequartieren«, erwiderte sie.

»Was, oben? Beim Brunnenhof?«

»Tu nicht so, als machte es dir etwas aus«, verwies sie ihn und setzte einen Schritt an ihm vorbei.

»Isabel!« Er packte ihren Arm. »Vertrau mir, ich flehe dich an – nur noch das eine Mal. Ich werde dir sagen, wer das Mädchen ist, aber erst einmal muss ich es finden. Ich weiß, wo er die Kleine hingebracht hat, Seine Heiligkeit Randulph hat es mir verraten, aber dort bekomme ich sie ohne Gewalt nicht heraus.«

»Seit wann schreckt dich Gewalt?«, spottete sie. »Ich dachte, sie reizt dich.«

»Das hat sie immer getan. Ich habe säckeweise Silberpennys für dieses Hirngespinst von Kreuzzug aus Kirchen gestohlen, und ich hätte auch keinerlei Skrupel, einem Haufen Zisterziensern ein Mädchen unter den Fingern wegzustehlen. Aber diese Büttel im Tower haben erschütternde Mengen von Beweisen gegen mich in der Hand. Wäre der König in London gewesen, hätte ich mich nicht freikaufen können, und wenn ich mich ausgerechnet jetzt bei der Schändung einer Abtei fassen lasse, habe ich die längste Zeit den Kopf über Wasser gehabt.«

Sie wollte ihn stehen lassen. Aber die Frage nach dem geheimnisvollen Mädchen rumorte längst in ihrem Schädel. »Was willst du von mir, Adam?«

Er wandte sich ab. »Dass du mir hilfst.«

»Ist das dein Ernst? Du willst, dass ich für dich Leute ausschicke, damit die irgendwo ein Kloster überfallen und ein Mädchen rauben? Du musst verrückt sein. Haben sie dir im Tower den Verstand ausgeprügelt?«

Er bog den Rücken durch. »Mich zu prügeln, sollte einer dieser Speichellecker wagen. Es bekäme ihm übel.«

»Hör auf zu protzen.«

»Hilfst du mir?«

»Eher lege ich mir den Teufel ins Bett.«

Er wirbelte herum. »Applaus!«, rief er. »Das ist die edle Isabel de Redvers, die Herrin von Carisbrooke. Scharf wie ein Panzerbrecher, durchtrieben wie ein Rossfälscher, aber immer vornehm und mit sauberen Händen.«

Isabel zuckte zusammen. Hatte er bemerkt, dass sein Pfeil getroffen hatte? Sie sah Baldwyns Hände vor sich, die zarte weiße Haut und die Fingernägel ohne auch nur den kleinsten Trauerrand. Als Mädchen hatte sie sich sehnlichst gewünscht, solche Hände zu haben – und ein ebensolches Herz. Baldwyn hatte nie gelogen, nie geflucht, nie einen anderen um das Seine gebracht, sondern sich stets bemüht, die Sicht des Gegenübers zu begreifen, statt eine eigene darzulegen. Vielleicht ist es gut, dass Baldwyn gestorben ist, durchfuhr es sie, dann sieht er den Schmutz, der seiner Schwester beileibe nicht nur an den Händen klebt, nicht mehr.

»Ich weiß, woran du denkst«, bemerkte Adam bitter.

»So, tust du das?«

»Es ist kein Kunststück, Isabel. Du bist nicht sonderlich originell. Wieder einmal entscheidet also der Heilige über unser Schicksal, nicht wir.«

»Wen meinst du?«, fragte Isabel. »Man kommt allmählich durcheinander, zumal du neuerdings ja auch Randulph ›Seine Heiligkeit‹ nennst.«

»Du weißt sehr wohl, dass ich ihre Allerheiligste Heiligkeit Baldwyn von Redvers meine«, ätzte er. »Gegen diese geballte Heiligerei ist der arme Randulph nicht mehr als ein Kirchenmäuschen, von dem du dich einwickeln lässt, weil er dich entfernt an den Allerheiligsten erinnert.«

»Hör auf!«, schrie sie ihn an. »Nimm den Namen meines Bruders nie wieder in deinen dreckigen Mund!«

Er schwieg und schluckte. Dann kam er zu ihr und sank noch einmal vor ihr auf die Knie wie ihr Vasall, der er war, als der er sich aber nie gebärdet hatte. »Gut«, sagte er. »Wenn du es so willst, werde ich mich daran halten, obwohl du dann niemanden mehr hast, der Baldwyn kannte. Den echten Baldwyn, der ein netter Kerl war, aber ein bisschen feige und verzagt. Nicht den, den du auf einen Sockel gestellt hast. Stein ist kalt, Isabel. Mein Mund mag dreckig sein, aber nirgendwo hat deine Zunge es so warm wie in meiner Mundhöhle.«

Ein Zischen entschlüpfte ihr, ehe sie die Lippen aufeinanderpressen konnte.

»Ich bitte dich, mir zu helfen«, fuhr Adam fort. »Nur noch das eine Mal. Ich brauche Kundschafter, die in London wie in Yorkshire Erkundigungen einziehen. Die Meute des Königs wird jedem meiner Männer auf die Finger sehen, aber jemand, der von dir käme, könnte unbehelligt agieren. Wenn ich weiß, wie es um das Mädchen steht, fällt mir hoffentlich ein, wie ich es befreien kann.«

»Und warum sollte ich dir helfen?«, fragte sie hinunter in sein Gesicht. »Nenne mir auch nur einen überzeugenden Grund!«

»Wenn ein Mensch mich kennt, dann du«, sagte er. Etwas in seiner Stimme zwang sie, ihren Blick nicht abzuwenden. »Du weißt, ich würde nicht betteln, wenn es nicht um alles ginge. Du sagst, du liebst mich nicht, und vielleicht hast du recht. Aber du hast dein Leben mit mir geteilt. Nicht mit Baldwyn, nicht mit Randulph oder dem formidablen Gregory. Außer mir ist keiner mehr da.«

Sie hörte sich stöhnen. »Wie viele Männer brauchst du?«

»So viele, wie du entbehren kannst. Ich komme für die Kosten auf.«

»Wenn dieses Mädchen eine deiner Huren ist, dann bring es, wohin du willst, aber nicht auf diese Burg«, presste sie heraus und entwand sich seinen Händen. »Wenn es einer deiner Bastarde ist, Adam, dann gnade dir Gott.«

Einen Herzschlag lang erstarrte er. Dann fasste er sich und blickte wieder zu ihr auf, ohne sie noch einmal zu berühren. »Gott gnade mir«, sagte er. »Sie ist mein Bastard. Mein einziger.«

25

Dass die Amsel fortgegangen war, erfüllte Magdalene mit tiefer Traurigkeit. Nach außen hin gab sie sich heiter, weil sie nicht wollte, dass die anderen, allen voran Dolasilla, unter ihrer Stimmung litten, aber ihr Herz fühlte sich so schwer an, dass ihr klappriger Körper Mühe hatte, es herumzutragen. Wenn sie allein war, malte sie sich den Tag aus, an dem ihr Herr Matthew zurückkommen und entdecken würde, dass seine Amsel entflogen war. Bei dem Gedanken daran musste sie haltlos weinen.

Hinzu kamen andere Sorgen. Timothy hatte kein Geld mehr, um mit Dolasillas Söhnen herumzuziehen, also bedrängte ihn erneut die Furcht, ihm faule etwas ab.

»Du hast Herrn Matthew versprochen, mir Frieden zu lassen«, ermahnte Magdalene ihn streng. »Du kannst doch nicht einem Mann gegenüber dein Wort brechen, der so gut zu dir gewesen ist. Außerdem willst du nicht, dass er zurückkommt und ihn dir abschlägt, oder?«

»Aber was soll ich denn tun?«, jammerte Timothy.

Magdalene seufzte und zeigte ihm, was andere Männer taten, aber es war wie mit Eisenkraut und Koriander: Bei ihm half es nicht.

»Ich bin doch nicht wild darauf, dass mich was kratzt, wenn's mich juckt«, sagte er. »Ich bin wild nach Frauen, Lenchen, und du hast diesen wilden Hengst aus mir erst gemacht.«

Mit Müh und Not gelang es ihr, ihm mit Hand und Mund ein wenig Erleichterung zu verschaffen, aber lange hielt es nicht vor. »Was soll nur werden, Lenchen?«, bedrängte er sie wieder. »Es gibt ja nichts, das mir hilft.«

»Ich glaube, Arbeit würde dir helfen«, sagte Magdalene. »Wenn du für ein Haus zu sorgen hättest und für Pferde und

Felder wie bei den Mönchen, wärst du wenigstens manchmal müde.«

Timothy gab ihr recht. Er wolle ein Haus für sie haben und für sie sorgen, beteuerte er, und gewiss wäre alles dann besser. »Aber wie sollen wir unseren Hausstand denn gründen, wenn dein Herr Matthew nicht wiederkommt und uns nach Fountains Abbey bringt? Solange er nicht da ist, bleibt alles eine Krux.«

Darin stimmte Magdalene ihm zu. Wäre Herr Matthew hier gewesen, wäre die Amsel nicht fortgegangen, dessen war sie sicher. Magdalene verstand von vielem nichts, aber von der Liebe mehr als die meisten, weil sie die Liebe beobachtete, statt über sie nachzudenken. Und wenn die Amsel hundertmal Herrn Matthew nicht lieben wollte, weil sie das Wappen auf seinem Schild nicht mochte, es half ihr nichts. So wie nichts Timothy half.

Magdalene war sicher: Wo immer die Amsel war und wo immer Herr Matthew war, sie waren beide krank, weil sie nicht beieinander waren.

Eine weitere Sorge bereitete ihr Hugh. Solange ihr Herr Matthew dagewesen war, hatte Hugh sich auch ohne Zunge verständigen können, weil Herr Matthew seine Gedanken las. Was, wenn er jetzt Zahnschmerzen hatte oder eine Last auf der Seele? Er würde es niemandem sagen können – er war erst jetzt wirklich stumm. Magdalene fiel auf, dass er noch mehr trank als sonst, und fürchtete um seine Gesundheit. Bei Gilles hatte sie jemanden, der unentwegt getrunken hatte, vom Stuhl kippen und sterben sehen.

In der Nacht stellte sie sich vor, wie Herr Matthew zurückkam und seinen kleinen Trupp, der doch seine Familie war, zugrunde gerichtet vorfand: seine Amsel fort, seine Mag noch immer krank, Timothy halb verfault und Hugh tot. Das durfte nicht geschehen! Die Amsel hatte auf sie alle aufgepasst, und da die Amsel es nicht länger konnte, musste Magdalene es nun tun.

Am nächsten Morgen setzte sie sich zu Hugh in die Schankstube, nahm ihm den Alekrug weg und schüttete ihn auf den Dielen aus. Dann wandte sie sich zu Tom, der hinter der Theke stand: »Seid mir nicht böse. Es tut mir leid um das feine Ale, mit dem Dolasilla sich so viel Mühe macht. Aber ich muss mit Hugh sprechen, und das kann ich nicht, wenn in seinem Kopf Überschwemmung herrscht.«

Tom verzog den Mund zu einem Grinsen. »Du wirst es schon richtig machen, kleine Magdalene.«

»Hör zu«, sagte sie zu Hugh. »Ich weiß, dass unser Herr Matthew deine Gedanken lesen konnte, aber er hat jetzt anderswo zu tun, und von uns kann es keiner. Also müssen wir uns etwas ausdenken, damit du uns sagen kannst, wenn du Zahnreißen hast oder Hunger oder wenn du traurig bist, verstehst du? Pass auf, ich denke es mir so: Wenn dir etwas wehtut, dann zeigst du mir die Stelle – deinen Zahn, dein Herz, deinen Hintern oder was auch immer. Und dann ziehst du ein Gesicht, als müsstest du weinen, und schon weiß ich, wo es dich drückt!«

Hugh sah sie sehr lange an, und irgendwann glaubte Magdalene zu erkennen, wie seine Augen sich aufhellten. Dann endlich nickte er.

»Dann weiter«, befahl Magdalene. »Jetzt denken wir uns ein Zeichen aus, das du uns gibst, wenn du Hunger hast. Auf deinen Bauch zeigen kannst du nicht, denn dann denke ich, er tut dir weh …«

Hugh begann sich den Bauch zu reiben und gab dabei knurrende Geräusche von sich.

»Wunderbar!«, jubelte Magdalene. »Und jetzt zeig mir, dass du Angst hast.«

Hugh zog den Kopf zwischen die Schultern und verschränkte die Arme vor dem Gesicht.

»Dass einer keine Zunge hat, heißt überhaupt nicht, dass er nicht sprechen kann«, lobte ihn Magdalene. »Ich glaube, bald werde ich dich besser verstehen als Timothy, der den lieben langen Tag hindurch schwafelt.«

Von nun an saßen sie jeden Morgen zusammen in der Schankstube und dachten sich Zeichen aus. Hugh begann dadurch später mit dem Trinken, und sein Gesicht sah nicht mehr so aufgeschwemmt und gerötet aus. Aber das war nicht alles. Früher war er versunken und teilnahmslos hinter ihnen hergezogen, ohne etwas anderes zu tun, als mühsam Befehle zu befolgen und zu trinken. Jetzt aber wurden seine Augen klar und seine Blicke lebhaft, und als es eines Morgens so kalt in der Stube war, dass Magdalene die Zähne klapperten, ging er und schürte das Feuer. Hinterher zog er ihr den Stuhl unter dem Hintern weg, dass sie gerade noch aufspringen konnte, und stellte ihn vor die wärmenden Flammen.

Er hatte begonnen mitzudenken.

Magdalene hatte Hugh helfen wollen, weil sie damit Herrn Matthew half, doch mit der Zeit spürte sie, dass sie auch sich selbst geholfen hatte. Bei Timothy kam sie nie zu Wort, und Dolasilla tat schon genug für sie. Hugh hingegen, der sonst nichts zu tun hatte, war genau der Richtige. Mit ihm konnte sie über ihre Sorgen sprechen.

Sie erzählte ihm, wie sehr sie sich um Herrn Matthew ängstigte. Tom versicherte ihr zwar, er müsse wohlauf sein, denn er schicke weiterhin Geld für ihren Unterhalt, und eines Abends hatte er sogar einen Boten mit dem Hund geschickt, aber gerade das schürte Magdalenes Furcht: »Du weißt doch, wie lieb er den Hund hat«, erinnerte sie Hugh. »Dolasilla hat gesagt, er ist mit Tieren wie der heilige Franz von Assisi, und wer der Franz von Assisi ist, hat sie mir auch erzählt: Das ist ein welscher Heiliger, der mit dem Viehzeug spricht wie mit Menschenwesen – so wie unser Herr Matthew.«

Hugh verzog den Mund. Es geschah jetzt immer häufiger, dass er lächelte, und noch häufiger, dass Magdalene ihn verstand, noch ehe er eins der vereinbarten Zeichen vollführte.

»Siehst du!«, rief sie. »Und er würde doch seinen Hund nicht einem fremden Boten anvertrauen, bei dem der Hund einen Riemen um die Schnauze tragen muss. Wenn er dem Hund das antut und ihn nicht selbst versorgen kann, dann muss er schrecklich krank sein, Hugh. Und ich glaube, er ist so krank, weil die Amsel ihn verlassen hat.«

Hugh überlegte. Dann tat er, als schöbe er ein Schwert in die Scheide – eine Geste, die er selbst sich für Herrn Matthew ausgedacht hatte –, und anschließend wedelte er mit den Armen wie mit Flügeln, um die Amsel darzustellen. Gleich darauf wandte und krümmte er den gesamten Leib, wies auf jedes einzelne Glied und zuletzt auf sein Herz.

»Du meinst, die Amsel und Herr Matthew sind überall krank?« Jetzt war es an ihr, zu überlegen. »Du könntest recht haben«, stellte sie schließlich fest. »Sie sind beide so schön, und sie sind die zwei feinsten Menschen, die ich kenne. Die Amsel ist auch lustig, und Herr Matthew singt dem Leben manchmal ein Liebeslied, aber dann wieder ist in ihnen diese Traurigkeit, gegen die kein Kraut gewachsen ist. Warum ist das so, Hugh? Weil die Amsel nicht weiß, wer sie ist? Aber ich wusste doch auch nicht, wer ich bin, und jetzt weiß ich es, aber bin ich denn dadurch eine andere geworden? Ich bin noch immer Mag, die Herr Matthew aus dem Frauenhaus geholt hat und die die Amsel und Timothy und dich zu Freunden hat – und nun auch noch Dolasilla und Tom. Darüber war ich vorher glücklich, und jetzt bin ich es auch.«

Wieder lächelte Hugh, diesmal lange und auch mit den Augen. Dann wurde er ernst, vollführte die Geste mit der Schwertscheide und zog mit einem Ruck das unsichtbare Schwert wieder heraus. Magdalene begriff zwar, dass er ihr etwas Wichtiges sagen wollte, aber sosehr er sich mit Zeichen und Mienen auch mühte, sie verstand ihn nicht. Da trat Tom, der bisher hinter der Theke vor sich hingedöst hatte, neben Hugh hin und legte einen halben Laib Brot auf den Tisch. »Hinterher esst ihr es zu Mittag«, sagte er. »Sonst bekomme ich Saures von meiner Frau.« Aus dem Inneren des frischen Brotes bohrte er Klumpen des noch feuchten Teigs und reihte sie vor Hugh auf. Aus einem Klumpen formte er mit seinen dicken Fingern etwas, das sich mit gutem Willen als Menschenfigur erkennen ließ. »Spiel ihr vor, was du ihr erzählen willst«, riet er. »So wie die Puppenspieler auf dem Wochenmarkt.« Damit drehte er sich um und überließ sie wieder sich selbst.

Kaum war Tom gegangen, begann Hugh aus den Klumpen Figuren zu formen. Er machte zunächst zwei große, die er dicht nebeneinanderstellte, und dann eine kleine, die er vor den beiden platzierte. Eine letzte Figur, nur wenig kleiner als die großen, formte er kniend und setzte sie an die Seite. Mit einem Finger wies er auf die kleine Figur und vollführte die Geste mit der Schwertscheide.

Magdalene glaubte sofort zu verstehen, was er meinte: »Das ist Herr Matthew, als er ein Kind war, richtig?«

Hugh nickte.

»Und das sind seine Eltern. Aber wer ist der Kniende? Ein Priester?«

Hugh schüttelte den Kopf, wies auf den Knienden und dann auf sich.

»Das bist du? Du und Herr Matthew und seine Eltern?«

Wieder schüttelte Hugh den Kopf, machte das Zeichen für Mutter und dann das für Tod.

»Herrn Matthews Mutter ist gestorben? Das ist sehr traurig. Ich hätte sie gern getroffen und ihr gesagt, wie stolz sie auf ihren Sohn sein kann. Wer sind dann aber diese beiden? Ist der eine sein Vater? Und der Zweite? Ich hab's: Der Zweite ist der Onkel, von dem Dolasilla gesagt hat, er war genauso hübsch wie Herr Matthew!«

Statt zu nicken, tat Hugh etwas, das er noch nie getan hatte: Er strich ihr über den Arm und ließ seine Hand kurz auf der ihren ruhen. Seine Miene war nicht erfreut wie sonst, wenn sie etwas richtig erraten hatte, sondern tiefernst, und die Finger zitterten ihm wie früher vom Trinken. Noch einmal langte er in das Brot, holte einen Krumen heraus, dann knetete er einen spitzen Stab, den er der Figur in die Hand gab, die Matthews Vater darstellte. Blitzschnell drehte er die Figur um und stach mit dem Stab auf die des Onkels ein. Weil sich die Figur mit dem Brotteig nicht durchbohren ließ, hämmerte er mit der Faust auf den Onkel ein, bis nichts mehr davon übrig war als grauer, platt gedrückter Teig.

Es waren nur ein paar schlecht geformte Figuren aus Brotkrumen, aber Magdalene war so erschrocken, dass sie kein Wort herausbekam.

Hugh nahm die kleine Matthew-Figur und stieß sie um. Als Letztes griff er nach der knienden Figur, die ihn selbst darstellte, rollte den spitzen Stab zur Kugel und ließ die Vater-Figur der Hugh-Figur die Kugel auf den Kopf pressen. Zuletzt wies er auf seine leere Mundhöhle. Die ganze Vorführung wirkte komisch und unbeholfen, aber sie war nicht im Mindesten zum Lachen.

Magdalene begriff ohne Mühe, was sie bedeutete: Matthews Vater hatte Matthews Onkel getötet, und Matthew und Hugh hatten dabei zugesehen. Matthew war noch ein Kind gewesen und hatte das Bewusstsein verloren. Hugh hingegen hatte der Vater mit einer Art von Kugel die Zunge zerquetscht.

Sie stand von ihrem Schemel auf und setzte sich neben Hugh auf die Bank, legte den Arm um ihn und streichelte seinen Rücken. »Das ist so traurig«, sagte sie. »So tot-tot-traurig. Armer Hugh, armer Onkel, armer Matthew. Weißt du, wie froh ich bin, dass du mir nicht mehr erzählen kannst? Mehr könnte ich nämlich nicht aushalten. Du hast recht, Hugh: Herr Matthew muss überall krank sein, wenn er so etwas erlebt hat. Und du meinst, jetzt macht er es so, wie er es mir von den wilden Tieren erzählt hat – hockt ganz allein in einer Höhle und wird gesund oder stirbt?«

Hugh nickte.

»Und die Amsel auch? Die Amsel hat auch etwas so Böses erlebt?«

Er zuckte leicht mit der Schulter, an der ihr Kopf ruhte, bedeutete ihr aber durch seinen Gesichtsausdruck, dass er dieselbe Vermutung hegte.

»Das ist so traurig, Hugh, das ist nicht zum Aushalten!«, rief Magdalene. »Wenn wir schon nicht bei ihnen sein dürfen – können sie dann nicht wenigstens beieinander sein?«

Wieder zuckte Hugh mit der Schulter und legte seinen Arm um Magdalene. So saßen sie für lange Zeit still beieinander und waren ratlos, aber nicht allein.

Am Abend desselben Tages kam Herr Matthew zurück und war außer sich, als er bemerkte, dass die Amsel nicht mehr da war.

26

»Ist es wegen Deborah, dass du nicht mehr aus dem Zimmer kommst?«

Amicia fuhr auf und sah Vyves in der Tür ihrer Kammer stehen. Sie ließ den Kopf wieder sinken und schwieg.

»Sie wird dir nicht mehr zusetzen«, sagte Vyves. »Es tut ihr leid.«

»Hat sie mit dir gesprochen?«

»Ja.«

»Und du?«

»Ich habe ihr gesagt, dass ich sie nicht heiraten kann.«

Erleichterung und Erschrecken jagten wie zwei Blitze durch ihren Leib. Sie würde Vyves nicht verlieren. Aber sie würde für das verantwortlich sein, was Vyves verlor. Die Ungeheuerlichkeit seines Opfers enthüllte sich ihr in einem einzigen Augenblick. Es war zu viel. Sie durfte es nicht annehmen. »Aber was wird denn …«, begann sie und brach ab.

»Ich werde mit Samuel Crespin über sie sprechen«, sagte Vyves. »Er hat viele Verbindungen, kennt Familien, die Gattinnen für ihre Söhne suchen. Und Deborah ist eine so schöne Frau …«

»Das ist sie wahrhaftig!«, rief Amicia. »Vyves, willst du sie wirklich aufgeben? Willst du alles aufgeben, ohne dass … ohne dass wir beide wissen, was wird?«

Er kam zu ihr und setzte sich neben sie auf das Bett. Zart hob er ihr Kinn. Seine Augen hatten die Farbe des gestohlenen Bernsteins. Als Kind hatte sie kaum etwas so gern getan, wie in diese hellen Augen zu sehen. »Mach dir um mich keine Sorgen«, sagte er. »Weißt du nicht mehr, was ich zu dir und Abel gesagt habe?«

Sie wusste es noch. Und wie sie es wusste! Seit sie ihn und

ihre Erinnerung wiederhatte, sah sie es vor sich, als sei es gestern gewesen. Ihren Bruder, der bekümmert den Kopf schüttelte und Vyves erklärte: »Du kannst nur Amicia wählen oder dein Volk.«

Und dann Vyves, der aufstand und die Entscheidung fällte: »Wenn es so sein muss, wähle ich Amicia.«

Als sie nickte, bewegte sich ihr Kinn in seiner Hand. »Du gibst mir so viel. Und ich kann dir nichts dafür geben.«

Er lachte. »Wäre ich dein Vater, sähe ich das vermutlich andersherum.«

Sie wich zurück. »Vyves, ich habe keinen Vater«, blaffte sie ihn an. Gleich darauf überkam sie Reue. Wie konnte sie ihn so behandeln, Vyves, ihren Freund, der alles für sie tat!

»Du hattest einen Bruder«, sagte er ruhig. »Ich habe einmal deinem Bruder versprochen, für dich zu sorgen.«

Sie musste an Gideon denken, vor dessen Blicken sie sich regelrecht fürchtete. »Du hast es auch Deborahs Bruder versprochen, nicht wahr?«

Er wandte sich ab. Nur seinem Nacken sah sie an, dass er nickte. »Das ist eine Sache zwischen Gideon und mir. Überlass es mir. Du hast genug eigene Last auf den Schultern.«

»Vyves«, sagte sie und verstand sich selbst nicht. »Ich kann dir nichts versprechen.«

»Ich weiß«, sagte er. »Und ich kann auch nicht gut für dich sorgen. Aber wir können das tun, was du gesagt hast, oder? Wie die Amseln auf dem Feld leben. Von Tag zu Tag. Abwarten. Und Gott bitten, uns den Weg zu zeigen.«

»Welchen Gott?«, entfuhr es ihr.

Vyves lächelte. »Das dürfte die einzige Frage sein, die einfach zu beantworten ist. Durch welches Torhaus wir in den Himmel gelangen, bleibt uns zwar ein Rätsel, aber an Göttern haben wir nur einen zur Auswahl.«

Es wurde kälter. Aber es wurde auch leichter. Nicht immer reichte das Geld, das Vyves und Gideon verdienten, um die drei Kammern zu heizen, doch Samuel Crespin gab ihnen mehr Decken und für Amicias Bett eine mit Federn gestopfte Matratze. Deborah kam zu ihr und sagte: »Ich will nicht, dass du mir ausweichst und bei dem bisschen Freiheit, das dir bleibt, sogar im Haus wie auf Eiern gehen musst. Es ist nicht deine Schuld. Ich weiß das.«

»Es ist auch nicht Vyves' Schuld«, sagte Amicia. »Du und dein Bruder – ihr dürft es ihm nicht anlasten.«

»Mein Bruder ist enttäuscht und zornig«, erwiderte Deborah. »Aber er wird Vyves verzeihen, denn ohne Vyves wären wir vermutlich alle in Windsor umgekommen.«

Sie war es auch, die Amicia erzählte, was die Familie hinter sich hatte und wie Vyves' Vater gestorben war. Danach kam Amicia ihr eigenes Leben in Quarr so behütet und friedvoll vor, dass sie der Wunsch streifte, Randulph zu schreiben. Sie verwarf ihn wieder, aber sie war dankbar dafür, in diesem warmen, sicheren Haus auf den Winter warten zu dürfen, nicht als Getriebene in den Straßen und auch nicht allein. Deborah und Gideon mochten nicht glücklich über ihre Gegenwart sein, doch es war wie in Quarr: Sie alle begannen, sich an ihre Situation zu gewöhnen, und aus etwas, das es nicht geben durfte, wurde eine Tatsache.

Esther, Gideons Frau, die auf der Flucht ein totes Kind geboren hatte und sich davon nicht recht erholte, kam Amicia sogar ein wenig nahe. Die junge Frau quälte sich, weil sie den Übrigen so sehr zur Last fiel, und Amicia quälte sich, weil sie sich nirgendwo nützlich machen konnte. So ergab sich für beide eine Tugend aus der Not: Wie von selbst wurde es zu Amicias Aufgabe, Esther den Tag über zu versorgen.

In ihrer Verzweiflung hatte die Kranke sich Beschäftigung gesucht. Aus den Resten von Stoffen und Garn, die im Tuchhandel anfielen, nähte und stickte sie Kinderkleider. Wenn sie

Esthers flinken Fingern an den winzigen Werkstücken zusah, wurde Amicia schwindlig, aber was sie fertigten, waren kleine Kunstwerke. Beim besten Willen konnte Amicia der Jüdin bei deren haarfeinen Handarbeit nicht behilflich sein, doch sie war mit Buchmalerei aufgewachsen, mit der Schönheit von Farben und Formen. Bald begann sie, Muster und Bilder zu entwerfen, die Esther auf die Kleider stickte.

Als Vyves zum ersten Mal ein solches Leibchen in die Hand bekam, war er hellauf begeistert. »Ihr schafft Kleider für die Kinderstube in König Salomons Palast, wisst ihr das?«

Sogleich bat er Samuel Crespin, einige der Stücke im Geschäft auslegen zu dürfen, und der Tuchhändler war einverstanden. Noch immer hatte er Kunden, die wohlhabend waren und große Häuser führten, und jeder jüdische Vater, so erklärte Vyves, wünschte sich, seine Kinder zu halten wie Prinzen. Sie verkauften die Kleidungsstücke im Nu und bekamen Aufträge für neue.

Esther blühte auf, weil sie sich nicht länger nutzlos fühlte, und eines Morgens, als Amicia zu ihr kam, war sie angekleidet und saß mit ihrer Näharbeit am offenen Fenster. Sie lächelte, als sie Amicias Verwunderung bemerkte. »Heute Abend musst du mit uns essen«, sagte sie, und dabei blieb es an allen Tagen, außer am Sabbat.

In Amicia war noch immer Unrast, doch sie war eingebettet in ein geregeltes Leben, zu dem sie zwar nicht gehörte, das sie aber innerhalb seiner Ordnung schützte. Anders als in Quarr aber hatte sie Vyves bei sich, der zu niemandem so sehr gehörte wie zu ihr.

Die Lage im jüdischen Viertel entspannte sich langsam. Seit dem Brand im Haus des Seifensieders, bei dem Vyves die kleine Rebecca gerettet hatte, war es zu keinem Übergriff mehr gekommen. Die Menschen schöpften Hoffnung, und das Leben quoll aus den Häusern wieder auf die Gassen.

»Die Londoner haben derzeit genug mit sich selbst zu tun«,

berichtete Vyves. Es hatte Straßenkämpfe gegeben, Ausbrüche aus dem Gefängnis von Newgate und Skandale in der Stadtregierung, und jetzt, wo die Rückkehr des Königs aus Wales bevorstand, drohten strenge Sanktionen. »Diese Stadt hat sich seit Langem beinahe unabhängig regiert«, erklärte er. »Ob es den bisherigen Königen schmeckte oder nicht, ihnen blieb nichts übrig, als es zu dulden.«

»So wie auf der Isle of Wight!«, entfuhr es Amicia.

Vyves nickte. »Ein wenig ähnlich ist es, wenn auch aus anderen Gründen. Und König Edward ist keiner, der sich so etwas gefallen lässt. Zudem hasst er die Londoner, weil sie sich während des Baronenkriegs auf die Seite de Montforts gestellt haben. Es wird erzählt, sie hätten seine Mutter, die in ihrer Barke die Themse hinunterfuhr, abgefangen, sie beschimpft und mit faulem Obst beworfen.«

»Und das kann er ihnen nicht verzeihen?«, wunderte sich Amicia. »Aber die meisten der Menschen, die heute leben, waren damals doch noch Kinder!«

»Sie erben die Schuld ihrer Eltern«, erwiderte Vyves. »Ist es so nicht in der ganzen Welt?«

»Woher soll ich das wissen?«, fragte Amicia zurück. »Ich bin niemandes Kind. Vielleicht sollte ich anfangen, darüber froh zu sein. Zumindest habe ich niemandes Schuld geerbt.«

Kurz zog er sie an sich, dann gab er sie wieder frei. »Wenn du dich entscheiden würdest, meinen Glauben anzunehmen, würdest du dir die Schuld aufladen, die wir geerbt haben, Amsel.«

»Welche Schuld habt ihr geerbt?«

»Die an der Kreuzigung eures Erlösers«, antwortete er tonlos. »Behaupte nicht, du hättest noch nie davon gehört.«

Er wartete, aber ihr fiel nichts ein, das sie darauf hätte erwidern können. Natürlich hatte sie davon gehört. Es war eine dieser Behauptungen, die man hinnahm, ohne sich auch nur daran zu stoßen, wie irrsinnig sie waren. Dass Vyves »euer Erlöser« gesagt hatte, war ihr nicht entgangen. Und dass ihr Magen sich zusammenzog, seit vom Wechsel des Glaubens die Rede war, erst recht nicht.

Er schien es zu bemerken. »Vergiss es«, sagte er. »Jetzt ist nicht die Zeit, darüber nachzudenken. Versuch, ein bisschen froh zu sein, Liebes. Dem König ist daran gelegen, London unter seine Knute zu zwingen, er hat vorerst keine Zeit, sich um uns zu scheren. Uns steht ein friedlicher Winter bevor, und dank eurer wundervollen Arbeit haben wir sogar ein wenig Geld, um zu Chanukka aufzutischen.«

Sie streichelte seine Hand und zwang sich zu lächeln. Wann die Zeit kommen würde, darüber nachzudenken, wollte sie sich nicht fragen.

Chanukka, die Feier zum Gedenken an den Tempel in Jerusalem, war ein fröhliches Fest, das acht Abende lang im Kreis der Familie gefeiert wurde. Die Kinder erhielten Geschenke, und die Frauen machten sich mit Feuereifer daran, allerlei Köstlichkeiten herbeizuschaffen, die in Öl gebacken werden würden. Es war, als sei die Familie aus einer Starre erwacht. Esther war entschlossen, Deborah und Miriam auf den Markt zu begleiten, und sie bestand darauf, dass auch Amicia mitkam.

Es war eine schöne Abwechslung. Schnee lag und hüllte die Häuser des Viertels in ein funkelndes Gewand. Die vier verschleierten Frauen gingen wie Freundinnen dicht beieinander, schwatzten und kicherten, und das Bild des Markttreibens mit seinen bunten Waren tat den Augen wohl. Dennoch beschlich Amicia Beklommenheit, sobald sie in das Getümmel eingetaucht waren. Wie eine kalte Hand saß ihr Argwohn im Nacken und ließ sich durch keine Ablenkung vertreiben.

Dass sie ab und an von Passanten angerempelt wurde, war unvermeidlich. Dennoch erschrak sie bis ins Mark, als ein Mann ihre Schulter streifte, als sie ein wenig abseits auf die anderen Frauen wartete. Für Augenblicke wurde ihr so schwindlig und trübe vor Augen wie in der Zeit ohne Erinnerung. Der Mann trug weder einen Judenhut noch einen gelben Flecken an seinem Tabard, der für einen Marktbesuch überdies viel zu elegant wirkte. Wie in ihren dunkelsten Träumen glaubte sie einen Drachen zu sehen, dem Funken aus dem Maul sprühten. Ein Schrei entfuhr ihr.

Deborah drehte sich um und streckte beschützend den Arm aus. Als Amicia zur Seite blickte, war der Mann verschwunden.

Einen Wimpernschlag später entflohen die vier Frauen mit ihrer Ausbeute dem Gedränge und blieben an der nächsten Häuserecke stehen. »Was war denn los?«, fragte Esther.

»Ach – nichts«, murmelte Amicia lahm. »Mir ist ein wenig schwindlig geworden, weil ich so viele Menschen nicht gewohnt bin, aber jetzt ist alles wieder im Lot.«

»Adonai sei gedankt!«, freute sich die unbefangene Esther. »Dann lasst mich euch noch einmal das Pferdchen zeigen, das ich für Noya gekauft habe. Sie wird sich so sehr freuen – und für Gideon habe ich auch ein Geschenk!«

»Zeig uns das für Gideon«, forderte Miriam, aber Esther schüttelte den Kopf, lachte und hüpfte ihnen die Straße entlang voraus, dass der Schnee wirbelte. Sie war wahrhaftig wieder gesund.

Miriam folgte ihr, doch Deborah blieb mit Amicia zurück und musterte sie skeptisch. »Du hast jemanden erkannt, nicht wahr? Jemanden aus deiner Vergangenheit.«

»Weshalb glaubst du das?«

»Weil der Mann ein Ritter und ein Christ war«, erwiderte Deborah nüchtern. »Was soll der auf unserem Wochenmarkt?«

»Sag es nicht Vyves«, bat Amicia hastig.

»Und warum nicht? Wer ist der Mann? Warst du mit ihm verlobt?«

Amicia schüttelte den Kopf. »Ich kenne ihn gar nicht. Ich weiß nicht, wer er ist und was er von mir will – und vielleicht bilde ich mir das alles ohnehin nur ein, weil ich zu wenig zu tun habe und zu viel Zeit zum Grübeln.«

Deborah nahm sie am Arm und führte sie mit zwei Schritten Abstand hinter den anderen her. »Du bildest dir nichts ein. Und du siehst den Mann auch nicht zum ersten Mal, richtig?«

»Nein. Doch. Ich weiß es wirklich nicht, Deborah. Ich habe diesen Mann nie zuvor gesehen, aber einen mit demselben Wappen und …« Sie stockte. Etwas an dem, was sie gerade ausgesprochen hatte, schnürte ihr die Kehle zu.

»Und er wollte dir übel?«

Sie presste die Lippen aufeinander und nickte.

»Nun gut, ich werde Vyves nichts davon sagen«, versprach Deborah. »Aber wenn ein solcher Mann noch einmal auftaucht, müssen wir den Männern reinen Wein einschenken.«

Amicia zögerte. Dann nickte sie von Neuem. Den Rest des Heimwegs legten die beiden schweigend zurück.

Am Abend schienen Furcht und Missstimmung verflogen. Das Fest stand bevor, die Frauen breiteten ihre Schätze aus, und als beim Essen Wein herumgereicht wurde, nahm Esther den Kelch und verkündete: »Sprecht einen Segen und dankt Adonai. Die Last der Dunkelheit ist von uns genommen. Ich habe Gnade erfahren und erwarte wieder ein Kind.«

In den Folgetagen fiel mehr Schnee, und das erste Licht an der Menora, dem Chanukka-Leuchter, wurde angezündet. Obgleich die Crespins Amicia für eine der ihren hielten und in die Feier einbezogen, spürte sie eine Fremdheit, die sie von den Übrigen trennte. Am fünften Abend ließ sie sich entschuldigen, ihr sei nicht wohl, sie wolle sich niederlegen.

Kaum saß sie in ihrer dunklen Kammer auf dem Bett, vernahm sie ein Geräusch, von dem sie nicht gewusst hatte, wie sehr sie es vermisste. Glockengeläut. Durch Entfernung und Mauern gedämpft, aber unverkennbar.

Die Tür wurde lautlos aufgezogen.

»Woher kommt das?«, fragte Amicia, ohne sich umzudrehen. Erst jetzt bemerkte sie, dass ihr die Tränen liefen.

»Von der Kathedrale«, antwortete Vyves. »Man hört es, wenn der Wind gut steht. Es ist das erste Geläut zur Christnacht.«

Der Schmerz überfiel sie heftig und unverhofft. »Ich möchte dorthin, Vyves.«

Er trat ganz in den Raum und stellte die Kerze auf dem Boden ab. »Das verstehe ich«, sagte er traurig. »Aber es geht nicht.«

Die Glocken verstummten. Amicia sprang auf. »Ich komme zurück, Vyves, ich verspreche es – ich werde nicht versuchen, mich in die Messe zu schleichen, ich will nur dort stehen, während sie drinnen das Sakrament austeilen, nur die Kathedrale sehen und vielleicht noch einmal die Glocken aus der Nähe hören.«

»Ich verstehe dich wirklich«, sagte Vyves. »Wenn ich mir vorstelle, ich müsste stillschweigend anhören, wie Chanukka ohne mich gefeiert wird, dreht sich etwas in mir um. Gibt es keinen Weg, die Geburt deines Herrn hier zu feiern, Amicia? Ich täte alles, was in meiner Macht steht, ich brächte ein Kreuz in Samuel Crespins Haus, aber zur Kathedrale kann ich dich nicht lassen.«

»Warum nicht?«

»Die Londoner haben den Platz vor St. Paul von jeher benutzt, um sich zu versammeln, zu debattieren und Beschlüsse zu fassen. König Edward sieht darin einen Brandherd, den er bis auf das letzte Glutnest zerstampfen will. Er hat Befehl erteilt, die Gegend um die Kathedrale abzusperren und zu bewachen. Jeder, der das Gebiet betreten will, wird befragt und durchsucht.«

»In der Heiligen Nacht?«, rief Amicia. »Die Gläubigen, die kommen, um zur Geburt des Herrn die Messe zu hören, lässt er wie Strauchdiebe kontrollieren?«

»Vielleicht ist ja richtig, was er tut«, versuchte Vyves, sie zu beschwichtigen. »Es obliegt nicht uns, das zu beurteilen. Womöglich braucht England tatsächlich einen starken König, der es unter sich vereint, wenn es bestehen will. Viele jubeln ihm zu, weißt du? Sie feiern seine Siege in Wales und seinen Mut, den europäischen Herrschern entgegenzutreten. Sie sagen, die Bürgerkriege haben England im Inneren zerrissen, aber die neuen Gesetze schmieden aus den einzelnen Teilen eine starke Nation.«

Amicia hörte ihm schon nicht mehr zu. Sie nahm ihr Schultertuch und ihren Schleier vom Haken. »Ich will in die Kathedrale, Vyves. Wenn es anders nicht geht, sollen mich die Wachen durchsuchen. Ich habe nichts zu verbergen.«

»Wirklich nicht?« Vyves wies auf den Schleier in ihren Händen. »Ich verspreche dir, ich mache mich morgen auf die Suche nach einer Gemeindekirche, in der du beten kannst. Ich finde auch einen Weg, dich unbemerkt dorthin zu bringen; ich hätte wissen müssen, wie sehr es dir fehlt. Verzeih mir, Amicia. Und bitte – bleib heute Nacht in diesem Haus.«

Jäh vernahm sie die Furcht in seiner Stimme. »Hat Deborah mit dir gesprochen?«, riet sie ins Blaue.

»Deborah?« Er schüttelte den Kopf. »Nein. Weshalb sollte sie?«

»Weil dir die Stimme zittert«, erwiderte Amicia. »Weil du viel mehr Angst hast, als sich erklären lässt.«

Er trat vor und nahm ihre Hände. »Ich wollte nicht mit dir darüber sprechen, ich weiß, dass du an die Zeit, bevor du zu uns kamst, nicht denken magst …«

Amicia stockte. Woher wusste er das? »Weiter«, forderte sie. »Worüber wolltest du mit mir nicht sprechen?«

»Es sind neulich Männer bei Gideon im Geschäft gewesen und haben Fragen gestellt. Christliche Männer, die ein Mädchen suchten. Sie haben es Gideon beschrieben, und er ist sicher, sie meinten dich.«

Sie entzog sich und wich zurück. »Und das verschweigst du mir? Das behaltet ihr für euch?« Dann fiel ihr ein, dass auch sie ihm das Ereignis auf dem Markt hatte verschweigen wollen.

Das Gefühl der Geborgenheit, das sie in dieser Kammer mit ihm immer empfunden hatte, die Spur von Frieden, zerbrach.

»Es tut mir leid«, murmelte Vyves.

Sie ging zu ihm, berührte seinen Arm. »Es ist nicht deine Schuld. Was hat Gideon den Männern gesagt? Weiß er, woher sie kamen?«

Vyves schüttelte den Kopf. »Er hat ihnen nichts gesagt, und er weiß nichts von ihnen. Vielleicht stellt sich das alles ja als Irrtum heraus, als eine Verwechslung, wie sie eben vorkommt.«

»Aber du glaubst es nicht?«

Statt einer Antwort legte er die Arme um sie und zog sie an sich. Einen Augenblick lang ließ sie sich fallen, wünschte sich, in seinen Armen sicher zu sein. Dann spürte sie seine Lippen auf ihren und erschrak so sehr, dass sie nach hinten sprang. Mit einer Hand betastete sie ihren Mund, als könne sie nicht glauben, was geschehen war.

»Verzeih mir!« Aus Vyves' Ton sprach schiere Verzweiflung. »Amicia, verzeih mir, ich bitte dich …«

»Nein, nicht doch, du hast …«, stammelte Amicia, dann versiegte der Strom von sinnlosen Worten.

»Ich habe mich vergessen«, sagte er. »Es tut mir unendlich leid.« Damit ging er lautlos aus dem Zimmer und schloss hinter sich die Tür.

Ereignislose Tage verstrichen. Drüben, in der anderen Welt, begann ein neues Jahr. Amicia fand kaum noch Schlaf, und Vyves kam nicht mehr zu ihr, um sie mit seiner Ruhe und seiner Wärme zu trösten. Sie vermisste ihre Vertrautheit unsäglich. So kommt es, dachte sie, wenn einem vor lauter Angst, etwas auszusprechen, nur noch das Schweigen bleibt. »Wer Gründe hat, das Sprechen zu fürchten, hält das Schweigen nicht aus«, hatte Randulph ihr einmal gesagt.

Randulph hält das Schweigen selbst nicht gut aus, dachte sie und wunderte sich.

An einem der kältesten Abende hatte sie diesen Zustand satt und fing Vyves auf der Treppe ab. »Komm wieder zu mir«, sagte sie. »Kreide mir nicht an, was ich getan habe. Ich war durcheinander – ich bin es immer noch.«

»Ich kreide dir nichts an«, sagte er mit einem kleinen, verkniffenen Lächeln. »Ich schäme mich.«

»Dazu hast du keinen Grund«, versetzte sie. »Du hast mich zu dir genommen, ohne etwas dafür zu verlangen, aber du durftest wohl zumindest das kleinste Zeichen von mir für all deine Liebe erwarten.«

»Ich wollte gar nichts erwarten«, sagte er.

»Du bist nur ein Mensch, Vyves«, erwiderte sie und zog ihn hinter sich her in ihre Kammer.

Diesmal war sie es, die ihn küsste. Es war ein wenig seltsam und mit trockenen Lippen schwer, aber es fühlte sich gut und richtig an. Sie wollte nicht mehr allein sein, und sie wollte nicht, dass Vyves allein war. Auf einmal war der Gedanke, im neuen Jahr gemeinsam Chanukka zu feiern, viel erträglicher als der, noch einmal die Weihnachtsglocken einer Kirche zu hören, die ihr unerreichbar blieb. Vielleicht war es tatsächlich möglich, dass sie miteinander die Ehe eingingen, wie sie es im Brunnenhof von Carisbrooke gelobt hatten. Abel hatte Gott dafür um seinen Segen gebeten. Um Abels willen, für Vyves und für sich würde Amicia es auch tun.

Er riss sich von ihr los. Seine Augen funkelten. »Tu das nie wieder, Amicia!«

Sie sah, dass er über den Schultern seinen langen Tallit trug, den sie schön fand und in dem er würdevoll und fremd aussah. Entweder hatte er gebetet, oder er war unterwegs zum Gebet gewesen. »Was soll ich nie wieder tun?«

»Mich küssen, weil du glaubst, es mir schuldig zu sein. Mich behandeln, als hätte ich ein bisschen Gefälligkeit von dir verdient und nicht genug Stolz, um auf solche Gnade zu verzichten.«

»Aber das habe ich doch nicht getan!«

»Wahrhaftig nicht?« Sein Lächeln war kalt. »Dein ganzes Volk glaubt, mein Volk habe keinen Stolz, und wer weiß, vielleicht hat es dazu ja allen Grund. Und du hast auch allen Grund, denn du bist klug und weißt ohne Zweifel, dass ich alles täte, um dich haben zu dürfen. Dass ich auch ins Konvertitenhaus ziehen und meine Familie verlassen würde, an Chanukka in die Kathedrale gehen und im Gottesdienst eine Sprache hören, die nicht Hebräisch ist. Dass ich ein Fremder ohne Wurzeln, ohne Halt und Ordnung sein würde, aber nicht ohne Stolz, denn ein Mann ohne Stolz hat eine Frau wie dich nicht verdient.«

Sie wollte ihm ins Wort fallen, ihm sagen, dass kein Mann auf der Welt sie so sehr verdiente wie er und dass sie keinen anderen wollte. Dass sie es sein würde, die ihrem Glauben abschwor, weil sie weder Wurzeln noch Halt und Familie besaß. Nichts und niemanden. Nur ihn.

Er hob eine Hand und gebot ihr zu schweigen. »Es war wieder ein Mann im Geschäft«, sagte er. »Ein christlicher Ritter mit einem goldenen Drachen im Wappen, und diesmal hat nicht Gideon mit ihm gesprochen, sondern ich.« Vyves sah sie an und kniff die Augen zusammen, als lauere er auf etwas.

Amicia wurde kalt. »Was wollte er?«

»Dich sprechen. Er hat gesagt, er habe in der ganzen Stadt nach dir gesucht, und hier verliere sich deine Spur.«

»Ich kenne ihn nicht!«, schrie sie.

»Wirklich nicht? Ich glaube, wer diesen Mann einmal gesehen hat, vergisst ihn nicht. Er ist hochgewachsen, hat beneidenswerte Schultern und auffallend schwarze Augen zu hellem Haar. Unleugbar ein Bild von einem Mann, Amicia. Bist du sicher, du kennst ihn nicht?«

Durch und durch ging ihr die Frage, durch und durch ging ihr sein stechender Ton. Ihr Herz raste. Ihre Knie wurden schwach.

»Amicia!«, forderte er seine Antwort.

»Doch«, flüsterte sie und ließ sich auf das Bett fallen. »Doch, ich kenne ihn.«

»Woher?«

»Er hat mich hergebracht. Randulph, der Abt von Quarr, hat ihn gebeten, mich in eine Abtei im Norden zu geleiten, wo es eine Zelle für Frauen geben soll.«

Vyves nickte. »Dasselbe hat er auch gesagt. Und zuvor hast du ihn nie gesehen?«

»Nein!«, schrie sie auf und krümmte sich. »Ich hab ihn zuvor nie gesehen, und ich will ihn nie wiedersehen. Schick ihn weg, Vyves! Schick ihn weg.«

»Das habe ich getan. Ob er sich allerdings schicken lässt, bleibt fraglich. Im Gegensatz zu uns ist er bewaffnet, und er hat einen Höllenhund bei sich, den er besser nicht auf Noya oder Rebecca hetzt.«

»Das tut er nicht!«, rief Amicia.

»Was tut er nicht?«

»Den Namenlosen auf Menschen hetzen.«

»Aha.« Vyves seufzte, zog sich den Tallit von den Schultern und faltete ihn zusammen. Dann setzte er sich auf den Boden und lehnte den Rücken an die Wand. »Vielleicht solltest du erwägen, mir die Wahrheit zu sagen, ehe dein Amselherz vor Furcht zerspringt.«

Amicia hatte genau dasselbe gedacht. »Darf ich zu dir?«, fragte sie kleinlaut.

»Immer.«

Mit einem Satz flog sie in seine Arme. Er hielt sie sachte, ohne Druck, an seiner Brust, und sie erzählte es ihm.

Als Amicia fertig war, endlich alles aus sich herausgestoßen, geweint und geschrien hatte, hielt er sie lange und strich ihr über das klopfende Herz. Dass er sie nicht von sich stieß, kam ihr wie ein Wunder vor. »Du bist der feinste Mensch, der auf der Welt herumläuft, weißt du das?«, stotterte sie, noch immer außer Atem.

Vyves lächelte. »Du weißt, dass es nicht das ist, was ein Mann hören möchte, nicht wahr?«

»Vyves …«

Er wiegte den Kopf. »Du schuldest mir nichts, Amicia. Und du hast nichts Böses getan. Das Versprechen, das wir uns damals gaben – wären die Mörder nicht gekommen, wir hätten es Jahre später vergessen, wie man eben Spiele vergisst, die man als Kind gespielt hat.«

»Hättest du es vergessen?«

Sie fand sein zärtliches, trauriges Lächeln, das Falten in seine Augenwinkel grub, unendlich schön. »Nein.«

»Ich auch nicht, Vyves. Ich will ihn nicht wiedersehen, hörst du? Er hat dir doch geglaubt, dass du von mir nichts weißt?«

Hilflos zuckte er mit den Schultern. »Ich fürchte, ich bin ein erbärmlich schlechter Lügner.«

»Das warst du schon immer. Es war immer deine Schuld, wenn Isabel herausbekommen hat, dass wir auf der Außenmauer waren oder in der Speisekammer …« Sie stockte. Auf einmal war sie sicher, dass er auch jetzt log oder ihr zumindest etwas Entscheidendes verschwieg. »Du hast mir nicht alles gesagt«, platzte sie heraus.

»Nein«, gab er zu. »Aber quäl weder dich noch mich damit, denn ich kann es dir nicht sagen.«

»Du musst, Vyves! All diese Geheimnisse, diese Unerklärlichkeiten treiben mich in den Wahn. Ich halte es nicht länger aus.«

»Wenn du ihn nicht mehr sehen willst, ist es ohne Belang«, begann Vyves rau. »Dann bleibt es besser ungesagt, weil es nichts als neues Leid schafft. Wenn er aber wiederkommt und wenn du mit ihm gehen willst, frag ihn.«

Amicia blickte auf und bemerkte die Erschöpfung in Vyves' Gesicht, den Schmerz in seinen Augen. »Ich wünschte, ich würde nicht so viel von dir verlangen«, sagte sie, lehnte ihren Kopf an seine Schulter und streichelte seine Hand. »Ich will nicht, dass er wiederkommt, und ich werde nicht mit ihm gehen. Vergessen wir, dass es ihn gab, Vyves?«

Er schenkte ihr noch ein Lächeln. »Wenn du es könntest, könnte ich es auch, mein Lieb.«

Das Vergessen, das keines war, währte keine drei Tage.

Hinter dem Haus türmte sich so viel Schnee, dass der Weg für die Karren der Lieferanten nicht länger passierbar war, und nachdem Vyves das Geschäft geschlossen hatte, ging er mit einer Schaufel nach draußen, um zu räumen.

»Nimm mich mit!«, rief Amicia und lief ihm hinterdrein. Sie hatte das Gefühl, im Haus zu ersticken. Zudem fand sie keinen Herzschlag lang Ruhe, wenn sie ihn nicht bei sich hatte.

»Es wäre mir lieber, du würdest dich nicht draußen zeigen«, versuchte er halbherzig, sie zur Vernunft zu bringen, aber sie hängte sich an seinen Arm und zog ihn mit.

»Ach bitte, Vyves – es ist doch dunkel, niemand ist unterwegs, und ich brauche unbedingt ein bisschen Luft.«

Es war schön draußen, still und menschenleer, am schwarzen Himmel standen die Sichel des Mondes und eine Sternenfülle, deren Funkeln der Schnee fing und zurückwarf. Die Arbeit mit der Schaufel vertrieb im Nu die Kälte, ihr Atem ging heftig und stieß kleine Wolken in die Nacht.

Vyves und Amicia keuchten, und ab und an lachten sie. Dann aber vernahmen sie den Hufschlag, und ihr Lachen verstummte.

Der Mann sprang vom Pferd. Der Hund ließ ein leises Knurren hören, ehe der Reiter ihm zur Beruhigung die Hand auf den Kopf legte. Kaum hatte er die Zügel des Pferdes um einen der Pflöcke geschlungen, schwang er sich über den Zaun und zog das Schwert. »Geht zurück in Euer Haus, und bleibt dort«, sagte er zu Vyves. »Andernfalls habe ich nicht die geringste Hemmung, Euch den Hals durchzuschneiden.« Seine Stimme war kälter als der Schnee und harscher als die Nacht, und doch hörte Amicia darin das Lied, das derselbe Mann in den Himmel gesungen hatte, klar und erfüllt von Liebe zum Leben. Verlor sie den Verstand? Entsprang die ganze Szene einem irren Traum?

Vyves rührte sich nicht. »Wer geht und wer bleibt, entscheidet Amicia«, sagte er.

Sie wollte zu ihm laufen, doch ihre Beine versagten ihr den Dienst. »Steck das Schwert weg!«, schrie sie den Mann an. »Komm nicht näher, geh weg, lass uns allein!«

Ihre Stimme kippte. Der Mann drehte sich um und sah sie an. Sie starrte ihm in die Augen, und ihr Herz schlug ihr vor Angst bis in den Hals. Er machte noch einen Schritt auf sie zu.

Amicia schrie auf. Sie würde nichts tun können und Vyves nicht helfen – der Schwindel war wieder da, sie sah nichts mehr als Drachen und Funken und spürte Sackleinen auf dem Gesicht. Dann hörte sie statt des markerschütternden Schreis das klirrende Geräusch, mit dem das Schwert in die Scheide fuhr.

»Das geht nicht«, sagte der Mann. »Dass du nicht mehr bei mir sein willst, ist verständlich, und bei jedem könnte ich dich lassen, aber nicht bei Juden.«

»Warum nicht?«, schrie Amicia, die ihre letzten Kräfte zusammennahm. »Glaubst du, du bist ein besserer Mensch, weil du getauft bist? Ich habe in meinem ganzen Leben keine besseren Menschen als Vyves und seine Familie gekannt!«

»Zum Teufel, Amicia!«, fluchte er und spuckte aus. »Weißt du, was dir droht, wenn dich jemand hier erwischt? Du wirst exkommuniziert, deine Taufe wird für nichtig erklärt …«

»Meine Taufe?«, schleuderte sie ihm entgegen. »Ich weiß ja nicht einmal, ob ich überhaupt getauft bin, und wenn, dann ist es mir nichts wert!«

»Und was sind dir deine jüdischen Freunde wert? Sie wandern im besten Fall in den Tower dafür, dass sie eine Christin verstecken, im schlimmsten geradewegs an den Galgen.« Er kam noch ein paar Schritte auf sie zu. Seine Zähne blitzten, seine Hand fuhr zur Seite und zeigte auf Vyves. »Und wenn jemand verbreitet, dass du mit ihm verkehrst? Glaubst du, du wirst dann angeklagt, weil der Mann, den du liebst, zu schwarzes Haar hat, und ihr beide kommt glimpflich davon? Dann irrst du dich sehr. Die Anklage lautet auf Sodomie, verstehst du? Eine, die bei einem Juden liegt, wird einer gleichgestellt, die es mit Tieren tut!«

Sie sah seine schwarzen Augen vor ihren und schrie noch einmal auf, dann holte sie aus und schlug ihm mit aller Kraft die Fäuste ins Gesicht. Gleich darauf gaben ihre Beine nach, und sie stürzte vornüber in den Schnee.

Als sie zu sich kam, schlossen sich Arme um sie und zogen sie aus der eisigen Kälte an einen warmen Leib. Sie öffnete die Augen und blickte durch Tränenschleier auf. Matthews Gesicht war müde, auf seiner Lippe Blut, in seinem Haar Schnee, der im Handumdrehen schmolz. »Hab keine Angst«, sagte er leise. »Hab bitte keine Angst.«

»Lass mich los«, presste sie kaum verständlich heraus.

Er gehorchte, aber nicht ohne sie an seine Schulter zu lehnen, sodass sie nicht noch einmal in den Schnee fiel. »Ich habe Randulph gelobt, dich nach Fountains Abbey zu bringen«, sagte er. »Du wirst dort sicher sein, und wenn du nicht mit mir gehen willst, finde ich jemanden, der dir an meiner statt Geleit gibt.«

Ihre Kraft würde nicht genügen, um sich auf die Füße zu rappeln, erkannte Amicia. »Bring mich ins Haus«, krächzte sie. »Und dann geh.«

»Willst du das wirklich?«, fragte er. »Deinen Glauben lassen? Warum, Amicia? Weil du als Jüdin leben möchtest? Weil du einen jüdischen Mann liebst? Oder weil du mich bestrafen willst und glaubst, du hast keine andere Möglichkeit?«

Amicia fuhr unter der Frage zusammen wie unter einem Schlag. Verzweifelt suchten ihre Augen nach Vyves. Er stand einen Schritt weit hinter ihr und sah auf sie hinab. Warum kam er nicht zu ihrer Rettung? Warum sagte er ihr nicht, was zu tun war?

»Es tut mir leid, mein Lieb«, murmelte er. »Dieselbe Frage hätte auch ich dir stellen müssen. Es war selbstsüchtig und grausam, es nicht zu tun.«

»Nein, Vyves.« Sie streckte die Hand nach ihm aus. Er ging in die Hocke, nahm ihre Hand in seine und legte sie an seine Wange. Seine Haut war nass.

Über Amicias Kopf hinweg sah er Matthew an. »Ich will, dass Ihr mir schwört, sie nach Fountains Abbey zu bringen, und dass Ihr sie mit Eurem Leben schützt«, sagte er. »Einerlei, wer es ist, der sie bedroht. Schwört Ihr es nicht, so werdet Ihr sie nicht mitnehmen können, ohne mich zu erstechen.«

Behutsam fasste Matthew Amicia noch einmal bei den Schultern, gab sie Vyves in die Arme und stand auf. »Ich schwöre es«, sagte er.

»Gebe Gott, dass sie in der Abtei Ruhe findet, um ihre Entscheidung zu treffen«, sagte Vyves. »Gebe Gott, dass ihr kein Wissen vorenthalten wird, das dazu nötig ist.«

Amicia konnte zu alledem nichts sagen, weil sie so sehr weinte, dass sie trotz Schniefen und Schnappen keine Luft bekam. Mit seiner bloßen Hand rieb Vyves ihr die Tränen vom Gesicht. Es nützte nichts. Es kamen gleich wieder neue. Aber Amicia war sicher, dass sie seine Zärtlichkeit bis ans Ende ihres Lebens spüren würde.

»Nimm dir Zeit«, sagte er. »Und schreib mir, wenn du mich brauchst. Ich gehe nirgendwohin und habe keine Eile. Ich liebe dich und wünsche mir nichts so sehr, wie dass du glücklich wirst.«

Sie wollte ihn küssen, so wild und so innig, wie er es verdiente, sie wollte ihm versprechen, wiederzukommen, aber jeder Versuch erstickte in Fontänen von Tränen. Vyves stand mit ihr auf, löste sacht ihre Hände, die sich in seine Schultern krallen wollten, und schob sie hinüber zu Matthew.

Matthew hielt ihr den Arm hin, um sie zu stützen, ansonsten berührte er sie nicht. Vor dem Zaun packte er sie, hob sie hinüber, ließ sie jedoch sofort wieder los. Über den Zaun hinweg sah er sie an. Noch immer durch Schleier erkannte sie die Bitte in seinen Augen. Das Flehen. Seine Lippen formten ihren Namen ohne einen Laut.

Amicias Nacken war steif und schmerzte. Sie ließ den Mann, den sie von klein auf liebte und dem sie völlig vertraute, zurück und ging mit dem, den sie fürchtete wie nie zuvor, auf einen unbekannten Weg. Dennoch nickte sie.

Mit einem Satz schwang Matthew sich über den Zaun.

Amicias Hände ballten sich zu Fäusten. Er blieb vor ihr stehen, ohne die Augen abzuwenden, und schützte sich nicht. Sie musste ihn ansehen, ihren Blick über sein Gesicht jagen lassen und dann den Hals und die Brust hinunter wie über die Seite eines Buches, auf der man ein alles entscheidendes Wort sucht. Jeder Zug, jede Linie enthielt eine Botschaft, die ihr Körper längst entziffert hatte. Sie hörte sich stöhnen.

Als Matthew den Mund öffnete, um etwas zu sagen, schnitt Gebell ihm das Wort ab. Amicia fuhr herum. Der namenlose Hund setzte in so großen Sprüngen auf sie zu, dass der Schnee an seinen Flanken hochwirbelte und ihn in eine pulverige Wolke hüllte. Toll vor Freude sprang er an ihr hoch, stieß seine Pfoten gegen ihre Schultern und leckte ihr mit seiner rauen Zunge das Gesicht.

Sein Gewicht war zu viel für sie. Sie verlor den Halt, wurde hintübergeworfen und stürzte gegen Matthews Brust. Er schloss die Arme um sie und begrub einen einzigen Augenblick lang sein Gesicht in ihrem Haar.

Vierter Teil

Flucht nach Norden

Quarr Abbey, Isle of Wight,
zur Passionszeit des Jahres 1285

»Hiemis tempore suprascripto imprimis versu tertio dicendum: Domine, labia mea aperies et os meum adnuntiabit laudem tuam.«

»Im Winter spreche man zuerst dreimal den Vers: Herr, öffne meine Lippen, und mein Mund soll dein Lob verkünden.«

Benediktsregel, Kapitel 9.1

27

Vermutlich würde Randulph nie aufhören, die Karwoche zu fürchten. Die Brüder sahen dem Ende der Fastenzeit und den höchsten Festtagen des Jahres mit Freude entgegen, doch ihr Abt spürte, wie er sich tiefer und tiefer in sich selbst verkroch. Die Austernschale des Klosters genügte in diesen Tagen der Verwundbarkeit nicht; er wünschte sich eine Rüstung wie die, die er als kaum erwachsener Mann getragen hatte, geschmiedet aus etlichen Platten von undurchdringlichem Eisen.

Es geschah nicht selten, dass sie in den Wochen vor Ostern einen Bruder verloren, der zu schwach war, um die lange Fastenzeit durchzuhalten, während Stürme die Bäume bogen und in den Zellen das Trinkwasser gefror. Selbst einen Mann von guter Konstitution kam es hart an, sich in tiefer Nacht aus dem Erschöpfungsschlaf zu reißen, wenn der Magen vor Hunger krampfte und die Finger vor Kälte keine Buchseite umschlagen wollten. Ein geschwächter, kränklicher Körper konnte an diesen Prüfungen zerbrechen. Sooft Randulph bemerkte, dass ein Bruder dem ihm Auferlegten nicht gewachsen war, hielt er ihn an, das Fasten zu brechen, erließ er ihm die Pflicht, der Vigil beizuwohnen, und stellte ihn von körperlicher Arbeit frei. Die zisterziensische Ordnung sah vor, ein Dasein in Härte gegen sich selbst zu führen, aber nicht Selbstzucht in Selbstzerstörung zu steigern und anstelle des Lebens den Tod zum Ziel zu wählen.

Nicht immer aber ließen sich die Brüder zu Mäßigung bewegen. Randulph hätte jedem von ihnen befehlen können, sich ausreichend zu nähren und zu schonen, doch er fühlte sich dazu nicht befugt. Er konnte einen Bruder anweisen, Dienst in der Küche zu tun, in der *Carta Caritatis* zu lesen und seine Anstrengungen im Gebet zu verstärken, aber er vermochte keinem Mann vorzuschreiben, was für Kasteiungen er sich auferlegen sollte, um ein verfehltes Leben hinter sich zu lassen. Er selbst hatte es sich auch nicht vorschreiben lassen, nicht einmal während der Handvoll Jahre, ehe die Stellung seiner Familie ihm zur Wahl zum Abt verholfen hatte.

Im ersten Jahr hatte sein Vorgänger ihn von allen Pflichten freigestellt, weil ihn am Abend vor Palmsonntag eine Krankheit befiel und er sich in Krämpfen und Fieberträumen krümmte. Randulph hatte sich dennoch in die Messe und im Hagelsturm durch die Prozession geschleppt, und es hatte sich angefühlt, als bräche jede Wunde in seinem Innern auf. Der Tod hatte ihm die Hände um den Hals geschlungen, und er war sicher gewesen, die Flammen der Hölle lodern zu sehen. Randulph war ihm entronnen und hatte gelernt, dass er keine Wahl hatte, als Jahr um Jahr dieselbe Hölle zu durchschreiten. Er war hergekommen, um entweder in Buße und Sühne einen Weg zum Leben zu finden oder zu sterben. Dennoch setzte es ihm zu, andere dasselbe tun zu sehen.

In diesem Jahr war es Bruder Hamo gewesen, der jüngste Zugang der Schar, der sich in seinem Eifer nicht hatte bändigen lassen. »Ich habe den Orden der Zisterzienser gewählt, weil es mir ernst ist mit meiner Treue zu Gott«, hatte er Randulph mit schwacher Stimme und doch voll feuriger Entschlossenheit beteuert. Seine blauen Kinderaugen glänzten fiebrig im totenbleichen Gesicht.

»Treue zu Gott bedeutet nicht Zerstörung des Leibes, den Gott dir geschenkt hat, damit du ihn als Werkzeug in Seinen Dienst stellst«, wies Randulph ihn streng zurecht. »Nach dem Tod zu streben hat mit Treue zu Gott nichts zu tun.«

»Aber ich strebe ja nicht nach dem Tod!«, hauchte der junge Mann geschwächt und begeistert zugleich. »Gott wird mein Leben schützen und mich die Prüfung bestehen lassen. So wie Euch, mein Vater! Auch Ihr gestattet Euch niemals Schonung,

Ihr schlagt die Wärme des Abtshauses aus, und kein anderer ist gegen sich selbst so unerbittlich wie Ihr.«

Randulph wusste, dass er Hamo hätte tadeln müssen. Einem einfachen Chormönch stand ein Urteil über die Lebensführung des Abtes nicht zu, vor allem hätte er den jungen Heißsporn zu Gehorsam zwingen müssen, um ihn vor sich selbst zu bewahren. Wieder einmal aber war er dazu nicht fähig gewesen, weil er nur allzu gut wusste, dass das Vorbild, das er als Abt bot, schwerer wog als jedes seiner Worte. Erst Tage zuvor hatte Prior Francis gewagt, ihn darauf hinzuweisen: »Es steht mir nicht zu, Euch zu mahnen, mein Vater, doch der Raubbau, den ihr an Euren Kräften treibt, macht mir Angst. Dass die jüngeren Mönche Euch darin nacheifern, ist ebenfalls bedenklich. Ich weiß, Ihr begebt Euch stets ohne Schonung in die Passionszeit des Herrn, doch auch Ihr seid nur aus Fleisch …«

»Ihr habt ganz recht«, war ihm Randulph ins Wort gefahren. »Es steht Euch nicht zu, mich zu mahnen, und noch weniger, mir vorzuschreiben, was ich zu tun und zu lassen habe, und wenn Ihr hundertmal überzeugt seid, an meiner Stelle hätte Euch die Stellung des Abtes gebührt.« Sogleich hatte er seine Worte, die jeder Grundlage entbehrten, bereut. Nachtwachen und Fasten mochten seinen Körper schwächen, doch der Jähzorn blühte in alter Kraft.

Wenn die Beleidigung Bruder Francis getroffen hatte, so ließ er es sich nicht anmerken. Drei Tage später, in der Morgenfrühe des Palmsonntags, fehlte Bruder Hamo bei der Prim. Bruder Edmund stieg über die Nachttreppe zurück, um ihn zu holen, und fand ihn tot und kalt auf seiner Pritsche.

Ich habe einen meiner Schutzbefohlenen auf dem Gewissen, klagte Randulph sich an. *Ich habe den Aufruhr über ihn bestimmen lassen, nicht die Vernunft. Nach all den Jahren bringe ich meine Dämonen noch immer nicht zum Schweigen, und die, die ich hüten soll, sind ihnen ausgeliefert. Die, die mir Gehorsam schulden und sich nicht wehren können.*

Die Gemeinschaft der Brüder hätte gerade jetzt seiner Führung bedurft, aber Randulph zog sich mehr denn je zurück. Er verbrachte die ersten drei Tage der Karwoche in Klausur. Am Gründonnerstag wusch er den Mönchen in der Messe die Füße, doch er erlaubte durch keinen Blick und keine Geste Nähe. Anschließend zogen sich die Brüder in eine der Seitenkapellen zurück, um die Nacht hindurch zu wachen, wie ihr Herr Jesu es in Gethsemane in der finsteren Nacht vor seinem Tod getan hatte.

Statt sich ihnen anzuschließen, ging Randulph in die Fremdenkapelle. Jesus war allein gewesen in jener Nacht, sosehr er seine Jünger angefleht hatte, mit ihm wach zu bleiben. Auch Randulph wollte allein sein. Der Trost menschlicher Nähe, der sogar dem Erlöser verwehrt geblieben war, stand ihm nicht zu, und er fühlte sich fremd in der Welt, die ihn umgab.

Dass jeder dieser Gedanken in sich eine Sünde war, wusste er. »Herr in deiner Gnade, nimm die sündigen Gedanken von mir«, begann er sein Gebet, kaum dass seine Knie den eisigen Boden berührten. Es erging ihm wie so oft in den letzten Wochen: Das Gebet brach nach dem ersten Satz ab und ließ sich nicht fortsetzen, weil lautere Stimmen sein verzagtes Wispern übertönten.

Die Stimmen der Selbstvorwürfe und der Furcht.

Hätte ich Bruder Hamo einen Befehl erteilt, wie es meine Pflicht gewesen wäre, hätte ich ihm Fleischbrühe einflößen lassen, hätte ich ihm wollene Hosen unter der Kutte aufgezwungen, er wäre noch am Leben. Er hätte seine Grenzen nicht missachtet, wenn ich nicht meinen Mönchen ein Vorbild wäre, das sie an Leib und Seele gefährdet: Wenn ich nicht vermessen wäre und versuchte, eine Strafe vorwegzunehmen, die zu vollstrecken allein Gott obliegt.

Randulph zwang seine Gedanken zu Christus in Gethsemane. Er hatte gewusst, dass ihm der Tod bevorstand, hatte gegen die Todesangst gekämpft, bis er Blut schwitzte, und die Freunde, die er auf Erden geliebt hatte, angefleht: *Meine Seele ist betrübt bis in den Tod. Bleibt hier, und wacht mit mir.*

Lasst mich in dieser schwarzen, unsäglichen Nacht nicht allein.

Nie zuvor, fand Randulph, und nie danach war Jesus so sehr Mensch. Nie war es einfacher, sich von Mensch zu Mensch an ihn zu wenden! *Jesus, der du so sehr Mensch geworden bist – hast du Schuld auf dich geladen? In der Verzweiflung dieser Nacht – hat es dich gequält, dass dein Vorbild deine Jünger ins Verderben führte, dass ein junger Mann mehr auf sich nahm, als er verkraften konnte? War es dir ernst mit dem Menschwerden, Jesus? Du bist gestorben wie wir, in der einsamen Nacht von Gethsemane hast du dich bereiterklärt, die Bitterkeit des Kelchs mit uns zu leeren. Aber hast du geliebt wie wir? Hast du dir das Herz gebrochen für einen von uns? Wie kann Sterben schwer und die Nacht von Gethsemane schwarz für einen sein, der nichts zu verlieren hat?*

Randulph würde wahrhaftig nie aufhören können, die Karwoche zu fürchten. Das Entsetzen des Palmsonntags. Das Wissen um den Tod, gegen den die Auferstehung blass und ungreifbar stand. Die Einsamkeit von Gethsemane.

Mein Herr Jesus, hast du auch diesen Kelch bis zum Ende mit uns geleert? Du lehrst uns, nichts zu begehren – aber wer hätte dann Grund, in Gethsemane oder hier, auf dem kalten Boden einer Kapelle von Quarr, den Tod zu fürchten?

Hast du zusehen müssen, wie einer deiner Brüder dem anderen die Kehle durchschnitt, und du standst dabei und konntest nichts dagegen tun? Hast du je einen Menschen, den du innig liebtest, fortgeschickt und seinem Schicksal überlassen? Jesus, Jesus, der du verzweifelt warst in Gethsemane – hast du je um einen von uns auch nur eine Nacht lang Angst gehabt?

Erschöpft hielt Randulph inne. Sein Gebet war eine Anklage, keine Bitte in Demut. Schon gar kein Dank für das ungeheure Opfer, das der Erlöser für sie alle gebracht hatte. Obgleich sie dem Anlass nicht entsprach, vollzog Randulph eine Venia. Die Geste der Erniedrigung tat ihm wohl, umso mehr, als jeder seiner Knochen dabei schmerzte. Er widmete sie Maria, der der Altar geweiht war und die ihm so viel menschlicher erschien als ihr Sohn. Frei zu ihr beten konnte er nie, weil sie die Mutter Gottes war und er der letzte von drei Söhnen, der mit seiner Geburt seiner schönen italienischen Mutter den Tod gebracht hatte. Maria die Ehre erweisen konnte er. *Ave Maria, gratia plena. Gegrüßt seist du, Maria, voll der Gnade. Wenn jemals ein Heiliger wie ein Menschenwurm gelitten hat, dann du. Du hast um deinen Sohn gefürchtet wie jede irdische Mutter, jeder irdische Vater. Du hast ihn verloren, du hast dir die Kleider zerrissen, und du hast nie mehr aufgehört, um ihn zu weinen.*

Was ihn auf den Boden warf – Entkräftung oder Verzweiflung –, wusste er nicht. Ehe er begriff, wie ihm geschah, lag er schon flach auf Bauch und Brust wie an dem Tag, an dem er sich vor der gesamten Gemeinschaft in den Staub geworfen hatte, um das Gelübde zu leisten. *Ich werde keusch sein, ich werde gehorsam sein, ich werde bitterlich arm sein. Ich werde nie wieder mit einem prächtigen Vogel jagen, nicht mehr unverfroren einem Paar sich wiegender Hüften nachlechzen, keinen blutdunklen Wein mehr vor Genuss auf der Zunge behalten, wie um ihn dort zu schmelzen. Vor allem: Ich werde von keinem Kind mehr träumen. Und darüber hinaus: Ich werde schweigen.*

Er hatte so lange geschwiegen, dass sich all die ungesprochenen Worte jetzt in einer Sintflut Bahn brachen. Unter der Wucht des Ansturms zerbrachen die Worte, und was aus seinem Mund herausplatzte, waren Silben, Laute, Fetzen ohne Sinn und Zusammenhang. Seine Fäuste trommelten auf den Boden, seine Füße traten ins Leere, seine Stirn schlug auf den kalten Stein. Seine Gebete waren an der Hoffnungslosigkeit zerschellt, an der Schuld und am Schweigen. Das einzige Wort, das er noch an Gott richten konnte, war der gebrüllte Beginn des zweiundzwanzigsten Psalms, der vor der stillen Nacht von Gethsemane verlesen wurde: *Mein Gott, mein Gott – warum hast du mich verlassen? Ich heule. Aber meine Hilfe ist fern.*

So schrien nur Menschen, die wussten, dass ihnen niemand zur Seite sprang, dass niemand sie aufheben und ihnen die Tränen aus den blinden Augen reiben würde. Dass doch jemand kam, dass er sich bei den Schultern umfangen und an einen knochigen Körper gezogen fühlte, musste seiner Einbildung entspringen. Jemand richtete ihn in kniende Stellung auf und wisperte ihm kleine Worte des Trostes ins Ohr, wie Gregory es getan hatte, wenn Randulph sich vor den Krähen gefürchtet hatte, deren Schreie vor dem Fenstergitter die Nacht durchschlugen. *Ist schon gut, kleiner Bruder, ist schon gut. Selbst der größte Mann hat manchmal Angst, wenn er kein Dummkopf ist …*

Eine Ewigkeit hatte Randulph sich nicht mehr gestattet, Gregorys Stimme zu hören, weil er geglaubt hatte, er hielte die Erinnerung an das Verlorene nicht aus. Jetzt tat es ihm wohl, sie zu erkennen und sich zu besinnen: *Dieser zärtliche, humorvolle, tollkühne, über jedes Ziel hinausschießende Bruder hat mich geliebt.*

Sachte und fließend ging die geliebte Stimme in die von Prior Francis über. Die Worte, die er wieder und wieder beruhigend in Randulphs Ohr murmelte, gehörten nicht zum herzzerreißenden Leidenspsalm Jesu, sondern zu den tröstlichen, zuversichtlichen Versen, die diesem folgten: *»Der Herr ist mein Hirte, mir wird nichts mangeln. Er weidet mich auf grüner Aue und führet mich zu frischem Wasser. Der Herr ist mein Hirte, mir wird nichts mangeln …«*

Randulph weinte, bis der Strom von allein verebbte. Bruder Francis ließ die Verse des Psalms in ein Vaterunser münden, in das Randulph einzustimmen versuchte. Als ihm die Stimme versagte, begnügte er sich damit, seinem Prior zuzuhören und zum Schluss mit ihm das Amen zu flüstern. *So sei es.*

Francis half ihm auf die Füße und führte ihn aus dem Sanktuarium, zum Chorgestühl an der Seite. In den Armen des anderen, der selbst kein Gramm Fett auf den Knochen hatte, spürte Randulph den eigenen zum Skelett abgemagerten Körper. Statt ihn aufzufordern, sich zu setzen, drängte Francis ihn neben sich in einen Stuhl. Dort saßen sie lange schweigend und starrten in die flackernden Lichter der Kerzen.

»Natürlich werdet Ihr den Vorfall dem Mutterkloster melden«, sagte Randulph endlich. »Ich verdenke es Euch nicht. Ein Abt, der die Kontrolle über sich selbst so gänzlich verliert, ist untragbar. Man wird Euch mein Amt zusprechen, und nichts anderes habt Ihr verdient.«

»Ich wüsste nicht, warum solche Schritte nötig wären«, erwiderte Francis beschwichtigend. »Zwar sehe ich mit Besorgnis, wie Ihr Euch selbst verausgabt, doch an Eurer Art, dieses Kloster zu führen, habe ich nicht die mindeste Beanstandung. Im Gegenteil. Ich habe Euch immer bewundert.«

Randulphs Blick fuhr zur Seite. »Wie meint Ihr das?«

»Wie soll ich es meinen, mein Vater? Ich denke, die Abtei von Quarr könnte sich keine bessere Führung wünschen, als Ihr sie ihr zuteilwerden lasst. Ihr gebt Euch ganz. Haltet nichts zurück.«

»Aber ich führe Menschen ins Unglück!«, brach es aus Randulph heraus. »Bruder Hamo ist um meinetwillen über seine Grenzen gegangen und daran jämmerlich verreckt.«

»Bruder Hamo wünschte sich verzweifelt, mehr zu sein, als er war. Ihr habt ihm viel Zeit gewidmet. Dass Ihr ihn vor sich nicht bewahren konntet, ist nicht Eure Schuld, und das Wissen um Euren Beistand mag ihm den Tod erleichtert haben. Mehr vermögen wir oft nicht zu tun. Wir sind nicht allmächtig, mein Vater.«

Ihre Blicke trafen sich.

»Woher wusstet Ihr, dass es mir – nicht gut ging?«, fragte Randulph.

Prior Francis zuckte mit den Schultern. »Ihr und ich … Wir sind so lange hier, weshalb sollten wir nicht wahrnehmen, wenn dem anderen ein wenig Ermutigung nottut?«

»Ihr seid länger hier als ich.«

»Ein paar Jahre länger, ja.«

»Euer ganzes Leben.« Prüfend sah Randulph zur Seite.

»Das macht es mir zuweilen schwer«, sagte Bruder Francis

ohne die leiseste Erregung in der Stimme. »Wer nie in der Welt gelebt hat, hat auch keine Welt, von der er sich zurückziehen kann. Er hat keinen Tausch zu machen, keine Wahl zu treffen. Ihr habt Euch bewusst für dieses Leben entschieden und ein anderes dafür verworfen. Das erscheint mir immer als ein Mönchstum der höheren Weihe, wenn Ihr versteht, was ich meine – einer Weihe, die unsereiner erst noch in Kämpfen erringen muss. Wie ein Knabe, der in Schmerzen erwachsen wird.«

»Ihr wollt mir nicht erzählen, Ihr fändet mich erwachsener als Euch! Gerade jetzt, nachdem Ihr mich flennend auf dem Boden gefunden habt wie ein kleines Kind?«

»Wenn Ihr nicht werdet wie die Kinder …« Francis lächelte. »Gehört nicht Größe dazu, mit solcher Kraft um Menschen zu weinen? Ihr habt gelitten, mein Vater, und Ihr leidet noch immer. Aber Ihr ringt auch noch immer darum, das Richtige zu tun. Nicht als Mauer, die unberührt in der Landschaft steht, sondern als Mensch mit verletzlicher Haut. Was sonst könnte Menschsein ausmachen? Selbst unser Erlöser, der in Gethsemane den Tod fürchten lernte, ließ sich, als er zur Erde zurückkam, nicht an einem Heiligenschein erkennen, sondern an den Wunden, die seinen Tod verursachten.«

Randulph musste den Atem anhalten, so überwältigend waren die Worte seines Priors. Unwillkürlich tastete seine Hand nach seiner Flanke. Ja, dachte er und musste vor Verblüffung lächeln. Daran erkennen wir einander. An dieser unglaublichen Verwundbarkeit. Aber die Amsel, das Geschöpf, das ihn ebenfalls daran erkannt und sich auf ihn verlassen hatte, war nicht mehr hier. Schon mehr als ein Jahr nicht mehr. Er sah das Kind, das in den ersten Frühlingstagen auf den Wiesen herumgesprungen war, das den Raureif von den Halmen gestreift und erfrorene Knospen in seinen kleinen Händen gewärmt hatte, noch immer vor sich. Er hatte sie weggeschickt. Vielleicht in den Tod. Seit einem Jahr, Sommer, Herbst und Winter und noch einmal Frühling, hatte er nichts von ihr gehört.

»Warum schreibt Ihr nicht Abt Henry?«, fragte Bruder Francis.

»Lest Ihr Gedanken, oder habe ich lauter gedacht als gewollt?«, fuhr ihm Randulph recht unwirsch, aber nicht ohne Schmunzeln ins Wort.

»Vielleicht ein wenig lauter«, erwiderte der Prior. »Ich habe gute Ohren. Was nun Abt Henry betrifft …«

»Ich schreibe ihm nicht, weil ich die Antwort fürchte«, gestand Randulph. »Solange ich nicht mit eigenen Augen lesen muss, dass das Mädchen nie in Fountains angekommen ist, kann ich mir zumindest ab und an vormachen, es wäre dort in Sicherheit und führte ein erfülltes Leben.«

»Und wenn die Amsel genau das tut? Nur nicht in Fountains? Gibt es nicht jemanden dort, den Ihr unter der Hand bitten könntet, Euch Bescheid zu geben, wenn er irgendetwas von ihr weiß?«

Randulph schüttelte den Kopf, dann aber hielt er mitten in der Bewegung inne. Doch, es gab jemanden. Jäh wurde ihm klar, dass er die Amsel nach Yorkshire geschickt hatte, weil er dort einen Menschen kannte, der sich ihrer annehmen würde, gleichgültig ob sie das Leben im Kloster wählte oder Hilfe brauchte, um einen anderen Weg einzuschlagen. Die Zelle der Schwestern, die bei Fountains Abbey begründet worden war – insgeheim hatte er immer gewusst, in wessen Händen die Zügel lagen.

»Es gibt niemanden?«, hakte Francis nach.

»Doch«, erwiderte Randulph. »Margaret. Ich werde ihr schreiben.«

Er würde es tun. *Es geht nicht um das, was vergangen ist,* würde er schreiben. *Sondern um die Zukunft eines Mädchens, das an alledem keine Schuld trägt. Hilf ihr, wenn du kannst. Du und ich haben keine Kinder, keinen, der nach uns kommt, aber dieses junge Mädchen hat mit uns zu tun und braucht uns.*

»Margaret ist … eine Freundin?«, fragte Francis mit Vorsicht.

Randulph zögerte, ehe er sich entschied zu nicken. »Sie war die kleine Schwester, wo ich der kleine Bruder war. Im Grunde spielten wir beide keine Rolle im Getriebe, sondern standen am Rand, schauten zu und fürchteten uns. Dabei geschah es, dass unsere Hände sich ineinanderschoben.« Ein wenig müde lachte er auf. »Vielleicht habe ich sie verherrlicht und gar nicht richtig gekannt. Aber verrückterweise bin ich dennoch überzeugt, dass sie das Zeug hat, auf zisterziensische Weise zu leben und eine Gemeinschaft zu leiten.«

»So wie Ihr«, sagte Bruder Francis.

Randulph wandte sich ihm zu, teilte sich ein langes Schweigen mit ihm und sagte dann mit halbem Lächeln: »Ich habe Euch dazu verleitet, an einem Ort zu schwatzen, an dem Ehrfurcht und Stille geboten sind. Wenn Ihr einverstanden seid, lasse ich dieses eine Mal sowohl Euch als auch mich straffrei ausgehen.«

Francis verneigte sich. »Ich danke Euch, mein Vater. Es wäre mir nicht recht angenehm gewesen, wenn einer von uns den anderen hätte prügeln müssen.«

»Ich hätte mich, fürchte ich, reichlich ungelenk angestellt. Und zu danken habe ich Euch.«

»Nicht der Rede wert.« Francis vollführte eine wegwerfende Geste. »Lasst Ihr es mich wissen, wenn Ihr etwas von der Amsel erfahrt?«

Randulph nickte. »Ich schreibe Margaret und bitte sie um Hilfe.« Dass das bedeutete, Margaret wissen zu lassen, wer das Mädchen war, schreckte ihn nicht mehr. Und wenn Margaret ihm nicht half, würde er überlegen, wen er stattdessen darum bitten konnte. So zu tun, als hätte es das Mädchen in seinem Leben nie gegeben, hatte keinen Sinn. Es hatte in seinem Leben Menschen gegeben. Mochten die Brüder, für die er zu sorgen hatte, an seinen Wunden, nicht an einem falschen Heiligenschein erkennen, dass er ihresgleichen war.

28

Amicia schämte sich vor Tom und Dolasilla und auch vor ihren Gefährten, weil sie ihnen Sorge bereitet hatte. Die Wirtsleute hießen sie jedoch willkommen, als sei sie nicht länger als einen halben Tag fort gewesen, und die drei anderen reagierten auf ihre übliche Art und ohne jeden Vorwurf. Timothy schwatzte auf sie ein, er habe sich aufs Fürchterlichste um das Amselchen gesorgt, Hugh gab ihr schweigend den aus ihrem Buch gerissenen Fetzen mit der Nachricht zurück, und Magdalene, die noch dünner und bleicher geworden war, schloss die Arme um sie und gelobte, sie werde sie künftig nicht mehr aus den Augen lassen. »Ich habe meinen Herrn Matthew nie so außer sich gesehen«, beteuerte sie. »Und ich werde mir nie verzeihen, dass ich auf seine Amsel nicht besser aufgepasst habe.«

»Wie hättest du denn auf mich aufpassen sollen?«, fragte Amicia traurig. »Vögel fliegen ja, wohin es sie treibt. Sie gehören niemandem. Auch nicht deinem Herrn Matthew.«

»Aber der Herr Matthew liebt dich«, antwortete Magdalene schlicht. »Und er ist ohne dich allein.«

Amicia war ohne ihn ebenfalls allein. Wie hatte sie sich vormachen können, der Rausch und die Sehnsucht, die sie an ihn banden, ließen sich vergessen? Er war kalt und kurz angebunden, er ging ihr aus dem Weg, als litte sie an Aussatz, und das, was keiner von ihnen aussprach, türmte sich zwischen ihnen wie die Mauer um den Tower, die mit jedem Tag wuchs. Amicia wusste: Eine Vertrautheit, wie sie sie mit Vyves geteilt hatte, würde es zwischen ihnen nie geben. Dennoch hatte sie mit Matthew gehen müssen, weil in Magdalenes einfachem Satz die Wahrheit lag: Sie waren ohne einander allein.

Gen Norden zu ziehen, solange es so heftig schneite, wagte Matthew nicht. Bei Tom und Dolasilla zu bleiben, bis das Wetter umschlug, wagte er jedoch noch weniger. »Ich bringe die ganze Familie in Gefahr«, knurrte er auf Amicias Frage. »Nach dir wurde bereits gefragt – soll ich die Hände falten und abwarten, bis wir einen dieser Leute auf dem Gewissen haben?«

Nein!, blaffte sie in Gedanken zurück. Aber du solltest endlich mit mir sprechen.

Dass er ihr etwas verschwieg, bezweifelte sie nicht, und Dolasilla bestätigte es mit einem hingeworfenen Satz beim Zwiebelschneiden: »Er grollt dir, weil du so lange fortgeblieben bist, und du grollst ihm, weil er als Erster fortblieb – aber keiner von euch beiden gehört zu den Leuten, die verschwinden, ohne einen ausgezeichneten Grund dafür zu haben.« Ihren Grund kannte Matthew: Sie hatte ihre Vergangenheit gefunden. Was er gefunden hatte, wurde hingegen mit keinem Wort erwähnt.

Amicia ließ ihn davonkommen. Sie spürte, dass das Wissen, das er ihr vorenthielt, sie betraf und ihr somit zustand, doch sie würde nicht darum betteln.

Nach Einbruch der Dämmerung brachen sie auf. Matthew führte Amicia und Magdalene, Timothy und Hugh den Fluss entlang bis zu einem verfallenen Lagerhaus. Hier sollten sie sich versteckt halten, bis das Wetter die Weiterreise erlaubte. Es war schneidend kalt in dem weitläufigen, aus Holz errichteten Gebäude, und sie hatten alle Hände voll damit zu tun, ein Feuer in Gang zu bekommen, die Ritzen gegen den Wind abzudichten und sich Lager zu bereiten, auf denen sie die Kälte der Nacht überleben würden. Ein paar Tage lang kämpften sie auf diese Weise darum, sich den Wartestand erträglich zu machen, während Matthew sich kaum blicken ließ. Als Amicia ihn einmal fragte, was er trieb, fuhr er sie an, er habe schließlich Geld für die Reise wie für ihrer aller Unterhalt zu beschaffen. Tatsächlich brachte er, wann immer er kam, warme Kleidung, Essen und Feuerholz mit.

Eine Woche verging. Amicia strich so ruhelos durch das Haus wie über ein Feld voll Scherben, auf dem man nirgendwo verharren konnte. Was hatte sie erwartet? Dass er sie belohnte, weil sie mit ihm gegangen war, dass er sich ihr öffnete und ihr half, in einem Irrgarten voller Rätsel ihren Weg zu suchen? Sie sehnte sich nach Vyves. Obwohl sie wusste, dass sie den Brief nicht würde bestellen können, bettelte sie Matthew an, ihr einen Bogen des billigsten Palimpsests zu besorgen, damit sie an ihn schreiben konnte. Matthew brachte ihr zwei Bögen teuersten Vellums, und Amicia beschrieb sie in ihrer engsten Schrift, immer nur eine Handvoll Zeilen pro Tag, damit der kostbare Schreibgrund, die Verbindung zu Vyves, ihr lange erhalten blieb.

»Irgendwann«, so versprach sie ihm auf dem Papier, »werde ich einen Weg finden, dir diesen Brief zu senden. Dich wissen zu lassen, wie sehr du mir fehlst. Ich hatte keine Wahl, Vyves. Ich musste mit Matthew gehen, und du hast es früher gewusst als ich. Dennoch wünsche ich mir jeden Tag, dass ich mich irgendwann für dich entscheiden und zu dir zurückkehren darf. In die Wärme, die du mir geschenkt hast. In den Frieden.«

Sie kämpfte beim Schreiben mit den Tränen, weil sie sich nach der Geborgenheit in Vyves' Armen so sehr sehnte und kaum Hoffnung hatte, sie jemals wiederzufinden.

Eines Abends ging ihnen das Wasser zum Kochen aus, und Magdalene verließ das Haus, um welches zu schöpfen. »Ich weiß ja, dass du keine Brunnen magst, Amsel!«, rief sie und zog mit einem Ledereimer los.

Als ginge es mit dem Teufel zu, tauchte ausgerechnet an diesem Abend Matthew auf. Von einem Herzschlag zum anderen packte ihn ein Zorn, wie Amicia ihn zuvor nicht erlebt hatte. Er schrie sie alle in Grund und Boden, sie hätten das Mädchen auf dem Gewissen und keiner von ihnen besitze auch nur einen Funken Verstand. Kaum verriet ein Knarren der alten Scharniere, dass Magdalene mit ihrem Eimer ins Haus getreten war, sprang er ihr in den Weg und hob die Hand, um sie zu ohrfeigen. Magdalene duckte sich nicht einmal und hob auch keine Hand, um ihr Gesicht zu schützen, sondern blieb demütig stehen, um sich schlagen zu lassen.

Das war zu viel für Amicia. Sie warf sich dazwischen, stieß dabei den Eimer von Magdalenes Arm und spürte, wie das eisige Wasser an ihr hochspritzte. Gleich darauf traf Matthews flache Hand sie am Hinterkopf. Der Schlag war spürbar abgebremst und tat nicht weh. Sie fuhr herum und bestrafte ihn mit einem Blick, der weit heftiger zuschlug. In seinem Gesicht zuckte ein Muskel, dann senkte er vor Scham den Kopf.

»Sei Herrn Matthew nicht böse!«, rief Magdalene, die auf Knien versuchte, das verschüttete Wasser zurück in den Eimer zu schöpfen. »Er hat ja nicht dich schlagen wollen, sondern mich, weil ich ungehorsam war.«

Matthew stöhnte, drehte sich um und ging hinaus in die Schneenacht. Gleich darauf kam er noch einmal wieder, das Haar voll schmelzender Flocken und die Wangen glühend, und warf den Packen ab, den er auf dem Rücken trug. »Käse und Schinken und ein Schlauch Wein«, murmelte er und ging wieder hinaus.

Amicia musste lachen, so irrwitzig erschien es ihr. Das hastige, kaum hörbare Gemurmel war Matthews Art, um Verzeihung zu bitten. Zu anderem war er nicht fähig. Wie sich ein Mensch unter Menschen betrug, hatte niemand ihn gelehrt.

»Ach, der arme Herr Matthew«, weinte Magdalene auf. Timothy untersuchte den Inhalt des Packens, und Hugh saß dabei und sah reglos zu.

Amicia hatte das Gefühl, ihr Kragen schnüre ihr die Luft ab, obgleich der Stoff ihr in losen Falten um den Hals hing. Ohne länger nachzudenken, riss sie die Tür auf und rannte hinaus in die Nacht. Sie sah ihn eine unbefestigte Gasse zum Fluss hinuntergehen. Durch das Gewirbel der Schneeflocken lief sie ihm nach, und einen Schritt vor der Ufermauer bekam sie ihn an seinem Tabard zu fassen. »Dreh dich um!«, rief sie atemlos vor Zorn. »Du Feigling hast längst gehört, dass ich dir folge.«

Er drehte sich um. »Schlag zurück, Amicia«, bat er sie flüsternd. Seine Augen flackerten vor Qual. »Schlag zurück.« Dann senkte er den Kopf.

Sie packte sein Haar und riss ihm den Kopf wieder in die Höhe. »Du bist ein Dummkopf, Matthew, und du beträgst dich wie ein ungeratener Bengel, der nach Strich und Faden versohlt gehört! Statt dich so aufzuführen, könntest du um Verzeihung bitten wie ein erwachsener Mann, der einen Fehler gemacht hat. Ehe du vor Furcht um uns den Verstand verlierst, könntest du uns erklären, wovor wir uns eigentlich zu fürchten haben. Wenn wir um keinen beschworenen Dämon, sondern um eine echte Gefahr wüssten – glaubst du nicht, es fiele uns leichter, unsere Gefangenschaft zu ertragen und uns an deine Regeln zu halten?«

»Ich wollte das nicht.« Sobald sie ihn losließ, senkte er den Kopf von Neuem.

»Was wolltest du nicht?«

»Dass ihr euch wie Gefangene fühlt. Ich hätte einen schöneren Ort für euch suchen wollen, aber nirgendwo ist es sicher genug, und das verdammte Geld ist so knapp.«

Sie schlug ihm über die Wange, dass es schallte. »Da hast du. Bist du jetzt zufrieden? Dann sei so gut und erspar uns beiden das alberne Gefluche.«

Er blickte auf, die Wange merklich gerötet, und sie hatte ihn wieder. Den Mann, den sie so sehr gewollt hatte, dass sie Vergangenheit und Zukunft darüber vergaß, den sie so sehr geliebt hatte, dass Himmel und Erde nie wieder leer sein würden. Zerknirscht duckte dieser lange, breit gebaute Kerl die Schultern, sodass es aussah, als wäre er gern ein Stück geschrumpft.

Amicia sandte ihm einen funkelnden Blick. »Wie lange wolltet Ihr mich eigentlich noch meiden, Mylord? Oder ist eine, die sich mit Juden herumtreibt, schlicht kein Umgang für Euer Hochwohlgeboren?«

Sichtlich empört wollte er zu Protest ansetzen, doch kein Wort war stark genug. Geschlagen warf er die Arme um sie und verschloss ihr die Lippen mit seinen.

Die Erlösung war grenzenlos, sie war eine Woge, die Amicia mit sich riss. Alle quälenden Fragen verstummten vor Haut, Fleisch und Körperwärme, vor dem Geschmack des Geliebten, dem Duft seines Haars, der zärtlichen Ungeduld seiner Hände, vor seinen tiefen Atemzügen und vor seiner Umarmung, die sie vor der ganzen Welt beschirmte. Die Gier, mit der er sie küsste, verriet Amicia den Hunger, mit dem er sich nach ihr verzehrt hatte. Sie wollte ihn prassen lassen und gab ihm für jeden Kuss, den er sich nahm, zwei weitere dazu.

Als sie innehalten und Kraft schöpfen mussten, senkte er den Kopf und vergrub ihn an ihrem Hals. »Ich halte das nicht aus«, stöhnte er, während sie ihm den Nacken streichelte.

Sie hielt es auch nicht aus. Es war bitterkalt, und doch wollte sie ihm die Kleider herunterreißen und ihm das Salz von der Haut küssen.

»Ich bin nicht gut darin, mich zu schämen, Amicia. Und ich habe mich noch vor keinem Menschen so sehr geschämt wie vor dir.«

»Und du bist sicher, es genüge nicht, *Verzeih mir* zu sagen?« Mit zwei Fingern streichelte sie ihm die Wange – das versprochene Zeichen dafür, dass sie ihm nichts Böses wollte. »Warum versuchst du es nicht? Vielleicht bin ich nicht gar so streng, wie du glaubst.«

Und vielleicht hast du mir auch etwas zu verzeihen, fügte sie im Stillen hinzu. Hätte er ihr gestanden, einer Frau so nah gewesen zu sein, wie sie Vyves nah gewesen war – sie hätte ihm sein schönes Gesicht zerkratzt und der Frau den Hals umdrehen wollen.

»Nein, es genügt nicht«, beharrte er verzweifelt. »Es ist unverzeihlich, und ich kann es dir nicht sagen.«

»Dann wirst du armer Mann wohl mit der Scham leben müssen.« Sie reckte sich und biss ihm in den Hals. »Denn darauf, dass ich die Finger von dir lasse, mach dir keine Hoffnungen – einerlei, was du sagst oder verschweigst. Geh mit mir ins Lagerhaus, Matthew. Such einen Winkel, in dem wir ungestört sind, damit ich dich lieben kann, bis dir Hören und Sehen vergeht.«

»Und was ist mit Herrn Vyves?« Er warf den Kopf auf und blickte ihr mit einem Zug von Trotz in die Augen.

An der Frage war im Grunde nichts Komisches, und dass sie dennoch auflachte, war geradezu herzlos. »Was ist das denn, Mylord? Nicht etwa Eifersucht?«

»Doch«, erwiderte er ehrlich. »Und wenn ich hundertmal kein Recht darauf habe.«

»Gib dich geschlagen, und komm«, sagte sie und zupfte ihm am Ohrläppchen. »Das böse Ding, auf das du kein Recht hast, treibe ich dir aus.«

Das Lagerhaus glich dem Bau eines Tieres und bot zahllose Gänge und Nischen. Matthew machte ihnen auf Stroh und Decken ein Lager zurecht, in einem Winkel verborgen und doch vom Feuer nicht allzu weit entfernt. Dennoch kühlte die entblößte Haut rasch aus und musste warmgeliebt werden, wie der Blutstrom unter ihr durch Küsse und Bisse zum Kreisen gebracht werden musste. Sie hatten kein Licht und mussten sich die Schönheit des anderen ertasten.

Amicia genoss es, über jede Linie, in die sie verliebt gewesen war, aufs Neue in Verzückung zu geraten. Die geraden, sehnigen Schultern, die sich abzeichnenden Schlüsselbeine, der muskulöse Rücken, in den die Wirbelsäule eine Rinne grub, die verblüffend schmale Partie von Taille und Hüften. Matthews Hinterbacken waren geradezu unverfroren hübsch, die Beine lang, und die Narbe, die den Schenkelmuskel teilte, rief eine zärtliche Erinnerung wach. Über seine Fesseln musste sie lachen. Sie hätten einem grazilen Tänzer gestanden, nicht diesem Bollwerk aus Kraft.

Weshalb berührt ein einzelner Mensch uns mehr als alle anderen, fragte sie sich. Weil Gott ihn schöner gestaltet, in seine Schöpfung mehr Liebe gelegt hat? Sie schreckte vor dem blasphemischen Gedanken nicht zurück. Die Frage bedurfte keiner Antwort, denn in diesem einen Menschen erkannte sie die Liebe, mit der Gott seine Geschöpfe gestaltet hatte, und damit war es gut und genug.

Die frischen Narben an seinen Handgelenken ertastete sie erst, als sie sich müde getobt hatten und die sachte Hälfte der Liebe genossen: aneinandergeschmiegt, in Decken gewickelt, sein entrücktes Liebeswispern nah an ihrem Ohr.

»Wer hat dir hier wehgetan, mein Liebling?«, fragte sie leise.

»Niemand. Mir tut nichts weh. Nur mein Herz.«

Sie küsste die Stelle auf der Brust, wo ihm das Herz schlug. »Ist es jetzt besser?«

»Schlimmer«, sagte er mit einem Lächeln, einer Liebkosung in der Stimme. »Mein Herz spielt verrückt, sobald ich ihm in Erinnerung rufe, dass es dich irgendwann gehen lassen muss.«

»Vielleicht solltest du es mit solchem Unsinn verschonen.«

»Amicia …«

»Nein!«, rief sie zornig. Wie konnte er ihr ausgerechnet jetzt, wo sie ihm ohne jede Deckung ausgeliefert war, ins Gesicht werfen, dass für ihn kein Leben mit ihr infrage kam? »Wenn es dich so sehr quält, warum versuchst du dann nicht, es zu ändern? Weil es an deiner Stellung rüttelt, weil du dir Ärger einhandeln könntest? Kann sich ein Mann wie du keine Geliebte halten, wenn er sie leidlich versorgt? Ich besinne mich nicht, je Ansprüche an dich gestellt zu haben. Soweit ich weiß, habe ich nie ein Schloss, ja nicht einmal eine Hütte oder eine Heirat von dir verlangt.«

»Ich darf dich nicht heiraten!«, rief er so heftig, dass sie ihm den Mund zuhalten musste, damit er die anderen nicht weckte.

»Ach«, bemerkte sie höhnisch, »und wer verbietet es dir?«

»Der Rest von Anstand, den du mir nicht zutraust.«

Sie würde sich keine Blöße vor ihm geben und nicht weinen. Stattdessen legte sie den ätzendsten Spott in ihre Stimme. »Es ist also unanständig, sich mit einer wie mir zu zeigen, ja? Du bist ein Heuchler, Matthew. Ich weiß, in deinen Augen ist Vyves eher ein Insekt als ein Mensch, aber zu heucheln fiele ihm nicht ein. Er ist auch nicht feige, sondern hätte zu mir gestanden. Um meinetwillen hätte er alles aufgegeben, was er hat und ist.«

Matthew zog den Arm von ihrer Taille und rückte von ihr ab. »Das kann er so wenig wie ich«, sagte er rau. »Sich selbst aufgeben, so himmlisch einfach die Lösung auch wäre. Ein jeder von uns kann sich dir immer nur als das anbieten, was er ist. Ohne Zweifel weist er mich dabei um Meilen in die Schranken, aber gut für dich ist weder er noch ich.«

Amicia sah ihm im Dunkel in die Augen, bis sie begriff, was er ihr zu sagen versuchte. Sie streckte noch einmal die Hand aus und streichelte ihm über die Wange, die kühl war und angespannt. »Versuch es«, ermutigte sie ihn. »Warum lässt du nicht mich entscheiden, ob es mir genügt?«

»Was?«

Sie strich ihm über das Herz. »Was du mir anzubieten hast. Was du bist.«

»Amicia …«

»Ich höre.«

Er bog Kopf und Rücken zurück und stöhnte auf. »Wenn ich ein anderer wäre … Wenn nichts gegen mich spräche als eine ungewisse Zukunft – würdest du es dann mit mir versuchen? Die Lage hier ist nicht ganz so schwarz, wie ich befürchtet hatte. Ich hatte ein paar Schwierigkeiten, aber letzten Endes hatten die Säcke voll Geld mehr Gewicht.«

Amicia nahm seine Hände und liebkoste ihm mit den Lippen die Gelenke. Du hattest ein paar Schwierigkeiten, dachte sie bitter. Sie haben dir Fesseln umgelegt, die dir Haut und Fleisch vom Knochen schälten, wo du dich ohnehin immer wundkratzt, und was sie dir noch getan haben, will ich lieber nicht wissen. Aber du hattest ja nur ein paar Schwierigkeiten. Nicht der Rede wert für meinen Mann aus Eisen, nicht so gewichtig wie die Säcke Geld für deinen König.

»Soll ich lieber nicht weitersprechen?«

»Und ob du sollst, Dummkopf! Willst du das tun – eine Stellung im Haushalt des Königs annehmen?«

»Ich hätte nie gedacht, dass mir das offenstände«, antwortete er. »Aber eine Reihe von Männern raten mir zu, es zu versuchen. Einer der neu ernannten Constables lässt mich mit der königlichen Wache reiten, die in London für Ordnung sorgen soll.«

»Ich dachte, London sorge für seine Ordnung selbst«, entfuhr es Amicia.

»Nicht länger«, erwiderte Matthew. »Der König macht dem ein Ende, und dafür braucht er einen Haufen Männer in Waffen. Wenn er mich behält, müssten wir vermutlich gelegentlich mit seinem Haushalt reisen, und wenn es ins Heilige Land geht, zöge ich mit ihm. Aber zuvor könnte ich ihn um eine Lizenz zur Heirat bitten. Du hättest ein Auskommen hier und ein Haus, in dem Platz für Kinder wäre. Es wäre nicht viel, aber wenn du es wolltest …« Mit den letzten Worten wurde seine Stimme leiser, und schließlich versiegte sie ganz.

Als Amicia ihn an sich zog, erschrak sie wegen der Anspannung, die seinen Körper beben ließ. Sie sprach nicht gleich, sondern ließ sich Zeit, um ihn auf den Nackenwirbel zu küssen und ihm mit den Händen von dem Glück abzugeben, das er ihr geschenkt hatte. Zum Schluss küsste sie ihm die Mundwinkel, in denen sich die kleinen Gruben abzeichneten, sooft er gegen ein Lächeln kämpfte. »Brauchst du im Ernst darauf eine Antwort, mein blinder Herr von Camoys? Du lässt dich die halbe Nacht von mir lieben und weißt noch immer nicht, wie sehr ich das will?«

Er schloss die Augen und drückte sie an sich. »Es sind Bedingungen daran geknüpft!«, rief er gequält. »Und keine davon ist verdammt nochmal schön.«

»Was mich betrifft, hängen auch Bedingungen daran«, sagte sie und gab ihm auf jede Wange einen zärtlichen Streich. »Zuerst darf dieser unbelehrbare Mann, der einfach nicht begreift, wie lieb er mir ist, nicht mehr fluchen, oder es drohen ihm ganz fürchterliche Strafen.«

Durch das Dunkel sah sie sein halbes Lächeln, das sie kirre machte. »Was für welche? Ich bin ein Ritter, Zaubermädchen. Von ein paar Rutenschlägen darf ich mich nicht kleinkriegen lassen.«

Sie küsste ihn aufs Ohr, dass es schnalzte. »Viel fürchterlicher. Ich binde dir einen Strick um den Hals und lasse dich in der Themse Fische fangen.«

»In diesem Dreckspfuhl? Und was machst du, wenn ich nach draußen wate?« Er suchte ihre Lippen, und sie brauchte alle Beherrschung, um ihm auszuweichen.

»Dann lasse ich dich zappeln, du Schuft.«

Er zappelte, und mit ihrer Beherrschung war es vorbei. »Die zweite Bedingung«, stammelte sie zwischen Küssen, »lautet, dass du mir diesmal im Wort bleibst. Du verschwindest nicht wieder, sondern behältst mich bei dir, einerlei als was.«

»Als meine Frau.«

»Das musst du nicht, Matthew.«

»Ich muss viel mehr«, sagte er. »Und ich will alles.«

Sie küsste ihm die Lider. »Die dritte Bedingung lautet: Nenne mir deine, und hör auf, dich in meinem Arm zu verkriechen, als hättest du von mir etwas zu fürchten.«

»Von wem denn sonst, Amicia?«

Sie strich ihm das Haar aus der Stirn. Er hatte recht. Von niemandem hatten sie so viel zu fürchten wie voreinander. »Du bist mein Liebster. Mein unbelehrbares, schlecht erzogenes, geliebtes Stück Mensch. Ich wüsste nichts, das mich abhalten könnte, deine Frau sein zu wollen. Vor dem Gesetz, vor Gott oder zwischen dir und mir.« Noch ein letztes Mal glaubte sie die Stimme ihres Bruders zu hören, der ihr ans Herz legte: *Euer heutiges Versprechen ist bindend.* Dann sah sie in einem Wimpernschlag sein Gesicht und nahm Abschied. *Du bist nicht mehr hier, Abel, und ich muss allein meinen Weg finden. Wärst du am Leben geblieben, ich würde dir Matthew vorstellen und dich um deinen Segen bitten.*

Matthews Hand tastete nach ihrer, und ihre Finger verschränkten sich. »Ich muss zu meinem Herrn nach Yorkshire und mich von meinem Eid entbinden lassen. So lange muss ich ein Quartier für dich finden, der Himmel weiß wo.«

»Der Himmel hat Wichtigeres zu tun. Ich gehe mit dir.«

»Das ist nicht möglich.«

»Doch«, sagte sie einfach. »Und jetzt weiter. Was quält dich noch?«

»Dass ich Randulph versprochen habe, dich nach Fountains zu bringen«, stöhnte Matthew. »Ich habe es auch deinem Herrn Vyves versprochen, der dich so sehr liebt.«

»Das lass meine Sorge sein. Randulph hat dazu nichts mehr zu sagen, und Vyves spricht dich von allem frei, wenn er nur weiß, dass du gut zu mir bist.« Dessen war Amicia sicher. Sie würde es ihm schreiben, auf dem begonnenen Brief, den sie ihm irgendwann senden würde: *Liebster Vyves, verzeih mir. Du hast dir gewünscht, dass ich glücklich werde, und du sollst wissen, dass ich es bin.*

»Aber ich bin ja nicht gut zu dir!«

Sie küsste seine Schläfe. »Dann wirst du es lernen müssen, mein Starrkopf.«

»Das ist noch nicht alles.«

»Es hätte mich gewundert, wenn es das wäre.«

»Du wirst mit dem, was ich tue, leben müssen. Mit meinem Dienst für den König, den du verachtest.«

»Tu nichts, wofür du selbst dich verachtest«, sagte sie. »Dann verachte ich dich gewiss nicht, auch wenn ich nicht begreife, warum der König gegen Waliser, Juden, seine eigene Hauptstadt und die Kinder von Leuten, die seine Mutter mit Obst beworfen haben, kämpfen muss, um Herr in seinem Land zu sein.«

»Des Königs Vater hat das auch nicht begriffen«, erwiderte Matthew. »Wach geworden ist er erst, als sein Land vom Bürgerkrieg zerrissen war, als er samt seiner Familie in seiner eigenen Festung gefangen saß und ganz Europa über England lachte.«

»Und all das haben Juden, Waliser und mit Obst schmeißende Kinder angezettelt?« Amicia wünschte sich innig, den König König sein zu lassen und stattdessen dem Mann in ihren Armen gehörig den Kopf zu verdrehen, aber etwas in ihr ließ nicht locker.

»König Edward hat aus der Katastrophe seiner Kindheit gelernt«, erwiderte Matthew. »Er zeigt Stärke an allen Fronten, damit niemand auch nur auf den Gedanken kommt, an einer Herrschaft zu rütteln, die gottgewollt und unumstößlich ist.«

Einige Augenblicke lang überlegte Amicia. Matthew löste sich von ihr und setzte sich auf. »Ich habe dich gewarnt!«, rief er mit dem Trotz, der sich in seine Stimme stahl, sobald er fürchtete, verletzt zu werden. »Ich kann kein anderer sein, als ich bin, und du kannst mit dem, der ich bin, nicht leben.«

»So schnell gibst du auf?

»Soll ich vielleicht darum betteln, von dir nicht verachtet zu werden? Oder soll ich um deinetwillen meinen König verraten?«

»Es ist sonderbar«, murmelte Amicia. »Wenn du mir von weißen Bären in der Themse erzählst oder von rotem Wein aus dem Alpenland, dann höre ich den, der du bist. Den habe ich lieb, Matthew, und mit dem zu leben wird mir das Torhaus zum Himmel sein. Wenn du dagegen von deinem König sprichst, höre ich einen gelehrigen Jungen, der etwas auswendig gelernt hat und es als Mann noch immer brav wiederholt. Nein, fahr nicht auf und schrei mich nicht nieder, ich habe dir nur sagen wollen, wie es mir erscheint. Gewiss bilde ich es mir ein, und letzten Endes bin ich nur eine Frau. Vielleicht gebe ich dir gelegentlich Saures, aber ich werde mit allem leben können, was du für uns entscheidest.«

Seine Skepsis war selbst im Dunkeln nicht zu übersehen. »Komm wieder zu mir, Matthew«, sagte Amicia leise. »Warum sollen wir die Ersteigung eines Berges für unmöglich erklären, ehe wir es versucht haben?«

»Weil du das zauberhafteste Wesen auf der Welt bist«, sagte er und nahm ihre Hand. »Weil du nicht auf Berge klettern, sondern durch Ebenen getragen werden solltest. Und weil es unverzeihlich wäre, wenn ein hirnloser Tölpel sich an dir festkrallen und dich mit sich in einen Abgrund reißen würde.«

Amicia lachte, setzte sich zu ihm und umarmte seine bloßen Schultern. »Hilft es, wenn ich es dir noch einmal sage, mein hirnloser Tölpel? Ich liebe dich. Sollten wir beide zusammen in irgendeinen Abgrund plumpsen, wäre ich immer noch froh, nicht ohne dich zu sein.«

Er neigte den Kopf und küsste ihr Gesicht. »Ich stehe so tief in deiner Schuld, dass ich es in hundert Jahren nicht ausgleichen könnte. Kannst du auch damit leben? Und gibst du dem Teufel, dem du den kleinen Finger hinhalten wolltest, auch noch die andere Hand?«

Sie gab sie ihm. »Du bist kein Teufel, Matthew. Was immer du getan hast.«

Sein Blick traf ihren. »Ich habe etwas Furchtbares getan, Amicia. Etwas, das Teufel tun und keine Menschen. Und das ist die dritte Bedingung: Wirst du es aushalten, mich nie danach zu fragen? Mir zu erlauben, es dir zu verschweigen, damit ich dich nicht belügen muss?«

Amicias Herz zog sich zusammen. »Ich würde dich unendlich gern danach fragen«, sagte sie. »Weil es mir wehtut, wie du dich quälst. Ich würde unendlich gern deine armen Schultern von dieser Last erlösen, und ich bin sicher, dass nichts, das du getan haben könntest, teuflisch genug ist, um mich von dir zu trennen …«

»Doch, das ist es«, fiel er ihr ins Wort. »Es ist so teuflisch, dass du dich schämen würdest, je mit mir gesprochen zu haben.«

»Du Aufschneider«, murmelte sie ein wenig traurig, drückte seinen Kopf auf ihre Schulter und liebkoste seinen Nacken. »Du Möchtegernteufel in meinen Armen. Ja, wenn es dir solche Angst macht, verspreche ich, dich nicht zu fragen.«

»Und einen Mann als deinen zu nehmen, den du nicht kennst?«

»Das tun die meisten Mädchen, oder nicht?« Sie hängte sich schwer an seinen Hals und zwang ihn, sich mit ihr niederzulegen. »Vielleicht geht es mir mit dir so wie dir mit dem Hund und dem weißen Bären: Ich habe dich wissen lassen, dass ich dir nichts Böses will, und ich bin sicher, du wirst mir kein Leid antun.«

Er beugte sich zu ihr und küsste ihr Herz. »Gott stehe dir bei, wenn ich es tue«, flüsterte er. »Ich liebe dich. Bitte hör nicht auf, mir das zu glauben, was immer auch geschieht.«

Amicia sollte keinen Grund erhalten, es ihm nicht zu glauben, denn fortan setzte er alles daran, es zu beweisen. Die Fremdheit, die früher am Tage zwischen ihnen gestanden hatte, gab es nicht mehr. Wo er ging und stand, zog er sie in die Arme, sandte ihr Blicke, die vor Sehnsucht tanzten, und hüllte sie in seine staunende, geradezu andächtige Liebe ein. Der verstockte, schwierige Mann war wie ausgewechselt. Bei Magdalene entschuldigte er sich, er besprach mit Hugh und Timothy die Pläne für die Reise und brachte nach drei Tagen Toms Sohn Stephen mit, der selig war, weil er sie als sein Knappe begleiten durfte. Seine Manieren waren geradezu tadellos, und sein scheuer, unverhoffter Charme berührte Amicia so, dass sie lachen musste. Wenn ihm ein Fluch entfuhr, verdrehte er die Augen und bat sie demütig um Verzeihung.

Er war ihr Wolf, ihr schönes, wildes Geschöpf, ohne Peitsche und Kette gezähmt. Sie wollte die Finger nicht von ihm lassen, sondern ihn für jeden Sprung über den Schatten belohnen. Sie sandten einander halbe Lächeln, die in der Mitte des Tisches zu einem ganzen wuchsen, und tauschten Küsse in allen Winkeln des Hauses.

Wenn Amicia seit jenem Palmsonntag in Carisbrooke nicht mehr glücklich gewesen war, so war sie es jetzt, und sie war es noch an dem eisklaren Morgen im März, als sie sich zu sechst auf den Weg machten.

29

Isabel hatte darauf bestanden. »Dieses Mal begleite ich dich bis nach Yarmouth in den Hafen«, hatte sie entschieden.

»Warum denn nur, meine Schönste?«, hatte Adam sie noch am Morgen der Abreise bedrängt. »Das Wetter ist abscheulich, du hast genug zu tun, und es gibt keinen Grund.«

Genug zu tun hatte sie wahrlich. Der König hatte sich zu einer Visite angesagt. Er hatte vor, ein großes Turnier zur Feier der walisischen Siege in Winchester zu geben und den Adel seines Landes dazu einzuladen. Da Isabel gesundheitliche Gründe vorgeschoben und die Einladung abgelehnt hatte, war der König entschlossen, die Insel stattdessen mit seinem Besuch zu beehren. Von Winchester war der Weg nicht weit, sondern in einer knappen Tagesreise zu bewältigen.

Mit Isabels Gesundheit lag nichts im Argen, wenn ihr auch die ewige Kälte auf Gemüt und Knochen schlug. In früheren Jahren wäre sie der Einladung nachgekommen und hätte sich dabei sogar ein wenig amüsiert. Über die Herren, die sie umschwänzelten, als hätte ihr je ein Männerschwanz ihre Insel wert sein können, ebenso sehr wie über die Hofschranzen, die zu tuscheln begannen, sobald sie sie außer Hörweite glaubten. Vor allem aber über das Wissen, dass all diese Leute auf dem Festland würden bleiben müssen und nur sie allein auf ihre Insel zurückkehrte. Von dem Fest, das in Winchester bevorstand, hieß es, es werde an Glanz alles bisher Dagewesene in den Schatten stellen und deutlich machen, wer an den Tisch des neuen England gehörte.

Jenen Tisch hatte König Edward sich angeblich eigens dafür zimmern lassen – einen runden Tisch von einer Tonne Gewicht, an dem die Blüte von Englands Ritterschaft Platz fand wie an der Tafelrunde des Arthur von Camelot.

Er ist größenwahnsinnig geworden, dachte Isabel mit einem müden Lächeln. Die Anlage dazu hatte er schon als altkluges Prinzlein, und um ihn herum hatte niemand das Herz, sie ihm auszutreiben.

Isabel hatte sich dennoch das Recht genommen, den Platz am Tisch des neuen England auszuschlagen. Die Insel war wichtiger. Wenn Adam nicht hier war, ließ sie sie nicht mehr gern allein. Dass der König herkam, war unangenehm, aber er würde wieder gehen und hätte eines gelernt: Ihre Insel, ihr Torhaus vor der Küste Englands, hatte noch immer keinen König nötig, um zu blühen. Sie hatte niemanden nötig, nur einen Spross vom Stamm der de Redvers.

»Du gibst mir keine Antwort«, quengelte Adam. Er schob seinen Reitknecht beiseite und prüfte den Sattelgurt seines Rappen selbst. Er war der Sohn eines Stallmeisters, das ließ sich auch dann nicht leugnen, wenn seine Tonsur so wie heute frisch geschoren schimmerte. Auf Pferde verstand er sich noch immer weit besser als auf den Weg zum Himmel. »Du begleitest mich doch nicht etwa zum Kai, weil dir der Abschied das Herz bricht? Kommst du, um mir nachzuwinken, bis ich in den Nebeln vor der Küste verschwunden bin?«

»Wenn du dir Schwachheiten einbilden willst, dann sei so frei«, verwies ihn Isabel und schwang sich aufs Pferd. Nein, der Abschied von Adam zerbrach ihr nicht das Herz, und sie wollte ihm gewiss nicht winken. Sie wollte die Männer sehen, die gemeinsam mit ihm das Schiff bestiegen: bestens geschulte, mit ihrem und Adams Geld bewaffnete Männer, die auszogen, um Matthew de Camoys zu fangen und ihn ihr zum Fraß vorzuwerfen.

Sie hatte getan, worum Adam sie gebeten hatte: Kundschafter ausgeschickt, bis sie sicher sein konnten, wo sich Matthew mit dem Mädchen befand und auf welchem Weg er weiterziehen würde. Er hatte von London aus ein gutes Stück Vorsprung, aber aus unerfindlichen Gründen hatte er eine totkranke Hure und einen Greis bei sich und konnte nur langsam reisen. Ihre Männer mit ihren ausgeruhten Pferden würden ihn spielend einholen.

Hatte Adam sich während des Winters nicht aus seinem Loch gewagt, so bestand er jetzt darauf, den Zug anzuführen. Der König sei mit seinem Turnier beschäftigt, hatte er erklärt. Zudem habe er vor, noch vor Ende des Jahres einem neuen Kreuzzug voranzuziehen.

»Du musst wissen, was du tust«, hatte Isabel lediglich erwidert. In einem seiner Häuser in Stratton war Adams Besitz zu Ermittlungszwecken beschlagnahmt worden. Die Schlinge um seinen Hals zog sich enger denn je.

»Aber ich muss doch gehen!« Er hatte ihr Gesicht in beide Hände genommen und ihr mit flammendem Blick in die Augen gesehen. Isabel war sich nie ganz sicher, was er spielte und was ihm ernst war, doch in jenen Momenten glaubte sie zu wissen: Es war ihm tödlich ernst. »Ginge es allein darum, das Mädchen zu holen, hätten andere für uns handeln können. Aber Matthew de Camoys ist noch bei ihr. Es ist unsere Gelegenheit, uns zu rächen, endlich den Mann zu bestrafen, der unser Leben zerstört hat. Auf der Welt existiert kein Mann, dem ich das überlassen könnte.«

Sie schloss die Schenkel um den Leib des Pferdes, zwang es in leichten Trab und ritt hinter ihrem Bannerträger durch ihr Tor. Hatte Adam recht? Hatte der Mann mit seiner Bluttat ihr Leben zerstört? Tatsächlich schien es so viel wichtiger zu sein, ihn zu strafen, als das Mädchen, das weder sie noch Adam beim Namen nannten, auf die Insel zu holen. Das Mädchen nützte ihr nichts. Es hatte das falsche Geschlecht, es war für all das zu spät, und womöglich hatte sie nicht einmal bis ins Letzte begriffen, dass das Mädchen überlebt hatte. Die Bestrafung aber, ihre Hände im Blut des jungen Mannes, mochte ihr zumindest einen Augenblick der Genugtuung verschaffen.

Wind pfiff ihr entgegen, und der graugelbe Himmel sah aus, als werde es noch einmal schneien. Der Weg den Hügel hinunter, der Blick über das Tal und den Fluss war dennoch schön. Isabel hatte nie bezweifelt, was Baldwyn ihr an dieser Stelle einmal zugeflüstert hatte: *Die Insel ist geschaffen, um darauf glücklich zu sein.*

Adam schloss zu ihr auf. Störrisch tänzelte der Rappe, als er ihn zügelte, damit er am Hang nicht strauchelte. Isabels Blick senkte sich auf seine Hände. Er hielt seine Haut mit mächtigem Aufwand zart, und dennoch blieben es die alten Stallburschenhände. Adam hatte nie einen Hehl daraus gemacht, dass er mit seinen Händen getötet hatte und vor weiterem Töten nicht zurückschreckte. Deshalb war es gut, dass er selbst ging, um ihr Matthew zu holen. Allein er wünschte mit derselben Leidenschaft wie sie, dass der junge Mann bekam, was er verdiente. Einen qualvollen Tod. Wer ihn zu schützen versuchte, würde mit ihm sterben, denn Adam war ein Mörder und stand ihrem Feind in nichts nach. Keinen Hinterhalt würde er scheuen, kein Skrupel würde ihm die Hände lahmen. Die Schreckensbilder, die Isabel in ihren Träumen sah – ihren Feind würden bald ebensolche Bilder foltern.

Adam streckte die Hand aus und berührte kurz ihren Arm, ehe er sie wieder um den Zügel schloss.

»Schneide ihm dort, wo du ihn fängst, etwas ab«, sagte Isabel. »Ein Ohr.«

»Soll ich es dir einzeln mitbringen?«

»Nein. Du sollst es nach Aldfield schicken.«

In einem Lächeln, das vor Hass funkelte, waren sie vereint, wie es ihnen in der Liebe nicht möglich war. »Muss es ein Ohr sein, meine Schönste?«

Isabel zuckte mit keiner Wimper. »Wenn du ihn kastrierst, verblutet er. Ich will ihn lebend, Adam.«

»Das weiß ich.«

»Ich will ihn hier vor mir, wenn er sich in Todeskrämpfen windet. Und ich will, dass er weiß, für wen er stirbt. Mit jeder Welle des Schmerzes soll er an jenen Namen denken.«

Adam nickte. »Mit dem Eisen will ich ihm den Namen in die Haut brennen. Und ich will, dass mein armes Mädchen dabei zusehen kann.«

An das Mädchen zu denken war schwierig. Für den Augenblick vermochte Isabel an niemanden zu denken als an Matthew de Camoys und sich selbst.

Als sie im Hafen von Yarmouth ihre Pferde zügelten, war das einzige Schiff, das dort vor Anker lag, bereit zum Auslaufen. Isabel blieb im Sattel sitzen und tat, was sie sich gewünscht hatte: Sie sah zu, wie ein Mann nach dem anderen an Bord ging – sechs voll gerüstete Ritter und sechs Schildknappen. Matthew de Camoys, der nicht einmal einen ausgebildeten Diener bei sich hatte, stand auf verlorenem Posten.

Adam beaufsichtigte die Verschiffung der Pferde. Er war schön, bemerkte Isabel jäh. Auch wenn er alt geworden war. Noch einmal blickten sie beide in dieselbe Richtung, auf ein gemeinsames Ziel, und ein letztes, erstickendes Flämmchen des alten Feuers flackerte wieder auf. Vielleicht war dies die Reise, von der er nicht zurückkommen würde, vielleicht ging er diesmal seinen Häschern, die ihn kreuz und quer durchs Land gejagt hatten, in die Falle. Aber zuvor würde er einen Weg finden, ihr den Gefangenen zu senden, und sie würde es für sie beide zu Ende bringen, selbst wenn er es nicht mehr konnte.

Unser letzter Akt der Liebe, Adam. Passt ein Mord nicht besser zu uns als jeder Kuss?

Das Geräusch von Schritten ließ sie herumfahren. Vom Zollhaus, in dem auch Nachrichten vom Festland eintrafen, eilte ein Mann auf die Rampe des Schiffes zu. Es war einer von Adams Kundschaftern, er lief geradewegs auf Adam zu und wisperte ihm einen Schwall Worte ins Ohr. Zwischen beiden entspann sich eine hastige, geflüsterte Beratung. Dann winkte Adam einen der Schiffsjungen heran und übergab ihm die Aufsicht über den Pferdetransport. Mit wehendem Mantel kam er zu Isabel. »Ich glaube, wir sollten unsere Pläne ändern.«

»Warum?«

»Geoff meint, es wäre klug, nicht sofort nach Norden, sondern erst nach Winchester zu reiten. Wenn dieser Apfel nicht allzu weit vom Stamm gefallen ist, wird Matthew beim König lieb Kind machen wollen, und wo könnte er das besser als auf einem Turnier? Darauf versteht sich seine Sippe schließlich – aufs Hauen und Stechen.«

»Du hoffst, ihn in Winchester zu stellen statt auf dem offenen Land? Aber dort ist halb England versammelt, und außerdem kannst du nicht sicher sein, dass er kommt.«

»Dafür müsste man eben sorgen.« Adam schürzte vielsagend die Lippen. »Und stellen will ich ihn, wo immer er mir nicht entkommen kann. Wenn ich mich in Winchester an seine Fersen hefte, kann ich in aller Seelenruhe auf die beste Gelegenheit warten.«

»Und wenn dem König bei deinem Anblick einfällt, dass er Tonnen von Beweisen gegen dich hat? Ich dachte, wir wären uns einig, dass ich dir Nachricht sende, wenn er von hier wieder fort ist, damit du ihm nicht samt Matthew in die Arme läufst.«

»Dabei bleibt es ja auch«, beschwichtigte Adam sie. »Und sei versichert, mich bekommt in Winchester kein König und kein Camoys zu Gesicht. Ich will einfach auf Nummer sicher gehen, Schönste – Zeit haben, mir seinen Tross anzusehen und eine Falle zu bauen, die im rechten Augenblick zuschnappt. Ich will nichts dem Zufall überlassen, verstehst du?«

Isabel verstand. »Tu, was du für richtig hältst, aber vergiss nicht, dass ich mich auf dich verlasse.«

»Niemals.« Er berührte ihr Knie. »Isabel?«

»Ein Geständnis?«, fragte sie. Es scherte sie nicht. Wenn er ihr nach all den Jahren seine Hurereien beichten wollte, sollte er damit selig werden, solange er ihr Matthew de Camoys brachte.

Adam nickte. »Diesmal will ich nicht gehen, ohne dass du es weißt: Dein Buch, das du überall gesucht hast … dein Buch von Baldwyn – ich habe es genommen.«

Ein Laut entfuhr ihr. *Das Leben des Becket*, Baldwyns Geschenk an sie, das Letzte, was seine Hände in ihre gelegt hatten. Sie hatte den Verlust des Buches mehr als einen Menschen betrauert und sich geschworen, den Dieb hängen zu lassen, wenn sie ihn erwischte.

»Ich habe nicht mehr ertragen, wie du es verherrlicht hast«, murmelte Adam und senkte den Kopf. »Baldwyn war immer alles für dich und ich der stinkende Pferdeknecht, der an Baldwyns heiliges Buch nicht seine dreckigen Finger legen durfte. Irgendwann ist es mit mir durchgegangen, ich habe es an mich genommen und bin losgerannt, um es in den Fluss zu werfen.«

»Warum nicht in den Brunnen?«, rief sie schrill.

Er blickte auf. »Ich habe es nirgendwo hingeworfen«, sagte er gepresst, doch ohne ihr auszuweichen. »Deine Liebe zu Baldwyn steckte in dem Buch, diese Liebe, auf die ich immer neidisch war und die ich immer glühend bewundert habe. Ich habe es nicht fertiggebracht, es zu zerstören, also habe ich es zu Randulph getragen und ihn gebeten, es für sie aufzubewahren.«

»Für wen?«

»Für das Mädchen«, sagte Adam und küsste ihr Knie. »Verzeihst du mir?«

»Bring mir Matthew de Camoys.«

Mit sardonischem Grinsen verneigte er sich. »Euer Wunsch ist mir Befehl, meine Herrin der Insel. Mein Herz bleibt bei Euch, wohin es mich auch verschlägt.«

30

So war es auf all ihren Reisen gewesen: Kaum waren sie aufgebrochen, gab es Grund, einen Umweg zu nehmen, und allmählich gelangte Magdalene zu der Überzeugung, dass sie die Ankunft in Yorkshire nicht zu fürchten brauchte, weil sie nie dorthin gelangen würden. Stattdessen würden sie immer weiter durchs Land ziehen, sie in ihrem Königinnenwagen mit dem schwatzenden Timothy zur Rechten, zur Linken neuerdings Stephen, dessen Frohnatur ansteckte, und hinterdrein Hugh, der trotz müder Beine gesund aussah.

Dabei habe ich ihm geholfen, dachte Magdalene ein bisschen stolz. Es machte sie glücklich, den anderen etwas zu geben. Sie waren ihre Familie, und sie bekam von ihnen mehr, als sie mit zwei Armen umfassen konnte.

Die, denen sie am meisten hätte geben wollen, ritten voraus. Herr Matthew und seine Amsel. Magdalene hatte nie gelernt, richtig zu beten, nur in der Sprache des Tatzelwurm-Tals, die Gott womöglich nicht verstand. Sie hatte Timothy gebeten, es ihr zu zeigen, aber Timothy mochte vom Beten nie sprechen. Also betete Magdalene, wie es ihr einfiel, um Gott zu danken, dass die Amsel zurückgekommen war und ihr Herr Matthew wieder glücklich war. In Gilles' Frauenhaus waren Ritter getorkelt, die das Visier des Helms noch vor dem Gesicht trugen, und Magdalene hatte oft gedacht, dass es doch wehtun müsse, das Gesicht in eine so enge Maske zu pressen. Dann war Herr Matthew gekommen, schön und schutzlos, mit dem Helm unter dem Arm, und Magdalene hatte gedacht: Dieser arme Mann braucht keinen Helm, der sein Gesicht in eine Maske presst, damit es ihm unendlich wehtut.

Jetzt war die Maske fort. Von unten sah Magdalene, wie Matthew still zu Pferd saß und ein Lächeln sich in seine Wangen stahl. Sie hätte jauchzen wollen. Der Amsel wuchs das Haar, und in ihre trüben Augen trat Glanz. Sie ritt auf dem kleinen Pferdchen an Althaimenes' Seite, und von Zeit zu Zeit hob sie die Hand und streichelte Herrn Matthews Schenkel. Dann nahm er eine Hand vom Zügel, gab sie ihr und ritt Hand in Hand mit ihr weiter.

Das anzusehen tat so wohl, dass Magdalenes Brust sich mit Wärme füllte wie in der Kapelle, als sie den Leib des Herrn empfangen hatte. Selbst wenn sie nie wieder gesund werden würde: Es ging ihr jetzt so rundherum gut, es konnte keiner Prinzessin besser gehen. Es ging ihnen allen gut. Nur Timothy klagte, aber das nahm Magdalene nicht länger ernst, denn Stephen, der das ewige Gejammer mitanhören musste, hatte ihr erklärt: »Dem fault nichts ab. Dem schwillt's nur, und wenn daran einer sterben würde, gäb's auf der Welt nur noch Frauen.«

Darauf verwies ihn Magdalene, wenn er auf Gedeih und Verderben keine Ruhe gab: »Vom Schwellen stirbst du nicht, hörst du? Ich hab im Frauenhaus halb England schwellen sehen, und was immer die Geschwollenen auch angestellt haben, gestorben sind sie nicht.«

»Aber weh tut's!«, entrüstete sich Timothy. »Deinen Herrn Matthew höre ich nächtens stöhnen vor Schmerz, und dann kommt flugs sein Amselchen und verschafft ihm Linderung.«

Magdalene sah hinüber zu Herrn Matthew, der das Gepäck in den Schober schleppte, in dem sie über Nacht bleiben würden, und dann auf Timothy. »Herr Matthew hat mehr, das schwillt«, sagte sie. »Wer weiß, ob es bei dem nicht doch gefährlich ist, aber bei dir ganz sicher nicht.«

Er jammerte ein bisschen, dass sie ihn, wenn sie ihm schon nicht helfen wollte, nicht auch noch beleidigen müsse, aber auch darüber zerbrach sich Magdalene nicht den Kopf. Sie hatte gelernt, dass er eben ein Mensch war, der sich nicht wohlfühlte, wenn er nichts zu jammern hatte, so wie sie sich nicht wohlgefühlt hätte, hätte sie niemanden zum Lieben gehabt. Alles war im Lot. Sie würden ewig weiterziehen, und wenn sie doch eines Tages ankämen, würden sie beieinander wohnen – die Amsel und Herr Matthew in einem prächtigen Haus, und Magdalene, Timothy, Stephen und Hugh drumherum in Hütten für Dienstboten.

Zu dem Umweg kam es, weil ihnen eine Gruppe Ritter begegnete, die nicht nach Norden, sondern nach Süden zog. Seit dem Vorfall mit dem Schnauzbärtigen machten fremde Ritter Magdalene Angst, aber diese erwiesen sich als freundlich. Sie rieten Herrn Matthew, sich ihnen anzuschließen und zum Turnier des Königs nach Winchester zu reisen. Magdalene wollte nicht, dass Herr Matthew an einem Turnier teilnahm, auf dem Ritter einander in Stücke hieben. Sie war froh, dass endlich all seine Wunden verheilt waren, auch die um die Handgelenke und die auf seinem Herzen.

Die Amsel wollte es auch nicht.

Herr Matthew lachte. So befreit und laut hatte Magdalene ihn nie lachen hören. »Da lernt ein Mann von klein auf, er könne das Herz einer Dame nicht gewinnen, ohne sein Leben für ihre Farben zu riskieren – und was tun meine Damen? Sie verbieten es mir.«

»Das mag daran liegen, dass wir keine Damen sind«, konterte die Amsel, zwinkerte Magdalene zu und tippte Herrn Matthew auf den Mund. »Und Farben haben wir auch nicht. Ich bin die braune Amsel von Carisbrooke, und sie ist die schwarze Mag aus den Alpen. Wir sind handfest und brauchen unsere Männer lebend.«

Magdalene musste kichern, aber einer der Fremden horchte auf. »Ihr kommt aus Carisbrooke? Von Gräfin Isabels Burg?«

Das Gesicht der Amsel verschloss sich. »Ich bin dort aufgewachsen.«

»Dann seid Ihr mit ihr verwandt?« Auf einmal erschien Magdalene der Fremde nicht länger freundlich, sondern lauernd. »Aber heißt es nicht, sie habe keine überlebenden Verwandten und keinen Erben als ihren Schwiegersohn?«

Während die Amsel nach einer Antwort suchte, wanderte der Blick des Mannes an ihrer Gestalt hinauf und hinab. Magdalene hatte solche Blicke von Fremden bereits früher bemerkt: Wer der Amsel begegnete, hielt sie für ein Mädchen von vornehmster Abkunft, und erst wenn er ihrer verschlissenen Kleidung ansichtig wurde, begann er, sich zu wundern.

Wie aus dem Boden gewachsen stand auf einmal Herr Matthew neben der Amsel und legte besitzergreifend den Arm um sie. »Wenn Ihr mit uns essen wollt und Euch mit Hering und Brot zufriedengebt, seid unsere Gäste. Meiner Dame lasst Ihr jedoch ihren Frieden, oder wir halten das Turnier hier und jetzt und ohne Schranken.«

»Nichts für ungut!«, rief der Fremde, der die Fragen gestellt hatte, und hob die Hände. »Ich wollte die Knospe unterm Eis nicht in Schrecken versetzen, sondern lediglich in allen Ehren meine Neugier befriedigen.«

Herr Matthew schwieg, sandte ihm aber einen Blick, der ihm ohne Rüstungsplatte vermutlich die Brust durchbohrt hätte. Dann führte er die Amsel davon.

Sie richteten sich gemeinsam ein Essen, zu dem die Gäste einen erlegten Marder beisteuerten. Von dem ohnehin zähen Fleisch rührte Herr Matthew nichts an. Hinterher schlugen sie ihr Nachtlager auf, und in der ersten Morgenfrühe hörte Magdalene die Amsel mit Herrn Matthew flüstern. Sie hatten sich aus dem Zelt in die bitterkalte Finsternis geschlichen und saßen aneinandergeschmiegt unter einer einzigen Decke. Die Amsel lachte und neckte ihn, und er versuchte ein wenig gekränkt, sich zu verteidigen.

»Was habe ich nur früher ohne meinen edlen Ritter getan, wenn mir ein gefährlicher Fremder eine Frage stellte?«

»Machst du dich über mich lustig?«

»Aber nicht doch, Mylord. Dass mein Drachentöter mich

mit klirrendem Schwert vor wüsten Fragen schützt, ist schließlich eine ernste Angelegenheit.«

»Du findest also, ich habe mich lächerlich benommen?«

»Ein bisschen.« Sie lachte, und Magdalene hörte, wie sie ihn küsste. »Jetzt zieh kein solches Gesicht, davon wird mir ja das Herz zu Butter. Leicht hast du es ja wirklich nicht, mein armer Liebling, mit deiner albernen Gans, die deinen Heldenmut nicht zu schätzen weiß.«

»Du bist meine Amsel. Keine Gans.« Ein Scharren verriet Magdalene, dass er sie noch enger an sich zog, und dann war eine Zeit lang nichts zu hören als Geräusche der Zärtlichkeit, kleine Küsse und Taubenlaute, Rascheln von Kleidung, geflüsterte Koseworte. »Aber trotzdem …«, murmelte er irgendwann.

»Trotzdem was?«

»Trotzdem wäre es nicht allzu übel, zumindest ab und an etwas tun zu können, das dir imponiert.«

»Das steht dir frei, mein Bester. Nur finde ich eben nichts sonderlich Imposantes daran, wenn du über Schranken hinweg einen anderen Ritter verdrischst oder dich von ihm verdreschen lässt.«

»An einem Ritter, der sich verdreschen lässt, findet niemand etwas Imposantes.«

»Nein? Arme verdroschene Ritter. Ich würde dir zumindest milde die Leviten lesen und dir anschließend Ringelblumensalbe auf die blauen Flecken streichen.«

Matthew seufzte. »Ich will zu diesem Turnier, Amicia.«

»Das habe ich befürchtet.«

»Nein«, rief er. »Hör mir erst zu! Wenn es dir so zuwider ist, muss ich mich dort nicht schlagen, obgleich wir ein oder zwei von den Preisgeldern durchaus brauchen könnten. Aber eine bessere Gelegenheit, beim König um Aufnahme in seinen Haushalt zu bitten, bekomme ich nicht wieder. Versteh mich doch, Amicia. In meiner Familia in Yorkshire kann ich nicht bleiben, und von irgendetwas müssen wir leben. Es werden

Männer dort sein, die ich in London getroffen habe und die versprochen haben, für mich ihr Wort einzulegen …«

Magdalene fragte sich, ob die Amsel das Flehen in seiner Stimme hörte, den drängenden Wunsch, es ihr recht zu machen. Kein anderer Herr hätte ein Mädchen, auch kein noch so geliebtes, bei seinen Entscheidungen um Zustimmung, geschweige denn verstohlen um ein anerkennendes Wort gebeten. In seiner Familia in Yorkshire, der ja wohl sein Vater vorstand, durfte er gewiss nicht bleiben, weil der Vater ihm verboten hätte, die Amsel zu lieben. Aber dass er ihr ein solches Opfer brachte, für das er doch ihr Lob verdient hätte, verschwieg er ihr.

»Du bist mir keine Rechenschaft schuldig«, sagte die Amsel. »Wenn du meinst, dass wir nach Winchester müssen, dann gehen wir eben nach Winchester, für mich ist eins wie das andere. Und wenn du meinst, dich schlagen zu müssen, werde ich mich bemühen zu lernen, dass das dein Handwerk ist – so als wärst du ein Schlachter und schlügest Lämmern die Köpfe ab.«

»Hör auf«, bettelte er. »Das könnte ich nie.«

Sie lachte und küsste ihn. »Das dachte ich mir. Und jetzt kriechen wir beide noch für eine kleine Weile in dieses Zelt, und du machst es mir warm, ja? Schau, es liegt wieder Reif auf der Wiese. Mir kommt es vor, als liege er überall auf mir und als käme in diesem Jahr kein Frühling mehr. Aber ich habe ja dich.«

»Gut, dass ich wenigstens zu etwas nütze bin.«

»Oh Matthew, du bist mehr als nütze! Es kann sich unmöglich ein anderer Mann auf der Welt so warm anfühlen wie du.«

Vielleicht hätte Magdalene sich schämen sollen, weil sie die Liebe der beiden belauschte, aber sie hatte dafür keinen Grund. Die beiden waren das Schönste in ihrem Leben, sie wünschte ihnen nichts als Gutes, und die Geräusche ihrer Liebe waren Musik in ihren Ohren.

Gleich darauf zerschnitt ein Geschrei die Musik, im selben Atemzug schlug der Hund an. Magdalene hörte, wie Herr Matthew auf die Füße sprang und in die Richtung stürmte, aus der das Geschrei kam, und wie die Amsel und der bellende Hund ihm folgten. Das Geschrei war entsetzlich: der herausgebrüllte Schmerz einer gepeinigten Kreatur. Magdalene hielt nichts mehr im Zelt. Auf ihren Strümpfen und ohne das Wolltuch, das ihr Herr Matthew ihr gekauft hatte, rannte sie ins Freie.

Die Welt war grau, von der Sonne noch kein Schimmer zu sehen, und doch verriet das Verblassen der Schwärze, dass die Nacht vorüber war. Wie die Amsel gesagt hatte, glitzerte auf der Uferwiese des Flussarms silbriger Reif. Es sah schön aus, aber die schneidende Kälte nahm Magdalene die Freude daran.

Herr Matthew war über das bereifte Gras auf eine Baumgruppe zugelaufen und stürzte dort auf die Knie. »Halt den Hund zurück!«, rief er der Amsel zu, die ihm gefolgt war. Sie packte das Tier, das keinem von ihnen mehr Angst machte, am Halsband, und auf Herrn Matthews Befehl hin legte es sich nieder.

Auf schmerzenden Sohlen eilte Magdalene ihnen hinterher. Hinter einem halb verbrannten Baumstamm, in den ein Blitz gefahren war, blieb sie stehen. Von hier konnte sie die beiden sehen, ohne fürchten zu müssen, von ihnen gesehen zu werden.

Die Schmerzensschreie, die sich noch weiter steigerten, kamen von der Stelle, vor der Herr Matthew kniete. Im sich allmählich lichtenden Dunkel erkannte Magdalene eine der Fallen, die Wilddiebe aufstellten, um sich ein Abendessen zu sichern. Keine Grube wie die, die ihr selbst einmal zum Verhängnis geworden war, sondern eine Knüppelfalle, bei der ein schwerer Schlagstock mit Gewichten gesichert wurde, die sich lösten, sobald ein Tier auf den Boden der Falle trat. Der Stock fuhr nach unten und zertrümmerte dem Tier den Schädel. So zumindest war es gedacht, doch hier hatte die Falle offenbar versagt. Das tote Tier, die Maus, die darin lag, war der Köder, nicht die Beute. Ihr Leib war aufgeschlitzt und blutverschmiert, damit der Duft nach Blut und Tod die Füchse und Marder aus den umliegenden Wäldern lockte.

Das Tier, das unter dem Knüppel festgeklemmt zappelte, war aber weder Fuchs noch Marder, und vor allem war es nicht tot. Es war ein kleiner graubrauner Greifvogel, der wild mit dem verbleibenden Flügel flatterte und seine Todesangst in den Morgen schrie. Der andere Flügel war von dem niedersausenden Schlagstock zerquetscht worden. Es war ein grausiger Anblick, und Magdalenes Magen krampfte sich zusammen.

Mit zwei kraftvollen Griffen bog Herr Matthew das Scharnier der Falle zurück, zog das Tier unter dem Knüppel hervor und barg es in seinem Schoß. Der scharfe Schnabel hackte zu und fuhr ihm in den Ballen des Daumens. Er schien es nicht einmal zu spüren. Mit der blutenden Hand strich er dem Vogel über den Kopf. Der schlug noch zwei-, dreimal mit dem Flügel und verteilte weitere Schnabelhiebe, dann verließ ihn die Kraft. Auch das Geschrei verebbte und ging in eine Art Fiepen über.

Blut von seiner Hand und von den Wunden des Vogels strömte Herrn Matthew über die Knie. »Verdammte Schinder!«, stieß er heraus, und statt ihn wie sonst fürs Fluchen auszuschelten, legte die Amsel ihm die Hand auf den Arm. Ohnehin klang seine Stimme, als hätte er, statt zu fluchen, lieber geweint. »Das ganze Jahr über bekommst du einen Habicht nicht zu fassen, aber in der Balz, wenn er verletzlich und unaufmerksam ist, haben diese Verbrecher leichtes Spiel. Und obendrein sind sie noch zu dumm, um eine Falle zu bauen, die tötet, ohne zu foltern.«

»Kommt er durch?«, fragte die Amsel bange.

»Nein«, sagte Herr Matthew und wandte ihr sein nasses Gesicht zu. »Ich muss sie töten, Amicia, sie hat entsetzliche Schmerzen. Willst du ein Stück beiseitegehen?«

Sie streichelte ihm den Arm. »Ich will bei dir bleiben. Es ist ein Weibchen, ja?«

Er nickte. »Habichte binden sich fürs Leben. Irgendwo da draußen schreit jetzt ein Kerl nach seiner Liebsten und versteht die Welt nicht mehr.« Er rückte ein Stück von ihr ab, behielt das Habichtsweibchen im Schoß und zog sein Messer aus dem Gürtel. Mit einem schnellen, gezielten Hieb trennte er dem Vogel den Kopf vom Rumpf. Das Messer ließ er achtlos zu Boden gleiten, die zwei leblosen Teile des Tieres hingegen wiegte er in blutüberströmten Händen und streichelte sie voll hilfloser Zärtlichkeit.

Einige Augenblicke lang ließ die Amsel ihn gewähren, dann berührte sie wieder seinen Arm. »Leg sie jetzt hin«, sagte sie sacht. »Dass ihre Körpersäfte sich in deine mischen, könnte dir schaden.«

Matthew gehorchte anstandslos, bettete den Vogel in das silbern bereifte Gras. Die Amsel half ihm, pflückte rasch ein paar Halme und deckte den zerschmetterten Flügel damit zu. »Du hast einmal einen Habicht besessen?«, fragte sie.

Er nickte. »Sham.«

»Ist sie auch in eine Falle geraten?«

»Nein. Jemand hat sie getötet. Um mich zu bestrafen. Aber ein Tier hat doch an dem Unsinn, den ein Mensch tut, keine Schuld.« Ihm brach die Stimme. »Verzeih mir«, brachte er noch heraus, dann stand er auf.

Die Amsel stand ebenfalls auf und legte den Arm um ihn, als wolle sie den großen Mann mit ihrer kleinen Gestalt beschützen. »Was soll ich dir denn zu verzeihen haben? Dass du um ein völlig sinnlos zugrunde gerichtetes Stück Schöpfung trauerst? Du imponierst mir, Matthew. Gott weiß, wie sehr.«

Gebannt von den Ereignissen, hatte Magdalene den Aufgang der Sonne verpasst. Dass sie längst rot über den Hügeln am Horizont stand, bemerkte sie erst, als der Morgengesang eines Amselmännchens aus den Kronen der Baumgruppe brach. Es war der Singwart des Reviers, der seine erste Strophe in den neuen Tag schmetterte, und vielleicht sang er zugleich ein Totenlied für den geflügelten Gefährten. Kaum war die Strophe beendet, legte das Mädchen, das sie die Amsel nannten, den Kopf zurück und gab ihm Antwort. Ihr Lied war hell und voll quirliger Lebendigkeit wie seines, und doch enthielt es einen Ton Traurigkeit um ein Leben, das zu Ende war. Zwei, drei Strophen tauschten sie im Wechselgesang, dann verstummte der Vogel, und die Amsel verstummte auch.

Es war Kirchengesang, fand Magdalene. Ein Gebet, um Gott zu danken.

Herr Matthew zog die Amsel in die Arme und küsste sachte, beinahe ehrfürchtig, ihr Haar. »Du bist ein Wunder, mein Mädchen. Ich habe noch nie einen Menschen so singen hören.«

Die Amsel hob in seinen Armen den Kopf. »Du kannst es auch«, sagte sie und streichelte seine Wange.

»Nein.«

»Doch. Bitte sing es. Ich habe mir so sehr gewünscht, es noch einmal zu hören.«

Magdalene hatte es sich auch so sehr gewünscht, aber sie hätte nie gewagt, ihn darum zu bitten. Sie glaubte auch jetzt nicht daran, dass er der Bitte nachkommen würde, sah die Zweifel, mit denen er auf die Amsel hinunterblickte, und gab die Hoffnung auf. Die Amsel aber löste sich aus seinen Armen und strich ihm ermutigend über den Rücken.

Mit einem Ruck straffte er die Schultern, legte den Kopf in den Nacken und sang das Lied in den Himmel, die Stimme erfüllt von Kraft und Glanz, von tiefer Demut und Liebe zum Leben.

Gelobt seist du, mein Herr, in allen deinen Geschöpfen.
Allen voran in unserem Bruder, der Sonne,
Die uns der Tag ist und durch die du uns das Licht schenkst.

Es war wie beim ersten Mal. Etwas in Magdalenes Herzen zuckte, und mit einem Schlag war sie sicher, in ihrer Welt beschützt zu sein, was immer auch geschehen möge. Grausame Wilddiebe quälten verliebte Vögel, aber Menschen mit zärtlichen Händen erlösten sie von ihren Schmerzen und machten ihr kleines Leben wertvoll, indem sie für sie sangen. So sorgte Gott für seine Geschöpfe und glich Leid durch Freude aus. Sie selbst war von der Krankheit befallen worden und würde nie mehr arbeiten können, aber ihre Familie schützte sie und ließ nicht zu, dass ihr ein Leid geschah.

Ich lasse auch nicht zu, dass euch ein Leid geschieht, schwor sie stumm. Wenn jemand diesen beiden Böses wollte, ein schlechter Mensch wie der Fallensteller, würde sie nicht den Hund auf ihn hetzen, wie sie es früher beschlossen hatte, denn Herr Matthew würde nicht wollen, dass der Hund verletzt wurde. Sie würde sich selbst auf den Verbrecher werfen, zwischen ihn und ihre Lieben, und sie würde dabei glücklich sein.

Es war wie beim ersten Mal, und doch war es schöner. Hatte sie damals kein Wort des Liedes verstanden, so erkannte sie jetzt, was es war: ein Lobgesang. Das Jubellied eines Mannes, der allem Dunkel zum Trotz das Leben liebte und die Schönheit der Schöpfung pries. Die Schönheit von Sonne und Mond, wilden Hunden, verletzten Habichtsweibchen, mit den Amseln singenden Geliebten, stummen Dienern, geilen Laienbrüdern und törichten Dingern namens Mag. Das Lied wurde nicht in ihrer Sprache aus dem Tatzelwurm-Tal gesungen, aber diese war ihr ähnlich, und was ihr die Worte nicht verrieten, erschloss ihr Herrn Matthews Stimme.

Schon verklang über der Ebene, in der die Sonne den Reif schmolz, der letzte Ton. Die Amsel reckte sich auf die Zehenspitzen und küsste Herrn Matthew auf die bloße Haut am Hals. Dann legte sie ihm den Arm um die Taille, er legte ihr den Arm um die Schultern, und Seite an Seite gingen sie zurück zu den Zelten. Magdalene blieb hinter ihrem Baumstumpf stehen, um sie um keinen Preis zu stören.

»Wenn du nicht willst, gehen wir nicht nach Winchester«, sagte Herr Matthew. »Irgendeinen anderen Weg wird es schon geben.«

»Wir gehen nach Winchester«, sagte die Amsel. »Wenn es richtig für dich ist, ist es auch richtig für mich.«

»Aber diese Kerle, die Knüppelfallen bauen, lassen wir vorausziehen, ja? Ich habe Angst, dass ich mich vergesse, und ich will mit dir allein sein.«

»Und ich mit dir.«

Magdalene hörte ihn lächeln. »So allein, wie wir mit Mag und Timothy und Hugh und Stephen eben sind.«

»Ja«, sagte die Amsel, »genau so«, und küsste sein verheiltes Handgelenk.

31

Cyprian nahm ein frisch geschliffenes Messer, trat vor den Wandteppich in seinem Schlafgemach und stach auf das Gesicht des Adam ein, bis nur noch stiebende Wollfäden davon übrig waren.

Einen Mann radierte man nicht aus, indem man ihn tötete, sondern indem man mit Stumpf und Stiel ausriss, was seine Lenden hervorgebracht hatten. Indem man dafür sorgte, dass sein Geschlecht zu Staub zerfiel, wenn er selbst in der Hölle verglühte. Cyprian war immer überzeugt gewesen, die Hölle auf sich nehmen zu können, solange er wusste, dass sein Geschlecht überlebte und sich zu neuem Ruhm erhob. Wenn er bei Nacht daran dachte, dass dieser Traum zerplatzt war und von ihm nichts bleiben würde, war es ihm, als schöbe sich ihm die Birne des Schmerzes in den Mund. Sie drängte sich in seine Kehle und die Gurgel hinunter, bis er jämmerlich erstickte, und dagegen half nur, sich zu beschwören, dass es noch nicht zu spät war. In solchen Nächten versprach er sich, dass er Robert am Morgen eine Metze holen lassen würde, eine mit breitem Becken, das er ihr mit seinen Söhnen füllen würde.

In der gnadenlosen Helligkeit des Tages wusste Cyprian, dass ihm ein solcher Sohn nicht taugte und die Vorstellung nur über das Grauen der Nacht half. Wenn er sich den Sohn ausmalte, den er mit Isabel de Fortibus hätte haben können, war es jedes Mal, als bräche ein Stück von seinem Herzen ab. Stark und schön wäre er gewesen, wie es den Söhnen seines Geschlechtes eigen war, aber ohne den welschen Tropfen, der die Härte verweichlichte, als habe man Silber in Stahl gemischt. Das uralte Blut der de Redvers hätte ihm das Erbe der normannischen Eroberer gebracht: Zähigkeit, Adelsstolz und eine durchtriebene Schärfe des Verstandes, wie Isabel sie in sich vereinigte.

Mit aller Wucht holte Cyprian noch einmal aus und stach das Messer in die Grube, in der Adams Gesicht gewesen war. Seine Träumereien waren leer wie diese Grube. Er hatte keinen Sohn mit Isabel de Fortibus.

Das alles hing zusammen wie die Knüpffäden des verdammten Teppichs, die sich jetzt, wo ein Teil fehlte, in rasanter Geschwindigkeit auflösten. Hätte Gregory nicht mit einem Hieb zerstört, was Cyprian aus den Trümmern aufgebaut hatte – hätte er dann die Kraft und den Rückhalt besessen, Isabel wie eine wilde Stute zu zähmen? Nicht auf die alberne Weise von Matthew, der ein tobendes Pferd mit dem Zaumzeug streichelte, ehe er es ihm anlegte. Sondern mit der Peitsche, die einer Frau mit zu viel Kraft den Herrn zeigte.

Ja, es war Gregory gewesen, der ihm mit seiner Untat den Schwung dazu genommen hatte. Gregorys Schande hatte sein Selbstvertrauen zerstört, und allein deshalb hatte Isabel de Fortibus gewagt, ihn zu verlachen. Statt seiner hatte Adam de Stratton die Peitsche über ihr geschwungen. Von allen Männern Adam de Stratton. Ein verdreckter Niemand. Ein geschorener Kleriker. Ein Verbrecher, dem keine Jauche zu sehr stank, als dass er nicht bis zum Schwanz darin waten würde.

Noch einen letzten Messerstich gönnte sich Cyprian. Dann rief er sich zur Ordnung und legte das Messer beiseite. Sein Tross stand bereit, jedes Pferd war beladen, jeder Mann gerüstet. Er wollte im ersten Tageslicht aufbrechen, und wenn er sich gestattete, sich in eine Raserei zu steigern, würde er in dieser Nacht keinen Schlaf finden. Sein Vorhaben aber brauchte einen Führer im Vollbesitz seiner Kräfte.

Sein Vorhaben. Vielleicht das letzte seines Lebens. Was er für sein Geschlecht geplant hatte, war ihm einst ausradiert worden. Jetzt ging er, Adam auszuradieren. Sein Geschlecht. Das einzige Kind, das er besaß.

Eine Tochter war kein Sohn, beileibe nicht. Cyprian hatte sich nie eine Tochter gewünscht, ja er hatte die Möglichkeit nicht einmal in Erwägung gezogen. Sein Vater, unverdient gesegnet mit drei Söhnen, hatte keine Tochter gehabt, und er selbst hatte auch keine. Dennoch war eine Tochter, wie er jetzt lernte, besser als nichts. Hätte er wenigstens eine Tochter von Isabel de Fortibus gehabt, eine zähe, stolze Amazone, hätte die ihm den Enkelsohn gebären können, für den sich die Hölle ertragen ließ. Eine Tochter war besser als ein missratener Sohn, denn sie erlaubte es einem Mann, den Vater seiner Enkel auszuwählen. Eine Tochter war ein Trost im Alter und eine Zierde in ihrem Vaterhaus. Eine Tochter war tausendmal mehr, als Adam de Stratton vergönnt sein durfte.

An der Zimmertür ertönte das verzagte Klopfen des Buckligen. Was wollte der jetzt? Was konnte wichtig genug sein, den Schlaf des Herrn zu stören, der in der Frühe zu einem Feldzug aufbrach? Cyprian steckte das Messer in eine Lade und ließ sich auf dem Bett nieder. Aus alter Gewohnheit flog sein Blick zum Wandteppich und blieb am Gesicht des Adam hängen. Nur dass kein Gesicht mehr dort war. Er hatte es tatsächlich getan. Nach all diesen Jahren hatte er sich von Gregorys verdammtem Wandteppich befreit. Wer sollte ihn jetzt noch aufhalten? Wer sollte ihn diesmal hindern, sich und die Welt von Adam de Stratton zu befreien?

»Herein!«, rief Cyprian.

Die Türangeln knarrten, und geschmeidig schob sich der Bucklige ins Zimmer. »Ich bitte um Vergebung, Mylord.«

»Haltet mich nicht auf, sondern sprecht«, fauchte Cyprian.

Der Kastellan setzte vier abgezählte Schritte ins Zimmer, verbeugte sich tiefer, als man es dem verwachsenen Körper zutraute, und hielt Cyprian die flache Hand entgegen. Darauf lag ein schwerer Brief, dessen Siegel unverkennbar war. »Es kam gerade noch einer unserer Kundschafter«, sagte er, sobald Cyprian den Brief genommen hatte. »Ich hielt es für besser, Euch gleich zu unterrichten. Es liegen gewisse Irrtümer vor. Herr Matthew hat keineswegs das Geld des Königs unterschlagen oder den von Euch erteilten Befehl missachtet, sondern ist mit diesem Geld in London eingetroffen, als niemand mehr damit rechnete. Es gab Verwirrungen, die den walisischen Pflichten des Königs und einer Neuordnung der Verwaltung in London geschuldet sind, deshalb erreicht Euch die ersehnte Nachricht so spät. Herr Matthew hat sechs Wochen als Gefangener des Towers verbracht, ist jedoch von jeglicher Schuld an der Verzögerung freigesprochen worden.«

»Von jeglicher Schuld?«, fuhr Cyprian auf.

Der Bucklige nickte. »Er hat das Geld überbracht, sobald ihm seine Verletzungen die Reise erlaubten, und es war mehr, als irgendein Gesandter in den säumigen Gebieten aufbringen konnte. Der Exchequer ist erfreut. Herr Matthew hat den Winter über in der königlichen Stadtwache gedient und sich dabei Ehre erworben. Mithin, Mylord übersendet der König Euch nun dies.« Mit gekrümmtem Arm wies er auf den Brief in Cyprians Hand.

Cyprian, dem das Blut im Schädel rauschte, brach das geliebte Siegel, faltete das Pergament auf und ließ den Blick über die Zeilen gleiten. Ein guter Leser war er nie gewesen, ein Mann seines Standes hatte solchen Firlefanz nicht nötig, doch zum Entziffern der Botschaft genügten seine Fähigkeiten allemal. Es war die Nachricht, auf die er all die Jahre vergeblich gehofft hatte: Der König lud ihn an den Hof ein. Nicht nach London, sondern nach Winchester, zu Feierlichkeiten, die dem neuen England galten. Der König begründete eine Tafelrunde für das edelste Blut seines Reiches, und er forderte das Geschlecht der Camoys auf, seinen Platz an dieser Tafel einzunehmen.

Bis in die schmerzenden Spitzen der Lungen atmete Cyprian ein. War es zu spät? Die Nachricht erreichte ihn mit einer Verzögerung, die es ihm unmöglich machen würde, rechtzeitig zu den Festlichkeiten einzutreffen. Aber darum ging es ja nicht. Der Hof würde auf Wochen in Winchester bleiben, und nach dieser Feier würden andere kommen. Der Brief in seiner Hand war die Erhörung eines Gnadengesuchs. Die Erfüllung einer lebenslangen Sehnsucht.

War es zu spät? Gab es keinen Weg, dem verdammten Sohn aufzuzwingen, wofür sein Vater die Hölle auf sich nahm?

»Wo ist Matthew jetzt?«, rang er sich ab. »Und was ist mit dem Mädchen?«

»Soweit wir wissen, hat er London verlassen. Das Mädchen hat er bei sich. Sie dürften uns auf genau den Wegen entgegenziehen, die unsere Leute ermittelt haben.«

»Er reist also nicht nach Winchester?«

»Davon ist uns nichts bekannt.«

Cyprian überlegte blitzschnell. Dass der Sohn, den er gezeugt hatte, nichts taugte, hätte er wissen können, seit dieser Sohn auf der Welt war. Hatte er nicht alles versucht, um aus diesem Sohn einen Mann zu machen? Einen de Camoys aus einer Memme zu machen, die über dem Kadaver eines Habichtweibchens heulte? Aller Wahrscheinlichkeit nach zog dieser Verräter von einem Sohn nun mit Adam de Strattons Brut nach Norden – dagegen sprach nur, dass er ein einziges Mal einen Auftrag seines Vaters erfüllt hatte. Wenn er jetzt um dieser winzigen Hoffnung willen seine Pläne änderte, verlor er am Ende das Letzte, das ihm blieb: die Gelegenheit, Adam de Stratton auszuradieren. Dessen Geschlecht zu Staub zerschellen zu lassen, sodass kein Mensch der Zukunft mehr seinen Namen kannte.

»Wir brechen morgen auf wie geplant«, sagte Cyprian zu Robert.

»Sehr wohl, Mylord Baron. Und was Herrn Matthew betrifft …«

»Was Herrn Matthew betrifft, überlasst gefälligst mir!«, schrie er. »Und jetzt trollt Euch! Vergewissert Euch, dass für morgen jedes Schwert geschliffen und jeder Pferdehuf beschlagen ist, und lasst mich schlafen. Ich kann mir bei dieser Sache keine Müdigkeit erlauben.«

Unter Verneigungen zog sich der Bucklige zurück. Cyprian

schloss erschöpft die Lider und ließ sich in die mit Rosshaar gestopften Kissen sinken. Gleich darauf schnellten seine Lider wieder hoch, und sein Blick traf das vernichtete Gesicht des Adam. Er würde gehen und diese offene Rechnung begleichen, wie immer sein verdorbener Sohn sich dazu stellte. Im Herzen war der Kerl nicht einmal sein Sohn! Nicht nur Gregory, sogar der kleine Randulph hatte mehr Einfluss auf diese Missgeburt einer zu schwachen Frau gehabt als er. War es nicht an der Zeit, den Strohhalm endlich fahren zu lassen? War es nicht besser, sein Geschlecht dem Untergang preiszugeben, als es in einem solchen Erben fortgesetzt zu wissen? Das Blut von Rebellen, Verrätern und Weichlingen floss in den Adern seines Kindes, und es war Cyprian versagt geblieben, eine Mutter mit der Kraft einer Isabel de Fortibus dagegen aufzubieten.

Dabei hatte es eine Zeit gegeben, in der das Kind Cyprian glücklich gemacht hatte. Jäh flammten Bilder vor ihm auf, die er auf immer hatte vergessen wollen. Er sah sich Hand in Hand mit dem kleinen Sohn bei den Käfigen der Habichte, hörte sich seinem Jungen die Schönheit der Beizjagd erklären und sah die Kinderaugen, die zu ihm aufblickten, als sei der Vater der klügste Mann der Welt. Er vernahm die neidischen Komplimente, die Gäste ihm gemacht hatten, weil sein Sohn schön und voll Kraft war und einen herrlichen Ritter abgeben würde, einen Helden, der seinem Vater Ehre machte. Wie hatte er all das genossen, mit wie viel Freude hatte er in eine Zukunft geblickt, die sich strahlend vor ihnen erstreckte! Warum nur hatte er Gregory gestattet, ihm den Sohn zu verderben, sodass aus einem prächtigen kleinen Burschen von acht Jahren ein feiger, charakterloser Verräter wurde, an dem jede Erziehung versagte.

Cyprian hatte mit allen Mitteln gekämpft. Er hatte dem unbotmäßigen Söhnchen Schläge verordnet, die genügt hätten, aus dem Teufel einen windelweichen Bettelmönch zu machen, doch an der verdorbenen Seele seines Kindes zerbarsten Peitsche und Stock. Cyprian hatte dafür gesorgt, dass er mit jeder

Züchtigung zugleich entwürdigt wurde, dass die Hiebe auf den Stolz zielten, an dem ein Knabe sich für gewöhnlich packen ließ, aber das von Gregory vergiftete Balg schien keinen Stolz und keine Würde zu besitzen. Zu guter Letzt hatte er ihn Thibault überlassen. »Ich zeige ihm, wie man tötet«, hatte die Natter von einem Ritter geprahlt. »Der Tod ist ein glühendes Eisen, das brennt Verkommenheit aus.«

Stattdessen war der Sohn, der inzwischen aussah, als könne er mit bloßen Händen Bäume ausreißen, in ein Fieber gefallen wie ein Mädchen, und zum ersten Mal hatte Cyprian gedacht: Dann stirb mir doch! Wäre das verdammte Klosterpack mir nicht dazwischengegangen, hätte ich Isabel de Fortibus geschwängert und könnte dich zum Teufel schicken.

Der Sohn war nicht gestorben. Er war herangewachsen, und so missraten er sich an manchen Tagen gebärdete, hatte Cyprian begonnen, wieder Hoffnung zu schöpfen. Eines immerhin schien der Kerl von ihm gelernt zu haben: dass ein Ritter seinem König mit Leib und Seele ergeben sein musste, dass jedes Aufbegehren gegen einen König ein Aufbegehren gegen die gottgewollte Ordnung war. Offenbar begriff Matthew dem üblen Einfluss zum Trotz, dass Rebellion und Bürgerkrieg England schwächten und es auf immer unter die nichtswürdigen Nationen verbannten, auf die weder Papst noch Kaiser einen Pfifferling gaben. Noch einen weiteren Grund zur Hoffnung gab es: Wider Erwarten bewährte sich der Weichling trefflich an der Waffe und erlangte mit Leichtigkeit die Ritterwürde, die seinem Vater versagt geblieben war.

Zum Lohn schenkte Cyprian seinem Sohn den schönsten Jungvogel, den er je für seine Falknerei erworben hatte, eine geborene Jägerin aus orientalischer Zucht. Dass Matthew sie Sham nannte, was Sonne bedeutete, und wie ein alberner Täuberich mit ihr turtelte, missfiel ihm. Aber das Leuchten in seinen Augen hatte ihm nicht missfallen. Es war ein wenig wie das Leuchten in den Augen des kleinen Jungen gewesen, der in seinem Vater nicht einfach einen Mann, sondern beinahe einen Gott gesehen hatte. Etwas zwischen Vater und Sohn lebte wieder auf, etwas, das selbst Gregory nicht hatte zerstören können.

Und dann war der verdammte Hugh gekommen und hatte die winzige Hoffnung zunichtegemacht. Cyprian würde sich nie vergeben, dass er Hugh behalten hatte – seines Vaters und Gregorys Mann, den Speichellecker zweier Verräter. Er hatte Hugh die Birne des Schmerzes verpasst, der verfluchten Sham den Schädel zerschmettert und sie dem Sohn, der wieder einmal wie ein Mädchen im Fieber lag, zum Dinner serviert. Wie ein Rasender hatte er gewütet, aber den brennenden Schmerz in seinem Herzen hatte nichts von alledem gestillt.

Als er schließlich gesund wurde, sprach der Sohn weder über Hugh, der spurlos aus Aldfield verschwunden war, noch über den Habicht jemals ein Wort. Er befolgte Befehle, wie es sich für ein Mitglied der Familia gehörte, aber er behandelte seinen Vater wie einen Fremden, und in den schwarzen Augen – Gregorys Augen – sah Cyprian Verachtung blitzen. Der Junge erfasste nicht, dass sein Vater die Tat für ihn begangen hatte, dass er die Hölle – die Strafe für Brudermord – auf sich geladen hatte, um ihm die Schande zu ersparen, in der er selbst hatte aufwachsen müssen.

Der letzte Hieb hätte Cyprian kaum noch treffen dürfen. Dass der Sohn sich mit Adam de Stratton gemein machte, dass er die Brut des Ungeziefers vor Männern der eigenen Familia schützte, war im Grunde nur die Faust, die dem Fass den Boden ausschlug. Cyprian hatte sich geschworen, sich durch nichts mehr blenden zu lassen, sondern mit der Brut des Todfeindes ebenso ein Ende zu machen wie mit der eigenen. Nichts, auch kein Brief des Königs, würde ihn diesmal erweichen.

Und dennoch war er in dieser Nacht von Neuem machtlos gegen den verdammten Funken Hoffnung. Sobald er die Augen zu schließen wagte, gaukelte seine Sehnsucht ihm Bilder von einem Sohn vor, der sich dieses eine Mal auf die Seite seines

Vaters stellte. In der quälenden Schwebe zwischen Wachheit und Schlaf sah er ein blutiges Schlachtfeld, auf dem Adam de Strattons geschändete, gemordete Tochter lag, während er und sein Sohn Arm in Arm ihres Weges schritten. Und dann sah er sie beide nach Hampshire reiten, bis an die Küste des Solent, wo sie ein Fährboot besteigen und für ihren König die Insel holen wollten.

Über den schönen, aber verbotenen Bildern schlief er irgendwann ein, und als das Hornsignal ihn aus dem Schlaf riss, fühlte er sich an Leib und Seele zerschlagen. Hinunter zum Sattelplatz ging nicht der unverwüstliche Baron de Camoys, der wie ein Jüngling dem Aufbruch entgegenfieberte. Hinunter zum Sattelplatz ging ein alter Mann, der dem, was ihm bevorstand, nicht gewachsen war.

32

In der flirrend bunten, glitzernden Welt des Turniers fühlte Amicia sich unbehaglich. An die vielen Menschen, die in der Enge des Zeltdorfs rund um das königliche Schloss beieinanderlebten, konnte sie sich trotz der Monate in London nicht gewöhnen, und der Prunk des königlichen Hofstaats schüchterte sie ein. Weit mehr als das setzten ihr jedoch das ständige Geklirr der Waffen zu, das Blitzen blanker Klingen in der Sonne, die Schreie der Kämpfenden, die im Turniergang verletzt wurden, und das Blut, das überall verschmiert zu sein schien. Ritter und Damen unterhielten sich prächtig, und wie es aussah, lief alles in Festlaune und Wohlwollen ab, doch für Amicia weckten die Kampfszenen zu viele quälende Erinnerungen. Sie blieb dem Turnierplatz fern, und Matthew gab ihr nie auch nur mit einem Wort zu verstehen, dass er deswegen enttäuscht war.

»Genügt es dir, wenn dich die anderen feiern?«, fragte sie ihn dennoch. Timothy, Hugh und Stephen ergingen sich unentwegt in Jubel, und auch Magdalene barst vor Stolz auf die Erfolge ihres Herrn, aber natürlich blieb Amicia nicht verborgen, dass die übrigen Ritter nicht von ihren Dienern, sondern von ihren Damen mit Lob überschüttet wurden.

»Nein, das genügt mir nicht«, sagte er und gab sich Mühe, eine leidende Miene aufzusetzen. »Feiere mich, Amicia. Erzähl mir noch einmal, dass sich kein Mann auf der Welt so warm anfühlt wie ich.«

»Ich finde, du bist auch ohne Schwert der tapferste Mann, der hier herumläuft«, sagte sie. Auf der ganzen Welt fühlte sich nichts und niemand so warm an wie ihr Liebster. Auf verworrensten Wegen hatte er ihr ein dem Anlass entsprechendes Kleid beschafft, doch es schien ihn nicht im Mindesten zu kratzen, dass sie es nicht trug und lieber im Zelt blieb.

»Das ist gut«, erwiderte er. »Denn mit dem Schwert bin ich ziemlich steif und aus der Übung.«

Sie liebte ihn wie verrückt und hasste die Blechplatten der Rüstung, die sie hinderten, ihn so fest an sich zu drücken, dass sie Haut und Fleisch und Knochen spürte. Wenn ihm Stephen des Nachts aus all dem Metall und dem Leder half, stank er wie ein Widder in der Brunst. Amicia musste über seine Verlegenheit lachen, sie schickte Stephen schlafen und ging mit ihm in die Verborgenheit des Waldes, damit er sich in einem Bachlauf waschen konnte.

»Weißt du, wie entsetzlich kalt dieses Wasser ist?«, beklagte er sich.

»Das hilft nichts«, erwiderte sie. »Wenn ich dich in diesem Zustand mit in mein sauberes Zelt nehme, werde ich ohnmächtig, und das wäre kaum in deinem Sinn.«

Weil sie ihn bei sich hatte, gelang es ihr trotz allem, den Tagen in Winchester etwas abzugewinnen und manches zu genießen. Seinen zärtlichen Übermut genoss sie. Sosehr ihr das blutige Spiel des Turniers missfiel – Matthew bekam es offenbar prächtig, sich auszutoben und die eigene Stärke zu spüren. Amicia genoss die schmachtenden Blicke, mit denen die Damen des Hofes ihn taxierten, seine kraftvollen Schultern, die hohen Hinterbacken und die schlanken Hüften umfingen, ohne etwas davon besitzen zu dürfen. Und mit verstohlenem Lachen genoss sie Matthews Blicke, die sich an den Formen eines edlen Pferdes weideten, ohne die Begehrlichkeit der Schönen zu bemerken.

»Du bist eine Seltenheit«, erklärte sie ihm, während sie ihm das verfilzte Haar auskämmte. »Ein schöner Mann ohne jede Eitelkeit.«

Er drehte sich blitzschnell um, warf den Kamm weg und riss sie in seine Arme. »Und was ist mit dir, Mistress? Soweit ich weiß, besitzt du nicht einmal einen Spiegel, und statt gnadenlos mir die Haare auszureißen, könntest du es ja auch bei deinen eigenen tun.«

Sie mussten beide lachen, nicht nur weil sie sich komisch fanden, sondern auch weil sie einander ständig verblüfften. Es war, als hätte ihr Schöpfer sie füreinander erdacht: ein Mädchen, das es nicht geben durfte, und einen Mann, den man nach dem, was er war, nicht fragen durfte, zwei in die Welt Geworfene, die von kaum einem Spiel, das ihre Artgenossen spielten, die Regeln kannten, aber miteinander die Liebe entdeckten und dabei sich selbst.

»Findest du mich schön?«, fragte sie ihn und kam sich albern und erregt zugleich vor.

»Nein«, sagte er. »Ich finde, dass die Schönheit Amicia heißen sollte, weil ihr Name zu klein für dich ist.«

»Oho!«, rief sie und warf ihn, solange er in Träumen gefangen war, hintüber, »Ihr könnt ja säuseln, Mylord – wer hätte einem Waldschrat wie Euch das zugetraut?«

»Ich nicht«, gestand er. »Ich traue es mir noch immer nicht zu, weshalb ich besser gleich wieder damit aufhöre.«

»Augenblick!«, rief sie und schob ihre Hand vor seine Lippen, ehe sie die ihren erreichten. »Ich habe aber jetzt entdeckt, dass es mir gefällt, wenn mir ein schöner Mann Komplimente macht. Ich will mehr davon!«

»Deinen schönen Männern drehe ich die Hälse um!«, schwor er, »Komplimente mache nur ich dir, und ich kann es ohne Worte besser.« Mit einer Kraft, der sie nichts entgegenzusetzen hatte, schob er ihre Hand aus dem Weg und nahm sich den Kuss, den sie ihm verweigert hatte.

In dieser Nacht dachte Amicia, ehe sie einschlief: Wenn ich eine Tochter von ihm habe, dann lehre ich sie, dass Liebe Vergnügen macht. Ich werde zu meiner Tochter sagen: »Lass keinen Mann dir nahekommen, an dem du nicht deine Freude hast, wenn er dich liebt.«

Sie fand, das sei bei Weitem der seltsamste Gedanke, der ihr je gekommen war, aber sie wollte ihn nicht mehr loslassen. Die Vorstellung, sie, die sie nie eine Tochter gewesen war und keine

Mutter gehabt hatte, könnte Mutter einer Tochter sein, war köstlich, und sich auszumalen, wie ein Mädchen mit Matthews klaren, gemeißelten Zügen und seinem goldbraunen Haar aussehen mochte, war es ebenfalls.

Er gewann drei Preisgelder, die ihnen für den Rest der Reise genügen würden. Zu weiteren Waffengängen verweigerte er die Meldung, sosehr Timothy und Stephen ihn auch dazu drängten. Auch darin stimmten er und Amicia überein: Ihnen fehlte der weltliche Ehrgeiz so sehr wie die Eitelkeit. Die Behauptung, er wolle mit seinem König auf einen Kreuzzug gehen, und all sein anderes Geprahle vom König schienen Amicia weniger denn je zu ihm zu passen. Den so viel zitierten König bekam sie einmal von Weitem zu Gesicht; er war ein sehr großer Mann mit grauen Locken, der offensichtlich wusste, wie man einen Mantel trug. Dass sich rings um ihn Männer und Frauen in Ehrfurcht ergingen, war nicht zu übersehen, aber Matthew gehörte nicht zu ihnen. Im Gegenteil. Amicia fürchtete, er habe den König nicht einmal bemerkt. Ein Gelege Wildenten nötigte ihm mehr Ehrfurcht ab und der Sturzflug eines Bussards mehr Begeisterung.

Wenn er eingeschlafen war, betete Amicia, dass Gott ihrem Liebsten die Gedanken an den Kreuzzug nehmen würde. Sie wollte keine Gefahren, keine Trennung und keine Einsamkeit mehr. Sie wollte Frieden mit Matthew. Irgendwo in einem Haus, das so klein sein durfte wie ihre Hütte in Quarr. Dem Gemunkel nach häufte Gott seine Gnade über sie und erhörte selbst dieses Gebet – irgendein König in Frankreich bedrohte irgendeinen König in Aragon, und solange zwei christliche Herrscher sich in den Krieg miteinander verbissen, hatten Englands Kreuzzugspläne wenig Aussicht auf Erfolg.

Dann stürzte Matthew eines Nachts in Kleidern, die sich für einen Edelmann ziemten, und mit ordentlich gekämmtem Haar in ihr Zelt, sank vor ihrem Bett auf ein Knie und sagte: »Ich habe mit dem König gesprochen, Amicia. Wenn ich meine Entlassung aus Yorkshire erhalte, ist er bereit, mich in seinen Haushalt aufzunehmen. Und wenn du mir erlaubst, über deine Herkunft ein paar Lügen zu erzählen, könnten wir nach unserer Rückkehr aus Yorkshire heiraten.« Verlegen senkte er den Kopf. »Natürlich nur, wenn dir noch immer nichts Besseres eingefallen ist.«

Amicia war im Licht des Talglichts schon halb eingeschlafen und tauchte in müde, traumumflorte Seligkeit. Sie zog ihn näher und lehnte sich an seine Schulter. »Ach, mein Liebster, mein Meister der dummen Gedanken. Nein, mir ist noch immer nichts Besseres eingefallen, und über meine Herkunft erzähl von mir aus, ich sei aus einem Ei gekrochen und aus dem Nest gefallen. Heiraten will ich dich so oder so.«

»Und das, was du nicht weißt …«

»Das weiß ich eben nicht. Dafür weiß ich, dass du die behaglichste rechte Schulter der Welt hast. Müssen wir noch lange hierbleiben, Matthew? Können wir nicht bald nach Yorkshire reisen und umso schneller wieder zurück sein?«

»Wir reisen morgen. Auch wenn die anderen greinen werden, weil ihnen die bequemen Zelte, das gute Essen und der Trubel nachgerade zur Gewohnheit geworden sind. Am liebsten ließe ich sie alle hier, nur Stephen nicht, weil der mir helfen kann, dich zu beschützen.«

»Ach was«, murmelte Amicia, »die anderen kleben wie Kletten an dir, die kannst du nirgendwo lassen. Und Stephen ist ein liebenswerter Bursche, aber mich braucht niemand zu beschützen. Worin immer diese obskure Gefahr auch bestand, ich glaube, sie hat sich in Luft aufgelöst.«

»Vielleicht hast du recht«, sagte er und ließ sich von ihr auf das Bett ziehen.

Amicia schloss die Augen. Es war unmöglich, sich Gefahren überhaupt noch vorzustellen. Sie lagen in ihrem Zelt, das sie mit niemandem teilten, sie hatten es warm, waren müde und verliebt und würden morgen aufbrechen, um sich den Weg in ihr gemeinsames Leben zu ebnen.

Verglichen mit dem Schleppschritt ihrer bisherigen Reisen kamen sie glänzend voran. Magdalene schlug vor, der alte Hugh solle mit ihr im Karren fahren, und als er sich ihrer vereinten Überredungskünste zum Trotz weigerte, packte ihn Matthew kurzerhand um die Taille und hob ihn hinauf. Einen Augenblick lang bemerkte Amicia eine Vertrautheit zwischen ihnen, die sie berührte. Und tatsächlich fügte sich Hugh ohne Federlesens und blieb sitzen. Magdalene zog eine eigenartige graue Masse aus der Schürze, gab ihm die Hälfte davon ab, und schon bald waren sie miteinander in ein Spiel vertieft, das offenbar nur ihnen beiden bekannt war.

Sein Gesicht wirkt nicht mehr so aufgeschwemmt, dachte Amicia. Dieses Mädchen ist ein Wunder. Magdalene sollte in ein Infirmarium gehen, sie macht Menschen gesund, und wer kann das schon? Würde Magdalene, wenn sie erst irgendwo sesshaft wurden und nicht mehr reisen mussten, ihre eigene Gesundheit wiedererlangen? Amicia beschloss, in jeder Kirche auf dem Weg dafür zu beten, doch auch krank blieb Magdalene der zufriedenste Mensch, den sie je gekannt hatte.

Sogar Timothy klagte weniger als sonst, und der junge Stephen war selig, weil Matthew einem anderen Ritter einen Einhänder abgekauft hatte und ihn unterwegs an der Waffe schulte. »Das vergesse ich Euch nie«, beteuerte er. »Seid gewiss, Ihr habt in mir Euer Leben lang einen Diener, der für Euch durchs Feuer geht.«

Magdalene hob den Kopf, und Amicia sah, wie beider Blicke sich trafen.

»Mir wäre es lieber, wenn wir das Feuer austreten könnten, ohne dass einer von uns sich die Füße verbrennt«, beschied ihn Matthew, aber er lächelte dabei. Er lächelte jetzt oft, wenn auch noch immer mit der Spur von Scheu, die Amicia so berückend fand. Er war ein gesunder Mann, der sein Leben genoss, und es war eine Freude, ihm dabei zuzusehen. Seine Handgelenke sah sie am liebsten. Die heile Haut ohne Kratzwunden.

Um London zogen sie im Bogen herum, sie durchquerten Oxford und schlugen sich dann in Richtung Nottingham. Bisher hatten sie zumeist in Gasthäusern oder Schobern übernachtet, doch jetzt stand ihnen ein weites Stück Weg über freies, leeres Land bevor. Sie schlugen das Zelt auf, das in Winchester gründlich geflickt und abgedichtet worden war, Amicia und Magdalene kochten, und weil sie ihm keine Ruhe ließen, spielte Matthew nach dem Essen für sie auf der Laute.

»Bei Gott, so könnte das Leben bleiben, mein Lenchen!«, rief Timothy und ließ sich mit Magdalene gegen seinen Strohsack plumpsen. Das Wetter war endlich doch noch frühlingshaft geworden, und der Sternenhimmel, der sich über ihnen wölbte, versprach einen weiteren leuchtenden Tag.

Wie ein kleiner Blitz schoss Magdalene aus seinem Arm nach oben. »Das bleibt auch so!«, rief sie beschwörend. »Das muss immer so bleiben, dafür sorge ich.«

Wenn du dafür sorgst, du kleines alpenländisches Wunderwesen, dachte Amicia in der Nacht in Matthews Armen, was soll uns dann eigentlich noch schrecken?

Am nächsten Morgen brach Matthew früh auf, um die Gegend zu erkunden und die günstigste Strecke festzulegen. Es war ein waldreiches, doch auch von Sümpfen durchzogenes Gelände ohne befestigte Straßen, und das Maultier würde selbst auf den besten Pfaden Mühe haben, seine Last zu zerren.

Es war nur ein Abschied für ein paar kurze Stunden. Dennoch sprang Amicia auf und lief Matthew hinterher, als er hinaus in den Tag ritt. »Warte!«, rief sie und fand sich selbst verrückt, zwang ihn aber, noch einmal abzusteigen, damit sie ihm Wangen und Augen küssen konnte.

»Hab mich nicht lieb, als würdest du mich nicht wiedersehen«, warnte er sie. »Sonst bekomme ich Angst und breche überhaupt nicht auf, und dann stecken wir noch vor dem Abend im Sumpf.«

Amicia lauschte seinen Worten nach und vernahm in der von Insekten durchsummten und von Vögeln durchzwitscherten Stille ihr Herz, wie sie es lange nicht mehr gehört hatte. Entschlossen gab sie ihm noch einen Kuss, auf die Lippen, deren Geschmack sie liebte, und strich mit dem Finger über eine seiner Brauen. »Ich glaube, ich will dich immer lieb haben, als würde ich dich nicht wiedersehen«, sagte sie mit rasendem Herzen. »Wenn ich dich nicht wiedersähe, würde ich wollen, dass du weißt: Ich hatte dich zum Zerspringen lieb.«

»Amicia!«

Sie lachte ihn an, auch wenn es ihr auf einmal schwerfiel. »Geht mit Gott, Mylord, aber beeilt Euch, sonst wird Eure Amsel böse und zieht Euch die Ohren lang.«

»Mit Vergnügen, Mistress.« Er lachte nicht. »Häng an meinen Ohren die Wäsche auf, aber sei noch da, wenn ich wiederkomme.«

Der übellaunige, menschenfeindliche Kerl, der damals nach Quarr gekommen war, war nicht wiederzuerkennen. Er griff an seinen Sattel und schwang sich auf Althaimenes' Rücken, aber verkehrt herum, sodass er sie nicht aus dem Blick verlor. Ein Mann musste ein grandioser Reiter sein, um so etwas tun zu können, und Amicia hätte ihm gern hinterhergerufen, wie sehr er ihr imponierte, hätte ihre Kehle sich nicht angefühlt wie zugeschnürt. Stattdessen winkte sie und warf ihm Kusshände zu, bis sie ihn und den namenlosen Hund, der ihm folgte, nicht mehr sah.

Wer von einem solchen Mann geliebt wird, hat keinen Grund, Trübsal zu blasen, mahnte Amicia sich und schloss sich so heiter wie möglich den anderen an. Magdalene wollte wieder einmal nach irgendeinem Kraut suchen, das Timothys unzähmbare Lüste hemmen sollte, und Amicia begleitete sie. Sie sah vor sich noch immer Matthews Gesicht und hatte angefangen, sich auszumalen, wie ein Sohn von ihm aussehen mochte, dessen schön geschwungene Brauen und die Grübchen. Timothy hockte sich derweil ans Bachufer, schwatzte aber so laut mit Stephen, dass er mit Gewissheit sämtliche Fische vertrieb.

»Komm, gehen wir ein Stück weiter«, bat Amicia Magdalene, denn sie wünschte sich, der klugen kleinen Freundin eine Frage zu stellen.

Auf der Suche nach dem Kraut krochen sie durch unwegsames Dickicht, sammelten sie ihre Körbe voll Pilze und stopften sich Walderdbeeren in die Münder. »Magdalene«, begann Amicia nach einer Weile. »Du kennst Mischungen von Kräutern, wie man sie in keinem Kloster lernt, nicht wahr? Auch eine, die verhindert, dass eine Frau ein Kind bekommt?«

Hatte sie Angst gehabt, die Freundin zu verletzen, so hatte sie sich umsonst gefürchtet. »Ja, die kenne ich!«, rief Magdalene mit Feuereifer. »Aber Herr Matthew hat sehr mit mir geschimpft, weil ich die verwendet habe, und du, Amsel, du darfst die um gar keinen Preis verwenden. Wenn du ein Kind von Herrn Matthew bekämest – ach Amsel, wäre das denn nicht schön? Herr Matthew würde gut für dich und dein Kleines sorgen, er liebt dich ohne Anfang und Ende, das weißt du, oder nicht? In diesem Tal, aus dem ich gekommen bin, gibt es einen Helden, der heißt *Ey de Net,* Auge der Nacht, der liebt ein Mädchen so sehr, dass er sich ihretwegen von seinem König verstoßen lässt, und so sehr liebt Herr Matthew dich.«

Amicia wollte etwas sagen, aber Magdalene schien von Timothys Schwatzsucht angesteckt zu sein und plapperte weiter auf sie ein. »Wir alle könnten doch auch helfen, für das Kleine zu sorgen – so wie die Brüder und Schwestern und Onkel und Tanten in Familien es tun. Wir könnten hübsche Kleider für es nähen, und Hugh könnte Spielzeug machen, er ist so geschickt mit den Fingern, und Timothy hätte endlich jemanden, der sich sein Geschwätz anhört. Nur ich kann nichts, aber ich hätte dein Kind von Herzen lieb …«

»Magdalene!«, fuhr Amicia ihr viel zu laut ins Wort. »Hör

endlich auf, von einem Kind zu reden, das ich gar nicht bekomme. Eben danach habe ich dich fragen wollen: Wenn eine Frau und ein Mann sich gut sind … und sie sind sich sehr oft, wenn nicht sogar Nacht für Nacht gut, aber sie bekommen trotzdem kein Kind – weißt du da auch ein Kraut, das dagegen hilft?«

Magdalene brauchte einige Zeit, um zu erfassen, was Amicias verlegenes Gestammel ihr sagen wollte. Dann aber ging ein Leuchten über ihr kleines Spitzmausgesicht. »Nein, liebe Amsel, dafür weiß ich kein Kraut, und dafür brauchst du auch keines.« Unter die Zweige der Kiefern geduckt lief sie auf Amicia zu und schloss die Arme um sie. »Kinder in Bäuche hexen, das ist ein hässliches Ding, das Schwarzkünstler wie Adam de Stratton tun, aber kein feines Mädchen wie du.«

»Wie kommst du auf Adam de Stratton?«, entfuhr es Amicia.

»Ach, weil doch in Winchester jeder von ihm geredet hat. Das ist einer, der Fingernagel von kleinen Mädchen und Schamhaar von jungen Knaben vermischt und damit anderen wer weiß was anhext. Wenn dir einer so etwas rät, Amsel, bitte hör nicht auf ihn. Ein Kind bekommst du ganz von allein, wenn du nur deinen Herrn Matthew tüchtig liebst und Geduld mit ihm hast. Denn weißt du, auch wenn er ein noch so tapferer Ritter ist, beim Lieben ist er ein Hasenfuß, der sich vor Angst die Gelenke wund kratzt. Er zieht sich zu früh aus dir heraus, weil er fürchtet, er könnte in dir stecken bleiben.«

Amicia brach in schallendes Gelächter aus. Vielleicht würde sie bis an ihr Lebensende hören, wie ihr helles Lachen durch den goldenen Tag hallte, wie Magdalene einstimmte und wie ihnen beiden das Lachen in der Kehle erstarb.

Zwischen dem Grün und Braun des Buschwerks tauchte ein schneeweißer Flecken auf. Wurzeln knackten, aus dem Flecken formte sich ein Gesicht, und eine Klinge schlug Äste und Laub aus dem Weg. Wer schrie auf, Magdalene oder sie? Ehe sie auch nur noch einmal Atem schöpfen konnte, fühlte sich Amicia an den Schultern gepackt und so ruppig durch das Gebüsch gezogen, dass vorbeischnellende Zweige ihr Gesicht peitschten.

Hinter dem Strauch wartete ein zweiter Mann, der sie ebenfalls am Oberkörper packte. Amicia sah seinen Brustpanzer durch das Zwielicht blitzen, und Schwärze und Schwindel überfielen sie mit einem Schlag. Sie wurde aus der Waldung herausgezerrt, doch wenn die Wurzeln und Steine sie verletzten, so erreichte sie kein Schmerz. Nichts erreichte sie, nur die Fetzen, die sich aus der Schwärze lösten und zu Bildern zusammenfügten, und die Gewalt, mit der sich die Lücken in ihrer Erinnerung schlossen.

Da waren wieder der Brunnenhof und die fahle Sonne des Frühlingstages, da war einen Herzschlag lang die arglose Heiterkeit des Spiels. *Euer heutiges Versprechen ist bindend,* hörte sie die hohe Kinderstimme ihres Bruders. Dann sauste das Schwert mit dem Drachen nieder und zerschlug ihr Leben in Stücke – das Schwert mit demselben funkenspeienden Drachen, der nun auf dem Brustpanzer des Angreifers prangte. Der Drache aus Matthews Wappen.

Schreien und Rasseln schwollen in ihren Ohren zum Orkan. Einen Wimpernschlag lang, als zwei der Drachenritter auseinanderstrebten, sah sie ein Gesicht. Einen Mann ohne Helm. Keinen Mann, sondern einen Jungen. Das Gesicht war von kalter, ebenmäßiger Schönheit, und die schwarzen Augen brannten sich ihr ein. Ungerührt stand er da, derweil ringsum Männer ihr Leben in Stücke schlugen. Das Wappen mit dem Drachen prangte auf seiner Brust, doch es war das Gesicht, das Amicia jeglicher Kraft beraubte. Matthews Gesicht.

Die Schwärze lichtete sich. Zu den zwei Männern, die sie hinaus aufs Feld gezerrt hatten, hatten sich zwei weitere gesellt. Zu viert hielten sie Amicia fest, drückten sie nieder, schlangen ihr Stricke um Arme und Beine. Sie hätten sich die Mühe sparen können, denn Amicia lag still wie gelähmt, beobachtete vom Boden aus die Männer zu Pferd und zu Fuß. Sie hatten ihr

Zelt umzingelt und zerrten den alten Hugh heraus. Einer von ihnen, ein großer, gebeugter Mann auf einem Schimmel, brüllte etwas und hob sein Schwert über den Kopf. Als es niedersauste, schloss Amicia die Augen. Dass die Kraft des Hiebs genügte, um einem Greis den Schädel zu spalten, stand außer Frage.

Magdalene, betete sie stumm, Magdalene! Es war, als hätte ihre Sprache keine anderen Worte. Tatsächlich schien das Mädchen entkommen zu sein, während Timothy von zwei Bewaffneten über den Boden geschleift wurde, so verzweifelt er sich wehrte und schrie. Keinen Herzschlag später brach Stephen aus dem Gehölz, das kurze Schwert in der Rechten, wie Matthew es ihn gelehrt hatte. Mit einem gewaltigen Schrei stürzte er sich auf die Männer, die Timothy hielten, und hieb nach allen Seiten aus.

Sie alle wehren sich wie die Löwen, durchfuhr es Amicia. Nur ich liege still und lasse mich fesseln wie ein Kalb. Und doch war sie nicht fähig, zu handeln oder auch nur zu denken, in ihrem Kopf war nichts als Matthews Gesicht. Wieder, wie vor zwölf Jahren, wurden vor ihren Augen ihre Freunde gemordet, und unter den Mördern war Matthew, der Mann, den sie geliebt hatte. Schleier senkten sich vor ihr Gesicht, und dahinter sah sie, wie Matthew vor den betenden Abel trat. Mit beiden Händen packte er den Schwertgriff und schwang die Waffe über seinen Kopf, doch ein anderer gebot ihm lässig Einhalt. Klirrend schob Matthew das Schwert in die Scheide und stieß mit seinen behandschuhten Händen Abel in den Rücken. Das Bild wurde schwarz, und durch die Finsternis hallte eine Stimme, die zählte: *Sieben. Acht. Neun. Zehn.*

Als ihr Blick sich klärte, sah sie, dass Stephen noch immer mit unglaublichem Heldenmut kämpfte. Den Mann, der Timothy um die Schultern gefasst hielt, traf er am Kopf, dann ging er in die Hocke und stach ihm das Schwert in den Leib. Mit einem gurgelnden Laut ging der Mann zu Boden und gab Timothy frei. Stephen, der jüngste Sohn der Alpenländerin

Dolasilla, der so gern ein Ritter werden wollte, kämpfte unermüdlich. Mit einem voll gerüsteten, ausgebildeten Kämpen hatte er es bereits aufgenommen, und jetzt stellte er sich tollkühn dem zweiten, der Timothys Bein weiter umklammert hielt.

Ob er auch diesen noch niedergestreckt hätte, würde Amicia niemals erfahren. Der Reiter, der Hugh ermordet hatte, riss seinen Schimmel in dem Moment herum, in dem Stephen auf seinen zweiten Gegner eindrang, und sprengte mit blankem Schwert auf die Gruppe zu. Am Heft seiner Waffe, die dreimal so groß zu sein schien wie Stephens Einhänder, glänzte der Drache. Es war wie damals. Amicia wollte schreien, aufspringen, ihre Freunde bewahren, aber sie hörte keinen Laut von ihrer Stimme und vermochte kein Glied zu rühren.

»Lauf!«, schrie Stephen, der seinen Gegner am Arm getroffen hatte, sodass diesem Timothys Bein entglitt. »Lauf!«

Während Timothy sich auf die Knie und schließlich auf die Füße rappelte, hatte der Schimmelreiter sein Ziel erreicht. Sein Schwert schwang nieder, ehe Amicia die Augen schließen konnte. Doch statt Stephen traf die Waffe Timothy, der sich dazwischengeworfen hatte und augenblicklich zu Boden ging. Der kleine Schwätzer, den niemand ernst genommen hatte, war für seinen Retter zum Helden geworden.

Vor Schmerz und Fassungslosigkeit zuckte Amicias Kopf willenlos hin und her, während der Rest von ihr wie ein toter Gegenstand liegen blieb. Überall, so schien es ihr, wurde gekämpft, überall schossen Reiter und Fußkämpfer aus dem Boden, überall blitzten Schwerter, manche mit Drachen und Funken, manche ohne. Überall floss Blut. Die Konturen, die sie ausmachte, wurden schwächer und verwischten. Was ging um sie vor? Warum kämpften die Drachenritter gegen andere, die mit ihnen nichts zu tun hatten? Aus dem Nebel in ihrem Kopf traten die Fragen klar hervor, aber keine von ihnen berührte sie. Was hätte sie noch scheren sollen, jetzt, wo sie alles wusste? Sie wünschte sich nur eines: dass die Männer, die ihre Fesseln hielten, sie töteten, wie Hugh und Timothy getötet worden waren. Dass sie ein Ende machten mit den Bildern von Matthew. Von Matthew, der mit den Mördern gekommen war. Matthew, der ihren Bruder ermordet hatte.

Dass sie in der Lage war, ein Pferd an seinem Hufschlag zu erkennen, glaubte Amicia nicht, und doch wusste sie, dass es Althaimenes war, der herbeigaloppierte und den Boden erzittern ließ. Althaimenes. Der tragische Held einer griechischen Sage, der seinen Vater ermordet hatte. Weshalb gab ein Mann seinem Pferd den Namen eines Mörders? Warum hatte sie dem Mörder das Versprechen gegeben, nie zu fragen, und selbst den Namen seines Pferdes hingenommen?

Amicia wollte die Augen schließen, doch sogar ihre Lider versagten ihr den Dienst. Nah und deutlich sah sie ihn wie damals im Brunnenhof, keine Einzelheit blieb ihr erspart: die schönen schwarzen Augen, die hohen Knochen der Wangen, die Lippen, die sie geküsst hatte, ohne je genug zu bekommen. Was sie hingegen nicht sah, sondern allein spürte, war die Masse der Männer, die sich um sie drängten. Von allen Seiten schienen sie herbeizuströmen, sobald sie den Reiter entdeckten. Waffen und Rüstungsteile klirrten, Schreie gellten, Hufe und Sohlen donnerten über den Boden.

Matthew sprang vom Pferd, ließ die Zügel fahren, wie er es ihr verboten hatte, und zog das Schwert. Sein Schrei übertönte den Kampfeslärm. Gelähmt, gefesselt, und ohne zu begreifen, lag Amicia am Boden, während um sie eine Schlacht tobte. So schnell schlugen die Klingen, so jäh stürzten Leiber übereinander, dass sie keine Einzelheiten ausmachen konnte, sondern nur wieder und wieder Matthews Gesicht sah. Einer der Männer, den er totschlug, fiel auf ihre Mitte nieder, doch ehe er sie berührte, riss Matthew ihn hoch und warf ihn weg. Der Krach war ohrenbetäubend. Wer den Sieg davontrug, war ihr einerlei, nur eines wollte sie nicht: überleben. *Bringt mich doch auch um,* wollte sie schreien, *wer auch immer von euch es tun möge, bringt mich doch endlich um!*

Vor dreizehn Jahren im Burghof hatte es das Sackleinen gegeben, einen Schmerzensschrei und die gnädige Ohnmacht. Heute drängten sich die Einzelbilder in quälender Klarheit auf. Der Schimmelreiter. Weiß und schwarz hinter Matthews Kopf, als dieser niederkniete und hektisch begann, ihr die Fesseln zu lösen. Alles an ihm – das von keinem Helm bedeckte Haar, das Gesicht, die Arme – war von Blut überströmt.

»Rühr mich nicht an!«, schrie Amicia. Endlich entrang sich ihrer Kehle ein Ton. »Du hast meinen Bruder getötet! Rühr mich nie wieder an!«

Matthew wich zurück. Mit einem dumpfen Laut fiel sein Schwert zu Boden. Er blieb auf den Knien liegen, wehrlos wie Becket vor dem Altar, wie ein Kind auf dem Brunnenrand. Hinter ihm ragte der Kopf des Schimmels auf. Noch im Lauf sprang der Reiter ab und hob das riesige Schwert.

Was danach geschah, würde sich nie wieder in die richtige Reihenfolge ordnen lassen. Der gebeugte Mann, der vom Schimmel gesprungen war, holte über seinen Kopf aus, einer der Männer am Boden richtete sich noch einmal auf und hob ebenfalls die Waffe, und aus irgendeiner Richtung drangen noch mehr Hufschläge an Amicias Ohr. Doch das war nichts gegen den Laut, mit dem ein winziges Geschöpf wie ein Pfeil von der Sehne schnellte, dem Schimmelreiter an den Hals sprang und ihn zu Boden warf.

Sie alle schrien gleichzeitig auf, der gebeugte Reiter, Matthew und Amicia, und in ihr Geschrei drang noch das Gebell des Hundes, der mit riesigem Satz hinzustürzte.

Das Schwert des Schimmelreiters traf zuerst auf Fleisch. Das kleine Geschöpf, das sich auf den übermächtigen Angreifer gestürzt hatte, um seinen Herrn Matthew und seine Amsel zu schützen, war so leicht zu töten wie ein Insekt. Das Schwert bohrte sich ihm in die Brust, die klammernden Hände lösten sich, und das Körperchen, in dem ohnehin nur noch so wenig Blut war, sackte hinunter. Einen Augenblick lang war es, als hielte das Getöse den Atem an.

Dann tobte es weiter, und nur Amicia lag erstarrt am Boden. Die Männer, auf die Matthew wie von Sinnen einschlug, erhielten Verstärkung von weiteren, doch auch die hatten gegen seinen rasenden Zorn nichts aufzubieten. Einem hieb er den Hals durch, dass der Kopf zur Seite kippte. Amicia sah es, doch es machte ihr nichts aus. Der Schimmelreiter lag längst von dem Hund bewacht am Boden, und gleich darauf fiel ein dritter Mann, auf den Matthew einhieb, bis sein Leib in Fetzen lag. Dann schwang er herum und sah Stephen, der seinen Einhänder verloren und eine Wunde am Bein davongetragen hatte, auf sich zuwanken. »Du bringst Amicia nach Fountains Abbey!«, brüllte er ihm zu. »Was immer auch geschieht, du bringst sie dorthin!«

Er drehte das Schwert um, nahm die geschliffene Klinge in zwei Hände und drosch das Heft dem Schimmel auf die Kruppe, sodass der aus dem Stand in Galopp fiel und davonstob. Blut lief die Schneide des Schwertes hinunter. Matthew achtete nicht darauf und ließ es fallen.

Als er sich endlich dem Mörder zuwandte, der verwundet am Boden lag, wirkte er unendlich müde. Er rief den Hund zurück, nahm dem Mann die Gurte und sämtliche Waffen ab und warf bis auf das Schwert alles zur Seite. Sein Fuß fuhr nach hinten, um dem Mann in die Hüfte zu treten, doch im letzten Moment beherrschte er sich und setzte den Fuß wieder auf. »Steh auf«, sagte er mit erloschener Stimme. »Geh.«

»Er ist schuld an Magdalenes Tod!«, schrie Amicia, die im selben Augenblick spürte, wie Hände sich um ihre Schultern schlossen. »Bring ihn um! Tu wenigstens das!«

»Er hat Hugh getötet, den ich einen Dreck genannt habe«, stammelte Stephen, dem Tränen über das Gesicht rannen. »Und Bruder Schwellschwanz, der mich gerettet hat!« Er packte eins der Messer, die Matthew weggeworfen hatte, und setzte auf den Mann zu, um es ihm in die Brust zu rammen.

Mit bloßer Hand hielt Matthew ihn zurück.

In ihrem Rücken fühlte Amicia mindestens vier Hände und vernahm eine Stimme, die ihr vage bekannt vorkam. »Keine Angst, mein Kleines. Du bist nicht mehr unter Feinden.«

Sie wollte sich umwenden, doch das Geschehen vor ihr bannte sie. »Lass ihn gehen«, sagte Matthew zu Stephen.

»Aber er hat unsere Freunde getötet!«, weinte der Junge auf.

»Wir haben ihm das Pferd, die Waffen und die Männer genommen«, sagte Matthew. »Mehr kann ich ihm nicht tun. Wenn er es schafft, sich durchzuschlagen, soll er leben.«

So schnell, wie es ihm seine Wunden erlaubten, rappelte der Mörder sich auf und humpelte auf den Waldsaum zu. Stephen starrte ihm nach. Matthew drehte sich um und würdigte ihn keines Blickes. Der Schwerfälligkeit seiner Bewegung war anzumerken, dass er erheblich verletzt war. Wie viele Männer hatte er niedergerungen? Fünf? Zehn? Als er sich Amicia zuwandte, wurde offensichtlich, dass er nicht mehr würde kämpfen können, sondern aus etlichen Wunden Blut verlor. Der Hund an seiner Seite blutete auch, jedoch nur leicht aus dem Maul.

Die drei Männer, die Amicia währenddessen rückwärts zu ihren Pferden geschleift hatten, bemerkten anscheinend nicht, dass der Mann, der ihnen als letzter Gegner gegenüberstand, längst geschlagen war. Vielleicht glaubten sie, ein Mann, der mit solcher Wucht die Kämpfer um sich gefällt hatte, sei unbesiegbar. Oder sie vermuteten, er habe Verbündete, die jeden Moment eintreffen könnten. In jedem Fall sprangen zwei von ihnen auf die Pferde, während der dritte Amicia auf die Arme hob.

Sie erkannte ihn in dem Moment, in dem sie den Blick wandte. Er war Adam de Stratton, Isabel de Fortibus' Verwalter, den sie als Kinder gefürchtet hatten. »Wir bringen dich in Sicherheit«, sagte er zu ihr. »Du musst dich nicht fürchten. Mit dem halbtoten Satan machen wir ein Ende, wenn der nicht schon verreckt ist, und seinen verdammten Sohn werden wir hetzen, bis er keinen Zug Atem mehr in sich hat. Für Abel. Das schwöre ich dir.«

»Lasst sie los!«, zerschnitt Matthews Stimme die Luft.

De Stratton stieß Amicia über seinen Sattel und schwang sich selbst hinterdrein.

Blutüberströmt und mit dem Schwert in den Händen setzte Matthew auf ihn zu. Die drei Männer hätten lediglich ihren Pferden die Sporen geben müssen und wären fort gewesen, ohne dass er ihnen hätte folgen können. Er rief dennoch erneut: »Lasst sie los!«

»Weshalb sollten wir das tun?«, schrie Adam de Stratton zurück.

»Ich gehe mit Euch«, sagte Matthew. »Wenn Ihr Amicia laufen lasst.«

De Stratton zögerte nur einen Augenblick, dann sprang er vom Pferd und riss Amicia mit sich hinunter. »Du wirst nicht behaglich krepieren, Camoys!«, rief er zu Matthew hinüber. »Auf unserer Burg steht, wie dir bekannt ist, ein Brunnen, aber dich dort hinunterzuwerfen ist zu billig, als dass du damit für Abels Tod zahlen könntest.«

»Ich weiß«, erwiderte Matthew ruhig, erteilte dem Hund einen Befehl und reichte Stephen sein Schwert.

»Und wer sagt dir, dass ich mein Wort halte?«, schrie Adam.

»Niemand«, antwortete Matthew noch immer vollkommen ruhig. Mit einem Kopfschwenk wies er auf Stephen und den Hund. »Meine Gefährten sorgen dafür.«

Adam hielt die schwankende Amicia auf den Füßen. »Ich muss es tun«, flüsterte er an ihrem Ohr wie ein Liebhaber beim zärtlichen Spiel. »Um für Abels Tod zu büßen, muss dieser Sohn des Teufels tausend Tode sterben, oder wir finden im Leben keinen Frieden mehr. Aber ich komme dich holen, meine Süße. Hab nur Geduld, ich lasse dich nicht lange warten.«

Amicia konnte kaum stehen, aber als er sie losließ, vermochte sie dennoch zu rennen, als trüge sie eine fremde Kraft. Aus dem Augenwinkel sah sie, wie Matthew Adams Männern, die von den Pferden gesprungen waren, die an den Gelenken gekreuzten Hände entgegenhielt. Sah, wie sie ihn packten und niederschlugen. Dann sah sie nichts mehr, nur den tapferen Stephen, der noch einmal über sich hinauswuchs und die Arme öffnete. Sie stürzte an seine Brust, und er fiel mit ihr auf die Knie. Auf ihrem Gesicht spürte sie die Zunge des Hundes. Rau wie Sackleinen.

»Ich bringe dich nach Fountains Abbey«, stieß der junge Mann weinend heraus, und sie weinte mit ihm. »Und wenn es das Letzte ist, das ich tue, ich bringe dich nach Fountains Abbey.«

Fünfter Teil

Torhaus des Himmels

London, Sommer 1289

Laudato sie, mi' Signore, cum tucte le tue creature,
spetialmente messor lo frate sole,
lo qual'è iorno et allumini noi per loi.
Et ellu è bellu e radiante cun grande splendore,
de te, Altissimo, porta significatione.

Gelobt seist du, mein Herr, in all deinen Geschöpfen.
Allen voran in unserem Bruder, der Sonne,
Die uns der Tag ist und durch die du uns das Licht
schenkst.
Und schön ist sie und strahlend mit großem Glanz.
Von dir, Höchster, erhält sie Bedeutung.

St. Francesco d'Assisi, *Cantico delle Creature*

33

Lass das stehen!«, rief Vyves Gideon zu. »Die kleine Truhe werde ich ja wohl allein tragen können. Und ein letztes Mal alles prüfen kann ich auch.«

»Bist du sicher? Dann gehe ich Moses beim Anspannen helfen.«

Vyves nickte, und zum Beweis nahm er dem Freund die Truhe aus den Händen, das letzte im Raum befindliche Möbelstück. Er wusste, wie schwer es Gideon fiel, erneut von einer Behausung Abschied zu nehmen, von den Zimmern, in denen seine Tochter aufgewachsen und in denen sein Sohn geboren worden war, von einem Stück Leben, das zurückblieb. Dass der Freund sich tapfer hielt, auch wenn er mehr verlieren würde als drei gemietete Kammern, rechnete Vyves ihm hoch an. Er sollte sich nicht noch mit dem Anblick ihrer leer geräumten Wohnung quälen.

Gideon warf ihm einen dankbaren Blick zu und war gleich darauf die Treppe hinunter verschwunden. Vyves stellte die Truhe ab und rieb sich einen dünnen Film Schweiß von der Stirn. Also noch einmal durch alle drei Räume, um sicherzustellen, dass sie von ihrem stetig schrumpfenden Besitz nichts zurückgelassen hatten. Das große Zimmer, in dem Gideon und Esther mit ihren Kindern gelebt hatten, war zweifellos leer. Gleiches galt für die kleinere Stube nebenan, die er mit seiner Mutter geteilt hatte. Zuletzt zwängte er sich in das winzige Kämmerchen, das zuletzt die junge Rebecca bewohnt hatte. Der Großvater des Mädchens hatte damals mit vier seiner Enkelinnen in einem einzigen Zimmer Unterschlupf gefunden und war froh gewesen, dass die jüngste im Haus der Crespins bleiben durfte. Inzwischen war Rebecca längst zu einem Mitglied der Familie geworden und würde mit ihnen umziehen, einige Straßenzüge weiter, in die Colechurch Lane und einen noch beengteren Raum.

Sie war ein ordentliches Mädchen und hatte ihr Zimmer peinlich sauber ausgeräumt. Das Bett, das die Crespins ihnen überließen, hatten Gideon, Vyves und Moses bereits am frühen Morgen nach unten geschleppt und auf ihren Karren verladen. Vyves wollte die Tür rasch zuschieben, weil ihm der Anblick der leeren Wände mehr zusetzte, als er sich eingestehen mochte, da entdeckte er in der hinteren Ecke zwischen zwei Dielenbrettern ein Glitzern. Im Nu war er dort und fischte den winzigen Gegenstand aus dem Spalt. Er musste irgendwann heruntergefallen sein und sich dort verklemmt haben. Vyves hielt ihn in der Handfläche und deckte die zweite Hand darüber. Hatte *sie* je bemerkt, dass ihr das Schmuckstück fehlte?

So überstürzt, wie sie in sein Leben gewirbelt war, war sie wieder verschwunden. »Ich wünsche mir nichts so sehr, wie dass du glücklich wirst«, hatte er ihr mit auf den Weg gegeben, und die edle Lüge hallte ihm bis heute in den Ohren. Er hatte mehr als vier Jahre damit zugebracht, die kleinsten Teile zusammenzutragen, die in dieses Mosaik gehörten, getrieben von der Hoffnung, einer davon möge ihm Antwort auf eine einzige Frage geben: Kommt sie zurück?

War es einer der schwarzen Scherze des Schicksals, dass er erst heute, wo er diese Kammer hinter sich ließ, entdeckte, was sie ihm vor viereinhalb Jahren hinterlassen hatte: den Bernstein mit der Spinne, *golden wie ihre Zukunft, klar wie ihre Bindung aneinander und darin eingeschlossen das Zeichen für Hoffnung und Geduld.* Seine von Adam de Stratton gestohlene Hochzeitsgabe. Was er längst hätte wissen können, lag darin besiegelt: Das Kinderversprechen, das ohnehin nie Gültigkeit besessen hatte, war in jener Winternacht aufgekündigt worden.

Eine Hand berührte seinen Rücken. »Kommst du, Vyves? Wir würden gern fahren, sonst sind wir bei Einbruch der Dunkelheit auf offener Straße.«

Vyves fuhr herum und sah in Deborahs Gesicht. Sie trug schon ihren Schleier für die Reise, doch darunter quollen ihre roten Locken hervor, in denen auch heute ein König zu schlafen schien. Sie war noch immer die Schönste von allen, die Rose von Sharon, und die Geburt ihres Sohnes vor zwei Jahren hatte sie nur noch stärker zum Leuchten gebracht. Möge Adonai dich und die deinen behüten, betete Vyves inständig. Du hast alles Glück der Welt verdient.

»Vyves?«

Er versuchte zu lächeln. »Bitte entschuldige. Ich war in Erinnerung versunken.«

»Das war nicht zu übersehen.« Sie wies mit einer Hand in den Raum. »Vyves, mein Schwiegervater sitzt bereits auf dem Wagen, und Isaac spielt Kutscher, aber ich habe Moses gesagt, ich lasse sie beide noch einmal absteigen, wenn du deine Meinung änderst. Warum kommst du nicht mit, Vyves? Du weißt, wir werden immer Platz für dich haben, wohin es uns auch treibt.«

Ja, er wusste es. Ihre Großzügigkeit kannte keine Grenze. Deborah hatte ihm nie etwas übel genommen, und wenn er sie brauchte, würde sie für ihn da sein. Im Jahr nach Amicias Auszug hatte sie Samuel Crespins Sohn Moses geheiratet und ihm im Folgejahr den kleinen Isaac geboren. Mit dem Handel der Crespins war es abwärtsgegangen, und die Steine, die man ihnen in den Weg warf, türmten sich immer höher. Einmal waren gar alle jüdischen Haushaltsvorstände, darunter Deborahs Mann, in den Straßen zusammengetrieben und in Gefängnisse verschleppt worden, wo sie auf Befehl des Königs verblieben waren, bis ihre Gemeinden Lösegeld für sie gezahlt hatten. Dennoch waren sie irgendwie zurechtgekommen, und aller Unbill zum Trotz waren es gute Jahre gewesen. Ihre Familie mehrte sich und hing in Liebe aneinander. Sie bewohnten ein vortreffliches Haus und litten niemals Hunger. Dann aber war dieses erkämpfte Leben mit einem Schlag zu Ende gewesen.

Aus dem Wirrwarr der ständig neu erlassenen Gesetze ergab sich, dass kein Jude das Besitzrecht an einem Haus länger als zehn Jahre halten durfte. In vielen Fällen hatte das keinerlei Folgen, da sich niemand um die von jüdischen Familien bewohnten Häuser kümmerte. Im Fall der Crespins aber stand eines Tages ein christlicher Kaufmann vor der Tür, der per Urkunde nachweisen konnte, dass das Haus, das seit Generationen im Besitz der Familie war, jetzt ihm gehörte, denn er hatte es von der Stadt gekauft. Der Kaufmann war kein Unmensch. Er hatte nichts dagegen, weiterhin Juden in seinem Haus wohnen zu lassen, zumal er selbst nicht plante, ins Judenviertel umzusiedeln. Die Miete, die er verlangte, hätten sie jedoch selbst mit vereinten Kräften niemals aufbringen können.

Samuel und Moses hatten sich beraten, und nach einigen Tagen hatte Deborah den übrigen Hausbewohnern eröffnet: »Wir suchen uns keine neue Wohnung. Wir gehen aus England fort, und wenn ihr klug seid, tut ihr dasselbe, denn wann man mit allem jüdischen Leben hier ein Ende macht, ist lediglich eine Frage der Zeit.«

Deborah und ihre Familie würden zunächst nach Dover fahren und von dort nach Frankreich übersetzen, wo Verwandte der Crespins lebten. Sollten sie dort nicht unterkommen, wollten sie weiter nach Süden reisen, der Wärme und den Gemeinden der Sepharden entgegen. »Überall ist es besser als hier«, hörte Vyves Deborah jetzt noch einmal sagen. »Wie lange willst du warten? Bis man euch das Dach über dem Kopf anzündet wie Josua oder euch ohne Grund an den nächsten Pfeiler knüpft?«

»So schlimm wird es schon nicht werden«, erwiderte Vyves, obwohl er sich dessen keinesfalls sicher war. »Und du kennst doch Gideon – England ist die Heimat seiner Väter. Er will, dass es die Heimat seiner Kinder bleibt.«

»Ich rede ja nicht von Gideon«, sagte Deborah. Ihre Hand strich ihm den Rücken hinunter. »Ich rede von dir. Dass Gideon seine Familie nicht verpflanzen will, erfüllt mich zwar mit Sorge, aber ich kann es ihm immerhin nachfühlen. Du hingegen hast nichts, das dich hält, nur deine Mutter, die froh wäre, wenn du euch in Sicherheit brächtest.«

Noch immer starrte Vyves in das leere Zimmer, als erwarte er von dort eine Antwort. »England ist auch meine Heimat, Deborah …«

»Wem willst du das einreden, dir oder mir?«, fuhr sie ihn an. »Ausgerechnet du, der immer vernünftig war und sich ins Notwendige gefügt hat. Du bist nicht hier, weil irgendein Ort auf der Welt deine Heimat ist, außer vielleicht jene Burg auf der Insel, die du keinen Tag lang vergessen hast. Du bist hier, weil du auf etwas wartest, das vermutlich nie geschehen wird. Du wartest seit viereinhalb Jahren. Glaubst du, ich bemerke das nicht? Glaubst du, weil auch ich mich ins Notwendige gefügt und einen wundervollen Mann geheiratet habe, verliere ich aus den Augen, wie es dir ergeht?«

Wie so oft packte ihn sein Gewissen. »Deborah, du sollst nicht …«, begann er, doch sie winkte mit einer Hand ab. »Was ich soll, lass meine Sorge sein. Ich habe es so gut getroffen, wie eine Frau es sich nur wünschen kann, und um mich braucht niemand zu fürchten. Aber um dich. Du zerstörst dich, Vyves. Du hast in all der Zeit keinen Stein auf dem anderen gelassen, um herauszufinden, was Amicia, dir, euren Freunden und diesem dämonischen Ritter vor all den Jahren tatsächlich widerfahren ist. Und was hast du in Erfahrung gebracht? Dass deine Liebste, für die du dein Volk und deinen Glauben aufgegeben hättest, nicht dich, sondern einen anderen geliebt hat, dass der andere sie auf bestialische Weise verraten hat und dass sie jetzt in einem Kloster lebt, das vermutlich der beste Ort der Welt für eine Christin ist, die ein solches Schicksal ertragen muss. Sie hat einen Weg gefunden, die Vergangenheit hinter sich zu lassen und weiterzugehen. Wäre es nicht an der Zeit, dass du dasselbe tust?«

Vyves' Hand schloss sich mit aller Kraft um den kleinen Stein. Alles, was Deborah gesagt hatte, entsprach der Wahrheit. Mit geduldigen Fragen hatte sie ihm manches entlockt und sich anderes erschlossen. Lediglich eines war falsch, und Vyves hätte es richtigstellen müssen. Dafür, dass er es nicht tat, schämte er sich nicht zum ersten Mal. »Ich habe ihr versprochen zu warten«, erklärte er stattdessen lahm. »Als ihr Freund, Deborah. Nicht als der Mann, der sie heiraten wollte. Es ist noch immer möglich, dass sie mich eines Tages braucht, um zurück zur Insel zu reisen und den Rest zu erfahren. Ich habe ihr gesagt, wenn es so weit ist, soll sie mir Nachricht senden, und ich will nicht, dass sie es irgendwann tut, und ich bin nicht mehr da.«

»Ist es denn gut, den Rest zu erfahren?«, fragte Deborah. »Hat sie nicht Grausamkeit genug zu verkraften?«

»Das zu entscheiden obliegt allein ihr«, erwiderte Vyves.

»Und wenn ihr diese Reise gemacht habt oder sie dich wissen lässt, dass sie sie nicht mehr wünscht – wirst du dann gehen können?«

So weit hatte Vyves nie gedacht. Seine Gedanken waren immer nur bis zu dem Punkt vorausgeeilt, an dem er Amicia wiedersah. Zu den Fragen, die sie ihm stellen würde, und den Antworten, die er ihr nicht geben wollte.

Von der Straße drangen die fröhlichen Rufe der Kinder hinauf, für die der Umzug nicht mehr als ein großes Abenteuer darstellte, bei dem ihnen im Schutz ihrer Eltern nichts geschehen konnte. Gewiss ohne es zu bemerken, wippte Deborah mit dem Fuß.

»Ja«, antwortete Vyves hastig. »Wenn ich eines Tages weiß, dass Amicia mich hier nicht mehr braucht, kann ich gehen. Und deinen Bruder und seinen Haufen bringe ich dir mit. Wir sehen uns wieder, Deborah. Ganz bestimmt.«

Sie wandte ihm ihr tränenüberströmtes Gesicht zu, und er zog sie in die Arme.

»Gott schütze dich, Vyves. Ich wünschte, ich könnte dir helfen.«

»Das könntest du«, entfuhr es ihm, ehe er sich hindern konnte.

Sie blickte auf.

»Wenn du in Dover jemanden fändest, der einen Brief bestellen würde …«

»Vyves!«, rief sie geradezu entsetzt.

Er hatte nicht darüber nachgedacht, aber jetzt schien es ihm das einzig Mögliche zu sein. Er würde den Stein mit einem Brief übersenden – mit ein paar Zeilen, die Amicia wissen ließen, dass er noch immer in London lebte, wenn auch in einer anderen Straße, und dass er noch immer bereitstand, wann immer sie ihn brauchte. Als ihr Freund. Nicht als der Mann, der sie im Alter von zehn Jahren hatte heiraten wollen und der es im Alter von bald dreißig nicht minder wollte. »Bitte, Deborah«, sagte er. »Finde einen christlichen Boten, stell sicher, dass niemand auf den Absender schließen kann.«

»Und selbst wenn mir das gelingt, was mir ein mittleres Heldenstück zu sein scheint – einer Ordensschwester wird man auch den Brief eines Christen kaum zustellen.«

Vyves stockte. Sooft er an Amicia dachte, es war ihm nie möglich, sie sich als Ordensschwester vorzustellen. Sie war seine Amsel gewesen, sie hatte vor Leben gebebt und war auf jeden Baum und jede Mauer gestiegen. Hinter die fest verschlossenen Tore eines Klosters schien sie nicht zu gehören, auch wenn Vyves gern an den Frieden, die Ruhe und den Schutz dachte, die sie dahinter umfingen. Damals, auf Carisbrooke, hatte er sagen hören, ein zisterziensisches Kloster sei ein stilles Torhaus zum Himmel. »Wenn sie das Gelübde abgelegt hat und im Orden bleibt, braucht sie den Brief nicht mehr«, zwang er sich endlich, Deborah zu antworten.

»Und dann packst du die Horde, die da unten lärmt, ein und kommst uns nach, ehe sie euch alle aufhängen, ausräuchern, kreuzigen oder was ihnen sonst einfällt?«

Er zog sie wieder an sich und meisterte sogar ein Lächeln. »Ich verspreche es.«

»Gut«, sagte sie und befreite sich. »Dann gib mir den elenden Brief, damit es nicht Nacht wird, ehe wir hier wegkommen.«

Er hatte ihn noch nicht einmal geschrieben, aber er rannte schon los, um aus der letzten verbliebenen Truhe irgendetwas zutage zu fördern, auf das sich schreiben ließ. »Deborah, du weißt nicht …«, rief er über die Schulter zurück, aber sie unterbrach ihn. »Doch, doch, ich weiß. Und wie es sich anfühlt, ins Leere zu lieben, weiß ich auch. Aber es gibt ein Leben darüber hinaus, Vyves, vergiss das nicht. Und es gibt Menschen, die dich lieben, auch wenn dieser eine es nicht tut.«

»Danke«, sagte Vyves und meinte es aufrichtig. Er wusste jetzt, was er Amicia in den Brief schreiben wollte: *Es gibt ein Leben darüber hinaus, vergiss das nicht. Und es gibt Menschen, die dich lieben, auch wenn es dieser eine nicht getan hat.*

Dass daran schon wieder eine Einzelheit falsch war, würde er in Kauf nehmen, schließlich war bis zu Deborahs Aufbruch kaum noch Zeit.

34

Die Glocke war leise. Sie war an der Decke der Kapelle befestigt, und man musste die Ohren spitzen, um sie überall auf dem Gelände zu hören. Aber das war gut so. Es zwang die Schwestern, auf leisen Sohlen zu gehen, das Gelübde des Schweigens zu halten und beständig zu lauschen. Die Glocke zu vernehmen war eine Wohltat. Sie rief zum Stundengebet und zur Messe, die ein Priester aus Fountains Abbey einmal am Tag zelebrierte. Es war gut, gerufen zu werden. Sich zu erinnern: Selbst ich werde irgendwo erwartet, auch wenn mich keiner beim Namen nennt.

Ihren Namen hatte Amicia abgelegt. Hier, in der kleinen Priorei unter den Fittichen der machtvollen Abtei von Fountains, nannten sie sie Agatha, weil ihr Name, der Freundschaft bedeutete, zu weltlich für das Klosterleben war. War Freundschaft weltlich? Amicia war es gleichgültig. Sie war im Haus eines jüdischen Kaufmanns Abigail gerufen worden und jetzt eben Agatha – was machte das für einen Unterschied? Dennoch dachte sie manchmal an das, was die Novizenmeisterin, die zugleich Priorin der Gemeinschaft war, zu ihr gesagt hatte, als sie sie damals vor dem Torhaus von Fountains abgeholt hatte. Es hatte in Strömen geregnet, und Stephen, der wie sie bis auf die Haut durchnässt gewesen war, hatte der Nonne ihren Namen genannt. Zum letzten Mal. »Amicia.«

»Das ist ein schöner Name«, hatte die Nonne gesagt und eine Plane über Amicias Kopf gehalten. »Meine Mutter hieß so.« Sie hatte ihr das Leben gerettet, die kleine, gedrungene Frau, die die beiden Novizinnen der Priorei betreute und von jenem Tag an auch Amicia-Agatha. Mit Ruhe und Klugheit hatte sie sie ins Leben zurückgepflegt.

Auf dem Weg nach Fountains hatte Amicia sterben wollen.

»Lass mich einfach liegen«, hatte sie zu Stephen gesagt. »Lass dich von mir nicht aufhalten, ich werde froh sein, wenn ich das Leben nicht mehr ertragen muss.«

»Das darfst du nicht«, hatte der junge Mann, der mit seinem verletzten Bein all die Meilen mit ihr geritten war, sie angefleht. »Du bist die Letzte von euch, die ich lebend ans Ziel bringen kann. Wie soll ich denn meiner Mutter je wieder unter die Augen treten, wenn du mir auch noch stirbst?«

Allein das hatte Amicia angetrieben, den Weg nach Fountains bis zu Ende zu gehen, und Mutter Margaret, die sie dort abgeholt hatte, hatte genauso gesprochen. »Dass du es dir selbst antun willst, musst du mit deinem Schöpfer ausmachen«, hatte sie gesagt, als Amicia sich weigerte zu essen. »Aber hast du das Recht, es mir anzutun? Hast du dich nicht gefragt, warum ich mit meiner Plane kam, um dich zu holen, kaum dass du eine halbe Stunde mit deinem Begleiter und diesem Riesen von einem Hund in Fountains gewartet hast?«

Amicia hatte sich das nicht gefragt, sie fragte sich überhaupt nichts, aber sie war früher einmal ein neugieriges Mädchen gewesen. Ein Rest dieser Neugier ließ sich nicht hindern, den Kopf zu recken: »Warum?«

»Weil mir jemand gesagt hast, dass du kommen wirst«, erwiderte Mutter Margaret. »Er hat nicht gesagt, wann du eintriffst, nur dass ich dich willkommen heißen und dafür sorgen soll, dass du wie in einer Austernschale geborgen bist. Seitdem bin ich jede Woche einmal hinüber zum Torhaus von Fountains gelaufen, um zu sehen, ob du da bist, und ich habe Abt Henry, dem unsere Priorei untersteht, gebeten, mir bei deiner Ankunft umgehend Nachricht zu senden. Wochenlang bin ich gelaufen, habe für dich gebetet und gehofft. Kannst du dir vorstellen, mit welcher Freude ich dem, der mir von dir schrieb, die Nachricht von deiner Ankunft übersendet habe? Soll ich ihm gleich darauf schreiben müssen, ich habe auf dich nicht achtgegeben und du bist mir gestorben?«

»Wer ist der?«, fragte Amicia unwirsch.

»Jemand, der dich liebt«, antwortete Mutter Margaret. »Genügt das nicht?«

Vyves, sprang es Amicia an, es konnte niemand sein als Vyves. Vyves wusste, dass sie unterwegs nach Fountains Abbey war, und Vyves hatte sie immer geliebt. Zu essen und am Leben zu bleiben war unendlich schwer, aber sie wollte nicht, dass Mutter Margaret Vyves schreiben musste, seine Liebe sei nutzlos gewesen und Amicia sei gestorben.

Viel später, als die Nebel um ihren Verstand sich lichteten, war ihr klar geworden, welchen Unsinn sie sich zusammengereimt hatte. Keine zisterziensische Nonne, nicht einmal Mutter Margaret, wäre allwöchentlich von einem Kloster zum anderen gerannt, weil ein Jude sie darum gebeten hatte. Aber der Unsinn hatte sie am Leben gehalten, und völlig aus der Luft gegriffen war er nicht: Vyves hatte sie geliebt. Dafür das Sterben aufzuschieben war nicht der schlechteste Grund.

Das zarte, beinahe zirpende Läuten der Glocke ertönte, als Amicia sich nach der letzten Zwiebel in der Reihe bückte, sie aus der lockeren Erde zupfte und in ihren Korb legte. Der leise Ton rief zur Vesper, dem Abendgebet, nach dem die Bewohnerinnen der Priorei sich zu Tisch setzten.

Amicia lief, um den Korb in die Küche zu tragen und sich die Hände zu waschen. Die Kanalisation von Fountains Abbey war ein Wunderwerk, das die klaren Quellen der umliegenden Hügel nutzte und stets für fließendes Wasser sorgte, und die kleine Priorei profitierte davon. Sich zu waschen tat gut. Anfangs hatte Amicia ihre Hände nicht ansehen können, weil immer Blut daran klebte. Magdalenes Blut, Timothys Blut, das Blut des armen alten Hugh. Mutter Margaret hatte ihr erlaubt, ihre Hände am Gemeinschaftsbecken endlos unter die Ströme zu halten, und es hatte ihr ein wenig Erleichterung verschafft. Inzwischen sah sie ihre Hände wieder so weiß, wie sie waren, aber sie zu waschen war noch immer eine Wohltat.

Still, mit gesenkten Köpfen, wanderten die Schwestern zum Stundengebet. Amicia kniete in der abgeteilten Nische für die Novizinnen nieder. Derzeit teilte sie diesen Platz mit der jungen Martha, die im Frühjahr in die Priorei eingetreten war. In schöner Regelmäßigkeit waren Mädchen und junge Frauen gekommen, hatten ein Jahr lang mit ihr in der Nische gekniet, im Refektorium am Tisch der Novizinnen gesessen und im kleinen Dormitorium geschlafen, dann waren sie auf die Seite der Ordensschwestern gewechselt oder hatten das Kloster wieder verlassen. Nur Amicia war noch immer da.

Nach dem ersten Jahr hatte Mutter Margaret sie behutsam daran erinnert, dass eine Entscheidung anstand. Ihren Schrecken darüber spürte Amicia bis heute. Der Gedanke, die Mauern, die sie vor dem Leben abschirmten, wieder verlassen zu müssen, hatte sie mit würgender Furcht erfüllt, doch das Gegenteil – die Profess, die sie zum Bleiben verpflichtete – erschien ihr kaum weniger furchteinflößend. Anders als Mönchen war es Frauen, die das Gelübde geleistet hatten, nicht mehr gestattet, sich aus den Klostermauern zu entfernen. Ausnahmen wurden lediglich für Priorinnen und Äbtissinnen gemacht, die zu Zusammenkünften reisen und vor dem Mutterkloster Rechenschaft ablegen mussten.

Aber das will ich doch!, regte sich eine Stimme in ihr. *Hierbleiben, wo es immer still ist und nur der Ruf der Glocke mich daran erinnert, dass es mich gibt. Nie mehr einen Fuß nach draußen setzen, in die Welt, deren Regelwerk ich nicht begreife und nicht begreifen will. Nie mehr Todesschreie hören. Nie mehr Klingen in der Sonne blitzen sehen. Nie mehr Menschen erleben, die anders sterben als mit den Sakramenten versehen in ihrem Bett.* Was sie davon abhielt, zu nicken und Mutter Margaret zu bitten, dem Kapitel ihre Aufnahme vorzuschlagen, ließ sich kaum in Worte fassen.

Höchstens in einen Namen. *Vyves.*

Wenn ich das Gelübde leiste, darf ich Vyves nie mehr sehen und weiß, dass ich den Brief an ihn nie abschicken werde. Ich werde nie mit Vyves zurück nach Carisbrooke reisen und dort stehen, wo Abel ermordet worden ist. Eines Tages werde ich bereit sein, dieses Niemehr anzunehmen, aber noch bin ich es nicht.

Und es gab noch etwas: Wie konnte sie denn das Gelübde leisten und sich unter die frommen Schwestern mischen – sie, die bis zum Bersten erfüllt von Hass und Zorn und Kälte war, sie, die sich nächtelang ausgemalt hatte, wie ein Mensch zu Tode gequält und wie sein zerbrochener Körper in einen Brunnen gestoßen wurde, weil sie keine andere Freude mehr kannte?

Mutter Margaret, die etliche Novizinnen betreut hatte, bemerkte ihr Zögern und fackelte nicht lange. »Wenn du es willst, kann ich dein Noviziat um ein halbes Jahr verlängern«, sagte sie, und aus dem halben Jahr war ein ganzes geworden, dann noch eines, und schließlich hatte Mutter Margaret nicht mehr gefragt. Wenn es Klagen gab, aus Fountains Abbey oder aus den eigenen Reihen, weil Amicia als ewige Novizin wieder einmal etwas war, das es nicht geben durfte, dann ließ Mutter Margaret sie nichts davon wissen. Der Zustand war Gewohnheit geworden, und er ersparte es Amicia, an ihr Innerstes zu rühren, an die Wunden, über die kein Schorf wuchs.

Die Stimmen der Schwestern erfüllten die kleine Kapelle mit den Schlusszeilen des *Magnificat*. Darauf folgten die Fürbitten, das Gebet für Menschen, die des göttlichen Beistandes besonders bedurften. Wer es sich leisten konnte, ließ eine Fürbitte für einen geliebten Verstorbenen oder Kranken lesen, und jeden Abend sprach Amicia dabei stumm ein eigenes Gebet. »Herr, mein Gott, beschütze Stephen und Vyves. Lass ihnen kein Leid geschehen, gib ihnen jede Wohltat, und hab Dank für sie.« Es war ihr einziges Gebet. Sie sprach es, weil sie fand, kein Mensch habe es so sehr verdient wie Stephen und Vyves, und weil es ihr guttat, sich daran zu erinnern, dass es die beiden in ihrem Leben gegeben hatte. Dass Gott ihre Worte hörte, glaubte sie nicht. Gott war ihr so fern wie die Menschen, auch für ihn war sie nur ein bedeutungsloses Etwas, das es im Grunde gar nicht gab.

So leise, wie sie eingezogen waren, zogen die Schwestern aus der Kapelle aus und gingen durch den Kreuzgang hinüber zum Refektorium, wo sie schweigend ihre Abendmahlzeit einnehmen würden. Die ganze Anlage war wie ein kleineres Abbild von Quarr, und das hatte Amicia geholfen, sich einzufinden. Sie fühlte sich fremd und vertraut zugleich, so wie sie es brauchte, um unbehelligt und in einer Art von Frieden ihr Leben zu fristen.

»Novizin Agatha?«

An der Tür des Refektoriums stand Mutter Margaret. Auch hier galt die Vorschrift zu schweigen, und wer sich während des Essens verständigen musste, der tat dies mit Zeichen. Nur der Priorin stand das Recht zu, von der Regel abzuweichen, wo es nötig war.

Amicia verneigte sich. »Ehrwürdige Mutter«, sagte sie leise.

»Komm nach dem Essen hinüber in mein Haus.« Damit drehte die Priorin sich um und ging, um ihren Platz am Tisch einzunehmen.

Vom Gerstenbrot und dem gesottenen Lauch brachte Amicia kaum etwas herunter. Weshalb wollte Mutter Margaret mit ihr sprechen, noch dazu zu einer Zeit, zu der sie sich sonst zum Gebet zurückzog und von niemandem stören ließ? Den Versen aus dem Petrus-Brief, die Novizin Martha während des Essens verlas, konnte sie nicht folgen, und sie war heilfroh, als den Schwestern gestattet wurde, sich zurückzuziehen, um zu schlafen oder still zu beten.

Erregt, wie sie war, fiel es ihr schwer, sich zu zügeln und gemessenen Schrittes hinüber zu dem kleinen Steinbau zu gehen, in dem die Priorin wohnte. Auch auf Quarr hatte dem Vorstand des Klosters ein eigenes Haus zugestanden, erinnerte sie sich, aber Randulph hatte eine karge Zelle vorgezogen und es nie benutzt.

Randulph. Es hatte eine Zeit gegeben, in der sie an den Abt nicht hatte denken können, ohne dass sich alles in ihr aufbäumte. Er war es gewesen, der sie dem Mörder anvertraut hatte. War er damit nicht ebenso ein Verräter wie jener? Das Schwert mit dem Drachen stammte aus der Kleiderkammer der Abtei – wie war es dorthin gekommen, und weshalb hatte Randulph es dem Mörder gegeben? Auf die Flut von Fragen würde sie niemals Antwort erhalten, und sie wollte auch keine, denn was sie wusste, war entsetzlich genug. Sie würde leben müssen, ohne den Grund für Randulphs Verrat zu kennen.

Irgendwann bemerkte sie, dass sich andere Gedanken an Randulph einschlichen. Splitter von Erinnerungen wie die an das ungenutzte Abtshaus. Kurze Bilderfolgen, die hell oder sogar heiter waren und für Augenblicke die Kälte in ihr schmolzen. Nach einer Weile hörte Amicia auf, sich solche Gedanken zu verbieten. Sie würde Randulph nie wiedersehen. Es schadete niemandem, wenn ihre Seele ihn in zwei Randulphs teilte: in den Verräter, der sie einem Mörder ausgeliefert hatte, und in den grüblerischen, fürsorglichen Mann, der sie als verängstigtes Kind behütet und getröstet hatte.

Der Abend war noch mild, aber der Sommer neigte sich dem Ende, und bald würden wieder die Nächte beginnen, in denen das Wasser bei den Pritschen gefror und man zur Laudes die steifen Finger nicht falten konnte. Jahr für Jahr sehnte Amicia diese Zeit herbei. Sie war hart und leer wie ihr Herz und bereitete ihr keine Schmerzen, wie es das Singen eines Sommerabends zuweilen immer noch vermochte.

»Amicia.«

Wie lange hatte sie dieses Wort von keinem Menschen mehr gehört? Sie fuhr herum und sah die kleine Priorin keinen Schritt weit hinter sich stehen. »Komm ins Haus. Mir ist daran gelegen, dass unter uns bleibt, was wir zu besprechen haben.«

Amicia folgte ihr schweigend. Weshalb nannte Mutter Margaret sie beim Vornamen? In der spärlich möblierten Stube brannte ein Feuer. Es war das Vorrecht der Priorin, in warmen Räumen zu schlafen, aber dass sie an diesem lauen Septemberabend einheizte, verwunderte Amicia.

»Mir ist jetzt oft kalt«, sagte sie, als erriete sie Amicias Gedanken. »Das ist einer der Gründe, aus denen ich dich sprechen wollte. Setz dich.«

Amicia setzte sich auf die Holzbank neben der Tür. Mutter Margaret nahm auf einem Schemel am Tisch Platz und hob die Altardecke auf, an der sie seit Längerem stickte. Obwohl es im Zimmer inzwischen zu dunkel für Handarbeit war, zupfte sie an den Fäden, als wolle sie etwas ausbessern. Dann schob sie blitzschnell die Decke zurück und griff nach einem schmalen Päckchen, das daneben lag. »Und dies hier ist der andere Grund«, sagte sie, ohne Amicia aus den Augen zu lassen. »Ein Bote hat es für dich in Fountains abgegeben. Ein teurer Bote. Zumindest nehme ich an, dass ein Bote, der einen Brief von Dover bis hierher trägt, ein beträchtliches Vermögen kostet. Du kannst von Glück sagen, dass ich zufällig dort war und Abt Henry überzeugen konnte, das Corpus Delicti nicht öffnen zu lassen.«

Sie hielt das Päckchen hoch und ließ es in der Luft baumeln. Amicia spürte, wie ihr die Finger zitterten. Mit aller Kraft musste sie dagegen kämpfen, aufzuspringen und das Päckchen an sich zu reißen. Hatte sie den Verstand verloren? Was immer es war – es kam aus der Welt, die sie vergessen wollte, weil sie ihr nichts als Schmerz bereitet hatte.

»Amicia!« Scharf rief die Priorin ihren Namen. Dass sie gleich darauf husten musste, tat der Wirkung kaum Abbruch. »Nimm es. Mach es auf. Und dann sprich mit mir über die Liebe.«

Wie im Taumel erhob sich Amicia, durchmaß auf zitternden Beinen den Raum und nahm das Päckchen an sich. Der Gegenstand, der sich darin befand, war in mehrere Tücher gewickelt und mit Stricken verknotet, als hätte der Absender Angst gehabt, jemand könne den Inhalt ertasten. Amicia brauchte lange, um es zu öffnen, doch nachdem sie die erste Schicht abgewickelt hatte, war sie auf einmal sicher zu wissen, was unter dem Stoff auf sie wartete. Sie hatte in vier Jahren nicht geweint, doch jetzt, als der Gegenstand vor ihr lag, wünschte sie inständig, sie hätte weinen können. Dass sie keine Tränen mehr hatte, tat ihr unendlich leid. Sie nahm den kalten kleinen Stein in die Hände und drückte ihn, als ließe er sich dadurch wärmen.

Das Papier erkannte sie als einen Streifen aus Samuel Crespins Kontobüchern, die Schrift glich der Unterschrift auf ihrem Heiratsvertrag, und die Worte waren so sehr Vyves', als stünde er hier im Raum und streichle ihr beim Sprechen die Hand:

Nur das wollte ich dich wissen lassen, meine Amsel, dass es ein Leben gibt, das über das Schlimmste hinausgeht, und dass es Menschen gibt, die dich lieben, auch wenn ein Einziger nicht dazu fähig war. Das nimmt nicht dem ganzen Leben und der Liebe den Wert. Ich bin noch immer in London, ich ändere nur die Adresse, die ich dir hiermit übersende. Einmal habe ich dir versprochen, mit dir zurück zur Insel zu gehen, wann immer du es wünschst, und du sollst wissen, dass mein Versprechen gilt. Wenn du glaubst, es könnte dir helfen, sende mir Nachricht, und ich komme zu dir. Als dein Freund, meine Amsel. Nicht als jemand, der dir noch mehr Last auflädt.

Ehe sie es sich versah, hielt sie den kleinen Brief so zerdrückt in den Händen wie den Stein. Geliebter Vyves. Warum habe ich nicht für dich sein können, was du verdient hast? Warum konnten du und ich nicht den winzigen Fetzen Glück festhalten, der von unserer Kindheit in Carisbrooke noch übrig war?

»Amicia!«

Sie zuckte zusammen.

»Ich habe dich um etwas gebeten«, erinnerte die Stimme der Priorin sie streng. »Sprich mit mir über die Liebe. Nicht als eine

Novizin mit ihrer Priorin, denn das sind wir füreinander nie gewesen, sondern als Amicia und Margaret. Sprich so, wie du zu einer Verwandten sprechen würdest.«

»Ich weiß nicht, wie man zu Verwandten spricht«, entfuhr es Amicia. »Ich habe nur meinen Bruder gehabt, sonst niemanden.«

»Soso«, brummte Mutter Margaret. »Etwas in der Art hat meine Schwester auch einmal gesagt: Sie habe nur einen Bruder und sonst niemanden, dabei hatte sie noch mich, aber das vergaß sie immer. Warum stellst du dir also nicht vor, du hättest auch noch eine Schwester, die zwar nicht so bedeutend wie dein Bruder, aber immerhin vorhanden ist. Sprich mit mir über die Liebe, Amicia, als wäre ich diese Schwester. Heraus mit der Sprache: Was hast du deiner Schwester über den jungen Mann zu erzählen, der dir den illustren Brief geschrieben hat?«

Wie mochte es sein, eine Schwester zu haben? Beim ersten zaghaften Versuch, es sich vorzustellen, fiel Amicia Magdalene ein, und ihre Kehle schnürte sich zu wie jedes Mal, wenn sie Gedanken an die Freundin nicht rechtzeitig unterdrücken konnte.

»Nun, wenn es dir so schwerfällt, mache eben ich den Anfang«, sagte Mutter Margaret trocken. »Meine Geschichte über die Liebe, von Schwester zu Schwester. Die Wände dieses Hauses haben keine Ohren, und Gott, der uns hört, weiß das alles ohnehin. Ich war ein ganz unbedeutendes Mädchen, obwohl ich an einem bedeutenden Hof zur Welt kam. Eine Drittgeborene. Einen Sohn und Erben besaßen meine Eltern, eine begehrenswerte Tochter obendrein, und ich, ihr letztes Kind, war schmächtig und kränklich, auch wenn sich das heute kein Mensch mehr vorstellen kann.«

Als sie sich auf den Bauch klopfte, fiel Amicia auf, dass die Priorin bei Weitem nicht mehr so wohlgenährt wirkte, wie sie sie kannte. Margaret aber sprach schon weiter: »Weil ich ein so kümmerliches, unscheinbares Wesen war, konnten mein Bruder und meine Schwester nie etwas mit mir anfangen. Ohnehin waren die beiden füreinander gemacht: zwei Seiten derselben Medaille, sie glühend, unzähmbar und voll Feuer und er klar wie Wasser, belesen und klug. Zwei jener schönen, herausragenden Menschen, wie sie selten geboren werden. Sie waren einander genug, und wenn ich manchmal eifersüchtig war, habe ich sie dennoch geliebt. So wie jeder sie liebte.«

»Sie …«, begann Amicia unsicher, »sie leben nicht mehr?«

»Mein Bruder ist tot«, erwiderte Margaret ruhig. »Vorerst aber sind wir alle drei noch Kinder, geboren an einem der großen Grafenhöfe des Landes, und wie alle Kinder unserer Kreise werden wir an den Höfen der Gleichgestellten herumgereicht. Wir kannten vermutlich jedes adlige Kind in England – auch die drei Sprösslinge des Barons von Aldfield, die im Alter recht gut zu uns passten. Drei Brüder waren es. Der strahlende Älteste vereinte in sich, was man sich für einen jungen Adligen nur wünschen kann: Schönheit, Charme und tollkühnen Mut, Bril lanz mit dem Schwert wie mit dem Verstand und ein Wesen, das man vermutlich einfach lieben musste. Die Herzen der Mädchen flogen ihm zu wie Fliegenschwärme, und eine wie mich hätte er vermutlich nicht einmal bemerkt. Es war mein Glück, dass nicht er mein Herz gewann, sondern sein jüngster Bruder. Ein stiller Junge, der zu viel grübelte. Ein bisschen schmächtig und ein bisschen kränklich. Ein bisschen so wie ich.

Sprich mit mir über die Liebe, Amicia. Was zieht uns an, was bindet uns so fest an ein Geschöpf, dass wir zuweilen glauben, wir wären ohne es nicht fähig zu leben? Mein Geliebter und ich waren hinter den Ohren noch frühlingsgrün, aber wir waren entschlossen, einander zu heiraten. Stolz präsentierte er mich seinem Bruder, der ihm heller als die Sonne war, und der Bruder lachte und beteuerte, er werde uns mit Vergnügen seinen Segen geben. Meine eigene Familie sperrte sich jedoch dagegen, denn ich habe dir etwas verschwiegen: Die drei Brüder mochten in unseren Kreisen geduldet sein, doch sie waren keinesfalls erwünschte Bewerber um die Hände behüteter Töchter. Ihr Vater hatte sich im Baronenkrieg als Rebell gegen seinen König gestellt und war dafür aufs Schafott gegangen. Seine Söhne mussten mit der Last seiner Schande leben.«

Margaret machte eine Pause, um sich zu schnäuzen, und Amicia mühte sich, ihre Gedanken niederzukämpfen. Vor sich sah sie Menschen auf einer Brücke, die das Boot einer Königin mit faulem Obst bewarfen und Kinder an den Händen hielten, die irgendwann dafür bezahlen würden. Die Geschichte der Priorin hatte mit ihr und ihrem Leben nichts zu tun. Dennoch erfasste Amicia das beklemmende Gefühl, die Ereignisse von damals hätten das, was ihr geschehen war, mitbestimmt.

»Ich war sicher, alles würde sich finden«, fuhr Margaret ein wenig heiser fort. »Der älteste Bruder nahm mit solchem Schwung Menschen für sich ein, dass es ihm gewiss gelingen würde, die Ehre der Familie reinzuwaschen. Und dann würden mein Liebster und ich heiraten dürfen. Dass meine Mutter für mich ein Leben im Kloster im Sinn hatte, schreckte mich nicht, denn sie hatte alle Hände voll mit der Zukunft meines Bruders und der zerbrechlichen Ehe meiner Schwester zu tun und die Zeit würde gewiss alles richten. Dann zerbrach die Zeit. Ich habe dir noch etwas verschwiegen, nicht wahr?«

Amicia nickte. »Den dritten Bruder«, flüsterte sie.

»Den in der Mitte«, bestätigte Margaret. »Den, der nicht ganz so glänzend, nicht ganz so begabt und erst recht nicht so schön und liebenswert war wie sein Bruder. Der aber von brennendem Ehrgeiz beseelt war und wie kein anderer unter der Schande litt. Seinen älteren Bruder liebte er, wie jeder es tat. Vielleicht hat er sich nie etwas mehr gewünscht, als von diesem Bruder gelobt zu werden, vielleicht bemühte er sich deshalb mit schier übermenschlichen Kräften, beim König wieder Gnade zu finden. Dann aber waren mit einem Schlag all seine Bestrebungen zunichte, weil der vergötterte Bruder in des Vaters Fußstapfen trat. Im Verborgenen hatte er sich einer Gruppe junger Adliger angeschlossen, die der Meinung waren, die Erfolge der Rebellenbarone gingen nicht weit genug, mehr Rechte für das Parlament müssten festgeschrieben und die Regierungsgewalt des Königs müsste umfassender eingeschränkt werden. Im Verbergen war er jedoch nie gut gewesen. Was er dem mittleren Bruder damit antat, hat der älteste Bruder vermutlich nicht einmal gewusst. Der hatte bereits verkraften müssen, der Sohn eines Verräters zu sein. Einen Bruder als Verräter zu haben war mehr, als er ertragen konnte.«

In der Stille prasselte das Feuer. Hatte Amicia geschwitzt, als sie den Raum betrat, so klapperten ihr jetzt die Zähne. Weshalb wusste sie, wie diese Geschichte weiterging? Weshalb kannte sie ihr entsetzlich trauriges Ende? »Hat er …?«, hob sie an und verstummte, als Margaret nickte.

»Ja, er hat ihn getötet. Aus seiner Sicht hat er damit vielleicht nur getan, was wir alle zu tun versuchen: das, was er für das Richtige hielt. Er hat seinen König von einem Verräter befreit und seiner Familie, seinem kleinen Sohn, neue Schande erspart. Wer weiß. Was übrig bleibt, wie man es auch dreht und wendet, ist die Sünde des Brudermordes. Die Sünde, für die Gott den Täter mit einem Kainsmal versieht. Eine Zeit lang kam es mir vor, als hätte Er uns alle damit versehen. Vor allem meinen arglosen, redlichen Geliebten, dem die Last der Schuld das Rückgrat brach. Mit dem Wissen, das Unsägliche nicht verhindert zu haben, konnte er sein eigenes Leben nicht weiterverfolgen. Was er wollte, war Buße, Sühne, Bestrafung. Um seinen Bruder nicht hassen und anklagen zu müssen, hasste und beklagte er sich selbst. Niemand hielt ihn von der Wahl, die er traf, ab. Er warf sich bäuchlings in den Staub, ließ sich sein hübsches Haar scheren und schloss sich einem Orden an, der für seine erbarmungslose Härte und Strenge bekannt war. Den Zisterziensern.«

»Und Ihr?«, barst es aus Amicia heraus.

Margaret zuckte mit den Schultern. »Ich war, glaube ich, vor Schrecken willenlos. Unfähig, zu denken oder zu handeln. So wie du. Als meine Mutter mich in eine Abtei von Benediktinerinnen gab, war ich froh, irgendwo unterzukommen, und habe mich gefügt.«

»Und Euren … Geliebten? Habt Ihr ihn nie wiedergesehen?« Noch während Amicia die Frage stellte, bildete sich in ihrem Kopf eine Antwort: *Ich muss Vyves wiedersehen. Ich kann sonst nichts entscheiden.*

»Doch«, erwiderte Margaret. »Jahre später und nur ein paar Herzschläge lang. Wir waren beide inzwischen zu Abt und Äbtissin aufgestiegen, wir hatten die richtigen Familien und die richtige Besessenheit dazu. Wir trafen einander noch einmal, weil unsere Geschwister uns brauchten. Meine Schwester, die das Erbe unseres Bruders angetreten hatte, sollte mit einem Prinzen von England verheiratet werden, um dieses Erbe der Krone zurückzubringen. Sich weigern durfte sie nicht – sie konnte sich nur durch die Flucht in ein Kloster entziehen. Der Bruder meines Geliebten wollte mit ihr reiten und bat meinen Geliebten um sein Geleit. Unter dem Schutz eines Geistlichen waren sie während der Reise sicher und kamen unbehelligt an. Wir hätten uns allerdings fragen sollen, warum ausgerechnet sein Bruder einen Plan seines Königs zu vereiteln suchte. Der Grund war bestechend simpel. Sprechen wir weiter über die Liebe, Amicia. Dieser grimmige Frauenverächter hatte sich in meine Schwester verliebt. Er war überzeugt, sie sei die einzige Frau auf der Welt, und wenn sie ihm erst gehörte, würde sie selbstredend ihm – und damit der Krone – ihr Erbe überlassen.«

»Und Eure Schwester? Hat sie ihn auch geliebt?«

»Sie hat ihn benutzt«, antwortete Margaret. »Einen Mann zu benutzen, der liebt, ist gefährlich, erst recht einen solchen Mann, der es nicht erträgt, gedemütigt zu werden. Was sie dadurch auf sich zog, mag sie in ihren bösesten Träumen nicht geahnt haben. Wen sie selbst geliebt hat, weiß ich nicht. Vielleicht immer nur unseren Bruder, der ihr viel zu früh genommen wurde. Vielleicht aber auch einen wilden Kerl, den sie beide von klein auf kannten, der ihre Erinnerungen teilte und der ihr als Einziger gewachsen war. Wie auch immer, das ist ihre Geschichte. Die meine ist hiermit zu Ende, und es wird Zeit für deine.«

»Aber sie kann doch nicht zu Ende sein!«, protestierte Amicia. Dann schlug sie sich auf den Mund. »Verzeiht«, murmelte sie. »Die Geschichte ist so furchtbar traurig. Ich hätte Euch so sehr gewünscht, Ihr hättet mit Eurem Geliebten leben können.«

Margarets Blick traf den ihren. Ihre Augen waren leuchtend grün, und ihr Lächeln zauberte Kränze um sie. »Auf unsere eigene Weise tun wir das vielleicht. Ich jedenfalls konnte einfach nicht aufhören, Schriften der Zisterzienser zu lesen. Sooft ich mich damit befasste, fühlte ich mich ihm nah, und als ich erfuhr, dass bei Fountains Abbey eine Zelle für Frauen begründet werden sollte, verließ ich meinen Orden und kam hierher. Ich glaube, wir stehen beide gut an dem Platz, an den wir gestellt sind. Und wenn ich mich nicht irre, ist mein Liebster auf dem besten Weg, zu guter Letzt noch zu lernen, worum ich Gott tagaus tagein für ihn gebeten habe.«

»Was?«, fragte Amicia. Es kam ihr nicht einmal mehr seltsam vor, dass die Priorin eines Klosters einen Mann ihren Liebsten nannte.

Margaret lächelte noch immer. »Er lernt, dass das Leben in diesem Orden nicht auf gnadenlose Härte und strengste Strafen gerichtet ist. Sondern auf die größtmögliche Nähe zu Gott. Nähe ist warm, Amicia. Sie ist lebendig, und sie erlaubt uns, zu lachen und zu singen. *Carta Caritatis* heißt unsere Verfassung. Sie hat, so steht es darin, allein die Liebe und das Wohl der Seelen in göttlichen und menschlichen Dingen zum Ziel. Du hast Fountains Abbey gesehen, ihre große, stille, in den Himmel gerichtete Schlichtheit. Was hast du gedacht, was sie ist?«

Amicia hatte gar nichts gedacht, sie war viel zu verzweifelt gewesen, um zu denken, doch sie dachte es jetzt: »Stein gewordene Liebe zu Gott.«

»Und zu Gottes Schöpfung.«

»Woher wisst Ihr, dass Euer Geliebter es lernt?«, fragte Amicia.

Margarets Lächeln wurde geradezu verschmitzt. »Nun, anderenfalls hätte er dich nicht zu mir geschickt.«

Die Antwort verschlug Amicia die Sprache. Wer ist er?, hätte sie am liebsten gerufen, aber im selben Atemzug begriff sie: Wenn ich es will, dann weiß ich das längst selbst. Sie schwieg.

»Er hat sich so sehr Kinder gewünscht«, fuhr Margaret wie in Gedanken versunken fort. »Ich glaube, das war die grausamste Strafe, die er sich auferlegte: das Gelübde der Keuschheit zu leisten und nie ein Kind zu haben, einen Orden zu wählen, in dem die Mitglieder nicht einmal beim Essen ein Wort wechseln dürfen, und mit seinem warmen, starken Herzen nie wieder einen Menschen zu lieben.« Sie lachte. »Auf so eine dumme Idee kann nur ein Mann kommen, oder? Sind wir hier vielleicht still, weil wir uns nicht lieb haben dürfen? Weit gefehlt. Wir sind still, weil wir auf Gottes Stimme lauschen wie auf unsere Glocke. Aber wenn Gott durch die Stimme eines Menschen zu uns spricht, wenn Er lacht und flirtet und uns süße Nichtigkeiten in die Ohren säuselt, zwingt uns kein Gebot der Welt, Ihm die kalte Schulter zu zeigen.«

Noch einmal lachte sie, dann musste sie husten und sprach weiter: »Ohnehin ist doch Gott viel zu raffiniert für uns. Meinem tapferen Liebsten in seiner Selbstkasteiung hat der Allmächtige das ersehnte Kind jedenfalls geradewegs am Torhaus abgeliefert. Und selbst wenn er seine geliebte Pflegetochter nicht bei sich behalten konnte, hat er immerhin dafür gesorgt, dass sie in liebevolle Hände kam.«

Sie stand auf und begann vor dem Feuer auf und ab zu gehen. Vor der Brust verschränkte sie die Arme, als sei ihr noch immer kalt. »Aus diesen Händen müssen wir die Tochter, die wir doch noch teilen durften, jetzt aber in ihr eigenes Leben entlassen«, sagte sie. »Du hast früher recht gern Wein getrunken, oder? Ich habe ein wenig Wein für hohe Gäste im Haus, aber ich habe ja nie Gäste. Soll ich dir den einschenken, damit dir die Geschichte von dem jungen Mann und dem Brief ein wenig leichter über die Zunge rollt?«

Als Amicia sich selbst lachen hörte, klang es in ihren Ohren, als klirrten die Schnallen an einem rostigen Pferdegeschirr. Aber ein bisschen klang es auch schon wie Lachen.

Margaret schenkte Wein aus einem Zinnkrug in zwei Becher, und sie stießen miteinander an. »Auf die Liebe, Schwester.«

Dann erzählte Amicia ihr von Vyves.

Margaret setzte sich wieder auf ihren Schemel, nahm die Altardecke auf den Schoß und unterbrach sie kein einziges Mal. Wenn es sie entsetzte, dass der Freund ihres Zöglings jüdischen Glaubens war, ließ sie es sich nicht anmerken.

Schwer atmend kam Amicia zum Ende. »Er hat mir den Brief geschrieben«, schloss sie. »Er will für mich da sein, wenn ich ihn brauche. Noch immer.« Seit vier Jahren hatte sie nicht mehr so lange gesprochen. Das Schweigen, das folgte, machte ihr ein wenig Angst, doch sie hielt es aus.

»Trink noch etwas Wein«, sagte Margaret. »Wenn ich du wäre, hätte ich ihn nötig.«

»Ihr werft mich nicht hinaus, nicht wahr?«

»Und ob ich dich hinauswerfe«, erwiderte die andere. »Wie lange willst du denn noch hier darauf warten, dass jemand anders dir sagt, was du tun sollst? Solange du niemanden an dich heranlässt, kannst du Gottes Nähe so wenig finden wie die von Menschen. Deshalb schlage ich vor, du versuchst es jetzt einmal andersherum. Du nimmst deinen Mut zusammen wie eine echte insulanische Heldin und trittst diese Reise an. Ohne die fehlt dir ein Stück, und es könnte das Stück sein, mit dem du dich selbst heilen und weitergehen kannst. Wenn du dabei entdeckst, dass du die erstaunliche Treue dieses jungen Mannes dein Leben lang behalten willst, wirst du von deinem Glauben lassen und seinen annehmen müssen, und wie man das meistert, kann ich dir nicht sagen. Für mich ist die Synagoga blind wie ihre Statue am Münster von York, und allein durch die Ecclesia führt der Weg zum Heil. Aber sein Torhaus zum Himmel muss ein jeder selbst finden. Auch wenn ich keinen Rat für dich hätte, mein Segen und meine Gebete würden dich begleiten.«

»Danke«, krächzte Amicia. »Und wenn ich – wenn ich hierher zurückwill?«

»Dann kommst du zurück«, antwortete Margaret und drohte ihr zugleich mit dem Finger. »Aber dann legst du dein Gelübde ab, verstanden? Wer immer es dir dann als Priorin abnimmt.«

»Werdet denn nicht Ihr es mir abnehmen?«, fragte Amicia erschrocken.

»Das ist eine andere Geschichte«, verwies sie Margaret. »Dich erwarte ich morgen früh in der Kleiderkammer, wo du den weißen Schleier ablegen und ein weltliches Gewand erhalten wirst. Bis zu deiner Abreise wirst du nicht mehr im Schlafsaal der Novizinnen wohnen, sondern als meine Verwandte im Gästehaus. Als meine Schwester sozusagen.« Noch einmal lachte sie auf, dann fuhr sie ernst und beinahe geschäftsmäßig fort: »Ich fürchte, die Vorbereitung der Reise wird mehrere Monate in Anspruch nehmen. Schließlich ist es Juden nicht gestattet, nach Gutdünken durch das Land zu reisen, und wir wollen deinen todesmutigen Freund ja nicht gefährden. Es werden Boten hin- und hergeschickt werden müssen, eine Verkleidung muss her, und ein Geleit zum Schutz werdet ihr auch brauchen.«

Das Wort »Schutz« rief alles wieder wach. »Bin ich denn noch immer in Gefahr?«, stieß Amicia heraus. »Haben die, die mich hassen, ohne dass ich dafür je einen Grund kannte, noch immer nicht genug?«

»Schscht«, machte Margaret beruhigend und hob eine Hand. »Das ist keine Frage, die hier beantwortet werden sollte, denn um die zu lösen, trittst du deine Reise an. Wir werden jedenfalls tun, was in unserer Macht steht, um für deine Sicherheit und die des jungen Mannes zu sorgen.«

»Ich habe dafür kein Geld«, bemerkte Amicia entmutigt. »Und Vyves auch nicht.«

»Aber Fountains Abbey hat Geld«, sagte Margaret. »Dank seiner Schafzucht dürfte es die reichste Zisterzienserabtei von ganz England sein, und Abt Henry vertraut mir. Überlass das mir, und verbringe bis dahin einen letzten eisigen Winter bei uns. Wenn das nächste Mal Frühling wird, bist du hoffentlich auf dem Weg. Und jetzt troll dich, Amicia. Ich bin keine junge Frau mehr und brauche mein bisschen Schlaf.«

Benommen stand Amicia auf. Die überströmende Fülle, die sich in ihrem Schädel drängte, glich ein wenig der Leere, die sonst darin herrschte. »Ich wüsste gern etwas, womit ich Euch danken könnte«, war alles, was sie herausbekam, als sie die Türklinke schon in der Hand hielt.

»Wenn es so ist, dann sage ich dir etwas«, entgegnete Margaret, die auf einmal alt und sehr müde aussah. »Du weißt, wir sind ein kleines Haus und besitzen nur wenige Bücher. In unserer Kleiderkammer befindet sich ein Buch, das du mit hierhergebracht hast. Würdest du es uns überlassen, wenn ich dir zum Ausgleich eine kleine Handschrift mit auf die Reise gäbe, die mein Liebster für mich gefertigt hat? Die Handschrift kann ich auswendig, aber von dem Buch hätte ich gern, dass es hierbleibt. Es hat meinem Bruder gehört.«

35

Drei Jahre hatte Edward I. in seinem Herzogtum Gascogne verbracht, um dem jungen König von Frankreich, dessen Vasall er war, bei Querelen mit den Nachbarn in Aragon und bei der Stärkung der Monarchie zur Seite zu stehen. Auf Letzteres verstand sich Edward wie kein Zweiter, weshalb es kein Wunder war, dass die Herrscher Europas auf ihn schauten, ihn als Vermittler beriefen und seinem Rat Gehör schenkten. Auch seinen Lebenstraum, den immer wieder verschobenen Kreuzzug, würde er letztlich noch auf den Weg bringen, daran hegte Cyprian keinen Zweifel.

England durfte zum ersten Mal in einem ganzen Jahrhundert stolz auf seinen König sein. In einer Zeit, in der die Pfeiler der Macht ins Wanken gerieten, der Kaiserthron verwaist blieb und ein schwächlicher Papst den nächsten ablöste, verschaffte er seinem Land Stabilität. Dabei durchlebte auch England härteste Jahre. Das Meer bäumte sich zu sintflutartigen Wellen auf, bestimmte den Verlauf der Küste neu und riss ganze Dörfer mit sich fort. Auf den Hängen ersoff der Wein und auf den Feldern das Korn. Missernten erschwerten es den königlichen Beamten, die dringend benötigten Steuern einzutreiben, und zu allem gab es in Wales eine Rebellion, die erst nach anderthalb Jahren der Kämpfe niedergemacht werden konnte. Trotz alledem entglitten Edward nie die Zügel, die er mit eiserner Härte führte. Im Volk sprach man von ihm als dem »großen, schrecklichen König«, und man tat es mit unverhohlener Bewunderung.

Mit den Weihnachtsfeiern, die er in seinem aufwendig ausgebauten Tower abhielt, feierte Edward zugleich seine Rückkehr nach England. Prunk und Prasserei, wie man sie den Höfen auf dem Kontinent nachsagte, waren nicht seine Sache, aber die Ausstattung der Festlichkeiten kündete durchaus von Englands Platz unter den führenden Königreichen Europas. Edward hatte den Adel zusammengerufen, um es sich nach vereinter Anstrengung wohlergehen zu lassen – aber auch um bei gutem Essen, französischem Wein und Unterhaltung die nächsten Schritte des Weges zu bereiten, wie solche Schritte immer bereitet wurden: hinter vorgehaltenen Händen.

Ein einziges Mal hatte Cyprian dabei sein wollen. Nicht als Zaungast. Sondern als einer der Spieler, die die Figuren auf dem Brett bewegten. Die Macht, die in diesen mit immergrünem Laub geschmückten Sälen, an in Damast gedeckten Tischen verteilt wurde, verschaffte einem Mann alles, was er sich nur wünschen konnte: Wohlstand, Ehre und die Bewunderung herrlicher Frauen. Warum nur waren die leuchtenden Jahre, in denen er seine Manneskraft in jeder Bewegung gespürt hatte, vorübergegangen, während er ohne Einfluss auf einer veralteten Burg in Yorkshire saß?

Er hatte seine Hoffnungen auf die falschen Pläne gesetzt. Die Insel. Immer wieder die Insel. Hätte er sich nicht so darauf versteift, das umkämpfte Torhaus für seinen König zu erringen, hätte er womöglich mit einem anderen, weniger hochfliegenden Plan Erfolg gehabt. Es half nicht mehr. Er war zu alt, um etwas Neues zu beginnen, war nur hergekommen, weil etwas in ihm die Hoffnung noch immer nicht aufgeben konnte. Weil er einmal dabei sein wollte, wenn zur Musik der Pfeifen und Fiedeln Englands Geschicke gelenkt wurden. Weil er dafür geboren war.

Der Winter war keine gute Zeit für ihn. Seit er damals so schwer verletzt worden war, litt er unter Schmerzen an sämtlichen Narben, sobald die kalte Zeit anbrach. Auch wusste er natürlich, dass es Menschen gab, denen er bei Hof aus dem Weg gehen musste, ja, dass er womöglich niemanden fand, der über sein Kommen erfreut war. Der verdammte Robert mit seinen ewigen Kratzfüßen hatte ihn gewarnt. Er solle, mit Verlaub, doch auf eine Gelegenheit bei wärmerem Wetter warten, vor allem auf eine, bei der nicht Hinz und Kunz versammelt waren.

Letzten Endes hatte Cyprian dem buckligen Gespenst einen Fausthieb verpasst, mit dem er es auf seinen Platz verwies. Seinen Kastellan schlug man normalerweise nicht, denn ein Kastellan war kein gewöhnlicher Untergebener, aber was blieb einem zu tun, wenn einem nichts gelassen wurde, um sich an die eigene Kraft zu erinnern? Robert schien es genauso zu sehen, denn er steckte den Hieb protestlos ein und hörte auf, wie eine Ehefrau zu nörgeln.

In den ersten Tagen hatte es beinahe den Anschein, als sollte Robert mit seiner Warnung recht behalten. Das Wetter war entsetzlich, Tag und Nacht fiel Schneeregen, und die Reise entpuppte sich als einzige Strapaze. Seine Unterbringung im Tower ließ zu wünschen übrig. Mit mehreren anderen Herren, von denen keiner dem Hochadel angehörte, teilte er sich ein zugiges Zimmer, in das der Gestank des Flusses stieg. All das aber hätte Cyprian in Kauf genommen, hätte man ihn nur an dem Treiben in den Festsälen Anteil nehmen lassen. Stattdessen wurde er mit denselben bedeutungslosen Herren an einem Tisch weit entfernt vom königlichen Podium platziert und dort vergessen. Die Speisen waren üppig und die Weine erlesen, aber darauf hatte Cyprian nie Wert gelegt. Einmal mehr war es, als sei er zu einem Fest erschienen, zu dem er nicht geladen war.

Wenn Mitte Januar das Parlament eröffnet wurde, in dem ihm immerhin ein Sitz zustand, würde er nicht mehr hier sein, denn zu bleiben würde den bitteren Geschmack der Demütigung nur verschärfen.

Dann aber, ausgerechnet in der Nacht, in der das neue Jahr anbrach, wendete sich das Blatt. Die meisten Gäste waren vom Kronsaal, in dem gegessen wurde, in den angrenzenden Raum hinübergegangen, wo getanzt und gesungen werden sollte. Auch der König und die Königin gingen, wenn sie sich auch nicht damit verlustieren würden, im Kreis zu hüpfen.

Cyprian hatte dem Tanz nie etwas abgewinnen können. Es war stets der schöne Gregory gewesen, der sich in solche Vergnügungen gestürzt und mit seiner viel zu hohen, viel zu welschen Stimme dazu gesungen hatte. In dem Gesang, der jetzt aus dem Tanzraum drang, war keine Stimme so herausragend, so verdammt betörend, wie es die seines Bruders gewesen war. Cyprian, dem Müdigkeit in allen Knochen saß, stützte die Arme auf den Tisch und ließ den Kopf vornüberhängen. War er der Einzige, der noch hier war? Hatte man ihn wahrhaftig sich selbst überlassen wie einen Greis, den niemand brauchte?

»Cyprian de Camoys?«, schreckte ihn eine viel zu muntere Stimme aus den trüben Gedanken. »Sehe ich richtig? Ach, wie mich das freut, ach, wie mich das freut – guten Abend, Mylord Baron!«

Cyprian wandte den Kopf und sah in ein Gesicht, das ihm vage bekannt vorkam, das er aber trotzdem nicht zuordnen konnte. In jedem Fall besaß der Jungspund, der sich neben ihn auf die Bank gesetzt hatte und sich hemmungslos aus seinem Weinkelch bediente, einen riesigen Kopf, der auf dem schmächtigen Körper affig wirkte, was durch eine löwenartige Haarmähne noch verstärkt wurde. »Ich bewundere Euch seit etlichen Jahren«, beteuerte der Junge mit weinfeucht glänzenden Lippen. »Eure Bemühungen, dem König die Isle of Wight zu gewinnen, hatten etwas von einer alten Tugend, die Englands Adel einst auszeichnete: echte Beharrlichkeit.«

Cyprian hasste es, wenn grüne Bübchen wie Wanderprediger salbaderten. Wäre der Schwätzer sein Sohn gewesen, hätte er ihm zur Abkühlung einen Katzenkopf verpasst. Gleich darauf fiel ihm ein, wo er den Burschen zu verorten hatte: Er war Piers de Montfichet, einer der Grafen aus Essex – natürlich nicht der Alte, der längst das Zeitliche gesegnet hatte, sondern offenbar der nicht weit vom Stamm gefallene Apfel. Erkannt haben konnte der ihn auf keinen Fall, denn soweit Cyprian wusste, waren sie sich niemals begegnet. Also hatte er sich wohl nach seinem Namen erkundigt, weil kein anderer seine Zeit mit ihm verschwenden wollte. Cyprian warf sich in den Rücken, verschränkte die Arme im Nacken und gähnte mit lautem Jaulen. »Ich denke, ich gehe zu Bett«, sagte er ohne einen weiteren Blick auf Piers de Montfichet.

»Das wäre bedauerlich«, bemerkte dieser, auf einen Schlag ernst.

»Ich wüsste nicht, warum.«

»Die Insel«, nuschelte Montfichet durch schadhafte Zähne. »Die Insel.«

Cyprian musterte ihn verächtlich. Sein Sohn hatte prächtige Zähne gehabt, er selbst hatte ihn gelehrt, sie mit einem Sud aus Essig, Birkenlaub und Minze blank zu halten. »Bleibt mir mit Eurer verdammten Insel vom Leib!«

»Heißt das, Ihr habt die Insel aufgegeben? Wollt Ihr mich so enttäuschen, Mylord?«

»Was Euch enttäuscht, schert mich wie das, was meinem Gaul aus dem Arsch fällt«, erwiderte Cyprian.

»Und was den König enttäuscht? Ich dachte, es sei Euch eine Herzensangelegenheit, die Insel in die Hände zurückzulegen, in die sie gehört.«

»Jetzt spitz mal die Ohren, mein Bürschlein«, sagte Cyprian, sah sein Gegenüber zurückzucken und genoss es, sich wie ein junger Mann nach Herzenslust danebenzubenehmen. Warum nur hatte er ständig Gregory imponieren wollen, warum hatte er sich dieses Vergnügen nicht viel öfter gegönnt? »Isabel de Fortibus ist eine alte Frau«, fuhr er fort, und auch von diesem Satz genoss er jedes Wort. »Sie ist so fruchtlos wie ein verdorrter Ast, und wenn sie ins Gras beißt, fällt die Insel von selbst an den König zurück.«

»Tut sie das, Mylord?« Schneller als erwartet hatte sich der Grünschnabel gefasst. »Meine Leute und ich haben Grund, das zu bezweifeln. Die Gerüchte von der geheimnisvollen Erbin sind während der vergangenen Jahre nie völlig verstummt.«

»Und wozu taugte eine verdammte Erbin?«, schnitt ihm Cyprian das Wort ab. »Isabel de Redvers war immerhin Isabel de Redvers. Einem gewöhnlichen Weibsbild, noch dazu einem Bastard, würde niemals gestattet, das Erbe anzutreten.«

»Das käme darauf an, wessen Bastard das Mädchen wäre, oder nicht?«

Cyprian hätte um ein Haar schallend aufgelacht. *Sie ist Adam de Strattons Bastard,* hätte er seinen Hohn durch den menschenleeren Saal schleudern wollen. *Sie ist nichtswürdig, die Tochter des größten Verbrechers des Landes, den sie jetzt, wo der König wieder da ist, endlich in sein Verhängnis treiben sollten, damit ich ihn krepieren sehe, ehe es mit mir selbst zu Ende geht.* Er verstummte zum ersten Mal in seinem Leben, bevor er etwas gesagt hatte. Er wusste, wessen Kind das Mädchen war, weil der Prahlhans Adam in einem schwachen Moment nicht hatte an sich halten können. Aber wer wusste es noch, und wie ließ es sich beweisen? Isabel besaß die Klugheit des Teufels. Hatte sie von Anfang an ein Geheimnis aus den Kindern gemacht, weil sie vorhatte, einen Mann mit Gewicht als deren Vater zu benennen, gar eine heimliche Ehe vorzutäuschen?

Vor Entsetzen und Widerwillen spuckte Cyprian in den Kelch. Der verfluchte Randulph würde ihr dabei helfen, darauf hätte er Gift genommen – und wenn er sämtliche Gebote seiner Klosterbrüder dafür brechen musste.

»Auch mit wem sie verheiratet wäre, könnte von Bedeutung sein«, vernahm Cyprian die Stimme Montfichets, den er fast vergessen hatte. »Vor Jahren kreiste ein Gerücht, Ihr hättet Euren Sohn auf sie angesetzt. Ein genialer Schachzug, wenn Ihr mich fragt.«

Aber ich frage dich nicht. Cyprian beugte sich über den Tisch und schnappte sich einen Kelch, den einer der Gäste stehen gelassen hatte. Der Wein tat ihm gut. Es war ein beinahe blauer Burgunder. Einen ähnlichen hatte Isabel auf Carisbrooke ausgeschenkt, aber den verdammten schwarzen Sizilianer hatte nur sie allein getrunken. Er war nie auf die Idee gekommen, seinen Sohn auf ihre Tochter anzusetzen. Erst jetzt, hundert Jahre zu spät, fiel ihm ein, wie bestechend ein solcher Plan gewesen wäre. Der Idiot ihm gegenüber hatte recht. Ein genialer Schachzug.

Nur leider nicht seiner. Er hatte keinen Sohn mehr, den er wie einen Springer über Eck schieben konnte, und das Mädchen würde niemanden heiraten. Es war eine lachhafte Klosterschwester geworden, und Isabel würde zwar nach seinem Tod ihre Insel verlieren, aber der Triumph, sie ihr zu nehmen, wäre ihm niemals vergönnt.

»Ich hatte gehofft, Eure Unterstützung für einen Vorstoß zu gewinnen«, sprach der unermüdliche Montfichet weiter. »Aber wenn für Euch die Frage der Insel nicht länger von Belang ist, will ich Euch natürlich nicht belästigen.«

»Was für einen Vorstoß?«, blaffte Cyprian und hasste sich sogleich, weil er sich ködern ließ.

»Wir haben einen Brief abfangen können«, mümmelte Montfichet mit gespitztem Mündchen. »Einen Brief aus Fountains Abbey, unterwegs nach London.«

Cyprian erstarrte. Er hörte kein Singen und Springen aus dem Nebenraum mehr, nicht einmal das Knistern und Prasseln des Feuers. »Was für einen Brief?«

»Wenn es die Sache wert wäre – würdet Ihr Männer beisteuern?«

»Was in drei Teufels Namen steht in dem verdammten Brief?« Cyprian hatte den anderen an den Schultern gepackt und schüttelte ihn, dass die Bank unter ihnen wackelte.

»Das Mädchen soll auf die Insel reisen«, stotterte Montfichet. »Sobald es Frühling wird. Dieses unausrottbare Ungeziefer, die Londoner Juden, haben ihre Finger drin. Wir haben das Siegel ersetzt und den Brief wieder auf den Weg geschickt, damit der Plan nicht verworfen wird.«

Cyprian sackte auf die Bank zurück. *Auf die Insel,* echote es in seinem Kopf. *Auf die Insel.* Ungerufen stellten sich die Bilder dazu ein. Bilder seiner höchsten Seligkeit wie die seiner tiefsten Erniedrigung. Dieser Montfichet wollte ihn für seine Sache gewinnen, weil er von der berühmten Attacke gehört hatte, bei der seine Leute in die uneinnehmbare Festung von Carisbrooke eingedrungen waren und Aveline de Fortibus geraubt hatten. Er würde nie erfahren, dass Cyprian einmal für ein paar berauschende Wochen auf Carisbrooke gelebt hatte, als sei er der Herr der Insel. Und auch nicht, dass er den Platz dieses Herrn eingenommen hätte, ohne Wenn und Aber, und ohne an die Krone auch nur zu denken, hätte diese Sirene von Carisbrooke ihn nicht verraten.

Auf die Insel. Er würde noch einmal im Frühjahr auf die Insel reisen und diesmal vollenden, was seine eigene Schwäche und danach der Versager Thibault nicht fertiggebracht hatten.

»Seid Ihr dabei?«

Cyprian gelang nur ein Nicken.

»Wie viele Männer brächtet Ihr bei?«

»Ich bringe mich selbst bei«, beschied ihn Cyprian, der das klägliche Häuflein, das ihm geblieben war, im Judenviertel von London brauchen würde. Dort sollte es den Juden, die sich in die Belange seiner Familie mischten, eine Lektion erteilen.

»Das hat Euch zu genügen. Was ist mit Adam de Stratton?«

Montfichet verzog den Mund zu einem hässlichen Lächeln. »Mit dem befassen sich Beamte des Königs. Der Fall wird bereits seit November untersucht; die Beweislast ist erdrückend, und ich hege Hoffnung, mit seiner Verhaftung selbst betraut zu werden. Diesmal wird er sich nicht freikaufen können, und auch seine Circe wird ihn nicht mehr retten.«

Sicher war Cyprian sich dessen nicht, denn bisher hatte Adam noch immer triumphiert. Wie eine Ratte, die man zu Brei schlagen konnte, und hinterher sprang sie auf ihre widerlichen Pfoten und flitzte davon. Er würde es dennoch wagen. Die letzte Schlacht sollte auf der Insel ausgetragen werden, der letzte Kampf unter einstigen Giganten, die doch alle Verlierer waren.

»Wir sind uns einig?«

»Wenn Ihr es so nennen wollt, dann sind wir es.«

Im nächsten Augenblick schwang die Tür des Saales auf. »Späte Gäste«, bemerkte Montfichet dümmlich.

Cyprians Wangen wurden kalt. Er legte die Fäuste daran und presste sie gegen die Haut, aber es half nichts. Das durfte nicht sein. Nicht hier. Nicht jetzt, wo ihm keine Zeit blieb, sich zu wappnen, und erst recht kein Weg zur Flucht.

»Es reisen noch Männer an, die in Wales die Stellung gehalten haben, weil am vierzehnten Januar das Parlament eröffnet wird«, plapperte der Idiot weiter.

Cyprian hatte gewusst, dass ihm diese Begegnung bevorstehen mochte. Immerhin hatte Robert ihn gewarnt und sich dafür einen Faustschlag eingehandelt. Er senkte den Kopf so weit, dass es den Eindruck erwecken mochte, als glotze er leicht besoffen auf den Tisch, und presste seine Fäuste mit aller Kraft auf seine Wangenknochen. Die vier Männer durchmaßen den Saal mit eiligen Schritten, um sich dem Treiben im Nebenraum anzuschließen. Zwei von ihnen murmelten einen belanglosen Gruß. Der Entstellte, der sie anführte, trug einen schlichten schwarzen Surcot, wie ihn sich nur Männer mit mächtigen Schultern und einem geschmeidigen Gangwerk leisten konnten. Er wandte den Blick nicht einmal für den Bruchteil eines Atemzuges und grüßte so wenig wie der massige rotgesichtige Brocken, der ihm wie ein Köter auf den Fersen folgte.

»Was hat der im Parlament zu suchen?«, platzte Cyprian heraus.

»Oh, war Euch das nicht bekannt?«, erwiderte Montfichet. »Der König hat ihm eine Baronie verliehen.«

»Wofür?«

»Es hat den Anschein, als wärt Ihr lange nicht bei Hof gewesen. Der König mag ihn – er hat in Wales Ergebnisse erzielt, auch wenn seine Methoden mehr als fraglich sind. Vor allem aber mag er, was er mit seinen Falken zustande bringt.«

»Verdammte Falkner werden in diesem Land keine Barone!«

Den halb neugierigen, halb mitleidigen Blick, mit dem Montfichet ihn bedachte, spürte Cyprian, ohne den Kopf zu wenden. »Mir müsst Ihr das nicht sagen«, versicherte der kleine Mann. »Meine Empörung gleicht der Euren, insbesondere was diesen verfetteten Sohn eines Schankwirts betrifft, der letzthin wahrhaftig einen Ritterschlag erhielt. Es sieht aus, als ließe sich ausgerechnet unser über jede Schwäche erhabener König von einem unmanierlichen Nestbeschmutzer etwas einflüstern.«

Worüber du vor Neid demnächst aus den Nähten platzt, durchfuhr es Cyprian. Er nahm den Kelch, in den er gespuckt hatte, und leerte ihn, um mit irgendetwas den Wirbel aus Gefühlen zu ertränken: rasender Zorn und tödliche Kränkung und zu allem, als verfalle er demnächst dem Irrsinn, ein Anflug von Stolz. Aus dem Nebenraum drang jetzt die Stimme, die dem Gesang gefehlt hatte; sie war zu hoch und zu welsch, aus allen übrigen herausragend und gottverdammt betörend.

»Nichts von Euch gleicht nichts von mir«, bellte er Montfichet an. »Wegen der Insel sprechen wir uns.«

»Wie beliebt, Mylord.«

Ein »Gute Nacht« brachte Cyprian nicht mehr heraus. Stattdessen stieß er den Kelch um und verließ den Saal.

36

Es ist ein Besucher am Tor, Mylady Countess.«

Isabel stand auf. Seit Langem ließ sie Besucher zuerst ihrem Stewart melden, der sich derer, die nicht willkommen waren, entledigte, ohne seine Herrin zu belästigen. Dass Roger niemanden melden würde, den sie nicht empfangen wollte, wusste sie, er hatte sich oft genug dafür Ärger eingehandelt. Es gab ohnehin nicht mehr viele Besucher, die sie empfangen wollte. Sie warf einen Blick auf Adam, der unter dem Fenster saß und mit Figuren aus Jaspis und Kristall gegen sich selbst Schach spielte. Großes Vergnügen bereitete es ihm nicht, da der Reiz des Spieles für ihn im Betrug des Gegners bestand. Aber mit seiner alten Leidenschaft für Luxus hielt er die kostbaren Figuren gern in den Händen, und zudem war ihnen beiden letzthin jede Ablenkung recht.

Adam wandte den Kopf zur Tür. Auf sein Gesicht trat ein Ausdruck, den Isabel jetzt immer häufiger wahrnahm. Er stand ihm nicht. Es war ein Ausdruck von Furcht.

Isabel fürchtete sich nicht. Jegliche Furcht war ihr so fremd geworden, dass sie ihre Wachen bis auf zwei Armbrustschützen nachts schlafen ließ. Früher oder später würden Männer aus London kommen, um Adam zu verhaften, und dann würde es eine atemberaubende Summe kosten, ihn noch einmal vor dem Schafott oder Schlimmerem zu bewahren. Es würde aber nicht noch einmal ein Pfand erfordern, dass teurer als Adams Leben war, denn ein solches Pfand besaßen sie nicht mehr. Nur die Insel. Und die war ohnehin verloren.

»Wer ist es, Roger?«, fragte Isabel unwirsch. Sie schämte sich für Adams furchtsames Gesicht.

Der Stewart verneigte sich. »Abt Randulph von Quarr.«

Adams Aufatmen war nicht zu überhören. »Wo ist er? Ihr wollt mir nicht sagen, Ihr habt den Ehrwürdigen Vater am Torhaus stehen lassen?«

»Ich bitte um Vergebung. Ich dachte, es wäre Myladys Wunsch, nicht noch einmal unverhofft … gestört zu werden.«

»Hol den Mann hierherauf!«, fuhr sie ihn unbeherrscht an.

In null Komma nichts tauchte der Stewart aus der Tür und verschwand. Isabel setzte sich wieder und rieb sich mit dem Handrücken die Stirn. Der Abend war nicht warm, und das Feuer musste neu geschürt werden, aber in ihr stieg Hitze auf. Sie wusste, worauf der arme Roger anspielte: Das letzte Mal, als Randulph auf die Burg gekommen war, hatte Roger ihn, ohne zu zögern, in den Hof geführt, um ihn in einem der Empfangsräume warten zu lassen. Randulph aber, der sich auf Carisbrooke auskannte, hatte nicht gewartet, sondern war geradewegs an den entscheidenden Ort gestürmt. Dort hatte er zu sehen bekommen, was für seine Augen nie und nimmer bestimmt gewesen war.

Es lag fast fünf Jahre zurück, und im Grunde hatte Isabel es Roger nie übel genommen. Im Gegenteil. *Keiner von uns hat diesen Mann töten wollen,* dachte sie auch jetzt. *Wir brauchten nur jemanden, der uns wieder zu Sinnen brachte. Der uns vor Augen führt, wie sehr man sich selbst beschmutzt, wenn man einem Menschen Schmerz zufügt, der einem nichts getan hat.* Adam ließen solche Empfindungen vermutlich kalt. Aber auch er, der in seinem Wüten rasend und außer sich gewesen war, hatte die Peitsche niedergelegt.

Es war das himmelschreiendste Unrecht der Welt, dass ausgerechnet Cyprian de Camoys einen solchen Sohn besaß. Ihn zu schinden, alles zu zerstören, was schön und stark und lebendig an ihm war, verschaffte eine bittere, schmerzhafte Art von Trost. Aber es glich das Unrecht nicht aus, und der Trost verflog im Nu, wenn er nicht sofort eine Steigerung erfuhr. In ihrem Wahn hatten sie beide sich betragen, wie kein Tier sich gegen einen Artgenossen betrug. Schon gar nicht gegen einen Mann, der verwundet und wehrlos am Boden lag. Schon gar nicht gegen einen Mann, der ohne Federlesens bereit gewesen war, für das eigene Kind einen erbärmlichen Tod zu sterben.

Es war gut, dass Randulph gekommen war. Kein Abt, kein Gegner im Streit um Einkommen, sondern Randulph, Cyprians kleiner Bruder, der Isabel immer ein bisschen an ihren eigenen erinnert hatte.

»Bist das du, Isabel?«, hatte er gefragt, ohne die Stimme zu erheben. »Die gerechte Herrscherin, der jeder einzelne Mensch auf ihrer Insel am Herzen lag? Dass der Mann, den du zugrunde richten lässt, unschuldig ist, weißt du, oder redest du dir etwas anderes ein?«

»Mein Sohn war auch unschuldig!«, hatte sie geschrien, und auf einmal waren die Tränen da gewesen, und sie konnte sich wieder vorstellen, wie der kleine Abel ausgesehen hatte. Wie er gesprochen hatte. Wie sein Haar geduftet hatte, wenn sie in manchen Nächten heimlich an sein Bett getreten war. Zwölf Jahre lang war es gewesen, als hätte es von ihrem Kind nur das Grauen seines Todes gegeben, und dann hielt sie in dem Brunnenhof, in dem er gestorben war, plötzlich die verlorenen Erinnerungen wieder in den Händen.

Leise und traurig war Randulph an ihr vorbei in den Hof getreten. Er hatte Adam beiseitegeschoben, sich auf den Stein gekniet und unendlich behutsam die Arme um den Verletzten gelegt. »Gib mir ein bisschen Wasser, Adam«, hatte er gesagt. »Nur das. Ich bitte dich.«

Randulph hatte auch geweint. So viele Tränen. So viel endlose Traurigkeit. Zu ihrer Verblüffung bemerkte sie, dass das Weinen und die Traurigkeit viel leichter auszuhalten waren als die zügellose Gewalt. Sie sah hinunter auf ihre Hände, die bis über die Gelenke mit Blut beschmiert waren. Randulph hatte recht, zu fragen: *Bist das du Isabel?* War das noch sie? War das noch Isabel, Baldwyns Schwester, die in diesem Hof gespielt und sich ihr Leben wie eine Art Vorgarten des Himmels vorgestellt hatte? Sie hob den Kopf und sah Adam an. Der nickte, rollte die Peitsche auf und legte sie auf den Brunnenrand. »Nimm ihn mit dir«, hatte Isabel zu Randulph gesagt. »Ich lasse einen Eselskarren anspannen, der es den Hügel hinunterschafft.«

Randulph hatte Adam die Schale mit Wasser abgenommen, tauchte seinen weiten Ärmel hinein und rieb mit einer zärtlichen Bewegung seinem Neffen die Stirn. »Danke«, sagte er. »Darf ich hier bei ihm bleiben, bis der Karren fertig ist?«

»Natürlich.«

»Gott helfe euch beiden«, hatte Randulph ohne einen falschen Ton in der Stimme gesagt. Er hatte gewusst, dass sie sich schämten, dass dazu kein Wort von ihm mehr nötig war.

Waren sie, Isabel de Redvers, und Adam de Stratton je zuvor in der Lage gewesen, sich zu schämen?

Und jetzt, fast fünf Jahre später, war Randulph wiedergekommen. Nahezu unverändert stand er in der Tür Ihres Abendzimmers.

»Ehrwürdiger Vater.« Isabel und Adam standen auf.

Randulph schüttelte den Kopf. »Ich bin auch heute als ich selbst hier. Wenn ich den Abt von Quarr später noch brauchen sollte, hole ich ihn her, aber erst einmal will ich sehen, ob wir ohne ihn zurechtkommen. Guten Abend, Isabel. Guten Abend, Adam.«

Isabel wies auf einen gepolsterten Stuhl in der Nähe des Feuers. Adam war längst aufgestanden, um den Diener nach mehr Wein zu schicken. Er betrug sich in Randulphs Gegenwart wie der Herr des Hauses – sie brauchten einander nichts mehr vorzumachen, hatten es im Grunde nie gebraucht.

»Ich möchte dir mein Beileid aussprechen«, sagte Randulph. »Margaret war deine letzte lebende Verwandte. Und sie war eine großartige Frau.«

Isabel senkte den Blick. Dass sie nicht stärker um Margaret trauern konnte, schmerzte. Sie hatte die Schwester nicht gebraucht, hatte sich unzählige Male gewünscht, Margaret sei an Baldwyns Stelle gestorben. Jetzt trauerte sie um die Möglichkeit, um die sie sich gebracht hatte. »Das war sie gewiss«, sagte sie. »Auch wenn ich sie im Grunde kaum kannte. Ach, Randulph. Ich sollte dir mein Beileid aussprechen, nicht du mir.«

Er lächelte. Isabel konnte sich nicht erinnern, es je bei ihm gesehen zu haben, aber er besaß eine Spur des gewinnenden Lächelns, das sein Bruder Gregory gehabt hatte. Nicht die Gruben in den Mundwinkeln, aber das Kräuseln der Lippen, das scheu und ziemlich unwiderstehlich wirkte. »Das würde sich nicht gehören, Isabel. Aber ich hätte dennoch nichts dagegen, wenn du es tätest.«

»Mein Beileid, Randulph. Ich wünschte, euer Leben wäre anders gewesen …«

»Ich nicht«, sagte er. Isabel konnte sich auch nicht erinnern, dass er ihr jemals ins Wort gefallen war. »Ich bin noch aus einem anderen Grund hier. Keiner von euch beiden hat mir widersprochen, als ich dreist behauptete, Margaret sei Isabels letzte lebende Verwandte.«

»Ich hätte dir gerne widersprochen«, sagte Adam und trank Wein. »Aber es tut zu weh, das kleine Mädchen überhaupt zu erwähnen. Ich kann noch immer nicht fassen, dass alles vergeblich sein soll, dass uns kein Weg mehr offensteht, sie aus diesem Grabgewölbe herauszuholen.«

»Ich werde keine Mühe darauf verschwenden, dir zu erklären, dass Fountains Abbey kein Grabgewölbe, sondern vermutlich einer der lebendigsten Orte dieses Landes ist. Mein Anliegen ist dringender. Dir steht ein Weg offen, sie herauszuholen, und ich bin hier, um dich zu bitten, ihn nicht zu nutzen. Amicia kommt hierher. Nach Carisbrooke. Margarets Brief nach ist sie bereits unterwegs.«

Er hatte die letzte Silbe noch nicht gesprochen, als Isabels Herz zu hämmern begann. Das Hämmern des Herzens schien ihren ganzen Körper zu durchdringen, sodass sie kaum aufrecht auf den Beinen stehen konnte, sondern zu schwanken glaubte. Sie brachte kein Wort heraus, nicht einmal einen Gedanken. Adam dagegen sprang auf, lief zu Randulph und packte ihn bei den Armen. »Ist das dein Ernst, Mann? Ist das bei deiner Nase und bei deinen Ohren dein Ernst? Aber sie ist doch dem Orden beigetreten, sie hat doch das Gelübde geleistet!«

»Nein«, erwiderte Randulph, der vergeblich versuchte, Adams Hände abzustreifen. »Hat sie nicht. Wir haben euch belogen. Wir alle. Auch Abt Henry von Fountains.« Randulphs Gesicht war ernst, aber in seiner Stimme erahnte Isabel ein Grinsen.

»Warum?«, stammelte Adam und schüttelte ihn. »Warum, warum, warum?«

»Fragst du mich das ernsthaft? Lass mich los, Adam, oder ich sage kein Wort mehr. Vielleicht möchtest du mich ja mit deinem Ochsenziemer prügeln oder brandmarken lassen, aber einfacher hättest du es, wenn du dich einfach wieder dort hinüber zu deinem hübschen Schachbrett setzt.«

Sichtlich zähneknirschend ließ Adam von ihm ab und trollte sich. Randulph zupfte sich die Kutte zurecht. Den Wein, der ihm eingeschenkt worden war, rührte er nicht an. »Wir wollten, dass sie Frieden hat«, sagte er. »Zeit, zu genesen und sich wiederzufinden. Und natürlich hätten wir uns gewünscht, dass sie sich entscheidet, in der Priorei zu bleiben und ihr Leben Gott zu weihen.«

»Warum?«, fuhr Adam auf. »Warum kann sie nichts anderes sein als eine vermaledeite Betschwester?«

»Sie war ja schon anderes«, erwiderte Randulph, ohne sich reizen zu lassen. »Ein Bastard. Ein Zankapfel. Eine Getriebene, die nirgendwohin gehörte. Welche Möglichkeiten ihr sonst noch offenstünden, wirst du mir zweifellos gleich zum wiederholten Mal darlegen, aber wenn du dir aufrichtig zuhörst, fällt dir vermutlich selbst auf, dass nichts davon sonderlich machbar klingt.«

»Sie könnte heiraten.«

»Ach ja? Und als was? Als Isabels Bastard? Und obendrein gar als deiner? Vielleicht hättet ihr dem Mann, der sie wollte, ohne nach ihrer Herkunft zu fragen, nicht Leib und Seele zerfleischen sollen, wenn ihr euch so innig einen Schwiegersohn wünscht.«

»Beim Himmel, Randulph! Wie hätten wir sie denn Cyprians Sohn geben können? Damit am Ende doch noch Cyprian die Insel bekommt?«

»Cyprians Sohn hat sich von Aldfield und seinem Vater losgesagt«, erwiderte Randulph. »Und er hat sich in ein mageres Mädchen mit kurz geschorenem Haar verliebt, das unter den Laienbrüdern von Quarr lebte. Nicht in die letzte Tochter der de Redvers. Wer sie ist, hätte er womöglich nie erfahren, hätte ihn nicht ein Witzbold von Wachmann neben einen Strolch in ein Verlies des Towers gekettet. Neben den Strolch de Stratton, der sich wieder einmal nicht verkneifen konnte, mit einem Kind zu prahlen, für dessen Wohl er nie einen Finger krumm gemacht hat. Aber dieses Gespräch ist müßig und alles andere auch. Amicia hat nicht geheiratet, sie hat in Fountains keinen Frieden gefunden, und sie war auch nicht fähig, eine Entscheidung zu treffen. Deshalb muss sie noch einmal hierherkommen. Du musst ihr die Wahrheit sagen, Isabel. Damit sie mit allem, was geschehen ist, endlich leben kann.«

Wieder wollte Adam Antwort geben, aber Isabel fuhr zu ihm herum und gebot ihm mit einer Handbewegung Schweigen. Bis hierher hatte sie stumm gelauscht und fieberhaft versucht, in den Sturm der Gedanken Ordnung zu bringen. Jetzt legte sich der Sturm und gab frei, was darunter ruhte. Sie hatte sich vor dem Mädchen gefürchtet, vor seinen Fragen und Anschuldigungen, vor verstiegenen Hoffnungen, die noch einmal erwachen mochten, und vor Erinnerungen, die wie Dolchstiche waren. Das alles war noch immer da. Aber viel stärker war der Wunsch, den sie vor Randulph aussprach: »Ja, sie soll kommen.

Sie hat ein Recht darauf, und ich werde ihr sagen, was immer sie zu wissen wünscht.«

Randulph legte den Kopf schräg und musterte sie skeptisch. »Sie kommt um ihretwillen, Isabel. Nicht, um dich oder Adam und schon gar nicht um die Insel zu retten.«

Isabel schloss die Augen. Sie glaubte das Mädchen vor sich zu sehen, zum Greifen nah, auf dem gemauerten Sitz unter dem Fenster nach Norden. Dort hatte sie ihm gezeigt, was die Insel war, wie Baldwyn es einst ihr gezeigt hatte: ein Torhaus zum Paradies. Geschaffen, um darauf glücklich zu sein.

»Weshalb entscheidest eigentlich du darüber?«, mischte sich jetzt wieder Adam ein. »Wenn es dir mit deiner Sorge um sie ernst ist – wieso darf sie dann nicht selbst wählen, was ihr besser schmeckt? Das, was du ihr servierst, oder das, was wir ihr anzubieten haben?«

»Wenn du mir versicherst, dass du dich daran hältst, will ich mich darauf nur zu gern einigen«, antwortete Randulph. »Lassen wir Amicia selbst wählen. Wir haben ihr den Beistand versagt, den wir ihr schuldeten und den sie von uns gebraucht hätte, also haben wir uns auch kein Recht erworben, über ihr Leben zu bestimmen. Versprechen wir einander, dass wir Amicias Entscheidung annehmen, wie immer sie aussieht – und wenn sie als Gauklerin über die Marktplätze ziehen oder einen Heiden heiraten will.«

»Wie kommst du darauf, sie könnte einen Heiden heiraten wollen?«, fragte Adam entgeistert.

»Darauf komme ich gar nicht«, erwiderte Randulph und winkte ab. »Es war nur ein törichtes Beispiel.«

»Und das irrwitzigste«, knurrte Adam. »Natürlich könnte ich dergleichen niemals zulassen.«

»Du wirst es zulassen müssen, denn das Recht eines Vaters nach dem Gesetz steht dir nicht zu. Außerdem höre ich, dass man dir so dicht auf den Fersen ist wie nie zuvor.«

»Pah!«, rief Adam aus. »Ich bin bisher durch jede Masche

ihres Netzes geglitten, und ich werde auch diesmal nicht darin hängen bleiben.«

»Aber nicht noch einmal auf Amicias Kosten«, warnte ihn Randulph. »Und ehe wir noch mehr Zeit mit Geschwätz über nicht vorhandene Heiden vergeuden, will ich mit euch über Amicias Sicherheit sprechen. Sie kommt in Verkleidung. Mit ihrem Geleit wird sie in Quarr eintreffen, und von dort muss sie abgeholt werden. Lasst uns zusammen überlegen, wie wir das alles so unauffällig wie möglich zu Wege bringen.«

Sie setzten sich miteinander um den Tisch mit Adams Schachbrett und sprachen über den Tag, an dem die kleine Amicia nach Hause kommen würde. Isabel hatte nie in ihrem Leben Männer für sich sprechen und über ihre Belange entscheiden lassen, aber heute saß sie stumm dabei und hörte mit halbem Ohr, was Adam und Randulph erwogen. Ihre Aufmerksamkeit war auf etwas anderes gelenkt, das ihr rasende Angst einjagte und sie zugleich geradezu trunken machte: Es war, als hätte ihr Herz mit seinem Hämmern die Schichten des Eises ins Rutschen gebracht. Jetzt hämmerte es nicht mehr, aber Isabel bildete sich ein, aus ihrer Brust jenes Knacken zu hören, mit dem Eiszapfen von Vordächern schmelzen, ehe sie wie glitzernde Pfeile zu Boden schießen.

37

Kurz nach Ostern des Jahres 1290 verließen Amicia und Vyves Yorkshire. Vyves war bereits zwei Wochen zuvor eingetroffen, aber Amicia hatte die Priorei nicht verlassen wollen, ehe der Palmsonntag hinter ihr lag. Sie reisten als christliches Kaufmannsehepaar, das eine Wagenladung der berühmten Schafwolle von Fountains eingekauft hatte, und wurden von einem bewaffneten Reiter begleitet. Auf halber Strecke würden sie in einem Gasthaus, dessen Wirt für sein Schweigen bezahlt worden war, die Verkleidung wechseln. Amicia würde zu einer verwitweten Mutter werden, die ihren Sohn nach Quarr begleitete, um ihn als Novizen der Abtei zu übergeben. Wie es von dort nach Carisbrooke weiterging, wussten sie nicht, doch Margaret hatte Amicia versichert, dass für alles gesorgt war.

Margaret. Die bereits todkrank gewesen war, als sie Amicia ihre Geschichte anvertraut hatte. Und die sich dennoch bei der Vorbereitung ins Zeug gelegt hatte wie eine ausgefuchste Verschwörerin. Gefälschte Briefe waren ebenso versandt worden wie echte, damit Verfolger getäuscht wurden und ihre Spuren in die Irre führten. Einmal war sogar ein Gespann beladen und in die falsche Richtung geschickt worden, und Abt Henry von Fountains stellte die Reisenden in einem Geleitbrief unter seinen persönlichen Schutz. Margaret hatte jede Maßnahme mit Amicia besprochen, ihr aber eines standhaft vorenthalten: den Grund für all diese Vorsicht, den sie erst auf der Insel erfahren sollte.

Wenn ich es weiß, werde ich auch wissen, warum Magdalene sterben musste, begriff sie. Warum Hugh und Timothy sterben mussten und ob Abel tatsächlich nur zur falschen Zeit am falschen Ort war. Würde sie dafür stark genug sein? Es machte ihr solche Angst, dass sie versucht war, die Reise abzusagen.

Wenn sie all das wusste, würde sie dann auch begreifen, warum sie verraten worden war, so tief und verletzend, dass sie keinen Menschen in der Nähe der Wunde ertrug? Nicht einmal sich selbst. Und nicht einmal Gott. Wie sollte sie den Mut finden, den Verband von der Wunde zu reißen und noch einmal daran zu rühren?

Als Margaret gestorben war, hatte sich Amicias Angst noch gesteigert. Ihre einsamen Nächte im Gästehaus waren schlimmer als jede der Albtraumnächte, die sie als Mädchen auf Quarr hatte durchstehen müssen.

Dann aber war Vyves gekommen. Seine Arme, seine Stimme, seine bernsteinhellen Augen. War sie je im Leben so erleichtert gewesen?

Sie reisten als verheiratetes Paar und brauchten sich weder bei Tag noch bei Nacht zu trennen. Da Vyves nicht reiten konnte, fuhr er auf dem Karren mit der Wolle mit, und Amicia ritt neben ihm auf dem schwarzen Pferdchen, auf dem sie vor fünf Jahren gekommen war. Die Welt außerhalb der Austernschale schüchterte sie ein und rief wieder die furchtbaren Bilder wach, doch immerhin war sie nicht allein. Bei Nacht schliefen sie in Gasthäusern, in Kammern oder Schankräumen, aneinandergeklammert wie ein einziges Wesen. Wenn Amicia aus einem ihrer grauenhaften Träume schreckte, war Vyves bei ihr, sprach beruhigend auf sie ein und streichelte mit den Lippen ihr Haar. Es dauerte Tage, bis sie wirklich miteinander reden konnten, bis das Staunen darüber, dass der andere da war, ganze Sätze zuließ. In der Zwischenzeit hatten sie ihre Berührungen, ihre Blicke, zuweilen ein Wort und zuweilen sogar ein Lächeln.

Als schon deutlich wurde, wie die Landschaft um sie das lieblichere Gesicht des Südens annahm, das ihnen beiden aus der Kindheit vertraut war, fanden sie endlich ihre Sprache wieder. Hilfreich war, dass sie Vyves nichts zu erzählen brauchte. Er wusste beinahe alles, hatte keine Ruhe gefunden, ehe er jede

Einzelheit in Erfahrung gebracht hatte. Er hatte Toms Gasthaus aufgespürt und von den Wirtsleuten erfahren, was ihr geschehen war. »Du warst bei Dolasilla?«, rief Amicia. »Hast du von Stephen gehört? Geht es ihm gut?«

»Dem jungen Mann, der dich nach Yorkshire gebracht hat? Ich glaube, es geht ihm blendend«, erwiderte Vyves. »Auch wenn seine Mutter ihn nur selten zu Gesicht bekommt. Für ihn hat sich ein Traum erfüllt: Er hat in Wales gekämpft und ist dafür zum Ritter geschlagen worden, obwohl er seiner Geburt nach kein Anrecht darauf hatte.«

Amicia war vor Freude außer sich. Wenn überhaupt ein Mann den Ritterschlag verdiente, dann war es Stephen, der dem Stand mehr als Ehre machen würde. Andere Männer hatten diese Auszeichnung ohne Verdienst erhalten und ihr nichts als Schande gebracht. So war es immer: Über jeden heiteren Augenblick deckten sich unverzüglich schwarze Gedanken. Sie hatte noch immer keine Tränen, und das Grauen in Worte zu fassen war entsetzlich schwer. Aber Vyves hatte die Wahrheit verdient. »Ich muss dir noch etwas sagen«, zwang sie sich stockend ab. »Etwas, das Dolasilla und Tom dir nicht erzählen konnten und das schlimmer als alles ist: Diesen Satan, den Verräter, der Abel auf dem Gewissen hat …«

»Du musst es mir nicht sagen«, versuchte Vyves sie zu beruhigen.

»Doch, das muss ich, ich schulde es dir!«

Er küsste ihr Haar. »Ich weiß es doch. Du hast diesen Mann geliebt. Das ist kein Verbrechen, Amicia.«

»Verletzt es dich nicht?«

»Mich verletzt, was dir zugefügt worden ist«, sagte er. »Und wie steht es jetzt?«

»Was meinst du?«

»Wenn du jetzt an ihn denkst – was empfindest du?«

»Er ist tot.« Ihre Stimme klang dumpf. »Wenn er es nicht wäre, würde ich gehen und ihn töten.«

»Amicia …«, begann er abwartend.

»Was ist?«

»Wenn er tot wäre, wäre er für dich gestorben.«

Etwas Grelles zuckte vor ihrem geistigen Auge auf. Amicia sah wieder das Schlachtfeld, das Blut und die Toten. Den Mann, der neben dem Hund stand und sich kaum auf den Beinen halten konnte. Derselbe Mann hatte sie in den Armen gehalten, dass kein Atemzug zwischen sie passte, hatte ihr ins Ohr geflüstert, sie sei das zauberhafteste Geschöpf der Welt, und hatte dabei immer gewusst, dass er ihren Bruder getötet hatte und dass seine Leute darauf warteten, auch sie zu töten. Amicia schlang die Arme um ihren Leib. »Ich will nicht über ihn sprechen, Vyves! Nie wieder.«

»Du brauchst es nie wieder zu tun«, versprach er. »Darf ich dir bitte nur noch eine einzige Frage stellen?«

Sie wollte »Nein!« rufen, nickte aber, weil sie fand, sie habe kein Recht, es ihm zu verweigern.

»Wann hast du dich erinnert? An damals, meine ich. An Abels Tod und an Matthew de Camoys.«

»Auf dieser Wiese«, erwiderte sie verstört. »Als ich die Ritter mit seinem Wappen gesehen habe, die uns niedermachten. So wie damals, Vyves. Genau wie damals – und ich lag wieder nur da und konnte nichts tun.«

Er streichelte sie. »Hast du das damals klar gesehen?«, fragte er sanft. »Wer es war, der Abel gestoßen hat?«

Statt einer Antwort ballten sich in Amicias Kopf nur Nebel. Die Frage schien keinen Sinn zu ergeben. »Spielt das eine Rolle? Sind nicht alle Mörder: die, die stoßen, und die, die dabeistehen und es dulden?«

»Vielleicht nicht, wenn einer von ihnen vor Entsetzen gelähmt gewesen wäre wie du«, erwiderte Vyves langsam. »Wenn er jung gewesen wäre. Kaum älter als ich.«

Seine Worte blieben inhaltsleer, Amicia bekam sie nicht geordnet. Stattdessen fiel ihr etwas anderes ein. »Vyves, als der

Mörder zu Eurem Haus kam, um mich zu holen – hast du ihn nicht erkannt?«

Vyves wich ihrem Blick nicht aus. »Das erste Mal war ich mir nicht sicher. Das zweite Mal, und nachdem ich seinen Namen wusste, ja.«

Es traf sie wie ein Schlag ins Gesicht. »Und du hast mich mit ihm gehen lassen? Du hast mich nicht einmal gewarnt?«

Noch immer wich er ihr nicht aus, sondern sah sie mit seinen klaren Augen unverwandt an. »Glaubst du jetzt, dass auch ich dich verraten habe? Dass mir gleichgültig war, was mit dir geschieht? Kannst du mich kennen, Amicia, und das auch nur einen Herzschlag lang glauben? Ich habe eine falsche Entscheidung getroffen, und ich kann dir nicht sagen, wie oft ich mich dafür verurteilt habe. Aber ich habe dich nicht verraten. Ich habe diesen Mann mit dir gesehen und war sicher, er würde lieber sein Seelenheil verlieren, als dir ein Leid anzutun.«

»So einer hat in seiner Seele kein Heil!«, schrie Amicia. »Du hast ihn doch gesehen, damals, im Brunnenhof!«

»Nein«, sagte Vyves. »Ich habe nicht gesehen, wer Abel in den Brunnen stieß. Ich war ohnmächtig und weiß es nur, weil Gräfin Isabel es mir ins Gesicht geworfen hat: ›Die Verbrecher haben Aveline geholt und Abel und Amicia in den Brunnen gestoßen.‹ Gesehen habe ich einen Jungen wie mich, der stockstarr zwischen zwei Reitern stand. Als ich ihn wiedertraf, all die Jahre später, sah ich einen Mann, der vor Angst um dich von Sinnen war. Ich weiß, ich habe einen Fehler gemacht, und vermutlich gehöre ich dafür bestraft. Aber ich hätte dich nie mit ihm gehen lassen, wenn ich nur im Mindesten für möglich gehalten hätte, dass er sich an dir vergreift. Und ich habe dich gebeten: ›Wenn du mit ihm gehst, frag ihn.‹«

Zitternd holte Amicia Atem. Dann streckte sie die Arme aus und zog ihn an sich. »Nein, Vyves, du gehörst nicht bestraft, du als Letzter auf der Welt. Den Fehler, den du begangen hast, hat Randulph auch begangen, und ich weiß, dass keiner von euch mir Böses wollte. Allein ich bin daran schuld, dass ich nie gefragt habe. Verurteile dich nicht mehr, ich bitte dich. Und mich zwing nie wieder, an diesen Mann zu denken.«

»Wenn es das ist, was du willst, dann halten wir es so«, sagte er, doch der giftige Samen war gesät. Amicia konnte ihre Gedanken nicht hindern, in einer endlosen Spirale um den verbotenen Gegenstand zu kreisen.

Kurz darauf, als sie bereits in der neuen Verkleidung steckten und jeden Augenblick die Küste des Solent erreichen sollten, erhob sich das Dunkel mit nie geahnter Kraft. Amicia war zu Vyves auf den Karren geklettert und hatte ihm den Brief gegeben, den sie Zeile für Zeile zusammengestoppelt und all die Jahre aufgehoben hatte. Sie wollte, dass er wusste, wie sehr er ihr gefehlt und wie innig sie sich gewünscht hatte, sie werde irgendwann fähig sein, sich für ihn zu entscheiden und zu ihm zurückzukehren.

Er las den Brief, der auf dem kostbaren Vellum nicht verblichen war, bis zum Ende, dann sandte er ihr sein trauriges Lächeln, das sie so liebte. »Danke, meine Amsel. Der Wunsch hat sich nie erfüllt, nicht wahr?«

»Oh Vyves!« Sie schloss die Arme um ihn, faltete die Hände fest in seinem Rücken. »Ich wünsche es mir heute noch mehr als damals. Aber in mir ist alles wie ein Haufen winzig kleiner Scherben, an den ich nicht rühren darf, wenn ich mich nicht blutig reißen will. Vielleicht kann ich nicht mehr lieben, Vyves.«

Sein Lächeln wurde noch trauriger. »Wenn ich eine Frau nennen müsste, die nicht lieben kann, wärst du die Letzte, die mir einfiele. Und das, wo du mein Leben lang die Erste bist.«

»Aber Margaret hat es auch gesagt! Ich kann so, wie ich bin, nicht einmal Gott lieben.«

»Um Gott würde ich mir an deiner Stelle keine Sorgen machen«, erwiderte Vyves. »Der liebt dich geduldig und hat eine Ewigkeit lang Zeit, auf deine Liebe zu warten.«

Mit einem Mal dachte Amicia an die Handschrift, die die

Priorin ihr am Tag ihres Todes übergeben hatte. Eine schier abergläubische Furcht hatte sie bisher abgehalten, das Pergament aufzurollen. Jetzt aber, zusammen mit Vyves, wollte Amicia es tun. »Der Mann, den sie geliebt hat, hat es ihr geschenkt«, erzählte sie ihm. »Seine Mutter stammte aus einem der italienischen Reiche, sein Bruder hat Italien bereist und diesen Text von dort mitgebracht. Er fand ihn so schön, dass er ihn ihr als Liebesgabe schenken wollte. Sie sollte ihn immer bei sich tragen, und sie hat es immer getan.« Randulph, dachte sie, während sie das Pergament öffnete. Auf diesem Papier stand, was Randulph seiner Liebsten vor einem Menschenleben gesandt hatte.

Im ersten Augenblick war sie enttäuscht, weil die Zeilen nicht auf Lateinisch abgefasst waren, sondern in einer Sprache, die sie nicht lesen konnte. Dann fand sie eine Handvoll Worte, die sie verstand. Mit dem nächsten Blick erkannte sie das Ganze wieder, und ihre Eingeweide krampften sich zusammen.

»Das kenne ich«, sagte Vyves.

Mehr hörte Amicia nicht, denn ihr Schrei übertönte seine Stimme, und das Lied, das ihr durch den Kopf hallte, übertönte ihren Schrei. Einmal hatte sie gedacht: *Wenn der Himmel tatsächlich ein Torhaus hat, dann muss dieses Lied dort gesungen werden.* Es war die innigste Lobpreisung und die innigste Bitte um Hilfe zugleich, und die Stimme, die es gesungen hatte, klang, als hätte der Himmel sie verschenkt. Sie war strahlend, voll Kraft und hielt nichts zurück. Wie konnte ein Mensch so singen und Verrat und Tod in sich tragen? Wie hatte er an ihrer Seite so singen können, zu ihren Füßen der Habicht, den sie gemeinsam betrauert hatten, und vor ihnen eine Welt, die im ersten Tagesglanz leuchtete, die beseelt von Liebe, Glück und Zukunft war?

Sie kam zu sich, weil Vyves ihr die Hand auf den Mund presste. »Amicia!«, rief er, »Amicia, um alles in der Welt, beruhige dich doch! Das ist nichts, um vor Angst zu schreien. Es ist wunderschön, und man muss nicht einmal Christ sein, um das zu bemerken. Willst du, dass ich dir sage, was es bedeutet? Es ist in umbrischem Italienisch geschrieben, einer Sprache einfacher Leute, aber es kursieren lateinische Übersetzungen davon.«

Willenlos sackte Amicia in seinen Armen zusammen. Er gab dem Reiter, der sie begleitete, ein Zeichen, sich nicht zu sorgen, und bettete sie auf seine Knie. »Dieses Lied heißt *Lobgesang der Geschöpfe*«, sagte er. »Ein Mann hat es geschrieben, der davon träumte, ein Ritter zu werden. Nachdem er es erlebt hatte, ertrug er das Schlachten jedoch nicht länger. Fortan suchte er die Einsamkeit und ein Leben nah bei seinem Schöpfer. Er liebte Gott in der Natur, in den Tieren, deren Sprache er verstand, in den Gestirnen und in uns. Wie deine Zisterzienser hat er einen Orden begründet, der sich wie ein Feuer über Europa verbreitet und inzwischen sogar Päpste stellt. Francesco war sein Name, er stammte aus der Stadt Assisi. Er hat dieses Lied geschrieben, als er starb, um sich für sein Leben zu bedanken. Ist es nicht schön, Amicia? Es ist nicht Bestandteil meines Glaubens, aber ich wünsche mir dennoch, am Ende meines Lebens so zu beten.«

Er wandte das Gesicht dem Himmel zu und sprach die Worte in der Übersetzung vor sich hin:

Gelobt seist du, mein Herr, für unsere Schwester, den Mond und für die Sterne,
Die du am Himmel geformt hast, hell und kostbar und schön.
Gelobt seist du, mein Herr, für unseren Bruder, den Wind,
Für die Luft, die Wolken, die Heiterkeit und alles Wetter,
Durch das du deinen Geschöpfen Nahrung gibst.

Sie sahen einander an. Längst hatte er seine Hand von ihrem Mund genommen, und längst hatte sie aufgehört zu schreien. Als etwas unter ihrem Auge ihre Sicht störte, wollte sie es wegreiben und ertastete Nässe.

»Amicia?«

Sie nickte.

»Wer hat denn dieses Lied für dich gesungen?«

Als sie nichts sagte, strich er ihr zart eine Haarsträhne zurück in das Gebende, das sie in ihrer Rolle als verwitwete Mutter trug. »Sieh einmal nach vorn«, riet er ihr weich. »Vielleicht willst du dann ja von diesem Karren auf dein Pferdchen steigen und uns weit vorausgaloppieren, wie du es als Kind getan hast. Ich habe dir immer nachgesehen, aber ich hätte dir niemals folgen können.«

Amicia fuhr herum und sah im Licht der sinkenden Sonne die glitzernde Fläche, die sich viel weiter erstreckte als jedes Feld, jeder See, jede Wiese und selbst die Stadt London. Erst am Horizont zeichnete sich zwischen dem Dunkelgrau des Meeres und dem sich rötenden Blau des Himmels ein Streifen Land ab. Sie und Vyves sagten beide kein Wort, sondern starrten reglos in dieselbe Richtung. Was immer geschah, was immer ihnen bevorstand, sie waren auf dem Weg nach Hause.

38

Mit der Wahl von Bruder Alban, dem erst kürzlich ernannten Novizenmeister, hatte das Abteikapitel eine glückliche Hand bewiesen. Alban war ein Mann in mittleren Jahren, der auf die Neulinge beruhigenden Einfluss ausübte und Verstörungen mit Wärme und Lebensklugheit auffing. Vor allem war er ein Mann, dem nichts Menschliches fremd war und der auch dann keine Fragen stellte, wenn es ihm gestattet war. Als Randulph ihm mitgeteilt hatte, es werde demnächst ein Novize von seiner Mutter gebracht, den er persönlich in Empfang nehmen wolle, hatte er auch dazu lediglich die Geste seiner Ehrerbietung vollzogen.

Das Wunder, um das Randulph und Margaret, durch Meilen getrennt, gebetet hatten, war eingetroffen: Bruder Benedict, der noch immer Dienst im Torhaus versah, kam eines Abends in den Kreuzgang, um den Novizenmeister zu holen, weil eine Mutter ihren Sohn verabschieden wolle. Wie vereinbart verständigte Bruder Alban seinen Abt. Sofort wusste Randulph: Amicia, die Amsel, ist mit ihrem Begleiter unbehelligt eingetroffen. Ehe er ging, um sie zu empfangen, stahl er sich Zeit für ein geradezu triumphales Dankgebet.

Danach tat er, was er niemals hätte tun dürfen und doch ohne Reue und Bedenken vollzog: Er öffnete die Tore seines Klosters für einen Juden und eine Frau, geleitete beide ins Gästehaus, wo sie sich ausruhen konnten, und sandte den Boten, der seit Tagen bereitstand, nach Carisbrooke.

Am folgenden Morgen kam ein Pferdehändler nach Quarr, der vier der kleinen schwarzen Stuten kaufte und zwei Laien verlangte, die sie ihm an ihren Bestimmungsort brachten. Die beiden Laien waren Amicia und ihr Begleiter. Der junge Mann tat Randulph leid. Er konnte nicht einmal reiten.

Die Amsel ziehen zu lassen, ohne zu wissen, wie sie mit dem zurechtkommen würde, was sie erwartete, kam Randulph hart an, aber er wusste, dass ihm jetzt nichts weiter zu tun blieb, als zu beten und zu vertrauen. Sie war ein feines Mädchen. Sein feines Mädchen. Sie war stark, hatte einen Edelstein von einem Freund bei sich, und Gott würde ihr Seinen Segen nicht vorenthalten.

Nach dem Komplet zog Randulph sich in seine Zelle zurück, wo er vor dem Schlafen Briefe abzufassen hatte. Kurz darauf hörte er Bruder Benedict, der vom Torhaus heraufkam. Sein Nackenhaar stellte sich auf. War ein Bote aus Carisbrooke gekommen, brachte er schlechte Nachricht?

Bruder Benedict aber schlug nicht den Weg zu seiner Zelle, sondern den zur Nachttreppe der Ordensbrüder ein. Kurz darauf erschien er mit Bruder Alban im Schlepp wieder im Innenhof.

Erleichtert atmete Randulph auf. Also war so spät noch ein Mann eingetroffen, der um Aufnahme in die Abtei bitten wollte. *Gott segne ihn und stärke ihn in seiner Entscheidung.* Flüchtig erlaubte er sich, die Augen zu schließen – eine Gefahr, wie jeder Zisterzienser wusste. Der übermüdete Geist entflog nur allzu rasch in den Schlaf, weshalb sich viele Brüder beim Lesen Pfefferkörner zwischen die Zähne steckten, damit der beißende Geschmack sie wachhielt.

Randulph hingegen riss das Klopfen an der Tür aus dem Dämmer. Auf sein verlegenes »Herein« erschien der Kopf Bruder Albans im Spalt. Der Novizenmeister vollzog eine Geste der Ehrerbietung und wollte beginnen, sein Anliegen in Zeichen vorzutragen, denn nach dem Komplet galt das Schweigegebot mit äußerster Strenge, damit die Gemeinschaft in ihre Ruhe fand. Randulph aber beschied ihn zu sprechen.

»Vergebung, Ehrwürdiger Vater«, sagte der Bruder. »Ich habe einen Mann im Novizenzimmer, der geradezu inständig darum bittet, Euch eine Frage stellen zu dürfen.«

Randulph lächelte schwach und hievte sich vom Schemel. »Macht das jetzt Schule? Vielleicht sollten wir beide dann die Ämter tauschen.«

Flüchtig erwiderte der Novizenmeister das Lächeln. »Ich habe erwogen, es ihm abzuschlagen, aber die Sache scheint dringend zu sein.«

»Wenn es Euch so erscheint, dann ist sie dringlich«, sagte Randulph, der bereits auf dem Weg war. »Haltet Euch bereit, Alban. Der dringliche Herr wird Euch später sicherlich noch benötigen. Hat er Gefolge?«

»Nur einen Mann.«

»Dann sorgt in der Zwischenzeit dafür, dass der sich erfrischen kann.«

Das Novizenzimmer besaß kein Fenster. Das einzige Licht kam von Albans Talglicht, das er in einen Halter an der Wand geschoben hatte. Daneben stand der Mann. Sobald Randulph den Raum betrat, fiel er auf die Knie, dass sein Tabard sich über den Boden ausbreitete. »Gott zum Gruß, Ehrwürdiger Vater.«

Randulphs Herz vollzog einen Satz. Es fiel ihm nicht leicht, sich zur Ruhe zu zwingen, zur Bank an der hinteren Wand zu gehen und sich niederzusetzen. »Ist es der, den du aufsuchst? Der Ehrwürdige Vater?«

Der Mann senkte den Kopf noch tiefer. »Nein. Verzeiht. Oder doch.«

»Also was nun?«

Er blickte auf.

Randulphs Herz vollzog einen weiteren Satz. Ein wenig hatte er sich gefürchtet, das Gesicht des Mannes zu sehen, aber dazu bestand nicht der geringste Grund. Er schützte es nicht vor Blicken, sondern trug sein Schandmal wie andere ein Ehrenzeichen. »Ich bin zu Euch in Eurer Eigenschaft als Abt von Quarr gekommen – oder besser zu Eurem Novizenmeister. Nur gibt es vorher noch etwas, das nicht warten kann.«

Randulph wusste allzu gut, was die Vorschrift über Männer besagte, die um Aufnahme ins Kloster nachsuchten. Sie waren mit Härte und Abstand zu behandeln, damit der Schritt ihnen nicht zu leicht gemacht wurde, und keiner war dem anderen vorzuziehen. Es war ihm einerlei – er pfiff darauf. Sein Herz vollzog zum dritten Mal einen Satz. Er stand auf, trat vor den Mann und legte ihm die Hände auf die Schultern. »Ist es dir damit ernst?«

Die Muskeln unter seinen Händen waren hart wie Eisenstränge. Mit zwei Fingern strich Randulph darüber, um die Spannung zu lösen.

Der Mann unterdrückte ein Stöhnen. »Ich weiß, ich bin nicht würdig.«

»Das ist keiner von uns.«

»Dann sagt mir, was ich tun muss, um erwogen zu werden. Ich bitte Euch.«

»Nichts«, sagte Randulph. »Nur um Gnade beten und sie annehmen.« Er hörte auf, den verspannten Rücken des Mannes mit zwei Fingern zu streicheln und nahm stattdessen die ganze Hand. »Als dein künftiger Abt würde ich dieses Gespräch an dieser Stelle beenden und meinen Novizenmeister zurückholen.«

»Augenblick!«, fuhr der Mann auf und schoss in die Höhe. »Vorher müsst Ihr mir unbedingt sagen, wo …«

»Scht«, machte Randulph, drückte ihn wieder nieder und klopfte ihm auf die Lippen. »Den Mund halten. Unter keinen Umständen deinem Abt dazwischenreden. Das ist etwas, das du lernen solltest, ansonsten handelst du dir ziemlich viel Ärger ein.«

Einen Herzschlag lang lächelte der Mann. »Das geht in Ordnung. Ein bisschen Ärger bin ich ja gewohnt. Nur dieses eine muss ich vorher noch zu Ende bringen.«

»Aber erst einmal lässt du mich ausreden, ja? Ich habe dir gesagt, was ich als dein künftiger Abt tun würde. Jetzt sage ich dir, was ich als dein Pate tue: Ich warne dich, Matthew. Hast du dir überlegt, was du aufgibst? Du hast dir aus eigener Kraft eine Menge aufgebaut. Mit diesem Schwert, mit dem ich mich immer linkisch angestellt habe, giltst du als nahezu unschlagbar. Es heißt, die Stücke, die der König auf dich hält, werden ständig größer und deine Leute verehren dich.«

»Und wofür?«, begehrte er auf. »Ich habe versucht, diesen Platz in der Ordnung, an den ich gestellt bin, trotz allem auszufüllen, aber ich weiß schon lange nicht mehr, was diesen Platz bestimmt. Die Meisterschaft im Töten? Jetzt, wo wir in Wales alles kurz und klein geschlagen haben, gehen wir vermutlich nach Schottland und schlagen dort alles noch kürzer und noch kleiner. Vorher nehmen wir noch ein paar hungernden Bauern ihr klägliches Einkommen weg, um unsere Schwerter zu wetzen. Und das macht uns zu Helden?«

»Mäßige dich!«, befahl ihm Randulph.

»Verdammt …«

»Ich höre wohl nicht richtig.« Randulph hatte Mühe, sich ein Schmunzeln zu verbeißen. »Unter diesem Dach hast du dir besser zum letzten Mal den Mund mit solch einem Wort beschmutzt.«

»Ich schwöre es«, murmelte der andere. »Bitte verzeiht.«

Randulph packte ihn fest unter dem Kinn und zwang ihn, ihn anzusehen. »Wir fluchen hier nicht«, sagte er, »und schwören tun wir auch nicht, denn wir halten unser Wort mit Gottes Hilfe. Du hättest ziemlich viele schmerzliche Lektionen zu lernen, mein Freund.«

»Bekommt Ihr hier niemals schwierige Fälle?«

»So schwierige wie dich? Kaum. Aber mein Prior würde sagen, die schwierigsten Fälle geben die besten Mönche ab, weil sie das, was sie wollten, immer wieder aufs Neue prüfen und erkämpfen mussten. Wenn du jetzt noch ein Kompliment möchtest, steh lieber auf und geh zu deinem König, denn hier wirst du nie wieder eines bekommen.« Randulph ließ sein Kinn los.

Der junge Mann stöhnte, und als Randulph ihn um den Hinterkopf fasste, lehnte er sein Gesicht an dessen Knie. »Ich habe das alles so satt«, murmelte er in den Stoff von Randulphs Kutte. »Das Sich-Beweihräuchern und Sich-auf-die-Schultern-Klopfen, weil man mehr Arme, Beine und Köpfe von Rümpfen getrennt hat als der Nachbar, das Anrennen gegen irgendwas und irgendwen, weil man die Stille mit sich selbst nicht erträgt. Der blanke Hohn, der den Blutrausch, in den Männer geraten, als Tapferkeit feiert. Ich bin so müde, Randulph. Ich halte diesen Lärm nicht mehr aus. Bitte schickt mich nicht weg.«

Sachte klopfte ihm Randulph auf die Schulter. »Das war bemerkenswert tapfer. Schaffst du noch mehr? Darauf, dass ich dich nicht wegschicke, wenn du hierbleiben willst, hast du mein Wort.«

Matthews Erleichterung war spürbar, auch wenn die Muskeln seines Rückens eisenhart verspannt blieben. »Danke.«

»Also weiter. Statt in noch einen Krieg zu ziehen oder die Tonsur zu nehmen, hättest du mindestens eine dritte Möglichkeit: Du könntest dich auf deine Baronie zurückziehen, dein Land bestellen und Beizvögel ausbilden oder mit was für Getier du dich sonst umgeben willst. Hier drinnen dürftest du kein Tier bei dir haben, es sei denn, du nimmst mit den Wanzen vorlieb, und um die Pferde kümmern sich die Laien. Das ist ein Opfer, das wehtut, oder?«

Kurz schwieg der andere. »Ja«, gestand er dann ein.

»Aber du traust es dir zu? Dann mache ich es noch härter. Du könntest nicht heiraten, Matthew. Ich hätte dich gern hier, das leugne ich nicht. Aber etwas in mir ist trotzdem versucht zu beten: Herr, mein Gott, bitte schick diesem Kerl endlich wieder eine Frau, die nicht höflich fragt, sondern ihn gnadenlos in die Arme nimmt.« Das Zucken, das über die harten Muskeln glitt, zeigte ihm, dass er richtig gezielt hatte. In seiner Jugend war er alles andere als ein übler Jäger gewesen.

»Dazu tauge ich nicht«, presste Matthew heraus.

Randulph gönnte ihm und sich eine Pause, in der er ausnahmsweise sich selbst für seine Tapferkeit lobte. Er hatte diesen Mann gemocht, als der noch ein Kind gewesen war, das verletzte Vögel aufsammelte, und in den Wochen, in denen er seine Wunden gepflegt hatte, hatte er ihn tief und innig in sein Herz geschlossen. Er war alt. Die Vorstellung, den Jüngeren bei sich zu haben, wenn es ans Sterben ging, war unendlich verlockend, und dieser begabte Bursche mit seiner erstaunlichen Zähigkeit, seinem Feuer und seiner Beherztheit würde lediglich ein bisschen Zucht brauchen, um einen feinen Zisterzienser abzugeben. Dafür, dass er sich dennoch zwang, ihm zu sagen, was nötig war, und die Entscheidung Gott überließ, verdiente Randulph, so fand er selbst, mindestens ein Schulterklopfen.

»Nun gut«, sagte er schließlich. »Ich nehme zur Kenntnis, dass du die Opfer nicht scheust. Wenn du also, nachdem du deine Belange geordnet hast, hierher zurückkommst und nach Art der Zisterzienser leben willst, weil du diesen Weg mit Freude als den deinen erkennst, dann werde ich dich der Obhut von Bruder Alban übergeben und Gott bitten, dass er dich in deiner Entscheidung segnet und stützt.«

Er räusperte sich, fasste seinen Neffen scharf ins Auge und fuhr fort: »Solltest du allerdings in meine Abtei kommen, weil du glaubst, du seist für etwas, das du nicht getan hast, noch immer nicht hart genug bestraft worden, dann lese ich dir die Leviten, dass es kracht. Komm wieder, wenn du gelernt hast zu verzeihen. Auch dir selbst. Und wenn es dir zu schwer wird, geh wieder und wieder auf deine Knie und bitte deinen Schöpfer um Hilfe. Soweit ich mich erinnere, hatten mein Bruder und ich dir ein herrliches Gebet beigebracht, an dem du Demut und Jubel zugleich lernen solltest. Dieser Orden ist nicht begründet worden, um eine Geißel Gottes zu verkörpern, sondern Gottes offene Arme.«

Ich wollte, mir hätte jemand vor einem halben Leben dasselbe gesagt, dachte Randulph nicht frei von Stolz. Aber letzten Endes habe ich es auch so gelernt.

Matthew atmete schwer und schluckte ein Stöhnen herunter. Aber er widersprach nicht. Brav, dachte Randulph. Du bist erwachsen, stellst dich deinen Dämonen, und alles andere überlassen wir dem Herrn. »Ich bin fertig«, sagte er und klopfte ihm auf die Wange. »Du darfst dein dringendes Anliegen also jetzt vortragen.«

Blitzschnell straffte Matthew die Schultern und sah zu Randulph auf. »Ihr müsst mir sagen, wo Amicia ist. Ich war in Fountains, aber dort ist sie nicht mehr, und eine Auskunft gibt man mir nicht. Ihr seid der Letzte, der es mir sagen kann.«

»Soso«, knurrte Randulph. »Hast du mir nicht eben erzählt, dass du dir das Haar scheren lassen und ein Gelübde leisten willst? Und waren wir uns nicht einig, dass du diesem Mädchen, was immer auch geschieht, seinen Frieden lassen musst? Dass du nie wieder versuchen wirst, dich ihm zu nähern, damit es nicht noch mehr verletzt wird?«

»Ja, aber darum geht es hier nicht.«

»Aha«, höhnte Randulph. »Deshalb muss einer wie du also ständig schwören: weil er, sooft er sein Wort bricht, erklärt, darum ginge es nicht.«

»Verdammt nochmal, Randulph, hör mir doch endlich zu!« Mit einem Satz sprang Matthew auf die Füße und versperrte dem Abt mit seiner raumgreifenden Präsenz die Sicht. »Ich suche überhaupt nicht Amicia, sondern den Mann, der bei ihr ist und den ich um jeden Preis finden muss. Seine Familie weiß nicht, wo er sich aufhält. Nur dass er zu Amicia wollte.«

»Und wer ist dieser Mann?«

»Er heißt Vyves fil Elijah. Solange er hier auf der Insel lebte, auch bekannt als Vyves Chantor.«

Randulph sah zu ihm auf. »Du weißt, dass das der Mann ist, den Amicia heiraten will, und wenn er hundertmal Jude ist?«

»Ja«, erwiderte Matthew kalt. »Aber dazu muss ich ihn finden, weil sie sonst noch vor der Hochzeit Witwe ist.«

39

Der angebliche Pferdehändler, der sie abgeholt hatte, hieß Roger und war Isabels Stewart. Der Herr de Stratton besorge meist die Aufgaben des Stewarts, erklärte er. Er selbst erledige dafür, was eben anfiele. Mit geradezu aufgesetzter Munterkeit hatte er weitergeplappert, als sei er nicht nur zu ihrem Geleit entsandt, sondern zugleich mit ihrer Unterhaltung beauftragt.

Amicia war froh darüber, denn so entstand kein beklemmendes Schweigen, in das der Galopp ihres Herzens hätte hallen können. Vyves, den der Stewart ohnehin nicht beachtete, hatte alle Hände voll damit zu tun, sich auf dem Pferd zu halten. Er folgte ihnen, nicht länger wie Amicias Gefährte, sondern wie ein Bediensteter, der Abstand hielt. Es widerstrebte ihr, doch im Augenblick vermochte sie nichts dagegen zu tun.

Verblüfft stellte Amicia fest, dass das Gerede des Stewarts ihr vertraut und verständlich war, als hätte sie erst vor Tagen zum letzten Mal über Einzelheiten aus dem Leben auf einer Burg geplaudert. Diese Verblüffung nahm ihr den Atem, sobald Carisbrooke in Sicht kam, und sie steigerte sich noch, als sie den Weg zum Torhaus hinaufritten. Das Fallgitter, das sie nur verschlossen kannte, war hochgezogen, aber alles, was dahinter auf sie wartete, sah aus, als sei sie niemals fort gewesen.

Hier hatten sie zu fünft Verstecken gespielt. Hier war sie die Mauer hinaufgeklettert, während der arme Abel sich vor Angst um sie die Bruche nass gemacht hatte. Dort hatten Abel und Vyves mit Kalkstein ein Tables-Brett auf das Pflaster gezeichnet, und drüben beim Kräutergarten hatte Aveline mit ihrer Handarbeit gesessen, in die sich im Laufe des Tages so viele Knoten schlichen, dass sie abends nicht mehr zu gebrauchen war. Quarr wiederzusehen, die Hütte, in der sie gelebt hatte, und die Mauern, die wie der Inbegriff des Friedens in ihrem Bett aus Grün schliefen, war überwältigend gewesen, aber dies hier ging weiter; es trieb sie über die Grenzen ihrer Kraft. In Quarr war sie froh gewesen, weil Randulph sich zurückgehalten und verstanden hatte, dass sie nicht auch noch Menschen ertrug. Wie würde es hier sein? Beim Gedanken, im nächsten Augenblick könne aus einer der Türen Isabel auftauchen, wurde ihr übel.

Die große Isabel. Die Herrin der Insel. Die schönste Frau der Welt.

»Ich bin müde von der Reise«, rief sie hastig. »Ich will niemanden sehen, ehe ich mich ausgeruht habe.« Seltsamerweise klang sie nicht wie sie selbst – die Wahl der Worte entsprach ihr nicht. Sie klang wie Isabel, die von einer Reise zurückkam, noch im Trab vom Pferd sprang und Bedienstete und Kinder, die ihr entgegenstürmten, mit erhobener Gerte zurückwies. *Packt Euch. Ich will allein sein. Ich bin müde von der Reise.*

»Wie beliebt, Mistress.« Steif stieg Roger aus dem Sattel. »Die Gräfin hat dies bereits vermutet und Gemächer in den Gästequartieren für Euch herrichten lassen.«

»Beim Donjon?«, entfuhr es Amicia. Über ihren Rücken jagten Schauder, und erste Vorboten des Schwindels packten sie. »Das geht nicht. Dort kann ich nicht bleiben.« Mit Verspätung und nur am Rande fiel ihr auf, dass der Stewart sie ansprach, als sei sie wahrhaftig Isabel. Sie hätte ihm sagen müssen, dass sie keine Mistress war und keiner formalen Anrede bedurfte, aber dazu fühlte sie sich zu schwach.

Weshalb tat Vyves nichts? Weshalb stand er ihr nicht bei und bestätigte, dass man sie beide unmöglich in Quartieren unterbringen konnte, die an den Brunnenhof grenzten? In Quartieren, zu denen sie damals aufgeschaut hatten, als das Entsetzliche geschah.

»Ich bitte vielmals um Entschuldigung«, murmelte Vyves und erlöste damit den um eine Antwort ringenden Roger. »Aber könnte mir jemand vielleicht von diesem Tier hinunterhelfen?«

Mit drei Schritten war Amicia bei ihm, ließ dabei wieder einmal die Zügel ihres Pferdes los und sah es gleich darauf erschreckt von einem aufflatternden Huhn in den zweiten Hof davonstieben. Der Tumult war ein Segen, obgleich es ihr peinlich war, sich so töricht verhalten zu haben. Während die Stallknechte das Pferd wieder einfingen und Amicia Vyves behilflich war, hatte Roger Zeit, sich um ein anderes Quartier zu kümmern.

Nach kurzer Zeit kam er zurück und teilte ihr mit, dass sie in anderen Gästeräumen neben der Halle untergebracht werde. Als Vyves ihnen folgen wollte, wies er ihn zurück. »Du wartest hier. Um dich kümmert sich jemand vom Gesinde.«

»Vyves bleibt bei mir!«, rief Amicia empört. »Ohne Vyves gehe ich nirgendwohin.« Auch dieser Satz rührte an eine Erinnerung; sie glaubte, Abel zu hören, wie er die Worte vom bindenden Versprechen sprach, und dann schoss sie zu Roger herum. »Und Ihr behandelt Vyves gefälligst mit Respekt!«, fuhr sie ihn an. »Er ist nicht mein Diener, falls Ihr das angenommen habt. Er ist mein Verlobter.«

Die Stille schien in den Hof zu fallen wie ein Schlauch mit Wasser, den sie als Kind von einer Zinne geworfen hatte. Es ist mir gleichgültig, dachte sie. Was sie hier oder anderswo von mir denken, ob ich meinen Glauben wechseln muss und ob alles Lieben in mir zerbrochen ist – ich will Vyves nicht noch einmal im Stich lassen. Hier war er zurückgeblieben, nachdem die Männer sie nach Quarr verschleppt hatten. Hier hatte man seiner Familie die Lebensgrundlage entzogen, um ein Kind dafür zu bestrafen, dass es mit einem Haufen Bewaffneter nicht fertiggeworden war. Kurz darauf war sein freundlicher, sanfter Vater als Münzfälscher hingerichtet worden. Seine Liebste – Amicia – hatte ihm einen entmenschten Mörder vorgezogen, und dennoch war er mit ihr hierher zurückgekehrt, damit sie den Schlüssel zu ihrer Vergangenheit fand.

Es ist das letzte Mal, beschloss Amicia. Die Insel war der

schönste Ort auf der ganzen Welt, sie war viel mehr als das, aber sie und Vyves würden zurück nach London gehen, um dort unter seinen Leuten zu leben.

In diesem Augenblick schwangen die Türflügel des Westturms neben der Kapelle auf, und ein Mann stürmte heraus. Im Schnitt glichen seine Kleider denen von Klerikern, doch sie waren weit prächtiger, als selbst Abt Henry von Fountains sie trug.

Amicia erstarrte. Sie hatte sich als Kind vor diesem Mann gefürchtet, und sie fürchtete sich jetzt mehr denn je. Sie wollte zurückweichen, aber Adam de Stratton war schneller. »Mein kleines süßes Mädchen!«, rief er, riss sie in die Arme und küsste ihr Gesicht. »Willkommen zu Hause, endlich, endlich willkommen zu Hause!«

Als er von ihr abließ und den Kopf hob, sah Amicia, dass sein Gesicht tränennass war und dass ihm unaufhörlich neue Tränen aus den Augen strömten. Amicia wollte den Augenblick nutzen, um aus seiner Umarmung zu flüchten, aber Adam hatte inzwischen offenbar Rogers zornigen Blick bemerkt und gab sie unaufgefordert frei.

Das Quartier, in das Roger sie Augenblicke später führte, bestand aus einer Flucht von drei Zimmern, die an Komfort und Geschmack nicht zu überbieten waren. Sie blieben den ganzen Tag dort, ohne dass noch einmal jemand versuchte, Vyves von ihr zu trennen. Zu Mittag und noch einmal zum Abend wurde ihnen eine Unzahl üppiger Gerichte serviert, wie Amicia sie aus ihrer Kinderzeit kannte. Die Mahlzeiten ihrer Klosterjahre und ihrer Reisen fielen ihr ein – mit Sorgfalt aus knappen Zutaten zubereitet und mit echtem Hunger verzehrt. Vor den auf Silber aufgetürmten Köstlichkeiten verschnürte sich ihr Magen.

Konnten die Speisen sie nicht verlocken, so tat es der Wein, der mit dem Abendessen auf den Tisch kam. Er war sämig und eher schwarz als rot. Amicia, die zermürbt von der Spannung des Wartens war, trank ihn wie Wasser, hastig und unverdünnt.

Er verlieh der Schärfe ihrer Eindrücke etwas Vages und milderte die Wucht ihrer aufgepeitschten Gefühle.

»Du hättest das vorhin nicht sagen dürfen, Liebes«, mahnte Vyves sie. »Ich will nicht, dass du dich meinetwegen in Schwierigkeiten bringst.«

Sie sagte nichts, sah ihn nur an.

»Hab trotzdem Dank. Einen Herzschlag lang war ich der meistbeneidete Mann der Insel.«

Sie sprang auf und riss ihren Kelch in die Höhe. »Auf uns! Auf die Amsel von Carisbrooke und Vyves ben Elijah und auf die Verlobungsfeier, auf die wir siebzehn Jahre lang gewartet haben!« Woher auf einmal der süffisante Tonfall und die ätzende Bitterkeit kamen, wusste sie selbst nicht. Sie setzte den riesigen Kelch an und leerte ihn in einem Zug bis zur Hälfte. »Und jetzt du, mein Bräutigam!« Mit einem Arm umschlang sie Vyves' Hals, küsste ihn auf den Mund und hielt ihm dann den schwarzen Wein an die Lippen. »Trink auf unsere Zukunft, mein Herzensgeliebter! Heute Nacht darfst du mich lieben, wie du es dir in deinen kühnsten Träumen nicht ausgemalt hast.«

Sie stellte den Kelch ab, griff sich mit beiden Händen in den Ausschnitt des Kleides und zerriss es bis hinunter auf den Bauch. »Was starrst du mich so an? Weshalb soll nicht mein rechtmäßiger Bräutigam mich haben, wo mich ein hergelaufener Betrüger hatte? In den Armen des Teufels habe ich vor Lust gewinselt wie die tollste Hure! Ich habe ihm den hübschen Mund wund geküsst und den hübschen Schwanz erst recht, und alldieweil hat er mir Lügen wie kandierte Trauben in die Ohren geträufelt und hatte doch hier, hier auf Carisbrooke Castle, meinen kleinen Bruder umgebracht.«

»Hör auf!« Vyves sprang auf, stieß mit dem Ellbogen den Kelch um und packte sie mit einer Härte, die sie nicht von ihm kannte. »Hör auf damit, Amicia, hör um alles in der Welt damit auf! Er hat deinen Bruder nicht umgebracht. Du kannst ihn hassen, du kannst ihn in die Hölle wünschen dafür, dass er zu feige war, dir die Wahrheit zu sagen. Du kannst alles Übel der Welt auf ihn häufen! Aber du kannst nicht eines von uns Kindern zum Mörder stempeln, weil es nicht fähig war, Abels Tod zu verhindern. Weißt du nicht am besten, wie schwer es ist, damit zu leben? Wissen wir das nicht alle? Nur habe ich mit ihm und dir mehr Mitleid als mit mir, weil nicht meiner, sondern eure Väter die Täter waren.«

Amicias Körper wurde steif und begann gleichzeitig, wie welkes Laub zu zittern. »Weshalb sagst du das?«, flüsterte sie. *»Eure Väter?«*

Vyves ließ von ihr ab und drehte sich weg. »Adam de Stratton ist ein schöner Mann«, sagte er, und jetzt klang er so trunken wie zuvor sie. »Ein Blinder hätte es vermutlich gesehen, aber ich sah nichts. Für mich war er nie mehr als ein erzböser Bube, der nicht nur uns Kinder, sondern das ganze Land das Gruseln lehrte. Und das andere hätte ich dir längst sagen müssen. Vermutlich habe ich es nicht getan, weil es mir bestens passte, dass du in Matthew de Camoys den Ausbund des Bösen sahst. Geh und frag, wen du willst – deinen Master Tom, seine Frau aus den Alpen, ihren prächtigen Sohn, sie sagen dir alle das Gleiche: Der Ausbund des Bösen ist er nicht. Im Gegenteil. Falls es den Ausbund des Bösen überhaupt gibt, hat er ihn zum Vater, und wenn das aus einem Knaben kein Ungeheuer macht, muss er ein erstaunlich kraftvolles Herz haben. Das Einzige, was du ihm vorwerfen kannst, ist seine Feigheit, wegen der er dir die Wahrheit verschwieg. Und um ehrlich zu sein: Wenn ich dich anschaue, meine Sternengeliebte, hätte ich an seiner Stelle dasselbe getan.«

»Matthew de Camoys schert mich nicht«, flüsterte sie, was, wie sie mit neuem Schaudern spürte, gelogen war. »Mich schert Adam de Stratton.« Das war nicht gelogen.

»Ich habe endlich gesagt, was meine Pflicht war«, antwortete Vyves erschöpft und ließ sich in den Lehnstuhl fallen. »Adam de Stratton kann die seine allein erfüllen.«

Ehe Amicia noch einmal zu Wort kam, klopfte jemand an die Tür. Nicht wie einer, der höflich um Einlass bat, sondern wie einer, der bekannt gab: Jetzt komme ich. Sogleich schwang die Tür auf, und in der Öffnung stand Isabel de Fortibus. Die Herrin der Insel. Das Licht der Kerzen fiel auf ihr Gesicht und auf das grüne Kleid, das sie trug. Grün wie ihre Augen. Sie war noch immer die schönste Frau der Welt.

»Mistress Amicia? Ich bitte Euch zu einer Unterredung hinüber in meine Halle. Euer Begleiter möchte sich vielleicht inzwischen schon zu Bett begeben. Im Pagenzimmer steht ein Diener bereit, falls er noch etwas braucht.«

Vyves kommt mit, wollte Amicia sagen. *Ohne Vyves wage ich in deiner Burg keinen Schritt.* Stattdessen starrte sie die Frau an, die ihr vollkommen fremd war und die sie dennoch erkannte. Sie wusste: Bei dem, was ihr hier bevorstand, würde Vyves ihr nicht helfen können.

Er berührte ihren Arm. »Geh nur. Es macht mir nichts aus.« Dann wies er verlegen auf ihren Ausschnitt, von dem die zerrissenen Teile des Kleides hingen. Nicht minder verlegen schloss sie sie mit einer Hand. Er nickte ihr aufmunternd zu und bemühte sich um ein Lächeln. »Ich bleibe wach und warte auf dich.«

Amicias Blick riss sich los. Mit jagendem Herzen folgte sie Isabel hinaus in die Nacht.

Hintereinander überquerten sie den Hof. Früher hatten die Bogenschützen auf der Kurtine miteinander getuschelt, an Feuern im Hof hatten sich Wachen die Hände gewärmt, und vom Torhaus war Gewieher von Pferden hergedrungen. Jetzt gab es von alledem nichts. Das Schweigen war so allumfassend, als wären die beiden Frauen die einzigen Menschen auf der Burg.

Sie waren nicht die einzigen Menschen. Als ein Diener einen Türflügel der Halle aufschob, sah Amicia den Mann, der bei dem hohen Feuer saß. Adam de Stratton.

»Geh schlafen«, sagte Isabel zu dem Diener. »Heute Nacht wird keiner von euch mehr gebraucht.«

Amicia wollte fliehen, Isabel aber hatte sie bereits in den riesenhaften leeren Raum gezogen und die Tür hinter ihnen verriegelt. Die einzigen anderen Öffnungen waren die kunstvoll ausgemalten Fenster – viel zu hoch, um sie zu erreichen.

Ich muss mich nicht fürchten, sagte sie sich und ballte die Fäuste, von denen eine noch immer das zerfetzte Kleid umklammert hielt. *Randulph hat gesagt, ich muss mich nicht fürchten, und Margaret hat es auch gesagt … Margaret.* Sie schwang herum, sah Isabel in die Augen, und die Erkenntnis sprang ihr ins Gesicht: Isabel war die Schwester. Margarets Schwester, die mit Randulphs Bruder ein Spiel getrieben und damit seine Rache auf sich gezogen hatte. Das Erbe, um das sich all dies drehte, war die Insel, und aus dem Kloster hatte sich Isabel befreit, indem sie Aveline, ihre eigene Tochter, an den ungewollten Bräutigam verschacherte.

Amicia konnte den Blick nicht abwenden. In ihrem Kopf fielen so viele Teile an ihren Platz, dass sie nicht mitkam. Vor einigen verschloss ihre rasende Furcht ihr den Blick – vor denen, die sie selbst und Abel zeigten und den Mann, an den sie um keinen Preis denken wollte.

»Setz dich, Amicia«, sagte Isabel und wies auf einen gepolsterten Stuhl, der dem von Adam gegenüberstand. Jetzt, wo sie allein waren, war die Förmlichkeit wie weggeblasen. Isabel sprach mit ihr, wie sie es getan hatte, als Amicia ein Kind gewesen war und sich vor dem Fenster in ihrem Zimmer hatte niedersetzen dürfen, um das kostbare Buch zu betrachten oder sich die Insel zeigen zu lassen. *Den Ort, um glücklich zu sein.*

Bei jedem der Polsterstühle stand ein Serviertisch mit poliertem Silbergeschirr: einem Krug mit Wein, einem Becher und einer Platte mit kandiertem Obst. Das Feuer loderte kräftig, sodass Amicia wenigstens für Augenblicke Wärme spürte. Nur durch ein paar Schritte von ihr getrennt saß Adam de Stratton und musterte sie. Irgendwie gelang es ihr, die Fetzen des zerrissenen Kleides so zurechtzurücken, dass sie es loslassen und die Hände im Schoß umeinanderkrampfen konnte. Unvermittelt sah sie zwei Handgelenke vor sich, die bis tief aufs Fleisch zerkratzt waren. Damals hätte sie Matthew am liebsten die Hände festgebunden, damit er sich nicht länger solche Wunden riss. Heute musste sie sich hindern, sich selbst vor Angst die Nägel in die Haut zu graben.

Ein Laut entfuhr ihr. Hatte sie nicht genug zu bestehen, konnte sie nicht wenigstens aufhören, an den verhassten Toten zu denken?

»Trink Wein, Amicia. Er stammt aus Sizilien. Mein Bruder Baldwyn und sein Freund, der strahlende Gregory de Camoys, haben als junge Männer den italienischen Stiefel bereist und seine kostbarsten Gaben heimgebracht. Einen Gesang, der Steine erweicht, einen Wandteppich, in den das Licht des Südens geknüpft war, und diesen Wein. Er ist eine Offenbarung.«

Amicia rührte den Wein nicht mehr an. *Gregory de Camoys,* hämmerte es in ihrem Kopf. *Randulphs Bruder. Der strahlende Älteste.*

Adam de Stratton warf sich in den Rücken wie ein Pferd, das sich gegen sein Geschirr sträubt. »Lass uns nicht länger fackeln, Isabel. Ich ertrage es nicht länger.«

»Ha!« Isabel, die sich inzwischen in den Stuhl gesetzt hatte, der mit den ihren einen Halbkreis bildete, sprang wieder auf. »Du erträgst es nicht länger? Wie lange habe eigentlich ich ertragen müssen, was du mir verschwiegen hast? Ich wusste zwölf Jahre lang nicht, dass Amicia lebt, und ich werde nicht aufhören zu fackeln, bevor du mir sagst, warum du mir das angetan hast – zu allem anderen auch noch das?«

Vyves, hilf mir, flehte Amicia stumm, *bitte komm und hol mich hier weg.*

»Ich weiß es doch selbst nicht!« Adam de Strattons Stimme klang jetzt geradezu weinerlich. »Hast du mir vielleicht nichts angetan? Hast du mich nicht in allem spüren lassen, dass ich deiner nicht würdig war? Selbst wenn du mich liebtest, wenn du in meinen Armen toll warst, hast du am Ende von Baldwyn erzählt. Und dann die Kinder, die ich dir gemacht habe, diese zwei hübschen, vor Leben strotzenden Kinder … Ja, dass die besser als Herren der Insel taugten als die kränklichen Halbidioten, die du von William de Fortibus hattest, hast du erkannt. Aber eben deshalb mussten ja diese Kinder als Findlinge ausgegeben werden, damit nur niemand herausfand, dass der nichtswürdige Adam de Stratton ihr Vater war. Ich durfte mich meinen Kindern nicht einmal nähern, und dass sie deine waren, wolltest du der Welt erst verkünden, wenn du den passenden Erzeuger für sie gefunden hattest. Irgendeinen edelblütigen Trottel, den du als heimlichen Ehemann ausgeben konntest, damit du in meinem Abel einen Erben hattest. Hätte der vermaledeite Cyprian sich dazu hergegeben, hättest du ihn genommen.«

»Adam!«

»Was ist? Wird es nicht Zeit, dass mein Töchterchen die Wahrheit erfährt?« Er erhob sich halb und streckte die Arme nach Amicia aus. Als sie sich nicht rührte, ließ er sich kraftlos in den Stuhl zurückfallen. »Wie hätte ich dir denn sagen können, dass sie lebt? Dir, der Erhabenen. Der Unerbittlichen. Hätte ich dir sagen sollen, dass ich mich so gründlich habe übertölpeln lassen wie der letzte Idiot in St. Mary of Bethlehem? Dass Cyprians Männer nicht nur Bestien sind, sondern sich obendrein ein Spiel mit Adam de Stratton erlaubt haben? Mit Adam, dem Wilden, dem ungebildeten Straßenköter! Und das zu alledem, was du nach diesem Tag der Hölle ohnehin an Schuld auf meinen Schultern aufgehäuft hast.«

»Wer hat denn mein Tor für die Schlächter öffnen lassen?«, schrie Isabel schrill. »Das Tor meiner uneinnehmbaren Burg, wer, wer, wer?«

»Ich«, antwortete Adam tonlos. »Und auch wenn du mich schließlich zurück in dein Bett gelassen hast, weil deine Lust ein

Quäntchen stärker ward als du – verstanden hast du es nie. Wie sollst du auch? Was weiß die süße Isabel de Redvers davon, wie es ist, in einem winzigen Loch gefangen zu sein, umgeben von Bütteln, die dir Daumenschrauben zeigen, Brandeisen und neunschwänzige Katzen und dir erzählen: ›Einerlei ob du gestehst oder nicht, am Ende landest du so oder so an einem Strick.‹«

»Nein, davon weiß Isabel de Redvers nichts«, erwiderte Isabel so kalt, dass Amicia sich die Arme um den Leib schlang. »Ich habe allerdings einen jungen Mann gesehen, mit dem wir beide, du und ich, ebendies getan haben. Nur haben wir ihm das hübsche Gerät nicht nur gezeigt, sondern ihn spüren lassen, wie jedes Einzelne davon schmeckt.«

Adam schnalzte mit der Zunge. »Hast du dich je gefragt, warum ich den kleinen Camoys habe gehen lassen? Weil ich gedacht habe: Wäre schade um einen Mann, der nicht nur mit dem Mund mutig ist. An Ort und Stelle habe ich sogar vergessen, ihm ein Ohr abzuschneiden, wie meine Salome es von mir verlangt hat, weil dieser beherzte Bursche mich beeindruckt hat. Viele gibt's davon nicht. Wir gewöhnlichen Männer würden unsere Seele verkaufen, um aus solch einer Lage noch einmal herauszukommen.«

»Du hast aber nicht deine Seele verkauft!«, schrie Isabel ihn an. »Sondern meine Kinder!«

Auch mit Adams Ruhe war es jetzt vorbei. Er sprang wieder auf, setzte drei Schritte auf Isabel zu und rief: »Das ist nicht wahr! Ja, ich habe gesagt, ich lasse die Männer in die Burg, damit sie sich die Idiotin Aveline holen, die du selbst verscherbelt hattest. Dass die es nicht lange machen würde, wussten wir doch beide, und wenn du jetzt behauptest, du habest um sie getrauert, wirst du am Ende deines Lebens noch zur Heuchlerin. Ja, ich habe Aveline geopfert. Ich habe es dir gestanden, und du hast es mich an jedem Tag unseres Lebens büßen lassen. Aber ich habe gesagt, sie dürfen meinem Sohn nichts tun. Meinen

Sohn, habe ich gesagt, den sollen sie in einen Sack stecken und nach Quarr schleppen. Zum guten Randulph! Die ganze Sache wurde doch ohnehin zu heikel! Cyprian saß uns an der Gurgel, und so eine Erziehung wie bei dem Haufen vom guten Randulph, die hätte ich selbst gern genossen.« Bei den letzten Sätzen hatte er begonnen zu weinen. »Du weißt das doch, Isabel. Du weißt es!«

»Ja«, erwiderte sie wie erloschen. »Ich weiß es.«

In diesem Augenblick sprang Amicia auf. »Und ich?«, rief sie in den hallenden Saal, und ihre Stimme war die einzige, die lebendig klang. »Was hätte mit mir geschehen sollen, wenn die Männer Abel nach Quarr gebracht hätten, wie Ihr es ausgehandelt habt?«

Die beiden wandten sich ihr zu. In Amicias Kopf war die Wirkung des Weines bis auf den letzten Rest erloschen. Sie sah die zwei Gesichter glasklar. Diese beiden waren ihre Eltern – von der Mutter hatte sie die grünen Augen und das amselbraune Haar und vom Vater die ein wenig lyrisch-melancholischen Züge. Sie waren so sehr ihre Eltern, wie Tom und Dolasilla die Eltern von Stephen waren und Esther und Gideon die Eltern der kleinen Noya. Aber sie hatten mit dem, was Eltern ausmachte, nicht das Geringste gemein.

»Verzeih, mein süßes Kleines«, nuschelte Adam. »Verzeih. Hätte ich dich vor mir stehen sehen, wie du heute vor mir stehst, das funkelndste Juwel von einer Tochter, mit dem je ein Mann gesegnet worden ist, ich hätte alles getan, um dich zu retten. Aber damals – verzeih mir, mein Geliebtes –, damals, als es um Abel und um alles oder nichts ging, habe ich wohl einfach nicht an dich gedacht.«

Er widerte sie an. Jedes seiner süßen, säuselnden Worte war so ekelhaft, dass sie würgte.

»Du musst das verstehen«, rief Isabel, jetzt wieder treulich mit ihm vereint. »Damals waren wir überzeugt, nur unser Sohn könne die Insel erben – wenn wir es klug anpacken und ihn im richtigen Augenblick aus dem Ärmel zaubern. Aber das war töricht. Ich war auch kein Sohn, und ich habe das Erbe meines Bruders angetreten, sosehr sich der König in London und all seine Speichellecker auch dagegen sträubten. Dir könnte dasselbe gelingen. Wir würden dir dabei helfen. Dass Adam dein Vater ist, kann kein Mensch beweisen, ein Kandidat, der sich eignet, findet sich schon, und letzten Endes kommt es darauf an, was der Mann einzubringen hat, den du heiratest. Wenn seine Stimme bei Hof Gewicht hat, stehen unsere Karten nicht schlecht.«

»Ich heirate Vyves ben Elijah«, erwiderte Amicia schneidend. *Und wir gehen fort von hier,* wollte sie hinzufügen, *ehe ich an euch beiden im Inneren erfriere.* Ihre Arme umklammerten ihren zitternden Körper. Bevor sie aber noch ein Wort herausbrachte, brach im Hof der Lärm los.

Anfangs wunderte sie sich nicht einmal, weil es nur klang, als sei an der Eiseskälte endlich etwas zerschellt. Dann nahm der Lärm Gestalt an. Metall klirrte, Holz splitterte, und mit dumpfem Krachen stürzte etwas zu Boden. Ein Schrei gellte. Hufgeklapper und schwere Schritte folgten, und dann übertönte der Schrei eines Mädchens den Rest.

Isabel und Adam sprangen auf. In Amicias Ohren schwoll das Klirren und Rasseln zum Orkan. Es war das dritte Mal. Als sie loslaufen wollte, erwartete sie, zum dritten Mal ihre Glieder gelähmt vorzufinden, doch dieses Mal gehorchten ihre Beine anstandslos. Sie rannte zur Tür und schob die schweren Riegel zurück.

»Bleib hier!«, schrie Isabel. »Um des Allmächtigen willen bleib in der Burg!«

Adam schrie auch etwas, aber Amicia kümmerte sich nicht um die beiden, sondern stürmte in den Hof. Blendendes Licht schlug ihr entgegen. Der kleine Schober beim Westturm brannte lichterloh und warf sein gespenstisches Leuchten auf die Szene. Eines der Milchmädchen, das vermutlich mit einem der Stallknechte eine Nacht im Heu verbracht hatte, lag auf dem Pflaster, trommelte mit den Fäusten auf den Boden und schrie. Weiter hinten, bei der Treppe zu den Zinnen, lag ein Mann der Burgwache; sein Kopf war in einem Winkel verdreht, der kein Leben möglich machte. Über den Rest des Geländes tobte der Kampf. Amicia blieb an der Mauer der Halle stehen, weil es sinnlos war, einzugreifen.

Trotz des grellen Lichtes dauerte es eine Weile, bis sich Konturen des Kampfgeschehens ausmachen ließen. Drei Männer drangen zu Pferd aufeinander ein, die übrigen, deren Pferde geflüchtet sein mochten, schlugen sich zu Fuß. Sie waren allesamt mit Schwertern bewaffnet; zwei der Reiter und einer der Fußkämpfer waren voll gerüstet, der zweite Reiter trug Helm und Kettenhemd, die übrigen waren lediglich durch Leder geschützt. Schnell erkannte Amicia, dass der Kampf nicht ausgeglichen war: Zwei Männer kämpften gegen sechs und damit praktisch auf verlorenem Posten, aber diese zwei – der gerüstete Fußkämpfer und der Reiter im Kettenhemd – gaben ihr Äußerstes, um die anderen in Schach zu halten. Und sie hatten einen Helfer auf ihrer Seite, einen schwarzen Höllenhund, der immer wieder Streiche vereitelte, weil keiner der Gegner wusste, wie er sich seiner erwehren sollte.

Dass dieser Kampf um ihretwillen ausgefochten wurde, begriff Amicia binnen eines Herzschlags. Die größere Gruppe musste in die Burg eingedrungen sein, um sie in ihre Gewalt zu bringen, wie sie es schon einmal vorgehabt hatte. Damals, als Magdalene, Hugh und Timothy gestorben waren. Die beiden einzelnen Ritter waren vermutlich gleichzeitig eingetroffen und hatten sich ihnen in den Weg gestellt.

So hell war der Feuerschein, dass Amicia nichts erspart blieb. Auf dem Brustpanzer eines Reiters, der auf einem Schimmel saß, blitzte ein funkensprühender Drache durch die Nacht. Der Mann im Kettenhemd, der mit ihm kämpfte, trug einen Helm, doch das hinderte Amicia nicht daran, ihn zu erkennen. Hätte sie den leisesten Zweifel daran gehegt, dass man einen Mann an der Linie und am Spiel seiner Schultern erkennen konnte, so hätte sie doch das Pferd unter Hunderten erkannt. Schrill schrie sie auf, ohne den Blick abzuwenden. Als jemand die Arme um sie schloss, bäumte sie sich auf, weil sie glaubte, es sei Adam de Stratton, doch dann vernahm sie die vertraute Stimme. »Ruhig, Amicia, mein armes Liebes. Ich bin es. Vyves.«

Schwach vor Erleichterung ließ sie sich in seine Arme fallen, wandte aber noch immer den Blick nicht ab. »Er ist doch tot«, brach es aus ihr heraus.

»Nein«, sagte Vyves. Seine Stimme war unter dem Getöse des Kampfes kaum zu hören. »Adam und Isabel wollten ihn zu Tode schinden, um Abel zu rächen. Sie haben gedacht, sie könnten der Hölle, in der sie seit dem Tod ihres Sohnes lebten, entrinnen, indem sie den Sohn ihres Feindes Höllenqualen erleiden lassen. Aber sie sind Menschen, keine Teufel. Sie waren nicht fähig, einem Unschuldigen das Leben zu nehmen, sondern haben im letzten Augenblick aufgehört. Er war mehr tot als lebendig, als Isabel ihn seinem Onkel, dem Abt von Quarr, übergab, aber der hat ihn gesundgepflegt.«

Ich habe ihn auch einmal gesundgepflegt, durchfuhr es Amicia. Noch immer gelang es ihr nicht, den Blick abzuwenden. Der Feuerschein ließ die Luft flimmern, bis das Bild zerlief und sich wandelte. Als sie Matthew zuletzt so gesehen hatte, hatte er rücklings auf Althaimenes gesessen, um ihr zuzuwinken und sie nicht aus dem Blick zu verlieren, bis sie hinter dem Horizont verschwand.

Wenn ich dich nicht wiedersähe, würde ich wollen, dass du weißt: Ich hatte dich zum Zerspringen lieb.

Mägde und Knechte liefen zusammen, um das Feuer zu löschen, ehe es auf die Gebäude der Burg übergreifen konnte. Kurz erschien das Licht nicht mehr so grell, und Amicia sah wieder, was vor ihr geschah. Einer der Reiter stürzte von zwei schnellen Hieben vor die Brust getroffen vom Pferd. Sogleich sprang der Hund hinzu, öffnete sein Maul über der Gurgel des Gestürzten. Ein Fußkämpfer schwang herum und hob das Schwert, um dem Tier den Kopf abzuschlagen. Verzweifelt versuchte sein Herr, ihn zu rufen, doch der Helm erstickte seine Stimme, und der erste Versuch, ihn sich vom Kopf zu reißen, scheiterte. Die Hände mit dem riesigen Zweihänder holten aus.

Wenn ich dem Hund befehle, dich zu schützen, würde er ins offene Schwert springen. Wählen können nur Menschen. Der Hund ist zur Treue verurteilt.

»Nameless!«, brüllte Amicia. »Nameless, zurück!«

Mit halb geschlossenen Augen sah sie, wie das große Tier unter der Klinge wegtauchte und in fröhlichen Sätzen auf sie zutollte. Er sprang an ihr hoch, warf sowohl sie als auch Vyves mit seinem Gewicht zurück an die Mauer und leckte ihr mit seiner Sackleinenzunge das Gesicht. »Nameless, ach Nameless!« Die Sturzflut von Tränen, die ihr aus den Augen brach, hätte sie blind gemacht, hätte dafür nicht bereits der Hund gesorgt.

Mein Herz spielt verrückt, sobald ich ihm in Erinnerung rufe, dass es dich irgendwann gehen lassen muss.

Bis der Hund wieder auf seinen vier Beinen stand und sie trotz der unablässig strömenden Tränen wieder halbwegs sehen konnte, verging eine mittlere Ewigkeit. Im zweiten Versuch hatte der Ritter sich den Helm vom Kopf gerissen und ihn fortgeschleudert. Dies und die Ablenkung durch den Hund nutzte der gegnerische Reiter aus, um einen Hieb zu landen. Im letzten Augenblick riss der Mann den Arm mit dem Schild in die Höhe, aber der Aufprall war so stark, dass er ihn hintüberwarf. Althaimenes wieherte auf, stieg und galoppierte zwei, drei Sprünge nach rechts. Sein Reiter umschlang im Fallen den Hals des Tieres, verlor den Schild, dessen Schnallen sich gelöst haben mussten, behielt aber das Schwert in der Hand. Zwei der Fußkämpfer sprangen hinzu und drangen auf den Mann ein, der nun an der Schulter des Pferdes hing. Sein Gefährte, ein Hüne von einem Kerl, wollte ihm zu Hilfe eilen, doch der Hieb eines Angreifers traf ihn frontal vor der Brust und streckte ihn nieder.

Die zwei Männer, die sechs Gegner in Schach gehalten hatten, waren zweifellos am Ende ihrer Kräfte. Sie würden nicht länger standhalten. Amicia weinte und krallte die Hände ins Halsband des Hundes.

Ich liebe dich. Bitte hör nicht auf, mir das zu glauben, was immer uns geschieht.

Das Feuer war so weit erstickt, dass Amicia der Lichtschein vorkam wie ein fahler Strahl Wintersonne im geschützten Hof. Mit beiden Händen packte der Angreifer den Schwertgriff und schwang die Waffe über den Kopf des Reiters. Noch einmal verschwamm das Bild und riss sie zurück in die Vergangenheit. Amicia sah einen Mann, der sein Schwert klirrend in die Scheide schob und mit behandschuhten Händen ihren Bruder in den Rücken stieß. Es war ein feister Mann mit kahlem Kopf. Abel schrie nicht einmal. Stattdessen schrie ein anderer, und sein Schmerzensschrei war so markerschütternd und langgezogen, als werde er nicht mehr enden. Eingeklemmt zwischen zwei Reitern sah sie den fremden Jungen, sein vor Entsetzen verzerrtes Gesicht unter einem Himmel, der sich schwarz bezog.

Matthews Gesicht.

Im gleichen Augenblick ließ Althaimenes' Reiter sich geschmeidig zu Boden gleiten, rollte vornüber unter den Klingen der Gegner hinweg und sprang auf die Füße. Vom Körper des Pferdes gedeckt rannte er zurück und stach einen der Männer, die über Stephen standen, nieder. Dann ging er den zweiten an und trieb ihn fechtend nach hinten, sodass Stephen Gelegenheit hatte, sich aufzurappeln. Althaimenes galoppierte mit fliegenden Steigbügeln vom Hof.

Diesmal hast du die Zügel nicht festgehalten. Und vermutlich scheucht Althaimenes drüben sämtliche Hühner auf.

Der Rest schien in der Geschwindigkeit eines einzigen Herzschlags zu geschehen. Stephen kämpfte sich auf die Füße, zu zweit stellten Matthew und er sich den drei verbleibenden Gegnern, und dann stürmten endlich mit Schritten, die den Boden beben ließen, die Männer der Burgwache aus dem Tor des Ostturms. Sie mussten so fest geschlafen haben, wie es auf dieser Burg früher niemandem gestattet gewesen war. Während die Wachen zur Verstärkung eilten und dem Fußkampf im Nu ein Ende machten, ritt der Schimmelreiter mit dem Drachenwappen im Bogen um das Getümmel, um seinem Sohn in den Rücken zu fallen. Es war ein lächerlicher Versuch. Der gebeugte Mann war kein übermächtiger Teufel, sondern alt, erschöpft und ein Mensch. Sein Sohn schwang herum und warf ihn mit einem einzigen Hieb aus dem Sattel, so leicht, als habe der Vater darauf gewartet. Rücklings, auf dem Boden, riss er sich mit beiden Händen den Helm vom Kopf und rang nach Luft. Mit gezogenem Schwert trat sein Sohn vor ihn.

Wir haben ihm sein Pferd, seine Waffen und seine Männer genommen. Mehr kann ich ihm nicht tun. Wenn er es schafft, sich durchzuschlagen, soll er leben.

Er verzeiht sich niemals, wenn er ihn diesmal nicht tötet, erkannte Amicia, ließ das Halsband des Hundes los und presste sich die Hände auf den Mund. *Aber er kann es doch nicht! Er hat dem Pferd den Namen eines Vatermörders gegeben, weil er sich so sehr gewünscht hat, den Verbrecher auszulöschen, aber der ist sein Vater, und er ist kein Mörder.*

Amicia sah, dass Matthew Arme und Beine zitterten, als er den letzten Schritt auf seinen Vater zusetzte. Sie wollte zu ihm laufen und ihm sagen, dass er es ihr nicht schuldig war, dass er nicht um ihretwillen einen alten Mann töten musste, der sich hustend und spuckend am Boden wälzte. Ehe sie es konnte, ging jedoch ein anderer.

»Lass stecken, Kamerad«, sagte Adam de Stratton. »Ich stehe fraglos in deiner Schuld, also erlaube mir, dir das hier abzunehmen.« Geradezu behutsam schob er Matthew aus dem Weg.

»Halt!«, gellte eine Stimme von der anderen Seite. Sie gehörte dem Reiter, der als Erster vom Pferd gefallen war, einem schmächtigen Mann, der von zwei Wachen gehalten vor der Mauer stand. Auf seinem kleinen Körper saß ein viel zu großer Kopf mit einer platt gedrückten löwenhaften Mähne. »Das lasst Ihr besser bleiben, Stratton. Wir sind hier, um Euch auf Befehl des Königs zu verhaften und nach London zu verbringen, aber natürlich lässt sich über alles reden. Wenn Ihr allerdings vor meinen Augen einen Baron von England mordet, gibt es kein Reden mehr, dann sind Eure Tage gezählt.«

Matthew griff wieder nach seinem Schwert, aber Adam winkte ab und klopfte ihm den Arm, ehe er sich dem anderen zuwandte. »Spar dir dein Salbadern, Montfichet«, sagte er. »Habe ich dir nicht schon einmal erklärt, dass es Dinge gibt, die unverkäuflich sind? Dieses teure Paradies von einer Insel, der Stolz eines Mannes und das Herz einer Frau. Manchmal sogar die Liebe, mein Bübchen.«

Er wandte sich wieder zurück und versetzte Matthews Schulter einen Klaps. »Dass ich meine süße Tochter gern selbst gehütet hätte, fällt mir leider ein bisschen spät ein, aber wenn ich es dir überlasse, erwarte ich, dass du es ordentlich tust. Sie ist eine Kostbarkeit, hast du verstanden? Die letzte Erbin der de Redvers und Adam de Strattons einzige Tochter. Wenn du nicht gut zu ihr bist, verfolge ich dich aus der Hölle, und diesmal höre ich nicht früher auf.«

Im gleichen Atemzug förderte er unter seiner eleganten Robe sein Obstmesser zutage, trat an Matthew vorbei und schnitt Cyprian de Camoys die Kehle durch. Anschließend warf er das Messer beiseite und ging ruhigen Schrittes hinüber zu dem Mann, der Montfichet hieß. »Lasst ihn los«, sagte er zu den Wachen. »Und seine Männer lasst auch los, fangt ihre Pferde ein, und holt mir meinen Rappen. Der kleine Gernegroß sagt, er ist meinetwegen hier. Wenn ich mit ihm gehe, seid ihr ihn los, und einmal muss selbst das schönste Spiel zu Ende sein.«

Die Wachen gaben Montfichet frei, und Adam hielt ihm die an den Gelenken gekreuzten Hände hin.

»Adam!«, schrie Isabel.

Über Adams Gesicht zog sich ein Lächeln, dem man ansah, warum er trotz all seiner Untaten seine Epoche bezaubert hatte. »Ich liebe dich, meine Herrin der Insel«, sagte er. »Der Mann, der dich in den Armen halten durfte, und wenn er der dreckigste Hund der Hölle war, hat das Torhaus zum Himmel erblickt.«

Durch den Abzug von Montfichets Mannen entstand einiger Tumult. Die Reste des Feuers wurden gelöscht, die aufgescheuchte Hühnerschar wurde eingefangen und das dem Brand entronnene Milchmädchen versorgt. Aufrecht und ohne eine Miene zu verziehen, befehligte Isabel das Geschehen. Sie rief Knechte herbei, die Krüge voll Wasser für die völlig entkräfteten Kämpfer brachten, ließ schwelende Reste des Feuers löschen und aufgescheuchtes Federvieh einfangen.

Der prächtige Stephen riss sich Helm und Schulterstücke herunter und schüttete sich den Inhalt eines Kruges über den Kopf. Dann kam er schleppend und schnaufend, aber mit strahlendem Lächeln herüber und zog Amicia aus Vyves Armen in die seinen. »Mistress Amicia!«, jubelte er. »Geht es Euch gut? Ihr glaubt nicht, wie oft ich mit meiner Mutter über Euch spreche.«

Seine Mutter war Dolasilla. Die Alpenländerin.

Wenn ein schöner Mann lange fortbleibt und ein schönes Mädchen von Tag zu Tag trauriger wird, dann kennt den Grund dafür mein dümmstes Huhn.

»Muss ich dich auch wie einen Herrn ansprechen, jetzt wo du ein Ritter geworden bist, oder sagst du zu mir wieder Du?«, fragte sie.

»Und ob!«, jubelte Stephen und hob sie in die Höhe, nur um sie gleich darauf prustend wieder abzustellen. Die Anstrengung des Kampfes hatte ihn sichtlich mehr Kraft gekostet, als er sich eingestehen mochte.

»Geh, lass dir Wein geben«, sagte Amicia. »Wenn es sich einer verdient hat, dann du.«

Stephen beugte sich über ihre Hand und küsste sie. Während er seinen langen Leib wieder straffte, suchte er ihren Blick. Mit einem Schwenk des Kopfes wies er über den Hof zu der Stelle, an der die Leiche von Cyprian de Camoys lag. Neben dessen Kopf war Matthew auf die Knie gegangen. Ob aus Erschöpfung oder um seinem Vater Ehre zu erweisen, würde niemand erfahren. An seiner Seite lag der Hund, den großen Kopf zwischen den Pfoten vergraben. »Was immer er dir getan haben mag«, sagte Stephen, »lass ihn bitte nicht noch länger dafür büßen.« Dann küsste er ihre Hand ein zweites Mal und ging.

Was immer er ihr getan haben mochte. Er hatte ihr verschwiegen, was er offenbar während der Wochen im Tower erfahren hatte – dass sein Vater die Schuld am Tod ihres Bruders trug und dass er dabeigestanden hatte, machtlos, von zwei Männern gehalten, zu nichts fähig als zum Schreien. Obwohl er ihr versprochen hatte, ihr zu sagen, was immer sie betraf, hatte er ihr die Wahrheit wie ein Feigling vorenthalten, aus Furcht, dass sie ihm nicht verzeihen würde. Er hatte sich zu Recht gefürchtet. Sie hätte ihm nicht verziehen. Vyves hatte gesagt: *Wenn ich dich anschaue, meine Sternengeliebte, hätte ich an seiner Stelle dasselbe getan.*

Amicia wollte den erschöpften Mann, der neben der Leiche seines Vaters kniete, nicht mehr ansehen. Sie wollte den schier unzähmbaren Wunsch nicht mehr verspüren, zu ihm zu laufen, die Arme um ihn zu schlingen und in sein Ohr zu flüstern: »Es wird wieder gut, mein Liebling. Ich weiß beim besten Willen nicht wie, aber es wird wieder gut.« Es war nicht länger auszuhalten. Als Vyves vorsichtig nach ihrer Hand tastete, ließ sie sich erleichtert gegen ihn fallen. »Halt mich. Ich habe Angst, mir brechen die Beine ein.«

Vyves zog sie an sich. Ihn anzusehen oder auch nur den Blick zu wenden, vermochte sie dennoch nicht. Stattdessen beobachtete sie, wie der kniende Mann sich schüttelte, um zu sich zu kommen. Als es ihm nicht gleich gelang, schlug er sich kurz mit der Faust vor die Stirn. Mehrmals hatte jemand ihm Wasser angeboten, aber er schien die Männer nicht einmal zu bemerken. Unendlich langsam stand er auf, drehte sich um und kam mit schweren Schritten auf sie zu. Ein schriller Laut entfuhr Amicia, ehe Vyves' Hand ihr den Mund verschloss.

Matthew war gebrandmarkt worden, wie man es auf Marktplätzen mit Verbrechern tat. Auf die Stirne, über die geschwungene rechte Braue. Nur waren die Henker, die die Leibesstrafe an Verbrechern vollzogen, darin geschult, während dem seinen offenbar das Eisen verrutscht war. Dass der Buchstabe, den die Narbe bildete, ein »A« hatte sein sollen, erkannte nur, wer es wusste. Amicia wollte weg von hier, wollte sich den Schmerz nicht vorstellen müssen, den er hatte erleiden müssen, als das Eisen sich in sein Fleisch gegraben hatte, und sie wollte nicht an die Qualen denken, die sie ihm in ihren schlaflosen Nächten gewünscht hatte. Sie wollte Vyves sagen, er solle mit ihr flüchten, ehe der Mann sie erreichte, mit ihr fortgehen und nie mehr zurückkommen.

»Vyves fil Elijah?« In gut drei Schritten Abstand blieb er vor ihnen stehen. Als er Amicias Blick bemerkte, griff er sich grob ins Stirnhaar und zerrte es über die Narben.

»Der bin ich«, sagte Vyves.

»Ich habe eine Nachricht für Euch, und ich fürchte, sie ist nicht gut. Leider habe ich lange gebraucht, um Euch zu finden, deshalb ist jetzt Eile geboten. Ihr müsst dieses Land verlassen. Ich habe ein Schiff in Yarmouth, das Euch nach Hastings bringt, wo Eure Familie Euch erwartet. Von dort setzt Ihr über nach Frankreich.«

»Aber …«, stammelte Vyves und dann noch einmal: »Aber …« Gleich darauf fasste er sich. »Was ist geschehen?«

»Mein Vater muss herausbekommen haben, dass Ihr Amicia geholfen habt. Er hat Männer zu Eurem Haus geschickt, die es in Brand gesetzt haben. Bitte sorgt Euch nicht. Eure Familie ist wohlauf. Sie waren bei Freunden von mir versteckt, bis sie nach Hastings weiterreisen konnten.«

Amicia sah Vyves erbleichen, legte ihm den Arm um die Schultern und zog ihn so fest an sich, wie sie konnte. »Wie habt Ihr davon erfahren?«, fragte er, und Amicia bewunderte ihn für seine Haltung.

»Ich war in Westminster«, antwortete Matthew. »Auf einer geheimen Versammlung anlässlich einer neuen Steuer zur Deckung der Kriegsschulden, die wir demnächst unter den hungernden Bauern einzutreiben haben. Um die bittere Arznei zu versüßen, hat der König beschlossen, sämtliche Juden des Landes zu verweisen und ihren Besitz zu beschlagnahmen. Das Edikt wird im Juli öffentlich verkündet, und was dann hier los ist, möchte ich nicht wissen. Bis November darf es in England keinen Menschen jüdischen Glaubens mehr geben, und wer sich widersetzt, hat sein Leben verwirkt. Das Klügste ist, jetzt zu gehen, solange man eine sichere Passage bekommt. Wenn erst die Seeleute mitbekommen, was vor sich geht, mag manch einer das Geld für die Überfahrt kassieren und seine Passagiere hinterher ersäufen.« Er hielt inne und senkte kurz den Kopf. »Es tut mir leid, Sir. Ich schäme mich für mein Volk.«

»Und Ihr seid von Westminster nach London gereist, um meine Familie zu warnen?«

»Ich kann Euch nur bitten, darüber zu schweigen.« Ein flüchtiges, eisiges Lächeln entblößte seine Zähne. »Wenn Ihr es nicht tut, kostet es mich den Hals.«

»Ich danke Euch«, sagte Vyves. »Es ist mir nicht angenehm, Eure Hilfe anzunehmen.«

»Das ginge mir nicht anders, und ich hätte es Euch gern erspart«, erwiderte Matthew. »Leider fehlt uns dazu die Zeit. Der

Schiffer hofft, im Morgengrauen abzulegen, und bis Yarmouth ist es, wenn Ihr nicht reiten wollt, noch ein gutes Stück Weg.«

Amicia sah Vyves nicken und spürte, wie er sich sachte aus ihren Armen befreite. Vyves. Ihr Freund, Ihr Herzensgeliebter. Der Einzige, der Abel gekannt hatte.

Euer heutiges Versprechen ist bindend.

»Halt!«, schrie sie, fuhr herum und bot Matthew die Stirn. »Das denkst du dir aus!«, schrie sie. »Du willst, dass ich nach allem auch noch Vyves verliere, dass Vyves fortgeht und ich auf der Welt allein bin!« Mehr Kraft hatte sie nicht. Ihr Schreien ging in Weinen über.

»Nein«, sagte Matthew weich. Sein Blick schien sich zu winden, als mache es ihn verlegen, sie anzusehen. Mit einem entschlossenen Griff riss er sich den vom Kampf zerfetzten Mantel von der Schulter und hielt ihn ihr entgegen. Als sie keine Anstalten machte, danach zu greifen, nahm ihn Vyves und legte ihn ihr mit abgewandtem Blick vor die Brust. Entgeistert bemerkte sie, dass das zerrissene Kleid sich geöffnet hatte und alles preisgab, was es hätte verhüllen sollen. Eilig schlang sie sich in den Mantel und spürte die Wärme auf der Haut.

»Nein«, wiederholte Matthew noch einmal und bedeutete Stephen mit einem Wink, Amicias gesatteltes Pferd heranzuführen. »Ich will nicht, dass du Vyves verlierst und allein auf der Welt bist, Amicia. Ich will, dass du mit ihm gehst.«

40

Sie war neben dem Karren, auf dem Vyves mit ihrem bisschen Gepäck saß, nach Yarmouth geritten wie zuvor auf der langen Reise von Fountains nach Carisbrooke. Stephen hatte sie auf Althaimenes geleitet, und der namenlose Hund sprang ihnen fröhlich voraus.

Weil die Insel hügelig und in Teilen unwegsam war, mussten sie immer wieder einen Umweg einschlagen, und noch ehe sie den kleinen Hafen erreichten, ging die Sonne auf. Amicia war es recht. In der sich allmählich lichtenden Finsternis blickte sie um sich und versuchte, Abschied zu nehmen, sich vorzustellen, dass sie all dies nicht wiedersehen würde. Es war unmöglich. Die Vorstellung war zu groß für ihren müden Kopf.

Aber was für eine Rolle spielte das? Sie war bei Vyves, sie ging, um Vyves zu begleiten. Sie würde ihn nicht noch einmal im Stich lassen, und auf irgendeine Weise würden sie einen Weg finden weiterzuleben.

Im Hafen von Yarmouth trennten sie sich. Stephen und Vyves gingen, um dem Schiffer die Papiere auszuhändigen, die Matthew ihnen gegeben hatte. Amicia sollte im Zollhaus warten, weil sie am ganzen Körper vor Kälte zitterte. Einer der Beamten brachte ihr einen Becher mit Torfkohle gewärmtes Ale, das widerlich schmeckte, aber ein wenig stärkte. Bis die Formalitäten erledigt waren, schien eine Ewigkeit zu vergehen. Viel zu viel Zeit für Gedanken, die sinnlos waren.

Endlich kehrte Vyves zu ihr zurück. Auf seinem Gesicht stand ein Lächeln. »Komm«, sagte er.

»Ich will mich noch von Stephen verabschieden!«, rief Amicia.

Entschlossen, wie sie es nicht von ihm kannte, packte Vyves ihre Hand und zog sie ins Freie. Die Sonne eines Frühlingsmorgens prallte ihr entgegen und setzte dem Meer Glanzlichter auf. Das Schiff, das sie von der Insel fortbringen sollte, zappelte an seinem Tau und tanzte auf den Wellen. Vyves schloss die Arme um Amicia und küsste sie auf den Mund. »Gott behüte dich«, sagte er noch immer lächelnd. »Und lass es uns kurz machen, ja? Du verabschiedest dich nicht von Stephen. Sondern von mir.«

Sie durchschaute sofort, was er vorhatte: Er würde sie fortschicken, in die Einsamkeit, in der sie mit all ihrem Wissen würde leben müssen. »Nein«, rief sie und krallte sich in seinen Ärmel. »Ich habe dich so lieb, Vyves. Ich will deine Frau sein, deinen Glauben annehmen, mit dir leben – ganz so, wie wir es uns im Brunnenhof von Carisbrooke versprochen haben.«

»Wir haben es uns andersherum versprochen, Amicia. Und das Versprechen von damals ist hiermit gelöst.«

»Aber ich will es nicht lösen!«

»Dann will eben ich es«, erwiderte er, griff in die Falte, die sie in ihren Rock genäht hatte, zog Adams Bernstein mit der Spinne heraus und warf ihn aufs Meer. »Ich danke dir für deinen Mut und dein Angebot, mein Liebes, doch um es anzunehmen, bin ich zu stolz. Ich muss jetzt dasselbe tun wie du: lernen loszulassen. Aufgeben, an was wir uns geklammert haben, weil es das einzige heile Stück unserer Kindheit war. Wenn ich es nicht tue, werde ich niemals jemanden finden, der mich als Mann, nicht als netten Jungen lieben kann.«

Der Widerspruch blieb Amicia im Hals stecken, weil unleugbar war, dass er recht hatte. Er hätte alles verdient, was sie zu geben hatte, aber es nützte nichts. Was ihm wie jedem Mann zustand, konnte sie ihm nicht schenken, denn sie hatte es einem anderen geschenkt. Seine Entscheidung auszuhalten war unsagbar schwer. Abschied von Vyves zu nehmen bedeutete auch Abschied von Abel. Und von Carisbrooke. Tränen kamen ihr. »Du kannst mich doch nicht alleinlassen«, entfuhr es ihr, und sie schämte sich dafür.

»Du bist nicht allein, und du weißt es.« Er befreite sich aus ihrem Griff und strich ihr über den Arm. »Geh zu ihm. Bestelle ihm in meinem Namen den Dank, zu dem ich gestern Nacht nicht fähig war. Und dann sammelt die Trümmer auf, und baut euch ein Leben daraus. Stark genug seid ihr, und das eine hat Adam de Stratton wenigstens für dich getan: Er hat den Weg dafür frei gemacht.«

»Wird er hingerichtet werden, Vyves?«

»Wahrscheinlich«, erwiderte er. »Ich denke, er ist dafür bereit. Jetzt beeil dich. Ich muss aufs Schiff, und der Mann, den du liebst, hat lange genug auf dich gewartet.«

Der Mann, den du liebst. Kein Weg auf der Welt führte daran vorbei. »Aber er …«, stammelte sie, doch Vyves fiel ihr scharf ins Wort: »Fang nicht wieder an. Nein, er hat dich nicht verraten, nein, er hat Abel nicht getötet. Er hat dich immer zu beschützen versucht, sogar vor sich selbst, und ich habe nicht die mindesten Skrupel, dich bei ihm zu lassen, weil ich weiß, er wird gut zu dir sein. So wie du es mir in deinem langen Brief geschrieben hast.«

»Das habe ich ja gar nicht sagen wollen!«, protestierte Amicia. »Er kann mir doch nicht verzeihen, Vyves – hast du die Narbe auf seiner Stirn gesehen? Weißt du, was Adam und Isabel ihm meinetwegen angetan haben? Und ich habe ihn einen Mörder genannt. Ich habe ihm die Schuld an Magdalenes Tod aufgeladen und ihm die Qualen der Hölle gewünscht.«

Vyves legte ihr die Hände auf die Schultern, küsste sie links und rechts auf die Wangen und ließ sie los. »Dasselbe erzählt er vermutlich gerade seinem Abt: *Sie kann mir nicht verzeihen, ich habe ihr so viel Böses getan, und deshalb müssen wir beide bis ans Ende unseres Lebens leiden.* Sei mir nicht böse, mein Liebes, aber ich habe jetzt keine Zeit mehr, mich mit solchen Kindereien zu befassen. Meine Familie wartete nämlich in Hastings auf mich, damit wir dieses Land gemeinsam verlassen, und wo wir in zwei

Wochen sein werden, weiß allein Gott.« Er trat einen Schritt zurück und zwinkerte ihr ermutigend zu.

»Um Himmels willen, Vyves, verzeih mir!«

Drohend hob er einen Finger. »Vom Verzeihen will ich kein Wort mehr hören.« Damit drehte er sich um und ging der Rampe des Schiffes entgegen.

41

Wo sie Matthew finden würde, sagte ihr Stephen. Amicia hatte es befürchtet, und offenbar hatte Vyves denselben Gedanken gehabt.

»Er hat mir sein Pferd geschenkt und gesagt, ich soll den Hund zu meinen Eltern nach London bringen.« Stephen, der Gastwirtssohn, der ein Ritter geworden war, kämpfte gegen Tränen, die seine Stimme ertränkten. »O mein Gott, o mein Gott in der Höhe! Du darfst das nicht erlauben, Amicia. Er ist der feinste Ritter, den dieses Land je besessen hat, und der feinste Mensch obendrein. Ich verdanke ihm alles, was ich habe, und …«

»Ja, ja«, unterbrach ihn Amicia. »Er wäre sozusagen das Inbild der Vollkommenheit, wenn er nicht einen bedauerlichen Fehler hätte. Er ist ein Dummkopf. Aber das soll mich nicht stören, denn ich bin es auch.«

Damit trieben sie ihre Pferde in Galopp. Da Althaimenes das kleine Pferdchen weit hinter sich ließ, hielten sie noch einmal an und tauschten ihre Tiere. So ritt Amicia auf dem hohen, eleganten Fuchs auf dem Gelände von Quarr Abbey ein. In dem Augenblick, als sie das steinerne Torhaus erblickte, schmolz ihre Zuversicht zu nichts.

Sie würde den schweren Messingklopfer in die Hände nehmen und ihn wie eine Rasende gegen das eisenbeschlagene Holz der Tür dreschen, aber was würde sie damit erreichen? Im schlimmsten Fall erkannte Bruder Benedict durch eine Ritze, dass eine Frau draußen stand, und sperrte das Torhaus nicht einmal auf. Im besten sagte er ihr, dass sie keinen Zutritt zum Inneren des Klosters hatte und dass ein Mann, der sich entschlossen hatte, ein Noviziat anzutreten, für die Frauen seiner Vergangenheit verstorben war.

Sie sprang vom Pferd und sicherte sorgsam die Zügel am Sattelgurt. »Ihr wartet«, gebot sie dem Pferd und dem namenlosen Hund. Dann trat sie vor die Tür, nahm den Klopfer und ließ ihn geradezu verzagt und alles andere als laut aufs Holz prallen.

Die schwere Tür wurde so blitzschnell aufgezogen, dass Amicia nach vorn taumelte. Der Mann, der dahinterstand, fing sie, ehe sie stürzte. Es war nicht Bruder Benedict.

»Du hast dir Zeit gelassen«, sagte Randulph. »Ich hatte dich vor mehr als einer Stunde erwartet.«

»Ist es zu spät?«, rief Amicia atemlos.

Randulph kratzte sich auf dem Kopf. »Jetzt hol erst einmal Luft und beruhige dich«, sagte er. »Das Haar scheren wir ihm erst nach einem Jahr, und im Übrigen wachsen Haare ja auch nach, wie der Herr de Stratton uns stets aufs Neue bewiesen hat. Ich erwähne das nur, um ihm meinen Respekt zu zollen. Vermutlich hat er in seinem ganzen Leben sonst nichts getan, das Respekt verdiente, aber für gestern Nacht steht er ihm zu.«

»Woher wisst Ihr es?«, fragte Amicia. »Von Matthew?«

»Matthew übt sich im Schweigen.« Dass Abt Randulph grinsen konnte, überraschte Amicia. »Ich weiß es von Isabel, die wie üblich sofort anschließend hier auftauchte und mich anflehte, ihr zu helfen. Es ist erstaunlich, wie viele Leute einen Mann für allmächtig halten, nur weil er einem Kloster vorsteht.«

»Ihr könnt ihm nicht helfen?«

»Ich kann für ihn beten«, erwiderte Randulph schlicht. »Sei gewiss – würde er anderes von mir wollen, dann würde Adam de Stratton einen Weg finden, es mich wissen zu lassen.«

Amicia schämte sich, Randulph zu drängen, aber sie konnte vor Sorge die Beine nicht still halten. »Bitte betet auch für mich«, platzte sie heraus. »Und bitte – darf ich Matthew sprechen?«

Er legte sich einen Finger ans Auge und zog das Unterlid

hinunter, als wollte er sie genauer betrachten. »Jetzt bist du dir also sicher? Du weißt, dass es das ist, was du willst?«

Sie konnte nur nicken. Für die Sicherheit, die sie empfand, gab es kein Wort.

Randulph brummte. »Eigentlich hatte ich diesem Menschen angedroht, ihm nach Strich und Faden die Leviten zu lesen. Aber vielleicht sollte ich das dir übertragen? Kannst du es mitleidloser als ich?«

Amicia schüttelte den Kopf. »Jedenfalls nicht heute. Im Augenblick will ich nichts als ihn in die Arme nehmen und halten, mein Vater. Und ihm sagen, dass ich alles das, was zerbrochen ist, irgendwie mit ihm zusammen heilen will.«

Randulph verzog den Mund. »Bei einem gelehrigen Kerl mag das genügen. Und wenn nicht, kannst du ihn hier wieder abgeben – es ist beileibe nicht die schlechteste Wahl, die ein Mann für sein Leben treffen kann, und wir hätten einen ziemlich ordentlichen Zisterzienser aus ihm gemacht.«

»Und ob!«, rief Amicia. »Aber ich brauche ihn bei mir. Und ich glaube, er braucht mich bei sich.«

»Dann sage ich also dem jungen Mann, dass seine Schwester am Tor ist und sich von ihm verabschieden will.«

»Er hat doch überhaupt keine Schwester!«

»Nun ja.« Noch einmal zupfte Randulph sich am Unterlid. »Er ist aber durchaus nicht der erste Novize dieser Abtei, der keine Schwester hatte. Und auch nicht der erste, der nicht mehr wiederkam, nachdem die Schwester da war.«

Sie hatte sich eine Flut von Worten zurechtgelegt, die sie ihm sagen wollte, und sie alle wieder verworfen. Als sie ihn wie bei ihrer ersten Begegnung aus dem Tor treten sah, ihren großen, schönen, todmüden Mann, hätte nur noch eines gepasst, und für das war es zu früh. Der sonst so gehorsame Hund war diesmal nicht zu halten, sprang mit wedelnder Rute auf ihn zu und leckte ihm die Hände. Amicia sah, wie er mit sich kämpfte. Er wollte, dass das Tier sich an einen anderen gewöhnte, und vermochte doch nicht, es zurückzuweisen. Sie legte den Kopf zurück, spitzte die Lippen und sang das Lied der Amsel. Sah dabei zu, wie er innehielt und nicht anders konnte, als zu lauschen.

Als sie fertig war, blieb er eine Zeit lang stehen und spürte den Tönen nach. Dann hob er den Kopf. »Wo ist Vyves?«

»Auf dem Meer.«

Matthew seufzte. »Das hättest du nicht tun sollen«, sagte er. »Ich weiß nicht, wie ihr beide euren Glauben hättet ausüben können, aber ein Mädchen, das von einem solchen Mann geliebt wird, kann sich glücklich schätzen. Und ein Volk, das sich solcher Männer beraubt, wird irgendwann einmal bereuen, wie töricht es war.«

»Ich weiß«, erwiderte Amicia. »Um die Liebe meiner Eltern stand es dürftig, und doch bin ich überreich beschenkt, denn mich lieben die beiden fabelhaftesten Männer der Welt. Aber nur einer von ihnen ist für mich bestimmt. Ich bin gekommen, um ihn abzuholen.«

Er kämpfte, rang mit sich, presste mühsam Worte heraus. »Du darfst das nicht tun, Amicia.«

Sie ging nicht darauf ein. »Vyves lässt dir danken«, sagte sie.

Wegwerfend winkte Matthew ab. »Ein mutiger Mann hätte dort in Westminster lauthals seiner Empörung Luft gemacht. Nicht klammheimlich eine einzelne Familie fortgeschafft.«

Amicia stemmte die Hände in die Hüften und warf sich in die Brust. »Dafür hättest du wahrhaftig Randulphs Leviten verdient. Bist du bei anderen in deinem Urteil auch so gnadenlos? Oder nur bei dir?«

Über sein müdes Gesicht ging ein Zucken. Es machte ein Ende mit Amicias Kraft. Sie trat so nah zu ihm, dass sie seinen Duft wahrnahm und alles schlagen hörte: ihr Herz und ihr Blut. Ehe er zurückweichen konnte, hob sie die Hand und strich ihm über die Wange. Sie erschauderten beide. Es war ihr, als hätte sie nichts – keine Heimat, keine Mutter, keinen Vater – je so sehr entbehrt wie diese Berührung. Sie nahm seine Hand, schob den Stoff des Ärmels zurück und betrachtete das schorfverkrustete Gelenk. Mit einem Finger strich sie darüber.

»Nicht«, flehte er.

»Doch«, sagte sie und liebkoste ihn weiter. »Ich will dir etwas erzählen, Matthew. Von Magdalene. Weißt du, was sie zu mir gesagt hat, was das Letzte war, das sie auf Erden zu mir hat sagen können? Sie hat gesagt, ich soll dich tüchtig und geduldig lieben, bis du dich nicht mehr zerkratzt, weil du Angst hast, du könntest in mir stecken bleiben.«

Er starrte sie an. In seinen Augen stand die pure Überrumpelung, und dann konnten sie beide nicht anders, als herauszulachen. Nicht so schallend und frei, wie Amicia damals im Wald gelacht hatte. Aber diesmal würde niemand kommen, der ihnen ihr Lachen zerschlug.

Sie legte sein zerschundenes Gelenk an ihre Wange. »Ach mein Liebling. Bitte verzeih mir. Hat das im Leben schon einmal ein Mensch zu dir gesagt?«

»Ich habe dir nichts zu verzeihen.«

»Scht!« Mit einem Finger berührte sie seine Lippen. »Doch, du hast. Und bitte verzeih mir auch im Namen von Magdalene, die es nicht mehr kann. Sie war schwer krank, sie hätte nicht mehr lange gelebt, und sie hat sich so sehr gewünscht, ihr Leben für unseres zu geben. Ich mag mir gar nicht ausmalen, wie sie darüber weinen würde, dass ausgerechnet du für ihren Tod bestraft worden bist. Und ausgerechnet von mir.«

»Du hattest doch recht!«, fuhr er auf. »Wäre ich nicht zu feige gewesen, die Wahrheit zu sagen, dann wäre …«

»Dann wäre das alles trotzdem passiert. Weil uns jemand übelwollte. Nicht weil dir der Mut fehlte, der Frau, der du imponieren wolltest, von den hilflosesten, ohnmächtigsten Augenblicken deines Lebens zu erzählen. Vielleicht hätte die Frau dir mehr helfen sollen. Vielleicht hätte sie bereit sein müssen zu hören, was du ihr zu sagen hattest, und vielleicht ist sie das erst jetzt. Ich weiß, du kannst Schuld nicht einfach abwerfen wie einen Mantel, der dir nicht mehr passt, und dafür liebe ich dich. Ich bin sicher, diesem Land ist hundertmal besser mit Männern gedient, die Schuld schultern und damit arbeiten, statt sie irgendwem zuzuschieben – den Juden, den Walisern, einem Kind, das mit Obst geworfen hat. Trag sie weiter, Matthew. Du hast die Kraft dazu. Aber zermalme dich nicht, darum bitte ich dich.«

»Das hatte ich nicht vor«, sagte er rau und wies mit einer Drehung der Schulter auf die Gebäude der Abtei. »Deshalb wollte ich dorthin. Ich wollte, dass Gott mir hilft.«

»Er hilft dir, Liebling.« Amicia musste die Fäuste ballen, um nicht zu jubeln. Er hatte in der Vergangenheit gesprochen. »Manchen öffnet Gott die Pforte eines Klosters, und manchen schickt er eine zerrupfte Amsel, die beim Tragen mittun kann.« Ohne Vorwarnung griff sie zu und zauste ihm sein ewig ungekämmtes Haar, das er sich nicht scheren lassen durfte, weil sein Torhaus zum Himmel nicht in Quarr stand.

Einen Herzschlag lang erlaubte er sich, halb die Augen zu schließen und die Zärtlichkeit zu genießen. Dann sah er sie wieder an, und die Qual in seinem Blick schnitt ihr ins Herz. »Mit der Schuld vor den anderen kann ich leben«, sagte er. »Aber nicht mit der vor dir. Ich habe dir so entsetzlich wehgetan.«

»Ja, das hast du. Und ich dir.« Sachte, beinahe ohne Berührung legte sie die Arme um ihn. »Und weil wir beide ziemlich nette Leute sind, tut uns das, was wir dem anderen getan haben, mehr weh als das eigene. Aber ist es denn richtig, dass wir einander jetzt mit den Schmerzen stehen lassen? Sollten wir uns nicht zumindest Ringelblumensalbe auf die blauen Flecken tupfen?«

»Blaue Flecken?« Skeptisch furchte er die linke Braue. »Ist das nicht grandios untertrieben?«

»Und tut ein bisschen Untertreibung nicht gut?«

Mit einem Schlag löste sich die Spannung auf seinem Gesicht. »Doch«, gab er zu. »Und wie.«

»Wollen wir es so halten, Matthew? Solange wir uns nicht an die großen Gewichte wagen, die in unserem Leben noch herumhängen, untertreiben wir und tun so, als wären sie klein.«

»Das klingt nach Paradies, nicht nach der Welt. Können wir das?«

»Lass uns üben! Dass ich dir ziemlich gern einen Kuss auf deinen Mund geben würde, ist himmelhoch untertrieben.«

»Gib dir keine Mühe. Dass ich ziemlich gern einen hätte, ist die Untertreibung des Jahrhunderts.«

Als sie sich reckte, kam er ihr entgegen. Sie schloss ihm die Hände um die Wangen und küsste die Narbe auf seiner Stirn. Zärtlich tasteten ihre Lippen über die schartig verwachsene, fest verheilte Haut. So wird es sein, dachte sie. Es wird Zeit brauchen, um zu heilen, es wird nie mehr so makellos sein wie früher, aber es wird unser Leben sein, und es wird nur noch selten wehtun.

»Amicia?«

»Was ist?«

Seine Augen funkelten. »Das ist nicht mein Mund. Und auch als Untertreibung ist das reichlich kläglich.«

»Soll ich's noch mal versuchen?«, rief sie übermütig und küsste die Lider über seinen schönen schwarzen Augen.

»Schluss jetzt!«, sagte er, zog sie an sich und küsste sie.

Gott gnade dem Kloster, in dem du Mönch geworden wärst, war das Letzte, was Amicia dachte.

Es dauerte eine beträchtliche Weile, bis sie zum Sprechen wieder Atem fanden. »Noch eines«, sagte Matthew. »Wenn du versuchen willst, Isabels Erbe anzutreten – ich stünde dir nicht im Weg.«

»Nein, mein Liebling, das tätest du nicht.« Sie schlang die Arme um seinen Nacken und machte in Gedanken einen Knoten hinein. »Das ist wie ein schlechter Scherz des Schicksals, nicht wahr? Nach allem wärst du ziemlich genau der Schwiegersohn, den Isabel gebraucht hätte: Du hast Einfluss bei Hof, und du hättest die Mittel, für mein Anrecht zu streiten. Aber ich möchte das nicht. Als elterliches Erbe werde ich das betrachten, was ich von hier bekommen habe. Von Quarr. Und das ist reich. Isabel hat auf ihre eigene Weise getan, was sie für das Richtige hielt. Der Insel ging es gut unter ihr, aber die Zeiten ändern sich und wir müssen tun, was das Richtige für uns ist.«

Matthew lächelte. In seinen Mundwinkeln zeichneten sich zwei feine, halbrunde Gruben. Er legte den Arm um sie und führte sie ein Stück über die Wiese, um Althaimenes zu holen, der am Rand einer Koppel nach den Stuten lechzte. »Hast du es eilig weiterzukommen?«, fragte er. »Soll ich Randulph fragen, ob er uns eine Nacht in deiner Hütte schlafen lässt?«

»Ich frage!«, rief Amicia hastig. »Dich lasse ich vorsichtshalber in die Nähe keiner Klosterpforte mehr.« Sie wollte Randulph noch um etwas anderes bitten. *Ich frage ihn, ob er in der Kapelle dieses Lied für uns singen lassen kann,* beschloss sie. *Für mich und Matthew, für Vyves und seine Familie, für Stephen und auch für Adam und Isabel.* Gelobt seist du in allen deinen Geschöpfen. *Das einzige Lied, das keine Untertreibung ist.*

ENDE

Nachbemerkung

Das sogenannte *Edict of Expulsion*, das sämtliche in England ansässigen Juden des Landes verwies, beendete eine zweihundertjährige Periode des Zusammenlebens, die unter William dem Eroberer begonnen hatte. Es beendete auch eine Periode der Verfolgung und Erniedrigung, der Massaker und der Pogrome. Die Ausweisung der Juden galt im November 1290 als abgeschlossen. Es gab kaum Widerstand, wohl aber Tote, die Versuchen, sich am Menschentransport zu bereichern, zum Opfer fielen. Dem zum Trotz wird der Ablauf der Operation bis heute als »reibungslos« bezeichnet. England war damit »judenfrei« und blieb es für die gesamte übrige Dauer des Mittelalters. Wohin die Pfade geführt hätten, die das Land sich damit abschnitt, werden wir nie erfahren.

Edward I., der die Waliser nieder- und die Juden aus seinem Land herausgehämmert hatte, ging auf eigenen Wunsch als *Hammer of the Scots* in die Geschichte ein. Er gilt als einer der erfolgreichsten Monarchen des Mittelalters.

Seine Zeit ist auch die große Zeit des zisterziensischen Ordens, der seinen beispiellosen Aufstieg vielleicht der bemerkenswerten Entschlossenheit und dem unermüdlichen Ringen um ein Leben in Gottesnähe verdankt, die man bis heute eindringlich spürt, wenn man ein einstiges Zisterzienserkloster besucht. Von den Bauten »meiner« Abtei – Quarr Abbey – sind leider nur Grundfesten erhalten. Schön ist aber, dass dort heute wieder Mönche leben, eine Gemeinschaft von Benediktinern, die zu besuchen ein großes Erlebnis ist. Auf meinen Recherchereisen durch Klöster habe ich in keinem anderen so sehr das Gefühl gehabt, eine Spur von dem zu erleben, was mönchisches Leben Jahrhunderte hindurch ausmachte und was es auch heute noch ausmachen kann.

Wer eine große Zisterzienserabtei des Hochmittelalters besuchen möchte, die hervorragend erhalten und betreut ist, dem möchte ich leidenschaftlich Fountains Abbey in Yorkshire empfehlen. Und wem die Reise nach England zu weit ist, dem sei das zauberhafte Kloster Chorin in Brandenburg ans Herz gelegt.

Ganz herzlich möchte ich mich bei den Menschen bedanken, die mich während der Entstehung dieses Buches persönlich beraten und es mir damit ermöglicht haben, die jüdische und die zisterziensische Lebenswelt meines Romans zu erschaffen. Den Mut dazu hätte ich ohne sie nie aufgebracht, und der Einblick in die beiden Welten, zu dem sie mir verholfen haben, ist ein Geschenk, das mir bleibt. Zweifellos habe ich trotz all der Zeit und Mühe, die sie für mich aufgewandt haben, zahllose Fehler gemacht. Ich bitte meine Leser, diese allein mir anzukreiden, und alle, die sich davon verletzt fühlen, meine Entschuldigung anzunehmen.

Von versehentlichen Fehlern abgesehen, habe ich mir einige Freiheiten erlaubt, die mir aus dramaturgischer Sicht sinnvoll erschienen – und eine, die mir einfach Spaß gemacht hat: Ich habe historische Ereignisse um ein paar Wochen verlegt, um die Handlung zu verdichten, und ich habe der Abtei von Fountains eine Frauenpriorei angedichtet, weil ich sie brauchte. Tatsächlich hatten zu dieser Zeit die Zisterzienser ihre ablehnende Haltung Frauengemeinschaften gegenüber bereits aufgegeben, und viele Abteien begünstigten solche Gründungen unter ihrer Obhut. Fountains hätte also durchaus eine haben können. Anachronistisch verwendet habe ich – darauf machte mich meine adleräugige Lektorin aufmerksam – den Begriff »Mastiff«, der erst ein Jahrhundert später für diese Rasse verwendet wurde. Ich habe ihn behalten, um dem Leser ein »Gesicht zum Hund« zu geben.

Richtig geschummelt – und ohne triftigen Grund – habe ich, was den Eisbären »Canute« betrifft: Der wurde vom norwegischen König *nicht* Edward I. als Geschenk übersandt, sondern dessen Vater, Henry III. – und zu dem Zeitpunkt, zu dem der Bär in meiner Geschichte auftritt, war er schon dreißig Jahre lang tot. Ich bitte um Verzeihung. Bären sind meine Lieblingstiere. Von dem Moment an, in dem ich von dem Eisbären des Towers, der in der Themse Fische fing und ein Liebling der Londoner war, erfuhr, ließ mich der Bär nicht mehr los. Er musste in meine Geschichte. Canute/Knut hieß er sicher nicht – ich bitte, mir auch dies zu verzeihen. Ich bin Berliner. Mein Themse-Eisbär ist ein kleines Denkmal.

Ob Isabel de Fortibus und Adam de Stratton, zweifellos zwei der faszinierendsten Gestalten ihrer Epoche, tatsächlich ein Verhältnis miteinander hatten, ist unbekannt. Fakt ist aber, dass diese in extremer Weise auf ihre Unabhängigkeit bedachte Frau Adam trotz aller Warnungen voll vertraute, ihm Vollmachten übertrug, die bei ihr nur verwundern können, und ihn vor dem Zugriff des Gesetzes immer wieder schützte. Gestorben sind beide kurz hintereinander. Mit Isabels Tod endete ein äußerst origineller, mehr als zweihundert Jahre währender Sonderfall in der Geschichte der Regierung Englands. Isabels Regierungszeit hat die Isle of Wight geprägt, ihre wundervolle Burg Carisbrooke zeigt sich mehr oder weniger, wie sie sie sich gestaltete, und ihr Name wird auf der Insel bis heute mit äußerstem Respekt genannt.

Die Tochter Amicia habe ich ihnen geschenkt. Ich fand, ein Kind von diesen beiden Gestalten hätte es ruhig geben dürfen.

Bei Ihnen, die Sie diese Geschichte gelesen haben, bedanke ich mich herzlich. Ebenso herzlich bedanke ich mich bei den Menschen und Organisationen, die es mir ermöglicht haben, sie zu erzählen. Einige namentlich nennen zu dürfen ist die größte Freude am Ende des Buches.

Ich danke:

meinem Agenten Roman Hocke,

meiner Lektorin Stefanie Heinen und dem Programmleiter Stefan Bauer, die dieses Projekt von Anfang an betreut haben,

den Lesern der Plattform www.histo-couch.de für Ermutigung und Anregung im richtigen Augenblick,

English Heritage – vor allem für die unschätzbare Möglichkeit, während der Recherche auf Carisbrooke zu wohnen und eine ganze Burg für uns allein zu haben,

Historic Royal Palaces – auch für Champagner auf Towerzinnen,

The National Trust,

Maggie at Mallard Grange für die wundervollen Tage in Fountains Abbey,

Verwaltung und Mitarbeitern des Klosters Chorin, Brandenburg,

The Jewish Museum, London,

Chaia Kesten,

Father Julian Chaplin,

Bruder Norbert

sowie den tapferen Testlesern:

Anke Huels,

Simon Richter,

Rita Kohn,

Thomas Marquardt,

Anath Japke.

Ich habe mir geschworen, niemals Tiere in Danksagungen zu erwähnen, da alle mir bekannten Tiere Besseres zu tun haben, als Danksagungen zu lesen. Eine Ausnahme mache ich für das Pferd »Lito«, das sich in diesen Roman galoppierte. Danke, dass wir dich kennenlernen durften. Ich wünsche dir viele Äpfel und vier gesunde Beine.

Charlie Lyne, London, Februar 2012

Glossar

Albe	weißes, knöchellanges Leinengewand der Priester
Archa	Behältnis, das seit dem Ende des 12. Jahrhunderts als gesetzlich vorgeschriebenes Archiv diente, um sämtliche jüdische Transaktionen zu dokumentieren. Juden durften sich nur noch in Städten niederlassen, die über eine Archa verfügten.
Armarium	Bibliothek eines Klosters
Assisen	vierteljährlich tagendes Geschworenengericht, das über Strafsachen, vornehmlich Kapitalverbrechen bis hin zum Hochverrat, entschied
Barchent	Gemisch aus Wolle und Leinen
Beth Din	religiöses jüdisches Gericht
Bethel	Gotteshaus
Bürenweber	Weber für Bettzeug
Carta Caritatis	grundlegende Zusammenfassung zisterziensischer Ordensregeln, vornehmlich von Stephen Harding verfasst
Challa	Sabbat-Brot
Chamberlain	königlicher Beamter, der mit der Verwaltung des Haushalts betraut und mit finanziellen Befugnissen ausgestattet war
Chonek Lejkech	Honigkuchen, besonders häufig gegessen an Rosch ha-Schanah

Chuppa Hochzeitsbaldachin der jüdischen Tradition; erinnert an das »Dach über dem Kopf«, das Haus Abrahams, das zu vier Seiten offen stand, um Gäste zu empfangen

Definitorium Gremium des Zisterzienserordens, bestehend aus gewählten Mönchen der Provinzkapitel und damit betraut, in Ordensangelegenheiten beratend und mitentscheidend tätig zu werden

Donjon bewehrter Wohnturm im Inneren einer Burganlage

Ecclesia das griechische Wort für Kirche; allegorische Figur, das Christentum verkörpernd; wird als Gegengestalt zur Synagoga mit offenen Augen und somit »sehend« dargestellt

Exchequer bedeutendste Behörde der königlichen Finanzverwaltung, befasst mit den königlichen Einkünften

Familia Gruppe von Rittern und (Schild)knappen, die fest zum Haushalt eines Adligen gehörten

Gambeson Kleidungsstück aus mehreren schützenden Lagen Stoff, das unter der Kettenpanzerung einer Rüstung getragen wurde

Grangien eigenständige, von Konversen (Laienbrüdern) bewirtschaftete Höfe der Zisterzienser

Infirmarium Krankenbereich eines Klosters

Kalefaktorium Wärmestube eines Klosters; wurde u.a. zum Aderlass verwendet

Kapitelhaus Versammlungsraum der Mönche, in dem täglich ein Kapitel der Benediktinerregel verlesen und die Angelegenheiten des Klosters besprochen wurden (Verwaltung, Strafmaßnahmen)

Kellerer	Amt innerhalb eines Mönchsklosters. Der Kellerer führt die Aufsicht über die Vorratskeller und Teile der Landwirtschaft.
Ketubah	jüdischer Heiratsvertrag, verbleibt im Besitz der Frau und legt deren Rechte, auch im Fall einer Scheidung, fest
Kiddusch	Heiligung, Segen. Das Kiddusch HaSchem, die Heiligung des Namens, wird über dem Toten gesprochen.
Komplet	Abendandacht, Teil des Stundengebets. Anschließend begaben die Mitglieder des Klosters sich zur Nacht ins Dormitorium.
Konverse	zisterziensischer Laienbruder. Das Prinzip der Laienbrüder war dem zisterziensischen Orden eigen. Es verschaffte den Chormönchen mehr Zeit, sich auf Gebet und Studium zu konzentrieren und ermöglichte dennoch die Selbstversorgung der Klöster.
Kreuzgang	Innenhof des Klosters, umgeben von Wandelgängen und Galerien; wichtigster Aufenthaltsraum der Mönche, auf den alle anderen wichtigen Gebäude zuliefen; Zugang für Außenstehende streng begrenzt und überwacht
Kurtine	Hauptwall, Verbindungsmauer zwischen den Türmen einer Burg
Magnifikat	Lobgesang der Maria: in der römisch-katholischen Kirche Bestandteil der Vesper des Stundengebets
Matze	ungesäuertes Brot, während des Pessachfestes gegessen
Mesusa	Schriftkapsel an den Türpfosten jüdischer Haushalte
Mikwe	jüdisches rituelles Bad, das sowohl Männer

	als auch Frauen benutzten, um Reinheit zu erlangen
Motte	künstlich aufgeschütteter Erdhügel zur Errichtung einer Turmhügelburg
Organon	Sammlung von sechs Schriften des Aristoteles, die sich mit dem menschlichen Wissen befassen und lehren, wie man es durch logische Schlüsse erweitern kann
Organistrum	älteste Form der Drehleier
Palimpsest	Pergament, bei dem frühere Beschriftungen abgekratzt wurden, sodass es wieder benutzt werden konnte
Pluralist	Kleriker, der Einkommen aus mehr als nur einer Pfründe bezog. Obwohl diese Praxis verboten war, gab es im 13. Jahrhundert zahlreiche Kleriker, die das Gesetz umgingen und zu großem Reichtum kamen. Nicht zu verwechseln mit der philosophischen Schule des Pluralismus!
Profess	Ordensgelübde
Pottage	Eintopfgericht, häufig aus Erbsen oder Bohnen
Quadrivium	die vier mathematisch ausgerichteten Fächer der *Septem artes liberales*: Arithmetik, Geometrie, Musik, Astronomie
Refektorium	Speisesaal eines Klosters
Rosch ha-Schanah	jüdisches Neujahrsfest
Sanktuarium	Altarraum
Septem artes liberales	Sieben freie Künste – frei, weil die Beschäftigung mit ihnen nicht vom Zwang zum Broterwerb regiert werden soll
Scutage	Schildgeld; anstelle von Kriegsdienst dem König zu entrichtender Geldbetrag

Seder festliches, von zahlreichen Ritualen geprägtes jüdisches Abendessen am Vorabend des Pessachfestes

Shema zentraler Bestandteil des täglichen jüdischen Gebets (Morgen- und Abendgebet): »Höre, Israel, Adonai ist unser Gott, Adonai ist eins.«

Shofar aus Widderhorn gefertigtes traditionelles jüdisches Blasinstrument, das am Morgen des Neujahrsfestes Rosch ha-Schanah geblasen wird

Synagoga allegorische Figur, das Judentum verkörpernd, die mit einer Augenbinde abgebildet wird, um den Zustand der Religion vor Eintritt des Christentums als blind darzustellen; Gegengestalt: Ecclesia

Tabard meist knielanger, seitlich geschlitzter Überrock

Tabula gelbes, rechteckiges Stück Stoff, das Juden zur Kennzeichnung sichtbar an der Kleidung tragen mussten

Tallit jüdischer Gebetsmantel

Trebuchet Belagerungswaffe, schweres Wurfgerät

Trivium die drei sprachlich-logisch ausgerichteten Fächer der *Septem artes liberales:* Grammatik, Rhetorik, Dialektik/Logik

Vellum teure, feste und daher beständige Art von Pergament, aus Kalbshaut gefertigt

Venia. Prostratio super articulos Verneigung über den Fingerknöcheln. Rituelle Bitte um Vergebung, bei der der Mönch sich so tief verneigt, dass die Knie den Boden berühren, während die Fingerknöchel sich seitlich davon abstützen. Neben der Messe auch für das private Gebet vorgesehen. Die Beugung der Knie ist Zisterziensern an Festtagen, Sonntagen und während der Osterperiode untersagt.

Vigil Nachtandacht, etwa um zwei Uhr gehalten. Teil des Stundengebets. Die Mitglieder des Klosters wurden dazu mitten in der Nacht geweckt. Anschließend zogen sie sich zurück, um noch zu schlafen oder still zu beten.

Welsche ursprünglich ein Begriff für keltische Völker, wird jedoch seit dem Ende der Antike für die romanischen Völker benutzt

Zimmes Gericht aus klein gewürfelten Rüben, langsam über Feuer gegart und gewürzt mit Honig, Muskat und Zimt; besonders häufig an Rosch ha-Schanah gegessen

Die Waringham-Saga geht weiter!

Rebecca Gablé
DER DUNKLE THRON
Historischer Roman
960 Seiten
mit zahlreichen
Abbildungen
ISBN 978-3-431-03840-8

London 1529: Nach dem Tod seines Vaters erbt der vierzehnjährige Nick of Waringham eine heruntergewirtschaftete Baronie – und den unversöhnlichen Groll des Königs Henry VIII. Dieser will sich von der katholischen Kirche lossagen, um sich von der Königin scheiden zu lassen. Bald sind die „Papisten", unter ihnen auch Henrys Tochter Mary, ihres Lebens nicht mehr sicher. Doch in den Wirren der Reformation setzen die Engländer ihre Hoffnungen auf Mary, und Nick schmiedet einen waghalsigen Plan, um die Prinzessin vor ihrem größten Feind zu beschützen: ihrem eigenen Vater …

Lübbe Ehrenwirth

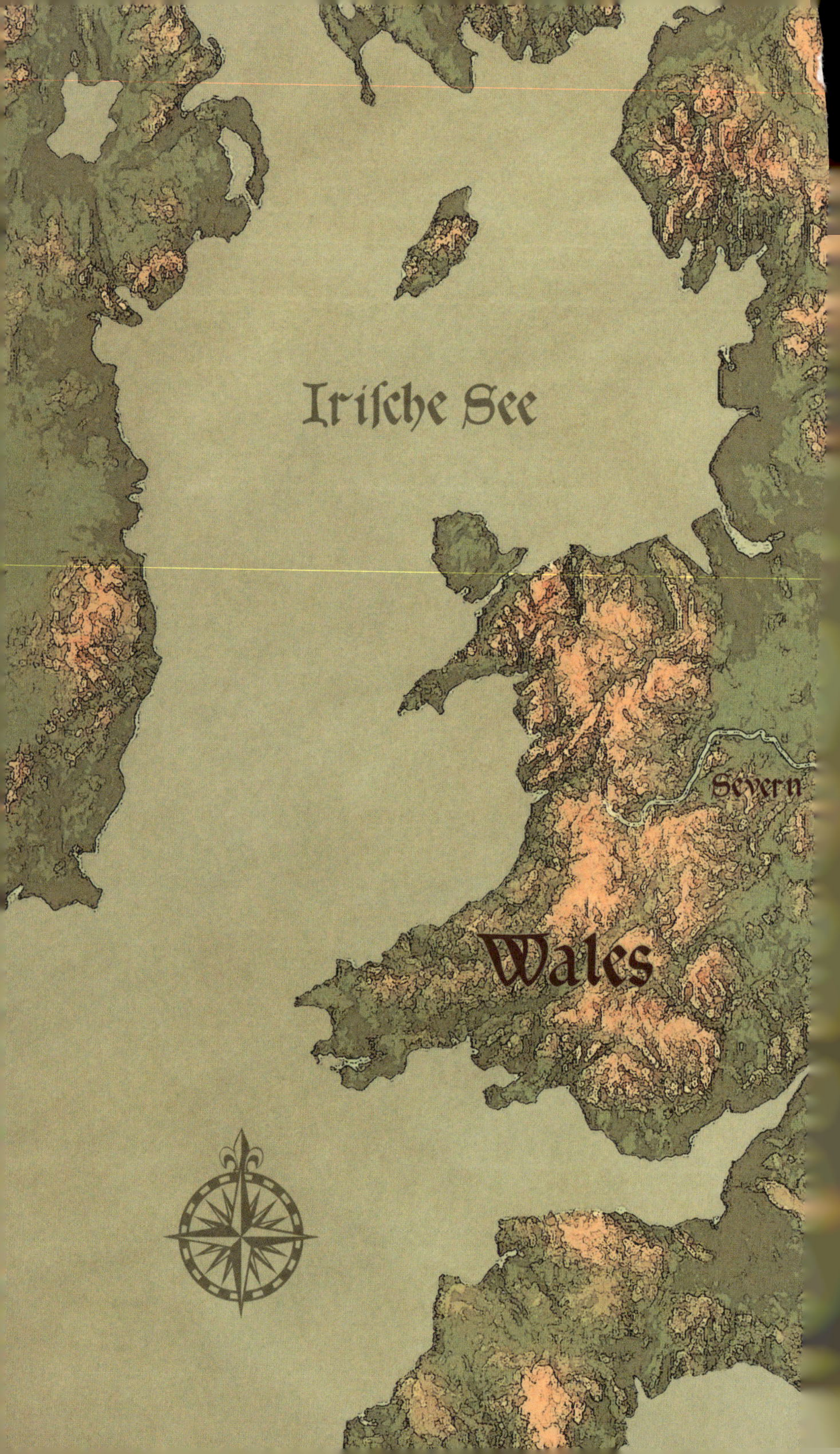
Irische See
Severn
Wales